本书由上海外国语大学教育发展基金会"海富通基金"资助出版

蒲宁创作研究

文学论丛

叶红 著

A Study On Ivan Bunin's Works

北京大学出版社
PEKING UNIVERSITY PRESS

图书在版编目(CIP)数据

蒲宁创作研究/叶红著. —北京:北京大学出版社,2014.7
(文学论丛)
ISBN 978-7-301-24206-3

Ⅰ.①蒲⋯　Ⅱ.①叶⋯　Ⅲ.①蒲宁(1870~1953)—文学创作研究　Ⅳ.①I512.065

中国版本图书馆 CIP 数据核字(2014)第 090313 号

书　　　名:	**蒲宁创作研究**
著作责任者:	叶　红　著
责 任 编 辑:	李　哲
标 准 书 号:	ISBN 978-7-301-24206-3/I・2768
出 版 发 行:	北京大学出版社
地　　　址:	北京市海淀区成府路 205 号　100871
网　　　址:	http://www.pup.cn　新浪官方微博:@北京大学出版社
电 子 邮 箱:	pup_russian@163.com
电　　　话:	邮购部 62752015　发行部 62750672　编辑部 62759634 出版部 62754962
印　刷　者:	三河市北燕印装有限公司
经　销　者:	新华书店
	650 毫米×980 毫米　16 开本　22.5 印张　330 千字 2014 年 7 月第 1 版　2014 年 7 月第 1 次印刷
定　　　价:	59.00 元

未经许可,不得以任何方式复制或抄袭本书之部分或全部内容。
版权所有,侵权必究
举报电话: 010-62752024　电子信箱: fd@pup.pku.edu.cn

俄罗斯文学中如果没有蒲宁，它将黯然失色，它将失去彩虹般耀眼的光辉，失去一个孤独漂泊的灵魂的光辉。

——马克西姆·高尔基

前　　言

在俄罗斯文学星光灿烂的天空中,伊凡·阿列克谢耶维奇·蒲宁的名字始终闪耀着别样的光芒。尽管他因选择了孤寂地远离星群而在相当长的历史时期内未得到人们应有的关注,但可以毫不夸张地说,他以对生活深刻的思考、对现实真实的反映和对俄罗斯语言精妙的运用而使他的光焰异常闪亮。

"伊凡·蒲宁在俄国文学史上已为自己确立了重要的地位,而且长期以来,他无疑是一位举世公认的大作家。他继承了19世纪文学辉煌时期的光荣传统,开辟了一条持续发展的道路。蒲宁力求语言的丰富、完美,而独到的精确观察是其描述现实的基础。他以最严谨的艺术创作态度抵御了单纯追求华丽辞藻的诱惑;尽管他生来就是个抒情诗人,但从不粉饰目睹的一切,而是真实地予以反映。他的语言朴实而富有韵味,正如他的同胞所说,此种韵味使其语言犹如醇酒,即便在译文里也会透出醉人的芳香。这种能力来自他的卓越的、出神入化的才华,并使他的文学作品具有了世界名著的特点。"①

这是1933年瑞典科学院在授予蒲宁该年度诺贝尔文学奖时的授奖词。蒲宁能够成为俄罗斯第一位荣获诺贝尔文学奖的作家,足见世界对其作品价值的肯定。而当人们在经历了半个世纪的社会与心灵的磨难,终于摆脱了由于历史原因造成的主体意识形态控制下的审美定势之后,"人们又一次如饥似渴地扑向了他的作品"②(尤里·纳吉宾语)。从五十年代后期苏联国内逐渐对蒲宁解禁到八十年代完全解禁的三十年间,蒲宁的作品常常一经出版即被抢购一空。1999年在莫斯科大学举办的"俄罗斯文学回顾与展望"国际研讨会上,俄罗斯学术界提出了21世纪最具研究价值的五位作家名单③,而蒲宁名列榜首,这足见时间对其价值的充分肯定。

走近蒲宁不是一件容易的事。契诃夫早在20世纪初就断言,就某些方面来说,蒲宁是唯一的作家,我们当中任何一个人试图揭示蒲宁的秘密就意味着向成熟迈进了一步。④ 蒲宁自己也认为,任何人都写不出真实的

---

① 冯玉律,《跨越与回归——论伊凡·蒲宁》,上海外语教育出版社,1998年,扉页。
② Бунин И. А.: [Сб. материалов]: В 2 кн. -М.: Наука, 1973. -(Лит. Наследство; Т. 84). кн. 2. С. 366.
③ 他们是伊·蒲宁、符·纳博科夫、阿·索尔仁尼琴、亚·勃洛克和米·布尔加科夫。
④ Колобаева Л. А., Проза И. А. Бунина, Издательство Московского университета, 1998. С. 3.

蒲宁,连他自己也多次尝试,最终都放弃了。他曾说:"永远都没人能写,梅列日科夫斯基说得对,'每本写拿破仑的新著都像落在他坟墓上的一块石头,妨碍我们理解和看清拿破仑。'我的情形当然也会这样。最好谁也不写,任何时候都不要写。"蒲宁之所以这样说,是因为他比任何人都清楚自己世界观中交织的重重矛盾,正如斯里维茨卡雅所说:"蒲宁的创作已成为一种现象,它的一个鲜明特点就是无论你从哪一个角度走近,它都会给你留下矛盾的印象。"①的确,在生活经历上,蒲宁出生在一个显赫的贵族之家,但一生中的许多时间却过着穷困潦倒的生活;他自我放逐地选择了离开俄罗斯祖国,却备受背井离乡的思念之苦,为此写下了大量椎心泣血的动人文字;在创作主题上,他的笔下展现的永远是人类生存中的对立极点——男与女、生与死、幸福与痛苦、过去与现在。他从不走中间道路,从不做不偏不倚的选择;他写爱,但他笔下的爱永远与死牵手;他写死,而死又永远与激情并行;在诗学特征上,他尊重每一个个体的存在价值,醉心于它们的"唯一"之美,并始终试图通过拼贴这些"唯一"来塑造世界的整体形象;而在创作方法上,尽管他一生毫不留情,甚至是刻薄地抨击现代主义文学流派,但他却不断地在现代主义风格中汲取营养,表现出一个大师海纳百川的宽广胸怀……在一些人的眼里,他是不解时代艺术探索的老古董、老顽固,在另一些人的眼里,他又是紧跟时代探索步伐的急先锋;他是最主观的激情的艺术家,又仅仅是大自然冷漠的"描写者";他既是虔诚的上帝的信徒,又是彻头彻尾的无神论者……可以想见,在蒲宁生活和创作的那个时代千帆竞发、百舸争流的文学氛围中,蒲宁却受到了来自完全不同批评标准的评判。我们可以说他是卓尔不群的,但同时他又是孤独的,无论是在个人生活中,对世界的认识中,还是在文学创作上。

实际上,蒲宁既不是前者,也不是后者。尽管蒲宁的生活和创作中充满了矛盾,但是在丰富多样性的外壳之下必然有一个内核将这些矛盾统一在一起。而找到这个内核就成为解析蒲宁的关键。

英国哲学家以赛亚·伯林曾有过一段关于"刺猬与狐狸"的精彩论述,他写道:"希腊诗人阿基洛科斯存世的断简残篇里,有此一句:'狐狸多知,而刺猬有一大知'。推诸字面意思,可能只是说,狐狸机巧百出,不敌刺猬一计防御。"伯林认为,作家、思想家,甚至普通人也大致可以分成这么两类:

> 一边的人凡事归系于某个单一的中心识见、一个多多少少连贯密合条理明备的体系,而本此识见或体系,行其理解、思考、感觉;它们将一切归纳于某个单一、普遍、具有统摄组织作用的原则,他们的人、他们的言论,必惟本此原则,才有意义。另一边的人追逐许多目的,而诸目的间往往互无关

---

① Сливицкая О. В. Повышенное чувство-Мир Бунина, М: Изд. центр Российского государственного гуманитарного университета, 2004. С. 7.

连,甚至经常彼此矛盾,纵使有所联系,非关道德或美学原则;他们的生活、行动与观念是离心,而不是向心的;他们的思想或零散,或漫射,在许多层次上运动,捕取百种千般经验与对象的实相与本质,而未有意或无意把这些实相与本质融入或排斥于某个始终不变、无所不包,又是自相矛盾又不完全,有时则狂热的一元内在识见。前一种思想人格与艺术人格属于刺猬,后一种属于狐狸。①

就伯林的标准,蒲宁无疑是一只刺猬,那么在他那里"统摄组织作用的原则"是什么呢?

纵观蒲宁的一生和他的创作,有一对矛盾体特别引人注目,那就是:一方面,作家始终强烈地感受到人类悲剧性的宿命,感受到强大的自然力量对人类命运的掌控;另一方面,在"向死而生"的基督教文化氛围中,他又始终怀着对生活的虔诚之心,认为凡尘的生活是无比快乐的体验,并深信人类生存的超个人意义。可以说,在蒲宁的内心,"统摄组织作用的原则"就是他异常强烈的生命感,这是他终生抗衡同样强烈的死亡感的不屈武器。"如果这个世界上有一个为不朽而痛苦的人的话,那这个人就是蒲宁,他的整个存在都是在抗衡腐朽,抗衡消失。他对朽烂的预感和理解的程度是那样的强烈,一如他感受生活,感受尘世的欢乐。"②乌纳穆诺在其《生命的悲剧意识》当中这样写道:"生命感承载着生命本身和宇宙的全部概念,承载着或多或少清楚地形成的、或多或少清晰地意识到的哲学。……思想即源于这种感觉,正是它决定了思想的内容,当然,这之后思想会对它产生影响,为它提供食粮。"③正是在这里,我们看到,强烈的生命感,用蒲宁的话说就是"崇高的生命感"成为统摄蒲宁全部世界的总的原则,由此衍生出的思想便是追求不朽,战胜死亡。它们是蒲宁思想的核心,创作的核心。

有鉴于此,本书的论点如下:

作家一生的创作具有鲜明的特性,即外在多变和内在不变完美的统一。正如俄罗斯著名的蒲宁学研究者斯莉维茨卡娅所说:"蒲宁看待万物的出发点是它们的永恒性,他描绘的是遵循了内部不变规律的世界喧嚣的表面画面。"这就是说,蒲宁是在世界普遍存在的"不变与多变"的矛盾以及其各种变体中构建了自己的艺术世界,而这种对世界两极性理解的基础正源自作家强烈的生命感,源于对造物主创造之美的赞叹和面对世界的困惑、脱离世界的恐惧紧密结合的产物。他的世界观并未定位在西方传统的

---

① [英]以赛亚·伯林,《俄国思想家》,彭淮栋译,译林出版社,2003年,第25—26页。
② Апология《Личность и творчество Ивана Бунина в оценке русских и зарубежных мыслителей и исследователей》, Издательство Русского Христианского гуманитарного института, Санкт-Петербург, 2001. С. 242.
③ Сливицкая О. В. Повышенное чувство-Мир Бунина, М: Изд. центр Российского государственного гуманитарного университета, 2004. С. 10.

人类中心论上，他的观照对象不仅仅是人，更准确地说，是整个宇宙，是宇宙中每一个具有绝对价值的个体和普遍的宇宙规律控制之下的人。宇宙生活是无边的沧海，人不过是这沧海中的微小一粟。蒲宁穷其一生的创作，展示于世人的正是由"唯一"而组成的圆满、和谐的大千世界，是充满了炫目的生命之光的宇宙，同时也有人类智慧无法企及的宇宙黑洞中进行的一切，那里是阳光照不到的、被人遗忘的角落，但那里同样充满了鲜活的生命。蒲宁始终让人感觉到，他所有的艺术创作展现的不过是泽被了造物主光芒的茫茫宇宙中的一个狭小区域，而其中所发生的一切都无需理性的诠释，理性在蒲宁看来永远是苍白无力的。因此在蒲宁的世界中，矛盾的表现不是宗教的天堂与人间，灵魂与肉体，也不是社会活动中的正义与邪恶，更没有等级上的不同价值，他的矛盾表现带有更加普遍的意义，体现在更广阔的人类生存的坐标中，即生与死、幸福与痛苦、狂喜与恐惧等，由此我们断言，蒲宁创作的中心不是"人与社会"的冲突，而是扩展到本位层面的、由人类生存规律本身决定的"人与世界"的冲突。无论是早期创作对世界的直抒胸臆、漫游历史遗迹时与古老文明的对话、探索俄罗斯人的心灵之谜，还是创作后期对爱情的讴歌都源于他"强烈的生命感"和战胜死亡的使命感，其对世界充满了矛盾的理解以及矛盾两极的聚与合构成了他创作的全部内容。

本书共分为以下几个部分：

前言。

第一章：生命的历程。介绍蒲宁的成长历程及主要作品的诞生背景。

第二章：蒲宁的世界观，分为自然的形象、人的形象和探索永恒的生命之路三个小节。主要探讨作家的自然观以及对人生、死、爱情等存在的本位问题的深度思考。

第三章：蒲宁的美学观，分为蒲宁与其创作时代的文学关系、艺术的本质和使命以及艺术与生活的关系三个小节进行论述。

第四章：蒲宁创作的诗学特征。从作家的审美取向入手，详细论述了蒲宁创作中外部的描述性、叙事中主观性的强化、由外而内的心理描写以及隐喻弱化的语言风格四方面，揭示蒲宁在继承俄罗斯现实主义文学传统的基础上对该传统进行的拓展与创新。

第五章：蒲宁学的研究状况。本章对蒲宁学在俄罗斯、西方以及中国的研究状况进行了细致的梳理。

结语。

由于本人水平有限，书中肯定存在不少缺点和疏漏，恳请各位专家学者给予指正。

目　录

第一章　生命的历程 ……………………………………（1）
　第一节　生命意识中的矛盾与困惑 ………………………（2）
　第二节　社会意识中的孤独与思考 ………………………（13）
　第三节　流亡岁月中的艰难与辉煌 ………………………（28）

第二章　蒲宁的世界观 …………………………………（36）
　第一节　自然的形象 ………………………………………（38）
　第二节　人的形象 …………………………………………（96）
　第三节　探寻永恒的生命之路 ……………………………（156）

第三章　蒲宁的美学观 …………………………………（185）
　第一节　蒲宁与其创作时代的文学关系 …………………（186）
　第二节　艺术的本质及其使命 ……………………………（208）
　第三节　艺术与生活的关系 ………………………………（220）

第四章　蒲宁创作的诗学特征 …………………………（229）
　第一节　外部的描述性 ……………………………………（232）
　第二节　叙事中主观性的强化 ……………………………（250）
　第三节　由外而内的心理描写 ……………………………（273）
　第四节　隐喻弱化的语言风格 ……………………………（288）

第五章　蒲宁学的研究状况 …………………………… （298）
第一节　蒲宁学在俄罗斯 ……………………………… （298）
第二节　蒲宁学在西方 ………………………………… （310）
第三节　蒲宁学在中国 ………………………………… （318）
结语 ………………………………………………………… （335）
参考文献 …………………………………………………… （339）
后记 ………………………………………………………… （346）

第一章　生命的历程

　　你是思想,你是梦幻。透过迷蒙的风暴
　　十字架像展开的双臂在奔跑。
　　我谛听沉思的枞树的声响——
　　那歌唱般的呜呜……一切——不过是思想和声音!

　　那躺在坟墓里的难道是你吗?
　　分离、忧伤是你艰难道路的特点。
　　而今它们已不再。
　　十字架护佑的仅仅是骨灰。
　　现在你就是思想。你是永恒。

《给记忆》(1906—1911)

　　一个人的成长必然是内因和外因共同作用的结果,作家也是如此。1900年,蒲宁在纪念诗人巴拉廷斯基100周年诞辰的文章中谈到了对作家创作个性的形成具有关键作用的几大因素,他说:"我们应该重视大自然对一个艺术家的影响以及他的社会属性、他所处时代的政治和社会氛围,最后是当时占主导地位的思想、感情以及情绪。但即使是广义地理解'环境'这个词,仅限于对它的研究也是不够的,还必须研究作家的个性特征、他的性格、气质以及思维倾向,因为同样的环境条件在不同的个性中的折射是不同的。"①

---

① Бунин И. А. Собр. Соч. в 8 т., Изд. 《Московский рабочий》, 2000. Т. 7. С. 584.

在本章中,笔者即沿着蒲宁指引的道路走下去,走进作家的生命,去解读他充满了矛盾的生命历程。

第一节　生命意识中的矛盾与困惑

伊凡·阿列克谢耶维奇·蒲宁,1870年10月10日出生于沃罗涅日一个古老的贵族之家。这是一个拥有深厚文化底蕴的家族,曾经为俄罗斯民族奉献了多位杰出人物:如被卡拉姆津誉为"俄罗斯的萨福"的优秀女诗人安·彼·蒲宁娜(1774—1829)、被普希金奉为老师的俄国浪漫主义文学大师瓦·安·茹科夫斯基(1783—1852)[①]、著名的地理学家彼·彼·谢苗诺夫—天山斯基(1827—1914)[②]等等,除此之外,蒲宁家族还与普希金家族有亲戚关系,普希金的儿媳就是蒲宁家族的女儿。[③] 这个家族历代均有人在御前担任各种高官要职,但是到了蒲宁父亲的时候它已是破落不堪,家族的一切辉煌都已一去不再复返。谈到自己的家境,蒲宁说:"我的祖父虽在奥勒尔省、坦波夫省和沃洛涅什省均有些地产,但据说并不多。……可我的父亲连这一点遗产也不知珍惜。我父亲既无心计,又挥霍成性。他曾以当时所谓'志愿服兵役者'的身份参加了克里米亚战争,后又于70年代迁居沃洛涅什,以便于我的两个兄弟尤里和叶甫盖尼接受教育,这两件事加速了家道的衰落。……我父亲沉溺于俱乐部,又是纵酒,又是赌博,几乎不能自拔……"[Ⅰ,286][④]

蒲宁在不同时期撰写的自传中从未忘记提及自己的父母,因为对遗传深信不疑的他确信,自己从父母那里继承了成为一个作家所必需的品性。的确,蒲宁的父母性格迥异,他们在儿子身上留下了完全不同的印记。谈到父亲,蒲宁说:"父亲个性极强,体魄异

---

① 瓦·茹科夫斯基是作家蒲宁的一位先辈阿·伊·蒲宁的非婚生子,"茹科夫斯基"是他教父的姓。
② 彼·谢苗诺夫—天山斯基是诗人安·蒲宁娜妹妹的孙子。
③ Баборенко А. Бунин－жизнеописание, Москва: Молодая гвардия. 2004. С.10.
④ 出自《蒲宁文集》(1—3卷),安徽文艺出版社,戴骢译,1999年。下文凡出自该文集的引文不再另做注解,直接在文中标明卷数与页码。

常健壮,……他受教育的时间不长,他忍受不了课堂教育,但凡是可以到手的书他都读,而且读得兴致勃勃。他的思维是活跃的,形象化的,讨厌逻辑,他讲话时的用语惊人的生动、有力;他的性格冲动、果断、外向而慷慨,不知困难为何物。……他乐善好施,禀性慷慨、心地善良、谈笑风生……"[Ⅰ,286]"是一个像天上飞的鸟儿一样无忧无虑的人"。① 蒲宁正是从父亲那里继承了他对世界、对大自然极其敏锐的、终生引以为豪的感受力,蒲宁称之为"野兽般的视觉、嗅觉、听觉",还有形象的表现力,甚至包括形象的身体语言。蒲宁是一位相当优秀的骑手,还是位不错的舞者;他表情丰富,具有非凡的演员天分,著名的戏剧大师斯坦尼斯拉夫斯基就曾邀请蒲宁到他的莫斯科艺术剧院扮演哈姆雷特一角。鲍·扎依采夫说过:"蒲宁是个尤物,他的每一句话,每一个动作都显示出他是最具才华的,……,他是某种人与自然最佳的结合。"② 父亲对逻辑的痛恨、冲动、傲慢,以及他的直率与尖刻在蒲宁的身上都留有痕迹,它们表现为性格暴躁,甚至乖戾,对事物常常做出近乎极端绝对的判断、对公众见解的不屑和对自己内心的忠诚、对矛盾的迷恋③等等。

  蒲宁的母亲出身名门,受过良好的教育,酷爱普希金、茹科夫斯基等人的诗歌和俄罗斯的民间传说,她性格温柔随和,多愁善感,"富于自我牺牲精神"(蒲宁语)。蒲宁自己认为,他从母亲那里继承的是她的忧郁、感伤、对世界强烈的感受力和对宗教近乎意醉神迷的诗意理解,更重要的是对祖国语言的认识。"我感激她们(指母亲和家中的女仆),因为是她们首先使我认识了我国的语言,这是内容最为丰富的语言,由于地理条件和历史条件使然,融会了罗斯各地的方言俚语。"[Ⅰ,288]蒲宁童年时期的读书兴趣显然与母亲的品位有着直接的关系。蒲宁深爱着自己的母亲,为她留下了一段读来令人肝肠寸断的文字:

  在那遥远的故乡,她孤零零一个人安息在世界上,永远被世人

---

① [俄]伊万·布宁,《阿尔谢尼耶夫的一生》,靳戈译,译林出版社,2004年,第45页。
② Мальцев Ю.: Иван Бунин 1870—1953, Посев. 1994. С.24.
③ Бабореко А. Бунин-жизнеописание, Москва: Молодая гвардия. 2004. С.22.

遗忘,但她那极为珍贵的名字却万世流芳。莫非那已经没有眼睛的颅骨,那灰色的枯骸现在就在那里埋葬,在一个凋敝的俄国城市的坟地的小树林间,在一个无名的坟墓的深渊里,莫非这就是她——曾经将我抱在手里轻轻摇晃?①

对于蒲宁个性的形成起到至关重要作用的还有另一个人,他就是蒲宁童年时的家庭教师拉马什科夫,他使蒲宁源于遗传的各项能力得到了充分的体现与发展,特别是最大程度地激发了蒲宁与生俱来的高度的敏感,包括对大自然的深切体验、对世界神奇魅力的无穷想象以及对人命运的关注。拉马什科夫出身于富有的贵族世家,受过良好的家庭教育,毕业于拉扎列夫东方语言学院。他博览群书,才华横溢,但却始终找不到自己在生活中的位置,一直过着孤独的流浪生活。他"是一个真正不幸的人,但这是一种另类的不幸。就是说,他不单单是不幸,而是用自己的意志力创造了这些不幸,并且仿佛很是享受地承受着它们。"②这是蒲宁在生活中见到的第一个具有谜一般俄罗斯典型性格的人,后来在自己创作的成熟期,蒲宁为探究这种性格付出了艰辛的劳动,创作了大量作品,最具代表性的是中篇小说《乡村》和《旱峪》。

拉马什科夫不是一个传统意义上的老师,他从不循规蹈矩,甚至不考虑孩子的年龄,教他阅读艰深的大部头作品《奥德赛》和《唐·吉诃德》,还一起阅读《环球旅游者》和《地球与人》等杂志。那些骁勇善战的古代英雄、骑士充满传奇色彩的探险、热带雨林中那狭长的独木舟和持镖带箭的赤裸的人们完全征服了这个好奇的孩子,它们不仅赋予了蒲宁以足以翱翔九霄的神奇想象,更重要的是,蒲宁竟"清晰地"感觉到"自己曾经就属于这个世界",甚至感到了"真正的对故乡的怀念",对失却了的天堂的怀念。后来蒲宁在《阿尔谢尼耶夫的一生》中这样写道:"后来当我游览欧洲的许多英名远扬的城堡时,曾不只一次地感到惊愕:我怎么会在孩提时代就已经如此真切地了解到了古堡的生活,如此准确地想象出古堡

---

① [俄]伊凡·蒲宁,《阿尔谢尼耶夫的一生》,章其译,长江文艺出版社,1984年,第17页。
② Бунин И. А. Собр. Соч. в 9 т. М.,1966. Т. 6. С.30.

的模样的呢?那时我与维谢尔基的任何一个孩子很少有什么区别,在看到书中的插图、听到那疯疯癫癫的流浪汉抽着莫合烟讲故事的时候,心中就浮现出了古堡的一切。"①内心这些隐秘的片刻在后来正成就了蒲宁"原始记忆"的主题。谈到老师对自己的启蒙,蒲宁说:"也许,正是他在暴风雪狂暴得几乎卷走我家山上的樱桃园的那些冬日的夜晚讲给我的诱人故事和我最早的阅读课本《英国诗歌》和《奥德赛》唤起了我对诗歌的热爱……"②拉马什科夫还教会小蒲宁绘画,教会他如何去体验"色彩中闪耀的生存的爱和欢乐"以及"尘世和天堂之美真正的神性和意义",并如何用色彩的语言将它们表达出来。蒲宁后来说:"同他接近成为我许多极其复杂而强烈的感情的源泉。"③

  1881年,11岁的蒲宁被送进了叶列茨中学,但是学校刻板的教育令内心充满幻想的小万尼亚痛苦万分,成绩每况愈下。4年后的1885年父亲终于做出了让他辍学回家的决定。回忆起自己的学校时光,蒲宁在小说《在城市的上空》中写道:"现在童年对我来说已是一个遥远的梦,但当时我是多么盼望哪怕是偶尔爬上高处,超越那充满市侩气息的沉闷生活,超越那漫长的日日夜夜和学校里的痛苦折磨。童年本是充满了幻想的年纪,幻想周游世界,幻想英雄的壮举和无私的友情,幻想鸟儿、植物、动物和阅读那些朝思暮想的书籍,然而所有这一切都被学校毁掉了。"④就在这时,另一位对蒲宁的一生产生至关重要影响的老师出现了,他就是蒲宁的大哥尤里·阿列克谢耶维奇·蒲宁(1857—1921)。尤里年长伊凡13岁,作家捷列绍夫后来写道:"尤里比伊凡·阿列克谢耶维奇大得多,对待后者简直就像是父亲对待孩子。他对弟弟的影响很大,而且从其童年时便开始了。伊凡·阿列克谢耶维奇的成长在许多方面要归功于这位受过良好教育、珍视和理解文学事业的兄

---

① Бунин И. А. Собр. Соч. в 9 т. М. ,1966. Т. 6. С. 35.
② Мальцев Ю. : Иван Бунин 1870—1953, Посев,1994. С. 37.
③ [俄]伊凡·蒲宁,《阿尔谢尼耶夫的一生》,章其译,长江文艺出版社,1984年,第48页。
④ Бунин И. А. Маленький роман, Санкт-Петербург, "Бионт", "Лисс", 1993. С. 180.

长。兄弟俩之间的挚爱和友情是极为深厚的。"①尤里青年时代曾积极参加莫斯科大学生革命团体的活动,是著名的民粹党人,后来成为哈尔科夫地区民粹党的领导人,1884 年因其革命活动遭沙皇政府逮捕入狱。1886 年正当蒲宁辍学回家,哥哥尤里也回到庄园监管流放,从此尤里开始教自己的小弟弟。"回家整整三年,他教我中学的全部课业,教我外语,给我讲授心理学、哲学、社会科学和自然科学的入门知识;此外,我俩还没完没了地谈论文学。"[Ⅰ,291-292]谈到当时的情景,尤里写道:"我来时万尼亚还是个未发育成熟的小孩,但我立刻就发现了他的天赋,和我的父亲很相像。没过三年,他在智力上就长大了许多,以至于我几乎可以和他就许多问题平等地进行交谈了。他的知识还很少……,但他的见解已经很独到,而且常常很有趣,永远是独立的。"②兄弟间产生的心灵上的接近和友谊一直持续到尤里去世。对于蒲宁来说,哥哥尤里是他一生中最亲近的人,他最隐秘的心语都会向他吐露;而尤里深刻地影响着弟弟,希望消灭强权和热爱自由的公民理想能在弟弟的身上继续发展。

  人杰地灵的故乡对蒲宁同样产生了不可忽视的影响。蒲宁的故乡位于俄罗斯中部的沃罗涅什省,这里不仅土地肥沃,更拥有瑰丽的自然风光。它那充满了灵性的草原、神秘的沼泽、多彩的天空以及瞬息万变的风雨、弥漫着各种气息的空气孕育了这里敏感的人们,他们强烈地感受到大自然的美与神奇,但这种感受决非停留在表面的物质存在上,而是深入到了自然深邃的灵魂中。大自然在他们看来并不仅仅是其物质生活的来源,更重要的是,自然中的一草一木、春华秋实都无比神圣,它们是上帝神性的体现,是人们精神的寄托和生存最终的归宿。正因如此,这块土地成为"盛产"俄罗斯艺术家的福地,如大文豪莱蒙托夫、屠格涅夫、普里什文、列斯科夫、列·托尔斯泰,大画家涅斯捷罗夫、列维坦等等都出生或生活在这个地区,他们无不对自己美丽的家乡充满了拳拳之情,并

---

① 冯玉律,《跨越与回归—论伊凡·蒲宁》,上海外语教育出版社,1998 年,第 3 页。
② Муромцева-Бунина В. Жизнь Бунина. Беседы с памятью, М.: «Вагриус», 2007. C. 64.

将它永远地定格在了自己的笔下。

对于蒲宁来说,对大自然的挚爱是与生俱来的,是他血液中既古老,又新鲜的部分。作家这样写道:"我就生长在莽莽林海的深处。荒漠无人的田野,一幢孤零零的庄园坐落其间……冬天是无边的雪海,夏天是庄稼、花草的海洋……"与众不同的是,蒲宁对自己生命最初的记忆不是与父母、家人连在一起,而是与大自然连在一起的,大自然从他生命的初始就注定与他血肉相连,它既是"父亲温暖的怀抱",也是他的伙伴、他倾诉的对象,是他的欢乐所在;也是从这一时刻开始,他就强烈地盼望着"能坐到云彩上飘游","能与住在山峦起伏的世界之上的上帝和白翼天使为邻"①,在后来的创作中,童年的这些奇思妙想最终演化为作家眼中人生的最高理想——回归大自然,融于大自然,并成为作家笔下永不枯竭的力量,推动其在成熟时期将"自然"的概念从春华秋实的客观范畴拓展到一切具有自然深邃灵魂之物的范畴中,成就了记忆、爱情、死亡等主题的创作。

然而,这是一个生来就异常敏感的孩子,在感受心醉的同时,他又强烈地感受到了挥之不去的忧伤:"天空的深处和田野的远方都向我讲述了在它们之外仿佛还另有天地,它们都引起我对未获得的东西满怀幻想和产生苦恼。不知怎的,它们对任何人和任何事都怀有一种莫名其妙的爱恋与温情,使我非常感动。"②对大自然的这种深情的、忧郁的眷恋揭示了作家内心某种隐秘的超验本性,这个世界上的任何客观事实都无法满足他的需要,他永远因为空间的变幻和时间的流逝而感到忧伤,永远意识到内心理想的无法实现。应该强调的是,这种感觉不仅仅是作家在面对大自然的时候体验到的,也在面对生活中最大的两个秘密——死亡与爱情——时所能体验的。生活的神秘与美好对于蒲宁来说从来就不是平静的、怡然安享的,而是紧张的,甚至是悲剧性的,在任何情况下生活都是一个矛盾的综合体,神秘与美好永远与忧郁和焦虑,甚

---

① [俄]伊万·布宁,《阿尔谢尼耶夫的一生》,靳戈译,译林出版社,2004年,第6页。
② [俄]伊凡·蒲宁,《阿尔谢尼耶夫的一生》,章其译,长江文艺出版社,1984年,第25—26页。

至是绝望相伴相随。这种对各种情感共时性特征的发现和乔伊斯在意识流中所展示的有着异曲同工之妙。只是蒲宁更倾向于强调情感的极点,并选择了矛盾冲突更加鲜明、更加清晰的表达法——逆喻,像"甜蜜的绝望""忧伤中永远有神秘的甜蜜""狂喜的恐惧""痛苦又幸福的陶醉"这样的词组,且其运用在成熟期的作品中达到了炉火纯青的高超境界,它们使蒲宁的创作风格显现出充满神秘感的戏剧性,也使表达言简意赅。

死亡走进蒲宁的生活是令他猝不及防的,是与妹妹鲜活生命的突然消失联系在一起的,这种强大的自然力给幼小心灵带来的巨大冲击和恐惧引发了作家终生思考和探究生命意义的开始。蒲宁说:"人们对死亡的感受是完全不同的,有的人终生生活在它的标记下,很小就有了强烈的死亡感(这常常是由于具有同样强烈的生命感)。"①蒲宁就是在这样的标记下度过一生的人。注意,这里的括号是蒲宁自己加上去的,他要强调的是,人对生死的感受是共生的,它们既矛盾,又不可分割,正是死亡大大地增强了人们对生命的感受,对死亡的恐惧正是对生命陶醉的反面,越热爱生命,就越恐惧死亡,反之亦然。由此,我们看到了蒲宁对大自然中的一丝风、一滴水、一片叶,甚至一粒舞动的纤尘不吝笔墨的描写及他对人间真挚的情爱,甚至是性爱勇敢而严肃地颂扬的原因。

早在童年时女性的魅力就开始令蒲宁心弦颤动,青年时期它更以猛烈的、超越凡尘生活的力量冲击着这个年轻人的生活,但当一次次的爱以如痴如醉的癫狂开始,却转瞬失去之后,爱情便无异于一朵美丽的罂粟,成为作家生活中的灾难,也在某种程度上决定了他对待生活的态度。由此我们看到,蒲宁的爱情永远是和死亡、和痛失连在一起的。

对蒲宁人格个性和创作个性的塑造除了上述的诸多原因之外,还不能不谈到"奇迹般的俄罗斯文学"[Ⅰ,224]。在这里,我们首先应该瞩目的就是普希金。还在童年的时候,普希金就走进了蒲宁的生活,在蒲宁的心中,普希金是"上帝赋予俄罗斯最巨大的

---

① Бунин И. А. Жизнь Арсеньева, Санкт-Петербург, "Бионт", "Лисс", 1994. С. 30.

幸福"①蒲宁在晚年曾这样说道:"他(普希金)什么时候走进了我的内心?我是什么时候认识他并爱上他的呢?俄罗斯又是什么时候走进我的内心?我又是什么时候认识它并爱上它的天空、空气、太阳、亲人和朋友的呢?要知道他是那么特别地和我在一起,从我生命的最初时刻便开始了。"②"普希金是我当时生活真正的一部分。……他在我身上唤起了多少感情!我常把他作为自己的情感所依和赖以度日的伴侣。"③在《阿尔谢尼耶夫的一生》中蒲宁深情地描述了普希金对自己的影响:"我从小就听过他的诗歌。我们提起他的名字几乎总是很亲昵,就像对一个亲戚、一个完全属于我们的人一样,无论在一般的还是特殊的生活环境里,他都同我们在一起。他所写的诗都是属于我们的,他为了我们并怀着我们的情感在写作。在他的诗中所描写的风暴,'空中飞旋着雪花的风涛',把阴云吹满了天空,就如同在卡缅卡的庄园附近,冬夜肆虐怒号的风雪一样。我会情不自禁地将普希金诗中的情景和我身边的事儿联系起来,难辨真假。"④蒲宁不仅在情感上接近普希金,更对他对于俄罗斯大自然诗意的把握感到惊叹不已:"冰霜和阳光,/多美妙的一天!/美丽的人儿,/你却在安眠……"(普希金《冬日的早晨》)"多么快呵,在辽阔的原野上,/我那新装了蹄铁的马在飞奔!/它的蹄子敲着冻结的土地,/发出多少清脆、响亮的回想!"(普希金《多么快啊!》)"在松林的后面,朦胧的月亮,/像个幽灵,在东方冉冉上升,——"(普希金《阴雨的日子》)普希金这些用简洁的语言勾勒出俄罗斯大自然美景的诗篇成为蒲宁一生的最爱。普希金对大自然美好强烈的感受和与自然息息相关的情感深刻地影响了蒲宁,同时普希金那永远简洁、明了和欢快的文风,诗意与质朴的完美结合我们都可以在蒲宁对自然的描写中找到,并绵延在他终生的创作中。蒲宁后来回忆道:"我在生活中许多、许多次激情澎湃

---

① Бунин И. А. Публицистика 1918—1953, Москва, «Наследие», 1998. С. 457.
② Бунин И. А. Собр. Соч. в 9 т. М.,1966. Т. 9. С. 456.
③ Там же. С. 126.
④ [俄]伊凡·蒲宁,《阿尔谢尼耶夫的一生》,章其译,长江文艺出版社,1984年,第141—142页。

地感受到了这样一个愿望,即创作某种普希金风格的美好、自由和和谐的东西,这种愿望源于对普希金的爱和与他的亲近感,源于上帝有时赐予生活的某种普希金式明快的心情。"①可以说,他在自己的作品中,以最精确而简洁的语句不断地再现了普希金所说的"朴实无华的迷人之处"。

莱蒙托夫是另一个一生都与蒲宁"密不可分的人"②(蒲宁语),是他一生的精神伴侣。蒲宁曾多次坦陈,自己的诗歌创作之路在很大程度上是从模仿、甚至是改写莱蒙托夫的诗作开始的,如他的《可怕的瞬间》(1887)、《我不能隐瞒》(1887)、《帆》(1887)、《日记》(1887)、《天空阴云密布》(1887)等③不是对莱蒙托夫诗作的模仿,就是对其作品的回应。如果说普希金那些闪烁着天才光芒的大自然的颂歌让蒲宁深深陶醉于俄罗斯神奇的自然之美当中的话,那么命运多舛而睿智的莱蒙托夫带给蒲宁的就是对自然生命的深刻思考、对远方的追求和对不可知世界的不懈探索。"蔚蓝的草原一片寂静,/高加索像个银环,把它箍紧。/它高临海滨,皱着眉头静静睡眠,/它像个巨人,俯身在盾牌上面,/倾听着汹涌波涛的寓言,/而黑海在喧哗,一刻也不平静……"在《阿尔谢尼耶夫的一生》中蒲宁谈到了莱蒙托夫的这首《纪念奥陀耶夫斯基》给自己带来的影响:"这些诗句多么迎合我少年时代对远方旅行的奇异的忧思,满足我对遥远和美好事物的渴望,适应我内心隐秘的心声,它唤醒和激发了我的心灵!"④在后来,莱蒙托夫笔下那充满异国情调的风景更是让蒲宁难以平静,在那里蒲宁看见了"卡兹别克的雪峰,达里雅尔的峡谷,以及我所不知的那个明媚的格鲁吉亚的山谷,这儿'阿拉瓜和库拉河汹涌澎湃的波浪,好像是姐妹俩拥抱

---

① Бунин Иван, Публицистика 1918—1953, Москва, «Наследие», 1998. С. 205.
② Бунин И. А. Жизнь Арсеньева, Санкт-Петербург "Бионт", "Лисс", 1994. С. 121.
③ 这几首诗依次是对莱蒙托夫的《祈祷》《致……》《帆》《恶魔》以及《寂寞又忧愁》的模仿或改写。见 Бунин И. А.:[Сб. материалов]: В 2 кн. -М.: Наука, 1973. - (Лит. Наследство; Т.84). кн. 2. С. 242-261.
④ [俄]伊凡·蒲宁,《阿尔谢尼耶夫的一生》,章其译,长江文艺出版社,1984年,第142—143页。

在一起',看见塔曼的多云之夜和茅舍,看见烟笼雾罩的蓝色的大海,有一片孤帆在闪耀着白光;看见神话般的黑海之滨,长着一棵幼小的鲜绿的悬铃木……"①晚年的时候,蒲宁谈到了莱蒙托夫的《帆》,他说:"它永远让我感到震动,但每一次却都不同。有时是忧郁,有时是激情,而有时是痛楚的幸福。多么庄严,多么神奇的结尾呀,它是整个俄罗斯诗歌中最惊人的诗句之一:但它这叛逆,却祈求风暴,/仿佛在风暴中方有安宁!"②蒲宁一生都在思考着莱蒙托夫短暂而跌宕的命运,莱蒙托夫一生才活了二十七年,但他何以对生活有着那样透彻的了解?! 也许可以说,正是莱蒙托夫塑造了蒲宁作为一个与众不同的艺术家最鲜明的特点,那就是他不仅激发了蒲宁探索自然深处秘密的激情,更启发了蒲宁创作中最具特色的记忆主题。他甚至这样说:"我一直认为,我们最伟大的诗人是普希金,不,是莱蒙托夫!简直难以想象,如果他不是在27岁就辞世,他将达到怎样的高度。简直无与伦比!它的诗与普希金,与其他任何诗人都毫无相似之处。只能说令人震惊,用其他任何词都表达不了。"③

  蒲宁正是在俄罗斯深厚文学传统的熏陶之下成长起来的。这种传统的影响是广泛的、多维的,除去普希金和莱蒙托夫,茹科夫斯基笔下那自然风光散发出的浪漫主义的朦胧气息,巴拉廷斯基忧郁、悲观的对世界的感悟,果戈理作品中对上帝虔诚的信仰以及善必将战胜恶的朴素哲理,尼·乌斯宾斯基对普通俄罗斯农民生活深刻的了解和质朴细腻的描写,费特、丘特切夫那永远闪耀着哲理思想与智慧的诗篇,……无一不在蒲宁的内心留下了深深的烙印,甚至包括蒲宁素来反感的那些"寻神"的哲学家,蒲宁同样从他们的诗篇中获得了诸多启迪。正像他在《阿尔谢尼耶夫的一生》中所说:"我是在翻阅这些作品中经受了自己整个少年时代全部最初

---

① [俄]伊凡·蒲宁,《阿尔谢尼耶夫的一生》,章其译,长江文艺出版社,1984年,第180页。
② Бунин И. А.:[Сб. материалов]:В 2 кн. -М.:Наука,1973. -(Лит. Наследство; Т.84). кн. 2. С.128.
③ Бабореко А. Бунин-жизнеописание, Москва. Молодая гвардия, 2004. С.199.

的幻想的。""那美妙绝伦的新鲜事物,生活观感所带来的欣喜,那些神秘的山谷,那静谧中闪闪发光的湖水以及与女神那永生难忘、可怜又笨拙的初次约会——这一切我都经历过了。""我第一次产生了对于写作强烈的渴望,第一次萌发了实现这种渴望的尝试和想象的极大决心。"①

当天生的秉性和周围环境的诸多因素相融合,文学创作的种子便开始萌芽。生活仿佛压根儿就没有让蒲宁面对痛苦的选择,正如他自己所说,"我是在不知不觉中当上作家的,当上得那么早,我还没有意识到就已经以写作为职业了,通常只有'命中注定'非得做什么职业的人才会如此。"[Ⅰ,304]显然,蒲宁只是自然而然地听从了命运的安排,是命运召唤他去从事"那全人类最怪异的、被称为写作"的事业。后来他说:"我一生都不明白,在公务、生意和政务中,在暴力和家庭中如何能够找到生活的真谛……"在《阿尔谢尼耶夫的一生》中,蒲宁写道:"我已经清楚地看到,生活中有一种妙不可言的东西叫做文学创作。于是我内心里做出了果断的决定……要成为第二个普希金或第二个莱蒙托夫、茹科夫斯基、巴拉廷斯基。我生动地感觉到自己是与他们血肉相连的……我看他们的肖像就像是看世代相传的家族肖像一样。"②

按照蒲宁自己的说法,他的第一次笔头创作完成于 8 岁,之后便一发不可收拾。辍学在家期间他沉浸在世界文学的海洋里,阅读了大量俄罗斯以及西欧作家的作品,写了大量模仿古典诗人的诗歌作品,主要是模仿莱蒙托夫、普希金等。1887 年蒲宁的诗歌《在 С. Я. 纳德松的墓前》刊登在圣彼得堡的插图周报《祖国》上,从此他以诗人的身份正式登上了俄罗斯的文学舞台。

在创作最初的 10 年间,蒲宁经历了其心灵历程中最混乱、最充满矛盾的一个阶段。首先是严酷的社会现实促使他深刻地去思考面对的世界,思考自己的生活。

---

① [俄]伊凡·布宁,《阿尔谢尼耶夫的一生》,靳戈译,译林出版社,2004 年,第 118 页。
② Бунин И. А. Жизнь Арсеньева, Санкт-Петербург "Бионт", "Лисс", 1994. С. 93.

第二节 社会意识中的孤独与思考

如果说,生命意识中的诸因素赋予了蒲宁关于生、死、爱情的最初的感性体验和意识的话,那么,社会经历则进一步丰富和加深了这种体验和意识,并加入了理性的分析和思考,为他的艺术创作提供了更丰厚、更广泛的契机。

蒲宁生活在19世纪末20世纪初俄国农奴制废除、资本主义进入快速发展、社会发生激烈动荡的时代。1856年国内危机重重的沙皇俄国与西欧资本主义国家之间发生了克里米亚战争,企图通过外部战争来缓解国内局势的动荡,但是最终俄国以惨败而告终。克里米亚战争的失败不仅充分暴露了俄国专制制度和农奴制的腐败以及国家军事、经济的落后,而且给曾战胜了欧洲霸主拿破仑的俄罗斯人带来的思想上的震惊也是空前的。俄罗斯仿佛一下子从睡梦中惊醒过来:"当我们还在谈论抗击拿破仑的光荣战役时,我们忘记了自那时以来,欧洲一直在进步的道路上稳步前进,而我们却一直停滞不前。"[①]人们发现,回到旧时代的道路已经被彻底堵死,俄罗斯往哪里去? 是生存还是死亡? 人人都感到了"山雨欲来风满楼"的变革气息。变革,俄罗斯需要变革,它"是几个世纪所造成的历史时机之一,它就像山中的雪崩,像赤道附近的骤雨一样是不可避免的……人人都觉醒了,人人都开始思索,人人都充满了批判精神。"[②]别尔嘉耶夫在谈及那个时代的特征时说:这是一个集"日暮感、死亡感与日出的欢畅感和改变生活的希望感"于一身的时代。1861年沙皇俄国进行了自上而下的废除农奴制的改革,这次改革终于将落后的沙皇俄国推上了资本主义的发展道路,开始了俄国近代的工业化进程。从今天的角度回顾历史,改革的历史作用是不容抹杀的,但是改革的过程却是相当痛苦的,它给整个俄罗斯带来的震动绝不亚于革命。根据改革的法令,所有农奴都被

[①] [美]斯塔夫里阿诺斯,《全球通史——1500年以后的世界》,吴象婴、梁赤民译,上海社会科学院出版社,1997年,第383页。
[②] 张建华,《俄国史》,人民出版社,2004年,第106页。

宣布为是自由的,但事实上他们却遭到了变本加厉的掠夺,解放了的农奴不仅没有像废除农奴制的法令所许诺的那样被分配到土地,反而被加上了难以忍受的沉重的苛捐杂税。破产、贫困、欺侮和凌辱使农民骚动不断。人民纷纷离开土地,涌向城市,加入了产业工人的行列。但是刚刚进入原始积累阶段的资本正如马克思所说"每个毛孔都滴着鲜血和污秽",城市工人们受到的依然是最野蛮的剥削。而在蒲宁心目中那永远充满了诗情画意的古老的俄罗斯农村不可避免地败落了,土地荒芜,满目疮痍。蒲宁在早期创作的《金窖》《新路》等作品中都反映了这些现实。而社会结构的改变、阶级冲突的公开化所带来的空前未有的社会动荡又为俄国革命拉开了序幕,正如阿达莫维奇所说:"在俄罗斯的90年代,人们为萧条痛苦,被寂静和安宁所折磨……,而在那静寂中却蕴涵了'惊雷般的'预感"①。蒲宁正是在这种社会环境中走上俄罗斯文学舞台的。

他亲眼目睹的一切是那样令人失望,亲身经历的一切更令他刻骨铭心。首先是家境的进一步恶化。由于"父亲的恩典"(蒲宁语),家里彻底破产,甚至连蒲宁读书的学费都付不起。这之后蒲宁不得不辍学在家②,并很快离开父母,"胸前挂着一只十字架",到俄罗斯各处谋生,从一个卑微的职位更换到另一个。他先后在奥廖尔、哈尔科夫、波尔塔瓦等地当过报社校对员、记者、图书管理员、地方自治局统计员,摆过书摊,年轻的蒲宁"在人间"尝遍了生活的种种屈辱与艰辛;其次,他经历了生命中最刻骨铭心的一次爱情的痛失、第一次婚姻的破裂和一生中唯一的爱子的夭折。所有这一切都在蒲宁的性格和心理上留下了深深的印记,成为他终生选取爱情与生死为创作主题的主要原因。因此,在蒲宁创作的早期阶段,他更多地描写"痛苦"和"死亡",他的内心充满了困惑,他无法解读眼前发生的一切。他曾在哥哥尤里的引导下接触过民粹

---

① 俄罗斯科学院高尔基文学研究所,《俄罗斯白银时代文学史(Ⅱ)》,谷羽、王亚民等译,敦煌文艺出版社,2006年,第45页。
② 蒲宁辍学还有其他的原因,即他讨厌学校的课程安排以及"严厉得荒乎其唐的管束"(蒲宁语)[Ⅰ,290]。

派人士,试图在那里找寻民粹派作家笔下从俄罗斯文学传统中延续下来的对人的深切关切和个人与人民、与大自然以及土地的紧密联系,在蒲宁看来,正是这些联系才赋予了人以强大的生活力量,但结果却令蒲宁大失所望。在现实生活中,他看到的不仅不是联系,恰恰相反,是与人民的严重脱离。有一位名叫斯卡比切夫斯基的民粹党人曾说:"我一辈子从来没有见过黑麦是怎样生长的,也从来没和农民交谈过。"①他冷漠的自白无疑令蒲宁感到异常愤慨。1888年蒲宁在评论 Е. И. 纳扎罗夫②诗歌创作的文章中说道:"我们这里过去、现在都响彻了知识分子必须帮助人民的声音,但是这些声音最终成了旷野中的哀号,且很不明智:在这些号召中常常可以听到伪善的调子,为人民服务也被理解得很狭隘。"③由于对农村生活深刻的了解,蒲宁坚持认为,"俄罗斯的知识分子对自己的人民了解之少令人震惊,……没有任何一个国家其文化群体和非文化群体之间的矛盾像我们这里这样巨大。"④因此,在他看来,民粹派作家笔下的农民形象不过是他们凭空想象出来的美好理想,是被理想化的农民。1891年蒲宁在小说《费多谢耶夫娜》中首次塑造了有别于这种"理想化"的非典型的农民形象,小说中的两个人物——女儿和女婿开启了一系列非传统农民形象的先河⑤,并为后来的中篇小说《乡村》奠定了基础。正如帕乌斯托夫斯基所说:"蒲宁是个有胆量的人,忠于自己的信念。他在《乡村》这部小说里揭穿了脱离现实的民粹派们所创造出来的关于俄罗斯农民是上帝化身的神话,他是最早抨击这种甜滋滋神话的人之一。"⑥不仅

---

① Бунин И. А. : [Сб. материалов]: В 2 кн. -М. : Наука, 1973. -(Лит. Наследство; Т. 84). кн. 1. С. 10.
② 纳扎罗夫(1848—1900),诗人,主要诗歌作品有《纪念纳德松》《迎新年》等。他还是蒲宁的朋友,在蒲宁成长的过程中给予过许多帮助。蒲宁后来以他为原型塑造了中篇小说《乡村》中库奇马·克拉斯诺夫的形象。
③ Бунин И. А. : [Сб. материалов]: В 2 кн. -М. : Наука, 1973. -(Лит. Наследство; Т. 84). кн. 1. С. 290.
④ Там же. С. 372.
⑤ 费多谢耶夫娜的女儿和女婿虚伪而冷酷,在冬日一个寒冷的深夜将母亲赶出了家门。
⑥ [俄]帕乌斯托夫斯基,《金玫瑰》,戴骢译,百花文艺出版社,1987年,第307页。

如此,民粹派的许多宗旨都与蒲宁的人生准则格格不入,他们的暴力倾向、拯救一切于所谓"恶"的自命不凡、对除了农民之外其他阶层的蔑视、对所谓"非进步"文化的攻击等等最终使蒲宁离开了这个"人类幸福的职业组织者"(蒲宁语)圈子。作家转向了托尔斯泰主义,期望在那里找到答案。

在蒲宁全部的生命历程和创作生涯中,有许多人和事对他的世界观和创作风格的形成产生过影响,但在这里,笔者可以毫不夸张地说,对其影响最大的当数大文豪托尔斯泰。蒲宁自己也承认,托尔斯泰的人格力量和道德光芒深刻地影响了他的一生,托尔斯泰世界观中有许多东西是与他相接近的,那就是从各种社会压迫中解放出来、回归到健康生活的源头、回归到人首要的和永恒的价值上来、回归到原始的自由和质朴的强烈愿望;就是对整个社会人性的丧失和精神堕落的担忧;是对生与死等永恒问题深刻的思考;也是对政治的反感和对暴力的痛恨。当然,与托尔斯泰世界观中所有的这一切真正"接近"的过程是漫长而复杂的,是必须有不断成熟的个人经验作为基础的。在青年时代,在蒲宁最为迷茫的时候,他成了托尔斯泰主义的信徒。为了平民化,蒲宁参加了托尔斯泰的"兄弟会",并在那里干起了箍木桶的工作。但很快蒲宁就对这一学说感到了失望,或者准确地说,是对该学说的信徒感到失望。他们颐指气使、狭隘片面、自高自大,但却自认为比别人高尚、纯洁。托尔斯泰本人也劝阻蒲宁不要再平民化了:"您想过平凡、劳动的生活吗?这很好,但不要强迫自己,不要把它弄成一件漂亮的外套,在任何生活中都能成为一个好人。"①

经历了对理想生活的失望和爱情失败的双重打击,蒲宁陷入了深深的痛苦。1895 年他第一次来到彼得堡,在那里结识了许多文学界的朋友,但他在日记中这样记述了那段日子:"这是我新生活的开始,是我青年时代心灵中最黑暗、最死寂的时刻。虽然外表上看我的生活丰富多彩,结交甚广,其实目的只是为了不与自己独

---

① Бунин И. А. Собр. Соч. в 9 т. М.,1966. Т. 9. С. 57.

处。""那时我是生活在任何社会圈子之外的。"①这种外表的广交朋友和内心的封闭和孤独是蒲宁一生的写照。他身材挺拔,风度翩翩,留着西班牙式的小胡子,脸部线条流畅,富有贵族气质,同时他又机智风趣,魅力四射,但内心却隐藏着深深的悲哀和对无法解读的生活的忧虑。

  这段时期,蒲宁在生活和心灵上尽管遭遇了许多挫折,但在文学创作上却有了长足的进步。在1887年8月刊登的《在纳德松的墓前》之后,1887年的9月和12月,蒲宁的随笔《两个香客》和第一篇小说《尼菲德卡》刊出。除此之外,1894年之前,蒲宁还创作并发表了《云雀之歌》(1887)和《生活之光》(1886—1887)、《日复一日》(1889)、《萨曼和莫奇卡》(1890)、《节日》(1891)等作品。1891年,蒲宁在奥廖尔出版了第一本诗集,从此,蒲宁的名字便开始频繁地见诸于当时的各类刊物。但是对于自己的早期作品,作家本人始终讳莫如深,甚至称自己早期的作品为"心中的剧痛":"我心中最剧烈的伤痛之一就是有那么多令我感到耻辱的东西。"②关于第一本全集的编辑工作,蒲宁说:"今年玛尔克斯出版社将出版我的多卷集,凡我自己认为有一定价值的作品,可*全部*收入,作为由我编辑的《田地》周刊的副刊。"(斜体为蒲宁所加)实际上他不顾出版商将全部作品都编入集子的要求,拒绝将最早的作品编入。1931当蒲宁的朋友伊利英痛惜自己的手稿毁于炮弹的时候,蒲宁却说:"如果有炮火烧掉我年轻时期的全部作品,我将重重酬谢!再也没有什么比身后这些不成熟的负担更可怕的了!"③

  尽管蒲宁对自己的早期创作持无情的批判态度,但蒲宁从来也没有忘记,他整个的创作生涯正是从这"失败的开端"起步的。正如对他来说,小说的第一句话往往具有决定性的意义,是它确定了"整篇作品的基调"④一样,作家生命乐章的这段序曲尽管不完

---

① Бунин И. А. Собр. Соч. в 9 т. М. ,1966. Т. 9. С. 361.
② Мальцев Ю. Иван Бунин: 1870—1953, Посев, 1994. С. 58.
③ Бунин И. А. : [Сб. материалов]: В 2 кн. -М. : Наука, 1973. -(Лит. Наследство; Т. 84). кн. 2. С. 276.
④ Бунин И. А. Собр. Соч. в 9 т. М. ,1966. Т. 9. С. 375.

美,但却在很大程度上确定了他一生近 70 年创作生涯的"基调"。我们看到,在这段还很幼稚的时期,作家一生创作的几大主题已经显现。作家表达了自己对生活、自然、人的最初的、最感性的、在某种程度上常常是最真实的印象和对它们的理解,蒲宁作为一个人和一个作家,他的个性正由此而形成。蒲宁在成熟的创作时期深刻地认识到了这一阶段对自己生命的重大意义,于是将一生最优秀的作品——《阿尔谢尼耶夫的一生》献给了它。

到 1903 年,即蒲宁开始创作的最初的 16 年里,蒲宁还出版了多本诗集,其中的《落叶》(1900)赢得了持不同创作原则的作家和评论家的一致好评,不仅成为其个人的代表之作,也成为俄罗斯文学中描绘大自然美丽风光的经典之作;小说主要有反映下层人民悲惨生活的《塔尼卡》(1892)、《故乡来信》(1893)、《在他乡》(1893)、《浪迹天涯》(1894)、《在田野》(1895);反映自己内心对生命的思考、面对生死、爱情问题的惶惑的《山口》(1892—1898)、《在庄园里》(1892)、《深夜》(1899)、《安东诺夫卡苹果》(1900)、《松林》(1901)、《雾》(1901)、《新路》(1901)、《静》(1901)和《在八月》(1901)、《金窖》(1901)等等。

在蒲宁早期的作品中,特别是 19 世纪 90 年代后的作品中作家对人类生存最基本的问题进行了深刻的、多方面的思考,结果却加剧了内心的惶惑与恐惧。1896 年,他在写给托尔斯泰的一封信中倾诉了自己内心巨大的痛苦:

我生活中的一切都是片断的,零散得令人吃惊!知识是最零散的,有时令我痛苦得几乎发疯:有那么多的东西应该去认识,而取而代之的却是那么可怜的一点点……要知道,我痛切地盼望了解事物,从它们的本原、它们的本质开始!也许这是孩子般幼稚的想法。还有就是在对人的态度中也充满了片断的、零碎的好感、友谊的赝品和短暂的爱情等等。……我所盼望的是真挚的友谊、充实的青春、对一切事物的了解和光明而宁静的生活……是的,你一定经常会想,你有什么权力获得这一切呢?在对生活的渴望和由此而来的痛苦中,你还知道,一切很快就会结束:……不到 100 年,地球上将不会有一个像我一样期望生活并正在生活着的有生命的实体存在,没有一条狗、一只兽、一个人——一切都将是崭新的!那么我相信什么呢?既不相信我将像燃尽的蜡烛一样消失得无影无踪,也不相信我将永远无休止地流浪——无休止地欢乐或悲哀。那么关于上帝呢?当我不断地自问,我在哪里的时候,我又能想到什么呢?我们这个小小的地球,甚至是包含了无数世界的世界在哪里呢?①

无独有偶,作家内心的这些困惑又由于现实生活中的种种外在变故变得更加复杂,作家很自然地将生存层面上对于生死的困惑与当时社会的急剧变化、贵族生活方式或称为"贵族文化"的衰败联系在一起,所有这一切在年轻人的内心翻滚,纠结,构成了其无力破解的强烈矛盾,令他感到生活零散、纷乱,像一团乱麻一般无从认识。由此,当他在这一时刻回首自己已完成了的作品时,痛苦又一次油然而生。"从我十几年来带着欢乐和一颗年轻的心去痛哭和思考的一切当中、从那些我感觉是我灵魂的实质和生命中最重要的事情当中出来的竟是几篇不足挂齿的、什么也没有表达出来的小故事。"②"我没什么可向人们诉说的,因为我自己什么也不知道。"③此时的蒲宁内心感受到的是深刻的困惑与危机,他迫切地感到需要从事物的本质和本原上为自己内心的困惑找到答案,他需要一个新视角,一个能够为他提供拓展其观照世界的新视角;他需要获得对世界、对生活更深入的、更具普遍性的了解,获得超越纷乱生活之上的东西,这是一个作家从对生活简单苍白的复制者向一个具有独特个性魅力的作家飞跃的必要条件。于是蒲宁踏上了东游之路,那里是人类生存的源头,是人们最早的家园,是生命与世界息息相关、完美相融的地方。

1900—1911 年 2 月,蒲宁曾先后五次出国旅行,关于这一阶段,蒲宁写道:

---

① Бабореко А. И. А. Бунин-Материалы для биографии с 1870—1917, Москва, 《Художественная литература》, 1983. С. 54-55.

② Там же. С. 55.

③ Там же.

在这些年内,我观光了特别多的地方。除了夏天我一如既往地在农村避暑外,其余时间都去国外旅游。我曾不只一次去过土耳其,游历了小亚细亚沿海一带和希腊,在埃及我一直深入到努比亚沙漠,还游览了叙利亚和巴勒斯坦,访问了奥兰、阿尔及尔、君士坦丁、突尼斯等名城,以及撒哈拉大沙漠的边缘地区,并横渡大洋去了锡兰,周游了几乎整个欧洲,特别是西西里岛和意大利,此外还游览了罗马尼亚和塞尔维亚的一些城市。[Ⅰ,299]

由于这段时间,特别是1903—1909年间是蒲宁一生创作作品最少的一个阶段,因此,研究者对它常常不是一带而过,就是将其简单地解释为"天性爱好旅行"或从纷乱的生活中暂时解脱的方式。笔者认为,这无疑是一个不小的失误。正像普鲁斯特所说:当遇到痛心疾首的问题时,"艺术家想出的办法往往不是独善其身,解决他自己个人的生活,解决他所谓的真正的生活。艺术家寻求的办法具有总体意义……"①事实上,推动作家"像候鸟一样"不停迁飞的原因除了为个人的生活和生命找寻终极的意义,更重要的是对俄罗斯民族的实质以及其未来命运的深刻思考。

对俄罗斯命运的思考在蒲宁的作品中早已有之,作家承认,"从青年时代起俄罗斯灵魂那可怕的谜就强烈地吸引着我。"②在东游之前,蒲宁深入研究《圣经》《古兰经》、佛教以及希腊、埃及、波斯、巴比伦等古老民族的神话传说,正是对这些古老文明源头和民族生存发展规律的探究使得作家越来越关注民族性格、民族意识与民族命运之间的关系。而新世纪初俄国国内的社会现实,特别是1903—1905年日俄战争的失败、1905年第一次俄国革命期间蒲宁亲眼目睹到的各种力量在美丽言辞之下进行的血腥、残酷的暴行恰恰为作家的思考提供了感性的材料,促使他在对俄罗斯民族

---

① 徐真华、黄建华,《20世纪法国文学回顾》,上海外语教育出版社,2008年,第45页。
② Дмитриева Т. Г. Проблема национального характера в прозе И. А. Бунина // И. А. Бунин и русская литература XX века: По материалам Между-нар. науч. конф., посвящ. 125-летию со дня рождения И. А. Бунина, 23-24 окт. 1995. / Ин-т мировой лит. им. А. М. Горького. —М.: Наследие, 1995. С. 66.

的性格和历史的探究中揭示俄国社会隐藏的深重的危机,思考俄国未来的出路。

　　思考的结果便是1910—1916年间,作家对俄罗斯的文化,包括宗教文学、历史文献、神话传说、英雄史诗等进行了深入的研究,并创作了多部描写俄国社会和探讨俄罗斯性格的作品,其中最重要的是中篇小说《乡村》(1910)和《旱峪》(1911)。在这两部作品中作家分别以庄稼汉、小市民和乡村贵族为刻画对象,以冷静、客观、令人震惊的笔调展示了俄国农村在物质和文化上贫困衰败的面貌,无情地揭露了俄罗斯民族性格中的种种痼疾以及随之而来的可怕的精神赤贫,更重要的是,作家将农民生活的悲惨、地主庄园的没落以及整个农村、甚至是整个俄国社会的冲突和悲剧的原因都归结为民族的种种劣根性。作家尖锐的分析和勇敢的结论立刻引发了社会各界的激烈争论,许多人不能容忍曾固定在人们脑海中,特别是知识分子脑海中那些正直、善良、隐忍、智慧的农民形象——卡拉姆津的莉扎、格里戈洛维奇的安东·戈列梅科,白净草原上的孩子们、郝利和卡里内奇①——瞬间就这样被懒惰、贪婪、冷漠、野蛮、"说的是一套,做的是另一套"的嘴脸所代替,愤怒的子弹纷纷射向蒲宁。但同时也不乏冷静、客观的评价人,高尔基就是其中之一,他坚定地站在蒲宁的一边,高度评价了《乡村》这部作品,他说:

　　　　以前还没有人这样深刻、这样历史地写过农村……蒲宁的《乡村》是一个推动力,它促使风雨飘摇中的俄国社会深省,目前应考

---

① 他们分别是卡拉姆津的小说《可怜的莉扎》、格里戈洛维奇的小说《苦命的安东》、屠格涅夫小说集《猎人笔记》中的小说《白净草原》以及《郝利与卡里内奇》的主人公。关于这几个人物,蒲宁曾毫不讳言地进行过抨击。1912年在7月23日,在与《莫斯科报》记者的谈话录中,蒲宁说道:"在俄罗斯从来就没有对自己的人民进行过真正的、严肃的研究。……比如《安东·戈列梅科》,很早就有人说,他根本不是俄罗斯老百姓。而屠格涅夫的笔下也没有对俄罗斯普通百姓现实生活充分的描写,他一直住在国外,表现奴隶美好的心灵是他始终追求的一个专门的目标。而兹拉托夫拉茨基的文学活动更是带有美化的性质,他将俄罗斯农民美化了。"见:Бунин И. А.:[Сб. материалов]: В 2 кн. -М.: Наука, 1973. -(Лит. Наследство; Т. 84). кн. 1. С. 372.

虑的已不仅是有关农民的问题,甚至不仅是有关普通人民的问题,而是俄罗斯能否生存下去的问题。我们还没有把俄罗斯作为一个整体来考虑过,而这部作品则为我们指出,必须从整个更加的角度,历史地考虑问题。①

正如作家自己所说:"我出版了《乡村》,这是一系列小说的开端,所有这些小说都尖锐地刻画了俄罗斯心灵以及它独特的、错综复杂的、光明的和阴暗的、但永远是悲剧的基础。"②的确,在这两部作品之后,蒲宁又陆续创作了《伊格纳特》(1912)、《扎哈尔·沃罗比约夫》(1912)、《深夜的交谈》(1912)、《快活的一家子》(1912)、《扎鲍塔》(1913)、《日常生活》(1913)、《莠草》(1913)、《路旁》(1913)、《我一直沉默》(1913)、《春日的傍晚》(1914)等等,可以说,所有这些作品都是对《乡村》多方面、多角度的深化和拓展,从这些作品中我们可以感到作家创作风格的日渐成熟。后来蒲宁回忆说:"在这些年里,我感到我的手一天天地有力起来,我是多么热情而自信地期待聚集在我内心的力量能释放出来。但是战争爆发了,紧接着又是俄国革命。"③

1914年,第一次世界大战的爆发促使作家从整个人类的角度、从文明的特征的角度去思考现代社会人与人、人与自然、人与社会之间的关系。作家将矛头直指资本主义的机械化文明,关注的是生活在现代文明中的人的心灵状态以及个体生命的意义。蒲宁始终在思考,是什么"造就"了"把个人看得比天还高,想把整个世界都囊括进自己的腰包"的英国殖民者、靠榨取华工的血汗大发横财的"旧金山来的先生"?在蒲宁看来,祸首正是以物欲横流、弱肉强食为基本特征的现代机械化文明,这种无上帝的和反自然的文明从一开始就走上了与人类生存中最珍贵、永恒的真善美的精神价值背道而驰的道路,生活在这种文明中,人的精神被异化,心灵被

---

① Бунин И. А.［Сб. материалов］: В 2 кн. -М. : Наука, 1973. -(Лит. Наследство; Т. 84). кн. 2. С. 38.
② Мальцев Ю. Иван Бунин 1870—1953, Посев,1994. С. 161.
③ Михайлов О. Н. Жизнь Бунина. Лишь слову дана... -«Бессмертные имена». М. : ЗАО Изд-во Центрполиграф, 2001. С. 284.

扭曲,人性遭到严重的摧残,正如蒲宁在《阿强的梦》中所说:"我的朋友,我周游了世界——生活到处都是这样!人们是靠着谎言,靠着虚伪度日的,他们既不信上帝,也没有良心,没有理性的生存目的,没有爱情,没有友谊,没有诚实的品性——甚至都没有一般的恻隐心。"[Ⅲ,52]而战争正是人性丧失带来的必然结果,是文明走向灭亡的最后一幕,这其中的个体生命也必将以悲剧而告终。因此,此时蒲宁的作品中常常弥漫着浓浓的悲剧气息,"某种恐惧的东西已经展开,这是《圣经》的第一页。上帝的精神在大地上飘荡,而大地却是空虚而混乱的,这实在令人沮丧!"①在《同胞》《儿子》《卡吉米尔·斯坦尼斯拉沃维奇》《轻盈的气息》《阿强的梦》《最后的春天》《最后的秋天》等小说中我们也可清晰地感觉得到。

由此可见,这一阶段对于蒲宁来说具有着重大的意义,这是蒲宁创作最富于成果的时期,它标志着蒲宁从此走向了成熟。在文学创作风格上,文化视野的拓宽为文学创作的进一步展开积累下了丰富的资源,作家开始脱离了对生活浮光掠影的描写,越来越沉浸在哲学的思考之中。1915年,小说集《生活之杯》出版后,巴丘什科夫指出了蒲宁创作的新特点:"在创作之路上,蒲宁不仅是一位生活的观察者,而且越来越成为生活的思想者。"②高尔基评价蒲宁称:"当代最优秀的作家是蒲宁,凡是真诚地热爱文学和俄罗斯语言的人过不久都会明白这一点的!"③

1917年至1920年,蒲宁的创作陷入了低谷,其直接原因就是1917年的俄国革命。在许多研究蒲宁的著作里,对于蒲宁最终离开祖国都以"拒不接受革命"作为解释。笔者认为,尽管蒲宁出身贵族,其信仰和政治态度与布尔什维克党不同,但对革命的拒绝与其说是出于政治立场,不如说是出于人道主义。事实上,蒲宁对于

---

① Мальцев Ю. Иван Бунин 1870—1953, Посев,1994. С.227.
② Бунин И. А.:[Сб. материалов]:В 2 кн. -М.:Наука, 1973. -(Лит. Наследство; Т.84). кн.1. С.28.
③ Бабореко А. И. А. Бунин-Материалы для биографии с 1870—1917, Москва, 《Художественная литература》, 1983. С.181.

革命的态度是经历了变化的：经历了 1905 年俄国的第一次革命和 1914 年的世界大战，严酷的社会现实——经济的落后、军事的失败、政府的腐败无能和由此而带来的人民深深的痛苦——使蒲宁清醒地预感到了更加猛烈的革命风暴的到来①，作家意识到，俄国的变革已是势在必行，他曾对自己的表外甥尼·普舍什尼科夫说过，在内心深处他由衷地相信"革命对我们来说是救星，新的制度必将使国家繁荣起来"②。他也承认，在拉斯普廷惑乱宫廷、权倾皇权的年代里，他"渴望革命"③。然而事态的发展不仅完全出乎了他的意料，更令他的内心充满了"无边的悲伤"（蒲宁语），甚至是绝望。他所看到的新人是一群群"一天天变得狂暴起来"的"变野了的人们"④，发生的革命行为是已司空见惯了的"抢劫、殴打和施暴"，是人还"没被打死，就被掘了坟坑给活埋了"⑤的行径，是闹饥荒的农村和遇到反抗就"无情地烧毁整座整座农庄"的征集粮食的契卡人员⑥；更令作家不能容忍的是人们对民族文化遗产的肆意破坏：焚烧普希金、托尔斯泰的庄园，毁坏教堂，侮辱、驱赶神职人员并极力在人民当中消灭宗教，仇视甚至是迫害知识界人士等等。作家后来回忆说："我不像有些人那样，对革命的发生感到措手不及，对其规模和暴行感到十分突然，可是现实还是超出了我的意料：俄国革命在不久之后会演变成什么，是任何一个未曾目击者所无法明白的。对每一个还对上帝抱有信念的人来说，眼前的情景简直是惨绝人寰……"⑦蒲宁不愿意哪怕是被迫在这出"史无前例

---

① 蒲宁在 1905 年 10 月 18 日的日记中写到，当他得知 1905 年革命的消息后他的心情："我激动得双手颤抖，我终于看到了宣言！这是怎样的狂喜呀，一种经历伟大事件的感觉！"//见 Устами Буниных: Дневники Ивана Алексеевича Бунина и Веры Николаевны и другие архивные материалы: В 2т. Посев,2005. Т. 1. С.40-41.

② Бунин И. А. Окаянные дни, Москва, Советский писатель, 1990. С.8.

③ Там же.

④ Бабореко А. И. А. Бунин-Материалы для биографии с 1870—1917, Москва, 《Художественная литература》, 1983. С. 211.

⑤ Бунин И. А.：[Сб. материалов]: В 2 кн. -М.：Наука, 1973. -(Лит. Наследство; Т. 84). кн. 1. С. 54.

⑥ 见《柯罗连科致卢那察尔斯基的六封信》，陆人豪译 //《俄罗斯文艺》,2002 年第 2 期, 第 37 页。

⑦ Бунин И. А. Окаянные дни, Москва, Советский писатель, 1990. С. 26.

的亵渎神圣的闹剧"(《理性女神》)中扮演一个荒谬、可耻的角色,于是1918年5月他离开了莫斯科,来到南方的敖德萨。临行前,作家无限留恋地对他熟悉的俄罗斯送去了最深情的一瞥:

> 那时正值复活节,春天,令人惊奇的春天:甚至彼得堡的天气也异常的美好,仿佛记忆中从未有过如此的美好,但一种巨大的哀伤却超越了这种感觉。临行前我去了一趟彼得保罗教堂,无论是要塞还是教堂都大门敞开,到处是无所事事的人们在转悠,一边东张西望,一边到处吐着瓜子皮。我在教堂里走了一圈,瞻仰了历代沙皇的棺椁,深深地向他们鞠躬告别。走出教堂,我久久地呆立在台阶上:俄罗斯那一望无际、春意盎然的原野就展现在我的面前。春天,复活节的钟声唤起的本应是欢乐、重生的情感,但现在到处弥漫的却是无边的死亡气息。在这个春天里这种死亡就意味着最后的吻别……①

在敖德萨,红军和白军正在进行拉锯战,政权几度易手,到处是混乱、破坏和饥荒。"生活的欢乐被战争和革命彻底击碎了"②,1919年4月12日,蒲宁在日记中写道:"我们日日夜夜都生活在死神触手可及的地方,一切都是为了所谓'光明的未来',仿佛它就应该诞生于这地狱般的黑暗之中。"③

蒲宁始终在思考眼前发生的一切的根源,他将1917年的革命放在俄国历史和整个欧洲的历史中,并与俄罗斯民族的性格联系在一起加以研究。后一点是不容忽视的,因为这一点决定了蒲宁评价现实的标准不是政治家的标准,而是一个人道主义者的标准。也就是说,蒲宁与现实的分歧不是政治上的,而是人性和道德上的,作家的所谓"反革命"在很大程度上是反暴力,特别是被"主义"美化了的暴力行为,是反虚伪和谎言,是反人性的丧失和反对俄罗斯民族世代认同的价值的被摧残。对此,为普希金、巴拉廷斯基、丘特切夫以及勃洛克等著名诗人的诗集创作插图的苏联女画家

---

① Бунин И. А. Окаянные дни, Москва, Советский писатель, 1990. С.114.
② Там же. С.52.
③ Там же. С.91.

玛·楚拉科娃这样评价蒲宁,她说:

我感觉蒲宁是站在俄罗斯民族世代相传的一条根本的道路之上,这也正是每一个俄罗斯人特有的一个特点,即将对民族的理解和认识与东正教、与宗教联系在一起。虽然蒲宁受到了世纪之交的各种影响:革命的探索、托尔斯泰主义、颓废主义等等,而且在宗教观上他在某种程度上也是充满自由的,但其内心最主要的思想却是足够强大的。……今天,当我们越来越远离世纪之初的那场革命的时候,蒲宁的形象变得越来越高大,因为他在自己的内心和创作中所承载的正是俄罗斯人民思想的痕迹,俄罗斯自古就不能没有信仰!①

的确,作家始终期望革命狂飙中的人们能够回归到人性真正的价值上来,幻想用传颂千年的道德法则②,用"美"来拯救俄罗斯,在《大水》中作家就清晰地表达了这样的观点:

几千年来,有数不清的人出生在地球上,他们从孩提时代起,从人生的第一步起便知道有这座山,并且至死都生活在这座西奈山所传的训诫的影响之下,……。这是人类真正的坚固不拔的灯塔,是人生的柱石和基础,是一切法律的根本,违背它们必会受到惩罚!……已经有几千年之久,世世代代,时时刻刻,在心灵之间传布着对所有人都一视同仁的约言:要尊重西奈山的诫命。人类曾经有过多少次对抗这些诫命的行动,放肆地要求重新作出评价,废除它们的圣训,为让新的戒律得势而挑起血腥的斗争,在亵渎圣物的狂热之中围着金牛犊和铁牛犊(指金钱和暴力,笔者注)手舞足蹈!也曾经有过多少次羞惭和绝望,确信用新的真理来取代那个像世界一样古老而又极为朴实的真理,取代那个在电闪雷鸣之中从耸立在亘古蛮荒的旷野之中的多石的西奈山顶传授下来的真理实在是徒劳无功!③

---

① Бунин И. А. Окаянные дни, Москва, Советский писатель, 1990. С. 7.
② 指基督教中的摩西十诫:即不可杀人。不可奸淫。不可偷盗。不可作假见证陷害人。不可贪恋人的房屋,也不可贪恋人的妻子、仆婢、牛驴,并他一切所有的,等等。
③ [俄]蒲宁,《耶利哥的玫瑰》,冯玉律译,上海文化出版社,2001年,第206—207页。

十月革命后的一切令蒲宁感到格格不入,内心陷入了极度的苦闷和沮丧之中,文学创作也一度搁浅。1919年12月,维拉·尼古拉耶夫娜在一篇日记中转述丈夫的话,他说:他"不能生活在新的世界中,他属于旧的世界,属于冈察洛夫、托尔斯泰、莫斯科和彼得堡的世界。诗意只产生在那样的世界里,而在新世界中他根本捕捉不到它。"①后来蒲宁将这期间的所见、所闻、所思、所悟都写进了《该死的日子》。

我们看到,尽管蒲宁性情孤僻,始终不愿意卷进任何"主义"的争斗之中,但他的命运,或者说,任何一个个体生命都不可避免地与历史纠葛在一起。相比之下,人的生命是那样的脆弱,怎经得起那许多家国、主义和理想的重压?因此,有人称:历史是凡人的生命无法承受之重。对于个人来说,对于历史的态度不是是否接受的问题,而是应该怎样接受。1920年1月26日,这是蒲宁必须为"怎样"做出回答的日子,因为白军已溃不成军,蒲宁无奈地选择了流亡。当天蒲宁夫妇怀着痛苦和绝望的心情登上了一艘悬挂着法国国旗的希腊轮船离开了俄罗斯,至死他都没能再踏上这片生他、养他的土地。离开祖国无疑成为作家一生中的最痛。在写于1921年的小说《完了》和1922年的无名诗中,作家回忆了自己去国离乡时心中无限的绝望和痛苦:

蓦地,我完全清醒了,终于恍然大悟:原来是这么回事——我是在黑海上,我乘着一艘异国的轮船,不知为什么我正在向君士坦丁堡驶去,俄罗斯完了,一切都完了,我过去的全部生活也完了。[Ⅲ,82]

飞禽有窠,走兽有穴,
当我离开父亲的庭院,
向故居挥手告别,
年轻的心是多么心酸!

---

① Устами Буниных: Дневники Ивана Алексеевича и Веры Николаевны и другие архивные материалы: в 3 т. Посев, 1977. Т. 1. С. 325.

> 走兽有穴,飞禽有窠,
> 当我背着破旧的行囊,
> 划着十字,走进他人的住房,
> 心儿跳得是那么的急促和悲伤!①

"帕特拉斯"号艰难地穿越了黑海的暴风雪,到达了君士坦丁堡,之后蒲宁夫妇几经周折,经保加利亚、塞尔维亚,最终来到了法国巴黎。

第三节 流亡岁月中的艰难与辉煌

来到巴黎②,蒲宁很快就被卷入了俄侨的生活之中。当时三百多万俄国侨民移居西欧,其中大部分住在巴黎。"他们中有许多不仅在俄国而且在欧洲也是著名的人物,——这里有幸免于难的伟大的公爵、做生意的百万富翁、著名的政治家和社会活动家、国家杜马代表、作家、艺术家、新闻记者、音乐家,……"③几乎俄罗斯整个文化界都搬到了欧洲。他们在巴黎建立了出版社、协会、联合会等等,出版报纸、杂志,召开各种研讨会,举办讲座、报告会,热烈地探讨革命发生的原因,预测未来的一切,热切地盼望着俄罗斯的复兴。蒲宁也成为各种活动积极的参与者,他参加了以《复兴报》为中心的知识分子团体,经常举办作品朗读会、读者见面会等,获得了不小的成功。物质上的问题很快就解决了,但作家的内心始终摆脱不掉一个失去了祖国的游子思乡的悲哀,盼望着能够重返俄罗斯。1920 年维拉·蒲宁娜在自己的日记中写道:"杨④一直说,他感觉自己很虚弱、病态,始终犹豫不决,他最

---

① 冯玉律,《跨越与回归》,上海外语教育出版社,1998 年 7 月,第 23 页。
② 蒲宁夫妇来到巴黎的准确时间是 1920 年 3 月 28 日。参见 Баборенко А. Бунин-Жизнеописание, М.: "Молодая гвардия", 2004. C.253.
③ Бунин И. А. Окаянные дни, Москва, Советский писатель, 1990. C.306-307.
④ 据蒲宁家族的家谱记载,这个家族是 15 世纪由波兰而来的,蒲宁始终以此为荣,因此蒲宁娜始终按照波兰的习惯称蒲宁为"杨"。

想的就是离开欧洲返回俄罗斯。"①而所有这一切又由于得知了大哥尤里的死讯而变得更加强烈起来。尤里对于伊凡来说,不仅是兄长、老师,是他每一部作品第一个读者和点评人②,更是他人生的引路人,他全部的青春岁月都是在哥哥的陪伴之下度过的,但是现在他最珍惜和热爱的一切都没有了:兄长、青春、祖国,蒲宁在日记中痛苦地写道:"一切都没有意义了——所有的亲人之死和无以承受的巨大孤独之后就是我之死!"③

在过去的岁月里,作家的内心始终由于各种各样的原因充满了矛盾和痛苦——一生中最刻骨铭心的爱情的失败、唯一的爱子的夭折、甚至父母和兄长的亡故,但它们都无法与痛失祖国带来的悲哀相比。正像俄国谚语所说:"离开好友,难过三年;失去祖国,痛苦一生。"蒲宁的心在泣血,为祖国的现在和未来。有道是:"国家不幸诗家幸",在异国天空下生存的艰难、精神上忍受的思乡的痛苦大大刺激了作家敏感的创作神经。经过了最初的痛苦沉默之后④,蒲宁调整了状态,创作又进入了新的高潮。库兹涅佐娃在《格拉斯日记》中这样写道:

蒲宁一生过的都不是定居生活,而是在不停地流浪。在俄罗斯他没有自己的家,常常在农村住在亲戚家中,在莫斯科永远都住在酒店,或是周游世界。终于他定居在了法国,但依然像过去一样,半年住在巴黎,半年住在南方他无限热爱的普罗旺斯。在

---

① Устами Буниных: Дневники Ивана Алексеевича и Веры Николаевны и другие архивные материалы: в 2 т. Посев, 2005. Т. 2. С. 13.
② 蒲宁在1922年1月23日的日记中写道:"他知道我写的每一行新文字,从最初的奥泽尔基(蒲宁家庄园所在地)时期开始就这样。"//见 Устами Буниных: Дневники Ивана Алексеевич24а и Веры Николаевны и другие архивные материалы: в 2 т. Посев, 2005. Т. 2. С. 63.
③ Устами Буниных: Дневники Ивана Алексеевича и Веры Николаевны и другие архивные материалы: в 2 т. Посев, 2005. Т. 2. С. 63.
④ 蒲宁后来回忆道:"我没能马上投入创作,一切都不对劲,一切都是别人的,而不是自己的。我那时写的东西都充满了忧郁和苦涩,我在国外全部创作的基础都是俄罗斯的素材。在异国他乡,我思念祖国,思念它的田野、乡村,思念它的大自然。关于俄罗斯我有丰富的观察和回忆的储备,我不能写别的什么,我无法把这里当做第二祖国,我写生命的意义,我写爱情,也写我们的未来。"//见 http://www.pandia.ru/text/77/488/46943.php.

城里他总是放纵自己,生活毫无规律,胡乱吃喝,昼夜颠倒,但当他来到农村一切就都变了。在格拉斯山顶上那幢简朴、老旧的普罗旺斯的房子里陈设简陋,发黄的墙面上布满了裂痕,但它那狭窄的看台却像远洋船的甲板一样能看到令人惊奇的风景,能看到方圆几公里的地方,和海天一色的景致。很快他就准备开始写作了。

就像和尚、瑜伽苦行僧或一切准备去在精神上建功立业的人一样,他迅速投入了这样的生活,努力使自己身心内外都一尘不染。他吃得很少,不再喝酒,早睡早起,每天散步。在他创作最紧张的日子里他甚至不许在书房里放置最轻度的葡萄酒,常常到傍晚才吃一点点东西。每当六月干燥、凉爽、阳光灿烂的清晨来临的时候,他就迅速钻进书房,泡一杯浓浓的黑咖啡,很快就进入了工作状态。在隔壁的厨房里能够听到他频繁地滑动火柴点烟的声音,因为在沉思中他常常会忘记吸上一口……

他陷入了正在书写着的情景当中……①

此时蒲宁的创作不仅在数量上进入了又一个高潮,而且在质量上也日趋完美,更重要的是,作家获取了一个崭新的创作视角,那就是记忆(请注意,不是回忆)。"难道我们能够忘记祖国吗?它在灵魂里。我是一个非常俄罗斯的人,这一点从未改变过。"②正因为此,作家从未融入,也从未试图融入到西方的世界中去。浪漫美丽的法兰西,甚至是侨居法国的俄罗斯侨民的生活都很少出现在他的作品中,因为对于蒲宁来说,法国仅仅是他逃避布尔什维克,或者说是他生活、生存的地方,但绝不是他创作的源泉。他始终坚持使用俄语写作,始终生活在那个"俄国"——他心中永存的俄国,那个"存在于"法国的俄国——中,祖国的一切都"活"在作家内心最敏感、最温柔的深处。现在,他终于摆脱了战乱和饥饿,也摆脱了各种社会关系、文学斗争、进步人士的批评、主导意见的限制等

---

① Бабореко А. Бунин-жизнеописание, Москва. Молодая гвардия, 2004. С. 263-264.
② Смирнова Л. А. Иван Алексеевич Бунин -жизнь и творчество, Москва, 《Просвещение》, 1991. С. 124.

等,过去尽管他总是站在对立面上,竭力坚持走自己的道路,但作为一个作家他还是会有意无意地受制于这一切。但是现在,在完全的孤独中,在仅有的对往事的回忆中,他却获得了绝对的创作自由。在巴黎、在地中海边静谧的阿尔卑斯山区,作家完全沉浸在他的创作之"梦"中,沉浸在对他来说弥足珍贵的俄罗斯式的一切之中。作家相信:"世上没有死亡,曾经有过的、曾经全身心投入的一切决不会毁灭!只要我的心灵、我的爱和记忆还活着,便不会有失落和离别"。① 这是一个在记忆的乐土上重新站立起来的"新"的蒲宁,新的视角赋予了作家的创作以更丰富的色彩。

据不完全统计,从1921年蒲宁在巴黎出版了第一本小说集《旧金山来的先生》之后到1933年获诺贝尔文学奖,蒲宁在巴黎、柏林、布拉格和贝尔格莱德等地共出版了15本文集,主要作品有《割草者》(1921)、《半夜的闪光》(1921)、《遥远的往事》(1922)、《晚来的春天》(1923)、《米佳的爱情》(1924)、《中暑》(1925)、《骑兵少尉叶拉金案件》(1925)、《莫尔多瓦的萨拉凡》(1925)、《夜》(1925)、《大水》(1926)、《上帝树》(1931)等等。

1927年蒲宁开始了《阿尔谢尼耶夫的一生》的创作,这是他生命中最杰出的作品之一,前前后后经历了12年才最终完成。作品以全新的形式记述了主人公心灵的成长和情感的历程,更重要的是,它不像传统传记作品那样从回忆中搜索素材"复制"过去,作家记述的是作品中那个"自己"对生活理解的再理解、再感受。作品中时空交错,记忆中的一切于是超越了时空而获得了永恒的生命。作品一经出版便获得了巨大的成功。著名侨民评论家阿尔丹诺夫精准地概括了作品的主题,他说:"《阿尔谢尼耶夫的一生》是一部关于俄罗斯的作品,它写了俄罗斯人、俄罗斯大自然、已然消逝了的俄罗斯的生活方式以及这个地理名称所能够涵盖的一切极其复杂甚至是神秘的东西。但无论对这些民族的东西记述得多么丰富,在此层面上它的调子是多么的苦涩,它们都不是《阿尔谢尼耶夫》的主题。蒲宁写的是在俄罗斯之外的整个世界,是阿尔谢尼耶

---

① [俄]蒲宁,《耶利哥的玫瑰》,冯玉律译,上海文化出版社,2001年,第36页。

夫所能感受到亲缘关系和所有关联的全部生活。"①"堪此成功的作品在俄罗斯新文学中是不多的,我认为,《阿尔谢尼耶夫的一生》独占鳌头,这充分证明了,它在俄罗斯文学中所占的崇高的地位。""像蒲宁这样的作家,在无以比拟的托尔斯泰去世之后还无人能出其右。"②蒲宁作品的不断问世和广泛的译介给作家带来了世界性的声誉,许多西方的评论家和作家,如法国的罗曼·罗兰、安德烈·纪德、安德烈·雷尼耶;德国的托马斯·曼;奥地利的里尔克、丹麦的勃兰兑斯等都对蒲宁的作品给予了高度评价。罗曼·罗兰甚至认为"他见证了俄罗斯文学的新生"③,并多次推荐他为诺贝尔文学奖的候选人。1933年11月,蒲宁终于获得了瑞典科学院颁发的年度诺贝尔文学奖,成为第一位获得该奖的俄罗斯作家。

从30年代中期起,蒲宁作为诺贝尔奖的获奖者开始在欧洲各国访问、游学,受到了俄国侨民的热烈欢迎。1934—1936年间,柏林的彼得罗勃利斯出版社编辑出版了蒲宁的十一卷文集;1937年,蒲宁在巴黎出版了专集《托尔斯泰的解脱》。作者通过对自己的偶像托尔斯泰的生活以及哲学、美学思想的解读深刻思考了自我,反映了自己的世界观、生死观。除此之外,该书还被公认为是关于大文豪的最好、最透彻的分析作品之一,托尔斯泰的秘书古谢夫认为:"在浩如烟海的关于托尔斯泰的著作中,蒲宁的书是非常突出的。它的主旨十分正确。蒲宁是第一个能深刻剖析列夫·托尔斯泰深藏在心头的想法的人,这也为自己增添了光彩。"④

1939年9月德国入侵波兰,二次大战爆发。此时的蒲宁已经是年近古稀的老人了,对世界命运的忧患、对祖国命运的关切以及个人生活中的贫困、重病、对生命即将终结的痛苦思考使蒲宁生命的最后阶段充满了悲剧色彩。1940年6月,法国北部沦陷,蒲宁一家困居在南方的小城格拉斯。生活变得越来越艰难,蒲宁在日记

---

① Бабореко А. Бунин-жизнеописание, Москва. Молодая гвардия, 2004. С. 295.
② Муромцева-Бунина В. Жизнь Бунина, Беседы с памятью, Москва:《Вагриус》2007. С. 15-16.
③ Бунин Иван: [Сб. материалов]: В 2 кн. -М. : Наука, 1973. -(Лит. Наследство; Т. 84). кн. 2. С. 375.
④ 冯玉律,《跨越与回归——论伊凡·蒲宁》,上海外语教育出版社,1998年,第22页。

中写道：他们一家常常只能喝"用白芜菁熬成的恶心的汤"，房间里没有任何取暖设备，只能戴着厚厚的手套写作，"手指冻得裂开了口子，不能洗澡，也不能洗脚。"①尽管生活异常艰难，但蒲宁依然密切关注着战争的进程，特别是苏德战场的形势，为德军的每一次进攻而感到心焦，而为苏军的每一次胜利欢欣鼓舞。尽管战争并没有扭转他对布尔什维克党的偏见，但在战争最残酷的时候，蒲宁还是做了一个正直的人应该做的一切：当著名的作家梅烈日科夫斯基在广播中将希特勒比作救星的时候②，蒲宁却断然拒绝了德军许以优厚报酬的为其办报的邀请，并拒绝在被占领的法国发表任何文章，以示对侵略行径的抗议；他还冒着生命危险，勇敢地保护了许多受占领军追捕的人士，如犹太钢琴家A·利别尔曼和他的妻子、抵抗运动成员——俄侨作家尼古拉·罗辛等，作家还招待过来格拉斯做劳工的苏军战俘，等等。战争中，对祖国的关切和思念比任何时候都强烈，在日记中作家写道："我常常想到回家，我还能活到那时吗？"③"如果我能，就一定回俄罗斯去！"④"俄罗斯活在我们每个人的心里，热爱它是我们的道义。"⑤

当我们回顾蒲宁晚年的生活经历时，我们再一次感到，无论是历史的风风雨雨，还是个人生命的复杂体验——逃亡、荣誉、贫困、疾病，无论是一度为其崇拜的偶像托尔斯泰所秉持的禁欲主义思想，还是佛教教义中的"四大皆空"，任何东西都无法动摇作家心中对生活、对生命、对美的挚爱。在世界因希特勒疯狂地试图主宰它而变得纷乱不堪的日子里，蒲宁却在格拉斯的家中，忍受着物质的极度匮乏，疾病的折磨，将自己的全部心血都倾注于人性中最美好和最永恒的东西，这就是创作于1937—1944年的小说集《幽暗的

---

① Устами Буниных: Дневники Ивана Алексеевича и Веры Николаевны и другие архивные материалы: в 3 т. Посев, 1977. Т. 3. С. 124.
② Михайлов О. Н. Литература русского зарубежья: от Мережковского до Бродского, М.: 《Просвещение》, 2001. С. 30.
③ Бунин И. А. Собр. Соч. в 8 т., Московский рабочий, 2000. Т. 7. С. 505.
④ Там же. С. 513.
⑤ Смирнова Л. А. Иван Алексеевич Бунин -жизнь и творчество, Москва, 《Просвещение》, 1991. С. 170.

林间小径》。值得一提的是,它是俄罗斯文学中唯一的一部所有篇目均以爱情为主题的作品集。蒲宁在自己的老年却创作了一生中最充满青春激情的作品,这不能不令人感到惊异,作家在作品中表现出的勇气和对生命的信念不能不令人想到,这是老人在自己的生命即将达到终点的时候与时间、与死亡展开的一场真正的较量,正像他自己所说:"美好的时刻会消逝,但是应该,也必须设法将某些东西留下来,同死亡,同蔷薇花的凋谢相对抗。"①尽管小说集中的大部分篇幅是以悲剧收场,但作家依然表达了对生命的肯定,对人间真情、对一切具有永恒价值的真善美的信念的肯定。这正体现了作家一贯的哲学美学观,即:

在人类的生活中,只有那些高尚、善良和美好的东西最终才得以留存下来,传之后世,仅此而已。一切邪恶的、卑鄙和庸俗的、愚昧的东西归根到底会销声匿迹:它们将不复存在,再也不见踪影。那么留下的是什么呢?优秀的脍炙人口的篇章,关于荣誉、良心,关于自我牺牲,关于卓越功勋的传说,美妙的歌曲和雕像,伟大的、神圣的陵墓,古希腊的神殿,哥特式的教堂,像天堂一般神奇的彩色玻璃窗,管风琴所奏出的犹如雷鸣和怨诉的音响,《震怒之日》和《弥撒曲》……留下和万世永存的是从爱河苦难的十字架走下来向杀害他的凶手伸出双手的基督,留下的是圣母玛利亚,唯一的女神中的女神,她的幸福王国万世永存。②

的确,时光荏苒,世事更迭,如今的人们再也听不到当时流派间纷乱的争吵、主义间激烈的枪声,甚至人的生命也消失得无影无踪,但是我们却依然记得蒲宁的名字,因为他创造了一个世界,一个充满了对祖国的挚爱、对大自然一草一木的敬畏,充满了对生命的困惑和由此而来的痛苦与欢笑的世界,一个具有永恒精神价值的世界,它就像一面镜子映照着一代代不同时代、不同国度的人们的内心,它更像"心田的活水"(蒲宁语)滋润着人们的心灵,去追求

---

① Бунин И. А. Грамматика любви, Санкт-Петербург, "Лисс", "Бионт", 1993. С. 416.
② [俄]蒲宁,《耶利哥的玫瑰》,冯玉律、冯春译,上海译文出版社,2004年,第184页。

生命中一切美好的事物。

蒲宁在自己的文章中曾引用过他喜爱的波斯诗人萨迪的诗句："一生用于洞察世界之美,并在身后留下自己的精魂,这样的生活是何等美好!"①诗句中的人生也是对他一生的精辟总结。1953年11月8日,蒲宁在法国巴黎的寓所中与世长辞,享年83岁。

著名诗人弗拉基米尔·斯摩棱斯基在悼词中这样写道:

伊凡·阿列克谢耶维奇·蒲宁逝世了。

这个损失对于俄罗斯来说是巨大的。

他热爱生活,并在自己的作品中将生活留给了我们,在这一点上他战胜了死亡。

他像生活中的一切真实而美好的事物一样朴素而神秘。在俄罗斯文学中,他的风格几乎无人能出其右,对它的研究无疑是文学史家的事情,而现在我们站在他的棺椁旁,为他那留给我们无限诗意的灵魂祈祷。

人们仿佛感到蒲宁拥有一个生活在地球上的人所期待拥有的一切:长寿、天才、俊朗、荣誉……但在拥有这一切的同时,他始终不屈不挠地和我们站在一起,即使在我们贫困的时候,在我们被驱逐流浪的时候。

他懂得很多,罹难很多,也热爱很多。

他是一个大写的诗人,始终试图改变生活,并赋予生活以崇高的意义,为此他竭尽全力不惜一切。②

---

① [俄]蒲宁,《耶利哥的玫瑰》,冯玉律译,上海文化出版社,2001年,第42页。
② 见 http://vecherka.com.ua/news.php?full=2530

第二章 蒲宁的世界观

我在这个世界上寻求着
美与永恒的结合。
我遥望黑夜,但见砂粒遍布于静穆之中,
在苍茫的大地上空辉映着星星的光泽。
……

我在这个世界上寻求着
美与神秘的如梦一般的结合。
我爱这幻想,为了能享受把一个爱情
同所有时代的爱情融为一体的欢乐!

《夜》(1901)[Ⅰ,48-50]

"世界观"亦称"宇宙观",即人对整个世界的根本看法。自然观、历史观、人生观、道德观、科学观等是它的具体表现。① 蒲宁对各种事物的价值观形成的时期正值俄罗斯文化史上"欢宴"的白银时代,这期间的著名文化人,多有一家之学,可谓群芳争妍、百家争鸣。但是众所周知,蒲宁既没有发展一套完整的哲学思想,也不是某个文学流派忠实的拥趸,但他对世界、对人生以及人在世界乃至宇宙中的地位等问题的深刻思考却鲜明地表现在自己的作品当中。一个人的生活方式就能够表明他的思想,反之亦然。正如克尔凯戈尔所说:"一个人的思想必须是他在其中生活的房屋,否则

---

① 《辞海》,上海辞书出版社,1999年,第43页。

所有的人就都会发疯。"蒲宁的世界观也正是他安身立命的房屋,他的生活和创作正是通过他的思想而放射出异彩的。

蒲宁一直被认为是20世纪俄罗斯文学当中最难以理解的作家之一,其原因便在于作家内心和生活中纠缠着"剪不断理还乱"的矛盾。尽管当时社会的动荡、人们价值观前所未有的改变大大加重了这些矛盾的缠绕与纠结,但这一切始终不能改变他对世界、对人在这个世界中地位的认识,那就是:"人应该在自己的内心将个人看做是不与世界相矛盾的事物,而是宏大而永恒的世界的一小部分。"①蒲宁背离了人类中心主义,而将目光聚焦在了更为广阔的宇宙坐标上,始终面向终极,面向永恒,关注万物的生存秘密以及人类的生存意义和终极命运。1896年年轻的蒲宁在写给托尔斯泰的信中称:"我们这个小小的地球在哪里?甚至是包含了无数世界的世界在哪里?假如地球真是球形的,那它的周围是什么呢?虚无?什么叫'虚无'?'虚无'的终极在哪里?'虚无'的背后是什么?一切何时开始?开始之前又是什么?无需提及结论,只要想想这些就足够头疼了!"②在他的眼里,宇宙较之于人在本位论上是首位的。人极其的藐小,面对茫茫无边的宇宙,人的生命岂止是朝生暮死;人又极其伟大,因为宇宙以强大的自然之力的形式进入到人的内心,并赋予他以无限的生命力。正因如此,蒲宁用形象的语言表达说:"统一的生命通过我们的身体完成着自己神秘的旅行。"③在这句话中我们可以清晰地感受到蒲宁思想的核心,即宇宙的力量对于个人的命运拥有绝对的权威,个人的命运是从属于生存的客观规律的。这一观点在某种程度上讲无疑是正确的,但是作家却将其发挥到了否认人的主体意识的极端。他认为,人的情感和行动的源泉也不在于人的主体意识,其动因不在人的内部,人不过是自然力量的行动场而已。因此,蒲宁对人类之外的宏大宇

---

① Бунин И. А. Собрание сочинений в шести томах, Изд. "Художественная литература", Т. 6. С. 114.
② Бабореко А. И. А. Бунин-Материалы для биографии с 1870 по 1917, М.: "Художественная литература", 1983. С. 55.
③ [俄]蒲宁,《耶利哥的玫瑰》,冯玉律译,上海文化出版社,2001年,第210页。

宙表现出了强烈的兴趣和巨大的冲动,他希望扩张"自我"以进入一个更加广阔的多维中心,并与之融合成一体。他说:"只有在感觉到自己与过去那遥远的、一直在扩展我们心灵和我们个人存在的并提醒我们去参与那宏大事物的东西紧密相连"的时候,人才能感到幸福。

我们知道,蒲宁素来反感人们用任何"主义"来为他加冠,因此如果我们一定要用某某"主义"、某某"论"来界定蒲宁的世界观的话,那么我们也仅仅可以用否定的"非……主义"或"非……论"的句式来界定,可以说这是"非人类中心论"的世界观。它的产生尽管得到了现代生物进化论、宇宙学等科学的证实①,也可以在当时的人文领域中听到所见略同者的声音,更可以在俄罗斯本土文化中挖掘到它的渊源,但是在俄罗斯强大的基督教文化以及各派学者的百家争鸣当中,蒲宁依然势单力孤,在那个亢奋的时代他显得是那么的特立独行,甚至看似冷漠。但站在今天的角度回眸蒲宁,我们不能不钦佩蒲宁自然纯朴的世界观所具有的现代意识和超前意识。

笔者将本章分为三部分:自然的形象、人的形象和探寻永恒的生命之路来诠释作家世界观的具体表现。

第一节 自然的形象

俄罗斯宗教哲学家别尔嘉耶夫曾说:"什么是作家的世界观?这是他对世界的沉思,是他对世界内在本质的直觉的洞察,也是作家关于世界、关于生活的发现。"②当我们欲走进蒲宁精神世界的深

---

① 早在19世纪60年代,达尔文就以大量的生物学事实颠覆了"人—动物"二元对立的逻辑模式,指出了人类并非超自然的存在,他与其他生物之间具有亲密的种源关系,人类"仅仅是在进化的长途旅行中其他生物的同路人"而已,由此使得人类不仅在空间意义上处于宇宙的中心,而且是宇宙间万事万物的目的的人类中心主义的核心观点受到了前所未有的巨大冲击。而宇宙学的发展在经历了地心说、日心说之后也在20世纪走向了"宇宙大爆炸理论"以及确认"多宇宙"存在的现代宇宙学,更是从科学的角度宣布了这一观点的死亡。

② [俄]尼·别尔嘉耶夫,《陀思妥耶夫斯基的世界观》,耿海英译,广西师范大学出版社,2008年,第2页。

处,去解读作家世界观的时候,我们不难发现,作家穷尽一生,其沉思和困惑都是指向人类以及个人在世界上生存的意义和目的的,而对此的揭示,他始终试图在几个具有普遍意义的范畴中来完成,其中之一,也是最重要的一个范畴就是"自然"。

我爱,我简直是挚爱着自然。我想溶化在自然之中,变成天空、峭壁、海洋、风。我常常因无法用文字将这一切表达出来而倍感痛苦。清晨我常激动地走进森林,仿佛是去约会爱人。①

一、泛神论自然观

蒲宁生活和创作的时代正值俄罗斯文学和艺术的"白银时代",正如吉比乌斯在《爱的批评》中针对整个时代的氛围这样说:"我们时代的人们陷入了绝望和灭亡的状态——有时是有意识的,有时是无意识的——因为对于人类来说,没有上帝生活是不可能的,而我们却已经失去了上帝,找不到他了。"②对精神如此强烈的饥渴以及当时实证主义正经历的衰微都引发了人们通过其他途径来为精神寻求慰藉,于是"人与自然"这一古老的主题重又成为人们关注和探索的焦点,人们试图在自然界中寻求精神的秘密。在这一时期,俄罗斯的宗教哲学思想进入了空前繁荣的发展阶段,并深刻地影响到了文学创作。值得注意的是,当"大自然不是神殿,而是车间,人是车间的劳动者"③的回音还没有消散,当以索洛维约夫、罗扎诺夫、布尔加科夫、别尔加耶夫为代表的一大批宗教哲学家以"宇宙灵魂—最高神智索菲娅""万物统一""不可知物"等概念为中心的抽象的寻神思想为逻辑起点来揭示人与自然之关系时;当现代派诗人深受尼采、叔本华、谢林等哲学思想的影响,热衷于在作品中表现神秘主义内容之时,蒲宁在自然观上始终抱有朴素的泛神论思想。在他看来,宇宙生活是无边的海洋,而周遭充实

---

① Мальцев Ю. Иван Бунин 1870—1953, Посев,1994. С.28.
② 格罗斯曼·琼·德莱尼,《交错的信仰:早期现代主义者中的唯灵论和泛神论》,//见《西方视野中的白银时代》(上),林精华等译,林精华主编,东方出版社,2001年,第146页。
③ 这是屠格涅夫小说《父与子》中虚无主义者巴扎罗夫的一句话。

的大自然正是充满了神性的辽阔宇宙最鲜明的表现,而人不过是这沧海中之一粟,他和自然中的一切都是造物主手中平等的被造之物,正像滔天洪水中的诺亚方舟,上帝意欲拯救的不仅仅是人类,所有的物种都在这条大船上拥有一席之地,人只是其中之一而已,毫无特权所言。"世界无边无际,神拥有千种面相,我向着所有的面相顶礼膜拜"①,蒲宁在《众神之海》中引用了亚历山大大帝的一句话来为自己的自然观做了注解。这是一种大爱,出自作家内心真正的信仰。在1906年创作的诗歌《乔尔丹诺·布鲁诺》中,蒲宁鲜明地表达了自己泛神论的自然观:

> 宇宙无边无际,其中每一个原子
> 都渗透着神性,
> 那就是生命,就是美。
> 我们生生死死,世代相承,
> 借以寄托的是共同的世界精神。

"泛神论"思想有着非常古老的根源,早在古希腊时期就已出现。而作为一个哲学词汇则是1720年由英国自由思想家、自然神论者托兰德提出,16—18世纪在欧洲较为流行,并获得了深刻的发展。泛神理论有很多形态,但其核心即认为自然与神是合二为一的,万物存在于神内,万物因此都具有神性,而神则是万物内因。这里的神不同于基督教信奉的人格神,也不同于自然神论者所主张的第一因的外在神,它没有类似人的属性,不是凌驾于世界之上,而是存在于世界之内。每一个事物中都有神的存在,神即自然界或物质界。大自然是神本质的体现,在生动多样的大自然之外,并不存在一个统治于其上的神。泛神论是与经院哲学苦心经营的将世界分为上帝和其创造物的"二元论"世界观相对立的。意大利哲学家布鲁诺创立了自然主义泛神论的哲学体系,并对后世人类的宇宙观产生了不可估量的影响。他认为"上帝隐藏在自然界中,在各种各样的事物中闪闪发光,"②尽管世界上的时间在流逝,信仰

---

① [俄]蒲宁,《耶利哥的玫瑰》,冯玉律译,上海文化出版社,2001年,第80页。
② [意]加林,《意大利人文主义》,李玉成译,生活·读书·新知三联书店,1998年,第196页。

在改变,"但是唯一的神性永存,它绵延不断地随着时间、地点的改变而留传下来,人们在任何尘世的事物中都可以找到它。"①显然,他的"神"已经背离了纯粹基督教上帝的属性,布鲁诺由此下了结论:"高高在上的上帝与我们无关,我们应当崇拜与大自然的万物相通的上帝,他存在于万物之中。如果他不是自然本身,他也是自然界的本性;如果他不是灵魂本身,他也是自然界灵魂的灵魂。"②十七世纪荷兰杰出的哲学家斯宾诺莎是泛神论哲学的集大成者,他在代表作《伦理学》中提出了"万有实体"的概念,他认为:实体即"在自身内并通过自身而被认识的东西",它独立存在,亦无须通过借助其他事物的概念被理解,换言之,它是自在的,相当于《创世纪》中上帝所说的"我即自在者",是万物存在背后的基本结构和本质。而这种单一、永恒、无限、以自身为原因的必然就叫做上帝,而与其合一的实体也被称为"自然",但它既是存在的每一样事物,也是精神。"自然的力量和上帝的力量是一回事儿"③。在斯宾诺莎看来,上帝在世界之中,世界也在上帝之中,他是一切存在物的源泉、其内部的本质或永恒秩序。上帝和世界是一而二,二而一的,因此他称上帝和自然是"产生自然的自然"和"被自然产生的自然"④。在《神、人及幸福简论》中哲学家明确指出,"在无限的自然之外,没有任何东西存在,而且也不可能存在。"⑤因此,崇尚泛神论的艺术在黑格尔看来,即是"在一切事物中认识到而且感觉到神的存在",即是把神内在于自然的万物之中,将主体自我精神与万物中神的本质完好统一。泛神论思想在文学发展的进程中深刻地影响了欧洲的浪漫主义文学,雨果诗咏道:"一切都是话语,一切都是芬芳;/一切都在无限中向谁诉说着什么。/原始的混沌其实充满了思想,/一切音响神都放进一丝道心。/一切像你,呻吟;一切像我,歌唱。/一切诉说,人啊,你知道为什么?/一切诉说,听吧,风、

---

① [意]加林,《意大利人文主义》,李玉成译,生活·读书·新知三联书店,1998年,第196页。
② 同上书。
③ 李朝东,《西方哲学思想》,甘肃人民出版社,2000年,第173页。
④ 梯利著,伍德增补,《西方哲学史》,商务印书馆,2008年,第332页。
⑤ 李朝东,《西方哲学思想》,甘肃人民出版社,2000年,第173页。

浪、火、树、草、石,/一切都活,一切都孕育着魂灵。"

任何世界观的形成和精神产品的创造都离不开传统强大的影响力和驱动力。蒲宁泛神论自然观的产生是与俄罗斯民族文化崇尚自然的可贵传统紧密相连的。众所周知,俄罗斯民族纯粹的本土文化带有鲜明的多神教特征,尽管在多神教中众神与万物是分离的,而泛神论中神与万物是合而为一的,但二者的核心都是万物有灵,具有强烈的神秘主义特征。多神教是俄罗斯文化的原生点,是俄罗斯民族世界观的集中体现,而其精神的核心便是对自然力量的高度崇拜,正如丘特切夫所吟:"古老的民族,你们在哪里!/你们的世界是众神的庙宇,/你们清晰地、裸目地/阅读着自然母亲的书籍。"①苍茫的俄罗斯大地上漫长的严寒、肃杀的氛围、单调的色彩、匮乏的物产以及地广人稀等特点都在俄罗斯民族的性格中留下了深刻的烙印,在很大程度上决定了他们的生存方式、性格、心理,甚至信仰。面对千变万化、恣意妄为的自然现象,古罗斯人痛切地感到了自然的强大、神秘和人类的渺小无力,面对大自然的恐惧使人们很自然地祈求无处不在的无形力量的宽容和庇护,于是人们将自然界的物体和各种自然现象视作有魂之物的多神教便出现了。列昂诺夫在《俄罗斯森林》中借林学家维赫罗夫之口对多神教进行了详尽的阐释,他写道:

我们的远祖如同呆在黑暗中的婴儿一样,总是怀着惊悸恐怖的心情注视着四面八方并不存在的凝滞不动的面孔,有的阴沉、狰狞,有的和蔼可亲。而由此也产生了象征恐惧与虔诚的多神教。在他们极不完备的哲学词典里,这种种偶像的崇拜,记载着他们对现实粗浅的解释。……在我们祖先崇奉的自然力中,就有作为美和善的偶像的参天古树。

……人们对这些巨树怀着崇高的敬意,聚在他们的脚下,或者裁决疑难,审理案件,或者倾听歌手赞颂该部落往昔的征战壮举。②

---

① Сказания древних славян, Санкт-Петербург "РЕСПЕКС", 1998. С. 12.
② [苏]列·列昂诺夫,《俄罗斯森林》(下),姜长斌译,黑龙江出版社,1984年,第323页。

这里的神并不是凌驾于自然之上,而是存在于自然之中,神无处不在,包围着一切事物。人们对诸神既充满了敬畏之情,同时也无时不感受到对大自然的热爱和与它亲密无间的亲缘关系。古罗斯人对土地的崇拜超出了一切,在他们看来土地是生命之源,是万物之母。大地滋养着万物,给它们以生命、活力,甚至是美。在祭祀大地时,古罗斯人用最朴实的语言唱到:

> 啊,你是润土大地,
> 你是成年的大地,
> 你是我们亲爱的母亲!
> 你孕育了我们,
> 给我们吃喝,
> 分给我们土地;
> 为了我们,你的孩子,
> 你滋养了牧草,
> 赶走了野狗。
> 你让我们从你身上采摘
> 各种草药
> 救助我们的生命。①

古罗斯人还格外崇拜天上的太阳、月亮、星星。著名的古代神话学家、民俗学家阿法纳西耶夫指出,在古代,"每个人都对应天上的一颗星星,星星的坠落就意味着人停止了存在。如果一方面说,星星的坠落意味着死亡,那么另一方面一颗新星的出现或升起就意味着一个新生命的诞生。"②人们甚至将太阳、月亮、星星等天体认为是自己的亲人。一首古代的俄罗斯民歌中唱道:

> 我的妈妈是美丽的太阳,
> 我的爸爸是明亮的月亮,
> 我的兄弟是频现的星辰,
> 而我的姐妹正是那耀眼的霞光。③

---

① Сказания древних славян, Санкт-Петербург "РЕСПЕКС", 1998. C. 110.
② Афанасьев А. Н. Поэтические воззрения славян на природу. Т. 3. М., 1869. C. 206-207.
③ Сказания древних славян, Санкт-Петербург "РЕСПЕКС", 1998. C. 114.

除此之外,古斯拉夫人还崇拜水,崇拜火,崇拜动物、植物,崇拜祖先等等,这些特征都以神话传说、生活习俗等形式流传下来,对俄罗斯人产生深远的影响,而这种纯朴真挚的信仰在蒲宁看来正是生存中一种最理想的状态。所有的这一切直至罗斯受洗、俄罗斯国家接受东正教为国教之后都没有消失。尽管多神教被宣布为"邪教",偶像被烧毁、庙宇被推倒,但是我们依然可以在俄罗斯文化的各个方面找到多神教顽强存留的痕迹,因为大自然不仅是人们赖以生存的物质空间,更成为俄罗斯民族传统文化的基础,渗透到俄罗斯人的心灵,成为他们心灵组成的一个重要的、不可改变的部分,成为他们精神的归宿。正如俄罗斯的一位修士科洛格里沃夫二十世纪中期在罗马的教皇东方学院讲课时说:"俄罗斯人被强制忘掉了多神教的神的名字和对他们的记忆,然而基督教却不总能使自己的教条和信仰在俄罗斯的灵魂中扎根。福音学说和古代多神教观念重叠着,这种情况直至今日仍未消失。在一些地方人民不仅保持着多神教的仪式,而且在基督教的外表之下保存了多神教的精神;或者说得再清楚些,俄罗斯的民间基督教是某种多神教的基督教,其中多神教的体现是信仰,而基督教的体现是祭礼。"①因此我们有充分的理由认为,这种万物有灵的思维方式已经作为俄罗斯民族世代积累的经验,作为民族的集体无意识积淀在了民族的心理底层,成为这个种族普遍存在的、非个性的、因此也是客观的对其原始根源的记忆。

> 岸边的砾石和光秃的悬崖
> 无边的草原洒满了月光
> 一片清脆的声响将天地相连,
> 无论鲜花、麦穗还是青草中
> 到处都在歌唱。
> 这声响片刻也不停歇,但也不惊扰
> 恬淡的黎明前寂静的时光。

---

① 金亚娜等,《充盈的虚无——俄罗斯文学中的宗教意识》,人民文学出版社,2003年,第17页。

> 夜影伸延着,岸边湿凉,
> 夜向远方伸展着自己金色的大网
> 很快闪光黯淡了,消失了。
> 但草原还在唱着夜歌,
> 它的心充实得像麦穗灌了浆。
> 大地在呼唤:快去爱,去创造,
> 去让自己陶醉于理想!
> 从洒满天宇的苍白的星星
> 到浸透月梦的冰冷的大地,
> 众多的生命织就的这声响,
> 像颤动的丝线在清脆地流淌。(《夜蝉》,1910)

1910 年蒲宁创作了诗歌《夜蝉》,这是表明作家泛神论自然观的又一首标志性作品。永恒奇伟的宇宙充满了永不停歇的生命,这里的生命不是用拟人的手段被"描绘"出来的,即所谓的"人性化",而是作家完全有意识地相信他所感觉到的鲜活的自然之美并不是他的想象,而是实实在在存在的真理。世间万物本身就充满了灵性,充满了动感,甚至是充满了异于我们的生命与情感,它不仅存在于我们的周围,更是平等地"活"在我们的周围。无论是大地上的砾石、悬崖、青草、麦穗,还是高高在上的黑夜、星星、月亮,每一个生命都无比平等、珍贵,富于个体价值。众多的生命组成了歌唱、闪光的整体:声音的和谐交织着光影的和谐,天地相融,人类的心灵也与整个宇宙融为一体。正如作家自己所说:"噢,我已感到了这世界神奇的美景,感到统治这个世界的上帝和他以其全部物质的充实和力量来创造的这个世界!"①对于他来说,充实的物质性才是世界本真的存在方式,"生活中的一切都令人感动,一切都充满意义,一切都重要。"②都有所意味,万物通过自己的"与众不同"来获得了"独一无二"的内涵。蒲宁终生都试图向世人展示内

---

① [俄]伊凡·蒲宁,《阿尔谢尼耶夫的一生》,章其译,长江文艺出版社,1984 年,第 136 页。
② Бунин И. А. Собр. Соч. в 9 т. М.,1966. Т.5. С.90.

在永恒、但外部却纷繁复杂的世界"物质的"全貌。由此我们看到，蒲宁从不以先验的目光去观察世界，而是永远以儿童般质朴、好奇的心理面对世界上的每一个瞬间、每一个现象，并对它们的与众不同惊叹不已。

  树木到春天开花是奇妙的。如果是一个和煦、幸福的春天，那它就更是奇妙了！那时树木中那些不断生长却没有成熟的东西这时渐渐地先出了出来，并神奇地渐渐成熟起来。某个早晨，当你瞅一眼那棵树，真让人大吃一惊啊，因为一夜之间居然鼓出了许多幼芽，整棵树上都长出了嫩芽。而再经过一些时间，这些幼芽还突然地绽开了——于是黑黝黝的树枝上立刻披上了数不清的新鲜翠绿的嫩叶。而那边，头一片乌云正在升起、漫开，头一声春雷轰然一响之后，头一场暖和的大雨哗啦啦刚下过——奇妙的事儿又再一次地发生了：树木已经变得多么郁郁葱葱！和昨天光秃秃的外观相比，现在它显得多么茂盛，丰厚而晶晶发亮的绿叶是多么稠密，向四面伸展，它矗立在那里显得多么美丽，多么富有青春活力，健壮蓬勃，简直使你看着不相信自己的眼睛……①

  有时这种好奇甚至达到了神秘的程度。作家惊叹于大自然无处不在的永恒力量，这些力量常常超越了人类语言表达的范畴，但这恰恰是对蒲宁泛神论自然观的最好注解。在小说《一只罗曼蒂克的插曲》中，主人公在长久的期待后终于收到了爱人的来信。在克里米亚崇山峻岭中的一家小酒馆里，他一遍一遍地读着信，为爱人不幸的生活感到心如刀绞。窗外雾霭茫茫，"万物都沉默在雾中"[Ⅱ,92]一会儿，当他沉沉地踱出屋外，他惊异地发现：

  Туман розовел, таял. В мглистой вышине светлело, теплело. В небесах, в дыму облаков обозначалось **что-то** радостное, нежное... Оно росло, ширилось -и внезапно засияло лазурью... （云开雾散了，昏暗的山巅渐渐亮了起来，暖和了起来。天空中尽管

---

① [俄]伊万·布宁，《阿尔谢尼耶夫的一生》，靳戈译，译林出版社，2004年4月，第107页。

还是云烟氤氲,却出现了**某种**欢愉的、温情脉脉的**东西**……而且这东西还在不停地扩大,增多——突然间,露出了明亮的蓝天。[Ⅱ,92])

这里这个 что-то 用得精彩。面对变幻莫测的山谷、天空,作家感到了永恒的自然力,它在翻滚,在运动,在以自己的强大改变着世界,但作家却无论如何无法将其拘泥于"自然"这个字眼里。这个 что-то 虽无确定的名称和内容,但它却无所不包,强大无比。

无论是一棵棵碧绿的嫩芽,还是超越了自然之上的伟力对于蒲宁来说都无比珍贵。意大利人文学者安德雷阿·切萨尔皮诺也说"在自然界中没有令人唾弃的东西,就连最渺小的生物也有自己神圣的价值。"[1]它们是绝对的大自然中具有绝对价值的事物,它们不仅存在,而且见证,见证自然的无限与永恒,见证既令人欢愉,又痛苦的无法破解的生活。可以说,蒲宁的世界观是综合的,他关注的是荣格称之为"集体无意识"的最原始的层面,那里的生命没有高低的排序,没有人类意识进化后被划分为重大或渺小的次第关系,生命的所有形式都具有同样的尊严,都属于同一个精神种属,因此没有传统意义上的美与丑。正所谓"大矣造化功,万殊莫不均。群籁虽参差,适我无非新。"(王羲之《兰亭》)。因此,在蒲宁的笔下,最鲜明的特征就是充满了"唯一",正是这些"唯一"像马赛克般在整个世界的画面上扮演着不可缺少的角色,并以其平等和充满个性特征的存在见证了世界的完整、无限和永恒。"满院子的女人衣服"和"野月桂的芳香""泥土的气息"同样让人感受尘世的欢乐[2][Ⅰ,131-132],袅袅蓝烟中丑陋难闻的"干粪"并非反衬"星星"的圣洁高远[3],而仅仅是因为它们共存天地间,就像俄罗斯抽象艺术的奠基人康定斯基所说:"任何一种色彩从其内部来说都是美的,因为任何一种色彩都能产生心灵的颤动,而任何一种颤动又能

---

[1] [意]加林,《意大利人文主义》,李玉成译,生活·读书·新知三联书店,1998年,第8页。
[2] 出自蒲宁的诗歌《维吉尔的墓前》(1916)。原句是:"野月桂,常春藤,玫瑰,/庭院里的孩子、女人的衣服/和山冈杂草中/褐色的羊群,/……又会让人们/享有尘世的欢乐……"
[3] 出自蒲宁的诗歌《寒冷的春天》(1913)。原句是:西方万里无云一夜里会有严寒,/夜莺在温暖的巢里通宵歌唱/在干粪那醉人的袅袅蓝烟里/在朦胧、璀璨的繁星那银色的光辉间。//见 Бунин И. А. Собр. Соч. в 9 т. М.,1966. Т. 1. С. 423.

丰富人的心灵。因此，外表丑陋的一切也许其内在都是美好的，艺术中如此，生活中亦如此。"①由此，我们不难得出这样的结论，即作家的泛神思想实际上是"将万物与上帝合而为一，从而达到了更高的亲切的本质关系"②。蒲宁在题为《上帝》的一首诗中这样写道：

> 南风轻拂，夜暖洋洋，
> 海岸上
> 海浪低着半梦半醒的额头
> 在与上帝交谈，发出哗哗的声响。
> 月亮低向山谷
> 忧郁地向峭壁、向乡村墓地洒下清光。
> 上帝明亮、欢乐而简单：
> 它在风中飘荡，
> 在我流浪的心灵中徜徉。
> 它颤抖着繁星碧蓝的光辉，
> 在天空的蔚蓝中，纯洁而宽广。③

正因如此，作家热爱大自然，当作家的心灵还胆怯、柔弱，"对一切还没有觉醒，对一切还感陌生"④的童年时候，他就已经感到了造物主的存在和自己与它的血肉相连，正如卡拉巴耶娃所说："蒲宁在爱上自己和其他人之前，就已经深深地爱上了大自然"⑤因此，他像一个神秘宗教的虔诚信徒一般地敬畏大自然，对它的美饱含着陶醉与狂喜。

> 自然界的神力真是不可思议！人活在世上，呼吸着空气，看到天空、水、太阳，这是多么巨大的幸福啊！[Ⅰ,204]

---

① Сливицкая О. В. Повышенное чувство-Мир Бунина, М: Изд. центр Российского государственного гуманитарного университета, 2004. С. 7.
② [美]威廉·詹姆士，《多远的宇宙》，商务印书馆，2007年，第14页。
③ Бунин И. Жизнь Арсеньева, Санкт-Петербург, "Бионт", "Лисс", 1994. С. 351.
④ [俄]伊凡·蒲宁，《阿尔谢尼耶夫的一生》，章其译，长江文艺出版社，1984年，第25页。
⑤ Колобаева Л. А. Проза И. А. Бунина, издательство Московского университета. 1998. С. 5.

我在世上仿佛是孤身一人，想象自己最后一次在这月光如水的甲板上跪下双膝。浮云似乎有意地飘散开去，皎洁的月亮从高空洒下欢乐而又柔和的光，而在它的下方，在清澈明朗、无边无际的南方的天空中幽幽地闪烁着南十字星座，犹如一颗颗钻石。你的光辉的夜晚充满了宁静而又永恒的欢乐。"我该如何向你致谢？"①

因此也将把自己的生命融于大自然当作最高理想。

> 大自然啊，敞开你的怀抱，
> 让我和你的美相融为一吧！②

肯定了蒲宁自然观的泛神特征之后，我们有必要阐述这样一个观点，即如果将总的泛神思想作为外壳的话，那么蒲宁泛神论自然观的核心却是与众不同的。如果说乔尔丹诺·布鲁诺泛神论的核心是"世界灵魂"，它作为万物真正的形式充满一切，并指导自然产生万物，"是它根据形式的意义和条件，赋予物质以形状，塑造并形成万物，使万物处于这么一种惊人的秩序中"③；斯宾诺莎的是自然确定不移的秩序，是"自然物内部或外部的结构、本质、规律、创造力量或永恒秩序"④，而不是自然存在物的本身；丘特切夫的是绝对的精神，自然中的一切——从物质到人类——都是这种超强的精神按照一定的目的创造出来的；索洛维约夫的核心集中于"万物统一"的话，那么蒲宁的泛神核心则主要集中在凡尘世界的美和不朽当中，是对前者的无限赞叹和对后者的永恒追求。他说："我们将为尘世的人们和宇宙的上帝服务，这个上帝我称之为美、智慧、爱和生命，它渗透在每一个存在物中。"⑤所以他的"神"、他对神的理解显然超出了基督教上帝的范畴，而是"美、智慧、爱和生命"，"美是最崇高的宗教"⑥。

---

① ［俄］蒲宁，《耶利哥的玫瑰》，冯玉律译，上海文化出版社，2001年，第80页。
② Бунин, И. А. Собр. соч.: в 9 т. М., 1965—1967. Т. 1. С. 53.
③ 北京大学哲学系外国哲学史教研室编，《西方哲学原著选读》（上卷），商务印书馆，1981年，第322页。
④ 李朝东，《西方哲学思想》，甘肃人民出版社，2000年，173页。
⑤ Бунин И. А. Собр. Соч. в 9 т. М., 1966. Т. 3. С. 435.
⑥ ［俄］蒲宁，《耶利哥的玫瑰》，冯玉律译，上海文化出版社，2001年，第80页。

源于这样一个核心,可以说,泛神论作为蒲宁的世界观、自然观,一方面孕育了大自然的感性之美以及作为个体的人与神圣的最高力量所创造的一切之间融为一体的感觉,即世界因泛神而与人亲密无间,因此我们看到,在作家各个阶段的艺术创作中始终散发着激动得颤抖的与大自然和上帝息息相关的气息,无论是16岁还是82岁,他都会毫不犹豫地说出:"世上没有别人,只有我和上帝。"(Ⅷ,25)另一方面,对存在泛神的感受又成为其世界观、自然观的基础,成为其后来对各种宗教哲学思想广泛接受的土壤。在蒲宁创作的各个阶段,作家向创作中引入了基督教、伊斯兰教、佛教主题以及古希腊、古印度、欧洲以及俄罗斯宗教哲学的种种思想,并在此基础上化育了蒲宁独具特色的宗教哲学和人类学的思考。在他看来,自然在泛神的同时还从属于更高的力量,它不仅内在于大自然(是泛神的),还隐藏在大自然的背后,高居于大自然之上,保持着自己超验的本质,既不可见,也难以理解。事实上,在蒲宁生活的世纪之交,在整个欧洲都在无奈地响应尼采"对一切价值作重新评价"的时候,对这个最高力量的存在、特别是对其内部隐秘内容的再思考成为思想界思考的普遍现象,但是与各种艰深的宗教哲学理论以及充满了暗示、感应和超感觉的文学语言不同的是,在蒲宁的笔下这个最高力量获得了鲜活的肉体和形象的显示,无论它被称作什么——上帝,精神、心灵、理智、呼吸、自我、万物统一等等,其实质在蒲宁看来都不会改变。① 作家将存在中充溢的非理性的和神圣的事物"物化"在可见的形象和大自然的现象中,令精神性变成了存在无法消除的事实,成为世界的真理。可以说,正是泛神的大自然安顿了蒲宁的灵魂。

---

① 在蒲宁创作于1895年的小说《在别墅里》有这样一段对话:"人的生命首先应该是去揭示和认识的……""揭示什么呢?""揭示对于一个人来说必须的和重要的东西,去发展他善良的感情,为了他能够充满爱意地、快乐地去完成他在地球上的使命和派遣者的意志……""派遣者? 谁是这个派遣者?""这个嘛,随便你叫他什么,罗曼努斯神、毗湿奴还是布塔……一句话,生命之灵。""生命之灵啊! 什么是生命之灵?"……"生命之灵? 就是'光,光里没有任何黑暗',——这是给你的一个解释,善和爱——这是给你的另一个解释。"(笔者注:罗曼努斯神无从查询;毗湿奴是印度教的三大神之一,掌"保护";布塔是埃及神话中的造物主,孟菲斯主神)"// Бунин И. А. Маленький роман, Санкт-Петербург, "Лисс", "Бионт", 1993. C. 128-129.

它①四处弥漫,——
在天空的蔚蓝中,在鸟儿的歌唱里,
在白雪的飘飞中,在微微嚅动的万物里,——
有美的地方就有它在。
我陶醉于美景之中,
我知道,只有在它的怀抱中才会痛快地呼吸
我知道,世界上一切生命
都生活在与我相连的爱里。(《解冻》,1901)

作家的泛神论自然观可以很自然地通过他对世界极其感性的感知方式以及他对于世界上各种宗教信仰公允接受的态度来印证。其实二者在本质上是一致的。

二、物质性自然

大自然在蒲宁那里首先是物质的,它朴素、美好,充满了意义,自然的物质性是他感受世界和生命的最佳媒介。蒲宁曾经这样说过:"我是一个具有真正艺术气质的人,永远以身体来感受世界。我总是通过气味、色彩、光线、风、酒、食物等来理解世界,——我的感受是那么的强烈,噢,我的天,强烈得甚至让我感到痛楚!"②作家如此强烈地感受世界的物质性特征,究其原因,首先源于他与生俱来的某些心理特征,即家族的遗传记忆赋予他的高度的敏感。谈到童年时的自己,蒲宁说:"我是个神经异常敏感的孩子。……无论什么东西都会引起我的兴趣。"[Ⅰ,288]"无论是人、自然界……毗邻的田庄、打猎还是书本都会使我着魔,仅仅它们的外表就能给予我一种生理上的喜悦,哪怕这只是一朵花,一缕香气……"[Ⅰ,292]在《阿尔谢尼耶夫的一生》中,蒲宁写到了小万尼亚在接触世

---

① 上面的诗行中指明,这里的"它"指的是"生命的欢乐与生命之爱"。
② Карпов И. П., Автор как субъект описаний природно-предметного мира в рассказах И. А Бунина 1887—1909 годов // И. А. Бунин и русская литература XX века, изд. «Наследие», 1995. С. 125-126. 又见蒲宁1922年1月9/22日的日记。Устами Буниных в 2 томах: Дневники Ивана Алексеевича и Веры Николаевны и другие архивные материалы, Посев. 2005. Т. 2. С. 62.

界的时候感到的不是麻木,不是冷漠,也不是淡淡的喜悦,甚至不是欣喜,而每每是"страсть""страстность"和"сладострастное чувство"。这是蒲宁作品中最常见的几个词汇。例如:

生平第一次出行带给万尼亚的物质世界最初的印象之一是父母给他买了一双山羊皮靴,蒲宁写道:

"С каким блаженным чувством, как сладострастно касался я и этого сафьяна, и этой упругой, гибкой ременной плеточки!"(触摸着这精制的山羊皮以及这弹性十足的柔韧的皮鞋带时,我就兴高采烈,心醉神迷!)

关于父亲的一把狩猎匕首,蒲宁写道:

"Какой сладострастный восторг охватил меня при одном прикосновении к этой гладкой, холодной, острой стали!"(只要稍微触碰到这平滑、冰冷、锋利的钢铁,一种意醉神迷的狂喜就攫住了我的全身。)

而祖父或曾祖父留下的一把马刀甚至让万尼亚无法自持。尽管他最终连找都没有找到,可就是心里想一想它,他便"仿佛幸福得气都喘不上来了"。他不禁自问:

"Откуда взялась моя страстная и бесцельная любовь к ней?"(我为什么对它会有如此狂热而盲目的爱呢?)

在《俄语详解大词典》中"страсть"的释义是"理智难以掌控的强烈感觉""情欲"以及"对……的强烈迷恋与嗜好",而对周围平凡事物的这种异乎寻常的敏感使得蒲宁在周围的人当中很难找到共鸣,由此,我们不难理解,为什么蒲宁一生都很孤独,都难以融入所谓的社会生活、家庭生活,因为他是孤寂者,因为他的心灵从生命之初就"知道"了自己与世界、与大自然的完美统一。当他感到自己与大自然、与世界上的万物从来就是一体,而不是什么二分的身外之物的时候起,他也便成为了绝对的存在。这一切使他拥有了超乎寻常的感受力,他更善于观察,善于倾听,在由树叶哗动、河流奔腾、群星低吟、光与影闪烁组成的宇宙万物的大合唱中,他听到了别人听不到的生命旋律,听懂了别人听来断断续续、模糊不清的东西。自然中的这一切对他来说不仅不陌生,反而像母亲的话语般令他感到亲切与安慰。正因如此,作家年幼时对世界最早的感受不是源于爸爸妈妈慈爱的面容和温暖的双手,而是源于贫瘠的田野和悠远的天空。

棕红色的甲虫,哪儿是它的窝,它在想什么,有什么感觉?它生气了,一副严肃的模样:它的鞘翅下拖着很薄很薄的纱网状的东西,窸窸窣窣地在我的手指头之间爬来爬去——突然,这些鞘翅的甲壳分离了,伸展开了,纱网状的东西也放下了——而且那么优美——然后,甲虫便轻松而开心地嗡嗡鸣响着飞起来了,它永远抛下了我,消失在了天空中,同时给我增添了一种新的感觉:**在我的心头留下了离别的忧愁······**①

一只小小甲虫的离去让童年的作家铭记了分离的痛苦,而第一次对世界欢乐的感受却是由再普通不过的一盒鞋油带来的:

在这个城市的集市上手里拿着一小盒黑鞋油是那样让我兴高采烈,那样让我开心。那是一个用普通树皮做的圆圆的小盒子,但那是一种什么树皮,拿它做成一个小盒的技术真是无可比拟的灵巧!还有这黑鞋油本身!它黑黑的,满满的,带着暗淡的光泽,发出一股好闻极了的酒精气味。②

正如里尔克所说:在这茫茫的宇宙,"我们就好比果实。我们高高挂在古怪地交错在一起的枝桠上,许多风儿吹着我们。我们有的,是我的成熟、甜美和美丽。但造就这一切的力量是从一条遍及世界的根上通过同一条树干流进我们所有人体内的。我们若想为这根的力量作证,就必须在最孤独的本性中依赖它。越寂寞,越庄重,它的共同性便越感人,越有力量。"③"大自然"就是这"根",而蒲宁竭尽终生都在为这"根"作证。但是这一切却引起了作家母

---

① [俄]伊万·布宁,《阿尔谢尼耶夫的一生》,靳戈译,译林出版社,2004年,第6—7页。
② 同上书,第8页。
③ [奥]里尔克·莱,《永不枯竭的话题——里尔克艺术随笔集》,史行果译,东方出版社,2002年,第82页。

亲强烈的不安,她常常一连几小时地跪在圣像前,祈求上帝收回他赋予儿子的那"野兽般敏锐的听觉、视觉和嗅觉"。但是蒲宁自己却说"当那个孩子后来不再是一个孩子,而是成长为一个青年人的时候,他却努力使内心的这个特点得以发展,并认为这是他唯一的幸福。"①失去了这一切对他来说无异于死亡。

我行走、呼吸,我能看到,能感觉到,——我的体内富有生命,以及它的充实和快乐。这意味着什么?这意味着我领悟了,接受了我周围的一切,这意味着一切都是那样可爱,令人愉快,与我血肉相连,令我生发了对它们的爱。爱和善的减少永远意味着生命的减少,就已经是死亡了。(《盲人》)②

其次,作家的生活环境同样是不容忽视的一个原因。作家从小生活在农村,是在和大自然的"亲密接触",甚至是嬉戏中长大的。"在嫩草如茵的院子中间,有一个古老的洗衣石槽,下面可以捉迷藏。于是我们脱去鞋子,让白嫩的小脚在绿茵茵的草地上奔跑。草地表面被太阳晒得滚烫,里面却十分清凉。粮仓的下面长出一簇簇的天仙子,……还发现了许多黑金丝绒般的大丸花蜂的巢穴。我们是根据喑哑的、盛怒而威严的嗡嗡声才猜到它们在地下的住处的。"③正如特瓦尔多夫斯基所说:"也许,除去托尔斯泰,在俄罗斯作家中没有任何人比蒲宁更了解家乡的草原和森林,蒲宁能够在一切难以捕捉的转变和一年四季的变化中看见、听见、闻见花园、田野、池塘、河流、森林、长满低矮的橡树、核桃树灌木的沟壑、乡村的小路和古老的大路。"④蒲宁的细节总是非常的具体而准确,比如,他从不笼统地指称树木、植物、鸟儿等,而总是耐心、细致、具体地写出它们的名称,帕乌斯托夫斯基称这一特点为"无情的精确性"⑤。特瓦尔多夫斯基曾对此表达了自己的钦佩之情,他

---

① Бунин И. А.:［Сб. материалов］: В 2 кн. -М.: Наука, 1973. -(Лит. Наследство; Т. 84). кн. 1. С. 136.
② Бунин И. А. Собр. Соч. в 9 т. М., 1966. Т. 5. С. 148.
③ ［俄］伊凡·蒲宁,《阿尔谢尼耶夫的一生》,章其译,长江文艺出版社,1984年,第35页。
④ Бунин И. А. Собр. Соч. в 9 т. М., 1966. Т. 1. С. 38.
⑤ ［俄］帕乌斯托夫斯基,《一生的故事》(3),非琴译,河北教育出版社,2001年,第256页。

说:"蒲宁从来不像与他同时代的一些作家那样说:有个人在树下坐下或者躺下休息一会儿,而是一定要说明这棵树的名称、树上的鸟具体是什么鸟……他叫得出所有青草和鲜花的名称,无论是野外生长的,还是园艺种植的。"①在这一点上,蒲宁与屠格涅夫、费特有着相同之处。以鸟为例,他笔下的鸟儿有鹞、夜莺、斑鸠、麻雀、乌鸦、燕子、白嘴鸦、鹌鹑、鸫鸟、山鹬、黄鹂、凤头麦鸡、鹁鸽等等。这一切正应了勃洛克的那句话:"很少会有人像蒲宁这样了解和热爱大自然。由于这种爱,诗人的观察敏锐而深远,他的色彩和音响的印象极为丰富。"②的确,生长在乡间,热爱大自然的作家许许多多,但并不是每一个人都像蒲宁那样敏感于大自然中许多几乎不被人发现的微小的颤动,不是每一个人都能像蒲宁那样"能区别湿草和坠满朝露的牛蒡草的气味"。后来,蒲宁很喜欢"夸耀"自己的自然知识。"我对一年中任何时候的空气、太阳最细微的特点都了如指掌……只要看亚麻长多高了,我就能准确无误地说出,现在是夏天的哪个时候。除此之外,还有许许多多能轻微嗅到的气味,我从童年时起就熟悉它们,闻到它们我感到无比亲切。"③"我的视力能一下看到大熊星座的七颗星,听见很远以外土拨鼠在傍晚田野里的吱吱叫声,闻到玲兰或古老书籍的味道会感到陶醉……"④女作家库兹涅佐娃就曾证明蒲宁对天气的了解和感觉比晴雨表还灵光。⑤ 蒲宁还常常嘲笑一些久负盛名的作家描写自然不在行,其中就包括高尔基、契诃夫、巴尔蒙特和叶赛宁等。⑥ 蒲宁在一生中还

---

① Бунин И. А. Собр. Соч. в 9 т. М.: Художественная литература, 1966. Т. 1 С. 2.
② 徐稚芳,《俄罗斯诗歌史》,北京大学出版社,1989 年,358 页。
③ Устами Буниных: Дневники Ивана Алексеевича и Веры Николаевны и другие архивные материалы: в 3 т. Посев. 1977. Т. 2. С. 164
④ Бунин И. А. Собр. Соч. в 9 т. М.,1966. Т. 1. С. 36.
⑤ Кузнецова Г. Грасский дневник, М.: Московский рабочий, 1995. С. 75.
⑥ 蒲宁认为,契诃夫对俄罗斯贵族的庄园了解甚少,因为在俄罗斯任何地方都不曾有全是樱桃树的花园,而且它们"一点也不美,粗糙弯曲,叶子很小,开出来的花也很小,全然不像艺术剧院舞台布景上老爷宅院窗户下面长得那么壮实和茂盛"。蒲宁讽刺高尔基根本不懂海鸟的习性;讽刺巴尔蒙特从来不开花的车前草写成了"车前草盛开了!"讽刺叶赛宁连苦艾的生长期和又干又辣的味道也不知道,却在诗中写"蓝色的五月,红霞的温煦,/篱笆的铃环不再响叮叮,/苦艾散发出粘乎乎的气味……"// 见[俄]蒲宁,《蒲宁回忆录》,李辉凡译,东方出版社,2002 年,第 3—11 页。

结交了许多画家朋友,他们之间的友谊教会了他以几乎是绘画的专业技法来描述眼前的大自然。蒲宁的这些所谓"外部感觉"作为理解感性世界的手段是与生俱来,而这一手段又在后来的艺术创作中作为达到艺术目的的手段得到不断地发展与提高,以至达到炉火纯青的境地。他对世界感性地接受程度之深甚至使得文学评论家伊里因得出了这样的结论:"蒲宁是外部的、感性经验的诗人和大师,这一经验使他可以到达人类直觉的生活,其观察世界的敏锐与诚实使得他能够看到令人战栗的直觉的核心。但却妨碍了他去理解人类精神的生活。"①伊里因的观点是偏颇的,至于原因我们在下文讨论。

再次,蒲宁对世界感性的接受方式我们可以用作家对人类存在本位的思考以及对所处时代的文化价值观——包括哲学的、社会的和宗教的——的思考来予以解释。在这里,我们必须首先区分"存在"和"现实"这两个完全不同的概念。在海德格尔看来,存在是使一切存在者得以成为其自身的先决条件,或者说,它是使存在者必须存在才能成为确定的、现实存在者的那种东西。它可以是一切已经显现的现实之物,也可以是一种"可能性"的现实或者仅仅是观念之物。而现实则是已经实现了的、高度抽象的事实的总和。作为作家,有的作家将自己的关注重点放在反映、剖析社会现实之上,而有的作家则将目光更多地投向自身的存在,从自己最直接最具体的生存环境和最内在的困境——孤寂、烦恼、畏惧、绝望、迷惘,特别是对死亡的恐惧等非理性的心理体验——出发来观察和表现人生在世的种种际遇,希冀为心灵找到一块安身立命的家园。蒲宁无疑是属于后一类的作家。因为无论是仰望苍穹,还是俯首蜉蝣,人类的有限所面对的始终是宇宙的无限,人无时无刻不感到空虚失落和孤独无依,"我不理解这天夜里那种沉默的奥秘,一如我不理解生活中的一切。我是孤独的,孑然一身,我不知道我为什么要生活在这个世界上。……最主要的是我不知道为什

---

① Никонова Т. А. Духовно-телесное единство жизни (《Освобождение Толстого》 И. Бунина) // И. А. Бунин в диалогах эпох. Воронеж: ВГУ, 2002. С. 107.

么这一切不是一目了然,而是充满了某种深奥、神秘的含义?"[Ⅰ,197]而社会的动荡、家族的变故、到处弥漫的世纪末情绪以及走马灯般轮番登场的各种思潮、流派更加重了蒲宁内心的矛盾和困惑。面对存在这一片虚无的实在,他的"心中燃烧着寻求一块坚固的基地与一个持久的最后据点的愿望,"他终生都试图在这种"虚空的状态"中寻找确定不移的、不变的价值,即寻觅变化中的永恒。而大自然尽管有枯有荣,甚至变化多端,但春华秋实,历久常新。自然中的色彩、气味、声响更是以其客观直接的美学价值吸引着蒲宁,这正是蒲宁终生寻找的"美好与永恒的契合"[Ⅰ,48]的最优体现,也是人类历史上所发生的政治、社会和科学的"灾难"中永恒价值的承载者和唯一可以支撑的精神支柱。正如作家在《林中道路》一诗中作家所表达的:

> 在百鸟欢唱的白桦林中,
> 光线透过树影在丝滑的绿草上燃烧,
> 山丘发黑——那是一些被遗忘的坟包,
> 白桦树下新绿的矮小枞树
> 像年轻的修女般温顺地站立。
>
> 传说这里曾有一个隐修院,
> 十位少女脱离尘世
> 在这里立下了神圣思考的誓言,
> 她们恪守教规,如鲜花般
> 在圣鸟和朝圣者的歌声中盛开。
>
> 传说这里曾有一片茂密的树林,
> 鞑靼人曾宿营于此,激战连连,
> 之后这里变得宁静而富饶,
> 而那古老简陋的隐修院和声声祷告
> 却早已在很多年前便像梦幻般踪影了然。
>
> 这样的梦幻难道还少吗,——我们为什么要记得它们?
> 看啊,一年的春天又来了,林中一片新绿,
> 森林在等待着割草,天空在白云的缝隙间,

在树梢的晃动间展现出片片湛蓝。
眼前的嫩草在正午的炎热中懒洋洋,软绵绵。

我的春天会过去,今天也会过去,
但我依然快乐地踟蹰在林间。
当大地上晚霞变幻出朝霞,
当年轻的生命顺势而出,
我感到,永世存留而不死是多大的幸福。

翠绿的森林在奔跑,百鸟在啼啭,
看,不远处有个湖泊和白色沙土的隐修院……
驾!马铃欢快地叮当作响,
轮毂在阳光下熠熠流闪,
花边般的树影在一匹匹马的身上流淌……(1902)①

无论是人类虔诚的信仰,还是为了何种目的展开的争斗,胜利也好,失败也罢,都会在时间的隧道里渐行渐远,甚至了无踪迹,只有大自然亘古常新,成为人类生命的基石和精神价值最真的承载者。

在笔者看来,试图在世界的物质性特征中找寻人类生存的价值在蒲宁对待最为严肃的宗教的态度中也可以找到鲜明的印证,正如上面那首诗。谈到作家对宗教的态度,蒲宁的好友阿达莫维奇认为:"如果的确是'风格即人'的话,那么仔细阅读蒲宁的作品,品味它们的风格和调子,那么对于蒲宁宗教性的答案就不得不是否定的。他尊重东正教会,他也珍视宗教仪式的美,但是仅此而已。真正的、严格的、永远惊恐不安的宗教性是与他格格不入的,蒲宁外表直率,富于激情,但他其实是一个内心隐秘之人,任何人都无法知晓。"②斯特鲁维也表达过相似的看法,他认为"尽管虚无

---

① Бунин И. А. Жизнь Арсеньева, Санкт-Петербург, "Бионт", "Лисс", 1994. С. 309-310.
② Апология 《И. А. Бунин: Личность и творчество Ивана Бунина в оценке русских и зарубежных мыслителей и исследователей》, Издательство Русского Христианского гуманитарного института, Санкт-Петербург, 2001. С.232.

始终令蒲宁恐惧不已,你在他的笔下也找不到对上帝的否定,但在他的内心里对上帝的信仰和不信仰的斗争一刻也没有停止过。"①小说《阿格拉雅》就印证了这一点。《阿格拉雅》创作于1916年,作品讲述的是,15岁的姑娘阿格拉雅在虔信东正教的姐姐卡捷琳娜和罗季翁长老的诱导和劝说下,献身宗教,最终焚身赴死的故事。从作品的写法上看,许多研究者都认为这是一篇仿"圣徒传",那么从人物安排的角度上来说,罗季翁和卡捷琳娜无疑是圣徒传必需的正面角色,是阿格拉雅的精神导师。但从小说中可以看出,蒲宁无法掩饰内心强烈的矛盾,即认为,正是他们引导姑娘犯了违背大地母亲意愿的罪孽,致使年轻的美被遮掩在修女的外衣之下,并拒绝了凡尘一切美好的事物,甚至使年轻的生命毁于烈火。小说中蒲宁描写了阿格拉雅的美貌:"十五岁时她已经完全长成了一个大姑娘,人们都惊异于她姣好的容貌。她的瓜子脸光泽红润,浓浓的浅褐色的眉毛,一双蓝色的大眼睛炯炯有神。她匀称、轻盈,身材高挑,两手修长……"②这是俄罗斯童话中可爱的女主人公的形象,但就是这样一个正值青春的美丽姑娘,在早春万物复苏的一天离开了自己的家,来到了修道院罗季翁长老的身边。在修道院生活的33个月中③,她用头巾包裹住自己的半张脸,甚至从不抬眼看看面前的世界。她拒绝尘世之美,拒绝自身之美并不出自她自愿的、决绝离世的态度,而显然是顺从了精神导师的意愿,她在痛苦,在挣扎,因而作者写道"显然,她很难完成与大地、与人类的面容做永别的功勋"④。小说中还写到了阿格拉雅的两个梦,更清晰地表现了蒲宁内心的斗争:当阿格拉雅还是个少年的时候,她梦见自己身穿麻布长衫,头上戴着铁制的花环。这是东正教癫僧的典型形象,卡捷琳娜姐姐为妹妹"指点迷津",说:"这正是让你去赴死,尽早

---

① Струве Н. А. Классика в неклассическую эпоху // Филологические записи, Вып. 20. Воронеж, 2003. С. 32.
② Бунин И. А. Грамматика любви, Санкт-Петербург, "Лисс", "Бионт", 1994. С. 101.
③ 隐喻耶稣在人间生活的33个月。
④ Бунин И. А. Грамматика любви, Санкт-Петербург, "Лисс", "Бионт", 1994. С. 106.

完成终结。"而15岁那年,她做了另一个梦,"她梦见一个寒冷的清晨,炫目冰冷的太阳刚刚从雪堆后升起,寒风呼啸,让人喘不过气来。而她却顶着寒风,在熠熠的阳光下驾着雪橇在白雪茫茫的原野上追逐着一只白鼬……"①这是多么欢快的、充满了生活细节的一个画面啊!我们仿佛能听到冬日灿烂的阳光下年轻姑娘银铃般的笑声和兴奋的欢叫声。世界的美丽、生活的乐趣以其物质性的、触手可及的真实吸引着她,使她"在那个冬天无法肯定自己的想法"。

但她最终还是离开了,离开了阳光下的生活,甚至离开了这个世界。

引读者深思的是,蒲宁安排了这样"意味深长"的一个结尾。在最后的时刻:

> 她泪流满面地与一切告别,她大声地说'原谅我!'最后她闭上双眼,独自祈祷:'大地母亲呀,我的心灵和身体都犯下了罪孽,你能原谅我吗?'这些可怕的话是古罗斯时期人们在圣三一主日和多神教的美人鱼日②前的晚祷忏悔时前额触地时说的。③

正如上文所说,"大地母亲"在古罗斯多神教中是万物生命的象征,摧残生命是一种不可饶恕的罪孽,就是对大地母亲的亵渎。就此评论家捷尔曼认为:"苦行僧阿格拉雅那颗忧郁的心灵此刻突然倾向于多神教,倾向于了美人鱼,她突然感到自己在被弃绝的这个世界面前,在'大地母亲'面前所犯下的罪孽"④。多神教的主题在小说的结尾显露了出来。但在小说全文历数东正教中大量自愿弃绝尘世为上帝献身的圣徒、癫僧等的背景下,蒲宁是否真的趋向于了人民的宗教?如果答案是肯定的,为什么他会让这个结尾从

---

① Бунин И. А. Грамматика любви, Санкт-Петербург,"Лисс","Бионт",1994. 102.
② 东斯拉夫人的美人鱼日是在每年的10月5日,这天又称"大地日"。人们放下一切农活,让大地休息。这天人们举行隆重的仪式,祈求大地母亲吞噬妖魔,带给人们风调雨顺、五谷丰登的好日子。
③ Бунин И. А. Грамматика любви, Санкт-Петербург,"Лисс","Бионт",1994. С. 107.
④ Дерман А. Старое и новое у Бунина// Речь. 1917. 23 янв.

一群道听途说的云游者的嘴里说出,并说这不过是一个"魔鬼的传言"?显然,蒲宁将他内心的矛盾推向了读者,是献身上帝还是享受尘世的生活之美?尽管我们无力破解蒲宁的内心,但有一点是可以肯定的,即在小说《阿格拉雅》中,蒲宁生动地展现了其对生命的理解和他的生命价值观。它触及到了在作家生活的时代特别吸引新的俄罗斯宗教思想的一系列问题——基督教与基督教前多神教的关系。显然,人民对大地母亲的膜拜、对生命的追求以及人民与大自然的亲缘关系在很大程度上是与蒲宁对大自然的泛神感受相共鸣的,作家对民间的信仰感到亲切,既把它们作为祖国独特的精神,也当作与其独特生活哲学的触碰点。

除了蒲宁的创作,作家的个人经历也证实了他的宗教性的复杂。正如评论家斯特鲁维所说:"蒲宁的宗教性相当复杂,一方面,他感到了宗教生活的美好,在他的笔下常常可见对于宗教仪式的描写,但是这更多的是对外部形式的描写,他揭示宗教的秘密总是通过美来完成。"①谈到这个问题就不能不提蒲宁出国漫游的经历。蒲宁一生曾先后五次出国漫游,足迹遍及耶路撒冷、锡兰等宗教圣地,他曾说:"我所有最珍贵的游历都是在那些已消亡了的东方及南方的古国,在被遗忘的国家、在它们的废墟和墓地里。"在蒲宁以及蒲宁之前的俄罗斯,亲临佛国的人并不多,但谈到去耶路撒冷,正如陀思妥耶夫斯基所说:"从俄罗斯人以及俄罗斯国家的初始起,从俄罗斯大地受洗的那一刻起,虔诚的朝圣者便开始涌向那片圣地,涌向圣墓教堂。"②耶路撒冷在俄罗斯被称为"万城之母","世界上是否还有别的地方,能够把这么多为人们所衷心珍爱的回忆联系在一起?"③。许多作家、诗人,当然更多的是教会人士都有前往圣地耶路撒冷朝圣的经历,历史学家克留切夫斯基甚至将朝

---

① Струве Н. А. Классика в неклассическую эпоху // Филологические записи, Вып. 20. Воронеж, 2003. С. 32.
② Достоевский Ф. М. Полн. собр. соч. в 30-ти тт. Л., 1983. Т. 25. С. 214. 圣墓教堂,又称"复活大堂",圣墓教堂是耶稣基督遇难、安葬和复活的地方,基督教圣地,耶路撒冷基督教大教堂之一。位于以色列东耶路撒冷旧城。
③ [俄]蒲宁,《耶利哥的玫瑰》,冯玉律译,上海文化出版社,2001年,第157页。

圣者单列为一个社会阶层。① 别尔嘉耶夫这样诠释这一现象,他说:"俄罗斯人总是有对另一种生活,另一个世界的渴望,总是对现存的东西不满的情绪。……朝圣是一种很特殊的俄罗斯现象,其程度是西方没见过的。朝圣者在广袤无垠的俄罗斯大地上行走,始终居无定所,也不对任何东西承担责任。朝圣者追求真理,追求天国,向着远方。"②他们渴望通过触及圣地感受心灵与最高真理的交融,以拯救个人生命或是为俄罗斯寻找"神圣而伟大的"光明未来。比如果戈理,他一生多次出国,但这并不是由于果戈理爱好游山玩水,或对民族学感兴趣,他对所到之处的风土人情并不关注。1848年他前往耶路撒冷被他称为"一生中最重要的事件之一"③,是自己精神复兴与完善的顶峰。那完全是心灵的朝圣,是出于他内心对上帝、对神示的渴望,对宗教精神力量的依赖。他坚信,所有的社会矛盾都是由于背离了神的旨意和忘记宗教而产生,同时他真心地认为自己正是受到上帝的指派来揭露人间的谎言和道明真理的。但是从《死魂灵》第一部的出版到第二部的创作,作家经历了内心空前的困惑与痛苦,在第一部结尾作家提出的问题"俄罗斯啊,你究竟奔向何方? 你回答我吧!",但他却始终听不到神示的到来。在备受煎熬的时刻,他常常在上帝面前、在整个世界面前忏悔自己的"罪孽",最终他决定选择去圣地,回归上帝的怀抱,聆听上帝的声音。他感觉"耶路撒冷会给他以启示,引导他走上真理的道路。"④因为"我的心灵应当比高空的雪花更纯洁,比天空更明亮,而只有到那时候,我才有力量开始我的事业和伟大的活动。"⑤1848年2月,病中的果戈理艰难地完成了去耶路撒冷朝圣。4月21日,他在写给自己心灵的导师马特维神父的信中,作家说:他从

---

① [俄]叶夫多基莫夫,《俄罗斯思想中的基督》,杨德友译,学林出版社,1999年,第35页。
② [俄]别尔嘉耶夫,《俄罗斯思想》,雷永生、邱守娟译,生活·读书·新知三联书店,2004年,第194页。
③ Письма Н. В. Гоголя. Под ред. В. И. Шенрока, Спб. 1902, Т. Ⅲ. С. 420.
④ [苏]尼·斯捷潘诺夫,《果戈理传》,张达山、刘健鸣译,黑龙江人民出版社,1984年,第331页。
⑤ 同上书,第329页。

来都没有像站在耶路撒冷的土地上时那样对自己的内心感到不满,他在那里看到了"自己的冷酷与自私"。他说:"我的旅行、出走和遁世并不是没有目的,没有意义的;我心灵所受的教育就是在这些行动中不着痕迹地完成的……我热诚的眼泪比往常流得更多,更庄重了;那深深的、无法抗御的信念永远埋藏在我的心中;上帝的力量帮助我爬上了眼前的台阶,尽管我还站在梯子的最低一节。"①

再来看蒲宁。谈到出国的缘由,蒲宁在《自传笔记》中写道:"自1907年起维·尼·穆罗姆采娃同我结为连理。从那时起,我的创作欲和旅游欲愈加旺盛。……在国外旅游期间,用巴拉廷斯基的话说,无处不感到'故国的草原和我的初恋在召唤我',然而回国后,就又急着去世界各地漫游,观光风土人情。"[Ⅰ,299]这些"旅游欲""观光""风土人情"等字眼听上去显然较果戈理的内心感受轻松许多,但是其中真正的原因我们在第一章中已有所谈及,那就是蒲宁当时所感受到的内心的煎熬不是出于宗教的原因,而是源于本位的对生存的困惑。"我良久地凝望着它,想尽力探究只有上帝才洞悉的无从探究的奥秘:人世为什么这样虚幻而同时又这样令人留恋。"[Ⅰ,192],正是由此,我们不难得出这样的结论,即:在蒲宁文学成就的背后总是有本位上无法解决的问题凸显,"这就是对死亡、消失和虚无的恐惧"②,而这种恐惧的出现在很大程度上正源于蒲宁对凡尘之美和'将心灵用肉体'③的形式表现出来的一切的强烈依赖,由此便在"肉体可能的消失"面前恐惧万分。我们看到,当大多数朝圣者在朝圣耶路撒冷之后表达的是"拜倒在耶稣拯救者的墓前以获得拯救"④的渴望的话,蒲宁想到的不仅不是拯救,反而恰恰相反,是无处不在的死亡:

---

① [苏]伊·佐洛图斯基,《果戈里传》,刘伦振等译,天津人民出版社,1982年,第443页。
② Струве Н. А. Классика в неклассическую эпоху // Филологические записи, Вып. 20. Воронеж 2003. С. 32.
③ Там же.
④ 此语出自著名十二月党人 А. Н. 穆拉姆采夫(1792—1863)的书《1830年圣地游记》。

成千上万只雨燕尖声叫着,在这座古老的石头建筑物(指圣墓教堂)的上空盘旋。太阳落山了,在肮脏的市场的货摊上,喧闹声和叫卖声渐渐平息了下来。上帝啊,难道耶稣真的是在这里被钉上十字架吗? 难道现今在半暗不明的拜占庭式的拱顶和地下室里点起无数的长明灯、粗大的蜡烛,闪耀着黄金和宝石的光芒,充溢着神香的烟雾,以及蜡烛、柏树和玫瑰水的芳香的地方真的是他的灵柩所在地吗?

　　……

　　令人生忧的夜幕蓦然降临,……清真寺和圣墓教堂的圆顶也变得阴沉沉的。围绕着伟大城市颓壁残垣的那些沟壑壑陷坑使人想到远古时代圣经中提到的上帝。不,甚至连圣经提到的上帝这儿也不存在,只有死神的气息弥漫在旷野和地王的陵墓以及被各个部落和民族的骨殖填满的秘密洞穴、壕沟和山谷之中。①

　　整个东游的过程是作家与东方古代文明进行对话的过程,其核心正在于对人类生命价值的探寻。每次出发前,蒲宁都认真地研究《圣经》《古兰经》《东方各民族古代史》等许多相关书籍,后来作家在游记中展现了东方各民族丰富的文化现象,那里有基督教、伊斯兰教、更有形形色色的多神教崇拜;那里有基督耶稣的墓地、所罗门王的花园,有希腊人对崇高的智慧和不朽精神的追求,有埃及人的太阳神崇拜和他们胜利的祭坛——金字塔,有伊斯兰教虔诚地跪地祈祷和它神秘的苦行僧乞求接近真主的迷狂舞蹈,有犹太教的哭墙、拜火教的圣礼,有……蒲宁以同样虔诚的心态对待他所看到的一切,他说:"特洛伊、斯卡曼特和阿克琉斯的山冈——这些词汇听起来是多么的美妙!"②,对于蒲宁来说,一切所见都同等美好,同等重要,无论它是埃及法老的国土,还是耶稣基督的双脚丈量过的土地都没有区别。事实上,无论是在罗马的圣彼得大教堂,还是君士坦丁堡的圣索菲亚大教堂、奥马拉清真寺、耶路撒冷的圣墓教堂,还是在佛教圣地阿纳拉特哈浦拉城,任何一种宗教都

---

① [俄]蒲宁,《耶利哥的玫瑰》,冯玉律译,上海文化出版社,2001年,第124页。
② 同上书,第75页。斯卡曼特:小亚细亚半岛北部的古城,毗邻达达尼尔海峡。

令蒲宁着迷,因为对于他来说,宗教无论大小都是真理,它们中的每一种都在时间中得以实现,并带上了时间物质的、"肉体的"印记,而蒲宁感兴趣的不是它们或深奥、或浅显的教义,而正是作为文化载体的它们所承载的文化结晶千百年所留下的痕迹,它们是真正有生命的,是无情的时间唯一无法消灭的东西,是人类与时间艰苦搏斗仅存的战利品,正如他所说:"我纵然对俄赛里斯、宙斯、阿波罗、耶稣和穆罕默德已久漠然置之,可是却不止一次感到我愿意对我们祖先所崇敬的那些可怕的神灵,诸如:百手梵天、湿婆、妖魔、菩萨等下跪膜拜,因为他们的教义古奥得就像长寿的玛土撒拉讲的话。"[2,463]正是它们的存在使人类文化得以传承,使人类与阳光、土地以及大自然中的一切曾经拥有的坚实联系得以证明,也赋予了人类生存以"触手可及的"意义。因此我们看到,蒲宁往往对各类宗教仪式的形式、教堂的内外装饰,甚至是各种圣器等情有独钟。走进东正教圣地——君士坦丁堡的圣索菲亚大教堂,吸引作家的竟然首先是一块门幔,"走进旁侧的教堂入口,那里挂着沉重的用水牛皮制成的门幔。这真是极为原始,但又是多么美妙!"①,在这神圣的殿堂里,我们感觉不到一个虔诚的信徒所惯常怀有的崇敬与惶恐的心情,处处感到的是一种来源于对历史痕迹发现的欣喜和赞叹:

这些可爱的鸽子以及它们从高处掉到席子上的含有石灰的粪是多么**原始**啊。用铁链低低地悬挂在席子上方的铁制巨型吊灯又是多么**原始**和质朴啊。宽大墙面上的油彩、拱门上渐渐剥落褪色的金饰又显得多么的壮丽和阴郁。从暗红、浑绿和金青色的柱子上散发出庙堂的气息。透过土耳其人抹的白色涂料,呆板的拜占庭镶嵌画影影绰绰地显现了出来,它们也充满了庙堂的神秘气息。②(黑体为笔者所加)

谈到信仰,蒲宁自己也承认:"无论是古老的俄罗斯教堂的礼拜或者是异教的教堂的,也就是说,天主教教堂的、清真寺的、佛教庙宇的礼拜,我都喜欢,我没有任何正式的宗教信仰。"[1,290]正

---

① [俄]蒲宁,《耶利哥的玫瑰》,冯玉律译,上海文化出版社,2001年,第61页。
② 同上书,第62页。

因如此我们看到,对于土耳其人将圣索菲亚大教堂中早期基督教的艺术珍品化为灰烬并将东正教的圣地改为清真寺的野蛮行为,他只是淡然地说"我不知道旅行者中有谁会不谴责土耳其人,因为他们把神殿弄得光秃秃的,剥夺了它的雕塑、绘画和镶嵌图案。"①而接下来却是对这两种"敌对的"信仰难以置信的混合画面在美学层面的描写:

  当我转过身来时,便见到在明朗的蓝天下那带有红色条纹的淡黄色索菲亚大教堂的雄姿。这座庞然大物从巨形石头支柱和附属建筑物中突兀而起,在它们的上方,围着一圈石头窗户,笼罩着人间的一大奇迹——古老而又敦实、原始而又质朴、巨大而又轻巧、世上独一无二的圆形屋顶。有四位'卫士'守护着这一庞然大物,并在其深处隐藏着艺术杰作和奇珍异宝。这四位卫士就是四座白色清真寺,它们犹如四支巨形标枪从每一个角落直刺蓝天。②

  能够说明这个问题的还有这样一个例子。1925年蒲宁在《鸟影》中详细记述了伊斯兰教苦行僧的祈祷仪式,这是一段极富激情和迷狂的舞蹈。

  住持开始祈祷,慢慢地提高嗓门,声音凄切、严厉而又忧伤;突然,在充满激情的调子升到最高的一刹那,笛子一起伴奏起来;而同时德尔维什们也充满激情地用手掌拍击地板,呼喊着称颂真主的赞词,再把身子往后一仰,又拍击起来。蓦地,大家凝然不动,站起身来,然后把手交叉在胸前,鱼贯地跟在住持后面绕着大厅走,一边转动身子,同旁边的人相互深深地鞠躬致意。致礼完毕,便快速脱下长袍只穿着白色围裙和袖子又长又宽的白色上衣——然后旋转着舞蹈起来:长笛奏出尖利的乐音,鼓声咚咚直响——德尔维什们边鞠躬边走到住持面前,又像皮球一样从他那里跳开去,然后岔开双手,像陀螺一般在大厅里旋转。

  不久,白色的旋风便席卷了整个大厅……

---

① Муромцева-Бунина В. Н. Жизнь Бунина. Беседы с памятью. М.: Вагриус, 2007. С. 225.
② [俄]蒲宁,《耶利哥的玫瑰》,冯玉律译,上海文化出版社,2001年,第61页。

随着长笛的音调越升越高,凄婉的倾诉已经变得迷醉而狂喜,呈十字架形的白色旋风在大厅里飞舞得越来越快,侧向一边的一张张脸孔变得越来越苍白,围裙鼓胀得越来越紧,而住持顿脚也越来越急促:可怕而又最为快乐的时刻,"消失在真主和永恒之中"的时刻到来了……①

这段充满激情的记述充分证明了蒲宁对古老的东方哲学、对东方神秘的肢体语言——在醉意和狂喜中感悟神灵,接近永恒的迷恋。在《鸟影》中蒲宁引用了自己热爱的波斯诗人萨迪(约1203—1292)的诗来称颂这些虔诚面对神灵的灵魂:"因为他登上了观照的高塔,听到了令人快乐的世界的音乐,""全世界都充溢着这种欢乐,都在欢心狂舞——难道唯有我们不去品尝它的美酒吗?"②在蒲宁看来,这些人在大自然的怀抱中生生死死,与自然和谐共处,他们"至今还在过着天真朴实的生活,以整个身心感受着生与死,感受着宇宙神灵的伟大"[Ⅱ,463]。无论舞者们信仰的是何种宗教,蒲宁看中的是那种陶醉的状态。这是一种最自然、感性、本能的形式,是生命之舞,是鲜活生命的倾诉,是强大的生命意志不可抗拒的爆发,是灵魂冲破躯体桎梏后获得的无限自由和狂喜。舞者在瞬息之间感受到了其个体与万物之源合为一体,甚至直接幻化为万物之源的本身,从而体验到了凡尘生活中无处寻觅的与宇宙息息相通的充实感和极乐,用尼采的话说就是,舞者用他的双足"在金碧辉煌的销魂中跳舞。"③在对苦行僧们的祈祷仪式描述结束后,蒲宁接着说道:

在基督之塔上,我产生了某种同德尔维什相似的感受。强劲的风在我身后的塔楼里呼啸,空间仿佛在我的下方飘浮,朦胧、幽蓝的远方把人引向无穷的境界……围绕着主持的这一阵旋风正是在那里,在远方诞生的,这包括在印度教徒的仪式中,在拜火教徒的圣礼之中,在有着神秘语言的苏菲教派的"熔化"和"沉醉"之中,

---

① [俄]蒲宁,《耶利哥的玫瑰》,冯玉律译,上海文化出版社,2001年,第70页。
② 同上书,第71页。
③ 周国平,《尼采在世纪的转折点上》,上海人民出版社,1999年,第82页。

后者把美酒和醉意理解为对神的迷醉。于是我又不由得想起了"将一生用于洞察世界之美的"萨迪的话语。①

在"异教的"人们近乎于原始巫术的祈祷中,在声响、节奏和动作中蒲宁读懂了他们对自然本原最本真的"消失在真主和永恒之中"的信仰。蒲宁所感到的不正是他千里迢迢多次遍访古代文明的目的吗?! 所以当晚年的蒲宁回忆自己的游历时称之为"朝圣"时,有学者却坚称其为"游记"。但无论是"朝圣",还是"游记",显然蒲宁眼中的"圣"所具有的并不是单一的基督教中上帝的涵义。

三、哲理性自然

蒲宁首先是以一位大自然精细的描写者身份进入俄罗斯文学的,但是面对大自然,他从来就不仅仅是一个复制者,而是思想者。大自然的一草一木、纤毫逸动都引发了作家对生命的思考。

1. 生机勃勃的大自然

蒲宁笔下的大自然充满了作家的个性特征。它永远是光影交织,色彩斑斓,充满了鲜活奇伟的生命力,但它们决不仅仅是大自然物质性的表现,同时它也神秘莫测,超越了人类科学理智以及道德评价的范畴,触发了作家对自然的哲理深思。

(1) 色彩与光线

几乎没有一个研究者在谈到蒲宁对大自然的描写时会忘记他笔下那给人留下深刻印象的缤纷色彩。蒲宁俨然是一个画家,双眼微眯,凝视着自然中的一切;或者说,他的双眼几乎就是一部摄影机,在难以捉摸的、在不断流动、摇晃、颤动、呼啸的一切中捕捉各种瞬息万变的色彩,并分辨出千百种色彩中最最细微的差别,然后用精确的语言将它们永恒地固定下来。

康·帕乌斯托夫斯基及其推崇蒲宁对光、色的感受,在他那篇著名的随笔《伊凡·蒲宁》中他这样评价蒲宁:"世界是由色和光的大量组合构成的。因此,谁能轻巧地、准确地抓住这些组合,谁

---

① [俄]蒲宁,《耶利哥的玫瑰》,冯玉律译,上海文化出版社,2001年,第70—71页。

就是最幸运的人,如果他是一个艺术家或者作家的话。从这个意义上说,蒲宁是一个非常幸运的作家。"①因为蒲宁对光与色的"感受是罕见的、准确无误的。""他敏锐而精密地观察一生中所遇见的一切。"②著名评论家科尔涅伊·楚科夫斯基在 1914 年为《涅瓦河》杂志撰写的文章中也称:"在歌德和拜伦时代,人们看到月夜里只有银白的色调,而现在这种色调是无穷的多。他(蒲宁)观察草原、乡村的眼睛是那么的敏锐、清晰,富于悟性,以至于我们在他面前就仿佛是一群瞎子。我们以前哪里知道月光下的白马是绿色的,它们的眼睛是雪青色的,而烟是丁香一般淡紫色的,黑土是深蓝的,收割过的麦地是柠檬黄的?! 我们看到的只是深蓝和红色,而他却捕捉到了数十种中间色和色调……"③谈到自己对色彩的感情,谈到自己对于大自然花草的态度,蒲宁在《阿尔谢尼耶夫的一生》中这样写道:"我一看到颜料盒就浑身颤抖,从早到晚在纸上涂鸦,一连站上好几个钟头,凝望着那奇妙的渐渐变成淡紫色的蓝天。在炎热的充满阳光的日子里,青天穿过树梢透露出来,树木仿佛沐浴在蓝天里。我对大地和天空色彩的真正神妙的涵义一向都有深切的感受,这个结论是生活赐予我的。我认为,这是最重要的结论之一。这种透过枝叶显露出来的淡紫色的蓝天,我到死都会记起……"④"没有什么能像色彩那样给人提供这种享受了。我习惯于看,是画家们教会了我这种艺术……"⑤

谈到色彩,首先进入脑海的就是蒲宁的那首《落叶》,他像普希金一样,以华丽的辞藻描写了披着秋天盛装的树林。秋天在蒲宁的笔下不仅是人们习惯意义上的金色的秋天,而是斑斓的秋天、五光十色的秋天,全诗中的色彩粗略地统计一下就多达十几种,它们是:лиловый(雪青色的),золотой(金色的),багряный(殷红色的),жёлтый(黄色的),голубой(天蓝色的),тёмный(暗色的),

---

① [俄]伊凡·蒲宁,《阿尔谢尼耶夫的一生》,章其译,长江文艺出版社,1984 年,第 10 页。
② 同上书。
③ Чуковский К. Ранний Бунин // 《Вопросы литературы》, 1968. No 5. C.83.
④ [俄]伊凡·蒲宁,《阿尔谢尼耶夫的一生》,章其译,长江文艺出版社,1984 年,第 50 页。
⑤ 同上书。

синий(蓝色的)，белый(白色的)，серебряный(银白色的)，янтарный(琥珀色的)，пурпурный(紫红色的)等等。蒲宁的作品不仅色彩丰富,色彩形象也常常令人叫绝。在他的笔下,我们会惊奇地看到青莲色的大海(《阿强的梦》)、像葡萄酒般殷红的、失去了光泽的夕阳(《阿强的梦》)、紫色、烟色和金色混合着的云海(《四海之内皆兄弟》)、琥珀色的枝叶的反光(《落叶》)、黑油油的海浪(《大水》)、像银灰色波浪般翻滚的黑麦(《米佳的爱情》)等等。让我们完整地看几个例句:

此刻,整个大洋已经成为一片**银白**,微荡着**碧绿**的涟漪,而在这无边无际的**银白色**的洋面上,从落日(它已不那么耀眼,**橙红**之中闪着**金光**)那边投来了一道道**橙红色**的霞光,东边的天空则已经变成**绛紫色**了;一条条长浪沿着船舷两侧缓缓翻滚,弯弯曲曲,犹如**青紫色相间**的蟒蛇。

我们匆匆地登上制高点——船长室。此时太阳已经西沉,东边的天空变成**紫色的**一片,西边的天空显得**绿莹莹的**,绿色之中夹着一条条**橙红似火**的霞光,而在我们的头顶上方、在无比深邃的碧空中则飘着几朵犹如大马士革薄纱似的轻云,抹上一重**淡紫色的色调**。

不一会儿景象又有了变化。只见东边天空的颜色变成**雪青夹着深蓝**,在其下方的洋面泛出了一片**紫色**。西边天空的霞光烧得**通红**,这些霞光**深红发亮**,好像熔铁炉里的铁水。此时随着夜幕的降临,西边的天空也染上了**紫色**。天色暗得越来越快,在霞光的上方闪烁起了第一颗星星。一直高挂在我们头顶上方小小的**苍白的月亮**,本来不引人注意,这时也显得有了生气。……月亮撒下了清辉,沿着船舷流动着**亮闪闪的银白**,甲板在月色下出现了缆绳的影子……东方吹来了一阵清风。"(《大水》)①

且光与色总是和谐搭配:

啊,光线是那么充沛、明亮,天空是那么**澄碧、蔚蓝**！晾在船头

---

① [俄]蒲宁,《耶利哥的玫瑰》,冯玉律译,上海文化出版社,2001年,第232—233页。

上的水手们**白色的、蓝色的、红色的**衬衫在晴空的映衬下,色彩鲜艳得惊人!"(《阿强的梦》)[Ⅲ,53]

"从高大的船尾下边,从把海水搅动得沸腾不已的螺旋桨下边,不可胜数的**银针闪烁着白焰**,发出一片干燥的沙沙声,争先恐后地落入海里,有时有无数**蓝色的巨星**,有时又有凝集成一团团**青色的烟气**,仿佛青绿色的磷火般一闪一闪地坠入由轮船开拓出来的**浮光耀金的雪白的道路**中,立时被席卷而去。"(《阿强的梦》)[Ⅰ,54]

在蒲宁的笔下,色彩作为大自然最直接、最鲜明的表现绝不是物质性自然的简单复制,关涉的仅仅是表面的存在,而永远是上升到与人类的历史、人类的生命紧密相关的哲理高度,正如他在一首诗中所写:

不,并不是风景令我心醉,
贪婪的眼睛看到的也并不是色彩,
而是在色彩中间闪耀着的
生的欢乐和生的爱。
(《二月的天气尽管还阴湿寒冷……》,1901)[Ⅰ,43]

(2) 气味

蒲宁笔下气味的形象是非常丰富、准确而精炼的,按照特瓦尔多夫斯基的观点,"是值得单独撰文描述,并详细描述的,因为在其他所有描绘世界、时间与地点、人物的社会属性和性格的手法当中,气味起到了独特的作用。"①这"独特的作用"既表现在对生存的本能特征的加深上,也引发了精神层面的变化,如对过去,甚至是对远古的幽思,即蒲宁创作中最重要的主题之一——记忆。

小说《安东诺夫卡苹果》全篇都散发着"叫人闻不够"的果香。在小说首版之时,作品有这样一段开篇:

我曾在什么地方读到过,席勒很喜欢在他的房间里放几个苹果,它们静静地,一动不动,却以自己独特的气味激发着诗人的创

---

① Бунин И. А. Собр. Соч. в 9 т. М.,1966. Т.1. С.37.

作灵感。我不知道这个小故事的真实程度几何,但我完全理解席勒的感受:世上的确有一些自身就很美好的东西,但更重要的是它们能够令我们更强烈地感受生活。气味对我们的作用就特别巨大,气味中有的特别健康、特别鲜明,如大海的、森林的、春天黑土地的、秋日成熟的树叶的、苹果的……以及秋日清新的气味。①

在其后的版本中,作家去掉了上述有几分论述意味的文字,而是直接以"安东诺夫卡苹果、蜂蜜和秋凉三者的芬芳"开篇;接下去作家引领我们来到花园、窝棚和那些散发着苹果浓香的地方;安娜·格拉西莫夫娜姑妈的家里散发着"老式红木家具和干枯了的菩提树花的气味"以及"祖传书籍厚厚的皮革封面"气味,"山羊皮的书脊上烫有一枚小小的金星。这些书好似教堂收集的典籍。虽然书页都已泛黄,纸张又厚又粗,然而它们的气味却是多么好闻啊!这是一种沁人心脾的有点发酸的霉味,散发着古书的气息。"[Ⅱ,30],然而"安东诺夫卡苹果的香气正在地主的庄园中消失,"[Ⅱ,35]这里果香的形象正是一去不复返的贵族庄园宁静、富裕、充满健康情趣的生活的象征,是这种生活中充满的诗意的象征。作家正是以这令人留恋的果香为线索追忆往昔的日子,哀婉古朴诗意令人不可挽回的消逝。小说中除了"安东诺夫卡苹果的香气"之外,还充满了各种各样的气味形象,精细、具体得令人惊讶。在这里我们还呼吸到了"落叶的幽香""麦秸散发的冬天特有的清香""马汗的气味""野兽毛的膻味""沟壑里冒出的一股股使蘑菇得以孳生的潮气以及腐烂的树叶和湿漉漉的树皮的强烈气息",还有"浓厚的克瓦斯的味""烧樱桃枝冒出的烟散发的浓郁的香气"以及"浆洗过的无袖长衣上的染料味"等等。

在蒲宁其他的作品中,气味的形象同样鲜明而独特:鞋油"有一股令人心醉的酒精的气味";苏打水冲鼻子,有股酸味;稻谷和青草被阳光晒热后会发出清香;粪水和猪圈混合的酸味;屋顶上火烟、油烟和炉子的气味;岸边的热气"夹杂着土耳其花卉熟悉的芬

---

① Бунин И. А. Собр. соч. СПб.: Знание, 1902. С. 75.

芳——一种美妙的、甜丝丝的芬芳,有点像树窟窿里干腐屑的气味"①;甚至布满星辰的天穹也会"散发出野草和久远年代的气息。"有时蒲宁会将各种气味形象混合在一起,让它们同时出现在读者的面前,以至于读者根本无法想象,其理解力更无法将它们整合。如:

  人力车的车身不一会儿就被晒得发烫了,细细的车杠搁在滚烫的深红色地上,发出一股汽油的气味,就像咖啡豆在研磨时因发热而产生的那股气味。这气味同附近花园内一年四季盛开的鲜花以及樟脑树、麝香和车夫们所吃的食物的甜丝丝的馥郁的香气融成一体,弥漫在空气中。(《四海之内皆兄弟》)[Ⅱ,442]

  气味作为大自然物质性最直接的表现之一带给蒲宁的是对物质世界的鲜活感受和对生活的无限感激。

  大地一片黑暗,这黑暗自下而上升起来,渐渐淹没了远方的霞光,直至最后一线。空气清新,其中有已经长上来的青青的麦苗香,地界上沾满了露水的草香,以及一切田野的、夜晚的气味,我诞生、成长在其中,正是它们使我感到生活如此甜美……②

(3) 声响

  在蒲宁的风景画中不仅有光、色,还有着大自然永恒的声响、悦耳的音乐。

  风拂过果园,把白桦树的**柔声絮语**送至我们的耳际。一阵风由田野吹来,**喧闹着,发出簌簌的声响**。于是,一只闪着金光的翠绿的黄鹂立即开心地尖叫一声,像箭似的随着一群寒鸦掠过白色的花丛飞走了。……金色的阳光透过几扇天窗聚成好几道光束,投到顶间内的一堆堆灰色的尘土上。风息了,蜜蜂睡意朦胧地在凉台旁的花朵上爬着,不慌不忙地采着蜜,**——周遭万籁俱寂**,只有白杨银晃晃的树叶在**窃窃私语**,那声音好似连绵的细雨淅淅沥沥地落在地上……(《故园》)[Ⅱ,116]

---

① [俄]蒲宁,《耶利哥的玫瑰》,冯玉律译,上海文化出版社,2001年,第44页。
② [俄]布宁,《布宁散文》,陈馥译,人民文学出版社,2008年5月,第65页。

读蒲宁的这段文字就仿佛是在聆听一首优美抒情的钢琴曲,这种神奇效果的取得有赖于蒲宁在这段描写中使用了描述声音的手段,如借助了同音法,使用了 ш, с, з, ч 这样一些辅音①,营造出风的氛围:шелковистый, шелест, испещренный, чернью, стволы, широко, раскинутый, шумя, шелестя. Резко, радостно, зелено-золотая, обитавшими, многочисленным, вскрикивала, развалившихся, чердаках, кирпичами, через, свет, неспешную, совершая, тишина, струящийся, серебристый, листва 等。值得一提的是,蒲宁笔下这些手法的采用并非为形式而形式,像巴尔蒙特所热衷的那样,而完全是出于表达的内在需要,更重要的是,创造的形象是成功的,而非牵强的。因此当读者阅读这一段文字的时候,他会真切地感到大自然的低吟浅唱。再看下面一段:

在树林外面,在……黄澄澄的田野上闪烁着干热的阳光。从那儿送来的夏日最后的温暖、光明和幸福。在我的右边,不知从哪儿出现了一朵巨大的白云,它从树后飘浮出来,在蓝天上不规则地、奇异地构成了一个圆,慢慢地飘动着,变化着。……我把一只手垫在头下,望着树林外金光闪闪的田野,望着这朵浮云。田野上轻轻吹来一股干燥炎热的气流,明亮的树林摇晃着,流动着,可以听到那昏昏欲睡的、像是要远去的哗哗的树叶的喧闹声。声音有时会升高、加大,于是那网状的树影就五光十色,来回晃动,地上和树上斑斑点点的阳光熠熠闪烁,树枝弯垂着,把明亮的天空袒露出来……(《阿尔谢尼耶夫的一生》)②

---

① 原文为:Ветер, пробегая по саду, доносил до нас шелковистый шелест берёз с атласно-белыми, испещренными чернью стволами и широко раскинутыми зелёными ветвями, ветер, шумя и шелестя, бежал с полей - и зелено-золотая иволга вскрикивала резко и радостно, колом проносясь над белыми цветами за болтливыми галками, обитавшими с многочисленным родством в развалившихся трубах и в тёмных чердаках, где пахнет старыми кирпичами и через слуховые окна полосами падает на бугры серо-фиолетовой золы золотой свет; ветер замирал, сонно ползали пчелы по цветам у балкона, совершая свою неспешную работу, - и в тишине слышался только ровный, струящий, как непрерывный мелкий дождик, лепет серебристой листвы тополей...

② [俄]伊凡·蒲宁,《阿尔谢尼耶夫的一生》,章其译,长江文艺出版社,1984年,第70—71页。

在这里作家并未直接写风,甚至未提到"风"字,但我们始终能感到风在吹拂,以及风拂过树林发出的哗哗的声响。

对诸如色彩、气味、声音以及其变体的偏爱和诗化是蒲宁艺术世界中典型的特点,它的形成是与蒲宁的生活观念以及由此形成的创作观念紧密相连的,作家正是在这些"微小的事物"中挖掘到了大自然真实的纯洁之美。尽管它们变幻多端,但它们正是宇宙永恒的体现,也正是通过它们,作家诉说了最普通的人类的感觉和认知,表现了人类心灵在与大自然中这些物质性的存在撞击之时所迸发的瞬息之间的美好情感。

在对大自然蓬勃生命力的表现中,蒲宁常常使用以下几个意象并通过它们表达了对自然之力的哲理思考:

1) 太阳

太阳是人类可见的所有光体中最为明亮的,从晨曦到正午直至夜色初现的傍晚,它变幻无穷,带来光明,也带来温暖,因此在世界许多民族的神话体系中,太阳都占据着万物核心的位置。太阳神,无论是古埃及的拉还是希腊的赫利俄斯,印度的苏里耶还是中国的伏羲,在各自的神话体系中都是主神之一,人们都将其作为生命、真理、正义、智慧以及恩惠的象征,并形成了穿越时空的强大的太阳崇拜。在高纬度寒冷的俄罗斯,人们更是对太阳尊崇有加。古罗斯的太阳神称达日吉博格,意为"给予之神",世上的万物均拜太阳所赐,它被认为是整个斯拉夫民族的祖先,古罗斯名著《伊戈尔远征记》就将罗斯人称为"达日吉博格之子"。每年的春天人们欢唱着民谣"可爱的太阳,回来吧!鲜红的太阳,燃烧吧!美丽的太阳,上路吧!"[①],吃着圆圆的、象征着太阳的薄饼来迎接太阳战胜严寒,重回人间,给世界带来了勃勃生机。在这里,人们赋予太阳以各种美好的特征,它是美丽的、光明的、神圣的、公正的、善良的和纯洁的,并在漫长的民族文化发展史中逐渐凝结成各种具有永恒意义的隐喻,它象征着希望、真理、勇气、丰收,是神圣与巅峰的代名词。难怪普希金被誉为"俄罗斯诗歌的太阳"。在蒲宁的笔

---

① Сказания древних славян, Санкт-Петербург "РЕСПЕКС", 1998. С.114.

下,作家继承了俄罗斯民间对于太阳的各种想象,将它作为一切生命的源头,也是生命的实质。1907 年蒲宁在记录自己漫游希腊的游记《众神之海》中给予了太阳以最高的礼赞:

你看太阳已经西沉,可是即便在黑暗中万物还得依靠太阳来生存和呼吸。是太阳使得轮船的螺旋桨运转,使得大海朝着我迎面奔来;它是赋予地球一切力量的永不枯竭的源泉,是它引导着自己那个广袤无垠的王国走向我所无法理喻的无限——走向织女星座,也正是它操纵着那条在我的下方如箭一般飞蹿而去的狂喜的海豚——简直活像一大堆灰蓝色的磷火。世上万物都追求光明,无数勉强看得见的生命的种子,尽管被黑夜和深海剥夺了面对太阳的机会,却依然在发光——依然靠着太阳的那些原子,正是那些原子使它们获得了生命。①

在这里,壮丽辉煌的太阳不仅创造了自然生命,引发人们对无垠宇宙的思考,参与到世界蓬勃的运转当中,也创造了语言无法言说的美学价值:

我转过身来,便沐浴在一片青紫色的天光之中,这天光充溢在圣殿的断垣残壁之间,充溢在经过日晒而闪着金光的柱廊和柱头之间,充溢在斜槽形的柱子之间,这些柱子的雄伟、精美和典雅简直无法用言语来形容。……除了天空和太阳,还有什么能够创造出这一切来呢?②

但太阳并不总是炫目的"流淌着金色的大网",它常常更像一个威严的君王,充满了震慑人间的无比威力。在俄罗斯民间广泛流传着这样一首诗,称为《少女与太阳》:

少女对太阳说:
"炎热的太阳,我比你漂亮,
比你那明亮的月亮弟弟漂亮,
比你的昴星团侄儿们漂亮,

---

① [俄]蒲宁,《耶利哥的玫瑰》,冯玉律译,上海文化出版社,2001 年,第 84 页。
② 同上书,第 79 页。

比它们的母亲——夜晚的星星都漂亮"。
昴星团非常难过，
对它们的妈妈说：
"夜晚的星星，我们的妈妈，
请炎热的太阳叔叔
快去烤焦那姑娘的脸，
让她再也不要夸耀！"
夜晚的星星听到这些，
感到很是为难，但也不能
无视自己的孩子，于是
她请求炎热的太阳
对美丽的少女说：
"美丽的少女，你夸耀什么？
夸耀你无比的美丽？
你最好明天早起，
到高山之巅来——
我会升上山顶的天空
那时我们再看，谁能获胜！"
当明亮的清晨来临，
美丽的少女早早晨起，
来到高山之巅。
她刚刚到达，炎热的太阳
就满脸怒容地升上了天。
骄阳下，绿草枯萎，
树叶干焦，
少女的脸蛋黑下来，
美丽的少女像
她走过的大地那样大哭起来：
"我错了，我亲爱的妈妈
你都做了什么呀，炎热的太阳？
快还给我白净的脸蛋儿，

我再也不会与你作对。"
炎热的太阳并没有接受她的道歉,
在天空燃烧得更加耀眼。①

蒲宁有一首诗《乌云浮动,仿佛大火的浓烟》,仿佛是接续了这首《少女与太阳》:

乌云浮动,仿佛大火的浓烟。
一条古道默默无言。
……
骄阳如火。衰草蒙尘,
一片灰色。原野里
……白嘴鸦的幼雏
伸着灰白的双翅,
在麦地里叫着,尖细、萎靡。
可是在沙土的庄稼地里,
叫声逐渐微弱。南方天际
乌云不断涌起。一棵白柳
俯首于乌云脚下,枝叶婆娑,
只见一片银色的哆嗦——
敬畏那迫近的上帝的震怒。(1912)[Ⅰ,95]

显然,诗人继承了俄罗斯民间传统中对太阳的崇拜,在他的笔下,太阳摧枯拉朽的伟力得到了极度的彰显。诗的上部分写道,周遭寂静得令人胆寒,寂静中只有上帝威严地俯视着大地上他所创造的一切生命。这里火球般炙烤着大地的太阳就是上帝②,它滋养了生命,但也随时与死亡相伴。那滚烫蒸汽一般的、"像烧熔的玻璃似的闪闪发亮"的空气就是震怒上帝的传令官。此时万物萎靡,臣服在太阳威猛但冰冷的伟力之下。在蒲宁的笔下,太阳是大自然生机的源头,是改变人爱情观乃至人生观的"中暑"(《中暑》),是令英国殖民者(《四海之内皆兄弟》)幡然悔悟的原因,是追求真

---

① Сказания древних славян, Санкт-Петербург "РЕСПЕКС", 1998. C. 117-118.
② 在《乔尔丹诺·布鲁诺》一诗中有一句"上帝就是光"。

理而获得的精神幸福(《乔尔丹诺·布鲁诺》)①,有时它就是上帝。

2) 秋天

在俄罗斯文学中,秋天是作家、诗人笔下常见的意象,也是蒲宁非常喜欢的一个意象。秋天之所以吸引人们的注意,是因为其中充满了完全矛盾的意境。它既是农人收获一年劳作成果的喜悦时刻,又是面对大自然的逐渐萧瑟引发人们悲凉心境的时刻,正所谓"文人悲秋,耕者喜秋"。在普希金的笔下,秋天尽管"静谧、温和、明媚",尽管它姿色万千,但它却像"一个患肺痨的姑娘/就要死了。/可怜的人儿没有哀怨,没有怒气,/而恹恹枯萎;她的唇边还露着微笑。/墓门已经张开,她却没有在意,/她的两颊依旧泛着鲜艳的红润,/今天她还活着,明天香消玉殒。"(《秋》)在莱蒙托夫的笔下,秋天的阳光"向被大风摇撼的树林和潮湿的草原投下惨淡和死寂的光辉,/就像被欺骗的爱情。"(《秋天的阳光》)丘特切夫笔下"秋日的黄昏是透明的,/它的美既神秘又温存。/……/它衰颓,败落,是神明隐秘的苦痛。"(《秋日的黄昏》)而费特则直接感叹:"冷寂萧瑟的秋日啊,/多么哀伤,多么阴晦!"(《秋》)而在民间,耕者往往更识自然之道法,得金色之田野而喜上眉梢,正如叶赛宁在写到秋天丰收时说:"金色的火焰流入视野的深渊,/童年梦幻的欢乐流入心田。"(《圣母帡幪日》)当秋收结束,俄罗斯农民往往为展示劳动成果而大宴宾客,用新的粮食酿制啤酒,用新磨的面粉烤制馅饼,"朋酒斯飨,曰杀羔羊",同时参加各种休闲游乐以及祭祀神灵的活动,此时还是青年男女结亲和举行婚礼的首选时刻。② 显然,耕者的秋天不是文人笔下萧瑟、悲凉的日子,而是洋溢着满足的欢乐和为成熟的生命力量而狂欢的日子。蒲宁笔下的秋天更多具有的是民间色彩,显现的往往不是悲秋,而是乐秋。更值得一提

---

① 在《乔尔丹诺·布鲁诺》一诗中有这样一个诗节:"宇宙,太阳,我向你问候! 刽子手,我向你问候! 他将会将我的思想传送到整个宇宙!"

② 在多神教的古罗斯,每年的9月21日是农民的"丰收节",人们以此来祭祀主生育的罗德神和罗日尼查女神,因此在秋天青年男女结亲和结婚的风俗就保留了下来。// 见 Сказания древних славян, Санкт-Петербург "РЕСПЕКС", 1998. С.221.

的是,作家称,自己对生命最初的记忆就是秋日的阳光。①

  我常常骑上马到已经开始收割黑麦的田野里去,整小时整小时地坐在田垄和已经收割后的麦茬地,毫无目的地看着割麦人。我坐在那里,周围则是干燥的、静止不流动的炎热和沙沙沙均匀有节奏的割麦镰刀声。在炎热得一片灰蓝色的晴朗天空下,完全干透的黑麦成了个黄沙般颜色的海洋,饱满的麦穗俯首低垂着,整个黑麦地像一堵严实的高墙挺立着。农民们解开腰带,一个跟着一个,整齐地慢慢向前走去,摇摇摆摆地向这个黑麦的海洋进发。他们举着的镰刀在太阳光下闪闪发亮,沙沙沙地把各道的麦子一排排放在左边,把黄色扎人的刷子状麦茬地留在了自己的身子后边,露出一条条宽阔的空地——割过后,袒露的土地渐渐地越来越扩大,使田野呈现出一幅全新的面貌,展示出新的景色和远方……②

  金灿灿的麦浪、舞动的镰刀、劳动的人们……一股成熟的气息扑面而来,字里行间洋溢着欢乐与满足。作家又将这一切放在大自然清澄碧蓝的天空、缤纷五彩的树林的背景下,勾勒出了一幅敬土有谷,天人和谐的丰秋、乐秋的图画,使读者情不自禁地感同身受到了主人公的喜悦心情:

  于是我站起来,……也割了起来。

  开始的时候是非常困难,很折磨人的,……以致每到傍晚回家时走路都很勉强,两个肩膀钻心地酸痛,双手磨出的血泡疼得灼热难忍,脸上像被烧伤似的滚烫,头发被已经干了的汗水粘连成一绺绺的,嘴里尽是艾蒿的苦味。可是后来,我终于被吸引到这种志愿的苦役中去了,连睡觉的时候心里都怀着幸福的想法:"明天还割去!"③

---

① 在《阿尔谢尼耶夫的一生》中,蒲宁写道:"我最初的回忆,是一种有点让人莫名其妙的微不足道的东西。我记得一间大大的房子,在入秋时节的阳光照耀下,从朝南的那个窗口可以看见太阳照在山坡上干燥的亮光……"//见[俄]伊万·布宁,《阿尔谢尼耶夫的一生》,靳戈译,译林出版社,2004年,第5页。
② [俄]伊万·布宁,《阿尔谢尼耶夫的一生》,靳戈译,译林出版社,2004年,第158页。
③ 同上书。

这种幸福是发自内心的,是不可抑制的,是骄傲的。而此时大自然也依然光彩照人,生机勃勃:

我们跳着跨过一条把田野和林边空地隔开的水沟,沿森林走进它那八月里明亮、轻盈、有的地方已经发黄的欢畅而美妙的王国。

鸟儿已经稀少了——只有一些百舌鸟装出一副生气的样子欢乐地叽叽喳喳叫着,并发出吃饱了的咕噜咕噜声,成群地在这边那边地飞来飞去;森林里边,空旷、开阔,树木已经不茂密了,有阳光穿过树林可以看到远方。我们有时在老桦树林下,有时是在长着橡树的田野里;那些橡树任意自由地生长着,高高大大,枝繁叶茂,不过它们已经远不像夏天的时候那样苍翠葱郁了,树叶变得稀疏和开始枯黄了。我们在斑驳缤纷的树荫中边走边呼吸着干燥的芳香,一边顺光滑的枯草往前走,一边张望着前面更开阔的反射着热辣辣光亮的林中空地。空地再过去是一片不大的槭树幼林,它正在微微摇曳,泛出金丝雀羽毛般的黄色亮光。①

这是一幅多么令人快乐的秋景图!秋高气爽,森林中色彩轻盈艳丽,光影交织;树木轻轻摇曳,鸟儿欢唱。这里没有阴郁,没有悲凉,更没有黯然神伤。尽管树木已不再像春夏那样枝繁叶茂,但谙熟自然之法的蒲宁深知,天下万物,无不为春生夏长秋收冬藏之道律所宰。自然循环,本身就孕育着无穷的力量。秋天是充满生命力的大自然"最后幸福的时刻"(《落叶》),即使如此也并不意味着死亡,即使冰天雪地,也预示着来年的希望。所以他写道:

我四周的一切——花园、草原、瓜园里,甚至空气和强烈的阳光都在渐渐走向衰亡,但也满溢着幸福。(《在八月》)[Ⅰ,207]

在那首《落叶》中,蒲宁描写了华美壮丽的俄罗斯之秋,但这种华美与壮丽依然无法抗拒自然之法,渐渐被峭寒和荒凉所代替。但这是大自然生生不息的轮回,作家在诗的最后描写了梦幻般醉人的冬景,它依然充满了力量,显示了蒲宁坚定的生命信仰:

---

① [俄]伊万·布宁,《阿尔谢尼耶夫的一生》,靳戈译,译林出版社,2004年,第56—57页。

永别了,树林,就此永别!
今天将有个温和而美好的白昼,
转眼间柔和的新雪
就会把这片枯槁的旷野
变成银色的世界。
在这个漫天飞絮的荒凉寒冷的白昼,
无论是松林和伊人已去的椒房,
无论是寂静的村落的屋顶,
无论是天空,以及和天空连成一片的
无涯无际的旷野,
都会显得古怪,特别。
紫貂、白鼬和林貂
将高兴得欢蹦乱跳,
在牧场上柔软的雪堆间奔跑、嬉闹!
而在那边,从冻土带,从北冰洋,
刮来的朔风像是萨满教的巫师
跳着疯狂的舞蹈,
呼呼地挟着旋卷的飞雪,
在旷野上发出野兽的咆哮,
长驱直入光秃秃的原始森林,
把陈旧的椒房摧毁殆尽,
只剩下粗粗细细的木棍。
此后晶莹的寒霜
将挂满这片劫后的瓦砾场,
于是在蓝盈盈的天空中
就会出现一座冰宫,
像水晶和银子一般寒光炯炯。
待到夜晚,在这片洁白的霜花间,
苍穹之火将升至中天,
那是大熊星座和小熊星座在斗艳,
也就在此时,在无边的寂静中,

将燃起严冬的火焰,

那是璀璨的北极光映满了霄汉。[Ⅰ,95]

2. 冷漠、恐怖的大自然

在东西方的传统文学当中,无论是东方的"吾心即是宇宙",还是西方的"自然是精神之象征"(爱默生语),其实质都是以人类为中心的,对自然关注的根本其实是落实到对人的精神的铸造上,自然充其量只是人类的"配角",是为人类服务,而人是超越于自然之上的。正如爱默生所说:"种下去是自然的种子,长出来是精神的果实。"对于他来说,自然不过是人类心灵的一张地图,万事万物都是人的心境、情感的体现,正所谓:"滔滔江水象征着人的心绪,宁静的夜空是理性的体现,无边的荒野意味着自由奔放的想象。"①在俄罗斯文学当中,这种将大自然心理化以协助完成心理描写、背景烘托和渲染、增强作品意蕴的写法非常普遍,它广泛地见诸于俄罗斯各个时期文学大师的笔端。在12世纪的英雄史诗《伊戈尔远征记》当中,我们可以清楚地看到,作者使大自然充满了灵性,使它能够回应人间发生的一切事件。正如利哈乔夫所说:"《伊戈尔远征记》作者的情感是如此的伟大,他对别人痛苦和欢乐的理解是如此的敏感,以至于他感觉连周围的事物也分享了这些情感,这些感受。"②当勇敢的俄罗斯士兵在战争中阵亡,"青草同情地低下头来,/树木悲戚地垂向地面。"③而当伊戈尔大公历尽千难万险即将回到俄罗斯的时候——

乌鸦不再鼓噪,

喜鹊停止了鸣叫,

寒鸦闭上了嘴巴,

只有鸭鸟在安静地爬动,

只有啄木鸟还在树枝上敲。

---

① 程虹,《宁静无价——英美自然文学散论》,上海人民出版社,2009年,第24页。
② [俄]利哈乔夫,《解读俄罗斯》,吴晓都等译,北京大学出版社,2003年,第171页。
③ 徐稚芳,《俄罗斯诗歌史》,北京大学出版社,1989年,第12页。

通往大河的路显露出来了,
夜莺欢乐地唱着歌,
宣告着曙光的来到。
太阳在天空中闪耀,
伊戈尔大公回到了俄罗斯的怀抱。(笔者译)

  在普希金的笔下,我们也处处可以看见人物的内心世界与大自然融合为一,情景交融。在《秋日的清晨》中,诗人对皇村景色的描写显然牵动了抒情主人公的情思,创作的中心显然是人的感受,而景色只是描写人物感受的手段。"她"走了,诗人在痛苦的心境中"伫立河岸",回想起"黄昏晴朗时她常来这地方"不觉悲从中来,当想到"再不见啊,心上人的面庞,/难寻觅,音讯踪迹两茫茫;/踏遍林间幽径,神情沮丧,/芳名声声唤,心酸苦难当。"之时,他眼中所见的景色仿佛全都在呼应他悲苦的心境,"秋神挥双臂,寒气透骨凉,/剥去了白桦、菩提的盛装;/秋风逞威,枯林一片喧嚷,/团团落叶四下里日夜飘扬。/泛黄的田野上滚动着雾浪;/风过处,草梢一阵沙沙响。"①人物的内心世界与大自然是融合为一,情景交融的。自然风景在屠格涅夫的笔下也具有重要的作用,如在他的《父与子》的十一章中,巴维尔和尼古拉兄弟俩与巴扎罗夫就虚无主义进行了激烈的争论,他们无论如何也无法理解,人何以会持有这"破坏一切"的所谓生活态度。心情阴郁的尼古拉来到屋外,抬头看到了这样的情景:

  他(尼古拉·彼得洛维奇)向四周看了看,好像他想了解一个人怎么能够对大自然没有感情似的。这个时候已经是傍晚了,太阳隐藏在离园子半里光景的小小的白杨林子后面,树影无边无际地躺在静寂的田野上……远远射来的太阳光线照在林子里,霞光透过繁密的枝叶在白杨树干上涂上了一层暖和的红光,使它更像松树干;树叶差不多变成了蓝色,上面衬出一片微带霞红的浅蓝天空。燕子飞得高高的,风完全静了,误了时候的蜜蜂在丁香丛中懒懒地、带睡意地嗡嗡飞鸣,一群小蚊子像一根柱子似的在一枝突出的孤零零的树枝上面打转。"多美呀,我的上帝!"尼古拉·彼得洛

---

① 徐稚芳,《俄罗斯诗歌史》,北京大学出版社,1989年,第88—90页。

维奇想到。①

　　这一傍晚的画面不仅交代了事件的时间、地点,更给了尼古拉以其困惑的答案。作家没有说明这个答案,但是如此恬静美丽的自然画面却清晰地告诉读者尼古拉的立场:不能同意虚无主义者的所谓"大自然不是神殿,而是车间,而人是车间里的劳动者"的谬论,对于他来说,诗歌、艺术、大提琴永远是至高无上的。

　　但是在蒲宁笔下大自然还常常拥有另一副面孔,那是冷漠、恐怖的大自然,与此相关的主题就是大自然的神奇伟力和人类的渺小。在蒲宁的意识中,自然从不从属于人类的活动,其存在的目的也不是用来衬托人类的情感变化。它不仅丰富多彩、而且坚实、自足,永远高居于人类之上,独立于人的意志,按照自己的规律、以无比强大的力量永恒运动。马克·斯洛宁就认为,蒲宁的大自然"是一种与人类敌对的力量"②,评论家的话未免绝对,但也道出了真实。在这一点上,蒲宁也在屠格涅夫的笔下找到了共鸣。蒲宁从不承认自己与屠格涅夫有任何相近之处,但他却非常欣赏前辈的《一次去波列西耶沼泽的旅行》,看过之后,蒲宁惊呼"这篇《波列西耶》几乎是真正的美好!"在作品中,屠格涅夫写道:

　　　　大自然对人说:"我可无暇顾及你,我君临天下,而你却在喋喋不休地说,怎样才能不死。"……不变的、阴郁的松林沉默着或者发出低沉的声响,只要看到它,人类渺小的感觉就深深地无可抗拒地进入到了我们的内心。人,这些一日的实物,昨生今死,是很难忍受永恒的伊希斯③那专注地投向他的冷漠的眼神;不仅是大胆的青春幻想和希望在自然之力那冰冷的气息中妥协并最终熄灭,而且人的整个心灵都在渐渐地走向衰弱与死亡;人常常会感到,他最后的一个朋友终将会从地球上消失,而这些枝条上的任何

---

① [俄]屠格涅夫,《前夜·父与子》,巴金译,上海译文出版社,2007年,第245页。
② [美]马克·斯洛宁,《苏维埃俄罗斯文学》,浦立民等译,上海译文出版社,1983年,第111页。
③ 伊希斯,古埃及神话中的月亮女神,贤妻良母的象征,同时也是丰产、水、风、魔力、航海女神和死者的保护神。

一根松针都不会因此而颤抖一下;人感到了自己的孤独、弱小和偶然。①

蒲宁写道:

斜坡上还有一些灰色的羽茅草,其实,那是羽茅草可怜的残茎,正随风轻轻地摆动。我想,……现在它们在永恒的沉思之中只是模模糊糊地回忆起遥远的往事、昔日的草原和昔日的人们。那些人的心灵要比我们更能理解它们的絮絮细语,这种细语传遍了自古便笼罩在沉寂之中的旷野,这种细语无声地诉说着人世生活是多么的渺小。(《圣山》)②

在这个我们一无所知的世界中究竟意味着什么,因此不寒而栗,感到神圣的恐惧。……只有置身在这片海天之中,置身在我们一无所知的陌生的繁星之下,置身在热带壮丽的雷雨之下,或者置身在印度和锡兰炎热的黑夜之中,置身在溽暑蒸人的夜色之中,你才会感觉到人是怎样消融在这无涯无际的黑暗之中的,是怎样消融在万汇的声音和气息之中的,是怎样消融在这可畏的一体之中的,只有在那里我们才稍微了解了我们个人究竟意味着什么……(《四海之内皆兄弟》)[Ⅱ,464]

在这里屠格涅夫和蒲宁都不约而同地对人类中心论作出了否定的评价。在蒲宁看来,人类社会所发生的一切,甚至是在人的眼中惨烈的、带来巨大震撼的诸如历史转折、社会变革,甚至是死亡在大自然中都是那么的微不足道,自然始终以"冷漠"对待这一切。自然的这一特点也决定了人之精神处境的一个决定性特征,那就是人面对自然油然而生的强烈的孤独感和恐惧感。正如帕斯卡尔所说:"无限空间的永恒沉默使我恐惧"③。

在小说《魂归祖地》中,庄园主死了。

大白天,在斜着投向开向花园的窗户上的阳光下,几只粗大的

---

① 见 http://az.lib.ru/t/turgenew_i_s/text_0105.shtml
② [俄]蒲宁,《耶利哥的玫瑰》,冯玉律译,上海文化出版社,2001年,第24页。
③ 周国平主编,《诗人哲学家》,上海人民出版社,2005年8月,第28页。

蜡烛在燃烧着,闪着橘黄色透明的火焰;追荐礼之后未熄灭的神香还在冒着淡青色的轻烟,散发出一股松明的味道。墙角边躺着一具高大、干瘦的尸体:一块锦缎的法衣盖住了崭新的棺材的一半,显得华丽而阴郁。从棺材里露出一张青紫色的、肿胀的脸,留着稀稀拉拉的灰白胡髭,恐怖而丑陋;穿着浆得笔挺胸衣的前胸不自然地挺得老高,双手露出袖口,高高地、别扭地交叉在胸前,那双手像厚厚地涂了蜡,指甲是难看的铁青色。①

然而,和这死亡相对照的是死者周遭的一切。它们并没有因为他的死和所带来的阴郁气氛而改变,而是正相反,那欣欣向荣,充满生机的大自然的气息透过冰冷的窗棂不可阻挡地向你扑面涌来:

这个清晨特别的美好,玫瑰园缓缓地从淡蓝色的薄雾中显露出来,熔化在灿烂的阳光之下,显得格外的宁静而幸福。……吃饱了的鹁鸟在咕咕叫着,落叶在轻轻地飘飞。场院里猎狗在美美地打着瞌睡。雪白的鸽子落在房顶上的稻草堆上,背对着太阳咕咕咕地叫个不停。在小屋的上空一缕灰色的轻烟平静地向清朗的蓝天升去,从小屋大敞着的窗户里飘散出一股令人欣喜的炊烟,能听到人们欢快的说话声和笑声……②

人们的生活在继续,而且在死亡的映衬之下它显得更有情趣,更多美好。人生是短暂的,而大自然却是永恒的,大自然不朽的容颜正构成了个体必死的痛苦的背景。相似的反衬在蒲宁的笔下随处可见。旧金山来的富商暴死在豪华邮轮上,当他的尸体"饱尝屈辱冷遇,阅尽世态炎凉,从一个码头的板棚漂泊到另一个,"[Ⅱ,515]最后"被封在涂满焦油的棺材里,深深地放进了黑咕隆咚的底舱"[Ⅱ,515]时,那卡普里岛却依然"欢乐、美好、阳光充沛",卡普里岛层峦叠嶂,清晨的水气在炫目的太阳下熠熠闪光,水气在海面上飘荡,一直绵延到东方,太阳渐渐升高,已经晒得人挺暖和了;烟

---

① Бунин И. А. Собр. Соч. в 9 т. М.,1966. Т. 5. С. 382-383.
② Там же. С. 383.

雾迷茫的、瓦蓝色的、由于日出还没多久而尚未廓清的大片大片的意大利的美丽是人类的语言所无法形容的。

在蒲宁的小说《晚间的时候》中有一段对墓地的描写。几十年过去了,主人公在一个深夜又重返了青年时期曾住过的一个小城,他的内心久久不能平静,因为那里有他的青春,有他的初恋。然而当年的恋人如今已是阴阳相隔,他走进修道院后的墓地去"看"那他曾热恋的姑娘。

时间是多么晚了,又是多么安静!月亮已经低低地挂在树丛的后面,但放眼望去,周围的景色依然清晰可辨。这一片由亡灵的小树林、十字架和纪念碑所占据的空间在透光的阴影中布满了斑驳的花纹。……在路的尽头我停了下来。前面有一块平坦的地面,干草丛中孤零零地躺着一块长长、窄窄的石碑,头朝着墙壁。从墙壁的后方露出一颗绿色的星星,它低低地挂在空中,像奇异的宝石一般熠熠生辉,就跟以前所见到的那颗星星一模一样。不过,现在它默默无言,凝然不动。①

主人公走在墓地一条长满"古老的榆树、椴树和白桦树"的小径上,多年逝去的时光早已使他平静了下来,没有哀伤,没有悲苦。他想起,当年他向姑娘倾诉衷肠的时候,曾仰望天空,看见了一颗"孤独的绿色星辰""仿佛在无声地诉说着什么"。然而今天它还在那里,却"默默无言",对发生的一切丝毫不动容。毋须太久,主人公也会死去,小说的读者也终将归于尘土,也许可以这样说:无需哀伤,自然永恒,死亡是不存在的。

值得注意的另一个特点就是,蒲宁的笔下,大自然还常常是恐怖的,对人类充满了威胁。"大自然以永恒的、怀着敌意的一切包围着我们"②,这正是宇宙生命蕴含的无比强大的、原初的、自由的能量。丘特切夫在谈到大自然的时候曾说:"自然中有自由",它拥有巨大的规模、无以穷尽的万千可能,拥有人类理智所无法破解

---

① [俄]蒲宁,《耶利哥的玫瑰》,冯玉律、冯春译,上海译文出版社,2004年,第212页。
② [俄]蒲宁,《耶利哥的玫瑰》,冯玉律译,上海文化出版社,2001年,第261页。

的神秘,完全有别于人类社会的道德、法律等力量的概念;它神秘莫测,积极活跃,对人类拥有至高的权力,既可以赋予一切生命,也可以毫不留情地将之摧毁,因此在自己的作品,特别是诗歌作品中蒲宁常常使用"Сила"的大写形式。① "力"这一意象的范围和内容都非常宽广,作家并没有赋予它的内容以确定性,但是蒲宁还是将它的意义"固定"在了一些"以自己的力量和规模凌驾于人类之上的自然现象"中,如大海、黑暗和雾、太阳等意象当中。

(1) 大海(大洋)

大海在蒲宁的笔下是宇宙强大的原初自然力,是宇宙生命最典型的代表。1889年蒲宁在克里米亚第一次见到了大海,正像他自己所说:他"怀着恐惧和快乐的心情认识了它",并被大海那强大的力量所震撼,他着了魔似的谛听着大海亘古的喧嚣,"你的波涛沉甸甸地涌动,/闪着无声惊雷似的光芒。/波涛使我们眩目,/在迅疾的闪光中我们显得苍白。"[Ⅰ,140]从那时起"带着不变的永恒涛声"的大海就成为他笔下的一个基本意象。大海以其自身的博大和无穷的力量成为作家笔下借以抒怀的对象,又以其变化多端令作家迷恋不已。它平静时万顷银波,含情脉脉;狂暴时却巨浪滔天,摧枯拉朽。它深藏着秘密,是不可知的事物。面对大海,作家同时震惊于它对人类的冷漠与威慑。夜航在海面的船就是最恰当的宇宙力量和人类生存的对比象征,在《鸟影》《旧金山来的先生》《大水》《完了》《阿强的梦》和《四海之内皆兄弟》等作品中反复出现。面对大海,人是那么的渺小、孱弱,又是那么的孤独、无助,仿佛其悲剧性的命运早已被确定,早已被从日出日落、朝花夕拾的美好大自然中排除掉了。

大海在峭壁下隆隆轰鸣,压倒了这个骚动不安、睡意朦胧的夜的一切喧嚣。……暮秋的深夜此刻正主宰着这片荒无人烟的地方,无论是古老的大花园,过冬时门窗钉死的别墅,还是围墙四角无门无窗的凉亭,都给人以触目惊心的荒芜之感。唯独大海以无坚不摧的胜

---

① 如在诗歌《爷爷》(1913)、《哀伤的上帝》(1913)、《印度洋中的退潮》(1916)等诗歌中都可见大写的"Сила"。

利者的气派,从容不迫地隆隆轰鸣着,使人觉得它蕴藏着无穷的创造力,因此显得越来越庄严、雄伟。(《秋天》)[Ⅱ,52-53]

大海整夜都在一片无边的茫茫黑暗中呼啸——那令人不可思议的威慑力量亘古不变……我不时走到大门旁边:那里已是陆地的边缘,前面便是漆黑的深渊。阵阵海风夹带着海浪腥气的雾气和寒气扑面而来。波涛的喧嚣时高时低,此起彼伏,就像荒野树林中的声响……夜,深不可测,这里面有某种盲目和不安的东西,它们内在于夜,既敌对而又无理性。(《阿尔谢尼耶夫的一生》)①

(2) 雾与黑暗

"雾和黑暗"是许多古老民族神话传说中常见的意象组合。在中国神话中有"混沌初开,乾坤始奠,气之轻清上升者为天,气之重浊下凝者为地"的表述;在希腊神话中,有序的宇宙生成之前世界是一片混沌的状态,而混沌的物质状态就是充斥着浓雾和黑暗,没有任何生命的迹象。但正是这浓雾与黑暗组成的混沌生成了大地女神该亚,该亚又诞下了天空、海洋和山脉,之后才出现了世界上的万事万物和它们有条不紊的运行规律。在这里我们看到,"混沌"并不带有"混乱""无序"的含义,恰恰相反,它是诞生宇宙万物巨大的力量,是万象的源泉,万动的根本;是生命的源头,是一切生命的"古老之根"。在蒲宁的笔下,作家显然也采纳了这个意义。雾与黑暗唤醒了人对原始故乡——混沌世界的记忆,翻开了隐藏在意识最深处尘封的宇宙深渊的画面。

雾包围着我,它就像梦,使听觉和视觉都迟钝了,眼前是灰蒙蒙的混沌世界。……在迷雾中央,就像某个神秘的魅影一样,残夜的一轮黄澄澄的月亮一面向南方坠落,一面呆定地停滞在苍白的夜幕上,好似人的眼睛,从光晕构成的向四周远远扩散开去的巨大的眼眶内俯视人间,为轮船照出一个圆圆的深邃的孔道。这圆形的孔道中具有某种《启示录》式的东西……同时,某种不属于人间

---

① Бунин И. А. Жизнь Арсеньева, Санкт-Петербург, "Бионт", "Лисс", 1994. С. 168.

的、永远沉默的奥秘存在于这坟墓般的岑寂中，——存在于今天的这个长夜中，存在于轮船中，存在于月亮中，此刻月亮正近得惊人地紧挨着海面，以惆怅而又冷漠的表情直视着我的脸庞。(《雾》)[Ⅰ,196]

冬日多雾的寒夜，
高悬寂然如死的冷月。
……
遍野大雾茫茫，
北方午夜的点点星光，
在烟雾里恰似在蓬松的巢里闪亮。
灌木间蓝雾似的雪地上面，
坚硬的灰色雪霰洒遍。
神秘的微风习习，
雾在涌动，——于是我与雾融为一体。
影子渐淡，月亮动了，
沉没于它那轻烟似的苍白的月色，
于是我似乎马上就能理解
那不可见的东西——它在雾中行来，
来自那无边的土地、永恒的国度，
那里有黑色海洋似的坟墓无数，
那里高踞于繁星之上，大麋星座
升上冰冻的天轴——
于是白茫茫的雪原
把绚烂、闪烁的麋之角映现。(《冬日多雾的寒夜》)[Ⅰ,85-86]

  正如雨果所说："人在一切神秘的面前，只好屈服；人在众多莫测的面前，只好疑惧。黑暗的单一包含众多。众多的神秘，在物质中看得见，在思想中感得到。越是沉默，越是引人窥探。"①蒲宁正是这样，始终抱着敬畏的心态与自然进行着持续的、沉默的交流与

---

① [法]雨果，《雨果妙语录》，纹绮编，甘肃人民出版社，1988年，第123页。

对话,试图能够穿过迷茫与黑暗,穿过无穷无尽、至大无外的时空,到达所面对的一切的那幽秘的发源点。那"启示录般的东西"、那"在雾中行来"的"不可见的东西"是什么?但是大自然却沉默无语,并以"迷雾"来回答人类,人在这"迷雾般"的自然中得到的仅仅是某种启示,而它真正的奥妙却是人的理性、智慧所永远无法得知的。同时雾与黑暗以其沉默、苍白、游走不定、无孔不入的特性将人类与周边的一切隔绝,给人带来了极度的孤独、恐惧和绝望感,令人窒息,产生"死一般的忧郁"(蒲宁语)。这是人的心灵在大自然巨大力量面前的战栗。而在蒲宁的世界中,最恐怖的自然力就是死亡。"细看那雾气迷蒙的幽灵,那就是死亡"(《极地的星辰》)。

浓雾之夜的涅瓦大街是挺可怕的,昏沉迷蒙,死寂无人,似乎成了从世界的尽头,从隐藏着某种非人类智力所能理解的秘密,而且被称为"北极"的地方延伸过来的黑暗世界的一部分。(《圆耳朵》)①

迷雾把轮船团团裹住,以致我们相互都觉得对方好似在昏天黑地之中移动的幽灵。这种阴森森的景象,……叫人觉得,在那边,两步之外就是世界的尽头了,再过去就是叫人战栗的广袤的荒漠。……雾紧紧地箍住我们,叫人看看也毛骨悚然。(《雾》)[Ⅰ,193-195]

尽管迷雾、黑暗像死亡一般引发万般恐惧,但它们也给予了作家一个积极的启示,那就是"我觉得所以要有黑夜,所以要有迷雾,是为了让我更爱、更珍惜早晨。"[Ⅰ,199]

3. 神秘的大自然

在蒲宁的笔下,大自然永远高大威严,神秘莫测,而大自然神秘性的最好体现是辽远的星空和无边的寂静。

(1)星空

蒲宁对星空的热爱以及其作品中所出现的对星空描写的频率之高在俄罗斯文学中是前所未有的。关于自己对星空的热爱,作

---

① [俄]蒲宁,《耶利哥的玫瑰》,冯玉律、冯春译,上海译文出版社,2004年,第159页。

家这样写道：

> 我不知疲倦地歌唱你们呀，星星！
> 你们永远是那么神秘而年轻。
> 从童年时起我就胆怯地探究
> 那幽深天穹中闪亮的文字。
> （《我不知疲倦地歌唱你们呀，星星！》）［Ⅰ,48］

蒲宁对星空的了解之细简直出乎人们的想象，在他的笔下，除了众所周知的金星、火星、北极星等之外，还有他和母亲最喜爱的天狼星、南十字星以及各种星座，如大熊座、大角座、猎户座、天蝎座等等，从童年时起蒲宁就喜欢仰望星空，陷入沉思。星星对于蒲宁来说不仅仅是天空中美丽的点缀，它更给作家带来无限的遐想，通过它那"从星星身上挂下来的金线和水晶线"，作家便可超越时空，将现在与远古连在一起，将眼前与远方连在一起，甚至将凡尘与神圣连在一起。由此，我们不难理解，为什么在他后来的创作中星星如此频繁地进入他的作品。在诗歌《夜》中蒲宁写道：

> 我在这世界上寻求着
> 美与永恒的结合。
> 我遥望黑夜，但见砂粒遍布于静穆之中，
> 在苍茫的大地上空辉映着星星的光泽。
>
> 昴星团、织女星、火星和猎户星
> 就像古代的文字在蓝色的苍穹上辉映，
> 我爱它们在大漠上空的流程
> 和它们王者般威严的名字的神秘意境！（Ⅰ,48）

这段庄严的文字是蒲宁对星空所有感受的最全面的体现，从这里我们可以看到，在蒲宁的心中，星星不仅是美的代表，更是大自然永恒的象征，纵然时光流逝，万物更迭，纵然"就像我此刻这样，亿万双眼睛／曾注视过它们亘古以来的行程，／而它们曾在黑暗中为之照明的所有的人，／却如沙漠上的脚印那般消失得不见踪影。"（《夜》）但星光依然辉映着大地与天空。

星空还代表了宇宙所蕴含的人类的智慧与理智所无法理解的

神性,这就是蒲宁所说的"金星高高在上的光芒威严地映照在海天之间的广大空间,它就像圣灵的标志一般高悬在伟大的夜的庙宇的大门之上。"① 同时它又与凡尘的人与事紧密相连。在作家的许多作品中,永恒的星空还是遥远祖国的象征,是人类悲欢离合的见证人,有时也是一个先知先觉的预言家,并常常出现在最关键的时刻。

> 你在何处,我心爱的星星,
> 无际的太空中的美神?
> 还有晶莹的冰雪,高挂的明月——
> 何处寻觅这迷人的美景?
>
> 何处还有天真烂漫的青春,
> 家人的关切,友情的温煦,
> 还有故乡的老屋,窗外的白雪,
> 以及一片流着树脂的枞林?
>
> 闪烁吧,永不熄灭的星星,
> 请放射出灿烂夺目的光芒,
> 照耀我这远方的墓地,
> 它已永远被上帝遗忘!(《天狼星》)②

这是蒲宁创作于1922年的小诗《天狼星》。在异国的土地上,作家所珍爱的过去的一切都永远消失了,只有那颗星星还放射着与从前同样的给予他温情和美感的光芒,他只能面对星空,把自己对故乡、对俄罗斯土地满腔的爱恋和思念倾诉给天际那颗心爱的星星。

(2)寂静

中国古人云:"天地有大美而不言"。在蒲宁看来,这"不言"的寂静不仅不是了无生迹的表现,反而是自然亘古永恒,生命长存的象征,"只有有生命的东西才会如此静默无声"③。自然威严绚

---

① Бунин И. А. Собр. Соч. в 9 т. М.,1966. Т. 5. С. 299.
② 冯玉律,《跨越与回归——论伊凡·蒲宁》,上海外语教育出版社,1998年,第27—28页。
③ Бунин И. А. Жизнь Арсеньева, Санкт-Петербург,"Бионт","Лисс",1994. С. 117.

烂，却静默如迷，它的静默引发了作家对生命的无尽思考，这里既有对人生命之短暂渺小的慨叹，也有找寻自我与天地融合的骄傲：

  我觉得，总有一天我会同这永恒的寂静融合成一体的。现在我们正站在这种寂静的边缘，只有在这种寂静之中才有幸福。……你是否听到了寂静，这山中的寂静？（《寂静》）①

  那海水，神秘地、悄无声息地摇晃着……我举目仰望，觉得……这无边的寂静就是一种奥秘，这种奥秘有一部分是我们永无可能认识，永无可能索解的……

  我不理解这天夜里那种沉默的奥秘，一如我不理解生活中的一切，我是孤独的，孑然一身，我不知道我为什么生活在这个世界上。不知道为什么要有这样一个奇异的夜，也不知道这艘睡意朦胧的轮船要漂浮在这睡意朦胧的海上？而最主要的是我不知道为什么这一切不是一目了然，而是充满着某种深奥、神秘的含义呢？

  我被这岑寂的夜，被世上所从未有过的这种岑寂迷住了，我完全听命于这岑寂的主宰。

  那种永远摆脱不掉的巨大的忧伤反使我的心绪变得难以言说的宁静，这种宁静主宰了我。我思索着常常吸引我的那些事：思索着地球上的一切生物，思索着古代的人类。这轮月亮曾看到过他们所有的人，但是在月亮的眼里，他们大概都是渺小的，彼此长得一模一样，以致月亮都没有发觉他们在地球上消失。但是此刻我觉得他们与我格格不入，因为我没有产生经常产生的那种强烈的渴望：渴望去经手他们的各种经历，渴望同一万斯年之前生活过、恋爱过、痛苦过、欢乐过，然而匆匆逝去，没有留下一丝痕迹地消失在时光和世纪的黑暗之中的人融为一体。然而有一点我是深信不疑的——这便是存在某种比遥远的古代更崇高的东西……也许，这东西就是今夜这万籁俱寂中蕴藏着的那种奥秘吧。我第一次想到，也许正是人们通常称之为死亡的那件伟大的事，在今夜凝视着我的脸，我第一次如此宁静地迎候它，并且像人们应当理解它那样

---

① ［俄］蒲宁，《耶利哥的玫瑰》，冯玉律、冯春译，上海译文出版社，2004年，第67页。

地理解它。(《雾》)[Ⅰ,196-198]

面对大自然,蒲宁很早就认识到,人生是短暂的,脆弱的,人只有融入大自然之中,成为其中的一部分,才能体会到生活的崇高和幸福,才能找到和谐、合理和美好的人生真谛,并将溶化在大自然的怀抱中视为人生最伟大的归宿,作家在随笔《静》中表达了这一观点:

> 自然界的神力真是不可思议!人活在世上,呼吸着空气,看到天空、水、太阳,这是多么巨大的幸福!可是我们依然感到不幸福!为什么?是因为我们的生命短暂,因为我们孤独,因为我们的生活谬误百出?就拿这日内瓦湖来说吧,当年雪莱、拜伦都来过这里……后来莫泊桑也来过,他孑然一身,可他的心却渴望整个世界都幸福。当年所有的理想主义者、所有的恋人、所有的年轻人、所有来这里寻求幸福的人们都已经弃世而去,永远消逝了。你我也会这样消逝的……有朝一日我将融入这片亘古长存的寂静中,我们都站在它的门口,而我们的幸福就在那扇门的里面。[Ⅰ,204]

由此引发的永恒的自然与短暂的人生之间尖锐的对比成为蒲宁笔下常见的主题。因此,自然带给作家的不仅是赏心悦目的欢欣或弃世离人的孤独,更引发了作家创作中另外的几大主题——生死与爱情。

第二节 人的形象

人作为宇宙间最深奥、最神秘的存在,是科学、哲学和艺术研究的永恒课题。可以毫不夸张地说,整个传统的西方文学都是以人为中心展开的,其强烈的人本意识凸现的正是对人存在意义的弘扬和推崇,以及对人作为宇宙中独立、自觉主体的价值的肯定。19世纪的俄罗斯文学更是高扬着人道主义的大旗,闪耀着永不熄灭的思想火焰,充满了忧国忧民的社会责任感和为民请命的使命感。在这样的参照背景之下,蒲宁就显得"离经叛道",因为在他的笔下,人不是作为宇宙间特殊的存在,而仅仅是宇宙中一个自然的存在,一个微小的元素,面对宇宙,或者说,面对大自然人不仅没有"灵长"的力量,也不具有"精华"的地位,更谈不上拯救。用斯捷蓬的话说就是"存在于蒲宁艺术世界中的人仿佛是以溶解的形态存在,他不像是超自然的顶峰,而是大自然的底部。"①在蒲宁看来,人永远是弱者,只有与大自然融合或在人类记忆的长河中他才强大,正所谓:

只有海洋,无边的海洋和天空才得以永生。
只有太阳、大地和大地的美丽才得以永生。
只有用无形的纽带把生者的心灵和棺木中的幽灵。
联结在一起的那件东西才得以永生。(《古樽上的铭文》)[I,62]

纵观19世纪俄罗斯现实主义文学,我们不难看出它的理性主义、历史主义和实证主义的特征,这是与那个时代的特点紧密相连的。正如思想家别林斯基所说:"我们的世纪首先是历史的世纪。我们所有的思想、问题以及对问题的回答,我们的一切活动都源于历史的土壤,并在历史的土壤中生长。"②因此,"19世纪现实主义文学的社会、历史和生平决定论是描述人的决定性的前提。"③在《奥勃洛摩夫》的结尾作者直接指出了主人公悲剧命运的原因:"一切都完了!究竟为什么呢?原因是什么呢?奥勃洛摩夫恶习!"在一篇文章中冈察洛夫解释道:"我试图在这篇小说中展示为什么我们的人过早地变成了废物。"这个"为什么"就源于环境,源于一定的社会经济条件——农奴制。在作家看来,主人公只有体现社会的思想,成为时代的社会政治信念、社会准则、道德规范的代言人,他才是现实的,才是有价值的,也是对小说适宜的。今天,当我们思考19世纪文学的时候,映入我们眼帘的首先是那些具有一定(不仅仅是正确的)世界观的人物,是某些重大思想和价值的体现者,他们成为了19世纪俄罗斯现实主义文学中的典型形象,也是该流派的最高成就:奥涅金、别祖霍夫、拉斯柯尔尼科夫、

---

① Сливицкая О. В. Повышенное чувство-Мир Бунина, М: Изд. центр Российского государственного гуманитарного университета, 2004. С. 55.
② Линков. В. Я. Мир и человек в творчестве Л. Толстого и И. Бунина, М: изд-во МГУ, 1989. С. 94.
③ Там же.

巴扎罗夫、奥勃洛摩夫、毕丘林等等。他们的"内心世界是由社会的客观力量所决定",因此他们都是超个性的、理智的,是思想的载体,并"用其所有的人格特征对时代的生活做出反应。"(卢卡奇语)①,他们不仅仅代表个人,更重要的是,他们代表了一类人,成为某种思想或道德的承载符号。正如冈察洛夫在谈到《平凡的故事》中的女主人公娜嘉的时候说:"我把娜捷恩卡留在了这里,作为一个类型我不再需要她了,而作为个体我也不再与她有任何关联了……但许多人问我,她后来的命运如何?我怎么知道?我描述的不是娜捷恩卡个人,而是那个时代众所周知的圈子里的、在众所周知的时刻里的姑娘。"②冈察洛夫的原则是超个性的、历史的原则,他所感兴趣的是俄罗斯社会所发生的变化,展示的正是这些变化对以娜嘉为代表的俄罗斯年轻女性的影响。著名评论家林科夫对19世纪俄罗斯现实主义文学的主人公做了以下总结:1.人的个性从属于历史和环境的具体的共性;2.人的行为由超个性的、理智的本原决定(不理智的举动被认为是不应该的,不恰当的,用讽刺的手法来描述);3.这些本原带有历史的特征,而人永远是在历史的世界中生活和行动的。

  应该说,无论是蒲宁的前辈,还是他的同时代作家,每一个人对历史都有自己独特的理解,但这并不影响他们中的许多人在这一范畴中具有某些共识,那就是人类的目的和希望就是由于人民、社会、国家乃至全人类的共同活动才得以实现,而人类活动的一切问题也只有在历史的发展进步中才能得到解决。但在这个问题上,蒲宁显然持了不同的态度,任何对生活直线的解释和将历史发展作为治疗弊病的良药的理论都与蒲宁格格不入,这无疑是与作家的世界观紧密相联系的。对于他来说,生活中永远充满了不可调和的矛盾,"生活不可知"的思想根深蒂固:"生活是可怕的,不

---

① 朱刚编著,《二十世纪西方文论》,北京大学出版社,2006年,第117、118页。
② Линков. В. Я. Мир и человек в творчестве Л. Толстого и И. Бунина, М: изд-во МГУ, 1989. С. 96.

可知的!""难道可以说清,什么是生活吗?"①所有这些从青年到老年发出的相同的自白都透露了作家内心深处对人类生存的强烈的悲观态度,这一切促使他对当时俄国知识界盛行的社会—历史决定论采取了鄙视的态度,对"鲜活的生命"主题讨论②也充满了嘲笑。从青年时期起他就强烈地感到,人的生命中唯一重要的就是分离、病痛、不幸的爱情、理想的无法实现、内心情感的无以表达以及最终的死亡,而这一切是人类生存中最本位的问题,它存在于任何社会,任何时代,也是任何社会—经济变革所无法消除的,所以我们看到,蒲宁个人从本质上对意识形态持有冷淡的态度,其笔下的主人公也没有一个是社会活动积极的参与者,作品中更从来也不曾鸣响过所谓光明终将战胜黑暗的乐观旋律。蒲宁完全赞同勃洛克的观点,诸如历史将走向进步这一类所谓的"乐观主义总的来说是一种浅薄、贫乏的人生观,只有悲剧性的人生观才能给理解世界的复杂提供钥匙。"③一切社会生活、社会斗争在作家看来都是无意义的,缺乏诗意和美感的,它们不是生活的实质,无法破译生命的密码,它们是生活之外的喧嚣之声,对它们的关注就意味着远离了生活的本原,远离了人真正的存在。在塑造人物的范畴中,蒲宁风格中与现实主义创作方法的另一个原则性区别便是位于现实主义美学中心的"典型性",即在典型环境中塑造典型人物,对于蒲宁来说,"生活常常在微不足道和偶然中表现出来。"④置身于社会之外,历史潮流之外的生活才是真正的生活,生活中现象的唯一性和独一无二的重要性远胜于所谓"典型性",正如哈特曼在《美学》一书中指出的:"美的本质在美作为特别的美学价值时并不存在于总的规律之中,而在于个体的独特的规律性中。"⑤因此,而蒲宁作品的焦点恰恰集中在人类生活中特别的、罕见的瞬间,如爱情的爆发、

---

① Бунин И. А.:〔Сб. материалов〕: В 2 кн. -М.: Наука, 1973. -(Лит. Наследство; Т. 84). кн. 2, С. 260, 284.
② 一战前夕,俄国媒体曾就"生命的意义"进行过一次大规模的讨论,当时最流行的是作家魏列萨耶夫倡导的"鲜活的生命"的理论。该理论认为人类的生命不是一个只有在遥远的未来才能摆脱的阴暗的陷坑,它是一条充满了阳光的道路,它一直向上,通向生命、光明的源泉。
③ Блок А. Крущение гуманизма. Собр. Соч. в 8 томах. Т. 6. С. 105.
④ Мальцев Ю. Иван Бунин 1870—1953, Посев, 1994. С. 122.
⑤ Гартман Н. Эстетика, М.: Изд-во инностранной литературы, 1958. С. 15.

不幸、灾难和死亡等。因此他很早就开始与文学家展开论战,对象既有他的前辈,也有他的同时代人,即那些力图使作品中的主人公的性格或命运过分地取决于社会环境的作家。①

在蒲宁的笔下,成功地塑造人的形象从来就不是创作的最高境界。楚科夫斯基曾说:"蒲宁终生都在写积雪融化后裸露的地面,几乎看不见人。即使是看见了,也是在遥远的地方,在自然风景的背景之下,在草垛和雪堆中。"②吉比乌斯甚至说:"蒲宁对待人就像对待他所热爱的世界的一部分,人本身并不是他需要的。"③作家笔下的人总是存在于历史之外、社会之外和道德之外的。作家穿透了社会—历史的表面,将人放在了本位的层面,他们被剥去了"社会的外衣",甚至常常被取消了姓甚名谁的权利,更少见对他们性格的描写。马克·斯洛宁就曾抱怨:"我们读了十几篇蒲宁的作品却看不到一个完整的类型和性格。"④。他们出现在作品当中也代表了一"类"人群,但仅仅是"他类"和"她类",即男人和女人,是被附加了社会属性之前生存的男性本原和女性本原。人们已经太习惯于从各种社会、历史、道德等各种外在因素中找寻人行动的原因所在,殊不知,"世界上没有不同的心灵",正是在人最核心的却又被外在因素层层包裹、遮掩的核心,正是在这些不为人知的潜意识和秘密的领域里,人类生活中许多难以解释的特点开始显现,正所谓"生活不会像一串眼镜那样对称地排列,而我们从意识的开端到结束都被一个闪光的晕圈和半透明的物体所包裹。小说家的

---

① 谈到论战,蒲宁曾指出,库普林作品中的"欠缺之处"就在于"那些廉价的思想性,指望不落后于当时的时代精神,致力于暴露黑暗,强调公民的高尚品德,以及以戏剧性的情节和几近残酷的现实主义哗众取宠的预谋等等……"[Ⅰ,266]而对主人公的行为从社会—历史的角度诠释的那些地方则不禁令他"扼腕",甚至令他拿起作品就"感到扫兴"[Ⅰ,262]。

② Апология《И. А. Бунин: Личность и творчество Ивана Бунина в оценке русских и зарубежных мыслителей и исследователей》, Изд: Русский Христианский гуманитарный институт, Санкт-Петербург. 2001. С. 336.

③ Устами Буниных: Дневники Ивана Алексеевича и Веры Николаевны и другие архивные материалы: в 3 т. Посев. 1977. Т. 2. С. 185.

④ [美]马克·斯洛宁,《现代俄国文学史》,汤新楣译,人民文学出版社,2001 年,第 177 页。

任务难道不是在尽少掺入异己和外在因素的情况下表达这种变异,这种陌生和无限量的精神,无论它显得多么失常和复杂吗?"①因此,蒲宁笔下人物在精神上是独立的,心理上是孤独的,但这种孤独不是源于社会生活中的处境,而是源于人面对宇宙所感到自身的渺小、荒诞和恐惧,正因如此,这些孤独的人,面对永恒、死亡、宇宙、上帝,他就不可能成为冈察洛夫小说的主人公或者是奥斯特洛夫斯基戏剧中的主人公。不仅如此,他们对时代的社会政治生活没有任何反应,没有融入公众生活的需求;更重要的是他们的行为从来不是由理智决定的,他们赤裸裸的被放置于无边的宇宙,被宇宙巨大异己的自然力裹挟着前行,"不由自主地屈从于某种不可名状的、超越现实的、生活之外的强制力量"②。在这种状态下,人没有自由,丧失了主体性,存在的秘密不在人的内心,而是在掌控着这些力量的上帝或者说命运的手中,而人仅仅是宇宙自然力的展示现场;作品中的冲突也不再是人与社会的冲突,而是由人类生存的规律本身决定的人与世界的冲突。正如林科夫所说:"19世纪文学中主人公都很典型,体现了历史的文化力量,在对这种力量的态度方面,人物在这样、那样的程度上是自由的。而在蒲宁笔下主人公所具有的概括意义往往是人特有的、在任何时候都不变的某种特性被强化了的结果,人对此无法控制,前者是思想、倾向;而后者则是不变的生理特征、本能。"③

小说《圆耳朵》塑造了一个嗜血成性的杀人犯亚当·索科洛维奇,他游荡在深夜的涅瓦大街,专门物色那些沦落在社会底层的烟花女子作为行凶的对象。这一形象的原型是彼得堡一个精神变态的杀人狂尼古拉·拉德科维奇,他的行为不起因于任何社会因素,而仅仅是他对杀人病态、本能、天然的嗜好,别无其他。资料显示,在将这个人物写进小说的过程中,蒲宁的内心充满了矛盾,他始终

---

① [英]马·布雷德伯里等编,《现代主义》,胡家峦等译,上海外语教育出版社,1997年,第380—381页。
② [俄]俄罗斯科学院高尔基文学研究所,俄罗斯白银时代文学史(1),谷羽、王亚民等译,敦煌文艺出版社,2006年,第22页。
③ Линков В. Я. Мир и человек в творчестве Л. Толстого и И. Бунина, М: изд-во МГУ, 1989. С. 104.

在权衡,从哪个角度诠释这个人物更有说服力。我们看到,在最初的几个版本中,蒲宁保留了大量拉德科维奇所犯刑事案件的痕迹,并一再试图从环境决定论的角度出发诠释其作案的动机。如在一个版本中作家以索科洛维奇在被捕后回答警官对其犯罪原因的审问的形式详细地介绍了罪犯的家庭。索科洛维奇说:我的父亲"虽然在他自己的圈子里随和健谈,但总的说来,是个愚笨、渺小、不值一提的人,他既不信仰什么,也不相信什么,对所谓心灵、上帝、死亡、生活的目的等更是漠然视之,"不仅如此,他还"淫荡、贪吃、不劳而获、满嘴谎言、庸俗、残暴,还不只一次地杀人";而我的母亲"如果不是长期患病,她有可能成为更严苛的暴君",她同样贪婪、残酷,"以虐待家里的仆人和孩子为乐""淫荡到了骨子",言谈和行为混乱而荒谬;索科洛维奇感觉自己"由于自己凶残的畸形天性而被整个世界抛弃了。"① 在另一个版本中,蒲宁又从犯罪心理学出发,让索科洛维奇以一个逃犯的身份给警察局写了一封"忏悔信",信中罪犯对犯罪经过进行了冗长的解释、对法官和精神科医生所作的肤浅结论予以了否定,讲述了自己的家庭,同时也承认自己对犯罪原因的解释无能为力。但所有这些外在的诠释蒲宁最终都放弃了,他越来越感觉这种原因是蕴藏在人的本性之中,是世代积淀在血液中的、与生俱来的东西,是任何外在的理由都无法解释清楚的。"这不是你们的理智所能理解的事情。"②

每个人的内心都潜伏着对杀人和各种凶残行为的嗜好,有人对杀人就总是感到一种完全不可抑制的渴望,这其中的原因是各有不同的,如有的人是由于返祖现象或对人的一种神秘的仇恨。他们内心平静地杀人,杀过之后,不仅不像人们认为的那样感到痛苦,反而感到轻松,……现在该是抛弃杀人犯的良心感到痛苦和恐惧的神话的时候了,人们的谎言已经够多的了,仿佛他们在鲜血面前会颤抖,不要再去写什么关于罪与罚的小说了,该是写罪无罚的

---

① Бунин И. А.:[Сб. материалов]:В 2 кн. -М.:Наука, 1973. -(Лит. Наследство;Т. 84). кн. 2. С. 112.
② Бунин И. А. Собр. Соч. в 9 т. М.,1966. Т. 4. С. 493.

时候了。杀人犯的状态取决于他对杀人的看法和他对杀人后所得的期待,是绞刑架还是褒奖、夸赞。难道那些认为血亲复仇、决斗、战争、革命、死刑有道理的人何曾感到过苦恼和恐惧吗?①

显然,在这里蒲宁是在公开地与陀思妥耶夫斯基展开了论战。论战的基础是存在的,那就是尽管两位大师都认为,恶根植于人性的深处,但二者对恶内在根源的诠释却走向了完全不同的方向,其关键就在于两位大师对自由的理解完全不同。

陀思妥耶夫斯基笔下多见的题材就是犯罪——杀人犯频繁出现,但陀氏的杀人犯在实施犯罪时的行为是自由的,他们有权选择自己的行为。受到陀思妥耶夫斯基深刻影响的别尔嘉耶夫在《陀思妥耶夫斯基的世界观》一书中对陀氏笔下人的自由与行恶逻辑进行了缜密的梳理。他认为,"自由位于陀思妥耶夫斯基世界观的核心",是"理解他世界观的钥匙"②。而"陀思妥耶夫斯基考察的是处于自由之中的人的命运。他所感兴趣的只是人,走上自由之路的人,在自由之中的人和存在于人之中的自由的命运。"③

那么陀氏的所谓"自由"是什么呢?别尔嘉耶夫认为,陀思妥耶夫斯基的笔下存在着两种自由,最初的和最后的自由,前者是选择的自由,选择善恶的自由;而后者则是在善之中的自由,是基督的自由。人被给予了最初的自由,但自由可以消解自身,走向自己的反面。作家通过拉斯柯尔尼科夫展现的就是自由的悲剧命运。

在《罪与罚》中,我们看到,拉斯柯尔尼科夫杀死放高利贷老太婆的行动绝不是偶然的,尽管陀思妥耶夫斯基整个的精神气质都对以社会环境为依据肤浅表面地解释恶和犯罪持否认态度,但是在拉斯柯尔尼科夫的问题上社会根源是不容忽视的一个因素,那就是社会道德理想的畸变和对弱肉强食的行为规范的认可。主人公内心恶的本原被社会的这一特点煽动得熊熊燃烧起来,他要寻找自己是自由人的感觉,同时也体验普遍的人性限度,寻找自由的

---

① Бунин И. А. Собр. Соч. в 9 т. М.,1966. Т. 4. С. 389.
② [俄]别尔嘉耶夫,《陀思妥耶夫斯基的世界观》,耿海英译,广西师范大学出版社,2008年6月,第39页。
③ 同上书。

最终界限。恣意妄为的自我意志控制了他,即"在行动中认识自己,从最深处、刨根问底地认识自己":究竟在精神上能否胜任这种越轨行为,以成为拿破仑式的强者、超人,成为世界的主人,更重要的是,作为被选中的、肩负着使整个人类幸福使命的一分子也必定肩负着铲除最丑恶的人类存在的使命。这一切使他冲出了自由的界限,最终实施了杀人的行为。可见,在拉斯柯尔尼科夫的身上,社会的、个性的和人类天性的特点充分地交织在一起,共同作用于主人公的行为。显然,拉斯柯尔尼科夫完全可以不去杀人,杀人是他选择的结果;而索科洛维奇却别无选择,他完全被剥夺了自由,因为将他推向行为极致的完全是非理性的力量,是自然力,是"腹腔内的实质"(蒲宁语),因此他无法控制。他不可能成为别的什么人,而只能是杀人犯;陀氏笔下的拉斯柯尔尼科夫对自己的罪行忏悔不已,因为在陀氏看来,"生命首先是通过苦难来赎自己的罪,因此自由不可避免地与赎罪联系在一起。自由把人带到了恶之路上,恶是自由的体验,恶必定带来赎罪。由自由产生的恶毁灭了自由,转化为自由的反面。赎罪恢复人的自由,还人以自由。"[①]这就是陀氏的逻辑。但蒲宁笔下的人物既没有这样的自由,也不认为有这样的必要,他们从不怀疑自己的行为,从不感受道德对自己内心的折磨,因为在他们看来,无论是打着什么旗号进行的杀人行为——个人行为还是国家行为——都没有任何实质性的区别,都源于人性中不可改变的恶的本原。蒲宁让索科洛维奇站在全人类的高度,列举了包括该隐杀弟、凯撒独裁、宗教裁判所的血腥、发现新大陆过程中的屠杀以及法国大革命中的断头台等大量例证,为自己"罪无罚"的行为辩护。最后他说:

  所有人类的书籍,所有这些神话、史诗、壮士歌、历史、戏剧、长篇小说都充斥着诸如此类的记录,有谁为此胆战心惊过?……每一个牧师都知道,在《圣经》中"杀人"这个词用了上千次,而且在大多数场合都为所做的事情向造物主表示最崇高的颂扬和感激。……那些

[①] [俄]别尔嘉耶夫,《陀思妥耶夫斯基的世界观》,耿海英译,广西师范大学出版社,2008年6月,第58页。

杀了暴君、压迫者的人,在用金色字母将自己的名字载入史册之后,经受过内心的折磨没有? 当你们从报上读到,土耳其人又杀害了十万名亚美尼亚人,德国人用鼠疫杆菌在水井下毒,战壕里堆满腐烂的尸体,军用飞机轰炸拿撒勒,这是是否会因此而感到难受呢? 在累累白骨上建造起来,靠着对所谓的近亲穷凶极恶、习以为常的残暴行径繁荣起来的巴黎或者伦敦是否为此而感到难受呢?①

正因如此,索科洛维奇不承认自己是具有社会阶层特征的"地主的儿子",而称自己是"人类的儿子",作家在这里也是有意赋予了他人类始祖的名字"亚当"。

在斟酌这篇小说的具体情节和题目时,蒲宁也是几易其稿。最初的情节是作家复制了现实中的案发结果,索科洛维奇在逃离杀人现场——小旅馆时被捕,当然受到了法律的制裁;在其后的版本中,蒲宁让索科洛维奇成功脱逃,逍遥法外,但还是给警察局写了一封说明自己犯罪原因的信件,这就是《罪无罚》题目的由来;后来蒲宁又使用了《他依然在我们中间》,在索科洛维奇的一封信当中,他写道:"但是你们要记住一点,那就是:我依然在你们中间"②。在这个题目中,作家显然试图强化恶是蕴藏在人性中的,每一个人都是人性恶的载体这一理念;蒲宁还曾直接采用过主人公的名字为标题,即《亚当·索科洛维奇》,试图将读者的注意力吸引到这个人物的个性上,显然,这是与蒲宁一贯的创作原则相悖的,因此,很快也被作家否定了。"圆耳朵"是蒲宁最终的选择,它色彩中性,但却能够给读者以充分的思考空间,即,天才或退化者之间真的有一些神秘又矛盾的共性吗? 小说中有这样一句话:"退化者、天才、流浪汉、杀人犯都长着一对圆耳朵,就像绞索环,就像套在他们脖子上,叫他们送命的绞索环一般。"③这也正是始终关注生理特征、遗传特征的作家思考的问题。

---

① [俄]蒲宁,《耶利哥的玫瑰》,冯玉律、冯春译,上海译文出版社,2004年,第155—156页。
② Бунин И. А.:[Сб. материалов]: В 2 кн. -М.: Наука, 1973. -(Лит. Наследство; Т.84). кн. 2. С.115.
③ [俄]蒲宁,《耶利哥的玫瑰》,冯玉律、冯春译,上海译文出版社,2004年,第155页。

1889年蒲宁创作了小说《两个香客》,1914年又写了《春日的傍晚》,两篇小说的情节几乎完全一样:一个庄户人为了钱财杀死了一个路人。前者中的拉法伊拉只是在看到了庄户人的钱袋,听到纸币"像上了浆一样地在簌簌作响"①时才动了抢劫杀人的念头,其行为完全是偶然的,而且另一个参与杀人的吉莫沙事后由于恐惧,由于受到良心深深的谴责而死在风雪弥漫的原野;而后者中的庄户人杀人却是必然的,他仿佛早已在焦躁地期待着什么,尽管他自己也不知道,就是面前的这个乞丐将成为他的刀下之鬼,但他清楚地知道,可怕的事情即将发生。因此,他反复无常,语无伦次;乞丐也感到了死亡的临近,他颤抖地唱了起来:"从前有一对亲兄弟……"以此来提示庄户人人与人之间关系的本质是最本初的兄弟关系,但是庄户人却痛苦地呼号:"母亲生养了不可饶恕的我","我罪孽深重,蛇蝎般狠毒!"②他不想杀人,但他无法控制自己,因此他一遍遍地对乞丐喊叫:"给我(钱)!""给我!",甚至是哀求:"行行好,给我吧,我的好兄弟!我最后一次对你说……"③遭到拒绝后,二人仿佛都不再努力,而是屈服于某种更高的意志:"好吧,"庄户人疯狂而又顺从地说道,"那我来杀死你。"④"顺从"于谁?什么?此时"乞丐也只是站在黑暗中,慢慢地在胸前划着十字。"⑤他没有惊慌,没有求救,更没有反抗,而是默默地顺从了命运的安排。当一切都结束了的时候,我们看到,庄户人"完全清醒了,他走得那么快,那么轻松,仿佛还能走出100俄里。"⑥

"人真的有权力为所欲为地安排自己的命运吗?"⑦蒲宁在诸如《叶勒弥尔》《深夜交谈》《春日的夜晚》等多篇小说当中都触及

---

① Бунин И. А.:[Сб. материалов]: В 2 кн. -М.: Наука, 1973. -(Лит. Наследство; Т. 84). кн. 1. С. 142.
② Бунин И. А. Собр. Соч. в 9 т. М.,1966. Т. 4. С. 254.
③ Там же.
④ Там же. С. 255.
⑤ Там же.
⑥ Там же.
⑦ 这是蒲宁在创作《快乐的一家子》时解释叶戈尔自杀行为时提出的疑问。//见 Бунин И. А.:[Сб. материалов]: В 2 кн. -М.: Наука, 1973. -(Лит. Наследство; Т. 84). кн. 2. С. 98.

到了这个问题,这是蒲宁与前辈作家争论得最为激烈的问题之一,这个始终令蒲宁倍感痛苦的问题同样令许多同辈作家感到困惑,梅列日科夫斯基就曾说:"我们每一个人内心都有一个心理的深渊,但我们的意识仅仅是在它的表面滑过。我们生活,死亡,却并不知道自己心灵的深度。"不难看出,上面的几个例子正源于这个"心理深渊",这里的一切作为自然强大力量的一种表现牢牢地主宰着人的命运,使人成为它"发威"的场;事实上,即使是我们头脑中"滑过表面"的意识本身也常常同样是我们无法掌控的。这不仅是蒲宁与梅氏之间的共识,也是世纪初的特征。这鲜明地表现在蒲宁对人物心理的描写,我们将在后面的章节中详细论述。

从许多作品的上下文中,我们的确可以看到某些从社会学角度对人物行为的原因所做的分析,也就是说,蒲宁并不是绝对地排斥环境对人的影响。在笔者看来,作家只是认为,在这种环境影响的背后还潜藏着生存的某种更深刻的、神秘的本质,只有这种本质才使世界具有合理性和完整性。长期思考的结果是蒲宁最终对"人真的有权力为所欲为地安排自己的命运吗?"这一问题给出了否定的回答。因此在他的许多小说,特别是1910年后的作品中,作家常常采用超越历史、超越社会的方法来塑造人物,而这更多地表现在作家对待死亡、爱情,甚至是性爱的态度上,因为在蒲宁看来,宇宙中最强大的主宰人类命运的自然力就是死亡与爱情。

一、死神的凝视

生与死的问题可以看作是蒲宁一生创作的基本线索,是他文学创作的核心主题。将生命融入自然以求得永生是蒲宁的最高理想,它无疑属于感性范畴,是蕴涵了丰富情感内容的表露。生活、自然给蒲宁带来了欢乐、陶醉,甚至是狂喜,但对于蒲宁来说,生活的欢乐从来就不是平静的、怡然安详的,而是癫狂紧张的、悲剧性的,充满了忧郁与焦虑的,因为在欢乐的同时理性的声音在不时地敲打着作家精神的大门:死亡是生命的终极,是任何人都逃避不了的。在蒲宁的世界里,世界的美好永远与神秘相伴而行、又与悲剧性的死亡紧密相连。在《阿尔谢尼耶夫的一生》中,蒲宁表达自己对生活迷惘的感受：

> 在我周围这个莫名其妙、永恒的大千世界中，在过去和未来的无限中，在巴图林诺以及我个人这种空间和时间的局限中，我的生活到底是什么？我看见，我和任何人的生活只是日与夜、工作与休息、相会与闲聊、愉快与烦恼，有时是有些所谓大事情的相互交替，是各种音响、景物和容貌的杂乱无章的堆积，而这些东西又不知为什么和怎么样只有最微小的一部分留在我们身上。我们的生活知识毫不连贯的思想和感情的不断奔流，片刻也不让我们安静。它是对过去的紊乱的回忆和对未来的模糊的猜测，而且它还是怎样的一种东西，其中仿佛也包含了生活的某种真谛、意义和目的，但主要的还是怎么也不能捉摸和表达的东西。①

世界的神秘、美好和难以解读令蒲宁终生挚爱生命又无法摆脱"那永恒世界中永恒的忧伤"，而其"生命的组成"中最基本的因素——死亡与爱情更是带给了蒲宁刻骨铭心的感受，即"痛苦的陶醉与狂喜"，二者的剧烈冲突成为作家内心最强烈最欢畅最悲哀，同时也是最昂扬最充满波澜的人生体验，它们共同构成了作家创作中永远的艺术动因与灵感源泉。

小说《人生的酒盏》创作于1913年，在某种程度上可以说，它结论性地展示了蒲宁对人生的理解，即人生注定的悲剧性结局以及人与时间、死亡抗争的徒劳和最终的失败。关于小说的标题"人生的酒盏"，有学者指出源于佛教②，也有学者认为源于莱蒙托夫

---

① ［俄］伊凡·蒲宁，《阿尔谢尼耶夫的一生》，章其译，长江文艺出版社，1984年，第174页。

② Смольянинова Е. Б. Буддийская тема в прозе Бунина：(рассказ《Чаша жизни》) // Русская литература 1996. No3. C. 208. 作者指出，"人生的酒盏"乃佛教中的重要象征，蒲宁曾编辑出版过泰戈尔的诗集《吉檀迦利》，该书的翻译和前言作者为蒲宁的外甥 Н. А. 普舍什尼科夫。书中有多处使用了"人生的酒盏"的比喻，如："从我那满溢的人生酒盏里，我的上帝呀，你想啜饮怎样的神圣之酒？""当死神敲响你的房门，你将交给它什么？噢，我将在客人面前放上我满溢着的人生酒盏。不，我决不两手空空地放它离去……当死神敲响我的房门，当我的生命即将终结，那秋日和夏夜全部甜蜜的收获，我劳动的一生中所有收获与珍藏，我都将摆放在它的面前。"事实上，"人生的酒盏"也是《圣经》中的一个意象。在《新约·马太福音》的"在客西马尼祷告"一段中有这样的话：耶稣俯伏在地祷告说："我父啊，倘若可行，求你叫这杯离开我。……这杯若不能离开我，必要我喝，就愿你的意旨成全。"

1831 年创作的一首同名诗：

> 我们紧闭着双眼
> 饮啜着人生的酒盏，
> 却用自己的泪水
> 沾湿了它的金边；
> 待到蒙眼的遮带
> 临终前落下眼帘，
> 诱惑过我们的一切
> 随遮眼消逝如烟；
> 这时我们才看清，
> 金盏原来空空，
> 它盛过美酒——幻想，
> 但不归我们享用！①

　　对于善于描写生活瞬间的蒲宁来说，小说《人生的酒盏》是他笔下唯一一篇描写了主人公一生的作品。小说中的几个主人公都曾年轻、聪明、快乐，都充满了对生活的追求，渴望得到爱情，但所有的这一切随着时间的推移都消失殆尽。尽管他们每一个人都达到了所谓"社会的"目的：谢利霍夫发了财；基尔·约尔丹斯基当上了大司祭，获得了名望和权力；亚历山德拉·瓦西里耶芙娜终于掌管了家产；戈里宗托夫得以健康和长寿。但目的本身的实在性是值得怀疑的，或者说是虚幻的，作家向每一个主人公都提出了"你为什么活在世上？"的问题。当主人公面对这个问题的时候，他们终于发现，他们的生命之杯原来是空的。

　　谢利霍夫逐渐意识到了生活的荒谬，变得越来越忧郁、孤独和怪僻，他一声不响地在自己那空荡荡的房间里走来走去，默默而又痛苦地忍受着时间带给他生命的破坏，对生命的沉思又常常带来荒谬、怪异的举动，以回应荒谬的生命本身："他常常一连几个小时照着镜子，怪模怪样地挤眉弄眼，""有时一连两天，无论是吃午饭

---

① 见《俄语学习》，顾蕴璞译，1996 年第 1 期，第 8 页。

还是晚饭都不碰一下饭食,说所有的饭菜都有一股尸臭。"[Ⅱ,420]终于有一天,他竟然毫无先兆地死了:在一个"大斋节的傍晚,人们从尼古拉教堂拥塞的人群中抬出一个面色苍白得像粉笔一样的老头,他衣着考究整洁,新浆洗的衬衣,衣领挺括,外面套着昂贵的大衣,还戴着块高档金表。"[Ⅱ,424]蒲宁故意停留在对这些细节的描写上,停留在人们试图以此来保护自身、逃避生命结局的这些所谓富足的表征上。

基尔神父的权力和名望同样是虚幻的:"上帝呀,这一年在他的身上都发生了什么呀!他的祈祷声已不再可怕了,可怕的是他自身,他水肿的双腿、祭袍下凸起的大肚子、浮肿发黑的面孔、像玻璃一样呆定的眼珠子、变直了的油光光的白发和瑟瑟发抖的双手……"[Ⅱ,425]

当年那美丽可人、"亚麻色辫梢上扎着个又大又红的蝴蝶结"的亚历山德拉.瓦西里耶芙娜也垂垂老矣,她不断地叹息没有爱情的青春岁月,而当她看见了自己青年时代所爱的人——基尔神父,终于鼓起勇气,决定去实现深埋在内心的理想并精心打扮去参加庆典的时候,"她被人群压在下面踩死了。"[Ⅱ,431]

在这里读者会惊恐地发现,每一位主人公的头上都悬着一把达摩克利斯之剑,那就是时间之剑和它无情的熵的定律①之剑,蒲宁称之为"上帝之矛"。在创作于1913年的同名小说中,作家写道:"即使你随时为它(指死亡)做好了准备,它也在你之上、之前,在你的周围……上帝之矛永远高悬。"②尽管他们每个人都"利用一切可能来享受,""始终小心翼翼地把珍贵的生命之酒盏牢牢地握在自己的手中,"[Ⅱ,423]但时间却像一只小甲虫一样无情而又不懈地将生命一点点啃噬掉,人类注定是失败者。

死亡之所以成为文学的永恒主题是因为它所触及的是每一个

---

① 熵的定律,即热力学第二定律。它表明,自然界中的能量只能不可逆转地沿着一个方向转化,即从对人类来说可利用的状态到不可利用的状态,从有效的状态到无效的状态转化。也就是说,物质世界的万物都是有限的,一切生命均新陈代谢,最终归于死亡。//见[美]杰里米·里夫金,特德·霍华德,《熵:一种新的世界观》,上海译文出版社,1987年,第4—5页。

② Бунин И. А. Чаша жизни, Санкт-Петербург "Лисс", "Бионт", 1993. С.197.

人，但是死亡在不同的作家笔下会呈现出不同的形态与色彩：死亡既是哲学问题，也是宗教问题、道德社会问题，但对于蒲宁来说，它就是生存问题。

死亡，是人类最早的生命体验和最根本的困惑，是哲学和艺术永恒的母题，也是蒲宁创作的永恒主题。无论是经历了一生自然的、近乎麻木的死亡，还是鲜活生命的戛然而止，死亡无时无刻不撼动着作家的心灵，触及着他生存的主题。"我就是那种看见摇篮就不能不想到坟墓的人，我时时刻刻都在想：我们的存在是多么怪异又可怕的东西，它每时每刻都系于一发！现在我健康地活着，但有谁知道，一秒钟以后我的心脏会发生什么呢？要知道我的心脏与任何人类的心脏别无二致，但就其神秘和精巧而言又是与众不同的。"①这种对死亡的恐惧从童年时起就给蒲宁稚嫩的心灵留下了深刻的创伤，并延续了作家的整个生命。但应该强调的一点就是，蒲宁不是一个悲观主义者，因为这种恐惧正是人的生命意志对死亡宿命的不屈抗争，正因为恐惧死亡我们才会去敬畏生命，也正因为敬畏生命我们才会分外地眷恋和热爱生命赐予我们的一切。

蒲宁在《阿尔谢尼耶夫的一生》中写到了在自己个性形成的过程中与死亡的数次"交锋"。开篇作者就这样宣称："人们对死亡的感受是完全不同的，有的人终生生活在它的标记之下，很小就有了强烈的死亡感（这常常是因为有同样强烈的生命感），……我就属于这样的人。"②"我从何时起、是怎样开始具有对上帝的信仰、理解和感觉的呢？我想，是和理解死亡同时出现的。死亡，唉，是多么紧密地与上帝联系在一起的呀！（和母亲卧室里的圣灯和镶嵌着金银饰品的黑色圣像）。"③死亡就这样在作家的童年蓦然出现，而且是以"永恒——死亡"这样统一的形式出现的，它既有限又无限。对于蒲宁来说，死亡感是某种比生理本能还强烈的事物，它

---

① Устами Буниных: Дневники Ивана Алексеевича и Веры Николаевны и другие архивные материалы: в 3 т. Посев. 1977. Т. 1. С. 98.
② Бунин И. А. Собр. Соч. в 9 т. М., 1966. Т. 6. С. 26.
③ Там же.

与生存超验的感受紧密相连。作家在对童年的阿尔谢尼耶夫所度过的第一个复活节的描写中这样写道：大斋即将结束，到处"一片亮堂堂，洋溢着祥和与幸福"，人们"在喜气洋洋中等待着伟大基督的节日。瞧，节日终于来了——从星期六到星期日的一夜之间，世界上发生了某种令人惊奇的转折，庆贺对死亡的胜利。"然而在这战胜死亡、人们快乐地高喊"基督复活了！"的日子里，在这"似乎从此再也不该有任何忧伤之事"的时刻，阿尔谢尼耶夫依然感觉到死亡的存在。"即使是在复活节，死亡也还存在。""这一切是多么的美好，恬静！教堂的长明灯在春日泛着些许清绿色的黄昏中柔和、平静地燃烧。但这里终究有某种宗教的、神性的东西，因此也勾起了人们对死亡的恐惧和忧伤。"①对死亡的恐惧与忧伤不仅没有因欢乐的节日气氛所冲淡，反而变得愈加强烈，它们正是死亡存在于生存中的鲜明印记。这里的描写与俄罗斯其他作家对复活节的描写区别大得惊人。如在托尔斯泰的《复活》第一部中写到了年轻的涅赫柳朵夫和喀秋莎一起去参加复活节圣典，那里庆贺的只有"喜悦、庄严、欢快、美好"的生命，只有"世上一切美好的东西都是为喀秋莎而存在"②的幸福；在契诃夫的《主教》中，复活节那天"洪亮、欢乐的钟声从早到晚回响在城市的上空，一刻也不停息，它搅动着春日的空气。阳光灿烂，鸟儿在欢唱。在大集市广场上人声鼎沸，……总之到处都充满了欢乐、幸福的气氛。"③显然，在托尔斯泰和契诃夫的笔下死亡是可以从生存中离开的，至少是暂时地离开，而在蒲宁的笔下，死亡永远与生命相连，亦步亦趋，无法分离。

死亡最初不过是自然力的一个部分，但妹妹的死、"娜佳出殡被抬出家门外时嘴唇上的那种淡淡的黑紫色"④让作家第一次在生活中真真切切地感受到了死亡的存在，感受到了它的物质性、实在性，感觉到它终于触及了他的生活。这种真实的"物质性"特征带给作家的是超乎想象的震撼，用他自己的话说就是，死亡降临"平

---

① Бунин И. А., Жизнь Арсеньева, Санкт-Петербург, Лисс, Бионт, 1993. С.32.
② [俄]托尔斯泰，《复活》，王景生译，重庆出版社，2008年，第55页。
③ [俄]契诃夫，《宴会集》，汝龙译，上海译文出版社，1982年，第81—82页。
④ [俄]伊万·布宁，《阿尔谢尼耶夫的一生》，靳戈译，译林出版社，2004年，第47页。

和的生活就像乌云遮住太阳"一般自然,它"突然令我们所有的事和物都失去了价值,它剥夺了我们对这些事物的兴趣、感情和它们存在的意义,一切都被忧伤和无奈覆盖了。"①"那时我才刚刚认识了生命",但"娜佳在很长一段时间里让我失去了刚刚获得不久的生的感觉。我突然明白了,我也会死的,发生在娜嘉身上那野蛮、恐惧的事**随时**(黑体字为笔者所加)都可能发生在我的身上,一切尘世的、有生命的、物质的、肉体的都注定要死亡、腐朽……"②值得一提的是,这里蒲宁特意突出了"紫"这个颜色。在他的笔下,这个优雅的色彩经常可以看到,且永远用在特殊的生存环境当中。正是这个"渐渐出现的淡紫色"给予了童年的阿尔谢尼耶夫"对土地和天空,对天空色彩真正神奇的内涵和意义""最深刻的感情"③。在这里上帝、大自然的美好与神奇、死亡都融汇在了这个"紫"的色彩中。

正如克尔凯郭尔所说,任何人认识真理的程度都是与他内心所经历的心灵磨难的程度成正比,一个从未经历过精神痛苦的人是不可能深谙人生的。在探寻生命深邃本质的过程中,蒲宁完全被生死的问题所控制,他终生都像西西弗斯那样永无止歇地体验、体验,并用手中的一支笔将人们已熟视无睹的恐惧呈露出来。以此为主题的小说频繁地出现在作家创作的各个阶段里。

蒲宁早期的作品充满了对死亡的惶惑与恐惧,他提出了生与死的问题,但却苦于找不到答案。在小说《在庄园里》(1892年)中作家表达了对人类短暂生命的悲哀和痛惜("实质上,人类的生命是多么短暂和贫穷呀!"④)、死亡的无可避免("怎么会这样呢?——他大声说道,——一切都按部就班,太阳照样落山,农民照样扛着犁从地里回家……干活的时候照样有霞光,而那时我却什么也看不见了,不仅是看不见,而是我根本就没有了!"⑤)、人永

---

① Бунин И. А. Собр. Соч. в 9 т. М.,1966. Т. 5. С. 26.
② Там же. С. 44.
③ [俄]伊万·布宁,《阿尔谢尼耶夫的一生》,靳戈译,译林出版社,2004年,第32页。
④ Бунин И. А., Маленький роман, Санкт-Петербург, Лисс, Бионт, 1993. С. 32.
⑤ Там же. С. 34.

远的孤独("一个人——永远一个人"①)和对生活前景的企盼("许多年来我一直在想,有什么东西就在前面,是重要的,也是主要的……"②)等等,但他无法给悲剧以令人信服的结局,他只好自我安慰地说:"对死亡、对过去日子的担忧不觉油然而生,实质上,这些问题都曾有过答案,他感觉到自己内心的另一种情绪,另一种声音在不断地说:'哦,那又怎么样呢?所有这一切都是世代如此,并将永远如此。'"③真的"有过答案"吗?其实这正是困扰蒲宁的核心所在。许多年之后,当蒲宁经历了许多,在心智上完全成熟之后,他不仅回到了这个主题,而且大大地强化了它。此时像托尔斯泰描写《伊凡·伊里奇之死》那样描写人由生到死的缓慢转变,或者说是死亡之于人生漫长的蚕食过程在蒲宁的笔下被弱化了,而生与死作为生命极端状态的强烈碰撞成为每每触动作家身心深处的主要力量。在小说《轻盈的气息》中,蒲宁展示的正是生命与死亡的这种搏斗——更惨烈的搏斗。奥莉娅·麦谢尔斯卡娅是一个充满了青春活力的中学生,她"长着一对活泼得惊人的眼睛","发育之后,她不是一天比一天,而是一小时比一小时漂亮。……,她不但有细细的腰肢和匀称的双腿,而且她的胸脯和女性其他线条都已显露得相当好看。到十五岁,她已出挑成了一个美女。"[Ⅲ,33-34]而"她对自己的容貌仪态是从不操任何心,从不作任何努力的。她压倒全校所有同学的那些超群出众之处——娴雅、时髦、玲珑和顾盼生姿的眼波……似乎都是在最后两年内不知不觉跑到她身上去的。…… 她在不知不觉之中获得了校花的声誉。"[Ⅲ,34]然而就是这样一个美丽、鲜活又无忧无虑的生命却在一瞬间就永远地消失了:她被一个醋意大发的哥萨克军官开枪打死了。作家无情地将狰狞的死亡猝然推到了人们的面前,给读者留下了剧烈的心灵震撼:鲜活的生命也是注定要死亡的。谋杀只是强化了悲剧色彩,它跨越了缓慢衰老的阶段,缩短了年轻、鲜活的生命与它的必然结局之间的距离,以此强化了死亡的非理性特征和作家内

---

① Бунин И. А., Маленький роман, Санкт-Петербург, Лисс, Бионт, 1993. С. 34.
② Там же.
③ Мальцев Ю. Иван Бунин 1870—1953, Посев, 1994. С. 75。

心的巨大困惑:"怎么能将这烂泥岗和橡木十字架和那个十六岁的中学生联系在一起呢?就在两三个月之前她还充满了活力、美好和欢乐呢。"①20年代,蒲宁离开自己祖国之后创作的作品几乎都充斥着阴郁的死亡气息,每一篇作品几乎都是对死亡极度恐惧的人的绝望哀号。在小说《捷米尔—阿克萨克—汗》中,作家写的是古代克里米亚汗国的君主,倾吐的却是自己对人生的忧思:

> 天下没有一个帝王能够比得上捷米尔—阿克萨克—汗,世人全都战战兢兢地拜倒在他的面前,所有的绝色佳人和妙龄女郎为了能够在瞬间领略一下充当他的奴婢的幸福而甘愿死去……当上帝终于怜悯他,让他摆脱尘世的浮华之时,他统治的汗国很快就分崩离析,城市和乡村变得一片荒凉,飞沙覆盖住了残垣断壁……啊,捷米尔—阿克萨克—汗!你的光荣的日子、你的事业在哪里?你的战斗和胜利在哪里?那些年轻、温柔、热情的姑娘在哪里?在你的卧榻上的那些像太阳一般炯炯发亮的黑眼睛在哪里?②

死亡面前人人平等,这甚至比"人人生而平等"更令人信其为真理,如此的平等更使得许多豪气万丈的英雄故事充满了悲凉的意味。创作于1923年的《吞没之火》"赤裸裸"地建立在生与死的尖锐对撞上,给读者带来了不仅是心灵上的,还是生理本能上的强烈震撼。一个有着"闪亮的胡桃色秀发、开朗又彬彬有礼的目光、清脆的嗓音、颀长的身材和显得特别诱人的优雅的手和脚",喜欢披着"石榴石色的貂皮镶边的天鹅绒披肩"的可爱女人在毫无预兆的情况下突然死了,她曾经充满生命活力的身体被送进火葬场。火葬场那冰冷的"烟囱高耸入云,一股巨大的黑色烟柱从其中的一个中冒了出来。……这可怕的、沉默的黑烟是那么的特别,和世界上的任何一种黑烟都不相像。"黑烟过后,"矩形箱子上放着的是被亮蓝的烈焰烧成粉得透明、滚烫的一堆骨灰……"③作家无比哀伤地感叹:"这就是我朋友那美好身躯留下的一点儿可怜的遗骨,就

---

① Мальцев Ю. Иван Бунин 1870—1953, Посев,1994. С. 203.
② Бунин И. А. Грамматика любви, Санкт-Петербург, Лисс, Бионт, 1994. С. 188.
③ Бунин И. А. Собр. Соч. в 9 т. М. ,1966. Т. 5. С. 114.

在前天她还活着,充满了生命的活力。再也没有了! 什么也没有了!"①在创作于1925年的游记《大水》中,蒲宁这样写道:"难道所有这些对我来说是如此亲切、习惯、珍贵的东西有朝一日会突然消失? 会突然永远地消失而再过几千年也不会再出现? 怎么能相信,怎么能容忍这种情况呢? 怎么能够理解这种荒谬的事情呢?"②1944年10月22日,蒲宁在日记中写道:"寒冷的夜,猎户座闪着幽蓝的光芒。很快我就将看不到这一切了,我是一个被判了死刑的人。"③1953年11月7日是蒲宁生命中的最后一天,后来他的秘书巴赫莱赫先生撰文回忆了作家最后的时刻:

  我进来后,他抬了抬眼皮,身体动了动,看得出,一个小小的动作也要费很大的力气。他咳嗽了一下,然后马上就开始谈起了难以理解的死亡,情绪也越来越激动。他说,他无论如何也无法明白、无法接受,曾经存在的人后来就再也没有了这个事实,哪里是这两种状态之间的界限? 是谁决定了这个界限? 他能够想象、能够接受、感受一切,甚至能证明一切的正确,但除了一种事物,即"不存在"。④

  从上面的例子中我们看到,尽管作家直到自己生命的最后一息都很难接受"人死"命题必将过渡到"我死"命题的事实,但此时"死亡"已不再是外在的、公众的,再也无法作为一个局外人来慨叹:"拥有天空、阳光、空气是凡人最大的快乐,身陷哈得斯地下王国的亡灵真是三倍的不幸。"⑤死亡已经成为了"我"自身存在中的一种内在的可能性,再痛苦一些说,是内在的必然性。因此他笔下的死亡不仅具有令人厌恶、令人惧怕的实在性,又成为最神秘的、甚至是最威严的自然力。正像小说《变容》中那个死去的老太婆,

---

① Бунин И. А. Собр. Соч. в 9 т. М.,1966. Т. 5. С. 116.
② [俄]蒲宁,《耶利哥的玫瑰》,冯玉律译,上海文化出版社,2001年,第217页。
③ Устами Буниных: Дневники Ивана Алексеевича и Веры Николаевны и другие архивные материалы: в 3 т. Посев. 1977. Т. 3. С. 173.
④ Романович А. Проблема жизни и смерти в «Освобождении Толстого» Бунина // Русская литература 1996. №4. С. 98.
⑤ [俄]蒲宁,《耶利哥的玫瑰》,冯玉律、冯春译,上海译文出版社,2004年,第175页。

"死者居于这冬夜雪风、家里和村子的睡梦和寂静之上:昨天那个可怜的畏畏缩缩的老婆子变成了某种威严的,神秘的,在整个世界上都是最伟大最有意义的东西,变成了某种不可思议的可怕的神灵——死者。"①它甚至可以改变世界:"世界上的一切,整个世界都为它(死亡)而变容","这风也是她,那逝去的她,她浑身散发着非尘世的、如死亡般纯洁而冰凉的气息,这是她要站起身来审判整个世界,整个可鄙、粗野而又转瞬即逝的活人的世界。"②给"死亡"冠以"最"字,是站在人的角度上探讨它,因为作为人生一切可能性中最惨烈、最极端的一种,死亡高悬在其他一切可能性之上,并随时将它们了断,让鲜活的生命即刻在宇宙中灰飞烟灭,了无踪迹。不仅如此,在宇宙的诸多力量当中,只有死亡不依附于其他,高傲而独立。小说表达了蒲宁对死亡最实质的态度,那就是"只有死亡和巨大的悲哀与不幸才会真正地、无以辩驳地向我们提示这一点——我们大家都是兄弟,因为它使我们不再拥有尘世的尊卑,令我们脱离平凡生活的圈子。"③这一主题在小说《四海之内皆兄弟》等作品当中有更深刻的表现。

蒲宁对死亡的哲理思考是多方面的,由此引发的死亡感也是不同的,从困惑、恐惧最终到异乎强烈的对生命的渴望,这中间还经历了一段对死亡的漠视。在小说《在庄园里》,当作家表达了对生命、对生活痛苦的困惑之后,他也产生了这样的意识,即如此的悲观是无法生活,无法写作的,而逃避痛苦的方法就来源于在大自然的怀抱里思考它的浑然、和谐,并无条件地接受它不可理解的神秘:

  漆黑的夜空中一颗星星忽闪了一下便滑过了天空,他(卡皮通·伊凡内奇)抬起头,一双老迈忧郁的眼睛长久地凝望着上面,星空悠远无际,由于这无限的深度和柔和的昏暗,他开始感觉到了轻松。"唉,没什么的!我平静地活,也将平静地死,就像这小灌木

---

① [俄]布宁,《布宁散文》,陈馥译,人民文学出版社,2008年5月,第68页。
② 同上书,第69页。
③ Бунин И. А. Собр. Соч. в 9 т. М.,1966. Т.5. С.143.

上的一片叶一样,到了时候就枯萎、凋落……"在这昏暗的夜色中,……到处弥漫着青草的鲜香,他轻松、自由地深叹了一口气,他是那样生动形象地感觉到自己与这默默无语的自然之间存在的血肉相连!①

这种以和自然平和的融合来消解绝望,克服对死亡恐惧的主题在作家东游之后又回到了作品中,并在某种程度上得到了加强,特别是在一系列农村题材的小说中。

小说《莠草》中庄户人阿维尔基以令人惊讶的愉快而平静的态度迎接死亡,弥留之际,他坚定地对为他终敷的诵经士说:

"逃是万万使不得的,上帝呀,怎么逃得了呢!"[Ⅱ,369]

他感觉人生就像一场模糊、不连贯的梦,而且这梦还将继续做下去。最后的时刻来临了。

在寂静和黑暗中,阿维尔基觉得好受些了。他想象着冬逝夏来后的情景,夏风吹拂着绿油油的田野,在村外有一道山坡,山坡上是他的坟墓……他在寂静的、黑洞洞的、小窗子里朦朦胧胧地透进初雪反光的农舍里死了,死得那么悄无声息,连他的老伴儿都没发现。[Ⅱ,376]

在小说《上帝树》中,看林人雅可夫·捷米德奇对生活的要求简单之至:

没什么令我不开心的,我总是很满足。这不,我刚从人家家里打来了水,这会儿正给自个儿熬粥呢……我喜欢在园子里各处坐坐,我喜欢枝叶多多的季节。你们这园子可真好,没说的了。……。我活着,就像是上帝风干的一块肉,就像是一棵,大伙儿都说的,上帝树,风往哪儿刮,我就去哪儿……②

"我"又向他提到了"你为什么活在世上?"的问题,而他的回答几近调侃。

---

① Бунин И. А., Маленький роман, Санкт-Петербург, Лисс, Бионт, 1993. С.34.
② Бунин И. А. Собр. Соч. в 9 т. М.,1966. Т.5. С.354.

"雅可夫·捷米德奇,你为什么活在世上?""怎么为什么?给你们看园子呀。""不,不,我说的不是这个。我是说,你为什么生在世上?为什么存在?""那只有上帝知道。谁会知道这些玩意?"……"也许,你活着只为了吃、喝、睡觉,为了繁殖后代,为了享受?""不,这样我会感到寂寞的。""那为了什么?""为了开心。""是开心!难道吃得好,喝得好,和漂亮的老婆睡觉,当一个有钱有名望的人不是开心吗?"他想了想,就笑了起来:"干嘛总是为什么,为什么!有一次我和我那死去的爹去地里拉粮食,我紧挨着他,问,这怎么样,那为什么,我那会儿还是个毛头小不点儿呢,他一声也不吭,后来终于说了句:'一边儿待着去,小子,等我照着你的俩耳朵来一鞭子的时候,你就知道为什么了。'"①

在小说《飞鸟》中我们看到,一个流浪汉是怎样以平静,甚至是漠然的态度在深夜走进暴风雪肆虐的荒原,走进几乎是必然的死亡。在他与大学生的谈话中我们听到:

"你会冻死的!""真要冻死也没办法。老弟,死神这玩意就跟太阳一样,不能用眼睛去看他。他真要是找你,你在哪儿他都能找到。再说一个人一生里面也不会下葬十次,总共就一次罢了。""这么说,你急着想进天堂喽?""干嘛进天堂?到底有没有天堂还很难说呢。只有魔鬼的日子才难过,他贪心不足。可我的日子过得挺自在。""你就像无牵无挂的飞鸟一样过日子?""像无牵无挂的飞鸟又怎么样呢?老弟,不管什么样的飞禽走兽都不去想天堂,也不怕冻死。"[Ⅱ,100]

相似的形象在蒲宁的许多作品中都能够看见,如小说《古老的人》中108岁的农民塔甘诺夫、《安东诺夫卡苹果》中为自己准备了绣着天使、十字架、还印满经文的考究寿衣的老妇人、《松林》中相信"你是没法叫一棵草不枯死"的米特拉方等等。

蒲宁还常常在作品中将这种"大智慧"赋予一些在常人看来有缺陷的人,如乞丐、病人、残疾人、傻子等。蒲宁在1895年的一篇题为《可爱的人们》的小文章中,第一句话就是:"年轻时我就对傻

---

① Бунин И. А. Собр. Соч. в 9 т. М.,1966. Т. 5. С.364—365.

子特别感兴趣。"①，笔者认为，原因如出一辙，都是作家对本能和直觉的偏爱。他们是生活中的弱者，甚至无力行动，他们所能做的就是等待，而正是在这毫无力量的生命之中，作家看到了人类最本初的、原始的、懵懂的同时也是无欲无求的纯净灵魂，在他们面前，活着就是上帝最美好的恩赐，即使死亡直截了当地出现也不会令人惊恐和压抑。

在小说《苍蝇》中，蒲宁描写了一个双下肢瘫痪的农民普罗科夫，他整天躺在床上，唯一能干的事就是捻死落在墙上的苍蝇，可他却乐在其中。当"我"对如此的生活方式感到不解，不停地自问："这是大彻大悟者貌似的呆傻呢？是虚心的人有福了，还是绝望产生的无所谓的心态"的时候，普罗科夫的话却发人深省，他"平静地叼着烟斗"说："健康的人总想多多地享受，大大地发财，在别人面前炫耀炫耀。等他一躺下来，看见苍蝇也高兴。……这不都一样嘛，就是让人心满意足。死也一样，要是死真的那么可怕，就没人去死了，上帝也不会让人受那么大的罪。"②普罗科夫"给了我最大的震撼"，他使"我"深切地感受到"也许真的一切都很好，感谢上帝，一点小事都能让人心满意足，高高兴兴。比如把一只脚放在马镫上一踩，翻身上马，感觉到座下是一匹年轻强壮的马的光滑的皮肤和活泼的动作，心里是多么愉快呀！"③也许，读者会认为，这是一篇荒诞的小说。事实上，蒲宁正是一位"荒诞"的作家，这既是由他面对死亡的痛苦，也是由他感受生命之美的永恒激情使然。尽管人必死无疑，但他内心宁愿"荒诞"地无视之，并将生活的需求降到最低，目的是感受、享受生命的点点滴滴。当然，他用尽全部心力必将一无所成，但如此的折磨正是为了热爱这个充满了美好生命的世界而必须付出的代价。

在小说《盲人》中，作家描写了一个乞讨的盲人，每当人们向他的帽子里放上几个小钱的时候，他都真诚地说一句："谢谢！谢谢！

---

① Бунин И. А.：[Сб. материалов]: В 2 кн. -М.：Наука，1973. -(Лит. Наследство；Т. 84). кн. 2. С. 63.

② [俄]布宁，《布宁散文》，陈馥译，人民文学出版社，2008 年，第 106 页。

③ 同上书。

我善良的兄弟!"当"我"这样做的时候,盲人向"我"喊道:

> 请看我一眼,感受一下对我的爱吧!在这个美好的早晨,世界上的一切都与你血肉相连——就是说,也包括我。既然血肉相连,你就不能对我的孤独和无助漠然置之,因为我的肉体和整个世界的身躯一样是与你的连成一体的,因为你对生活的感觉就是爱的感觉,所有的痛苦都是我们共同的,它摧毁了我们共同的生活欢乐,即我们对相互的和对整个存在的感受!①

盲人生活在这个世界上,他已超越了平凡的生活,这种爱和与周围的一切血肉相连的感觉正是作家穷尽一生苦苦找寻的东西,盲人却将它呼喊了出来。

在这里我们看到,蒲宁试图探寻普通的人们对死亡的态度,但他找到的却是与他内心的深思和困惑截然相反的态度,马里采夫称之为"对自己生命微弱的意识,或生命的植物性特征"②。这些生于自然、长于自然、对大自然顶礼膜拜,最终又像托尔斯泰的小说《三死》中的那棵树一样归于自然的浑然天成的人们似乎根本就不去注意死亡的存在,更谈不上思考,而蒲宁正是在他们对待死亡的无意识或漠然的态度中看到了某种内心的平静、最本能地对生存感到欢乐,并将这种欢乐与对死亡之意识的矛盾融为一体的大智慧。这种无忧无虑的动物、植物一般的存在对于作家来说在某种程度上甚至是一种解脱,因为他们拥有的是最自然的、"天堂中的"生命,它们无条件地接受了上帝生老病死的赐予,生命对他们来说是无需人的理智来为之做出分析、解释的,也是理智无法做出分析和解释的,因为它蕴含着"只有上帝才洞悉的无从探究的奥秘"[Ⅰ,192]。他们的生命和在作家作品中频繁出现的昆虫并无二致,但也许正是因为他们接受了生命的全部真实,才能够最终获得心灵的拯救。同时,死亡在这里也获得了某种美感,表现出了它顺应自然的真与善的美来。

---

① Бунин И. А. Собр. Соч. в 9 т. М.,1966. Т.5. С.148.
② Мальцев Ю. Иван Бунин 1870—1953, Посев,1994. С.208.

这座城市①令我生出了巨大的忧伤和绝望。你只要想一想有多少人躺在这里并将继续躺下就足够了！但令人吃惊的是，有某种慰藉心灵的、使人心态平和的欢乐气氛始终在这里飘忽。这欢乐的气氛是什么呢？是春天、天空、第一缕新绿、大理石？还是世界永恒的青春、永恒的复活的生命？或者就是天堂的生活，是人们的内心不由自主而又天真地相信或渴望相信的天堂的生活？②

无论是对普通人平凡人生中所体现出的平和死亡观的思考，还是当蒲宁在思考那些"在世上活过的最不寻常的人"的生命之时，同样都得出了"死亡即解脱"的结论。在《托尔斯泰的解脱》中蒲宁谈到了82岁的托翁离家出走这一事件时说："当你思考这漫长的、在许多方面都令人惊讶的生命之时，你恰恰会在逃离亚斯纳亚波良纳庄园的举动中看出最高的，也是能诠释一切的东西。"③而为该书撰写书评的布拉格大学教授毕奇林更加明确地说："从哪里解脱？从亚斯纳亚波良纳庄园的环境和家庭的失和中解脱吗？从那些善于将一切都写得合乎心理描写程式和道德化的传记作家的笔下解脱吗？不，是从死亡中解脱。"④"从死亡中解脱"这是一个与"死亡是生命终极"相矛盾的哲学思考，是对死亡的积极反抗，蒲宁在该书当中援引了托翁的话：

如今我向往上帝，追求我体内那属于上帝本质的纯净，追求在其中得到净化的生命，……而且是从从容容地，毫无疑义地，高高兴兴地……

古印度智者说，人生有两条路走，一是入世，一是回归。在入世的路上，人一开始只觉得自己是自己的"相"，一个暂时的肉身的存在，有别于整体的"我"，处在包含着一部分"同一生命"的个人的圈子里，过着利己的、纯粹是个人的生活。接着人的私利逐渐扩大，它不仅过着个人的生活，还过着家庭的、部落的、民族的生活，

---

① 小说中指的是一个墓园。
② Бунин И. А. Грамматика любви, Санкт-Петербург："Лисс"，"Бионт". С.254.
③ Романович А. Проблема жизни и смерти в《Освобождении Толстого》Бунина// Русская литература 1996. №4. С.95.
④ Там же.

人的良知逐渐增长,也就是说,他羞于只顾自己……在回归的路上呢,个人的"我"和社会的"我"之间的界限消失了,占有的贪欲终止了,"付出"(从大自然、人们、世界手中夺去的东西)的渴望越来越强,于是人的觉悟,人的生命就与"同一生命",与"同一性的我"逐渐融合,人的灵魂的存在便开始了。①

无论是"从死亡中解脱",还是"死亡是生命终极",二者当中"死亡"都是客观的、受生物法则制约的物质现象,而"解脱"却是一种精神现象。正像某学者所言"死亡并不能限制精神和压倒生命,……,也可以说死亡只能毁灭人的物质躯壳,人的精神、情感与思想可以凭借文化的创造而指向永恒。"②我想,若让我来揣测托翁在最后一刻的心情,他必定是悲喜交加,就像蒲宁笔下那回到蜘蛛网里的蜘蛛,那是回家的感觉。从蒲宁由对死亡的恐惧到将其理解为解脱这样反反复复的思想变化中我们感到了他内心深刻的矛盾。

1925年蒲宁创作了小说《骑兵少尉叶拉金案件》,该作品一直被认为是一篇爱情主题的小说,但笔者对此持不同意见。笔者认为在这里作家是借主人公之间的恋爱关系鲜明地表现了"死亡即解脱"的思想,是最能体现蒲宁生死观的作品之一。小说描写了骑兵少尉叶拉金开枪杀死自己深爱的女演员索斯诺夫斯卡娅的经过以及此后人们对此的种种反应。该小说取材于1890年发生在华沙的一起真实的刑事案件:陆军中尉巴尔杰涅夫杀死了著名女演员维斯诺夫斯卡娅。作家在为该小说搜集素材的时候,在案件卷宗里发现了当时为当事人——陆军中尉巴尔捷涅夫辩护的律师普列瓦科的一段话:

就这样两个**由于生活或者是教育的失误**(黑体为笔者所加)而造就的失败者开始受到了情欲的诱惑,……请诸位不要忘记,所有这一切都印证了当事人放浪形骸、情色过度的生活,死亡的游戏于是变成了恐惧的事实。③

---

① [俄]布宁,《托尔斯泰的解脱》,陈馥译,辽宁教育出版社,2000年,第13页。
② 颜翔林,《死亡美学》,学林出版社,1998年,第88页。
③ Михайлов О. 《Жизнь Бунина-Лишь слову жизнь дана…》, Москва, центрполиграф, 2001. С.373.

但是这样直线的解释显然是与蒲宁的创作初衷相违背的,蒲宁沿着另一条线为我们揭示了这一切背后隐藏的更深刻的东西,正如作家在小说中所提示的:"这是一桩离奇、神秘、永难水落石出的疑案。"[Ⅲ,195]"最关键的是,本案的实质并非这样,"[Ⅲ,196]

女演员索斯诺夫斯卡娅拥有人们向往的一切:美貌、青春、名誉、金钱和无以计数的追求者,她一方面恣意妄为、心醉神迷地享用这一切,一方面又常常对生活悲观绝望,充满了离开这个冰冷世界的强烈渴望。应该指出的是,在蒲宁的笔下,索斯诺夫斯卡娅绝不是要受到谴责的"艳闻四播、风骚成性的女戏子"[Ⅲ,228],恰恰相反,她是在蒲宁看来世上少有具有强烈心灵感受力的人,是那些"脱离了链条"的人。她追求高尚的爱情,百折不挠地"寻觅一颗懂得爱的心"和"爱她的心",[Ⅲ,218]但"所有的人要的都是我的肉体,而不是我的心灵"[Ⅲ,216];她渴望前所未有的、轰轰烈烈的爱的感受和超乎寻常的生活之美,但她却一次次被当作有钱人手里的玩物欺骗,只有其貌不扬、浑身散发着酒气的叶拉金以一种软弱的、唯唯诺诺的、但还真诚的爱包围着她。现实的一切与她的内心构成了激烈的冲突,她痛苦地看到"在这里一切都不是**那样**,不是**那样**。"[Ⅲ,220]但爱的痛苦并不是索斯诺夫斯卡娅渴望死亡的全部原因,还有一种原因即是对死亡的强烈渴望,这是一种超验的精神本能,人的理智在它面前无能为力。索斯诺夫斯卡娅拥有一切,但死亡,或者准确地说,是尽快地死亡却成了她的宿命,生活中的一切在她内心唤起的都是死亡的感觉,她最大的夙愿就是死。她对墓地怀有一种令人恐惧的好感,死人的样子也会给她"震撼心灵的美好印象"。"如果我去郊外,看到了美丽、深邃的天空,我不知道我会怎么样。我想吼叫,歌唱,朗诵,哭泣……想爱和死。"[Ⅲ,216]她热衷于选择各种死法,她希望能够自杀,希望在披满黑纱的房间里被鲜花熏死,希望在墓地里"过夜,对着一个个坟墓朗诵,最后精疲力竭而死"[Ⅲ,219],更希望与她心爱的男人共度一夜后被他打死……弗洛伊德曾说过,人的内心存在着两种心理本能,一种是生命本能,它直接包含在原欲中,属于每个人身上的创造力量和肯定力量,而热爱生命,渴望战胜死亡即是它的表现之一;另一种就是死亡本能,它与生命本能的目标和欲望都截然相反。哈姆雷特那"生存还是毁灭"的永恒质问正表现了人类自始而来的这两种本能在内心的徘徊与冲突。二者之间即可能表现得一方比另一方强烈,也可能等量齐观。在索斯诺夫斯卡娅的身上,尽管死亡的本能占了上风,但是这种优势获得的原因却是主人公疯狂地热爱生命。这种本能使得爱的痛苦变得更加扑朔迷离,一方面"我那么疯狂地热爱生活,我又怎么能死呢?"[Ⅲ,215]而另一方面,除了死她别无选择,"不是爱就是死,别无他途。"[Ⅲ,215]"人世是乏味的,乏味到了极点,我的心灵渴望着某种非凡的东西。"[Ⅲ,215]而这"非凡的东西"既近在咫尺,又远在天涯;它是那么的容易接近,又要越过重重困难。最终她选择了叶拉金以开枪的方式为她了断痛苦,送她走上追求"非凡"的解脱之路,这是通往天堂、通往永恒的路,这一切发生在她的身上是必然的,因为"我的死并非出于我自己的意愿,"[Ⅲ,204]"而是出于上帝的意愿。"[Ⅲ,236]这类人的生命是属于更高层次上的宇宙,而不是社会,主宰他们的是生存的规律,他们根本就不会被人类社会普遍接受的标准所左右。小说中死亡重又以不可抗拒的强大的面貌"凛然"地出现在了读者的面前。蒲宁曾说过:生命的感觉越强烈,死亡的感觉也同样强烈。在索斯诺夫斯卡娅的身上生死两极殊途同归,即:对生命的渴望同样是对死亡的渴望。在这里作家表现了他对生活深刻而痛苦的理解,即黑暗与光明、欢乐与痛苦都是生活中不可缺少的,其二律背反的关系正构成了生活全部的魅力。

　　作家在揭示"本案的实质"的过程中,有一点是很值得我们关注的,那就是作家自始至终都未直截了当地告诉我们这"事件的实质"在哪里,而是通过揭示叶拉金和索斯诺夫斯卡娅的性格来让读者自己去找寻答案。作家罗列了一系列表面看上去合乎逻辑的解释,其中的每一个"为什么"都带出了一个新的"为什么",但最后的一个"为什么"就无从寻觅答案了:

　　　　她的天性同职业妓女、同人尽可夫的卖淫女子毫无二致。然而这是一种什么天性呢?这是一种同……贪得无厌的性欲联系在一起的天性。怎么会有这种天性呢？我怎么会知道！……这种女人，明知痛苦，明知要死，却飞蛾扑火似的去找苦，找死，**为什么**？[Ⅲ,230]

她一应俱全：美色、青春、名气、金钱、无数的崇拜者，她心醉神迷地享用着这一切。然而她的生活却又充满了苦恼，无时无刻不渴求离开她已厌恶的尘世，世上没有一件事称她的心。这又是**为什么**？这是因为这些苦恼都是她自己招致的。但是**为什么**她招致的偏偏是苦恼而不是其他东西呢？莫非是因为大凡如她们自己所说的献身艺术的女人往往是这样的吗？那么**为什么**往往是这样的呢？**为什么**？[Ⅲ,231]

悬在空中的这些"为什么"表明了人们一贯推崇的逻辑推理的无能为力："人的判断力真是褊狭得惊人！"[Ⅲ,227]对理智世界的蔑视体现在蒲宁的绝大部分作品中，是蒲宁人生观的重要组成部分。因为无论是演绎还是归纳都逃不掉机械性，它们是程式化的、有序的、预先设定了条件的行为，是以必然的因果关系连成一体的。而在蒲宁看来，生活中充斥着偶然、随意和无序的原始行为，它们是不以人的意志为转移的，正是这些遭到科学、伦理、道德蔑视的行为才是人最本真的行为，它们构成了生命过程本真的东西，它们就是真实的、鲜活的生命。

在苏联时期，在蒲宁几乎所有作品被禁的情况下，这篇小说是仅有的几篇有幸与苏联读者见面的作品之一，但一直是被作为批判资本主义社会道德沦丧的作品，如评论家高尔鲍夫写道："幻想'美丽的死'是正在消亡的阶级（注：指贵族阶级）生活的中心，它极其鲜明、清晰地表现在蒲宁的这部作品中。"①60年代苏联国内蒲宁作品的权威评论家阿法纳西耶夫在他的著作中称："小说《骑兵少尉叶拉金案件》是一部关于死亡、关于一个人道德沦丧的小说，它较之那些描写人的生理死亡的作品更具有悲剧意味。"②如此理解不免浅薄，因为这里不涉及什么道德和伦理，更不涉及阶

---

① Бунин И. А. Собр. Соч. в 9 т. М.,1966. Т.5. С.527.
② Афанасьев В. А. И. А. Бунин, изд. Просвещение, Москва, 1966. С.243；

级,这里只有人、人与世界的矛盾,以及人的本初又是终极的愿望的体现。

蒲宁对处于死亡之下的人生进行了全方位的思考,无论是困惑、恐惧,还是漠视、"死亡即解脱",这一切在他的一生中始终像乱麻一般纠集在一起,令他痛苦不堪。的确,盲人是智慧的,他已参透了生死;索斯诺夫斯卡娅也是智慧的,她用自己的双手勇敢地推开了死亡之门,走上了通往天堂的解脱之路。但是对于一个人,死亡作为无法理解的、源于上帝的难题注定要引发他的怀疑、恐惧和疑问,更何况是较常人拥有更强烈的生命意识的艺术家。众人皆醉,唯蒲宁独醒,就如同他在《夜》中所写:"我已决定用理智去思考太阳下发生的一切,……在这深夜的草原上,这些不可胜数的、使我的周围都充溢着情歌的蝉也在思考吗?它们生活在天堂里,生活在安逸的生活之梦中,而我已经苏醒,毫无睡意。世界在它们之中,它们在世界里,而我仿佛在旁观世界。我倾听着,思考着,并由此感到无边的孤独。"①尽管作家千百次地告诫自己:"和它(死亡)连在一切的还有不朽。上帝在天空、在无法企及的高度和力量中,在那难以理解的湛蓝中,高踞于我们之上,无限地远离尘世:这一切都像死亡一样从最初就进入了我的生命,……但死亡终归是死亡,我已经知道,有时还真切地感觉到……"②因此,他依然将托尔斯泰的死称作是为"与永恒的我合一"而付出的"可怕的代价"③作家意识到,他所追求的生活也许只在梦境之中才会获得,就像《阿强的梦》。

小说《阿强的梦》讲的是一条叫阿强的狗和他的主人——一位因深爱着的妻子背叛爱情而感到痛苦不堪的船长之间的故事。小说揭示了世界上存在的两种对抗的矛盾:"世上存在着两种常常相互交替出现的现实。在第一种现实中,生活美好得难以言说,而在另一种现实中,生活只有疯子才能忍受得了。"[Ⅲ,24-25]但它们都不是最终的结论,因为非此即彼的选择方式绝不是蒲宁的风格。

---

① Бунин И. А. Собр. Соч. в 9 т. М.,1966. Т.5. С.299.
② Там же. С.26.
③ [俄]布宁,《托尔斯泰的解脱》,陈馥译,辽宁教育出版社,2000年,第13页。

一天,船长无声无息地离开了这个世界,阿强终于悟到了:

  既然阿强爱着船长,感觉到有船长这个人,它记忆的视力仍然能看到船长,那就是说,船长仍然同它在一起,生活在那个既无开始也无终结的世界里,而这个世界死神是无法企及的。在这样一个世界里必定只有一种现实,这就是第三种现实,而这是一种什么样的现实,阿强的第四个主人,最终的主人,大写的主人是知道的。阿强就要到这位大写的主人身边去了。[Ⅲ,59-60]

  蒲宁找寻着这"既无开始也无终结的"第三种现实,它是战胜死亡的真正武器。

二、爱情的魔咒

  蒲宁的世界观同样也制约着他对待爱情的态度。正如上文所说,蒲宁笔下的人存在于社会之外,因此,作品中公众的问题在主人公身上是少有的;同时,蒲宁笔下强大的宇宙力量也吞噬了人的个性化特征,主人公没名没姓,没有任何社会背景信息,他们代表的是生存的男性本原和女性本原,他们之间的爱也是男女本原的相互交织,并在人类生存最初始的层面上完成,因此蒲宁许多爱情题材的作品几乎不涉及社会、道德、伦理等范畴。蒲宁笔下的爱情作为宇宙又一股强大的力量像魔咒般地主宰着人的命运。

  童年时起女性的美丽就深深地打动了蒲宁的心,出现了"所有人类情感中最令人困惑的情感"的闪光。他先是爱上了哥哥叶甫根尼的未婚妻的妹妹冬尼亚:"我不知道自己做了什么,竟斗胆轻轻地吻了一下冬尼亚的脸颊。一种在后来的生活中再也没有出现过的难以言表的感觉,这是一种幸福的恐惧。"①,后又爱上了妹妹们的家庭教师:"我的心差点要从胸膛里跳出来!她是我的!她爱我!啊!我是怎样满怀甜蜜的情感拉起她的小手贴近唇边亲吻的呀!她让我的头靠在她的肩上,双手围住我的脖子,我便在她的唇

---

① Бабореко А. И. А. Бунин-Материалы для биографии с 1870—1917, Москва, 《Художественная литература》, 1983. С. 10.

间印上了第一个热烈的吻!"①在那时少年的日记里,我们可以看到:"还在秋天的时候我就仿佛在期待着什么,血液在我的体内奔涌,心头甜蜜得隐隐作痛,有时我甚至会哭出来,自己也不明白是因为什么。但是透过洋溢着大自然之美和诗意的眼泪与忧伤,我感到体内欢乐、光明的青春活力正显露出蓬勃的生机,仿佛春日里嫩绿的小草,我想,我必定要爱上谁了。"②深受抒情诗歌影响的蒲宁意识到,他的爱情不是为了别的,只是为自己"奔涌的血液"寻找出路。看起来一切都是那么的美好,在如此清晰确切地掌控爱情的意识中爱仿佛丧失了破坏性,但许多年以后,当蒲宁成长为一个青年,他对瓦尔瓦拉·帕申科强烈的爱恰恰变成了令他难以承受的浪漫灾难。它似一股巨大的力量冲击着作家年轻的心灵,使他感受到了混乱的激情、强烈的矛盾和情绪上的巨大落差。它对蒲宁后来的生活,特别是他作品的基调产生了巨大的影响。

瓦尔瓦拉·帕申科是蒲宁一生中最刻骨铭心的一段爱情,但它所带来的负面影响在很大程度上决定了蒲宁对待爱情的态度。1890年,20岁的蒲宁认识了瓦尔瓦拉·帕申科,青年人对姑娘一见钟情,在姑娘面前,蒲宁感觉自己仿佛"再生"一般:

> 我最亲爱的小鸽子!我的整个心灵都充满了对你无尽的柔情,整个身心都为你而活着。亲爱的瓦莉娅,我想现在就跪倒在你的面前,让你亲眼看见这一切,看见我的双眼中闪烁的我对你全部的柔情和忠诚……难道你觉得这些话都仅仅是无聊的重复吗?看在上帝的面上,爱我吧!我希望你的心因我眼中的甜蜜而苏醒,上帝啊!(1891年4月9日给帕申科的信)③

这只是开始,在后来的日子里,柔情蜜意中渐渐夹杂了痛苦的成分:"看不见她,我就**不能活!!!**(黑体字为蒲宁本人所加)再加上我只是一个人,我就杀了自己,杀了自己!"④然而灾难很快开始萌芽,原因很简单,帕申科并不是蒲宁想象中的那种人,她并不真

---

① Бабореко А. И. А. Бунин-Материалы для биографии с 1870—1917, Москва, 《Художественная литература》, 1983. С. 12.
② Там же. С. 14.
③ Там же. С. 28.
④ Мальцев Ю. Иван Бунин 1870—1953, Посев, 1994. С. 53.

诚，爱面子又虚荣心强，一直幻想着舞台上的辉煌，根本就不想成为作家恭顺、忘我的爱人。再加上她的父亲坚决反对她与贫穷、生活漂泊不定的蒲宁的婚姻。1894年11月4日帕申科留给蒲宁一张简短的字条"瓦尼亚，我走了，请别记恨我"①就悄然离开了蒲宁。蒲宁对此反应异常激烈，在1894年12月写给帕申科的信中他写道：

  让上天用滚雷把我劈死，用一切非人的丧失和痛苦将我毁灭，我向你起誓，我已精疲力竭！哪怕有一天的休息和安宁，我情愿献出半生来交换，只要能够恨你，能够将一切该死的回忆从地球上抹去，这些回忆用该死的无以言表的对你的爱来折磨着我……。让我再见你一面吧！……否则我什么都敢干，现在我对一切都感到无所谓，在我的痛苦面前一切都毫无价值。②

  爱情以暴风骤雨般的力量洗礼了年轻作家的身心，令他的理智和意志都变得模糊而薄弱，令他眼中的一切都失去了价值，甚至是生命。他几乎招架不住，只是在哥哥们的劝慰和安抚之下，蒲宁才渐渐从痛苦的深渊中挣扎出来。亲身体验到的爱情在很大程度上决定了蒲宁对待爱情的态度，无论是在生活中，还是在创作中。现实和幻想间悲剧性的冲突使蒲宁明白了，在理想世界和现实生活中存在着永远无法消除的分歧，他对帕申科的感情和对生活的感觉都是根据某种臆想的理想模式建立起来的，它以无法抗拒的无形的力量令人身陷其中而无法自拔。后来已风烛残年的蒲宁在自己的日记中写道："不知为什么我又情不自禁地回忆起我那不幸的、充满欺骗的爱情时光，但所有的一切*在那时*（斜体是蒲宁本人所加）无疑是正确的：那时我们都沉醉其间，我们的爱充满了令人惊异的美妙、魅力、感动、纯洁和热烈。"③因此蒲宁说他永远不懂女人，"我与一切功名和财富都格格不入，就如同对女人一样。要知

---

① Бабореко А. И. А. Бунин-Материалы для биографии с 1870—1917, Москва, 《Художественная литература》,1983. С.45.
② Мальцев Ю. Иван Бунин 1870—1953, Посев,1994. С.53-54.
③ Бабореко А. Бунин-жизнеописание, Москва: Молодая гвардия, 2004. С.49.

道,她们仿佛就不是人,而是某种和人们生活在一切的特别的存在,是任何时候、任何人都不曾确定和理解的存在,人们从远古时开始做的就只是对女人的想象。"①,也永远"不能习惯于生活"(1892年5月14日写给哥哥尤里的信)②。爱情的美好与难以承受构成了又一个尖锐的矛盾:女人对他来说永远是谜一般的物,而爱情是世界上最令人痛苦的谜之一。

1915年蒲宁创作了小说《爱情学》,作品描述了地主赫沃申斯基由于他所宠爱的使女鲁什卡的早夭而一生"心碎肠断"的故事。

赫沃申斯基"当年是全县数一数二的聪明人,可突然神使鬼差,叫他坠入了情网,狂热地爱上了这个鲁什卡,后来这个鲁什卡猝然暴死。他便对一切都心灰意懒,从此闭门谢客。"[Ⅱ,482]他把自己锁在鲁什卡住过和死去的房间里,20多年坐在她的床上,"用层出不穷的想法去神化她,美化她,……把她想象成一个国色天香的绝代佳人,"[Ⅱ,481]但事实上鲁什卡并不漂亮,赫沃申斯基不过是生活在自己虚幻的爱情中,正如诗人巴拉丁斯基所说:"有一种生活,不知该称它什么?既不是醒,也不是梦,而是介于两者之间,正是它使人的理智与疯癫相连。"[Ⅱ,487]

俄罗斯学者斯莉维茨卡雅认为:"在俄罗斯经典文学中有两条清晰的爱情哲学线。第一条以列夫·托尔斯泰为代表,爱情是个人的情感,它是个性的最高表现之一,是体现个人意义的手段。……而蒲宁和屠格涅夫则属于另一条线。对于他们来说,爱情是宇宙生命的基本表现形式,它是唯一的,给予人以空前的、但同时又是短暂的和谐生存的幸福。它潜伏在生活最珍贵的深处,但它的内部却隐藏着难以捉摸的灾难性、悲剧和死亡。它不是源于人自身,而是从外部压向人,并永远脱离日常生活的轨道,脱离朴实的个人的轨道。"③

---

① Бабореко А. И. А. Бунин-Материалы для биографии с 1870—1917, Москва, 《Художественная литература》, 1983. С. 46.
② Мальцев Ю. Иван Бунин 1870—1953, Посев, 1994. С. 56.
③ Сливицкая О. Повышенное чувство жизни, Российский государственный гуманитарный университет, 2004. С. 194.

我们看到，在托尔斯泰的笔下，爱情永远是宏大叙事体系中的一个部分，是社会生活中的事件，和社会生活中的其他事件融合、交织在一起，密不可分。在《安娜·卡列尼娜》当中，在描写安娜追求真爱幸福的同时，作品占主导地位的主题是道德问题，而在《复活》中则是社会宗教和道德问题。托翁笔下的主人公在作为爱或被爱角色的同时，他还承担着其他的社会义务，完成了其他的社会功能，从未在追求社会目的的道路上停下脚步。正是在这一点上出现了托翁与屠格涅夫、蒲宁的分歧。据 я. 波隆斯基回忆，屠格涅夫认为托尔斯泰笔下的列文是一个"令人反感得无以复加"的人物，他无论如何也不能理解，"托尔斯泰伯爵"怎么塑造了这么一个角色。他曾对波隆斯基说："哪怕你花一分钟来想想也好，这个列文看上了或是爱上了吉提，或者列文总归会爱上什么人。不，爱情是一种将我们的'我'摧毁的感情，它使人忘记自己和自己的兴趣所在。可列文当他得知他被爱并感到幸福之后，并未停止沉迷于自己的'我'之中，继续追求自己。"①

这句对列文的评价完全可以看作是屠格涅夫的爱情观。在他看来，爱情是一种巨大的自然力，而绝不是一种心理感受。在《书简》中，作家写道：

真正的爱情完全不像我们所想象的那种感情，它甚至不是一种感情，而是一种疾病，是肉体和灵魂的某种状态。它不是逐渐发展起来的，你不能怀疑它，戏弄它，虽然它的表现不是永远一样：通常它不征询你的意见，违背你的意愿突然来到，完完全全像霍乱和热病一样……在爱情中没有平等，没有所谓心灵的自由结合和德国教授们在闲暇中冥思苦想出来的理想，……人们说，爱情是最崇高、最圣洁的感情，另一个"我"深入到你的心中：你被扩大了，也被解体了。现在你在肉体上延伸了，你的"我"也便消失了。②

---

① Сливицкая О. Повышенное чувство жизни, Российский государственный гуманитарный университет, 2004. С. 195.
② 崔宝恒编，《世界散文精品大观·爱情篇·永不凋谢的玫瑰》，花山文艺出版社，1993年，第66页。

正因此,爱德蒙·龚古尔在《日记》中援引了左拉和屠格涅夫关于爱情的争论,他说:"屠格涅夫认定,真正被爱着的人仿佛是被剥夺了个性的人。"①就像蒲宁笔下痴情的赫沃申斯基。

在小说《旅长》当中,屠格涅夫塑造了一个与赫沃申斯基如出一辙的瓦西里·符米奇·古西科夫。许多年前,古西科夫爱上了阿格里菲娜·伊凡诺夫娜之后就完全失去了自我。当时阿格拉菲娜只有24岁,当古西科夫得知了她刚刚守寡的消息之后,立即放弃了军职以及退伍之后他在仕途上所能得到的一切可能,义无反顾地来到了心爱的姑娘面前,帮她支付了所有的债务,还为她买下了一处庄园。从此他们再也没有分离。据家里的老仆人说,阿格拉菲娜好像也说爱古西科夫,但却无论如何不想嫁给他,而是千方百计地利用他。他也就像蚂蚁搬家一样,把他全部的财产统统搬给了阿格拉菲娜。一次阿格拉菲娜把一个小佣人推下了楼梯,并把受了伤的孩子锁在一间黑屋子里直到他流血而死。警察前来调查,古西科夫却毫不犹豫地承担了一切罪责。那些警察折磨他,拼命打他,直到榨干了他钱袋里的最后一分钱。古西科夫一辈子愿意为阿格拉菲娜毫无缘由地做任何事情,包括献出自己的财产、荣誉和生命,却从未动摇过自己的感情。直到阿格拉菲娜早已先他而死,而他经过多年孤独和思念也垂垂老矣,他依然对自己的爱人魂牵梦绕。在他生命的尽头,他的骨灰最后终于被埋在了他深爱的人的旁边,作者最后说:"这种爱是无边的,不朽的。"

正如屠格涅夫在《通信》中所说,"爱情中只有一种人格,那就是奴隶,而对方则是君王。"②由此我们能够明白,为什么屠格涅夫小说中的许多主人公,特别是男主人公在常人看来是那么的平庸、柔弱,他们完全被感情所惑,在自己的爱人面前他们奉行的又是真正的利他主义,几乎到了丧失理智的地步。而在蒲宁的笔下,作者几乎完全不对主人公的任何个性予以展示,他们完全被爱的狄奥尼索斯的迷狂热力击打"中暑",不消说人的个性已经破碎殆尽,完

---

① Сливицкая О. Повышенное чувство жизни, Российский государственный гуманитарный университет, 2004. С. 195.
② Там же.

全受控于自然本性,正如吉比乌斯在谈到《米佳的爱情》的主人公时很公道地说:"他的意识不过就比身边那春日的自然、雪白的樱桃树、夜啼的飞鸟以及大地中喘息的矿藏强一些。"①甚至连姓名都显得多余。

无论是屠格涅夫,还是蒲宁,他们笔下爱的故事都来自于外部,几乎没有研究其内部来源的可能。正如蒲宁在《一支罗曼蒂克的插曲》中说:"人们曾千百次地歌颂过爱情,然而爱情又是什么呢?也许根本就不在于有无爱情。不久前我在一位已故作家的书中读到了这样一句话:'爱情就是渴望得到那种子虚乌有的东西。'是的,是的,子虚乌有,历来如此。**但是不管怎么样**,我爱您,爱您……"[Ⅱ,88]。明知"子虚乌有",却依然无法从这种痛苦中自拔,这就是爱情的力量,因为它毕竟温馨,它陪伴着赫沃申斯基走完了人生之路。而在蒲宁的其他小说中,爱这种"自然力"在很大程度上被强化,并使它与人生最惨烈的结局——死亡紧密相连。

《路旁》是一篇极具蒲宁风格的小说,它一经刊出,立即引起了评论界的广泛兴趣。小说描写了情窦初开的少女巴拉莎对美好爱情的无限向往,但最终却以悲剧完结的故事。萌动的对爱情的企盼像一种强大的自然力一般将少女牢牢控制,使她的理智和意志都变得模糊而薄弱,她完全失去了自我。当小市民尼卡诺尔押运着牲畜途径她的家门,并仅仅是"回过头来用他那灼灼生光的锐目瞥了她一眼"[Ⅱ,380]的时候,她便再也难以摆脱思念之苦:"不知为什么她特别渴望他来,牵肠挂肚巴望见到他,这种强烈的向往折磨得她苦恼不堪,以致她觉得不让她实现这个想望是太不近人情了。"[Ⅱ,393]痛苦更勾起了她无限的遐想:"从窗子里可以看到夏夜的空中布满苍白的星星,可以隐约闻到一股股凉爽的空气,其中羼杂着行将熄灭的篝火的焦煳味……这焦煳味仿佛在向巴拉莎预兆着什么事,使得她神魂飘荡,耳朵听着父亲在窗下同瓦洛佳谈话,可心却沉醉在迷迷糊糊的幻想中,幻想着那个年轻的小市民

---

① Сливицкая О. Повышенное чувство жизни, Российский государственный гуманитарный университет, 2004. С. 195-196.

怎样将她带往很远很远的地方,又怎样将她毁掉……"[Ⅱ,382]。

于是尼卡诺尔轻而易举就引诱了意乱情迷的少女,但是面对期盼已久的爱和震人心魄的情欲,巴拉莎感到的不仅是陶醉与甜蜜,还有厌恶和恐惧。在这里可以说蒲宁接触到了人类内心最隐秘的黑洞中所进行的神秘活动。"甜蜜的眩晕甚至使她产生了犯罪感,她感到他们将要干的事是不正常的,但同时她也感到了一丝顺从,她必须像一个真正的情妇那样站起来,跟他走。于是她站起身来,跟着他——并满怀着真诚的、毫不掺假的激情将一切都给了他。"①但是品尝了禁果之后,巴拉莎青春的欲火逐渐冷却下来,"激烈的交欢之后,巴拉莎全身瘫软,她渐渐平静下来,尼卡诺尔说的话她一句也不相信,她又幻想起了那个遥远而幸福的国度——那里东南方的天穹从童年时起就以五彩缤纷的莫名的美和迷幻般的悠远令她陶醉……"②"这会儿令巴拉莎感到新鲜的只是自己现在已经是个妇人了,——噢,这种感觉是多么可怕呀!她的手、脚像冰块一样凉,心仿佛不再是自己的,在那里颤抖不停,而一片空白的大脑徒劳地试图捕捉到哪怕一丝想法……"③

生理欲望的满足却导致了精神的巨大空虚和失望,甚至产生了"犯罪感",并在最后的一幕中将这种爱的犯罪性付诸实施。如此前所未有的矛盾的产生正在于巴拉莎完全被爱的力量击昏了,失去了辨别现实与她内心浪漫理想之间的巨大差异,"爹,他毁了我。我爱的不是他,但我不知道,我爱谁。"[Ⅱ,405]这声哭诉绝不仅仅是指生理上的占有,更指理想的破灭。马里采夫也指出,"矛盾的出现是由于在这个**未开化**的、甚至还完全愚昧的小姑娘身上,爱的欲望也试图在美学范畴内得以升华,尼卡诺尔与她心目中朦胧的理想之间的巨大差异导致了最终悲剧性的结局。"④

她回顾自己短短的一生,陷入了沉思。她过去竟丝毫也没有意识到自己着了魔,成天陷于幻想之中,一幅幅关于远方幸福的城

---

① Бунин И. А. Собр. Соч. в 9 т. М.,1966.Т.4. С.478.
② Там же.
③ Там же.
④ Мальцев Ю.: Иван Бунин 1870—1953, Посев.1994. С.223.

市、草原和道路的模糊而又诱人的图画给了她多少冥思遐想,她是那么温情脉脉地爱着某个她说不认识的人……可是尼卡诺尔这个家伙做出了那么可怕的一件事,他毁了她,也毁了自己。……她不可能爱他,也永远不会爱他。如今一想起这个人就怎么也摆脱不了羞愧、厌恶和绝望。她常常回忆起,她是怎样深爱着、期待着那个人,这份爱情此刻又回到她的身边,但她却由于怀念过去,由于痛惜自己和对那个她久久爱恋的人的柔情而无法为自己找到位置。[Ⅱ,401]

在现实当中,这无法实现的理想又由于尼卡诺尔的猥琐和微不足道而加强,这个"矮脚贼"竟占据了那个理想人物的位置,这是不能容忍的,最后巴拉莎举起重物砸向了尼卡诺尔的太阳穴。

爱情与死亡,蒲宁将一个最具矛盾性的话题推到了人们的面前。

爱情与死亡作为艺术的永恒主题也永远是蒲宁关注的焦点,在他的笔下,爱情几乎永远是和死亡连在一起的。纵观其爱情主题的作品,多数是以主人公的死亡或痛失真爱而结束。他们死亡的方式多种多样,体现了鲜明的个性化特征。除了上文提到的《轻盈的气息》《骑兵少尉叶拉金案件》《爱情学》以及《路旁》等等,还有在《一支罗曼蒂克的插曲》中,女主人公"她"以折磨丈夫的方式抗拒没有爱情、只有交易的婚姻,并在幽谷迤逦的群山之中,怀着有朝一日和爱人再相逢的愿望离开了这个世界;《米佳的爱情》中米佳真诚的爱最终成为水月镜花,在与日俱增的痛苦感与多余感中开枪自杀;《在巴黎》中期待了一生的两情相悦的爱情终于在颠沛流离的流亡生活中到来的时候,死亡突降;《加丽娅·甘斯卡娅》主人公为爱服毒自尽;《海因里希》被射杀;《娜塔莉》中男女主人公尽管最终获得了爱情,但这甜蜜的、企望已久的爱情却太短暂了,娜塔莉早产而死;《三个卢布》中贫苦的"她"不惜为区区三个卢布而出卖贞操,最后患肺病而死;……在一篇非常短小的作品《小教堂》中,蒲宁借几个在阳光下尽情玩耍的孩子的对话肯定了这二者之间的紧密联系。

外面到处都这么明亮、炎热,可里面(小教堂的地窖)却黑暗、冰冷,那里,在一些大铁匣子里躺着不知是什么年代去世的爷爷奶奶,还有一个开枪自杀的叔叔。这很有趣,也很令人惊异:我们这里有太阳、鲜花、青草、苍蝇、蜜蜂、蝴蝶,我们可以玩可以跑,我们有点毛骨悚然,但是蹲在这里也很快活;他们呢,却永远躺在像夜一般的黑暗中,躺在那些厚厚的冰冷的铁匣子里。爷爷和奶奶都已经上了年纪,可是那个叔叔还是个英俊少年……

"他干吗要开枪自杀?"

"他爱得太深了。**爱得太深的人往往会自杀的……**"①(黑体字为笔者所加)

艺术家以其独特的观察、诗意的敏感将爱与死纠合在一起,以期揭示其内在的微妙关系。也许,爱的实质正像下面这句话所说:"上帝赐给我们凡人的伟大爱情更像是处罚,像残酷的极刑。这就是真正伟大的爱情。"②

爱与死作为人类生活中意义最为重大的两个范畴无疑是紧密相关的,正如乌纳穆诺所说:"在世界和生命里,最富悲剧色彩的事物是爱。爱是欺骗之子,爱是醒悟之父。爱是悲伤的慰藉。爱是对抗死神的灵丹妙药,因为爱犹如死神的姐妹。"③这首先是因为,所有的人都有爱的经验,也必将会有死亡的经验;而最主要的是因为它们都是人类生活中最紧张、最强烈的精神现象,死亡以肉体的消亡和精神的虚无、爱情以肉体的快感和心灵的狂喜或绝望成为摆脱日常生活无限权威的出路。正如屠格涅夫《春汛》中写道:

萨宁和她都是第一次恋爱,初恋神妙的激情在他们心中荡漾。这简直就是一场革命:日常生活中单调有规律的秩序在顷刻间被打破,被摧毁了。青春克服了障碍,它那辉煌的旗帜在空中高高飘扬。不管未来等待它的是死亡还是新生,它都以极大的热情张开怀抱去迎接。④

---

① [俄]布宁,《布宁散文》,陈馥译,人民文学出版社,2008年,第178页。
② [俄]伊·奥多耶夫采娃,《塞纳河畔》,蓝英年译,百花洲文艺出版社,2005年,第302页。
③ [西班牙]乌纳穆诺,《生命的悲剧意识》,段继承译,花城出版社,2007年,第163页。
④ [俄]屠格涅夫,《春潮》,马宗融译、马小弥修订,宁夏人民出版社,1981年,第105页。

死和爱一样都是大自然最威严的状态,是人类难以破解的秘密。死亡的权威表现在:人之所以成为人、人之所以爱都是因为他意识到了必死,倘若我们确知自己永远不死的话,我们将无法去热爱一切,也就是说,爱正是在死亡的淫威之下才变得更加热烈。人在爱的震颤中找到了他梦想的生活,感受到了从未有过的完整以及感性与理性、肉体与心灵、美与善的完美统一,这种生活超越了平凡生活的边际,超越了我们的理性所能抵达的终点,即使它仅仅是电光石火般转瞬即逝,但依然崇高、强烈,它不仅不会了无痕迹,反而会是刻骨铭心;它带来飞扬、上升、狂喜、绝望的心理感受,令人仿佛进入了解脱、永生的境界。"一切是多么的快乐!"小说《娜塔莉》中的主人公这样惊呼。这是一种精神的胜利,既真实又虚空,它像死亡一样将人从一切精神枷锁中解放出来,在自由的想象中对生命做最高层次的肯定。"死亡,及其翩临的可能性,使爱、热切的爱更为可能。我真感到惊异,我们居然能够如此热切地去爱,居然能够达到如此忘形的境地,居然可以知道自己永远不会死亡。"[1]然而在这里矛盾又一次出现,它是爱的最高意义的二律背反,即:爱的强烈表达亦使死亡意识大为提高。蒲宁在小说《米佳的爱情》中以某种动物本能对此做出了解释,"在无理性的动物界,有些动物按规律,要为它们一生中唯一的一次爱情行为付出生命。"[Ⅲ,107]而美国心理学家罗洛·梅又为这一解释提供了例证。如:雄蜂与蜂后交媾后立即死亡;雄螳螂与雌螳螂的交媾更是一场狂喜与死亡同在的欢宴。它以雌螳螂咬断雄螳螂的头颈开始,而后者在死亡一刻的剧痛所带来的强烈痉挛中猛烈推进,达到性的高潮。为爱欲的满足而付出的消耗也同时导致了生命的终结。随即雌螳螂便将雄性的身体吃掉,把它作为自己的爱欲和美食的最高享受,也作为种性繁殖的最佳营养。"当爱欲进行创造之时,它也在进行着毁灭。"[2]人类爱的表达同样具有动物性的特征,自然也与死亡想沟通。正如米佳在初别卡嘉,在乡间和煦的阳光

---

[1] 永毅,晓华编,《死亡论》,广州文化出版社,1988年,第86页。
[2] 同上书,第87页。

下柔情万千地思念着爱人,并无以抑制对她的爱恋,提笔给她写情意缠绵的信时,但米佳的内心却会"**不由得**回忆起十年前父亲亡故时他的心情。"[Ⅲ,120]

十年前,由于父亲的死,米佳一霎时感到"一切都跟几天前不一样了,一切都因濒临世界末日而变得面目全非了,连春天的魅力和它永恒的朝气也显得楚楚可怜,充满忧伤!……这种不可理解的心情如今又回到了米佳的身上,—只是起因完全不同,—这个春天,他的初恋之春,……世界重又变得面目全非了……"[Ⅲ,121]

蒲宁在其他爱情主题的作品中也肯定了爱的极致与死亡体验,即极度快乐与极度虚无的共生。《鲁霞》中"每当想到萨拉凡里边她那晒黑的身躯和黑痣时,浑身就会感到一种濒临死亡的疲惫,就会战栗不已。"[Ⅲ,279]《塔尼娅》中的情人"在最秘密的、欢乐得令人濒于死亡的肌肤之亲"中结合[Ⅲ,309];《斯焦巴》中的主人公在云雨之欢的高潮时刻、"在甜蜜的、仿佛濒死一般的绝望中"高声呼喊;小说《在马车上》作家更直接地表现了"在强烈的爱情中深刻地感到对死亡的渴望"等情绪。

著名作家劳伦斯曾这样说过:"爱,即是奔向目标。因此,那是远离相反目标的旅程。爱,向天国旅行,那么爱离开了什么呢?爱,向地狱旅行,那里是什么呢?爱,最终是正无限,那么负无限是什么呢?正无限和负无限同为一物,无限只有一个。我们或奔向天国的无限,或奔向地狱的无限,这又有何妨?两种无限同为无限,那是完全同性的无限。"①作家以形象的比喻解释了生与死之间辩证的矛盾统一关系,这一关系就像一个怪圈,一个永恒轮转的怪圈,而爱则是它们的交汇点,在这一点上,生命的永恒所获得的更多的是美学或宗教上的意义。

纵观蒲宁一生的创作,我们发现了一个有趣的现象,那就是在蒲宁的生命乐章中,爱情主题不仅始终动人心魄地鸣响着,而且越来越高亢,越来越昂扬,越是到了生命的后期,作家越是倾注了几

---

① [比]梅特克林等著,《沙漏——外国哲理散文选》,田智等译,生活·读书·新知三联书店,1992年,第290页。

乎全部的创作热情讴歌爱情,并在作家的晚年融汇成了爱的最强音——小说集《幽暗的林间小路》。评论家阿达莫维奇将作家晚年作品的特点归结为他的兴奋与激情,并将此解释为革命对人精神震撼的结果。对此蒲宁予以了坚决的否定,他说:"不是革命,是崇高的隐德来希①。……如果隐德来希属于低等的,那么在尘世的生活中,它就受制于肉体,肌体老化,它的老化是不可阻挡的;如果隐德来希是强大的,那么当衰老侵入身体,它不仅能使肉体变得强健,更赋予肉体以永恒的青春。这就是我们在天才的人那里看到多个高产期的原因:第二次青春到来了……"②这是作家以自己蓬勃的生命力对死亡进行抗争的又一种方式,正如蒲宁在诗《彩虹》中说的:

> 只有造物主所选,
> 泽被上帝的恩赐之人
> 才能
> 像彩虹,在夕阳的熠熠光辉中,
> 在终结前燃烧。③

笔者认为,以爱的力量对抗死亡在蒲宁的作品中主要表现在爱的高峰体验上。高峰体验乃人本主义心理学中的一个概念,指一种感情将心理引导到的一个极端的程度,或称情绪极致。蒲宁不仅充分肯定情感极致的存在,更将它与生命价值的实现联系在一起。在蒲宁看来,人类生活的完满、生命价值的实现在很大程度上直接依赖情感在瞬间的高峰体验,而在作家的笔下,这一切则鲜明地表现为灵与肉结合时获得的最高的欢愉和美妙,表现在随真爱而来的性的张扬之中。

在俄罗斯社会中,"性欲"历来是一个不洁的字眼。在强大的

---

① 隐德来希,希腊语,意为"完成",是古希腊亚里士多德哲学中的用语。指每一事物所要达到的目的,亦即潜能的实现。在20世纪初的新活力论哲学中,它指一种非物质的、神秘的、超自然的活力,并被认为是生命现象的基础。
② Бунин И. А. Собрание сочинений в 6 т. М.: Художественная литература, 1988. Т 6. С. 101.
③ Бунин И. А., Жизнь Арсеньева, Санкт-Петербург, Лисс, Бионт, 1994. С. 472.

东正教文化的背景下,"人的七情六欲是一种需要消弭的不洁和罪恶"作为基本理念占据着人们的大脑,禁欲成为这种文化类型中最醒目的关键词。在这种反性爱的文化中内在的自我监督及其背后的社会监督都是非常残酷的,它几乎限制了一切感官和肉体的表现,倡导人们毕生进行精神的自我完善,只有这样才能在上帝面前洗清自己的罪恶。而19世纪俄国文学传统中强烈的公民意识和社会性倾向也使"性爱"进入了贬义词词典,甚至成为寡廉鲜耻的同义词。正如我们在上文中提到,在现实主义主流文学"为人生"的主旨之下,作家们普遍认为,主人公只有体现社会的思想才是有价值的,他们都是理智的、文化思想的载体,他们的爱情当中也自然而然融入了深刻的社会意识。正如一位研究者所指出:"俄罗斯现实主义作家对情爱的表达具有强烈的社会理念化倾向,更重视解释情爱的社会性价值,反映情爱体现的社会伦理和社会关系。"①而本体意义上的情爱则淹没在时代运动的滚滚洪流中。从人性的角度展示人的情爱、性欲被认为是低级的,远不能与崇高的精神之爱相提并论。正如契诃夫在小说《阿莉阿德娜》中所说:

> 我们是理想主义者,我们希望生育我们和我们孩子的人们能够比我们高尚,比世间的一切都高尚。……在我们俄罗斯,没有爱情的婚姻是被人瞧不起的,感官需求是可笑的,是惹人厌恶的,因此只有那些塑造了美丽、充满诗意,兼具高尚情操的女性的小说才会获得认可。②

正因如此,我们看到,包括塑造了安娜这种敢于追求真正爱情的女性形象的托尔斯泰也成为男女童贞彻底的维护者,特别是在他晚年的时候。他不仅认为在肉体关系中,甚至在合法的婚姻关系中也存在着某种不洁的、降低人格的东西,在写给朋友的信中,大作家这样写道:

> 您说,人的本质源于精神和肉体的双重本原,这是完全正确

---

① 季明举,《俄罗斯现实主义文学情爱主体倾向探略》,解放军外国语学院学报,2001年,第7期,第104页。
② http://library.ru/text/1190/P.1/index.html.

的。但不正确的是您的假设,即幸福既为精神本原的产物,也为肉体本原的产物……幸福只应是精神本原所特有的,它不在于从别的什么当中解放出来,正在于从注定要作恶的、唯一阻碍精神本原达到幸福的肉体当中解放出来。①

因此,托尔斯泰在作品中对性爱采取的是回避的方式。在小说《复活》中,涅赫留朵夫和卡秋莎亲热的场面是没有的,但周边的场景却透现出某种阴郁、恐怖的气氛②,给人一种不祥的感觉,而且在潜意识的层面上有着某种生理上令人不快的东西;在《安娜·卡列尼娜》中安娜与渥伦斯基的情爱场面更是只字未提。而蒲宁的笔下爱人亲热的场面数量极多,常常占据了文本的大量篇幅,同时充满了细节描写,可以说是相当的开放,但却决没有任何阴暗的、可怕的、令人不快的东西,更不要去说那些低级、下流的东西了。阿达莫维奇曾在自己的回忆录中谈到了蒲宁与托尔斯泰的冲突,他说:尽管蒲宁高度推崇列夫·托尔斯泰,但是在他面前,蒲宁还是"愤怒地"拒绝"承认伦理高于美学,而对托尔斯泰来说,这恰恰是最本质的观点……"③。在《米佳的爱情》中,蒲宁鲜明地表明了自己的态度,他说:

  无论是书本上还是在生活中,好像存在着一种默契,要么谈的是那种没有肌肤之亲的爱情,要么索性只谈所谓情欲和性感。可他的爱情既不同于前者,也不同于后者。那么他从她身上体验到的是什么呢?是所谓的爱情还是所谓的情欲?当他解开卡嘉的亵衣,吻着她天堂般美妙的、处子的胸脯,吻着她以一种震撼他心灵的顺从和天真无邪的贞洁不知羞涩地袒露出来的胸脯时,是什么使他昏厥过去,是什么使他快乐到濒于死亡,是卡嘉的心灵还是肉体呢?[Ⅲ,104]

---

① Бунин И. А. Собр. Соч. в 6 т. М. : Художественная литература, 1988. Т. 6. С. 93.
② 托翁写道:"浓雾开始下沉,缺月从雾幕后面浮出,阴郁地照亮了一团漆黑而恐怖的什么东西。"见[俄]托尔斯泰,《复活》,王景生译,重庆出版社,2008年,第63页。
③ [俄]凯尔德士,《俄罗斯白银时代文学——完整而复杂的体系》,谷羽、王亚民译 // 俄罗斯白银时代文学史(1—4),俄罗斯科学院高尔基世界文学研究所集体编写,谷羽、王亚民等译,敦煌文艺出版社,2006年,第1册,第34页。

在性的问题上,蒲宁与洛扎诺夫不谋而合。洛扎诺夫认为"性"没有罪恶,它是我们整个文明的主题。"性"是上帝在完成创世纪的功能,在这里蕴藏着人类生活的秘密。作家、哲学家以诗意的语言高声赞美,"性是一座山,一座高山,一座光明之山,它的光芒能照亮整个大地,赋予大地以新的,无比崇高的含义。"①洛扎诺夫甚至还谈到了性器官的神性,对于他来说,只有虚伪的感情才是羞耻的;对于蒲宁来说,性爱作为人类本能的欲望是与世间的万物一样具有绝对的价值,它是最自然的,完全没有罪恶可言。它是天堂最原始的形象,摒弃了羞耻和卑鄙,和谐的"性"向我们展示了生命最高层次的灿烂,在温暖而激情的交流中,性仿佛把我们带回了天堂的境界。"在性爱中有某种神圣的、神秘而又令人感到惊心动魄的东西,可我们并不珍惜。应该活到我这个岁数来彻底、充分地感受爱情全部无以言表的、宗教般神秘的美。"②"性交是什么的狂喜?是自生的狂喜?生活的紧张?还是消除死亡的狂喜?"③在蒲宁看来,通往另一种存在的、理想存在的桥梁就是肉体与心灵完美结合的性爱。而当二者分开之时,人便踏上了痛苦,甚至是毁灭之路。这就是为什么蒲宁从不把爱情分为精神爱情和肉体爱情的原因,对于蒲宁来说,这样做无异于将鲜活的生命劈为两半,就意味着永远远离了秘密。

小说《娜塔莉》讲述的是大学生梅绍尔斯基与娜塔莉·萨恩凯维奇的爱情故事。夏天,梅绍尔斯基去自己的舅舅家度假,他盼望着在这个夏天"再也不去守住那种纯洁,"要像所有他这个年龄的人一样"去寻找罗曼蒂克的爱情。"[Ⅲ,372]在舅舅的庄园里他邂逅了同来度假的姑娘娜塔莉·萨恩凯维奇。娜塔莉纯洁美丽,二人一见钟情。但遗憾的是,这份爱情还是以分别和不幸告终:娜塔莉嫁给了一个她不爱的人,而梅绍尔斯基也无奈地与家中的使女发生了关系。表面的原因仿佛只是索妮娅的介入,是在那个雷鸣

---

① 洛扎诺夫·瓦著,《落叶集》,郑体武译,云南人民出版社,1998年,第123页。
② Мальцев Ю. Иван Бунин 1870—1953, Посев,1994. С. 334。
③ Устами Буниных: Дневники Ивана Алексеевича и Веры Николаевны и другие архивные материалы: в 3 т. Посев. 1977. Т. 2. С. 290.

电闪的恐怖之夜娜塔莉发现了梅绍尔斯基和索妮娅的私情,但是答案的寻找显然应该从"为什么会发生与索妮娅的关系"这个问题开始。小说展示了众所周知的原因,即年轻人对爱情——无论是肉体上的,还是精神上的——热望、索妮娅的早熟以及她勇敢、主动的行为等等。但是读罢小说,读者都会感觉到,这其中最重要的原因并不在此。梅绍尔斯基自己也不明白,是什么使他最终挣脱了索妮娅热烈的拥抱。尽管他整个身心都铭记着深夜约会时索妮娅那青春洋溢的曼妙身体给他留下的令人心醉神迷的感觉,但他也清楚自己行为的罪过,"我觉得自己处于一种左也不是右也不是的绝境之中,……在这样的双重感情下,在这样的双重人格下,叫我的日子怎么挨得下去?"[Ⅲ,383—384]但他无论如何也做不出选择。他不明白"上帝为什么这样惩罚我,竟在同时之间赋予我如此迥异而又如此强烈的两种爱情,一方面我痛苦地热爱着娜塔莉的美貌,一方面又贪恋着索妮娅所给予我的肉体上的狂喜。……我几乎要发疯了!"[Ⅲ,386]

人类认识世界很难,认识自我更不易。正如梅特林克所说"我们无需长途跋涉,去询问斯芬克斯,祈求它的秘密。秘密就在我们的心中,一样的庄严,一样的渺茫,比斯芬克斯的秘密更生动。"①的确,在小说中蒲宁将一束微弱的光线打进了年轻人内心那隐秘、幽暗的直觉世界,这里尽管照不到阳光,但却同样生机勃勃,涌动着原始、野性的欲望,真正生命的欲望。作家毫无指责青年人之意,恰恰相反,梅绍尔斯基被炽热的情欲控制的举动,在蒲宁看来,正是鲜活而又生动之生命力的体现。在蒲宁的小说中,情欲是一种自然力,不仅是生命得以延续的手段,更是狄奥尼索斯式的生命崇拜的体现,这种致命的诱惑洋溢着不以人的意志为转移的、无法抗拒的自然之魅力,这就是梅绍尔斯基不能做出选择的原因所在。正因如此,作家以美妙的语言描述了青年人的身体以及肌肤之亲时的醉人感受。但是情欲与性爱是两个完全不同的概念,纯粹的

---

① [比]梅特克林等,《沙漏——外国哲理散文选》,田智等译,生活·读书·新知三联书店,1992年,第7页。

肉体之亲是贫乏的,有缺陷的,也是无法长久的,梅绍尔斯基内心的矛盾越来越强烈,在这条双重爱的道路上,年轻人的心灵受到了无情的拷问,内心被无以复加的矛盾充溢着,仿佛灵魂的背后还有另一个灵魂,个性的和谐已然不再可能,"我已经把自己的一生都断送了。"[Ⅲ,404]

在小说《米佳的爱情》中,违反自然的性交所带来的毁灭性的结局更是令人震惊的。软弱的米佳爱上了爱慕虚荣的戏剧学校的学生卡嘉,并将自己心理与生理的一切理想都寄托在了她的身上,然而与卡嘉的分别和与日俱增的失去卡嘉的恐惧致使他不得不寻找一根可以拯救自己的稻草,以使他重新奔向卡嘉,并找回曾从她那里得到的性的满足和对理想生活、理想爱情期盼的实现,他需要在另一个形象中拥有卡嘉。于是他找到了村姑阿莲卡,因为在阿莲卡的身上他看到了卡嘉的影子,"有样东西像闪电般猛地击中了他,刺眼地投入他的眼帘,那便是阿莲卡身上有某种跟卡嘉一模一样的地方。"[Ⅲ,146]这一切在米佳看来,既是对卡嘉的拥有,又是对卡嘉的逃避,是对痛苦的解脱。"见鬼去吧!——他气恼地想。——让爱情中所有诗意的悲剧成分都见鬼去吧!"[Ⅲ,163]

但是与阿莲卡的媾和却以更加强烈的失望而告终,因为"肉欲可怕的力量并未升华为心灵的渴求,并未激起整个身心的欢乐、惊喜和慵倦。"[Ⅲ,163]"米佳站起身来,因大失所望而懊恼至极。"[Ⅲ,163]小说的结局很快出现,卡嘉的信终于来了,但对于米佳来说,这无异于死亡判决书,米佳被抛弃了。蒲宁在米佳自杀前安排了一个梦境,并在这个梦境中以撼人心魄的力量描绘了"违背自然的魔鬼般的性交"带给人的结局。

在最后的梦中,卡嘉幻化成了三个形象,她既是卡嘉本人,又是阿莲卡,也是照顾过童年米佳的年轻保姆,米佳性感觉最初的苏醒就和她紧密相连。在这里他既痛苦于自己对卡嘉的背叛,也痛苦于卡嘉对自己的抛弃,更令他颤抖的是他目睹了卡嘉——在米佳心目中充满了无限魅力、无比神圣如天使般美好的姑娘——竟与一个"没有血色,胡子精光"的绅士在"肮脏媾和"的情景,而在这一切中米佳自己仿佛也参与其中。这五个形象幽灵般地飘浮在梦境中,每个人都面目狰狞,都成为可怕的淫欲的俘虏。"最使他不堪忍受,最使他惊骇的莫过于两性的那种可怕的、反常的、违背人性的媾和。"[Ⅲ,167]这一切成为米佳开枪自杀举动的直接推进器,想到再也无法挽救他俩在无限美好的春的世界里所建立起来的美好爱情,想到天堂的大门从此将永远紧闭,米佳对着自己年轻的生命扣动了扳机。

自然的性爱是与肮脏的淫欲截然不同的,它不仅是上帝赋予人的珍贵礼物,更是自我解放,是感知真正的生活和幸福、进入美好理想世界的桥梁,"我的生命就是我的身体,身体生动的话语就是鲜活生命的倾诉。"① 1934 年 12 月 3 日蒲宁在写给扎依采夫的信中表达了自己的困惑:为什么写"伊凡·伊凡诺维奇大声地往格子手帕里擤鼻涕可以,写月经就不行了呢?""著者又充分的权力利用其文笔大胆地描述爱情和热恋中的男女,……只有卑鄙的灵魂才会在美好的或者可怖的事物中看到卑鄙。"[Ⅲ,361—362]这一切并不意味着蒲宁有意夸大肌肤之亲的感受,因为对于蒲宁来说,世界上没有什么是需要这样做的,世上的一切都是平等的,没有等级差别的,正如阿尔谢尼耶夫所说:"生活理应是心醉……"和心爱的人亲热是心醉,面对大自然的湖光山色是心醉,双手抚摸着僵死的野兔光滑的毛皮是心醉②,甚至在"庄严的会面"之前,塔尼娅烧臭虫这样的细节也是心醉。这一切一点儿也不有损于生命的美好与庄严,因此,蒲宁始终认为,就像化学家一样,对于作家来说根本就不存在什么"不洁之物",作家有权自由地描写人类的身体。一切随真爱而来的性都是纯洁的,自然的,也是庄严美好的,它们无不散发着神秘、甚至是神圣的气息。"这个不寻常的夜已接纳他带着这种肌肤之亲进入它神秘莫测的、银光四溢的王国……"[Ⅲ,309]上帝造就的身体,特别是女性的身体对于蒲宁来说永远是一

---

① 尚杰,《归隐之路——20 世纪法国哲学的踪迹》,江苏人民出版社,2002 年,第 33 页。
② 1924 年,蒲宁创作了短小说《灰兔》。情节极为简单,即一位朋友外出打猎,打到了一只灰兔。作家写道:"没有语言能表达它的光滑的毛皮、它硬得像石头一样的躯体……糊满新下的雪花的玻璃窗以及满屋的苍白雪光所给予我的那种莫名其妙的快感。"//[俄]布宁,《布宁散文》,陈馥译,人民文学出版社,2008 年,第 123 页。

个美好的谜,它与大自然中的山水草木同为天地孕育,在蒲宁的笔下对女性之美的沉醉绝非出于淫荡的感官刺激的目的,而更多地带有了审美的色彩。在蒲宁的笔下,女性美的身体能够引导精神步入纯粹的审美情感体验,人生命的本能在这里得到最大限度的张扬。

她的身段比所能想象的还要好看得多。瘦削的锁骨和肋骨微微凸起,跟她清瘦的脸庞和纤细的小腿十分般配,可臀部却很大。肚脐眼小而深,腹部凹陷,腹下那片三角地带却隆然坟起,上面覆盖着美丽的深色阴毛,跟她满头深色的浓发相映成趣。她拔完发夹,浓发直落至她脊梁突出的瘦骨嶙峋的后背。她伛下身子拉起脱落下去的长袜,一对白皙的勾人魂魄的小巧的乳房和两颗冻僵了的、有皱褶的褐色乳头荡了下来,状似两只起皱了的梨。(《名片》[Ⅲ,303])

我一件又一件地脱掉她的衣服,她迫不及待地帮着我脱。我拽掉了她雪白的亵衣,你理解吗?我的眼睛顿时发黑了,因为我看到了她粉红色的身子、晒黑了的发亮的肩膀、被紧身褡高高鼓起的乳白色的乳房和向上翘起的红彤彤的乳头,后来又看着她迅速地从褪下的裙子里先后抽出两只纤细的脚……当我把她按倒在沙发床的枕头上时,她的眼睛发黑了,睁得更大了,嘴像患热病似的张了开来,这一切我至今历历在目,她的情欲异常强烈。(《加丽娅·甘斯卡娅》[Ⅲ,351])

她盼星星盼月亮地盼了我一天,做了精心的准备——瞧这身秋香色的天鹅绒连衣裙,稍稍露出丰满的乳房,两座乳峰间佩着一串珍珠项链,腿上套着一双灰色的长筒丝袜,脚上穿一双缎子便鞋……孕妇有一种难以言说的美,整个胴体像朵开得极盛的鲜花,而且开得那么奇妙。(《莫尔多瓦的萨拉凡》[Ⅲ,191])

我们可以看到,蒲宁的描写完全是在美学范畴之内的,它决不庸俗,不以刺激感官为目的。在给女诗人泰菲的信中,蒲宁写道:"这些小说的内容绝不是轻佻的,而是悲剧性的。在两、三篇小说中有那么几个字眼的确有些刺眼,但在出版时我已将它们删掉了。

其余所有的东西我都准备为保卫它们战斗到流尽最后一滴鲜血。其余的一切都是所谓'自然主义'所必需的,即物质性。没有这种物质性,不光悲剧性谈不上,根本就是多此一举。"①

正所谓"欲热爱生命之美,必须尊崇性欲。"(劳伦斯语)②

1916年蒲宁创作了小说《儿子》,这是蒲宁"爱情与死亡"创作主题的热身作品,也是将此主题表现得最为惨烈的作品,马里采夫认为:"在后来创作的此类小说中,爱情的灾难性表现得均不如它清晰。"③。善良、规矩、过着平静幸福的家庭生活的玛洛夫人竟神使鬼差地爱上了自己好友的儿子,年仅19岁的埃米尔,她被强烈的爱的激情以及随之发展而成的毁灭性的情欲所控制,弗洛伊德所谓的被压抑的野性像火山般不可抑制地爆发出来,最终的结局只能是死亡:

"怎么?"她惊异地,几乎是声色俱厉地说。"难道你以为我……以为我俩在这件事以后还能活下去?你有没有什么东西可以了此残生的?"[Ⅲ,31]

如果将玛洛夫人不惜赴死的举动看作是受到良心的谴责而羞于面对自己的丈夫和孩子那就大错特错了。在蒲宁看来,爱情是真情的流露,是两情相悦的表达,更是男女之间精神与肉体的和谐结合,它是由人"腹中的本原"导致的,是所有的人共通的,不取决于国家、环境、教育以及时代等诸多外在因素的影响。正因为此,马里采夫指出,蒲宁的小说具有某种"无道德性"④特征,当然,这绝非贬低作家,正相反,是对作家作品最公正的诠释。在这里我们应该将这个"无道德性"理解为人生命的本原,蒲宁常常将人非理智的本原推到极致,同时这也是他区别于其他现实主义作家创作的特点之一。这种所谓爱的"无道德性"的思想,作家早在1901年创作的《秋天》中就曾经表达过:

---

① Мальцев Ю. Иван Бунин 1870—1953, Посев,1994. С.335。
② [比]梅特克林等,《沙漏——外国哲理散文选》,田智等译,生活·读书·新知三联书店,1992年,第28页。
③ Мальцев Ю. Иван Бунин 1870—1953, Посев,1994. С.219。
④ Там же. С.330.

我还是姑娘的时候,就无尽地遐想着幸福,但结果一切是那样的无聊和庸俗,以致今天这个晚上也许是我一生中**唯一**幸福的夜晚了,在我看来不像是真实的,不像是有罪的(黑体字为笔者所加)。明天我只消一想起这个夜晚就将心惊肉跳,不过此刻我已把一切都置之度外……我爱你。[Ⅱ,54]

日常的生活太单调,人们始终戴着面具生活在道德、伦理等为生命设置的框框内,这些东西一手遮天,法力无边,它们无视真实的生命本能,压抑生命中翻涌的欲望,但同时它们又是空洞的、脆弱的,以至于面对人类最原始的动物性本能常常立即就败下阵来,因为它们远没有真实的生命蓬勃昂扬、丰富多彩。"意识和时间都是程式化的东西,它们令人厌恶,一点儿惊喜也没有,强迫我们这样那样,它不但声称我们有罪,还判我们死刑。最令人不能容忍的是,它迫使我们过枯燥无味的生活。"①爱情既然是上帝的慷慨赐予,便具有了非凡尘的衡量尺度,因此它永远与平凡普通的生活格格不入。在爱的世界里,一切都至浓、至醇,一切都不同凡响,对爱的感受越执著,时间就越接近于零,爱在高锋体验的瞬间将生命与自然合而为一,并浓缩为不朽。爱使他们在此时此刻获得了新的世界,新的存在,过去的一切已经被爱彻底摧毁了。在经历了天堂般的感觉之后,回到原来平淡无奇的生活中无异于跌进无底的深渊。

正如卡尔·雅斯贝尔斯所说:"在死亡中归为一体是爱的实现。"②我们需要的正是这种在"银光四溢的王国"中相互恒久的归属,如果只有死亡能够给予的话,那就让这熊熊爱火将我们烧毁吧!烈焰将像神灵的双手一样为我们截断命运的安排,送我们的灵魂向自由的异域翱翔,以至永生。这是又一场精神的胜利,是唯一的真正的、永恒的生活。在死亡中"我们更生了。/我们更生了。/一切的一,更生了。/一的一切,更生了。/我们便是他,他们

---

① 尚杰,《归隐之路——20世纪法国哲学的踪迹》,江苏人民出版社,2002年,第25页。
② [德]卡尔·雅斯贝尔斯,《悲剧的超越》,工人出版社,1988年,第146页。

便是我。/我中也有你，你中也有我。/我便是你。/你便是我。/……/翱翔！翱翔！/欢唱！欢唱！/"①

在蒲宁的笔下另一种情况就是痛失真爱，我们同样可以将其归入高峰体验的范畴中去。让我们以小说《中暑》为例加以分析。

《中暑》创作于1925年。小说的情节非常简单：在伏尔加河的一艘客轮上，陆军中尉邂逅了一位女子，并深深地被女人的优雅和美丽所吸引。两人在一起度过了一个销魂之夜后，女人飘然离去，甚至没有留下姓名。中尉陷入了无法自拔的痛苦之中，他意识到，与他擦肩而过的不是一个"陌生女郎"，而是自己一生的幸福。他再也不是原来的那个人了，他的生活从此发生了变化。

小说中的中尉真诚、浪漫、善解风情，女人则优雅、娇小、天真而妩媚。中尉初识女子，便被深深吸引，他情不自禁地"握住她的一只手，放到唇边轻吻。这手纤小、有力，散发着阳光的气息。一想到她薄薄的亚麻裙下那胴体，由于整整一个月躺在海滨灼热的沙滩上沐浴着南国的阳光，大概也是那么健美、黝黑吧，这联想使中尉的心揪紧了，既感到甜蜜，又感到骇然。"[Ⅲ,169] 两人不约而同地产生了共度良宵的想法。有趣的是，在这篇作品中，蒲宁仅用了寥寥的几个字来描述他们如痴如醉的融合场景："中尉猛地扑了过去，两人如痴如醉地狂吻着。"[Ⅲ,171]，却用了剩余所有的篇幅描写了中尉痛失真爱的痛苦心境。

美好的一夜在清晨灿烂的阳光中消失了，女郎要求中尉送她离开。"中尉不知怎的，竟**爽快地**答应了她的要求。他怀着**轻松和幸福**的心情送她去了码头。"[Ⅲ,171] "他俩在甲板上，在众目睽睽之下吻别"[Ⅲ,171]，之后"他怀着同样**轻松、无忧无虑**的心情回到了旅馆。"[Ⅲ,171]（黑体字为笔者所加）

然而此时一切都变了，曾经温馨的房间已人去屋空，只有她的香水还芬芳依旧，沁人心脾。中尉极力安慰自己，这不过是"一次奇特的艳遇"[Ⅲ,172]，但却抑制不住夺眶而出的泪水："我这是怎么了？她有什么出众的地方呢？说实在的，发生了什么大不了

① 选自郭沫若的诗《凤凰涅槃》。

的事呢？不过是热昏了头而已！"［Ⅲ，173］但他却无论如何也摆脱不了对女郎的思念之情："他还是在思念着她，回味着她的一切，包括她所有最细微的地方，回味着她那被太阳晒得黑黝黝的肌肤和亚麻连衣裙所发出的幽香，回味着她健美的身段，以及活泼、天真和悦耳的话语声……些许之前他所体验到的女性千娇百媚所赋予他的快感，仍然以一种罕见的力量充溢着他的身心……"［Ⅲ，173］在痛苦的思绪之下，原本美好的一切都变得面目全非，那几小时之前还弥漫着"干草、松节油以及俄罗斯小城所特有的由各种各样气味汇合成的馥郁芳香"的集市变得肮脏、混乱，充满了令人厌恶的、震耳欲聋的叫卖声；教堂曾经悠扬圣洁的唱诗也不再神圣，而是变得平淡无奇；整个伏尔加河，甚至整个世界在失去了爱情的中尉看来都是空荡荡的。不光是周围的事物发生了变化，中尉的价值观也发生了质的变化，曾经刻意追求的所谓荣誉、金钱都失去了价值。"这本是司空见惯的，可是当一个人的心被这种可怖的中暑、这种过于强烈的爱情、过于巨大的幸福摧毁——是的，是摧毁的时候，平日司空见惯的东西看上去反而变得古怪、可怕了。"［Ⅲ，175］

最重要、最强烈、最富戏剧性变化的是主人公人生观的改变，失去了爱情，中尉也失去了对未来的所有希冀：

此刻主宰他的是一种无可名状的、奇怪的、崭新的感情，——当他俩还在一起的时候，当昨晚他本以为不过是在逢场作戏的时候，还根本没有产生，甚至都不可能想象会产生这种感情，然而如今他已无法把这种感情向她倾诉了……怀着这样的思恋，怀着这样难以解脱的痛苦，我怎么办呢？我将怎样度过这漫无尽头的永昼呢？

他感到一阵锥心的痛苦，感到失去了她，他的余生已成为**毫无必要的东西**，不由得一阵惊恐，万念俱灰了。［Ⅲ，173］（黑体字为笔者所加）

他祈祷着奇迹的出现：

如果出现某种奇迹，把她还给他，让他再同她共度一天，共度今天这样的一天，那么哪怕明天叫他去死，他也心甘情愿，——他要同她再过一天是为了,而且仅仅是为了要告诉她,要向她证明,要使她相信,他是何等痛苦又何等狂热地爱着她……然而为什么要向她证明呢?为什么要使她相信呢?他并不知道,但是他认为,**这比生命还重要**。[Ⅲ,175](黑体字为笔者所加)

  正是因为蒲宁强调爱情的高峰体验,因此,他的作品永远是与偶然、瞬间紧密相连的。蒲宁从不描写婚姻,因为作家"对永不分离始终疑虑重重",在他看来"是凡强烈的、超凡脱俗的爱情都具有一个特点,那就是似乎要避免婚姻"[Ⅲ,207]。蒲宁永远对生命的偶然性、不可预见性,一次次新的开始情有独钟。生命本就源于偶然,而偶然又永远与神秘并肩而行,这正是我们常常无法对生命中的一些活动给予解释的原因,这其中最大的偶然、最大的神秘就是爱情,正如柏格森所说"爱情提供了生命的神秘",蒲宁也说:"缘分往往是意想不到的"[Ⅲ,294]。我们看到,蒲宁总是喜欢将自己的主人公安排在旅途上,并让他们永远怀着一种朦胧而神秘的期待,期待着某种偶然的发生,"他总觉得在那边的什么地方会获得某种异乎寻常的幸福,会跟什么人相遇……一个人踏上旅途,半路上在什么地方小住,一走进旅馆的房间,就不由得会想,在你之前谁在这里住过……"[Ⅲ,355]"新鲜事物总是叫人兴高采烈,它提高生活的情趣,我们大家在一切强烈的感情中所渴望的、追求的正是这一点。"① 在这里作家常常将一切外在的、虚假的因素剥离,主人公甚至无姓无名,只将主人公处于强烈的"中暑"的冲击之下,因为在蒲宁的心中,没有什么比真挚纯洁、不羼杂世俗标准的爱情更为重要的了,他需要自己的主人公走出因果的桎梏,回归自然的本性。

  女郎离开了,留下了痛不欲生的中尉,摄人心魄的爱情变成了永难平复的痛苦,然而那抹不掉的分离之苦在蒲宁的描写中却充满了神秘和诗意,因为麻木的心灵在两情相悦的真实感情中、在灵与肉的完美融合中终于冲破了生命冰封的冬天,感受了春意盎然的欢乐时刻,此刻的爱情即使变成了失望,也永不会消失,即使死

---

① [俄]蒲宁,章其译,《阿尔谢尼耶夫的一生》,长江文艺出版社,1984年,第288页。

亡也奈何不得。"我的生命永远是属于您的,永远在您的主宰之下。"[Ⅲ,177]良宵一夜尽管短暂,甚至是电光石火的一瞬间,但它是对生活真正的尝试。中尉的内心产生了完全不同于从前的意识,它令他看见了一切世界的美好和自己在世界存在的全部目的,实现了哪怕只是一瞬间的作为人的使命与价值。这一切成为中尉人性觉醒的开始,摆脱心灵麻木、走向精神成熟的起点。主人公用"中暑"的代价,用差点将他烧毁的代价证明了,人类生活中存在着某种无法重复的美好、高尚和必需的东西,它不会在人的意识中消失,因为蒲宁相信,一切美、善的东西都具有某种超越人类意识的、更高的本质,是与"第三种现实"紧密相连的本质。在感受了"中暑"冲击波的人的"内部"时间和精神世界里,它们将战胜死神,获得永恒的生命。因此,在小说结尾之处,小说的艺术时间,从主人公个人激烈体验的瞬间上升到了人的永生的命运,而一天在人的心中,在主观时间里与生存十年无异:"无论昨天还是今晨的种种,想起来都恍若十年前的往事了。"[Ⅲ,177]

这种肯定人类生存中片断、部分地实现生命、肯定生命的高潮时刻对于人的决定性意义以及认定生活对重要瞬间的直接依赖与象征主义强调捕捉瞬间的印象,要求把"隐蔽的抽象性和鲜明的美感"有机地结合起来,强调瞬间、片断地实现个性的美学思想可以说是不谋而合。晚年的蒲宁在日记中写道:"我们以我们生活的一切生活,只是在这种限度里,我们获取了赖以生存的生活的价值。平时这种价值是很小的,只有在激动万分的瞬间它才会升腾——即在幸福的狂喜之时和不幸的悲痛一刻,在清晰地意识到它的获得和痛失之时,还有是在记忆中诗情画意地描写过去的时候。"①

纵观蒲宁的创作经历,情感的高峰体验对死亡的战胜之主题是不断变化、发展,而且也是纠缠着重重痛苦与矛盾的。该主题的作品最早为1901年创作的小说《秋天》:"我怀着疯狂的喜悦望着她,在淡淡的星光下,她那苍白、幸福、慵倦的脸,在我看来是永生

---

① Бунин И. А. Собр. Соч. в 9 т. М.,1966. Т.9. С.366.

的。"[Ⅱ,54]并在后来的许多作品中得以反复。但是作家充满矛盾的性格以及时间强大的熵又使他对自己的情感产生了怀疑,由此我们看到两部观点截然不同的作品——《夜航途中》和《阿尔谢尼耶夫的一生》,尽管它们均以蒲宁个人的爱情经历为创作基础①,但差别却是巨大的。

在1923年创作的《夜航途中》中,两位曾经的情敌二十三年后在一艘轮船上偶然相遇。共同的爱人已魂归天外,尽管当年的失意者依然忆得起那段爱情的美好以及失恋带来的痛不欲生,但当时过境迁,生命中曾经最强烈的感受却像风中的尘土般毫无痕迹、毫无意义地消失殆尽了。

"你现在对我有什么感觉?"那个肩膀平直的先生(注:当年的得意者)问道,"是愤怒、厌恶还是渴望报复?"

"你能想象吗,什么也没有。……"

"……是的,实质上是什么都没有。人们都爱说,过去,过去!这全是胡说。严格地说,人没有任何过去,没有。有的只是过去生活中的一切所发出的微弱的反光。……请问,但你得知她的死讯,你有什么感觉?难道也是没什么吗?"

"是的,几乎没什么,至多只是对自己的冷漠感到惊讶。清晨当我翻看报纸时,一眼就看见了这则消息:上帝的意愿,某个……看见一个认识的人、一个亲近的人的名字印在这个黑框框里,用大号的铅字庄重地印在报纸这块不祥的版面上,我很不习惯,有一种怪异的感觉……之后我就极力想让自己感到悲伤:是的,这可正是那个最什么的,但是正如诗中所说——

从冷漠的口中我听到了死神的消息,
我也冷漠地听从了她的安排……

---

① 蒲宁的妻子维拉·尼古拉耶芙娜·穆拉姆采娃—蒲宁娜在《蒲宁的一生》中肯定了该作品与作家真实生活经历之间的关系,她写道:"1918年5月1日清晨,有人走进了伊凡·阿列克谢耶维奇的房间。这是А.Н.比比科夫(蒲宁深爱的姑娘帕申科最终抛弃了蒲宁,嫁给了比比科夫),他的妻子刚刚过世,他就马上来了。……对于他,伊凡·阿列克谢耶维奇已不再愤怒,也没有了任何不好的感觉……我想,小说《夜航途中》正源于这次见面。"//见 Бунин И. А. Собр. Соч. в 9 т. М. ,1966. Т. 5. С. 515.

二十几年过去了,我麻木地看着她镶在黑框里的名字,麻木地想象着她躺在棺材里……这的确是令人不悦的想象,但也仅此而已。相信我,仅此而已。"①

在这里人类的情感被时间无情地践踏了,它枯萎了、麻木了。在主人公的精神世界中,堪与时间抗衡的对爱情的美好记忆消失了,时间消弭了一切——情欲、爱情、嫉妒,剩下的就只有在不可战胜的、对死亡的恐惧中感叹生命的空幻和枉然了。在作家看来,他们虽然活着,但与行尸走肉无异。

但在10年后创作的《阿尔谢尼耶夫的一生》中,作家否定了这一观点,时间无法否定真正的感情,在爱情面前,死亡、忘却都只能望而却步。

不久前我梦见了她,这是我失去她后漫长生活中唯一的一次。在梦中,她的年纪和我们共同生活、共度青春的时候相仿,不过从脸上可以看出她的美貌已衰。……我只模模糊糊地看见了她,然**而心中却充满了那种强烈的爱和喜悦,感受到了那种肉体和心灵的接近,那是我从来没有在别的什么人身上体验过的。**②(黑体字为笔者所加)

如此的情感在作家最后的小说集《幽暗的林间小路》中进一步得到强化,在同名小说《幽暗的林间小路》中,蒲宁借主人公之口这样说道:

"一切都会过去,我的朋友,"他喃喃地说。"爱情、青春,一切的一切无不如此。这是一桩庸俗、司空见惯的事。随着岁月的流逝,一切都会过去的。《约伯记》中是怎么说的?'就是想起也如流过去的水一样'。"

"未必见得,尼古拉·阿列克谢耶维奇。的确,每个人的青春都会过去,可**爱情却是另外一回事。……一切都会过去,但并不一切都会忘记。**"[Ⅲ,250—251](黑体字为笔者所加)

---

① Бунин И. А. Собр. Соч. в 9 т. М.,1966. Т. 5. С. 105—106.
② [俄]蒲宁,《阿尔谢尼耶夫的一生》,章其译,长江文艺出版社,1984年,第322页。

在该小说集的许多篇章中我们都可以看到诸如此类的话语：

他爱恋地吻着她冰凉的手,这爱将在他一生中永留在他心田的某处。(《名片》,[Ⅲ,303])

我一生中究竟有过什么东西呢？我回答自己：有过的,只有过一件东西,就是那个寒秋的夜晚。世上有过他这么个人吗？有过的。这就是我一生中所拥有的全部东西,而其余的不过是一场多余的梦。我相信,热忱地相信：他正在那个世界的什么地方等候着我——还像那个晚上那么年轻,还像那个晚上那样爱着我。……现在我该到他那里去了。(《寒秋》,[Ⅲ,415])

像这样的亲吻至死都会铭记在心,即使睡在坟墓里也不会忘却。(《伊达》,[Ⅲ,303])

第三节 探寻永恒的生命之路

蒲宁曾经说过,一个人的"生命感和死亡感的强烈程度是成正比的",二者之间即可能表现得一方比另一方强烈,也可能等量齐观。纵观作家的一生,尽管他在宗教教义中看到的是"人为妇人所生,日子短少,多有患难。出来如花,又被割下。飞去如影,不能存留。"①在哲人的智慧中读到的是"面对死亡,生无意义。"(叔本华语)但同时,他也看到了,对这些圣贤思想一无所知的普通人们却坚韧地生活着,生儿育女,使人种、家族得以永存。正如尼采所说："死和死之寂静是这未来唯一确凿和一切人共同的事情！多么奇怪,这唯一确凿和共同的事情对人们几乎毫无影响,他们距离感觉自己与死亡相邻最为遥远！"②蒲宁也不禁问道："在这个肮脏的人类巢穴,在这片原始的荒漠里,几千年来不断地有着出生和死亡、情欲、欢乐、苦难……为了什么？没有某种人生的意义,这是不可

---

① 《约伯记》,第14章1//《新旧约全书》,中国基督教协会,1989年,《旧约全书》,第492页。
② 周国平,《在世纪的转折点上》,上海人民出版社,1999年,第68页。

能有,也不可能得以延续的。"①从这里我们看到了蒲宁对生命本身所固有的、死亡摧毁不了的力量的肯定。"在这个莫名其妙的世界上,无论生活怎么叫人发愁,它总还是美好的……"帕斯卡尔说,只有人是为了无限而造就的生命。人是一个有限的时间的存在物,可是他却力求超越自己的局限而达于无限!人正是在面对无限时感到了自己的有限,自己的渺小,感到了一种神秘的恐惧和战栗,可是人绝不会松懈和放弃他的努力。因此,蒲宁始终怀着这样的希望,希望构建一个崭新的精神世界,拥有某种更高的智慧,能使内心平静的生存的欢乐和对死亡的恐惧意识这对尖锐的矛盾和谐地融合在一起,一种重新接受永恒的生命真理启示的需求正在灵魂深处萌生、成长,在这痛苦的心理经历中,蒲宁开始了"路漫漫其修远兮,吾将上下而求索"的真理探寻。笔者认为,蒲宁的几次东游的经历对他起到了至关重要的作用。这些经历不仅没有成为他创造上的羁绊和障碍,反而大大丰富了蒲宁的内心感受,成为其文学创作的重要的心理条件和宝贵的精神财富,对他的世界观和创作产生了巨大的影响。"当你没有找到生活的意义和摆脱死亡的方法时,任何人类的生活都是难以忍受的。"②作家希望在这漫漫的旅途中,"在人类的摇篮"里,"通过从世界上最古老的废墟向神话深不可测又迷雾重重的深处窥视"③来寻找机械化文明破坏了的原始天堂的纯朴和自然,获得生命的真谛。

一、漫漫求索路

探寻永恒的生命,这是一个与人类的生存史同龄的古老问题。无论是原始文明中的神话传说对死亡现象坚定而顽强的否定④,还

---

① [俄]蒲宁,《耶利哥的玫瑰》,冯玉律译,上海文化出版社,2001年,220页。
② Мальцев Ю. Иван Бунин 1870—1953, Посев,1994. С.301。
③ Иезуитова Л. А. В поисках выражения «самого главного, самого подлинного, что есть в нас»-«счастья в жизни»: Бунин в работе над рассказами: По материалам рус. Арх. в Лидсе (Великобритания) // Русская литература, 1996. №3. С.217.
④ 卡西尔原话为:"在某种意义上,整个神话可以被解释为就是对死亡现象的坚定而顽强的否定。"//见[德]恩斯特·卡西尔,《人论》,上海译文出版社,1986年,第107页。

是现代生命科学对基因、克隆技术研究的不断进展，人类在自身发展的每一个进程中都向此目标迈着坚定而勇敢的步伐。在人类不同的文化类型当中，我们看到，原始思维普遍否认人就其本性和本质而言是终有一死的概念，因此人们相信巫术、幽灵，相信生命的世代延续，保留着殉葬、图腾崇拜的传统，执着地信仰"死人活着"①。可以说"原始宗教或许是我们在人类文化中可以看到的最坚定最有力的对生命的肯定"②。而在西方的古典文明中，古希腊柏拉图的"灵魂不死说"又成为人类追求永恒生命最鲜明的表现之一，它深刻地影响了后世人类的死亡观。柏拉图的"灵魂不死说"是为其理念论作注脚的，他认为，肉体和灵魂分属于不同的世界，因此与肉体相关的直观只能获得关于"感性世界"的意见，只有凭借"灵魂的回忆"才能获得关于"理念世界"的知识。因为灵魂对于身体具有先在性，它在进入我们的身体之前就已经投生多次了，因此"它获得了所有事物的知识"③。而这一切的原因就在于灵魂在本质上是共相，是永恒不朽的。肉体在死后将化为尘土，而灵魂却将进入永恒的世界。之后，基督教的生死复活观对世界产生了更为广泛、更为深远的影响。它从人的整体生命出发，宣告了人的灵魂不死不灭，所有人在世界的末日都将接受上帝的审判。凡信仰上帝至高无上的创造之爱的人们就有可能超越坟墓而获得新生，升入天堂永享幸福。耶稣说："复活在我，生命也在我；信我的人，虽然死了，也必复活。凡活着信我的人必永远不死。"④《基督教教义问答》中更加明确地写道：复活是"全能的神的作用，由于这一作用，一切死者的肉体重新与他的灵魂结合，于是复活起来，并成

---

① 卡西尔在《人论》中提到了布列斯特对埃及金字塔经文的研究结果，布列斯特写道："它们（指经文）可以说是人类最早的最大反抗的纪录——反抗那一切都一去不复返的巨大的黑暗与寂静。'死亡'这个词在金字塔经文中从未出现过，除非是用在否定的意义上或者用在一个敌人身上。我们一遍一遍听到的是这样不屈不挠的信念：死人活着。"// 见 [德] 恩斯特·卡西尔，《人论》，上海译文出版社，1986 年，第 108 页。
② 同上书，第 108 页。
③ 段德智，《西方死亡哲学》，北京大学出版社，2007 年，第 75 页。
④ 《约翰福音》，第 11 章 25—26 // 见《新旧约全书》，中国基督教协会，1989 年，《新约全书》，第 116—117 页。

为精神的人和不死的人"①。"这必朽坏的总要变成不朽坏的,这必死的总要变成不死的。……那时经上所记'死被得胜吞灭'的话就应验了"②。可见,基督教的新生不仅仅是灵魂的永恒,也是身心合一的、通过肉身复活而获得的完整生命。它给人们带来了向死而生的期待和勇气,令彼岸世界的光辉照亮了此岸的生命。以东正教为特征的俄罗斯文化接受了基督教的复活观,19世纪末20世纪初俄国宗教哲学中还出现了解读生死的独特的"内在复活"的思想,它主要是指哲学家尼·费·费奥多罗夫所提出的"死者复活和生者不死"的观念。"内在复活"区别于基督教的"先验复活",认为人的复活不是靠耶稣基督一人的牺牲,而是全人类以自己的实际行动参与与死亡所进行的艰苦斗争。在科技的帮助下,人类在未来的人间就可以完成复活,而无需天国;该思想的第二个特点就是,复活的对象不是个人,也不是某些人,而是全人类的整体复活,甚至包括已死去的祖先。他们的复活不是在后人的思想中重现,而是物质的聚合,是被"改造成一种更高级的存在物"③。费氏的思想看似荒谬,但却可以看作是对基因时代到来的预示,在科学的帮助下,人类真正的生命之路也许将远远超越我们的想象。

蒲宁对永恒生命的探寻之路是铺设在记忆的"路基"之上的,它既是个体通过家族记忆所能完成的现实生命的复活,具有生物遗传学的特征;也是人类通过文化记忆所进行的创造与传承而完成的对死亡的战胜。

20世纪初的几年,蒲宁创作了《安东诺夫卡苹果》《墓志铭》《金窖》等一些作品,其中表现的不仅是人的生命,而且一种制度、传统的生活方式等同样面临着衰败,甚至是死亡的厄运。1903—1907年间蒲宁四次东游,所到之处,所见的一切无不令作家更加深刻地理解了时间摧枯拉朽的破坏力,一个民族甚至整个文明的灭亡也常常成为人类生存中一个不可改变的事实,成为创造——破

---

① 徐凤林,《俄罗斯宗教哲学》,北京大学出版社,2007年,第89页。
② 《哥林多前书》,第15章53—54 //见《新旧约全书》,中国基督教协会,1989年,《新约全书》,第198页。
③ 徐凤林,《俄罗斯宗教哲学》,北京大学出版社,2007年,第93页。

坏这一矛盾体中最终不可逃避的阶段,因此死亡依然像幽灵一般"缠绕"着作者的心灵,在这时的游记中多有"陵墓""坟冢""废墟"之类的形象。

围绕着伟大城市颓壁残垣的那些沟壑和陷坑使人想到远古时代圣经中所提到的上帝。不,甚至连圣经提到的上帝在这里也不存在,只有死神的气息洋溢在旷野和帝王的陵墓,以及被各个部落和民族的骨殖填满的神秘洞穴、壕沟和山谷之中。(《犹太》)①

在这片荒凉的旷野上,无数城市和神庙残留下来的石块同山前地带的巉崖峭壁混杂在一起,而这些城市和神庙的名字则已经永远湮没无闻了。那里的土地,曾经是世界上最肥沃的土地也已经荒芜不堪了。(《太阳神庙》)②

蒲宁当然知道人类发展之路上的痛苦、牺牲、鲜血和暴力,因此他痛苦于个体生命必然消逝的同时也痛苦于伟大的文化价值的痛失和灭亡。从这一点上我们可以看出,蒲宁与死亡斗争的实质并未脱离俄罗斯精神对于人类痛苦的同情心和对普遍拯救的责任感。但是同时他也看到,时间的破坏力尽管巨大,然而它却无法带走一样东西,那就是我们的记忆。在作家留下足迹的土地上,也曾经有许多人满怀自己的情感和理想生活或走过这里。蒲宁随身携带着古代波斯诗人萨迪的诗集,对于蒲宁来说,萨迪是"最令人赞叹、在后代中最卓尔不群的诗人"③,他将自己的一生都献给了昭示世界之美的伟大事业。能够行走在萨迪故乡的土地上、呼吸着那里大海的清新气息并感受着萨迪睿智的思想令蒲宁倍感激动,对人类过去的思考使作家的心灵逐渐与逝者的心灵以及他们伟大的创造融合在一起。作家惊异地看到,死亡并不能带走一切,生活总有永恒的痕迹存留下来,那便是"生命不知疲倦的创造",是世代积累所形成的人类的经验。它们摆脱了时间,战胜了死亡,得以永生。由此,在蒲宁的笔下,"坟墓"一面是往昔流逝、辉煌不再的悲剧性的标志,同

---

① [俄]蒲宁,《耶利哥的玫瑰》,冯玉律译,上海文化出版社,2001年,第124页。
② 同上书,第183页。
③ 同上书,第41页。

时也成为另一个重要的象征,即生者与死者神秘关系的纽带。

我到了大金字塔的入口,……我知道,那里现在已经空无一物了,除了黑暗、蝙蝠和一具没有盖子的巨大石棺……六千年来一直使世人惊叹的那个人的骨殖究竟在哪里呢?……不过,这又有什么关系?现在我站在这里,触摸到的也许是最古老的由人们打磨的石块!自从人们在一个跟今天同样炎热的早晨把它们堆砌起来以后,地球的面貌已经改变了几千回。在这个早晨之后,要再过二十个世纪,摩西才得以诞生。要再过四十个世纪,耶稣才来到太巴列湖边……可是,几百年,几千年消逝了——现在我的手同堆砌这些石块的阿拉伯俘虏那双红中透青的手紧握在了一起……(《黄道光》)①

蒲宁终于在迷惑之中真实地触摸到了永恒,在 1909 年创作的一首诗《崖壁里的坟墓》中作家也表达了同样的感受:

> 在厚厚的、细密的尘土里,
> 人们找到了一条清晰的台阶痕迹。
> 我,一个路人,看见了这痕迹。
> 在墓穴里,我呼吸着干燥的石壁散发的热气
> 它们竟将秘密隐藏了五千年许。
>
> 曾经有那么一天,
> 在那短暂告别的片刻里,
> 那人叹了口气,
> 用自己窄窄的脚掌
> 将自己窄窄的足迹
> 压进了缎子般的尘土里。
>
> 那个片刻在我面前重现。
> 命运赋予我的生命
> 就这样延长了五千年许。②

对于蒲宁来说,复活的瞬间是非常重要的,因为它打破了时间

---

① [俄]蒲宁,《耶利哥的玫瑰》,冯玉律译,上海文化出版社,2001 年,第 106—107 页。
② Бунин И. А. Собр. Соч. в 9 т. М.,1966. Т. 1. С. 319.

强大的破坏力,这种记忆终于成为战胜死亡的武器。在这里,死亡消失了,那些千年的亡魂仿佛重新获得了生命,因为记忆从不与死亡共存,那些人类文明中最优秀的部分也永远在文化的记忆中熠熠生辉。在后来的日子里,蒲宁不只一次地说过,他想通过艺术和对过去生活的回忆来获得永生。因此观照历史、靠近无限、摆脱时间、消解死亡——所有这些蒲宁毕生追求的目标都使得作家的作品中记忆的主题占了重要的位置,甚至成为解读作家不可缺少的一大因素。

纵观蒲宁的整个创作生涯,记忆主题的出现是很早的,甚至是紧随作家的生命而来的。早在创作于17岁的作品中,我们就可以读到"过去的一切在不断地诉说,/……/我总是回忆过去的岁月。"(1887年,《回忆》)①以及"我喜欢回忆过去,/那光明的、已远去甚远的东西/又令我想起了童年。"(1888年,《我梦见了开满鲜花的山谷》)②等类似的诗句,究其原因,笔者认为,依然是源于作家对生命的追问和对死亡的困惑。

蒲宁从不否认自己对死亡的恐惧,即使在他的文学创作得到了评论界的肯定,在他对生活充满激情与幻想之时,蒲宁也始终牢记着:"不要向生活期待很多,期待比你现在所拥有的更好的时刻,这是不会有的……"③这些话是大作家列夫·托尔斯泰给当时还不名一文的天真青年蒲宁的谆谆教诲,托翁的这些话对蒲宁产生了深刻的影响。后来蒲宁在自己的言辞中也重复了这样的意思:"一个健康的人不可能对自己、对生活感到不满,也不可能去展望未来。"因为未来中一切都是未知,只有一样是确定无疑的,那就是死亡。就像那个旧金山来的先生,终生都在为"未来"所谓"真正的生活"疲于奔命,但当他决定享受生活的时候,死亡突降,并以不可阻挡的强大力量将他的一切碾为齑粉。对于蒲宁来说,为未来活着无异于愚蠢,如果生命拥有价值,那它就只能存在于过去和现在。

---

① Бунин И. А.:［Сб. материалов］: В 2 кн. -М.: Наука, 1973. -（Лит. Наследство; Т. 84）. кн. 2. С. 260.
② Там же. С. 265.
③ Бунин И. А. Собр. Соч. в 9 т. М. ,1966. Т. 9. С. 58.

在这一点上,蒲宁与赫尔岑可谓不谋而合,赫氏在自己的日记中写道:"历史进步的目的不是未来,而是现在,是每一个现时的瞬间。生活的目的就是生活本身。"①对生死的困惑使得蒲宁终生投身于与时间和空间的斗争,他像普鲁斯特一样期望从钟表的两声滴答声中穿身而过。对于他来说,天堂不在未来,天堂只存在于时空之外的过去,那是超越了时空的永恒的宁静。

尽管在早期的作品中过去的主题已相当明显,只是作家还未将过去与自己的主观方面,即"我"的内心经验——记忆联系在一起。在《圣山》《走哥萨克的路》以及《沿着第聂伯河》等作品中,当他置身于"灰蒙蒙空旷的原野"时会自然而然地"回忆起"遥远的往事,想象"昔日的草原和昔日的人们"(《圣山》),想到"在朝霞升起时分,在城墙上为伊戈尔王悲啼的雅拉斯拉芙娜"(《走哥萨克的路》),"站在甲板上,我已经在用目光寻找当年达尼洛老爷②时期第聂伯河岸边那闪着熠熠白光的小山丘了……"(《沿着第聂伯河》)过去像童话般充满了诗情画意,在作家看来,那是最幸福、最和谐也最真实的存在。作家完全臣服于过去的无限魅力。如果没有过去,如果现实不被时间之外的、更实质的事物与永恒、不变的生活相联系的话,现实就失去了意义与价值。

我一直在思考着过去,思考着它所具有的神奇力量,这力量从何而来?又意味着什么?难道生活最伟大的秘密不正蕴藏在这里吗?为什么它以如此令人惊异的力量控制着人们?在宗教感情里,我们所没有意识到的对过去的崇拜、我们与所有过去的思想和时间的神秘的亲近都起了巨大的作用……《圣山》③

作家给予了过去以最高的评价。

此间作家一生中的另一个鲜明特点已经呈现,即在探寻世界的同时也开始了漫长的对自我的探寻之路,直至此时作家才真正将过去与主观因素联系在一起,并使之成为其挖掘生命记忆的契

---

① Мальцев Ю. Иван Бунин 1870—1953, Посев,1994. С. 230.
② 果戈理的小说《可怕的复仇》中的主人公。
③ Мальцев Ю. Иван Бунин 1870—1953, Посев,1994. С. 81.

机。1906年蒲宁创作了小说《人之初》(又名《镜子》),描述了童年时的主人公在镜子里看到自己的影像时内心产生的巨大困惑。他不知道镜子内外的两个人到底哪一个是真正的"自己":

> 有两个我,在惊讶地相互对望着! 其中一个突然闭上眼睛,于是一切就都消失了,只剩下在黑暗中旋转的黑色光斑……之后,当我再睁开眼睛,又看到了刚才看到的一切……①

小妹妹娜嘉的死使疑问又一次油然而生:

> 妹妹是从哪儿来的? 她为什么要长大? 要跳跃? 要快乐直到那个命中注定的晚上? 仿佛是哪个恶魔将自己灼热的气息吹在了她的身上。②

那么我呢? 我是哪里来的?(黑体字为笔者所加)

> 当我的意识被悬挂在卫生间速热气管之间的、镶在沉重镜框中的明亮的镜子唤醒,在它的第一缕光线闪现之前我在哪里? **在我寂静、迷蒙的幼年时期之前我在哪里?**③(黑体字为笔者所加)

真可谓"未曾生我谁是我,生我之时我是谁?"在这里我们看到,蒲宁像托尔斯泰一样掉进了一个"可怕的漩涡"。在《托尔斯泰的解脱》,蒲宁转述了托尔斯泰内心同样的困惑:

> 每当我想到从我出生到三岁间的事,我就感到怪异和恐惧。……我是从什么开始的? 从什么时候开始了生命? ……当我去学习看、听、理解、说话,当我睡觉、吸吮乳汁、亲吻母亲的乳房,对着她笑,使母亲开心的时候,就不是在生活吗? 不,是在生活,而且是生活得很幸福。难道不正是那时我获得了现在赖以生存的一切吗? 我那时获得的那么多,那么快,我整个的余生所获得的也不抵那时的百分之一。从五岁的孩子到现在的我只有一步之遥。从新生儿的我到五岁间就是远得可怕的一段距离。从受孕到出生是个漩涡,而从不存在到受孕就不是大漩涡了,而是不可思议。④

---

① Бунин И. А. 《Маленький роман》, Санкт-Петербург, "Лисс"," Бионт", 1993. С. 271.
② Там же.
③ Там же. С. 272.
④ Бунин И. А. Собр. Соч. в 6 т. Издательство 《Худжественная литература》, 1988. Т. 6. С. 38

"我是从什么时候开始存在的?",无论是托尔斯泰,还是蒲宁对问题的回答都是不确定的,托翁说:"空间、时间和原因是思维的形式,而生命的本质却在这些形式之外。"①那么,在哪里呢? 而蒲宁的回答则更显软弱无力,因为他连自己都说服不了:

"哪里也不在。"我这样回答自己。

但是,这就意味着,在那些情况下我就不存在了吗?

"是的,不存在。"

但此时我的内心也加入了对话:

"不,我不相信这些,就像不相信也永远不会相信死亡、不会相信消亡一样,最好说:**不知道**(黑体字为笔者所加)。你的无知同样是一种秘密。"②

由此,我们不难看出,作家对"自我"的寻找是痛苦的、矛盾的,只能以"不知道"搪塞。

我的记忆是那样的无力,以至于我不仅记不得我的幼年时期,甚至也记不住童年和少年时期。但我那时的确是存在的! 不仅是存在过,还思考、感觉,而且在后来的日子里再也没有像那时那么充实、充满了渴望地存在过。这一切如今在哪里?③

这里不由得想起了梅列日科夫斯基对蒲宁的一段评价,他说:"蒲宁,当然,是一位大艺术家,语言大师,他具有超群的记忆——听觉记忆和视觉记忆,但是在他的视野和创作视野中实质性的只有大自然、野兽、人、爱情和死亡。他的描述是对所描述的事物缺乏思考的,是没有将开端和终结推向统一的描述。"④但事实上,蒲宁终生都在寻找将开端与终结结合在一起的方法。笔者认为,直到作家踏上了佛国的土地,这一切才发生了质的变化,困惑才有了答案。

---

① [俄]布宁,《托尔斯泰的解脱》,陈馥译,辽宁教育出版社,2000 年,第 40 页。
② Бунин И. А. 《Маленький роман》, Санкт-Петербург, "Лисс"," Бионт", 1993. С. 272.
③ Там же.
④ Сливицкая О. В. Повышенное чувство-Мир Бунина, М: Изд. центр Российского государственного гуманитарного университета, 2004. С. 83.

二、佛教——一扇轰然开启的大门

1911年2月,蒲宁夫妇开始了一生中最远的游历。他们出红海,过索马里,之后横渡印度洋,来到了古老的锡兰岛。蒲宁之所以选择这里,是因为他认定这里就是传说中的"伊甸园"①,是人类最初始的家园。然而在这里蒲宁却遭遇了佛教文化的强烈冲击,为自己内心久已存在的感受、甚至困惑找到了依据。这段经历对作家后来的世界观、生死观和创作都产生了巨大的影响。蒲宁于1925年将这段心路历程写进了自己认为写得最好的书之一《大水》中。②

佛教对蒲宁的影响是蒲宁学研究中的一大热点。事实上,蒲宁对遥远而古老的东方学说产生浓厚兴趣绝非偶然,而是与其生活和创作的那个时代所弥漫的反叛以机械文明、实证主义以及极端个人主义为标志的西方文明,探索新的精神价值的时代氛围紧密相关的。大约从19世纪的中期开始,东方,包括印度、中国和日本的宗教哲学思想就开始影响到了俄国社会的文化生活,到了19世纪末20世纪初,出版业和佛教研究的蓬勃兴起更是为这种探索提供了充实的保证。很多佛学经典经各种途径被译介到俄罗斯,诸如当时出版了《吠陀经》和《奥义书》中的许多片段以及《求真之路:佛教智慧名言》(1898)、《经藏·释迦牟尼谈话训诫录》(1899)、《月光》(1900)等,从1884年到1906年俄罗斯5次出版了德国著名佛学家赫·奥登堡的《佛陀生平,教义与教团》,1923年还出版了由巴尔蒙特译成俄文的古印度诗人、剧作家马鸣撰写的叙述佛陀生平事迹的《佛所行赞》。除此之外,与印度相关联的文学

---

① 蒲宁在创作于1924年的游记《众王之王的城市》一文中这样写道:"造物主把世上所有珍贵和美好的东西都赐给了锡兰,使它成为天堂,成为创造出人的场所,并把这块地方完全交给了亚当来支配,但有一道禁令:不准思考,也不准观望天堂外的一切。"//见:Бунин И. А. Грамматика любви, Санкт-Петербург, "Лисс","Бионт",1994. С.381.

② 1926年6月10日,蒲宁在给著名记者А.谢德赫的信中说:"我自认为《大水》是我写得最好的作品之一。"//见 Андрей Седых, Далёкие, близкие, Московский рабочий, 1995. С.203.

作品也得以与俄罗斯的读者见面。1908年俄文版的约·吉卜林的两卷本文集出版,首次向俄罗斯读者展示了神秘印度的生活画面;1912年泰戈尔获得诺贝尔文学奖之后,俄罗斯更是大量出版了他的作品。还应该强调的就是俄国的佛学研究。从19世纪后半期开始,俄罗斯本土的东方学者、佛学家做了大量的工作,诸如俄国佛学研究的奠基人瓦·瓦西里耶夫撰写了《佛教及其教义、历史和文献》(1857—1869)、《印度佛教史》(1869)、《东方宗教:儒教、佛教、道教》(1873),伊·米纳耶夫创作了《关于佛教的材料及注释》(1896)、《佛教,研究及其资料》(第一卷)(1887),还有谢·奥登堡的《佛教传说》,(1884)、《佛教传说与佛学》(1895)和罗森贝格的《佛教哲学的问题》(1918)等大量佛学书籍,他们的学术研究大大促进了佛教的传播和俄国佛学的形成。

在这样的时代氛围中,俄国文化的大部分代表人物都回应了世纪之交东方这股强劲的召唤,当然各自的出发点不尽相同。一部分人出于理解他者的文化,另一些人希望在东方找寻用以支持危机四伏的欧洲文化的力量,还有一些人看到了俄罗斯文化的独特性,希冀在此东方的智慧与欧洲的文明可以完美地结合,正像梅列日科夫斯基所说:"回答'东方还是西方'这个问题的答案只有一个,那就是否定这个问题:不是东方或者西方,而是东方和西方。"①更多的人则是将佛教看做是自我认知的方式,是对生活意义诠释的方式。蒲宁就属于这后一类。

笔者认为,与其说佛教对蒲宁产生了影响,不如说是蒲宁在佛教的教义中找到了与自己内心久有的对世界之看法的契合点。佛教的"生死轮回"观像"芝麻开门"的神奇咒语般令作家内心尘封已久的、困惑的大门轰然开启,令他看到了隐藏在"不知道"背后的答案。

小说《四海之内皆兄弟》(1914年)是研究者公认的最集中体现蒲宁佛教思想的作品,在这里我们看到他接受了佛教思想中最主要的几个概念:生死轮回、浮生若梦、因果报应、涅槃等。小说由

---

① Мережковский Д. "Было и будет", дневник 1910—1914, Пг., 1915. C. 308.

两个部分组成：由于深爱的恋人的背叛而自杀的锡兰人力车夫的故事和他的客人——英国人对自己生活的叙述。

小说中年轻车夫始终是贪欲和因果报应的牺牲品：他父亲就是尘世欲望的奴隶，他拼命地拉车、劳作，就因为"他有个妻子，有一窝孩子。"[Ⅱ,437]而正是因为他"六根未净，为五欲所恼"，所以至死"佛祖弃绝尘世烦恼业障而求解脱的慈音没有传到他的耳朵里，""在坟墓里等待他的是新的悲惨生活，以报应他生前所作的孽。"[Ⅱ,440]这既是因果报应，又是向六道①中更低一级的道轮回的开始。更可悲的是，他的罪孽也殃及了自己的儿子。儿子深深地爱着恋人，而且他的爱欲永无止境，就像链条上的一个个环节一样。他开始自己拉车，"开始挣钱，准备成家，享用爱情。他希望享用爱情是因为希望生儿子，希望生儿育女是因为希望发家，而希望发家是因为希望享福。"[Ⅱ,441]"爱欲像蝎子进巢一样，毫不停留地钻进了这个年轻人的心里。"[Ⅱ,440]因此他并未深思父亲的一生，也不愿意这样做，父子俩一样都抛弃了佛祖的教诲。

但是很快未婚妻失踪了，对于佛教徒来说，这正是"诸行无常"的明证，但车夫看不到这些，因为他落入了阎罗编织的欲望之网，他"身体前倾，闪动着两条长腿，飞快地跑着。"[Ⅱ,443]他更加拼命地挣钱，希望满足女人任何甚至是非分的欲望。但是很快有着"连大自在天也会羡慕的肤色深得像肉桂皮似的健美身躯"[Ⅱ,440]的小伙子自我感觉越来越差，他开始重复了父亲的衰退，他像一个病人一样用一块破布扎着脑袋，拉起车来大汗淋漓，嘴唇发白，面如死灰……也开始了向低一级道的轮回。

终于有一天，他又看见了自己的未婚妻，然而女人仿佛已脱胎换骨，进入了也许是她企望完成的轮回，年轻人的意志刹那间从欲望的桎梏中解放了出来，他有生以来第一次转向了佛祖的教导和先人的智慧：

清醒清醒吧！摆脱阎罗对你的诱惑，摆脱这短促的生命之梦

---

① "六道"，佛教概念。佛教把众生世界分为天、人、阿修罗、地狱、饿鬼、畜生六道，因各自所做善恶行为的不同，于此六道中升沉异趣，轮回相续。

吧！你这个吞服了毒药，被箭矢刺穿了的人，该睡觉了吧？凡是百倍地钟情于恋人的人，必将百倍地受苦，一切苦难和烦恼都是出之于爱欲，出之于眷恋爱人的那颗心——快弃绝爱欲，弃绝眷恋之心吧！你就可以在休眠中得到短暂的憩息，然后你那伊甸园般的土地，这片满怀念欲的原始人的居所，将一次又一次地使你复生，只是把你变做数以千计的化身罢了。然而你毕竟还是得到了短暂的休息。你呀，过早地跑上了人生之路，过于如饥似渴地追求幸福，结果被尖利的箭矢——对爱情的渴求刺穿了身体……［Ⅱ,454］

欲弃绝眷恋之心只能弃绝生命。年轻人买了一条剧毒的蛇，他希望获得彻底的解放。尽管毒蛇带着年轻人走在轮回之路上，但年轻人在瞬间感到自己真的弃绝了凡尘，弃绝了所有的痛苦之源——思维、记忆、视觉、听觉、痛觉、悲伤、欢乐、憎恨，融入了无限：

这样的昏迷状态将反复发作几次，其中每一次……都带走人的一部分生命，一部分机能：思维、记忆、视觉、听觉、痛觉、悲伤、欢乐、憎恨，以及那个无所不包的、被称之为爱的功能。正是这个功能使人产生强烈的欲念，……［Ⅱ,456］

年轻人终于获得了精神上的自由，也成为了蒲宁自己期盼成为的人。

从年轻车夫的身上我们可以感觉到蒲宁接受了佛教的悲观主义，但事实上这并不能代表他真正的世界观。尽管蒲宁曾对他的朋友奥多耶芙采娃承认说：佛教毫无疑问地征服了他，他差点儿成为一名佛教徒①，但蒲宁对佛教的接受是有取舍的，他接受的只是与他的世界观相一致的部分，那就是佛教至高无上的平静、个体消失的欢乐和个体融入宇宙时的幸福。比如，蒲宁接受了佛教"生死轮回"的概念，并以此表达了他对世界、对生活的观点，即宇宙的生命是生生不息的，这是他创作中最重要的主题——记忆的主题。

我一生都生活在死的标记之下——同样也生活在生的感觉之

---

① Мальцев Ю. Иван Бунин 1870—1953, Посев, 1994. С. 217.

中,仿佛我永远都不会死去。死啊!每7年人就再生一次,也就是说在再生的过程中人在不被察觉地死去。也就是说,我已经不是一次地再生了。我死过,但我还活着,我已经死了许多次了,但是在最本质的方面还是那个人,像过去一样的那个人,一个充满了自己的过去的那个人。①

"充满了自己的过去"用蒲宁自己的话来解释,就是:

我既没有开始,也没有结束。……我的出生根本就不是我的开始,我的开始既在我所无法揣摩的从受孕到出生的黑暗中,也在我的父亲、母亲、我的祖父、曾祖父和先辈的身上,因为他们也是我,只是形式稍有不同而已,但我身体里的许多东西还是与他们相同的。②

我往昔生活中的每一个片刻都仿佛是无穷小的、最珍贵的唱片上留下了我的这个'我'的神秘痕迹,而其中的一些会突然复活,表现出来。瞬间之后,它们又消失在我实体存在的黑暗中。但即使如此,我也知道它们是存在的,'一切都不会消亡,只会变体。'但是否存在连变体都不会发生的事物,不仅在我的有生之年,甚至几千年都不变体,永远也不呢?我要使这些痕迹增加,并像所有我的祖先大量传给我一样地传给别的什么人。③

这些通过神秘途径传沿的痕迹就是记忆,它永恒而无限,在存在中与物质以及精神相连,同时也得到了现代遗传学的证实。它不仅超越了时间,也超越了空间,它使一切思维的形式变得模糊而相对。

蒲宁始终认为,对生活中最主要、最本质事物的认识并不是在我们短暂的生存期间获得的,而是在绵长的、先于我们的生命链中就获得了的,并将在未来的生命中得到永恒的延续,只有这样,生命才不会走向可怕的虚空。而记忆这种非物质的、精神的本能正是镌刻生命链中那些最本质片刻的永恒的"纪念碑"。蒲宁一生都

---

① Бунин И. А. Собр. Соч. в 9 т. М. ,1966. Т. 5. С. 301.
② Там же. С. 300.
③ Там же. С. 304.

对莱蒙托夫感到惊异,莱蒙托夫如此年轻,却拥有对生活和人的深刻得令人震惊的认识,这是他在自己短暂的一生中通过理性和经验的途径无论如何也无法获得的。在《托尔斯泰的解脱》一书中,蒲宁引用了托尔斯泰在《最初的回忆》中"回忆"婴儿时期的自己在襁褓中为伸出手来而进行的"抗争"以及失败后的感受的一段对所谓的"记忆"进行了诠释,托尔斯泰这样写道:

  这就是我最初的回忆(因为我不知道这之前有什么,之后有什么,甚至不知道有些是否就是梦,所以我无法将它们按顺序排列):我被包在襁褓中,我很想把手伸出来,但我做不到,于是我就哭,喊。这哭喊声连我自己都感到难听。有人俯下身来看我,一切都昏暗不清,但我记得是两个人。我的哭声显然对他们起了作用。他们被我的哭声吓坏了,但还是没有像我希望的那样将我解开,于是我叫得声音更大。……我感到,不是人们残酷、不公正,因为他们可怜我,而是命运和我对自己的怜悯是残酷的。我不知道,也从来搞不清楚,是在我还吃奶的时候他们把我包起来,以防我的手乱动,还是在我已经一岁多了之后,为防我抓破奶癣,把我包了起来……但有一点可以肯定,那就是,这是我生活中最初的、也是最强烈的印象。令我铭记的不是我的叫喊声,也不是我的痛苦,而是这些印象的复杂性和矛盾性。我想得到自由,它不会影响任何人,但我这个需要力量的人却很弱小,而他们却是强大的。①

  随后蒲宁写道:

  这是什么?很多人惊讶地说:"这个人的记忆力太非凡了!"但这些令人感到可怕的文字所讲的并非一般意义上的"记忆",如果像平时那样去谈论记忆,那么这里就没有记忆:在这个世界上这样的记忆不仅没有,也不可能有。那么这是什么?这是某种完全"退化了的"人们与生俱来的东西:"我记得几亿年前我是一只山羊"——佛祖用令人心悸的语言这样说道。那么什么能够标志着拥有了这样的记忆呢?②

---

① Бунин И. А. Собр. Соч. в 6 т. Издательство 《Художественная литература》, 1988. Т. 6. С. 39.
② Там же. С. 40.

在上面的引文中,"退化"一词的引号是蒲宁自己加上去的,其目的就在于强调它非同寻常的涵义。在生物学中,"退化"指的是生物体在进化过程中某些器官变小或完全消失的现象,该部分功能的减退或丧失在某些情况下会带来其他器官功能的增强。这就是蒲宁所说的"退化者的情况是不相同的,有的人是在某方面的感觉和能力变得强大而敏感,而有的人却相反,变迟钝了。"在作家看来,前者就是具有普通人无法企及的某些特征的天才,而后者则是生物学意义上的身体某机能出现衰退现象的人,诸如痴呆等。蒲宁这一观点显然是伴随着那个时代蓬勃发展的生理学、遗传学、人类学、犯罪学等科学成就而产生的。正如匈牙利生理学家马克斯·诺尔道在自己的四卷本著作《退化》中所指出:"退化者有时会拥有非凡的心智能力,因此退化有时甚至是智力超凡脱俗的必要条件。"①意大利著名犯罪学家恩·菲利在肯定了退化者多拥有较之常人更强的犯罪倾向的前提下,甚至指出"总的来说,人类进步的历史在很大程度上应归功于那些天才的疯子或者甚至是罪犯,因为这些人较之普通人更少地受制于周围条件、智力的和社会的习俗的影响,更少关心自身的得失,因此他们往往会大大推动改革的实现。"②正是接受了这样的观点,蒲宁才将列·托尔斯泰与佛祖并列,并将这些拥有非凡心理生理特征的人称作"退化之人"。正因如此,当蒲宁评价或描述一个人的时候,这个人身上所表现出的某些家族性的遗传特征常常是蒲宁关注的焦点。蒲宁的夫人曾这样写道:"从青年时期到生命的终结,他最喜欢做的一件事就是根据人的后脑勺、脚、手来判断人的容貌,甚至是人的整个外貌特征,而后就是这个人的性格和他全部的内心特征,这几乎从未出过错。"③如谈到契诃夫时蒲宁说:"我感到,他性格中忧伤、无望的特点正来源于他身上相当多的东方遗传——我是根据他亲戚的面

---

① Карпенко Г. Ю. И. А. Бунин о «Выродках». // 见 И. А. Бунин в диалогах эпох, Воронежс. 2002. С. 18.

② Там же.

③ Муромцева-Бунина В. Н. Жизнь Бунина, Беседы с памятью, М. Вагриус, 2007. С. 96.

孔、根据他们细长的眼睛和突出的颧骨得出这个结论的。"①谈到库普林，蒲宁写道："他身上有那么多野兽般的东西，仅嗅觉一项他就够了不起的了，这是他非凡的特点！而且他身上还有那么多鞑靼人的东西！"[Ⅰ,251]。有趣的是，在蒲宁的"字典"里，"野兽般的"是一个完全褒义的形容词，蒲宁在谈到自己的时候说过："我在自己的内心能感到所有祖先的存在，还能感到自己与'野兽'的种种联系，我的嗅觉、我的眼睛、听觉不仅仅是人类的，它们内在的东西则是'野兽般的'，所以，我像野兽般地热爱着生活。"（句中的引号均为蒲宁所加）在《托尔斯泰的解脱》中，蒲宁更是用了很大的篇幅来考证托尔斯泰以及家族成员的生理和心理特征，蒲宁指出，托尔斯泰身上同样具有很多"野兽般的"特征，如他的"大手掌""有点罗圈形的双腿""狼一般机警的双眼""很大而又高得不寻常的耳朵""像大猩猩般隆起的眉骨"以及"微微翘起的致使说话有些不很清楚的下巴"。托翁的儿子肯定了蒲宁的说法，他说："你说得对。我父亲是有点像大猩猩，我们也许更像，那些特征在我们身上表现得更明显。我完全像父亲，走路很快，几乎是在跑，就跟脚底下有弹簧似的。大哥呢，走路一颠一颠的，简直跟猴子一样。"②书中蒲宁还引用了托翁妻子的话："没谁了解列夫，只有我一个人了解——他有病，是个不正常的人。"③等等。在蒲宁的世界中，"退化"之人往往就是一些在生理上、并随之而来在心智上表现反常，甚至"疯狂"的人。蒲宁同样也曾考证过自己家族中反常的先辈，并毫不隐瞒自己的生理及性格中的某些"反常"甚至是"疯狂"的特征。谈到自己的"疯狂"时，他说："我那时（青年时代）的肖像、我的眼睛都明白无误地反映出，我被一种神秘的疯狂控制着。"④作家在解释这些用理智无法解释的本能时说："疯狂就是神魂颠倒，它就是某种从前的、已久远的存在的感觉……""反常的"生理特征

---

① Бунин И. А. Собр. Соч. в 9 т. М.,1967. Т. 9. С. 170.
② Карпенко Г. Ю. И. А. Бунин о 《Выродках》.//见 И. А. Бунин в диалогах эпох, Воронеж. 2002. С. 19.
③ Бунин И. А. Собр. Соч. в 6 т. Издательство 《Художественная литература》, 1988. Т. 6. С. 98.
④ Мальцев Ю. Иван Бунин 1870—1953, Посев,1994. С. 69.

必然带来退化者对待世界万物另类的态度,正如托尔斯泰所说:"我活在世上,却和世人不同,我不像他们那样生活,我看,我感觉,思考……我的生活只是外表上看像世人的生活……或是他们疯了,或是我疯了,因为他们成千上万,而我只是孤身一人,很显然,疯的是我。""我总是试图全力克服自己内心的那个真实的、主要的、与生俱来的人,而是面对有家,有后代,且人丁兴旺……但是不行。"①蒲宁同样发出了"我不能习惯于生活!"的呼声。蒲宁曾这样说过:"只有惊异于自己存在的人才会去思考这种存在,这是人与生活在天堂中但却从不思考自身的事物的根本区别,人与人之间也会因这种惊异的程度和惊异的方法不同。"由此,蒲宁认为:

> 世界上有两类人:一类人数众多,他们属于自己的一定时间,自己在尘世的建树和事业,他们仿佛没有过去,没有祖先,是印度智者所说的那链上的可靠环节;至于那链的始与终都多么可怕地向无穷中隐去,这与他们何干呢?而另一类人相比之下则很少,他们不是实干家,不是建设者,相反,是已经认识到事业和建树是何等虚妄的十足的破坏者,他们总是在沉思、内省,对自己、对世界都感到吃惊。这是些'自逞智慧'的人,他们已经暗暗地响应了那远古的召唤:'脱离那链!'已经在渴望融化、消失在太极之中,同时又极为痛苦,还依恋着那曾经存在于其中的一切相,一切化身,尤其是自己现在的每一个瞬间。这是些极具天赋的人,他们从数不尽的先辈那里继承了极为丰富的直觉,他们感觉得到那链上的无穷远的环节,那些在自己身上奇妙地重现了乐园始祖的力量和荣光的生命。②

笔者认为,在蒲宁的笔下,"生死轮回"与物质的联系较之与精神更加紧密。蒲宁曾说:"印度佛教的'生死轮回'不是什么故弄

---

① Бунин И. А. Собр. Соч. в 6 т. Издательство 《Художественная литература》, 1988. Т. 6. С. 116.
② [俄]布宁,《布宁散文》,陈馥译,人民文学出版社,2008年,第135页。

玄虚的奇谈怪论,而是生理学"①,因此,作家对本能、直觉、对直接认识表现出了特别的偏爱,他在神秘的、难以揣摩的生活面前的沉默也正来源于此,正因如此,蒲宁在自己的作品中曾多次引用了托尔斯泰的一句话,这就是"为了使生活富有意义,应该让生活的目的走出人类的理智所能达到的边缘"②。这也许就是他为何藐视那些试图论述"超验"与"神秘"的象征主义者的原因。在语言层面上,这种面对神秘的停顿和超越神秘的难度在蒲宁的笔下就化作了一个个逆喻修辞格,如"错误的幸福""狂喜的恐惧""甜蜜的绝望"等等。蒲宁最喜爱的主人公也不是那些理智聪慧的人,而是那些内心怀有原始的本能智慧之人。

在某种程度上,与祖先紧密联系的感觉使作家克服了孤独感,在宇宙中根深蒂固的感觉又使作家看到了生命的意义。这正是托尔斯泰所说的"解脱","人的生命就表现在有限对无限的关系之中。""解脱就是使精神剥离物质的外衣,将暂时的我(大写,有限)与永恒的我(大写,无限)联系在一起。"③

联系世代的感情,……这是一种同养育你的人、同你的父辈的生命结合在一起的感情,它会使你自身的、个人的、短暂的生命得到扩展。当你珍视这种世代的联系,向饱受生活的磨难、探究人生的奥秘、并对你显示爱心的父辈表现出亲子的敬意时,你便珍视了自己,即珍视了同父辈一样的生命,因为你是他们的子息,他们的果实。……统一的生命通过我们的躯体在完成神秘的历程——要努力去感知这种统一的进程,并表示虔诚。正是在这中间体现了你的不朽和自我肯定。④

将个体有限的生命融入全人类无限的生命中,特别是当感到"全人类的精神、几千年的精神似乎就同我在一起,就在我的心中。"⑤的时候,作家不禁对天祈祷:

---

① Мальцев Ю. Иван Бунин 1870—1953, Посев,1994. С. 8.
② Бунин И. А. Собр. Соч. в 6 т. Издательство 《Художественная литература》, 1988. Т. 6. С. 29.
③ Там же. С. 28
④ [俄]蒲宁,《耶利哥的玫瑰》,冯玉律译,上海文化出版社,2001 年,第 210 页。
⑤ 同上书,第 208 页。

我有生命,这意味着我能参与我所心爱的这个地球上所有过去和现在的、永恒和暂时的、遥远和贴近的、一切时代和国家的生活。上帝啊,请延续我的生命(《大水》)。①

记忆不仅诠释了作家的人生观,同时也诠释了作家的宗教观,正如著名评论家斯捷蓬所说:"没有什么能够像记忆那样以如此巨大的力量见证蒲宁的缪斯的真正的宗教性了。"②

对于蒲宁来说,对上帝的虔诚信仰来源于俄罗斯深厚的宗教传统,来源于其家族虔诚的遗传。从童年时起作家就开始思考上帝了。"我从何时起、是怎样开始具有对上帝的信仰、理解和感觉的呢?我想,是和理解死亡同时出现的。死亡,唉,是多么紧密地与上帝联系在一起的呀!(和母亲卧室里的圣灯和镶嵌着金银饰品的黑色圣像)。"③小妹妹死后,"我惊恐不安的、仿佛蒙受耻辱的心灵开始期盼着在上帝那里寻求帮助和拯救,很快我所有的念头和感情都转向秘密地向他哀求,转向不间断地求他宽恕我,给我指引一条摆脱无处不在的、盘旋在我头顶上的死亡阴影的道路。"④他开始如饥似渴地阅读圣徒传,接连几小时地跪在圣像前,在"悲哀的快乐"中祈祷。穿麻绳编的修行衣,喝凉水,啃黑面包,幻想成为僧人、苦修者和圣人。"整整一个冬天我都是在这种狂喜——痛苦的幻想中度过的。"⑤对于此时这个敏感的孩子来说,上帝就是死亡,但它也是不朽,"上帝在天空,在无法企及的高度和力量之中,在那难以理解的湛蓝中,它高踞于我们之上,无限地远离尘世。""和上帝连在一起的还有不朽。"⑥

从此蒲宁与上帝充满矛盾的关系就开始了,之所以说是"充满

---

① [俄]蒲宁,《耶利哥的玫瑰》,冯玉律译,上海文化出版社,2001年,第205页。
② Апология 《И. А. Бунин: Личность и творчество Ивана Бунина в оценке русских и зарубежных мыслителей и исследователей》, Издательство Русского Христианского гуманитарного института, Санкт-Петербург, 2001. C. 392.
③ Бунин И. А. Собр. Соч. в 9 т. М., 1966. Т. 6. С. 26.
④ Там же. С. 44.
⑤ Там же. С. 45.
⑥ Там же. С. 26.

矛盾",是因为他不仅宣称:"我没有任何正统的宗教信仰。"①,还猛烈地抨击东正教的宗教生活:"我们的宗教生活中一切都是那么的阴郁。人们总是谈论我们光明、快乐的宗教,一切都是谎言。再也没有什么比我们的宗教更黑暗、恐怖和残酷的了。只要想想那些黑乎乎的圣像、那些可怕的手脚,还有连续七八个小时的站立、晚祷就够了……不,不要和我说什么我们'光明仁慈的'宗教……"②但是他又从未远离基督教:基督教是作家永远的话题。生活中遇到艰难之际,他去教堂祷告。新约、旧约中的形象在他的作品中更是随处可见。正因如此,两个信仰基督教的大评论家 K.扎依采夫和 И.伊里因在评说蒲宁的作品时得出了完全相反的结论,前者认为蒲宁几乎是个狂热的基督徒,而后者则认为蒲宁是个忧郁的无神论者。此时"信仰正用乌黑的眸子凝视着他焦虑不安的面庞,等待他投入自己宁静的怀抱……"③

其实蒲宁两者哪个也不是。正像卡尔波夫所说:"蒲宁全部创作中的东正教语境是不容置疑的,但是它不是作家宗教信仰的语境,而是文化语境。"④蒲宁曾说:死亡"是充满了生机和欢乐的回归,由尘世的、时空的向非尘世的、永恒的和无边无际的回归,是回归主人和天父的怀抱,它的存在是不容置疑的。"⑤作家肯定了天父的存在,但笔者认为,这里的"天父"的概念是与基督教教义中之"天父"有所区别的,它存在于历史、时间的更深、更原始之层面,甚至是初始混沌之时的"天父"和"主人"的形象,由此蒲宁对于宗教的理解便与记忆紧密相连,且被染上了原始的神秘色彩。如蒲宁一生都将一幅圣像带在身边,但此举的目的却是与众不同的:

> 我随身总是带着一幅镶着发黑银框的古老的苏兹达里小圣像,它是使我怀着温柔和虔敬之情同我的家族、我的摇篮、我的童

---

① Бунин И. А. Собр. Соч. в 9 т.,1966. Т.9. С.258.
② Кузнецова Г., Грасский дневник, М.: Московский рабочий, 1995. С.105.
③ [俄]高尔基,《高尔基文集》(第五卷),人民文学出版社,1983年,第51页。
④ Карпов И. П. Проза Ивана Бунина. М., 1999. С.109.
⑤ Бунин И. А. Собр. Соч. в 6 т. Издательство «Художественная литература», 1988. Т.6. С.140

年的那个世界联系在一起的圣物。①

无论是带有家族痕迹的古老的圣像、欧洲的天主教哥特式大教堂②，还是在东游的旅途中触手可及的"异教的"古迹，在作家的内心唤起的是相同的"某种希望，某种令我对人世间永无止境又不可抗拒的潮流臣服的东西。"③由此，我们可以这样说，其实蒲宁对于宗教的复杂教义并没有什么兴趣，因为"信仰本身就是一种美好的情感和最珍贵的现实。"④1918年作家在一首美妙的诗《在别墅的长椅上，深夜，阳台》中写道：

我们的知识、命运
和岁岁年年的生活，
世上有谁在用恰如其分的尺度来衡量吗？
如果你的心愿意，
愿意去相信，
那么就——有。
它存在于你的内心。
就在你的心中。⑤

这首诗与蒲宁在《托尔斯泰的解脱》一书的结尾的一处表达如出一辙："找寻获得拯救的方法靠的不是理智，而是感觉。"⑥正因如此，我们才看到蒲宁对待上帝那多变的态度。

正如上文所说，上帝对于童年的蒲宁来说纯粹是精神的寄托。青年时期随着对生活感受的加深，鲜活的生命自然带来了生理的躁动和对生活之美的强烈渴望，这一切常常减弱了作家面对生活

---

① ［俄］蒲宁，《耶利哥的玫瑰》，冯玉律译，上海文化出版社，2001年，第205页。
② 蒲宁曾说过："我甚至还是一个狂热的天主教徒。无论是卫城……圣索菲亚，还是俄国克里姆林宫的古老教堂，直到如今在我的心目中都还不能与哥特式的大教堂媲美。"//见：［俄］蒲宁，《阿尔谢尼耶夫的一生》，章其译，长江文艺出版社，1984年，第54页。
③ Бунин И. А. Собр. Соч. в 9 т. М., 1966. Т. 6. С. 148.
④ Мальцев Ю. Иван Бунин 1870—1953, Посев, 1994. С. 33.
⑤ Бунин И. А., Жизнь Арсеньева, Санкт-Петербург, Лисс, Бионт, 1993. С. 470.
⑥ Бунин И. А. Собр. Соч. в 6 т. Издательство《Художественная литература》, 1988. Т. 6. С. 144

的悲观和绝望,也模糊了作家心中对上帝的理解。在《阿尔谢尼耶夫的一生》中,蒲宁家的一个老邻居死了,作家写道:"这个人现在在哪里呢?他出了什么事呢?那永恒的生活是什么呢?他大概到什么地方去了吧?但这些得不到答案的问题再也不会使人感到不安和疑惑,甚至其中还有某些安慰。他在哪里,只有上帝知道,我虽不理解上帝,但应该相信上帝,而为了生活得幸福,我也就相信上帝了。"①此时,作家对上帝的理解,很显然,带上了实用主义的色彩。在成熟的岁月里,蒲宁始终惊诧于自然之美,在他看来,自然无处不体现上帝的意志,自然之美乃神性之美,富于纯洁的灵魂和智慧,"上帝正是世界和心灵中一切美好的东西。"②而晚年的蒲宁经历了一生的思考和感受,更对上帝有了全新的理解,他在自我当中找到了上帝,即天人合一,上帝即"我"。

　　普遍意义的生命已经在记忆当中获得了肯定,但我们不难看出,从幼年时期无限困惑的《镜子》到成年时依然满是疑问的《音乐》③,蒲宁仍然在这找寻"自我"的过程中煎熬着,他一直试图将"我"从具有普遍意义的对生命的肯定中分离出来,这就是他所说的"千年不变体",他需要的是像一个旁观者,或者说像一个"处于自我的'我'之上的、善于思考的实体"(尤·马里采夫语)那样去观察自己,但这样的"试图"只是让蒲宁在人类的理智无法达到的黑洞中越走越深,困惑也随之越来越强烈。尽管作家不断地劝慰自己:

　　时间消失了,我以全部身心感觉到:两千年的时间算什么!瞧,我已经活了半个世纪,只要把我的这段时间乘以四十,就是基督、他的众门徒、"古"犹他地、"古"人类的时代。还是那个太阳,那经过一个不眠之夜脸色苍白哭肿了眼睛的彼得看到的太阳,那个

---

① [俄]蒲宁,《阿尔谢尼耶夫的一生》,章其译,长江文艺出版社,1984年,第136页。
② Мальцев Ю. Иван Бунин 1870—1953, Посев,1994. С. 34.
③ 1924年,作家在短文《音乐》中这样写道:"这是什么?是谁在写作?是现在正在书写着这些文字、思考并意识到自己的那个我吗?还是别的什么除去这个我但却内在于我的实质性存在呢?他对我而言也得神秘,与这个只在平凡生活中认识到自己的我相比更是强大得无法言说。"//见 http: //az. lib. ru/b/bunin_i_a/text_2150.shtml

太阳眼看着又要升起来照在我的头上。现在充塞着我的心胸的情感也几乎就是当年在客西马尼充塞着彼得的心胸的情感,这些情感使我流出的眼泪也像当年彼得在篝火旁边流下的眼泪一样甜蜜,一样苦涩。那么我的时间在哪里?他的时间又在哪里?我在哪里?彼得又在哪里?我们纵使在一瞬间合而为一,我的那个"我"又在哪里?我一生都极想确定他,把他分离出来。说我生活在所谓的二十世纪,而不是彼得、耶稣、蒂维里时代,这完完全全说明不了什么!我在想象中那么多次地体验过别人的、遥远的过去的生活和情感,仿佛我在任何时间、任何地点都生活过!(《夜》)①

但直到晚年,作家依然无法释然,在创作后期的小说《在出租马车上》中,作家更加迷惑地自问:

我是谁?我的那个真正的我当然不是我的肉体。……那什么是"我"呢?它以什么区别于其他事物?我是否对这个"我"拥有真正的权利呢?在我的一生中,是什么一直在我的内心存在、变化着?我的内心永远都充满了各种各样并不完整的思想和情感,它们永远以某种完全独立、独特和我无法理解的形式存在着!同时我的这个"我"又表现出了怎样强烈的双重特性!现在我正在对这个、那个人说这说那,难道这是我的全部的"我"在说吗?我的内心总是有某种完全别样的东西,而且它是以另一种方式存在着,思考和感受着另外的东西。②

作家没有结论,只有疑问,但我们不难看出的是蒲宁的所谓"我"所具有的多个特征,即"我"的"局外性""独立性"和"神秘性"。在漫长的生命链中,在众多"痕迹""不变体"构成的生命中,前两者必然使我们不能成为完全主宰自己内心活动的主体,因为"我"既"在我之外、却又深藏我内心"③,我们充其量不过是在我们之外的、真正的主体在我们身上体现的载体。这个我们所无法左右的主体却经常在我们之上、以各种形式表现为某种具有普遍意

---

① [俄]布宁,《布宁散文》,陈馥译,人民文学出版社,2008 年,第 134—135 页。
② Мальцев Ю. Иван Бунин 1870—1953, Посев,1994. С. 327。
③ Бунин И. А. Грамматика любви, Санкт-Петербург, Лисс, Бионт, 1993. С. 424.

义的和我们的理智所无法理解的力量,由此我们发现,在蒲宁的许多作品中,主人公由于无法左右自己而做出了毫无原由的怪异举动的例子几乎比比皆是。而我们对这个无法理解之力量的理解对于蒲宁来说就见证了我们的内心存在着某种仿佛旁观我们的'我'的更加高等的意识。

我想什么了?我想的究竟是什么并不重要,重要的是"我想"这个行为对于我来说完全不可思议,而更重要、更不可思议的是,我想我的这个思想的行为,我想"我一点儿也不了解自己,一点儿也不了解世界",同时我却又"了解我的不了解"。……

想自己的思想,了解自己的不了解,最无可辩驳地证明我与比我大一百倍的什么东西息息相关,证明我的不朽:在我体内,除我之外,显然还有某种根本的,不可分解的东西,那正是上帝的一部分。《夜》①

"'我'——它正是上帝的一部分",蒲宁终于下了这样结论。在蒲宁看来,上帝就在我们的"我"当中,在某种感觉当中。蒲宁的妻子也证实了作家的这一观点:"他相信我们心中的上帝的本原,而我们之外的上帝他是不承认的。"②

世界上有一类人是"属于自己的一定时间,自己在尘世的建树和事业,他们仿佛没有过去,没有祖先,是印度智者所说的那链上的可靠环节,……"③,在蒲宁看来,他们这种无记忆的存在无异于死亡。而他认为自己则是赢得了被上帝凝视和恩宠的荣誉,用"正确、优美、有力的"文字不仅向人们表达自己的感情、幻想和愿望以感染他们,"令他们同样生出悲伤和幸福的感觉",更传达作家与他们紧密联系,甚至融合的愿望。由此,作家留下了大量记忆主题的作品。蒲宁相信,"人类生活中的每一个花环都是对生活的记忆,其中最崇高的就是人们在一个人的灵柩前许诺给予他的永恒的记忆。"④,我想,蒲宁无疑得到了这个至高无上的许诺。

---

① [俄]布宁,《布宁散文》,陈馥译,人民文学出版社,2008年,第127页。
② Устами Буниных: Дневники Ивана Алексеевича и Веры Николаевны и другие архивные материалы: в 3 т. Посев, 1977. Т. 3. С. 28.
③ [俄]布宁,《布宁散文》,陈馥译,人民文学出版社,2008年,第135页。
④ Бунин И. А., Грамматика любви, Санкт-Петербург, Лисс, Бионт, 1993. С. 432.

正如上文所说,蒲宁在"生命链"或"生死轮回"的概念中表达的是完全自我的、不同于佛教教义的意义,其中最根本的差别就在于二者对待生命的态度的不同。佛教的教义排斥在生命以及生生相续的潜在实体之间存在一个永恒的灵魂这一玄学主题,实体与实体之间的关系仅仅是互为因果的,但蒲宁无法忍受活生生的生命在这个世界上流星般的闪现,最终要永劫不复地被毁灭掉。蒲宁认为,正是记忆这永恒、无限的等同体赋予了生命以生生不息的意义,并使生命在变化和追求中超越了自身,完成新的创造与完善。

事实上,在历史上尼采也曾提出过"永恒轮回"的思想,并把它称作"最深刻的思想""沉思的顶峰"。尼采歌咏生命,感受生命,他的一生就是希冀以生命力的蓬勃旺盛战胜死亡的一生,他说:"为了抵制一种全面崩溃和不知将伊于胡底的令人瘫痪的感觉,我提出了永恒轮回的思想。"①他试图通过轮回之轮将人与永恒结合在一起。但遗憾的是,他恰恰走上了反证的道路。尼采在《快乐的知识》中借一个魔鬼之口清晰地表述了这一思想:"这人生,如你现在经历的和曾经历的,你必将再一次并无数次地经历它。其中没有任何新东西,却是每种痛苦和每种快乐,每种思想和每种叹息,以及你生涯中一切不可言说的藐小和伟大,都必对你重现,而且一切皆在同一的排列和次序中———如这蜘蛛和林间的月光,一如这顷刻和你自己。生存的永恒沙漏将不断重新流转,而你这微尘的微尘必与它相随!"尼采无法忍受生命归于虚无,但像他所表述的这样无数次地重复,没有任何新东西的产生是在赋予生命以永恒吗? 如此令人厌倦的重复,生命岂不是无任何意义可言!?② 尼采的"永恒轮回"说反证了他生命具有超越和创造的强力意志论,因为它既没有佛教轮回说中人因前世之业而引起后世的因果报应、升浮沉降,更没有蒲宁借"生死轮回"表达的记忆主题中对生命的肯定。

---

① 周国平,《尼采——在世纪的转折点上》,上海人民出版社,1999 年,第 98 页。
② 同上书,第 94—95 页。

佛教的轮回说是建立在"众生皆苦,生即是苦"的基础之上的,"诞生是苦,衰老是苦,忧悲烦闷是苦,悔恼绝望是苦,希求得不到是苦,总之,色、受、想、行、识'五蕴'(人生的基本组成部分)皆为苦。"①整个轮回的存在是与苦难统一的,由此跳出轮回实际上就是脱离了隔绝、情感和欲望,在一种纯粹的清明高深的境界中感悟极乐,完成涅槃。这是佛教追求的最高境界,可见佛教并不希冀一次次的重生,而是恰恰相反,佛教追求的是停止来生,目标就是寂灭——吹灭自己轮回的火焰。蒲宁笔下的年轻车夫的确是这样做了,但在其他许多作品中,我们可以清晰地感觉到蒲宁内心深深的痛苦。他一方面给自己的主人公展示了拯救之路就在于佛法的精髓:"应该像你不曾生活那样去生活,"[Ⅱ,448]消除一切欲望,因为"声色犬马令人们陶醉,欲念缠绕着人们,就像绿如碧玉的、美丽然而致命的匐行植物缠绕住稻子一样,"[Ⅱ,448]但另一方面他又推翻了佛祖的"教诲",他永远不能,也不愿意抵抗自然和生活对他的诱惑,跳出轮回对他来说决不意味着解脱,而是恰恰相反,意味着离开充满了美和爱的世界。他无数次地对天呼告:"永恒而无所不能的主啊!你从来都不知道人的欲望。你存在于宁静之中,但你自己又破坏了它:你自己孕育又牵引了这条不朽的生死链,……现在,你的呼唤越来越响亮地鸣响在我的耳旁:'跳出轮回吧!要跳得不留痕迹,不留遗产,不留继承人!'佛祖啊,我已经听到了你的声音,但**与充满了欺骗和痛苦的甜蜜的尘世生活分离依然令我痛苦万分**(黑体字为笔者所加),你的无始与无终依然令我感到恐惧。"②

尽管蒲宁说过:"欢乐的感觉即使是最强烈的,和强烈的悲痛相比也是不名一文的。"③但蒲宁的悲观与佛教的"苦海无边"是有所区别的。令作家感到恐惧的不是生活中痛苦多于欢乐,而是丧

---

① [日]中村元,《东方民族的思维方法》,林太、马小鹤译,浙江人民出版社,1989年,第103页。
② Бунин И. А. Собр. Соч. в 9 т. М. 1966. Т. 5. С. 306.
③ Устами Буниных: Дневники Ивана Алексеевича и Веры Николаевны и другие архивные материалы: в 3 т. Посев, 1977. Т. 2. С. 80.

失了感受生活中欢乐与痛苦的能力,而且人们常常是在活着的时候这种能力就已经丧失了,就像《四海之内皆兄弟》中那个英国人一样。

孔子云:"五十而知天命"。写《夜》的时候,蒲宁已年满45岁。但是,这篇在蒲宁全部创作中占有重要地位的作品只能说是作家对生命内蕴的意义、对生命的复活之路作了"阶段性的"总结。如果说托尔斯泰在经历了"阿尔扎马斯之夜"的精神危机后获得了"重生"的话,那么蒲宁在听到了佛祖的训诫之后实际上又陷入了怪圈,痛苦再一次出现。欲出世的蒲宁无论如何也无法抗拒生活的魔力,因为他看到与沉重的十字架同在的还有盛开的鲜红欲滴的玫瑰,它就在身边怒放,近在咫尺,触手可及。他重又入世了:"啊,生活是多么美呀,我的上帝,是多么美妙呀!"[Ⅲ,50]。其实,我们在阅读蒲宁的哲理散文《夜》时就已经听到他内心真正铿锵有力、激情澎湃的声音:

> 它又来了,这喘息,这生命的喘息。海浪轰鸣着滚向岸边,紧随其后的是空气、大海清新的气息和鲜花芳香的轻微的浮动。……我走在沙岸上,之后坐在水边,无比陶醉地将双手浸入大海,一瞬间我的手就在无数晶莹的水滴和不可胜数的生命中闪闪发光……不,我的大限还未到!还有某种比我所有的思辨更强大的东西。这深夜的怀抱像女人般地令我渴望……上帝呀,请留下我吧!①

---

① Бунин И. А. Собр. Соч. в 9 т. М.,1966. Т. 5. С. 308.

第三章　蒲宁的美学观

> 诗意微妙而不可言传：
> 瞧，这荒凉的山坡，遍地石头的空谷，
> 关着羊群的羊栏，牧人的篝火
> 和刺鼻的烟曾使我多么心欢！
> 我的心充溢着异样的欢乐和不安，
> 心对我说："回去吧，往回走！"
> 烟飘了过来，仿佛香雾连连，
> 可我怀着妒意，怀着愁绪走了。
>
> 诗意不在于、绝不在于世人
> 所谓的诗歌。诗意在于我的继承，
> 继承愈丰，我便愈是一位诗人。
>
> 我的远祖在那遥远的童年有过的观感
> 留下模糊的痕迹，
> 我感受到了，于是对自己说：
> "世上没有不同的心灵，也没有时间！"
>
> 《山中》(1915)[Ⅰ,137-138]

蒲宁生活在 19 世纪末 20 世纪初那个理论化的时代，在那个流派纷呈、理论林立的氛围中，蒲宁没有创立自己独立的美学理论，但是他对于艺术实质、艺术的地位以及艺术与现实关系的大量思考却散见在他的作品、文章、书信以及日记当中，为理解他的艺术观创造了可能，也为我们解释他的艺术世界的各种特征提供了基础。

第一节　蒲宁与其创作时代的文学关系

蒲宁真正进入俄罗斯文学之时正是19世纪末20世纪初俄罗斯文化的"白银时代"。这一时期俄罗斯社会发生了剧烈的变动，文化界也出现了浓厚的复兴的气氛，探索更新的风气盛行，短短几十年间，各种思潮纷至沓来，百家争鸣群芳吐艳，正如凯尔德士在《俄罗斯白银时代文学——完整而复杂的体系》一文中所说的：当时"俄国全部艺术生活领域的加速发展和非同寻常的凝聚力丝毫不亚于社会运动那种狂飙突进的速度。"①但是旧的世界观、信仰以及旧式的人类交流方式并没有完全宣告结束，而新的一切已经不可抑制地登上了文化的舞台。蒲宁在《散记》写道："我一下子见到了整整四个文学时代：第一代是格里戈罗维奇、热姆丘日尼科夫和托尔斯泰。第二代是《俄罗斯财富》编辑部和兹拉托弗拉茨基。第三代是埃尔台利和契诃夫。而第四代的那些人，用梅列日科夫斯基的话说就是，'已跨越了所有的规律，摧毁了所有的界限'的人们。"[Ⅰ,314]于是文学运动成了各具特色的艺术思想体系之间进行战争的战场。"起初各自的支持者针锋相对，互不相让。言辞尖刻的争辩证实了双方的实际分歧，却并没有反映出整个论争过程的全部复杂性。这种复杂性是后来逐渐被认识到的。在彼此矛盾的同时也能发现两种思想体系相互接近的迹象。"②人们思想变幻不定，"一个作家同时倾向于几种思想流派或辗转于各流派之间的现象时有发生。"③作为初登文坛的蒲宁，应该说，他的创作思想及风格正是在这种大气候的影响下、在各种流派及价值观不断变异与交叉的共同作用下形成的。事实上，蒲宁个人以及他的创作无论是与现实主义、还是现代主义之间的相互关系都不是简单的，而

---

① [俄]俄罗斯科学院高尔基世界文学研究所集体编写，《俄罗斯白银时代文学史》，谷羽、王亚民等译，敦煌文艺出版社，2006年，卷Ⅰ，第1页。
② 同上书，第3页。
③ 李辉凡、张捷，《20世纪俄罗斯文学史》，青岛出版社，1999年，第21页。

是错综复杂的,既有和谐与合作,也充满了冲突与矛盾,这鲜明地体现在蒲宁与高尔基和勃留索夫的关系中。现实主义和象征主义的关系无疑是白银时代文学运动的焦点,而蒲宁与这两大流派的关系同样也构成了他文学生涯中浓墨重彩的一笔,更是影响其美学观形成的关键。蒲宁与这两位大师从相识、合作到最终的分道扬镳,应该说,既是世纪交替复杂的社会生活和文学流派的争斗使然,也是文学之外的诸多因素造成的结果。但不管怎样,他们在俄罗斯文学史上留下了独特丰富而又耐人寻味、同时也极富研究价值的一段插曲。

  1899年春天,经契诃夫的介绍,蒲宁与高尔基在黑海之滨的雅尔塔相识。高尔基给蒲宁留下的第一个印象是:他"好像很诚心很热情,并且总是说得很形象,总是带着英雄式的感叹,带点故意粗犷的原始性。"①据蒲宁后来回忆,"几乎就在当天,我们之间便产生了某种类似友谊的亲近。……后来我们常常在彼得堡、莫斯科、下诺夫戈罗德、克里米亚见面,我们之间有业务往来,一开始我参加了他主编的杂志《新生活》,后来在他主持的'知识'出版社印行了最初的几本书,还为《知识》丛书撰稿。"②蒲宁对两人关系的评说是极其客观、谨慎,毫无感情色彩的,因为这种"类似友谊"③的感情由始至终都混合着双方在世界观和美学观上的分歧。事实

---

① [俄]蒲宁,《蒲宁回忆录》,李辉凡译,东方出版社,2002年,第96页。
② Бабореко А. И. А. Бунин-Материалы для биографии с 1870—1917, Москва, 《Художественная литература》, 1983. С. 73.
③ "类似的友谊"还算是比较委婉的提法,事实上,蒲宁曾多次直言不讳地否认他与高尔基之间存在友谊。1911年,在外界看来二人合作最为密切的时期,蒲宁在写给自己的兄长尤里的信中谈到了他在卡普里岛上经常拜访高尔基时这样说:"必须到他那里去打破了我宁静的生活,只有在这样的生活中我才能够创作。我感到痛苦的是,我们之间根本没什么可谈的,却必须得谈,还要装出友谊很深厚的样子,其实它根本就不存在。我完全没有想到,这一切让我如此焦虑。我的心始终感到,这'友谊'的热情正在走向终结,还的确如此。我们在卡普里的会面从来就没有像现在那样枯燥、虚假。"// Бунин И. А.: [Сб. материалов]: В 2 кн.-М.: Наука, 1973. -(Лит. Наследство; Т. 84). кн. 2. С. 39. 蒲宁还称这种友谊是"奇怪的友谊"。他说:这种奇怪的友谊"之所以奇怪,是因为几乎有20年被看作是我和他(指高尔基)的重大的友谊,而实际上是没有的。"//见[俄]蒲宁,《蒲宁回忆录》,李辉凡译,东方出版社,2002年,第93页。

上，二人的关系远比看上去要复杂得多，经济上的合作和在许多问题上观点的分歧远远不是二人关系的全部，对于一些问题，特别是在观照俄罗斯民族发展的历史、解读俄罗斯民族性格的问题上二人不约而同地采取了客观、清醒、犀利的现实主义态度。如果说，蒲宁的"枪口"对准的是俄罗斯农民"精神的赤贫"的话，那么高尔基就是把更广泛的俄罗斯人的灵魂公之于众，两位大师共同展示了旧俄社会生活厚重、丑恶的全景图。这些都是两位作家关系当中不应忽视的部分。

正如我们在上文中所指出的，19世纪末、20世纪初的社会风潮以及随后发生的几次变革促使蒲宁深入地思考了俄罗斯的民族性格、国家的历史发展道路以及二者之间的关系，并创作了《乡村》等一系列令人警醒的作品。事实上，变革所带来的冲击波剧烈地冲击着每一个关切俄罗斯祖国命运的人们，当时的许多知名作家、知识人都敏锐地触摸到了社会的脉搏，不约而同地将自己的作品献给了"俄罗斯与变革"这个主题，正如评论家利沃夫—罗加乔夫所说："人民，俄罗斯……这就是目前吸引我们最优秀的艺术家的最大主题。"①当时的著名作家，如魏列萨耶夫、库普林、谢拉菲莫维奇都纷纷创作作品，人们在观察，在思考，在展示变革中突然被带到社会前台的下层人民的群像，也试图弄明白，他们将给这个国家带来什么。在这个问题上与蒲宁观点最为接近的无疑是高尔基，在《乡村》的创作中高尔基也起了不小的作用。

1909年三月，蒲宁夫妇在旅欧途中来到高尔基在意大利卡普里岛的家里做客，并在那里逗留了一个多月。此时高尔基刚刚结束了《夏天》的创作，正在酝酿《奥库洛夫镇》的写作计划，双方的谈话中一个重要的主题就是探讨俄罗斯农村问题以及俄罗斯文学对农村、农民的态度问题。高尔基很喜欢蒲宁早期创作的一系列农村小说，诸如《金窖》《梦》②，他从不怀疑，在俄罗斯文学界继托尔

---

① Смирнова Л. А. Иван Алексеевич Бунин: Жизнь и творчество, М.: Просвещение, 1991. С. 70.
② 1903年12月，高尔基在写给皮亚特尼茨基的信中称："蒲宁的两篇小说我看过了，很喜欢，特别是第二篇。"（指的是《梦》，笔者注）//见: Бунин И. А.: [Сб. материалов]: В 2 кн. -М.: Наука, 1973. -(Лит. Наследство; Т.84). кн. 2. С. 19.

斯泰之后谈到对农村的了解程度没有谁能出蒲宁之右,因为蒲宁不是始终生活在大都市里清高、优雅的道听途说者,他的家就在乡村,有机会近距离观察到近几年发生的几次大事件后农村的真实情况。

蒲宁酝酿《乡村》的写作始于1908年①,从欧洲回到国内后,蒲宁便回到乡下投入了紧张的创作。1909年9月22日蒲宁在写给高尔基的信中说:"最近非常有创作欲,总是连珠炮似的……我已经回到了您建议我返回的那个关于农村的中篇。……昨天写完了三页纸就停下了,我感到很疲倦,一夜都没睡,双手颤抖。现在您笔下的那个老头子特别刺激我。唉,这个罗斯和它的历史呀!"②蒲宁信中提到的这个"老头子"是谁呢?他在蒲宁创作《乡村》时给了作家怎样的刺激?关于这个问题,在很长的一段时间内研究者一直众说纷纭,有的认为是《夏天》中的库进③,也有人认为是《马特维·科热米亚金的一生》中的主人公马特维④,或者是《奥库洛夫镇》中的季乌诺夫⑤。但从有关蒲宁的相关资料⑥和二人几部作品的创作时间上判断⑦,笔者更倾向于认为这个"老头子"是高尔基的小说《忏悔》中的约纳神父。小说中有这样一个场景。一次,约

---

① 1959年6月9日,维拉·蒲宁娜在写给巴巴连科的信中称:"伊凡·阿列克谢耶维奇还在1908年就决定创作《乡村》这部作品,并决定以全新的方式描写农民。"//见 Бабореко А. Бунин. М.: Молодая Гвардия, 2004. С.120.
② Бунин И. А.: [Сб. материалов]: В 2 кн. -М.: Наука, 1973. -(Лит. Наследство; Т.84). кн.2. С.93.
③ Ревякина И. А. И. Бунин и М. Горький. Диалоги во времени. // Иван Бунин и общество любителей российской словесности. Москва, 2007. С. 170.
④ 这个观点最早是由 С. 卡斯托尔斯基在发表于1947年的名为《高尔基创作中的俄罗斯性格》中提出,后得到了许多学者的支持,如 О. 米哈伊洛夫, А. 尼诺夫等。//见 Бунин И. А.: [Сб. материалов]: В 2 кн. -М.: Наука, 1973. -(Лит. Наследство; Т.84). кн.2. С.64.
⑤ Горьковские чтения Горького 1964—1965, Москва: ИМЛИ, С.48.
⑥ 1910年12月16日,蒲宁在接受《敖德萨新闻报》的采访中说:"我认为近几年高尔基笔下最好的作品是他的《忏悔》。这样的作品不是一个才思枯竭的人能够写成的,而是正处于创作高峰期的作家才能写就的。"// 见 Бунин И. А.: [Сб. материалов]: В 2 кн. -М.: Наука, 1973. -(Лит. Наследство; Т.84). кн.1. С. 368.
⑦ 从创作时间上看,只有《忏悔》和《夏天》写于《乡村》之前。

纳神父和寻神者马特维在林中偶遇,休息时二人聊到了俄罗斯民众。马特维厌恶地说:"什么叫民众?还不是那些身体肮脏,思想肮脏,头脑空空,腹中空空,为一个小钱就出卖灵魂……"①约纳愤怒地打断了马特维的"高论":

> 提起民众来,你知道什么?你这个不开窍的傻瓜!你懂历史吗?你读读圣徒传吧!圣徒就是我们这些受苦受难的民众!他们比什么人都高尚,你读了这本书之后我才有可能告诉你,站在你面前的是些什么人,叫你这个背井离乡孤苦伶仃的乞丐也明白明白,在你周围有一种力量在成长!你知道什么是罗斯?什么是希腊?也就是说,什么是埃拉多斯?②什么是罗马?你知道所有的国家是根据谁的意志和精神建立的吗?教堂是建立在谁的尸骨之上?那些智者贤人口中的至理名言是从谁那儿学来的?告诉你,大地上所有的东西,包括你头脑中所有的东西,都是民众创造出来的,那些出身高贵的人只不过是把民众的创造加以提炼炮制而已……③

接下去,约纳神父讲到了俄罗斯的历史,讲到了在开疆拓土、建设国家、保卫国家,甚至是宗教诞生的过程中民众所做出的巨大贡献。最后约纳神父这样说:

> 人世上所有劳动着的人,是人世上的一切力量,是创造上帝的永不枯竭的源泉!看吧,民众的意志在觉醒,伟大的、被强制分裂的力量正在汇合起来,许多人正在探索把人世间的所有力量连成一个整体的途径,用这种统一的力量来创造一个光明、美好、无所不能的上帝。④

高尔基借约纳神父之口表达的这些充满激情和乐观主义的思想充分肯定了民众的力量,并在他们身上看到了国家的希望,但这一思想却遭到了来自各方面的批评。宗教人士的抗议自不必说,来自马克思主义者的批评同样猛烈。这种将人民的创造性力量最

---

① [俄]高尔基,《高尔基文集》(十二),人民文学出版社,1984年,第432页。
② 希腊的古称。
③ [俄]高尔基,《高尔基文集》(十二),人民文学出版社,1984年,第434页。
④ 同上书。

终归结为"造神"的思想显然与马克思主义倡导的共产主义理想格格不入。对此，1909年高尔基在写给蒲宁的信中沮丧地抱怨：在这个中篇当中"我的阶级观点出了问题……"，蒲宁回信道："我很高兴你的'阶级观点出了问题'，就让它以后也不停地出错吧！"①不难看出，蒲宁是站在与马克思主义者对立的立场上的，但同时他也不同意高尔基对俄罗斯民众、对国家历史的理解，可以想见，这就是为什么"老头子特别刺激"他的原因所在，这也更坚定了他要在自己的《乡村》中"以全新的方式描写农民"的决心。

可以说，在高尔基与蒲宁关系相对密切的这段时间里，高尔基不仅推动了蒲宁《乡村》的创作，同时还以自己的作品——中篇《奥库洛夫镇》与《乡村》遥相呼应。高尔基以惊人相似的方式表达了与蒲宁相吻合的思想，不同的是他将批判的矛头指向了庸俗的小市民。在蒲宁的笔下，"整个俄罗斯就是一个大乡村"②，荒凉、破败、肮脏、贫困、野蛮、冷血，俄罗斯的老百姓"都是些粗话连篇、好吃懒做、不说真话的人，全那么厚颜无耻，彼此都不相信"③的人，而俄罗斯的历史就是"兄弟之间、亲家之间、父子之间，不是尔虞我诈就是相互残杀，不是互相残杀就是尔虞我诈。"④而在高尔基的笔下，俄罗斯就是一个荒诞的国家（"你脚上穿的是破靴子，衬衣常年不洗，裤子勉强能够遮羞，肚子像个口袋，装的全是糠秕，然而你却戴了一顶漂亮的貂皮帽子，这就是莫斯科。"⑤）小市民们同样过着被贫穷所腐蚀、吞噬，充满了酗酒、赌博、告密、背叛等野蛮行为的生活。他们无所事事，相互仇视（"上帝啊，我们都是你的儿女，/可仇恨却充满我们的心灵！/我们从生到死宛如野兽，/互相残害不留情。"⑥）靠毫无缘由的打架来度日，来解决"俄国式的绝望"；他

---

① Бунин И. А.：［Сб. материалов］：В 2 кн. -М.：Наука, 1973. -（Лит. Наследство；Т. 84）. кн. 2. С. 32.
② Бунин И. А. Маленький роман, Санкт-Петербург："Лисс"，"Бионт"，1993. С. 362.
③ ［俄］蒲宁，《耶利哥的玫瑰》，冯玉律、冯春译，上海译文出版社，2004年，第340页。
④ 同上书，第255页。
⑤ ［俄］高尔基，《高尔基文集》（十二），人民文学出版社，1984年，第512页。
⑥ 同上书，第516页。

们毁灭思想,蔑视文化,"新思想在牢狱〈这里指家庭,笔者注〉狭小黑暗的囚室中长久地挣扎,最后筋疲力尽,静静地死去,不再产生什么结果。"①("诗也好,诗人的纪念碑也好,这些玩意儿对我有啥用?"②),不知廉耻,出卖灵魂("允许自己的妻子、女儿靠卖淫换回酒钱","除了灵魂没有任何东西可以出卖"③)。对于1905年的革命,两部作品中的描写更是相似。无论是农民,还是小市民,没有人理解这场革命的真正意义,在他们看来,这就是一场可以令他们摆脱日常沉闷生活的"狂欢",是可以带给他们恣意妄为的"绝对自由"。"我们的束缚打破了,你们可以随心所欲地施展自己的本领,起来反抗命运吧!……一对一,不要别人干涉。"④"酒馆里人群发出阵阵叫声,那里在过节,人们试图开心。"革命对他们来说就是传说中的家神,有了它人们就可以"不用耕地不用收,/甜饼送到姑娘手!"⑤在一通发泄式的打砸抢之后,人们仿佛什么事也没有发生过似的过着原来的生活。难怪连当时站在对立立场上的保皇派杂志《新时代》也不免将《奥古洛夫镇》和《乡村》并列,认为二者在批判社会制度方面的力度是相同的,"有一个文学社团,其成员的任务就是揭露俄罗斯和它的人民:政府、军队、官员、宗教人士、普通居民、小市民和农民。滋生于一些激进的大型杂志的暴露文学后来主要集中于《知识文库》的每一期当中,它们起到了革命的机关枪的作用,并在很长的时间里向整个俄罗斯散播诽谤和谣言。"《新时代》的评论人还直指,《奥库洛夫镇》和《乡村》就是硬塞进俄罗斯生活的、难看的"黑焦油",是"谩骂小说",并"建议"两部小说的作者:"如果闭上嘴或是管住自己的舌头,一切将会变得更好。"⑥

《乡村》出版之后,蒲宁曾对高尔基的帮助表达了真诚的感谢,在1910年12月17日写给高尔基夫妇的信中,蒲宁这样写道:"我

---

① [俄]高尔基,《高尔基文集》(十二),人民文学出版社,1984年,第582页。
② 同上书,第516页。
③ 同上书,第535页。
④ 同上书,第593页。
⑤ [俄]蒲宁,《耶利哥的玫瑰》,冯玉律、冯春译,上海译文出版社,2004年,第298页。
⑥ Бунин И. А. : [Сб. материалов] : В 2 кн. -М. : Наука, 1973. -(Лит. Наследство; Т. 84). кн. 2. С. 38.

在信中说些什么呢？写出来的一切都将是平淡死板的，可是上帝作证，我的内心无论是过去还是现在都满溢着温情和感激。我亲爱的朋友们，请允许我沉默，请允许我只对你们说：如果我在《乡村》之后还能写出什么好东西的话，这一切都将归功于您，阿列克谢·马克西莫维奇。您完全不能想象，您的话对我来说是多么的珍贵，您向我播洒了多么珍贵的生命活水呀！"①

但是如果以此来确定蒲宁与高尔基两位大师的"志同道合"就大错特错了，《乡村》和高尔基的《奥库洛夫镇》仅仅是二人人生道路的一个交点，蒲宁和高尔基对于历史的理解是不同的。对于高尔基来说，奥库洛夫镇的状况并不是俄罗斯国家永远的状况，这只不过是俄罗斯历史上一个阵痛期，最终必将被民众所改变，历史将开始崭新的时代。而对于蒲宁来说，人类自古遵循的生活理念永远是掌控生活的强大力量，任何社会的变化或是所谓历史的进步改变的仅仅是生活的外部形式，根本不会改变社会的核心价值。小说中展开的对俄罗斯、对人民以及国家的现状和未来的思考只能说明在家国、民族经历"艰难时世"之时很多问题引发了他们的共鸣而已。二人从不同的道路走来，即使在关系最为密切的时期，不和谐的阴霾也始终伴随左右，这样继续的道路必然是分歧的。

在与"知识"合作之前，二人还曾参加过"星期三"文学社团，它是由作家捷列绍夫在80年代牵头组建的一个氛围自由的艺术小组，由"帕尔纳斯"小组脱胎而来的，其成员来自政治派别、文学观点各异的各个流派，人数众多，构成庞杂。经常出席聚会的不仅有蒲宁兄弟、高尔基、契诃夫、柯罗连科、库普林、安德烈耶夫、魏列萨耶夫等著名作家，还有许多知名的演员、画家，如歌唱家夏里亚宾、画家列维坦等。该社团出现之日正是第一次俄国革命到来的前夜、社会运动高潮迭起之时，但整个社团的风格却定位在远离政治、远离社会生活热点的位置上，显然，这样的定位是很合蒲宁的胃口的。然而，随着高尔基的加入，时代的政治热情也随之进入了社团的生活。作家别拉乌索夫后来回忆到："至今我还清楚地记得

---

① Бунин И. А. Письма 1905—1919, Москва: ИМЛИ РАН, 2007. С. 160.

高尔基在谈论工人运动时那些热烈的话语。"①作家还谈到了,正是由于高尔基,"星期三"再也不能对风起云涌的政治运动无动于衷,然而蒲宁却始终十分低调地对待这一切。"我创作并刊出了两篇小说,但那里的一切都是那么的虚假,那么令人不快:一篇讲的是一些饥饿的农民,我根本就没见过他们,事实上,我至今都不怜悯他们。另一篇写的是地主破产的俗气的主题,也是凭空杜撰的。我当时希望写的只是长在穷地主家门前的那高大、银白的白杨树,还有放在他书房柜子上的那个一动不动的鹞子的标本。如果写破产,那我想表达的也只有它的诗意。"②高尔基对此尽管颇有微词,但是由于他始终由衷地赞叹蒲宁的文学才华,因此还是竭力想把这位作家吸引到革命的一方来。1901年,高尔基成为"知识"出版社的主要领导人后,他随即力邀蒲宁加盟。但同时又由于蒲宁对政治斗争一贯的冷漠态度而感到遗憾。1901年2月高尔基在写给勃留索夫的信中谈到蒲宁,他说:"我真不明白,他为什么不把自己的才华,像一块光泽纯正的银子一般的才华打造成一把利刃,刺向该刺的地方。"③同年11月,他在给出版社的同事的信中又一次提到了蒲宁这种不问时事的态度:"唉,蒲宁!真是叫人又爱又恨,艺术上有毛病,逻辑上也讲不通!"④当高尔基获悉蒲宁依然准备在现代派的出版物上发表作品时,他毫不掩饰自己的反感:"我已得知蒲宁又将出现在'天蝎'的一伙人中间,说实话,这使我很不高兴。我一直在想,'知识'是否应该把自己的标记打在冷漠之人的作品之上?《安东诺夫卡苹果》气味芳香——的确是的!但它们的香气绝不是民主的,难道不是吗?"⑤尽管蒲宁加入了"知识",但在这个以现实主义为美学原则、以批判资本主义社会弊端为主要目的的具有鲜明政治倾向的团体中蒲宁始终像一个局外人,当这个团体

---

① Бунин И. А.:[Сб. материалов]:В 2 кн. -М.:Наука,1973. -(Лит. Наследство;Т. 84). кн. 2. С. 12.
② Там же. С. 14.
③ 冯玉律,《跨越与回归—论伊凡·蒲宁》,上海外语教育出版社,1998年,第95页。
④ Бунин И. А.:[Сб. материалов]:В 2 кн. -М.:Наука,1973. -(Лит. Наследство;Т. 84). кн. 2. С. 15.
⑤ Там же. С. 10.

的大部分作家纷纷表示愿意直接参与社会变革,积极回应高涨的革命运动之时,蒲宁依然孤独地"沉醉"在风花雪月的大自然和普通人生生死死的情爱当中。正如米哈依洛夫所说:"就反映当时俄罗斯的一切'痛点'来说,蒲宁在很长时期内都过于'作家'了,而他的作品也过于'文学'了。"①

众所周知,蒲宁是在旧俄的庄园中长大的,庄园中宁静的自然风光、平和的生活方式以及幼年时期对各国优秀古典文学的广泛涉猎不仅培养了作家温文尔雅、高贵矜持的贵族心态,对美、对温和的人道主义和模糊的自由主义崇拜的心理特征以及良好的文学品位,更使他在普希金、莱蒙托夫、巴拉廷斯基、茹科夫斯基、席勒、莎士比亚等伟大作家的作品中看到了真正的文学价值之所在。早在18岁时撰写的一篇文章《现代诗歌的缺陷》当中蒲宁就明确地指出:

作家首先应该明确艺术的实质以及评定艺术的标准何在。……宗教、道德、法律、科学、哲学和艺术——它们都是令人类脱离动物性发展阶段的手段。在此意义上,所有这些手段,也仅仅是手段,所具有的存在的权利当然是为了人类的利益。艺术和其他的手段一样是不能为自己而存在的,因而绝对意义上的'为艺术而艺术'的公式简直就是荒谬。但是这个理论的否定者同时也陷入了另一个极端,即将艺术的意义贬低到了狭隘的实用层面,显然,一个极端引发了另一个同样荒谬的极端。崇高美好的事物通过对人的不断影响可以细腻人的品位,唤醒沉睡的对崇高、美好事物的追求。人内心的各种特质是相互影响的,美学作用可以间接地影响人的道德观;而从另一方面来说,美好的、道德的和有益的事物是紧密联系的,所以以恰当的形式来表达有益事物的艺术同时也赋予它以重大的意义和价值,在这种情况下,艺术的确具有相当大的实用价值,但是如果以此作为艺术的全部意义就不免以偏概全了。②

显然,蒲宁并不是断然否定艺术的实用意义,对于蒲宁来说,

---

① БунинИ. А.:［Сб. материалов］: В 2 кн. -М.: Наука, 1973. -(Лит. Наследство; Т. 84). кн. 1. С. 14.
② Там же. С. 469.

只有"能够使我看到活生生的人,令我感到大自然生动的气息,并能让我的心弦颤动起来"①的东西才能称之为文学,他热爱和珍视的是对艺术和美的信念,而且终生坚守,痴心不改;蔑视的是那些功利主义式的标榜主潮流的所谓时髦玩艺,无论是政治上的,还是文学上的。正因如此,当高尔基振臂呼唤"时代英雄"的时候,蒲宁依然坚守其诗意的阵地,他坚信"政治永远不会与诗歌有关。"②他说:作家"应该写屋顶,写套鞋,写脊背,但这一切根本就不是为了与恣意妄为和强权作斗争,或保护被压迫者和无家可归者,也不是为了塑造鲜明的类型或绘制社会、现代以及它的情绪、潮流的广阔的画卷。"③而当1905年革命失败以后,许多曾经热切关注现实生活、紧跟时代脉搏的"知识"丛书的作者,包括始终对"被侮辱和被损害"的小人物寄予无限同情、并曾和高尔基并肩呼唤革命的安德列耶夫和创作了以题材之尖锐、社会批判力度之强的中篇《决斗》著称的库普林等都纷纷临阵易帜,在创作中越来越远离现实主义的创作原则,创作也出现了某种程度的危机。对此,高尔基非常痛心,1907年他在给朋友的一封信中写道:"现今的文学留给我一种奇怪的印象,只有蒲宁不改初衷,而其他人都表现得极为惶恐,而且看来他们自己也不知道自己都在干些什么。"④蒲宁的确继续留在了"知识"出版社,但并不是因为改变了对现实、对文学的态度。他说:

  应该说,我们需要那些鼓舞人们为生活而战斗的诗人、歌曲,但无论它们乍看上去是怎样的正确,对于我来说,它们始终是非常片面的。人类的心灵非常复杂,它要求就各种问题给予答案。如果答案没有得到,它就会将自己封闭在狭窄的框框里,并无法完美而有力地继续发展。……那些旨在解决人类的存在与意义的永恒

---

① Бунин И. А. Собр. Соч. в 8 т. М.: Московский рабочий, 2000. Т. 7. С. 578.
② [俄]蒲宁,《阿尔谢尼耶夫的一生》,杨镕光、韩馥竹译,作家出版社,2006年,第318页。
③ Бунин И. А. Собр. Соч. в 9 т. М., 1966. Т. 6. С. 233.
④ Бунин И. А.: [Сб. материалов]: В 2 кн. -М.: Наука, 1973. -(Лит. Наследство; Т. 84). кн. 2. С. 26.

问题无疑就属于这些问题。它们就是分离、疾病、痛苦、无法实现的理想和希望、难以言表的和未曾言表的感情和死亡……①

而其他的一切都会慢慢地流逝以至无影无踪。1917 年,蒲宁在回答《世界大战与俄国的创造性力量》的问卷时进一步明确道:

艺术家的目的不是要证明某种任务的正确,而是要深入生活,并反映其实质。……艺术家的出发点不应该是外部的生活,而应该是生活的深处,出于生活的土壤,仔细谛听的不应该是各流派之间的争论,而应该是鲜活生活的各种内部的声音。②

但是,如果以此便断然否定蒲宁对国家命运的关注,指责其丧失了作家的社会责任感那就偏颇了。在蒲宁的笔下,艺术创作的目的的确不在于指点江山、挥斥方遒的社会责任,而在于观照人类精神的自由,抚慰人类心灵的需求,其所解决的那些关于人类生存的问题永远都具有迫切的现实性。事实上,看似冷漠的原因只是在于他与包括高尔基在内的其他"知识"作家观察俄罗斯问题的视角不同,解决问题的方式不同而已。第一,蒲宁从来就不认同高尔基"历史只有用鲜血才能改变成新的颜色"③的观点。在他看来,革命不仅不是解决问题的唯一方式,反而意味着暴力,意味着破坏,包括对人类最珍贵的文化遗产的破坏,他更愿意从人道的角度寻找解决问题的方法。第二,蒲宁也从来没有离开过真实的生活,(这里的生活绝不仅仅是个人的生活),也永远将生活和对生活的感悟作为自己创作的出发点。他的创作从来都不是凭空的杜撰,而是对生活的介入,是对现实的介入。在蒲宁看来,这是撇掉了生活的泡沫,去除了浮光掠影的事物之后的更加实质的现实,是另一种"社会责任"。有作家这样说:"当一个作家能够被称为作家的时候,当他(她)准备把作品公之于社会,而不是只写给自己的时

---

① Бунин И. А. Собр. Соч. в 8 т. М.: Московский рабочий, 2000. Т. 7. С. 594.
② Смирнова Л. А. Иван Алексеевич Бунин - жизнь и творчество, Москва, «Просвещение», 1991. С. 120-121.
③ Горький А. М. Собр. Соч. В 30 т. М.: Художественная литература. 1949—1954. Т. 28. С. 348.

候,在他的情感,他的故事,他的梦,他对人类和世界的窥测和探究里,已经有了社会责任的成分。"①的确,在蒲宁的笔下,尽管他总是采取远离"社会价值式写作"(罗兰·巴尔特语)的创作方式,但正因如此,他才能够尽量少地受制于社会意识,甚至是阶级意识,真诚而真实地面对生命,面对生活,因此他的作品中"几乎每一个字都以其质朴、准确和生动,给人以艺术享受"②。在《阿尔谢尼耶夫的一生》中,作品记录了主人公生活中大大小小的事件,包括他的出生、他的童年、他的求学以及成年后的萍踪浪迹,倾诉了作家对这些事件的感悟,洋洋大观,五光十色。但是在这些微不足道的事情、这些零零碎碎的感受的"组合"中同为作家的帕乌斯托夫斯基读到的却是蒲宁对生活、对俄罗斯祖国的无限赞美,他写道:"这部小说并不仅仅是对俄罗斯的一曲赞美诗,并不仅仅是蒲宁生世的总结,并不仅仅表达了他对祖国深厚的、充满诗意的爱,也不仅仅表达了对祖国的忧虑和喜悦——这种喜悦偶尔在小说的字里行间化作有限的几滴泪珠,犹如拂晓时天边寥落的晨星,以及某种别的东西。""……一种《圣经》式的东西。"③蒲宁正是在这里完成了由思想小说向生活小说、生活流的转变,其意义就在于"俄罗斯小说意识开始从统治它的强大的思想意识的诱惑中、从相信思想具有优于生活和对生活具有权威力量的观点中解放了出来。"④

从"知识"出版社建立开始,蒲宁始终与之保有良好的合作关系,但最终正是由于世界观的不同,蒲宁与高尔基分手了。

如果说,蒲宁与高尔基的分歧主要是表现在世界观不同的话,那么蒲宁与象征主义大师勃留索夫的矛盾就更多地表现在美学观点的差异上。

蒲宁与勃留索夫的交往维持了 20 年,而且较之蒲高之间"奇

---

① 见 2013 年 9 月 6 日《中国青年报》记者对作家铁凝的采访。
② [俄]康·帕乌斯托夫斯基,《金玫瑰》,戴骢译,上海译文出版社,2004 年,第 202 页。
③ 同上书,第 205 页。
④ Колобаева Л. А. Иван Бунин и модернизм, // Науч. докл. Филол. Фак. МГУ. 1998. Вып. 3. С. 180.

怪的友谊"则更加富有戏剧性。蒲宁曾在《自传札记》中谈到了初识勃留索夫的情景,他说:

  他(指勃留索夫)是莫斯科一个做木塞生意的小商人的儿子,……我认识他时他还是个大学生。我看见一个年轻人,黑眼睛,有一张相当敦实的、吝啬的、像小市场买卖人和高颧骨的亚洲人似的面孔。但这个小市场的买卖人说起话来却相当讲究,辞藻华丽,清晰明确,带点儿断断续续的鼻音,就像在其笛形的鼻子里发出了犬吠声,而且总是用教训人的口吻说一些劝谕的话,不让你有异议。他说的话全都是很革命的(在艺术方面):唯有新艺术万岁,打到一切旧艺术!他甚至建议把旧书籍全部扔进篝火中烧掉,"就像奥马尔焚烧亚历山大图书馆那样!"他高声喊道。但是,与此同时,这位"胆大妄为者、破坏者"对一切新艺术也有其最残酷的不可动摇的条规指标,只要对上述要求稍有违反者,看来他也准备放到火堆里烧掉。①

  不难看出,这段回忆带有蒲宁鲜明的主观色彩,挖苦揶揄的味道显而易见。它出于作家写于1927年的《自传札记》,此时蒲宁已侨居国外,与勃留索夫天各一方,无论是个人关系还是文学合作早已完结,而且不同的性格、迥异的文学品格以及多年"纷乱时世"所造成的心中积怨难免涌上笔端,因此这段文字不足以作为二人关系研究的确凿证据,其实蒲宁与勃留索夫的关系是起起伏伏、几经周折才走到最后决裂的。

  1895年蒲宁在圣彼得堡经巴尔蒙特的介绍初识了当时还是大学生的勃留索夫,彼此都给对方留下了深刻又良好的印象。蒲宁认为在首都的诗人当中巴尔蒙特和勃留索夫是最有才华的。② 而勃留索夫也认为"蒲宁,虽然他不是个象征主义者,但他是位真正的诗人。"③这一年是勃留索夫走背运的一年,他的第一本抒情诗集《Chefs d'oeuvre》④和三辑诗丛《俄国象征主义者》不但没像作者预

---

① Бунин И. Окаянные дни, М. : Советский писатель. 1990. C.191.
② Бунин И. А. : [Сб. материалов]: В 2 кн. -М. : Наука, 1973. -(Лит. Наследство; T.84). кн. 1. C.421.
③ Там же.
④ 意为"杰作"。

料的那样给他带来成功和声望,相反,它们招致了评论界猛烈的批判,甚至是讥讽和嘲笑。勃留索夫写到,随着这几本书的问世,"我的周围非难四起,我被全民'革出了文学界'。所有的杂志在许多年里(近5年)都对我大门紧闭。"①但蒲宁却对这种新的创作流派表现出了浓厚的兴趣,并清醒地接纳了他的作品。当时蒲宁是奥德萨《南方评论报》的负责人,该报因此成为最早刊登俄罗斯现代派作家作品的俄国报纸之一,勃留索夫的第一首不是他自己出版的诗就发表在该报上。其他许多象征主义诗人,如巴尔蒙特、明斯基、梅列日科夫斯基、索洛古勃、吉比乌斯等也都在此发表过作品。在他们的诗歌中,蒲宁感兴趣的不是新流派的宣言、口号,而是它真正的发现和它对自普希金以来俄国诗歌从内容到形式所进行的最深刻的改革与创新。蒲宁还刊登了许多西欧现代主义作家的作品,包括乔治·罗登巴赫、儒勒·莫雷阿、魏尔伦、爱德华·埃维尔斯等。而通过勃留索夫和巴尔蒙特,蒲宁也迅速进入了象征主义的圈子,结识了许多象征派的诗人。

1900—1901年是蒲宁与勃留索夫关系最为密切的时期,象征主义也结束了"被革出文学界"的厄运,开始进入它最繁荣、辉煌的阶段。1900年勃留索夫的作品《Tertia vigilia》②又一次给蒲宁留下了深刻的印象,其中的《克里米亚风光与大海》组诗还是特为蒲宁而作。它不仅是对蒲宁曾经给予的帮助的感谢,同时这组诗一改对现实视而不见的象征主义创作手法,诗中充满了对自然、对风景、对现实最直接的印象和描绘,诗句清新而明媚,是勃留索夫笔下最接近现实主义风格的作品。关于这组诗,后来勃留索夫自己也承认"就像那些'正面人物'所说的那样,我对大自然的轻慢从我身上'瞬间消失'了,我已经不去干扰我的眼睛为远方山坡上那无边的缤纷绚烂而感到欢乐了。"③

---

① Бунин И. А. : [Сб. материалов] : В 2 кн. -М. : Наука, 1973. -(Лит. Наследство; Т. 84). кн. 1. С. 421.
② 意为"第三班岗"。
③ Брюсов В. Детские и юношеские воспоминания. -«Новый мир». 1926. № 12. С. 120.

1900年春天,象征派的"天蝎星"出版社在莫斯科成立,勃留索夫成为主编。他满怀激情,立刻投入了新文学的创建工作中。出于象征派领袖的责任,勃留索夫希望沉寂萧条了许久的俄罗斯诗歌能够在象征派的笔下焕发出夺目的光彩。此时的他清醒地意识到,新文学不可能是无源之水,无本之木,这棵小树必须扎根在俄罗斯乃至世界诗歌的悠久传统这片肥沃的土地上才能长成参天大树。但重要的是必须重新评估传统,从中挖掘出支持新诗发展的养分为我所用,因此他对诗坛中出现的为造势新诗而一味贬低和拒绝传统的风气甚为反感。早在1899年他就在一封写给蒲宁的信中明确表达过如此的态度,他说:"前些天我去了趟彼得堡,见到了许多诗人,很多,听到了一些流言蜚语,同样很多。不知为什么,诗人们都彼此憎恨。我不明白,怎么能够爱一个人的诗,就非要完全否定另一个人呢。崇拜丘特切夫,就嘲笑涅克拉索夫,或者相反,还得说费特毫无意义。我不仅不明白,而且感到恐惧和心痛。……我们在谴责别人的同时也禁锢了自己的心灵。世界上可以祈祷的神殿只有一个,那就是万神殿———一切神灵的殿堂,它是白昼与黑夜之神的殿堂、是密特拉和阿多尼斯①的圣地,也是耶稣与魔鬼的庙宇。'我'就是这个集中地,在这里所有的区别都被消除,所有的界限都得到融合。"②在该出版社建立之初,勃留索夫就制定了一个庞大的出版计划,计划出版俄罗斯和各国文学史中的名作,包括普希金传记,巴拉廷斯基等人的作品集、古希腊作品的重译本以及欧洲各个流派作家的作品。当然,勃留索夫此举的目的是在传统中为新文学寻找前辈、同盟,但无论出于何种目的,勃留索夫对世界诗歌财富的珍视与向无流派芥蒂、只肯向真正的文学价值脱帽致敬的蒲宁如出一辙③,很快蒲宁就加盟了"天蝎星",

---

① 密特拉是古印度—伊朗的契约之神,阿多尼斯是古希腊神话中司植物死而复生的植物之神。
② Бунин И. А.:［Сб. материалов］: В 2 кн. -М.: Наука, 1973. -(Лит. Наследство; Т. 84). кн. 1. С. 441-442.
③ 在1927年《自传札记》涉及勃留索夫的文字中,蒲宁还提到一件小事。一天蒲宁在勃留索夫一尘不染的家里想向他借几本书,但勃留索夫却毫不客气地回答:"我从来就不向任何人出借任何一本书,哪怕只借一个小时。"这段文字尽管充满了讽刺,但可以看出勃留索夫对待"旧书籍"并不像他的口号中所说的"要扔进篝火中烧掉"。//见 Бунин И. Собр. Соч. в 9 т. М., 1966. Т. 9. С. 287-288.

从此蒲宁的一些作品就刊登于此。

1901年,蒲宁的文集《落叶》在"天蝎星"出版。出版社对该书的评价是:"这是蒲宁首部内容丰富的诗歌汇编","它鲜明地体现了这位大自然的幻想家和观察者细腻、敏感的心灵。"① 勃洛克对书中的作品也是赞叹不已,并认为《落叶》的作者"有充分的权利在现代俄罗斯诗歌中占有一个主要的席位。"② 可见,《落叶》的出版给蒲宁带来了巨大的成功,并因此获得了俄罗斯科学院颁发的"普希金文学奖",但随之而来的也有诸多"烦恼"。从此蒲宁被定性为"吟咏秋日、忧伤和贵族之家的歌手"③,对此,蒲宁非常痛苦,1915年他在《自传札记》中这样写道:当时"大部分著文评论我第一批作品的人,不仅急于把我限死于某种框框之内,不仅竭力想一锤定音地确定我究竟有多少才气,……,而且还想对我的性格作出鉴定。结果是:再也没有比我更温和的作家,再也没有比我更定形、更平和的人了。其实我当时恰恰不是一个温和的人,而且离开任何形式都非常遥远,相反,那时在我身上,矛盾十分突出,忧伤、欢乐、私人感情和对生活的强烈兴趣混杂在一起。总而言之,我当时的生活比我当时出版的有限的几本书中所表现出来的要复杂和尖锐一百倍。"[Ⅰ,301] 事实上,《落叶》文集中的一首诗《十字路口》就可以作为蒲宁当时境况最好的诠释。他的诗是这样写的:

> 荒凉的古战场,十字路口
> 有只乌鸦停在十字架上,
> 四周榛莽丛生,又高又稠,
> 乱草中有面古盾遍体生锈。

---

① Бунин И. А.:[Сб. материалов]: В 2 кн. -М.: Наука, 1973. -(Лит. Наследство; Т.84). кн.1. С.427.
② Блок А. Собр. Соч. М. —Л., 1962. Т.5. С.141.
③ 如库普林在发表于1902年2月的《大众杂志》上对《落叶》的评论中就写道:"寂静的,转瞬即逝但却永远温柔美丽的忧郁,优雅深沉的爱情,对往昔岁月的淡淡的哀伤,特别是大自然那神秘的魅力、它那色彩、花朵以及气味的美好——这就是蒲宁诗歌最主要的主题。"//见 Апология 《Личность и творчество Ивана Бунина в оценке русских и зарубежных мыслителей и исследователей》. Изд: Русский Христианский гуманитарный институт, Санкт-Петербург. 2001. С.249.

人们在十字路口写下
不祥的话:"笔直走
必会遭到凶神恶煞,
从此回不了家。

朝右定会失去代步的健马,
孤身步行,衣不遮体,又饥又乏,
至于朝左走的人,
死神必在无人知晓的地方等着他。"

我胆战心惊!远处荒冢垒垒,
往昔正在其中永远沉睡……
"黑羽毛的乌鸦,行行好吧!
指点一条路,让我脱离荒野的重围。"

正午在沉睡。在一条条兽径上边,
白骨在杂草中腐烂。我看见
枯黄的旷野上有三条路……
我该走哪条才能平平安安?

哪里才是凶险的荒漠的边际?
是谁从蓝色的远方,打破寂静,
用人的声音呼唤我?
吓坏了我机警的坐骑?

在古战场上,只有我孤零零一个人,
生命壮着胆呼唤我,可死亡却逼视着我的眼睛……
黑乌鸦阴郁,傲慢,
停在十字架上,睡意沉沉。
……[Ⅰ,32-33]

　　这首诗乍看仿佛是在为画家瓦斯涅佐夫的名画《十字路口的勇士》做文字说明,但实际上,蒲宁表达了自己内心激烈的矛盾:在文学的道路上,我将何去何从?在该诗最早的版本中还有一个诗节,清晰地体现了诗人的痛苦:"难道没有其他的路,/让我能够走下去,/不毁掉希望、幸福和往昔,/不毁掉马儿和我自己?……"①值得一提的是,这首诗不仅引起了勃留索夫的关注,同样促使他深思自己的道路和在文学中的地位。1901 年他在写给蒲宁的一封信的草稿中说:"我也站在十字路口上。…… 无论是在生活上,还是在内心深处。关于生活您不会感兴趣,但关于我的内心您是知道的。人们给了我未曾预料的诱惑,我的面前延伸的是一条平坦的大道。在这条大道上,我已经走了不少步。只需要再稍稍地低一低头,再稍稍地去迎合一下别人的声音,一切就会变得轻而易举了。但是我现在最不想变成我自己,我的面容现在是最可憎的。"②可见,作为象征派"舵手"的勃留索夫在选择美学原则的时候内心也曾动摇过。只可惜,这些话在正式发出的信件中被勃留索夫删掉了,蒲宁自然永远也不会知道这位老友内心曾经感受到的煎熬。

"十字路口"上的二人很快分道扬镳。1901 年之后,勃留索夫对蒲宁作品的评价开始显现出了冷淡与偏颇,二人的关系面临破裂,蒲宁对此深感困惑。1901 年 2 月 5 日蒲宁给勃留索夫写信时说:"难道我们作为艺术家之间就什么都没有了吗?您当然很清楚,我这一方情况不是这样的。近来我研究您的作品,对您完全像是对一位诗人,而且比以前更加尊敬您。您也知道,我对你们大家都很有好感,就像对同志,对为数不多的同志,对在感情上和在许多方面拥有共同语言的、令我倍感亲切的人们。"③对此勃留索夫回答到:"感谢您的来信和那些真诚的话语。…… 当我第一次看到您,我就意外地爱上了您,可是后来,您说对了,我在您身上看到了某种不合我心意的东西。"④同年秋天,蒲宁为继续与"天蝎星"合作做了最后的努力,他写信给勃留索夫,希望出版社能够出版他的

---

① Бунин И. А.:[Сб. материалов]:В 2 кн. -М.:Наука, 1973. -(Лит. Наследство;Т. 84). кн. 1. С. 427.
② Михайлов О. Жизнь Бунина – лишь слову жизнь дана…, Москва, центрполиграф, 2001. С. 117.
③ Литературная Россия, 1963, №5. С. 18.
④ Михайлов О. Жизнь Бунина – лишь слову жизнь дана…, Москва, центрполиграф, 2001. С. 118.

一些旧作,包括译作《海华沙之歌》、小说集《去天边》、一本新小说集以及新诗集《云》,并认为,这些新诗优于《落叶》,但遭到了勃留索夫的拒绝。10月,蒲宁与高尔基谈妥了在"知识"出版社出版作品的事宜。很多年后,关于这段经历,蒲宁写道:"1900年,'天蝎星'出版社出版了我的第一部像模像样的诗集,不过我很快就同这家出版社分道扬镳了。我丝毫也没有兴趣跟那帮新的同行一块儿去玩希腊神话中寻求金羊毛的勇士的游戏,去玩情欲如炽的恶魔和波斯拜火教祭司的游戏,去胡诌辞藻华丽的荒诞无稽的话,尽管有些批评家已经在呶呶不休地说我迷恋'颓废派',……1902年'知识'出版社出版了我文集的第一卷,自此之后,在这个出版社营业期间,我几乎始终是它最亲密的撰稿人。"[Ⅰ,299—300]

可以说,如果不考虑二人在经济上的合作关系,当年使他们能够走到一起的,除了对才华的相互倾慕,惺惺相惜之外,还有的就是上文谈到的对世界诗歌宝库中巨大财富的珍视;而致使二人分道扬镳的更多也同样是"文学"上的东西。事实上,勃留索夫信中提到的那种"不合心意的东西"从根本上就是存在的,且双方都早已痛苦地感觉到。1899年勃留索夫在写给蒲宁的信中称:"您不喜欢城市的春天,但它远比农村的泥泞以及皑皑白雪之下那些光秃秃的树枝让我感到亲近。我们很少去观察城市,我们仅仅是生活在其间,不知为何我们只是把花园小路称为自然,仿佛林荫道上的石头、深狭的街道以及屋顶上那晴朗的天空都不是大自然。总有一天,在遥远的日子里,在我们充满了狂喜的生活中,城市会变得如我期愿的那样。到那时人们就会看到并感受到那一根根电报线、高墙和铁栅栏是多么的美了。如果说您想去的地方是太平洋,那我更愿意去伦敦或纽约,虽然它们仅仅是我所期待的模糊的光亮。"①但对于蒲宁来说,"美"存在在大自然中,永远焕发着纯洁和清新,而不是人工的城市。因此,他回信道:"城市春天的魅力我也是懂的,但深山里、大海上、草原上的春天更好——至少对于我

---

① Бунин И. А.:[Сб. материалов]:В 2 кн. -М.:Наука,1973. -(Лит. Наследство;Т. 84). кн. 1. C. 441.

来说是这样的。城市里的肮脏和黑压压的人群常常让人感到很难受。"①表面上这是对于何为自然之美的争论,实际上是二人对"美"理解的不同,是美学原则问题上的分歧。蒲宁对文学始终坚持严肃、客观的创作原则和评价标准,而当蒲宁看到,所谓"为艺术而艺术"的旗号以及在这个旗号下所创作的许多作品无异于是对以普希金为代表的俄罗斯优秀文学传统——美好、自由、严肃的文学传统——的亵渎时,他便对这些"花样翻新"的流派,包括其中的作家个人展开了毫不留情的批判:"上帝呀,那支新的文学大军是多么的平庸、粗野,表现出的道德水准是多么卑俗,多么空虚……"②尽管如此,蒲宁依然坚持将自己的作品刊登在该派的各个刊物上,如《金羊毛》《山口》《希望号》《伯爵》《蔷薇》等等。面对勃留索夫的指责,蒲宁"表现得宽容、大度,他一如既往地对我的诗作表示赞许"③。对此,当时的评论界众说纷纭,莫衷一是。有的评论家在蒲宁的《落叶》中看到了"对畸形的象征主义格外的迷恋"④,有的评论家在他的散文作品中看到了作家"对现实无精打采的态度,这种态度最终使蒲宁先生与颓废派不相上下"⑤。勃留索夫化名阿夫列里依指责蒲宁"模仿法国高蹈派诗人和最早的颓废派诗人"⑥,也有评论家认为"蒲宁是为数不多的真正没有沾染颓废习气的诗人之一"⑦。评论家格拉高利在《俄罗斯风景诗人》一文中自问自答:"应该把蒲宁归在哪类诗人的范畴中呢? 新派还是老派? 根据他赢得了'天蝎星'出版社的注意这一条,应该认为新派的先生们把他列入了勃留索夫和杜勃罗留波夫之列。但我们同样有权认为他是老派诗人和普希金、莱蒙托夫的直接追随者。"⑧

---

① Бунин И. А. : [Сб. материалов] : В 2 кн. -М. : Наука, 1973. -(Лит. Наследство; Т. 84). кн. 1. С. 443-444.
② 冯玉律,《跨越与回归——论伊凡·蒲宁》,上海外语教育出版社,1998 年,第 11 页。
③ Бунин И. А. : [Сб. материалов] : В 2 кн. -М. : Наука, 1973. -(Лит. Наследство; Т. 84). кн. 1. С. 429.
④ Мальцев Ю. Иван Бунин 1870—1953, Посев,1994. С. 368.
⑤ Там же.
⑥ Там же.
⑦ Там же.
⑧ Там же. С. 369.

应该说,评论界的困惑不足为奇。蒲宁一生都受控于直觉,崇尚本能地探究世界的秘密和生活的本原,他反对逻辑,反对分析,反对哲学的思辨,藐视艺术中的一切理论。在他看来,理论就意味着意识的狭隘,就意味着荒谬,因为他们遵循的不是多变的生活原则,而是由自己杜撰出来的所谓原则。蒲宁迷恋的是在非理智、非逻辑状态下运动的生活之流,正因如此,他的作品常常令评论界莫衷一是。笔者认为,正是这种卓尔不群、坚守自我的态度才给蒲宁提供了透过现实纷繁的表面冷静而深刻地思考问题的空间。蒲宁之所以与各流派产生分歧,其原因就在于其独具个性的美学观点,它们与其他流派作家的美学观发生的仅仅是相交,但是从未重合。因此,蒲宁在写给勒热夫斯基的信中称:"称我为现实主义者就意味着不了解作为艺术家的我。'现实主义者'蒲宁在真正的象征性世界文学中接受了许多、许多。"[1]蒲宁既否定自己是现实主义者,也尖锐地批判现代主义,这绝不是作家的哗众取宠。认为蒲宁是现实主义作家是因为他的确主张描写现实,但他所说的现实并不仅仅是我们肉眼所见的事物,还是现象背后深刻的本质。他和象征派作家一样感觉到在现实之外存在着某种特别的、更深刻的秘密,他说:"在一切可见物的基础上存在着某种不可见的因素,但它并非不现实。"[2]"现实和我的想象的界限在哪里呢?事实上它们也是现实的、是毫无疑问存在的事物。"[3]蒲宁的作品也观察准确,记叙翔实,但真正的差异在于蒲宁把现实理解为一种心理体验或说生命状态。他不仅仅是在现实里,还在内心找到了一个世界,并极为真实地描述了它。对于他来说,人们不觉察的、但却真正支配着人们行动的内动力较之我们所见的现实来得更加真实,因为它们是永恒的。

应该强调的另一点是,尽管蒲宁的作品中有许多现代主义的因素,但他与现代主义作家们的不同也是实质性的。现代主义中某些流派的作家将寻找形式作为目的,或者说内容服从于形式,试

---

[1] Бунин И. А. Публицистика 1918—1953 годов, М.,"Наследие", 1998. С. 583.
[2] Мальцев Ю. Иван Бунин 1870—1953, Посев,1994. С. 135.
[3] Там же. С. 115.

图认识和解释神秘,将人类超验的特性理论化等等都是与蒲宁格格不入的。就现代主义作家所表述的理论而言,应该说,在某种程度上蒲宁更好地体现了他们的理想,难怪霍达谢维奇在庆祝蒲宁荣获诺贝尔文学奖的讲话中说:"我敢肯定,象征主义的敌人蒲宁实现了象征主义创作思想中最优秀的、最精华的部分,即它的创作理想,它不是任何时候都能在甚至是象征派的诗歌中找到体现的。"①

在谈到蒲宁与那个时代的文学关系时,我想,还是蒲宁自己的话说得最为恰当:"现代派对事物的探寻不是有序的,而是心血来潮的。……因此我持反对态度,但这并不意味着我不探寻。我不反对革命和进化,我赞成艺术中的有机统一性。如果我是天才,那我就谈新的事物,为此我将大声疾呼:'我是新人,我不像任何前人'。"②

第二节 艺术的本质及其使命

艺术的本质问题是美学的一个根本问题。蒲宁的艺术观是在白银时代总的文化氛围中形成,并表现出对各种流派兼收并蓄的综合特性。他认为艺术是直觉的产物,是心灵神秘的需求,是对世界神秘与美好的表达,而其笔下艺术形象的构成却建立在对世界真实体现的基石之上,体现了神秘主义与现实主义的完美结合。蒲宁的艺术观包含了两个维度,即超验的维度与现实的维度。在第一个维度上他与现代主义极其相近,但在第二个维度上他却与现代主义坚决决裂,这正是蒲宁的矛盾,同时又是其独特之所在。

一、艺术的本质

亚里士多德说:"艺术是摹仿",黑格尔说:"艺术是绝对理论

---

① Мальцев Ю. Иван Бунин 1870—1953, Посев,1994. С. 137.
② Там же. С. 125.

的显性显现",康德、席勒说:"艺术是自由的游戏",别林斯基、车尔尼雪夫斯基说:"艺术是对现实的形象认识",托尔斯泰说:"艺术是情感的交流",而卡西尔、苏珊·格朗则说:"艺术是情感的符号"……在文学艺术的整个发展过程中,人们对艺术的解析可谓丰富多彩,艺术家、理论家仁者见仁,智者见智,从不同角度和层次提出了自己对艺术本质的见解。但如果将这个问题提给蒲宁,他的回答很可能会是"不知道"。因为在他看来,世界是神秘的,创作活动也是神秘的,创作就意味着"做某种完全无法理解的事情"①,作家在1924年创作的短小说《音乐》中清晰地表达了这个观点。

  这是什么?是谁在写作?是现在正在书写着这些文字、思考并意识到自己的那个我吗?还是别的什么除去这个我但却内在于我的实质性的存在呢?他对我而言也很神秘,与这个只在平凡生活中认识到自己的我相比更是强大得无法言说。②

  这段文字充满了十足的神秘主义气息。在蒲宁看来,艺术创作具有强烈的超验性特征,它并不仅仅是作家的个体行为,也不仅仅是作家个人创作意识的体现,它是与存在之谜紧密相连的,它深深地扎根在人类记忆的土壤之上。创作真正的主体不是作家个人的"我",现时空间中的"我",而是承载着千年祖先信息的"我",是"内在于我的实质性的存在"。每一个人都承载着家族世代祖先的信息,但这种记忆的强烈程度却是千差万别的。茫茫人海之中,只有具有强烈感受力的人才能成为真正的创作主体,因为他们的根不仅深深扎在自己家族的土壤里,更深埋在整个宇宙的沃土中,他——

  不仅强烈地感受到自己的时间,也感觉到别人的时间、过去的时间。不仅感觉到自己的国家、自己的部族,也感觉到其他的、别人的国家和部族。不仅感觉到自我,也感觉到其他的一切,即应该具备再现的能力和特别鲜活的、特别感性的记忆。为了成为这类人中的一员,应该成为这样一个个体,即在自己再现的生命链中经

---

① Бунин И. А. Собр. Соч. в 9 т. М., 1966. Т. 5. С. 145.
② 见 http://az.lib.ru/b/bunin_i_a/text_2150.shtml.

历了漫长的存在之路后,突然在自己的内心呈现出了祖先丰满的形象,包括他们清醒的感受、形象的思维以及无穷的下意识。也要在自己的存在长路中极大地丰富自己,获得无穷的意识。①

也就是说,一部艺术作品的产生是源于神秘漫长的记忆而来的巨大的下意识和理智的创作意识共同作用的结果,正如蒲宁在诗中所说:

> 我听见了心脏均匀的跳动,
> 诗行有节奏的歌唱
> 以及我们这个星球
> 可能的音乐的鸣响。②

蒲宁的记忆美学观事实上在西方哲学以及近代人类学、生物学、心理学等科学研究领域也得到了印证。在古希腊时期,哲学家柏拉图就提出了万事万物均有其被创始的原始模型的观念。这种原始模型隐藏在事物的背后,但却是永恒的真实的存在,具有永不枯竭的创造能力。17世纪德国哲学家布莱尼茨的"先赋观念论"也与蒲宁的记忆美学观有相似之处。前者认为,后天通过感官获得的经验是不可靠的,而具有普遍性和必然性的永恒真理只能来源于我们心中的天赋观念。天赋观念是人人都有的,但却是以"倾向""禀赋""习性"或"潜能"的方式存在,要使其变为现实显现在我们心中,必须经过心灵的"加工"。因此,他用了一个比喻来说明这个思想,即他把心灵比做有花纹的大理石,在未经雕琢时,并没有现成的人物形象,但这块大理石特定的花纹却是它适合于雕刻成某种雕像的内在根据。现代心理学的鼻祖荣格也称:"一个个体的心理从来就不能只根据其自身来解释。作为一个活生生的现象,他总是与生命的持续相联系,以至于它不仅仅是发展出来的某些东西,而且是持续地发展着和创造着的。"③由此他提出了"集体无意识"的概念,认为集体无意识作为人类祖先经验的储藏库,是融于人的血肉,与生俱来的。因此说,它是先于个体的后天意识经

---

① Бунин И. А. Собр. Соч. в 9 т. М. ,1966. Т. 5. С. 302.
② Там же. Т. 1. С. 353.
③ 施春华,《心灵本体的探索:神秘的原型》,黑龙江人民出版社,2002年,第5页。

验而存在,并可脱离后者而自主存在。但它也需要后天的意识经验才能显示出来,由潜在的心灵结构变成为个体所理解的生活意义。① 荣格将"集体无意识"用于解释文学创作时认为:"艺术是一种天赋的动力,它抓住一个人,使他成为它的工具。艺术家不是具有自由意识,寻找实现其个人目的的人,而是一个允许艺术通过他实现艺术目的的人。他作为个人,可能有喜怒哀乐、个人意志和个人目的,然而作为艺术家他却是更高意义上的人即'集体的人',是一个负荷并造就人类无意识精神生活的人。"②而艺术家笔下的作品则是一个"自主情结",创作主体是在这种集体无意识和后天自觉意识的共同作用下完成创作并达到超越。在这种超越意识中,上下"五千年"、纵横千万里的历史被贯通,个人生活经验的局限被打破,创作个体正是在如此悠远宽广的时空隧道中对人类的生存表达终极关怀,而读者也能够在此感受到回归精神家园的温暖。正如荣格所说:"我们会突然获得一种不同寻常的解脱,仿佛被一种强大的力量运载或超度,在这一瞬间,我们不再是个体,而是整个族类,全人类的声音一齐在我们的心中回响。"③荣格的理论还启发了弗莱描述人类心灵深处存在的那种先天情感倾向的"原型意象",形成了完整的原型批评理论;也促成了基督教美学家、文艺理论家雅克·马利坦的艺术创作中的创造性直觉理论。④

蒲宁关于创作活动的先验本原的观点也是与白银时代整体的创作意识相呼应的。沃洛申称"记忆女神谟涅摩叙涅是众缪斯之

---

① 施春华,《心灵本体的探索·神秘的原型》,黑龙江人民出版社,2002年,第39—42页。
② [瑞士]荣格,《心理学与文学》,冯川、苏克译,生活·读书·新知三联书店,1987年,第141页。
③ 胡经之主编,《西方文艺理论名著教程》(下),北京大学出版社,1987年,第375—376页。
④ 雅克·马利坦在其代表作《艺术与诗中的创造性直觉》中指出艺术家,特别是诗人和作曲家较普通人更关心自我与客观实在的内在交流,而完成交流的基础则是创造性直觉,或称诗性直觉。书中这样写道:"诗性直觉的一个特质就是它的创造性。诗性直觉一旦存在,就是前意识生命的幽渊中一种创作冲动。这种创作冲动可能被长期珍藏在灵魂中(不过永远不会被忘却),直到有那么一天,它从沉睡中苏醒过来,不得不进行创造。……因为包含在诗性直觉中的一切都已经存在在那儿,一切都是赋予性的:所有的生命,所有的悟性,所有正处于行动中的创造性力量。可以说,在某种意义上,行将产生的作品的完形已在发展中呈现出"。那么这"前意识生命的幽渊"中这诗性直觉的源泉在哪里呢? 马利坦认为,"它取决于灵魂的某种天生的自由和想象力"// 见[法]雅克·马利坦,《艺术与诗中的创造性直觉》,刘有元、罗选民等译,生活·读书·新知三联书店,1991年,第8页。

母,所以记忆也就是一切艺术之源。"①维·伊凡诺夫则认为"对祖祖辈辈鲜活的接受和与之内在联系的认识"是诗人最为基本的特征。在《阿尔谢尼耶夫的一生》中蒲宁引用了阿·托尔斯泰写给自己妻子的一封信,信中说:"在瓦尔特堡的生活多好啊!那里甚至还保留着12世纪的器具。你的心是在亚洲,我的心却是在这个骑士的世界。我知道,我原本就属于那里。"②在阿·托尔斯泰的笔下,真正的艺术家在自己的创作中是不自由的,因为他与永恒相关,他孤独地生活在人群当中,并将自己丰富异常的内心传达给读者,从不寻求回报。这一主题他曾在多首诗歌中予以了表达,如《盲人》和《透明的云彩静静地流》等。在前一首诗中,诗人写到了这样的情景:大公带着自己的侍卫队在林中射猎。中午休息时分,大公命人到邻近的村子里找一位盲人歌手来唱歌助兴。但当歌手来的时候,大队人马已经离开。歌手眼盲,不明就里,依然引吭高歌到傍晚。当他得知早已人去林空之时,他一点也不懊恼。他说:

> 如果我双眼的漆黑
> 没有遮住空旷的林子,
> 我依然耐不住会纵情高唱,
> 因为
> 我的心灵已被什么牢牢控制。
> ············
> 被它控制的人是无法沉默的,
> 他是异已精神的奴隶。
> 当心中燃起了创作的灵感,
> 无论自觉还是不自觉
> 他都应该庄严地说出
> 被支配的耳朵听到的一切。③

关于第二首诗写作时的情形,托尔斯泰回忆说:"我不得不承

---

① 出自马·沃洛申的著作《阿波罗与老鼠》//见 http://lib.rin.ru/doc/i/144207p2.html.
② [俄]蒲宁,《阿尔谢尼耶夫的一生》,杨镕光、韩馥竹译,作家出版社,2006年,第172页。
③ http://ru.wikisource.org/wiki.

认,我是在无意识写作,有某种折磨人的痛控制着我,它令我总是回忆,总是想抓住某种正在离我远去的思想。"①帕斯捷尔纳克笔下的日瓦戈关于创作实质的观点更是与蒲宁的观点如出一辙:"轻松地写出了两三节诗和他自己都感到惊讶的比喻之后,他完全沉浸在工作中,感到所谓的灵感已经来临了。……在这创作的时刻,尤里·安德列耶维奇感觉到,主要的工作完成的不是他,而是那个在他之上并支配着他的东西在完成。"②

但无论是沃洛申还是维·伊凡诺夫,他们的这些观点在现代主义阵营当中并不占主流地位,阿·托尔斯泰也没有进一步挖掘其"无意识创作"的根源,而正如上一章所讲到的,蒲宁却在佛教中看到了诠释其根源的理由。在印度的古典美学当中有一个与蒲宁的"记忆"很相近的概念"瓦萨纳",它的原意是指经过香料熏制的布匹上存留的香味,或未经烧制的花瓶土坯上散发出的泥土的芳香,借此比喻事物的原质所残留的气味或元素。在哲学论述中,它转义为"潜在的记忆"或者称为"前世审美经验的印痕"。印度14世纪的美学家毗首那他曾这样说:这种"潜在的记忆""既是对过去经验的最新回忆,也必然是今天的敏锐。……它成了审美经验的先决条件"。③ 所以艺术家在作品中"解释的东西超出了自己在这个经验世界中所目睹的,因此他尽力去描述的、所解释的东西也超出了自己在这个感性世界中所经验的。"④正是在这里,我们能够清晰地看到,蒲宁一生惊奇于莱蒙托夫短暂的生命与他对生活敏锐、透彻的了解所构成的矛盾的原因就在于此。在《阿尔谢尼耶夫的一生》中蒲宁写道:"这就是莱蒙托夫那贫穷的摇篮,……他最初写的诗篇也像我写的诗一样拙劣……可是后来呢?后来他突然就写就了《恶魔》《童僧》《塔曼》《帆》《一片橡树叶离开了它亲密的

---

① Сливицкая О. Повышенное чувство жизни: мир Ивана Бунина, М: Российский государственный гуманитарный университет, 2004. C. 114.
② [俄]帕斯捷尔纳克《日瓦戈医生》,蓝英年、张秉衡译,人民文学出版社,2007年,第420—421页。
③ 邱紫华,《印度古典美学》,华中师范大学出版社,2006年,第255页。
④ 同上书,第255—256页。

枝头……》，怎样才能把这个荒芜的克罗普托夫卡①和莱蒙托夫的一切联系在一起呢？"②蒲宁盛赞歌德的《谈话录》"真乃是大智慧"的原因也在于此。歌德是蒲宁最喜欢的作家之一，用布舍什尼科夫的话说就是蒲宁"在歌德那里最感到欣喜若狂的是阅读歌德与爱克曼的谈话录。蒲宁总是反复地阅读，他曾说：'真乃是大智慧！'"③爱克曼就曾多次证实，歌德非常善于将美学行为与先期的知识和行为联系在一起，他曾说："他（指歌德）不久前还向我说过，真正的诗人生来就对世界有认识，无需有很多经验和感性接触就可以进行描写。他说过'我写《葛茨·冯·伯利欣根》时才是个二十二岁的青年，十年之后，我对我自己的描绘真是还感到惊讶。我显然没有见过或经历过这部剧本的人物情节，所以我是通过一种预感才认识到剧中丰富多彩的人物情境的。'"④"如果我不先凭预感把世界放在心里，我就会视而不见，而我一切的研究和经验都不过是徒劳无补了。"⑤蒲宁自己的作品中更是到处"散落着"这些记忆的碎片，它们成为作家感受世界永恒的源泉。

每个人对世界接受的方式是不同的，正如蒲宁在《夜》中发出的仰天长叹："为什么上帝要在我身上画一个记号，指定我来惊讶，来思考，来如此的'自逞智慧'，而这个倾向在我的内心又变得越来越强烈呢？在这深夜的草原上，那些在我的周围唱着似乎要响彻整个宇宙的情歌的亿万蝉虫也在'自逞智慧'吗？它们生活在乐园中，在生命的怡然忘忧的梦中，而我已经苏醒了，毫无睡意。"⑥正因人与人之间对世界感受与惊讶程度的不同，蒲宁将人群分为大部分的普通人和小部分的艺术家。蒲宁认为，拥有强烈感受力，即鲜明祖先记忆的人只有天才的诗人、艺术家和各类创造者，他们堪称"人类之子"，只有他们才能完成艺术创作这上帝赋予人类的重任。

---

① 莱蒙托夫家族的老宅，位于图拉州。
② Бунин И. А. Собр. Соч. в 9 т. М.,1966. Т. 6. С. 157.
③ Сливицкая О. Повышенное чувство жизни: мир Ивана Бунина, М: Российский государственный гуманитарный университет, 2004. С. 113.
④ [德]爱克曼辑录，《歌德谈话录》，朱光潜译，人民文学出版社,2000年,第33页。
⑤ 同上书,第35页。
⑥ [俄]布宁,《布宁散文》,陈馥译,人民文学出版社,2008年,第128页。

是谁为了什么目的责成我不停歇地肩负这重担——不间断地说出自己的感情、思想、观念,不是简单地说,而是准确、优美、有力地说,要说得迷人,让人陶醉,让人感到悲哀或者幸福?是谁为了什么目的使我心中产生以我自己的生活去感染人们,把我自己转交给他们,在他们心中寻找同情同感并与他们融为一体的无法满足的愿望呢?《夜》①

作家无时不感到历代先辈那曾经鲜活的生命在他的血液中的舞蹈,他为此而感到自豪。

> 你回忆的东西与我格格不入:
> 灰色的天空、锥形的兽皮帐篷
> 还有冻土,
> 在你曾待过的寒冷蛮荒之处。
>
> 但是我永远和你共享思想。
> 我注定要,像上帝一样,
> 认识所有国家和所有时代的忧伤。(《狗》)②

正是因为在创作时主体所表现出的强烈的非自主的意识,因此,在蒲宁看来,艺术就是创作主体对存在之秘密的直觉理解,并将其具象化,肉身化的结果。在这一点上,蒲宁和他的"宿敌"——现代派作家有许多相近之处,但也有着本质的区别。如果现代派作家的非自主意识首先指向的是缥缈的彼岸世界的话,那么蒲宁指向的就是我们生存着的多彩的世界。

二、艺术的使命

上文我们提到,在蒲宁看来,艺术创作"不是为了与恣意妄为和强权作斗争,或保护被压迫者和无家可归者,也不是为了塑造鲜明的类型或绘制社会、现代以及它的情绪、潮流的广阔的画卷。"那么创作目的何在呢?

---

① [俄]布宁,《布宁散文》,陈馥译,人民文学出版社,2008年5月,第136页。
② Бунин И. А. Собр. Соч. в 9 т. М.,1966. Т. 1. С. 319.

理解这个问题的一篇重要作品是蒲宁创作于1924年的小说《素昧平生的友人》①。表面上看,小说是一个女人写给她所敬仰的作家的一封封信,实际上蒲宁借此表达的是他对艺术创作的目的、基础以及其在生存中的地位等多方面问题的看法。有趣的是,构成小说内容的全部是读者写给作家的信件,却没有一封作家的回信,而这种"有去无回"的通信方式正是这篇作品写作的动因。因为回复是没有意义的,作家写作和读者写信的动机是相同的。正如那位女读者所写:

> 我给您写信是出于一种需求:要同您分享您的天才……所唤起的激动。……人的心灵会产生这种需求是与生俱来的,没有这种需求就无生命可言。不唯如此,其中还蕴含着一种极为神秘的东西。其实您所以要写作也正是出于这种需求,而且岂止是出于呢,您把整个身心都奉献给了这种需求。[Ⅲ,85]

这是一种什么需求呢?在蒲宁看来,每个人的内心深处都有着对幸福的憧憬,对美的强烈追求,但是无情的时间却静静地吞噬了一切,包括人的生命,因此,写作应该"排斥与任何政治、宗教、意识形态、道德和集体相认同的立场"(米兰·昆德拉语),摒弃一切掩盖生命真相的东西,使我们能够直面内心赤裸的真实。同时,作为作家的蒲宁还将与时间做不懈的斗争,留住世间美好的一切作为自己艺术创作的目的所在。

> 美好的时刻会消逝,但是应该,也必须设法把某些东西保留下来,同死亡、同蔷薇花的凋谢相对抗。我们永远在不知疲倦地同'忘川'作斗争。难道这一斗争是徒劳的、毫无结果的?不,远远不是如此!否则,人类所有的艺术、所有的诗歌、所有的编年史岂不全都一笔勾销了……②

---

① 该小说是蒲宁根据他与早年移居爱尔兰的一位俄罗斯妇女娜塔莉亚·彼得罗芙娜·艾斯波西多的通信而创作的。1901年,艾斯波西多在《俄罗斯思想》杂志上读到了蒲宁的三篇小说《篝火》《隘口》和《在八月》后,情不自禁提笔给蒲宁写信,二人的通信持续到1903年。蒲宁的四封,抑或是五封回信已难觅踪影,艾斯波西多的十封来信目前仍保存在国立屠格涅夫博物馆中。
② Бунин И. А. Грамматика любви, "Бионт", "Лисс", Санкт-Петербург, 1994. С. 416.

用米兰·昆德拉的话说就是对抗"存在的被遗忘"。因此早在自己的青年时代,蒲宁就确定了自己创作的总的目标,那就是"我在这个世界上找寻/美好与永恒的契合。"

在谈到艺术创作的目的之时,有必要对比蒲宁与托尔斯泰的艺术观。在《艺术论》一文中托尔斯泰称:"艺术是人类的活动,它归结为,一个人有意识地用众所周知的外部标志把自己体验的情感传达给别人,而别人被这种感情所感染,并也能体验到这同样的感情。"①在这里,艺术活动被理解为"是人与人相互之间交际的手段之一"。托翁称,人们有各种各样的感情,但只要能感染读者、听众、观众的就都是艺术。艺术家"在自己的心里唤起曾经一度体验过的感情,在唤起这种感情之后,用动作、线条、色彩、声音以及言词所表达的形象来传达出这种感情,使别人也能体验到这同样的感情——这就是艺术活动。"②显然,托翁艺术观的基础是人的个性,即人是不同的,艺术的目的就是克服共性,通过"感染"将不同的感情带进人的心灵。而蒲宁的艺术观的基础却是人的共性,他将这种共性称之为"共同的心灵"。"自由的大海/浩瀚无垠……我相信你临终时深知,/我的灵魂就是你的灵魂。/……/我多么快乐,/因为我的灵魂,维吉尔,/不是我的也不是你的。"[Ⅰ,132]在《素昧平生的友人》中,女读者也写道:"我是在给谁写信?是自己给自己写信吗?反正都一样,要知道我其实就是您。"[Ⅲ,88]在蒲宁看来,正是在"共同心灵"的基础上,艺术才有了存在的可能,而创作活动正是通过"共同的心灵"使个人体验成为全人类的一部分并得以永恒,创作活动本身也逐渐成为蒲宁笔下克服时间和空间的方式之一。

所谓的"共同心灵",其实质便是人类共同的审美心理结构,在蒲宁的笔下,它是艺术创造的逻辑起点,是与记忆紧密相关的。蒲宁在诗中说:"我的远祖在他那遥远的童年有过的观感/留下模糊的痕迹,我触摸到了,于是对自己说:/'世界上没有不同的心灵,也

---

① [俄]列夫·托尔斯泰,《艺术论》,张欣畅等译,人民大学出版社,2005年,第41页。
② 胡经之主编,《西方文艺理论名著教程》,北京大学出版社,1998年,535页。

没有时间!'"[Ⅰ,138]正是因为人类基于"前世审美经验的印痕"而产生的共同的对美的判断标准,人类才拥有共同的审美感受,艺术才能激起人们的共鸣。艾斯波西多在写给蒲宁的第一封信中就写道:"您看,我生活的地方离您是那么的遥远,我在欧洲的最西部,隔开我们的不仅是千山万水,大地海洋,还有我们所经历的不同的生活、不同的环境、不同的品位和习惯,但是您倾注到纸上的那些话语却飞到了我的耳畔,且铭刻在了我的心里。为什么?……我告诉你,就因为您的思考和感受和我是一样的。"① 在《素昧平生的友人》这篇小说当中,蒲宁将女读者的这一思想归结到了"共同心灵"的概念上:

某人在某个地方描写了某件事情,某个人的灵魂用最奥妙的暗示表达了他内心生活中最小的一部分——仅仅是文笔,即使是您的文笔所能表达的那小小的一部分!——顿时空间、时间、命运的不同、境遇的差别就统统消失了,您的思想感情成了我的,成了我们两人共同的思想感情。的的确确融合成了一个灵魂,两人在世界上所共有的一个灵魂。[Ⅲ,85-86]

这不是托翁的所谓"感染",而是一种"激发"或"唤醒"。在蒲宁看来,任何与心灵相异的东西都不会通过艺术的所谓"感染"而被带入心灵,创作实质上是作为个体的艺术家将自己前世今生积淀的心理印象和情感真实加以普遍化,倾诉出来,并借此唤醒了读者心灵中尘封已久的真实感受和秘密的活动。作家笔下的文字像蕴含着强大生命力的种子一样会在"共同心灵"的土地上开花结果,进而引起创作主体与客体之间强烈的共鸣,这就是为什么"三千年来,每当人们读到安德洛玛刻怀抱幼子满含热泪送别赫克托耳②上战场时也总是热泪盈眶,而我四十年来每当想起叶菲姆和普

---

① Бунин И. А.:[Сб. материалов]:В 2 кн. -М.:Наука, 1973. -(Лит. Наследство; Т. 84). кн. 2. С. 412.
② 赫克托耳是希腊神话众特洛伊王国的王子,被称为"特洛伊第一勇士"。他深爱自己的国家、人民和孩子,对妻子一往情深。安德洛玛刻就是他的妻子。

拉斯科维娅满含深情留给对方的这些潦草的文字就激动不已"①的原因。而这种共鸣,在蒲宁看来,正是人类延续生命最神圣的能量,也是世世代代的人们能够在普希金、莱蒙托夫以及许多伟大艺术家那里寻找到心灵震撼和精神慰藉的原因所在。正如蒲宁所说:"我的一生都是在他(指普希金)神妙的陪同下度过的。"②谈到"倾诉",蒲宁认为,它是艺术创作的推动力。在他看来,"任何人的生活只消写两三行就可以概括无遗了。啊,是的,只消两三行。"[Ⅲ,93]"两三行"并不是因为一个人的生活不值得写很多,而是因为,在蒲宁看来,伟大的艺术应该是在事物外表形象的基础上传达精神的真理和真实的情感,它充满了暗示和唤起想象的力量,而真正艺术的"两三行"就足以"让我内心最好的琴弦颤动起来"③,足以唤起人们对个体心灵与共同心灵、个体存在与人类存在的永恒规律连成一体的感受。"是什么促使你写作的呢?是希望讲述些什么故事,还是想倾诉(即使是隐喻性的)衷曲?当然是后者。十个作家中有九个,哪怕是最负盛名,也不过是讲讲故事的人,也就是说,他们实际上与艺术毫无共通之处。"[Ⅲ,91]蒲宁接下去说:"那么什么叫做艺术呢?祈祷、音乐、人的灵魂之歌……"[Ⅲ,91]在这一点上,蒲宁的观点与象征主义的代表吉皮乌斯的观点不谋而合,后者坚持认为:"只有一种艺术是有生命力的,且可以被称作真正的艺术,那就是祷告,理解神,与神融为一体。"④关于艺术带给人们回归统一的"共同心灵"的感受,蒲宁在小说《阿强的梦》中有这样精彩的描写:

突然间,仿佛有一线阳光穿透了浓重的迷雾,餐厅的舞台上有根小小的指挥棒敲了敲乐谱架……于是有把小提琴走出了乐曲,接着第二把,第三把……小提琴奏得越来越响亮,——不一会儿,另

---

① Бунин И. А. Грамматика любви, Санкт-Петербург, "Лисс", "Бионт", 1994. С. 416.
② Сливицкая О. Повышенное чувство жизни: мир Ивана Бунина, М: Российский государственный гуманитарный университет, 2004. С. 24.
③ Бунин И. А. Собр. Соч. в 9 т. М. ,1966. Т. 9. С. 505.
④ 郑体武,《俄国现代主义诗歌》,上海外语教育出版社,1999 年,第 12 页。

一种截然不同的烦恼,另一种截然不同的忧郁充满了阿强的心灵。由于一种莫名的喜悦,由于一种无以名之的甜蜜的痛苦,由于强烈地渴求着什么,阿强的心灵瑟瑟发抖了,……它的整个身心都陶醉在音乐声中,亦步亦趋地跟随着乐声进入了另一个世界。于是它重又看到了自己,一条天真烂漫的对世界充满信任的小狗,乘坐着红海中航行的一艘轮船,进入了这个美好世界的大门。[Ⅲ,53]

综上所述,对于蒲宁的艺术世界来说,审美是其艺术最高的价值尺度。在这一点上,蒲宁与同时代的现代主义作家和诗人们可谓"所见略同",但是实现相同目的的手段却是迥然相异的。前者创作的客体是美好的世界,是引发作家由衷地发出"如果不能把这欺人而又难以言说地甘甜的'在世'铭刻在肉体中,那么即使能铭刻在文字中也好啊!"①之感叹的世界;而后者则是对"此在"的视而不见,希望通过"远离现实的存在,只在其中看到自己的理想,就仿佛是透过窗户看取生活。"②二者之间的矛盾就引出了我们下面要探讨的问题,即"艺术与生活的关系"。

第三节　艺术与生活的关系

在俄罗斯,艺术与生活的关系问题从来没有像在白银时代那样引人注目,这个问题对于理解蒲宁的美学观以及他与那个时代总的倾向之间的疏离程度也是非常实质的。

正如卡拉巴耶娃所说:"每个时期的文学运动都有其独特的、常常被普通的眼睛忽视的逻辑,这种逻辑征服了各派作家,将他们推上了同样的艺术和生活之谜。"③世纪之初的俄国文坛各个流派都深刻地感受着文学危机的痛苦,仿佛黑格尔预言的"文学末日"已经来临。这不仅表现在对艺术的道德主义、功利主义和狭隘人道主义的反感和抗拒,同时也表现在对一成不变的实证创作方法

---

① [俄]布宁,《布宁散文》,陈馥译,人民文学出版社,2008 年,第 136 页。
② 郑体武,《白银时代俄国文学论稿》,四川文艺出版社,1996 年,第 85 页。
③ Колобаева Л. А. Иван Бунин и модернизм, // Науч. докл. Филол. Фак. МГУ. 1998. Вып. 3. С. 173.

的困惑与反叛。现代主义作家以及包括托尔斯泰在内的许多现实主义作家都对传统的叙事方式感到不满，因为他们既无法在复现和肯定现实世界的现实主义艺术中找到出路，更无法在逃离现实、寻找幻想乐园的浪漫主义艺术中看到些许光明。1893年托尔斯泰在写给列斯科夫的信中说："本来我已经开始了一种艺术的东西，但请您相信，我羞于描写那些从前没有的人和任何这样的事也没做过的人，我总觉得有什么地方不对，是这种艺术形式过时了，还是我过时了？"①几乎是同时，他在自己的日记中写道："长篇小说的形式不是永恒的，它也是会过时的，我羞于写那些实际上不存在的东西。"②"想超越任何形式的想法在我的脑海里油然而生。"③蒲宁对此也深有同感。1901年7月1日他在给《大众杂志》的出版人米洛留勃夫的信中写道："我们这里陈旧的品位太多了，总是'偶然事件'、'事件'等等"④，可以说，他一生都因"原则上没有相应的、最合适的方式来表达自己的情感、自己的理解和更深刻、更奇妙的东西而在体验着丹塔尔的痛苦⑤，这种东西无法表达，它蕴藏在生活中，蕴藏在我的内心，而且人们在书本中从来都无从寻觅。"⑥正如上文卡拉巴耶娃接下去所说的："而作家对谜底的揭示则是通过各种途径、以各种方式来完成的。"的确，蒲宁终生都试图在生活和艺术之间找到最朴实、最直接的方式来表达这使之痛苦又欢乐的一切，而现代主义作家却在神秘、荒诞，甚至是强力的反叛式"创造"中看到了出路。尽管对世界深层本质的透视，对存在最高价值的追寻使蒲宁与现代主义作家之间藕断丝连，但二者之间鲜明的差别足以用来解释蒲宁何以对后者持反感甚至敌视的态度。

---

① Мальцев Ю. Иван Бунин 1870—1953, Посев, 1994. С. 103.
② Там же. С. 104.
③ Там же.
④ Там же.
⑤ 又译坦塔罗斯，希腊神话中宙斯的儿子，因罪恶滔天，被神祇们打入地狱，在那里备受苦难与折磨。波涛就在他嘴边翻滚，他却一滴也喝不到；鲜果生长在他的面前，他一伸手，鲜果便离他而去；更可怕的是，死亡随时威胁着他。"丹塔尔的痛苦"即喻指巨大的痛苦。
⑥ Мальцев Ю. Иван Бунин 1870—1953, Посев, 1994. С. 104.

在解析象征主义作家艺术探索的实质的过程中,哈达谢维奇指出:"象征主义并不想仅仅是一个艺术流派,一个文学流派,他们一直都试图爆发,成为生活及创作的一种方法,也许,其最深刻的真理就蕴藏于此,但这种真理也是无法实现的真理,事实上,他们全部的理论正是在始终的如此追求中进行的。这是一系列的尝试,有时的确是充满了英雄主义的尝试——即试图找到生活与创作的融合,找到创作的独特的哲学基石。"[1]

正是这个目的决定了象征主义作家"审美至上主义"美学观的产生,这种思想认为艺术超越于存在之上。这不仅表现在肯定艺术对于生活具有巨大的认识力量,同时还表现在确认艺术对生活具有强大的组织和改造力量上。如此美学观的形成远远不是本能的、自生的,其理论基础可以追溯到为俄国白银时代揭幕的思想家索洛维约夫的著作中。他在《抽象批评的开始》中宣称:"艺术是一种神性的行为,或者是通灵术。艺术创造是与神的创造对等的。通灵术的目的是在对基督进行模仿中进行自我改造,并且通过'人对经验现实或自然中神性原则的认识'实现'对现实的组织'。因此艺术的任务不是模仿,而是变形。不是对人和世界的反映,而是对人和世界的变革"[2]。正是在这样的语境中,象征主义诗人发展了他们关于艺术的思想。巴尔蒙特称:"现实主义诗人作为单纯的观察者,依附于世界的物质性基础,带着稚气观察世界。象征主义诗人则用其复杂的感受能力改造物质性,使世界服从于自己的意志,并深入到它的奥秘之中。"[3]因此美只有在象征主义艺术中才能拥有勃勃的生机和活力,因为"那种未曾有人染指的原生态的自然美,在任何时候都不能给予我们那种被称为'审美激动'的东西。"[4]"大自然……只能创造出一些尚未加工完毕的畸形人物,而那个能创造出奇迹的魔法师则可以使自然完美,赋予生命以美的

---

[1] Ничипоров И. Б. Поэзия темна, в словах не выразима… Творчество И. А. Бунина и модернизм, М. : Метафора, 2003. C. 40.

[2] 林精华主编,《西方视野中的白银时代》,东方出版社,2001年,第21—22页。

[3] 翟厚隆编选,《十月革命前后苏联文学流派》(上编),上海译文出版社,1998年,第17页。

[4] 周启超,《俄国象征派文学理论建树》,安徽教育出版社,1998年,第162页。

面孔。"①索洛古勃在坚持认为,"艺术走在生活的前面","艺术超越生活、超越大自然"的同时,还确认了世界的第二性特征:"生活中没有什么是艺术的理想中所没有的……人们黑暗的心灵被艺术的不朽形象之光所照亮……我们在它们的面前(在不朽的形象面前)不过是苍白的影子……我们将凝视他们鲜活的生命,那时它们灿烂的光线将撒在我们透明的、不断逝去的生命之上……"②有鉴于此,象征主义流派的理论家维切斯拉夫·伊凡诺夫提出,艺术的终极目标是"创造生命本身"。生命创造理论在别雷的笔下则发展成为了所谓的审美过程以及艺术家本身"道成肉身"的说法。他用这个隐喻来表达:不仅艺术家意识中的意象应该和它所表达的现实融为一体,"艺术家应该成为他自己的艺术形式:他的自然的'我'应该和艺术融为一体。而他的生命应该成为艺术的……他自己则是'道成肉身的文字'。"③诸如此类的观点直接导致了在艺术与生活关系的问题上认为生活为第二性的。别雷在文章《剧院与现代戏剧》(1908)当中说:"生活是创作的范畴之一,应该使生活从属于创作,并在其以尖角闯入我们的自由之地创造性地再创造之。"④勃留索夫更是直截了当地指出,艺术家的目标是将他的生命变为艺术形式:"让诗人不要创造他的书本,而是他的生命。"⑤

按照艺术的规律来组织和改造生活的倾向不断变种,并且在未来主义极端激进的美学观和创作实践中得到了进一步的发展。未来主义者始终是以"给旧世界和旧我宣读悼词的预言家的姿态"出现,在他们看来,以往的艺术家们在人类文化的缔造过程中不过是"多余人",因为大自然中的一切——树木、太阳、山和海——"都已经有了,它们都存在着、活动着、生活着",临摹它们只会使生活

---

① 周启超,《俄国象征派文学理论建树》,安徽教育出版社,1998年,第162—163页。
② Ничипоров И. Б. Поэзия темна, в словах не выразима…Творчество И. А. Бунина и модернизм, М.: Метафора, 2003. С.42.
③ 林精华主编,《西方视野中的白银时代》(上),东方出版社,2001年,第10页。
④ Ничипоров И. Б. Поэзия темна, в словах не выразима…Творчество И. А. Бунина и модернизм, М.: Метафора, 2003. С.41.
⑤ 林精华主编,《西方视野中的白银时代》(上),东方出版社,2001年,第11页。

变得贫乏①,因此这一流派美学的关键词便是惊世骇俗的"砸烂"和"自由",即砸烂一切清规戒律,将一切文学传统"从现代生活的轮船上扔出去"②,通过"将词本身从文学传统的覆盖物下解放出来"③而获得真正自由的创作,为此他们"旗帜鲜明"地将艺术创作与自然对立了起来。未来主义者认为,自然是摆在艺术家面前的障碍,是戴在艺术家身上的镣铐,而"自由的创作和自然界是互不相容的。"④"真正自由的东西在自然界中是不自然的。自然原则是自然界不可避免的规律,而自由的原则则是一种奇迹,是对这些规律的违背,是对自然界暴力的反抗。"⑤正因如此,他们疾呼:"艺术家们,假如你们能够创造,建设,就去为我们建造人的大自然、人的事物吧!……这些产品要比自然的造物更好、更珍贵。"⑥最终,未来派作家甚至极富戏剧性地试图通过全无形式的超理性语言实现"一种能改变世界的超艺术"的乌托邦幻想:"生活被按照游戏的模式来组织,这种模式被认为是从日常生活的繁文缛节中值得炫耀的解放。"⑦

　　就生活与艺术关系的问题蒲宁借自己的作品《书》参与了整个时代的论争,只是蒲宁的思想是与上述现代派的思想针锋相对的。在《书》中蒲宁称文学是他"凡尘生存的伴侣",从童年就牢牢地占据了他的心灵,但是区别于同时代的现代派人士,蒲宁一点儿也不倾向于将艺术现实绝对化。针对"艺术可能是人类所掌握的最伟大的力量"⑧的观点,蒲宁认为,艺术是广大世界的一个小小的单位,它仅仅是能够在个别的瞬间领悟并传达世界神秘的节奏。艺

---

① 翟厚隆编选,《十月革命前后苏联文学流派》(上编),上海译文出版社,1998年,第142页。
② 同上书,第111页。
③ [英]布雷德伯里等主编,《现代主义》,上海外语教育出版社,1997年,第238页。
④ 翟厚隆编选,《十月革命前后苏联文学流派》(上编),上海译文出版社,1998年,第103页。
⑤ 同上书。
⑥ 同上书,第142—143页。
⑦ Смирнов И. П.. Художественный смысл и эволюция поэтических систем. М., 1977. C.114.
⑧ 翟厚隆编选,《十月革命前后苏联文学流派》(上编),上海译文出版社,1998年,第48—49页。

术的世界充满了力量和魅力,但无论如何它依然让步于尘世的存在之美,蒲宁写道:

> 我看书,我生活在别人的虚构中,可是田野、庄园、村子、农民、马匹、苍蝇、蜜蜂、小鸟、浮云雀都过着自己真实的生活。……我看书的时候,大自然中正悄悄地发生着种种变化。刚才还阳光明媚,喜气洋洋,此刻却阴晦了,沉寂了。天上的白云和黑云一点点地聚集拢来,有的地方,尤其是南边还很明亮美丽,然而西边,在村子以外,它的柳丛后面却有了雨云,颜色发青,令人不快。可以闻到从远处飘来的原野上的雨的温暖柔和的气息,园子里只有一只黄鹂在鸣唱。①

世界的超言绝象远胜于艺术的所能。在蒲宁看来,人的感官、感觉和感知能力是非常有限的,不要说万事万物出于虚无而归于无穷这一神秘的过程,即使是我们面前的客观世界和我们自己的内心也很难把握和表达。世界上"那些深邃神奇且无法表达的东西恰恰是人们从来就没有好好地写进书里的东西。"②因此如果说现代主义作家认为艺术是认识世界的完美手段,并极力使生活从属于艺术规律的话,那么蒲宁不仅离如此的绝对化甚远,而且从不吝惜自己对热衷此观点的文人们的讥讽。尽管蒲宁和现代派作家倡导的感受世界的媒介都是直觉,但是蒲宁推崇的是建立在个人直觉基础之上的对物质世界的完满理解,而后者"给予的是对现象世界的再现,不是再现其物质现实方面,而是以某种超出感性认识范围之外、有多种意义的观念为表征的形式来再现。"③其直觉首先针对的是世界的所谓"最高实质"。但对于蒲宁来说,世界先验的真理或者艺术创作的源泉都隐藏在万物肉身的蓬勃生命中。

诗意微妙而不可言传:

---

① [俄]布宁,《布宁散文》,陈馥译,人民文学出版社,2008年,第124—125页。
② Бунин И. А. Собр. Соч. в 9 т. М.,1966. Т. 5. С. 179.
③ 翟厚隆编选,《十月革命前后苏联文学流派》(上编),上海译文出版社,1998年,第48—49页。

> 瞧,这荒凉的山坡,遍地石头的空谷,
> 关着羊群的羊栏,牧人的篝火
> 和刺鼻的烟曾使我多么激动!(《山中》)①

在这感悟和展示当中正蕴含着艺术创作之谜,即艺术家的直觉是如何与他"内心的劳动"进行的结合:"现在我还有一个秘密的痛苦,"蒲宁笔下的阿尔谢尼耶夫这样说,"还有一个痛苦的愿望,我应该用生活所赋予我的东西构成一个不愧于写作的东西,这是多么的幸福,这需要怎样的内心的劳动呀!"②如此诉诸笔端的东西才"真正是你的,是唯一实在的,也是最理当要求合理表达的东西。"③而那些极力显得"书卷气"的"出了名的人们"(蒲宁语)所表现出的"对文学罕见的狂热病"引起蒲宁强烈的反感。在《净罪的星期一》中蒲宁直言不讳地讥讽了别雷,蒲宁笔下的别雷完全将生活与艺术混为了一谈:"安德烈·别雷的讲座不是讲出来的,而是唱出来的,他还在台上又跑又跳。"④

在《大水》当中,作家面对上帝在这个宇宙中创造的奇迹惊叹不已,他记述了一个精彩的片段:一个在大海上航行的清晨,当作家从梦境中苏醒,他感到"在这个永远洋溢着青春气息的上帝的怀抱里,特别是在浩瀚的大洋中会有某种新的、幸福的东西。"⑤他拉开门帘,灿烂的阳光温暖地投射在他的脸上,海水发出悦耳的哗哗的声响。年轻的水手光着双脚,赤裸着胸膛在愉快地清洗着甲板……在这个平凡的清晨,作家看到的每一个事物都是那样令他愉快。平凡的生活蕴含着的美好是任何神奇的笔都无法书写的,他感到在这"大水"和"鲜活生命"的面前书本的力量是多么的渺小、可怜,所以在这个温煦的清晨他毫不犹豫地将手中的书抛向了大洋。他不明白——

那些属于小小文学世界的人们是多么可笑地夸大了文学对巨

---

① Бунин И. А. Собр. Соч. в 9 т. М.,1966. Т. 1. С. 10.
② Там же. С. 229.
③ [俄]布宁,《布宁散文》,陈馥译,人民文学出版社,2008年,第125页。
④ [俄]蒲宁,《耶利哥的玫瑰》,冯玉律、冯春译,上海译文出版社,2004年,第215页。
⑤ [俄]蒲宁,《耶利哥的玫瑰》,冯玉律译,上海文化出版社,2001年,第231页。

大的人类世界所过的日常生活的作用,而人类世界实际上往往只知道《圣经》《古兰经》和《吠陀经》!①

但是蒲宁看待艺术与生活关系的观点又不是一成不变的,常常充满了矛盾。蒲宁在其创作道路的各个阶段都强烈地感受到用语言无法表达生活真实而深邃的内容,"人类的生活是根本写不出的。"②在《阿尔谢尼耶夫的一生》中作家写道:"我想的不是我正在写的和发表的东西,我想写的完全不是我能写和正在写的东西,而是我写不出来的东西,这一愿望使我非常苦恼。从生活的素材中提炼出真正值得写的东西,这是多么可贵的幸福啊,而且要花费多少心血啊!"③。因此,在蒲宁看来,艺术不过是人类生活中一个小小的且并不完美的范畴,"是所有人类所从事的事情当中最奇怪的"④他甚至虚无地说:"我将生命中三分之二的时间都耗费在了这项对我来说好像是必需的劳动上了……"⑤但同时他又感觉艺术正是凭借着记忆的力量成为改造宇宙、战胜时间、空间的最强大的武器,正如他在《阿尔谢尼耶夫的一生》的草稿中所写:"也许,生命唯一的目的就是与死亡斗争:死神夺去了人的名字,人就把名字镌刻在十字架上,镌刻在石碑上;死亡企图以黑暗遮盖住人的身体,遮盖住他所经历过的一切,人就用语言使一切复生。"⑥因此能够从事文学创作是人生巨大的幸福。正如蒲宁在诗中所表达:

> 在高处,在终年积雪的高山之巅,
> 我刻下一首十四行诗,用那钢铁的利剑。
> 流光飞逝。然而积雪也许还保存着
> 我孤独的足迹,直至今天。

---

① [俄]蒲宁,《耶利哥的玫瑰》,冯玉律译,上海文化出版社,2001年,第223页。
② Бабореко А. Бунин, Москва: Молодая гвардия, 2004. С. 290.
③ [俄]蒲宁,《阿尔谢尼耶夫的一生》,杨镕光、韩馥竹译,作家出版社,2006年,第338页。
④ Бунин И. А. Собр. Соч. в 9 т.,1966. Т. 6. С. 230.
⑤ Ничипоров И. Б. Поэзия темна, в словах не выразима... Творчество И. А. Бунина и модернизм, М.: Метафора, 2003. С. 44.
⑥ Бунин И. А. Собр. Соч. в 9 т.,1966. Т. 6. С. 311.

> 在高处,那里的天空是那么蔚蓝,
> 冬日的破晓是那么欢快,璀璨,
> 只有旭日俯视着匕首
> 怎样在绿玉般的冰面上刻下我的诗篇。
>
> 我感到欣慰的是诗人
> 理解我。但愿苟生山谷中的群氓
> 永远也得不到人们的崇敬。
> 在高处,那里的天空是那么蔚蓝,
> 我在正午时分刻下了一首十四行诗,
> 只奉献给那人,他正屹立在高山之巅。
> [无题诗,1901,I,41—42]

献身文学,成为"高山之巅的人",作家生命力最强大的支柱正来源于此。"我的生活渐渐变成了征服者,与'无法实现'的东西(指写作)的斗争,我不停地追寻,不断地思考,想要寻求和捕捉另外一种不可捉摸的幸福。"①

综上所述,蒲宁对于艺术与生活关系的思考是多方面的。一方面,在蒲宁看来,艺术是表达宇宙和人类心灵深邃内容的最好手段,是与时间、与死亡作斗争的有力武器。但另一方面,蒲宁也清楚地意识到了艺术的局限性,并始终在与现代主义者进行争论,对对方将艺术的作用绝对化和将其凌驾于生活之上表示了强烈的不满。

---

① [俄]蒲宁,《阿尔谢尼耶夫的一生》,杨镕光、韩馥竹译,作家出版社,2006年,第338页。

第四章　蒲宁创作的诗学特征

傍晚一溜乌云在海上浮动，
苍茫无际的海水
仿佛蓝天横卧我们面前，
海上闪动着万条金蛇。
你说："喂，我从前
生活于何时何地？我得了怪病：我神驰，
我怀念，似乎从前我是上帝……
啊，但愿我能把大千世界再拥抱一次！"

你相信你的梦呓，你的忧思，
会立即激起我心灵的共鸣，
我多么清楚地记得你那总是
微微牵动嘴角的笑容，
我感到多么亲切，那份忧伤，
那化身为宇宙、田野、大海、天空的渴望！
我和你多么热爱这个世界，
那份费解的、不能自己的爱！

那没来由的欢乐和痛苦，
心灵与一切有生命的东西
接触时那甜蜜的痛楚，
只有你与我共有，——它们无以名之，
无可解说，我将满怀激情直至白头，

> 不懈地再造我的爱,
> 我的受挫的力量……
> 而熄灭了这份激情的是你的自戕。
>
> 你做得对吗,尽管未能战胜
> 艰难的命运,未能胜任创造者的使命,
> 一个丧失了完美的和谐的使命,
> 而我为什么要无休无止地痛苦莫名,
> 渴望让已经没有血肉的面容
> 重新赋有形体,再现往日的音容,
> 为什么我要回忆那个夜晚,
> 为什么要无益地咬文嚼字——我没有答案。
>
> 《忆友人》(1916)[Ⅰ,152-153]

正如上文所说,在蒲宁看来,艺术创作的使命就是对抗时间的流逝,对抗"存在的被遗忘",这个使命在蒲宁的笔下是怎样完成的呢?

美籍俄裔作家纳博科夫曾经给过评论家这样一个睿智的建议:"应该永远将'怎么写'置于'写什么'之上,后面千万不要紧跟着'那又怎样呢?'的疑问。"别雷则更加明确地写道:"对于审美学的描述,重要的不是什么被描写出来了,也不是用什么在表现着被描写的物象,而是怎么被描写出来了与怎样在描写着。这个'怎样'是在词语与声音的材料之中被提供出来的。"①这里谈论的是现代小说诗学中最为重要的一个问题,即作品形式的意义问题,显然,作家赋予形式的意义甚至超过了内容。任何一个作家,无论其审美取向定位于何处,其作品的内容因素都是通过一定的形式因素体现出来的,只有在形式与内容完美结合的情况下,作家对生活的感悟才能得以真正体现,可以说,作品的表达方式事实上是作家将生命倾注其中的有意味的形式,有时它甚至是理解内容核心的钥匙。观照蒲宁的创作世界,我们不难发现,以往最惯常的为作家贴上某某"主义"的标签,然后再依据该"主义"之特征来分析作家

---

① 周启超,《俄国象征主义文学理论建树》,安徽教育出版社,1998年,第251页。

审美特征的做法是难以奏效的，这是因为蒲宁在长达六十余年的创作实践中不仅继承了俄罗斯文学的优秀传统，以自己大量作品坚定地捍卫了现实主义的美学原则，而且还善于推陈出新，汲取百家之长，并将其融会贯通于自己的创作实践中。应该说，蒲宁的审美取向是海纳百川式的，是继承传统与探索革新并行不悖的。正是在这种传统与独创的互动与互补中，蒲宁的个人风格才得以显现。但是在这里，评论家马里采夫的一个观点很值得我们关注，他指出："蒲宁始终是自己创作原则的俘虏：如果他像现代主义作家那样放任自己的笔去写作，去做公开的实验，那么他会创作出因自己的标新立异而令人震惊的作品。这是他的许多草稿都已证明了的事实，但他克制了自己。蒲宁的自我承认是很重要的，他说：'我从来就不写我想写的东西，也从来不像我想写的那样去写，因为我不敢。'"①可见，在创作过程中蒲宁选择内容和表达形式时内心的矛盾冲突是非常激烈的，但是他在诗学领域的超前却是不争的事实。蒲宁自己极其反感评论家为他戴上"某某主义"的帽子，他始终因自己的特立独行而感到骄傲，他说："我就是我，独一无二，不可重复，就像任何活在世上的人一样……"②正因如此，将蒲宁放在他生活的时代背景之上看，他永远都是一个谜，而对这个谜的揭示也成为一个永不枯竭的话题。在蒲宁的小说中，如果剥离了形象层面的具体内容，其创作最突出的诗学特征就在于他的描写，用他自己的话说，就是无处不在的"外部的描述性"；第二，叙事中强烈的主观性特征；第三，我们称之为"由外而内的'心理描写'"；第四，隐喻弱化的语言特色。这些特点深刻地影响到了小说构建的各个层面，特别是作品情节、结构的建构以及话语方式的选择。可以说，蒲宁以此参与了叙事学上的一场真正的革命，他的探索对于俄罗斯小说的发展极具意义，但这一切他是小心翼翼地进行的。

---

① Мальцев Ю. Иван Бунин 1870—1953, Посев, 1994. С. 105.
② 冯玉律，《跨越与回归——论伊凡·蒲宁》，上海外语教育出版社，1998年，第2页。

第一节　外部的描述性

　　描述或称描写，在传统的小说诗学中纯然是为情节服务的。小说叙事的动因是情节不断地向前发展，而描写或是交代情节发生的时间、地点，为人物的活动提供背景；或是渲染气氛，细化和烘托人物，其本身并不具有独立的叙事价值。但是随着时代的发展，正如戴维·里斯曼在《孤独的人群》中所说，每一个社会历史阶段的总体特征各不相同，个人与社会的关系也大相径庭，个体遭遇的痛苦及其救赎方式造就了不同的艺术形式。①白银时代俄国在政治、经济以及文化、艺术领域所发生的巨大变化是众所周知的，人们对现实的理解改变了，艺术形式随之也发生了巨大的变化，而且其决绝的程度是前所未有的。赫伯特·里德在论述西方现代绘画艺术时曾这样表述：20世纪初欧洲的绘画艺术"不是欧洲绘画艺术的合乎逻辑的发展，也不是历史上任何类似的发展，而是与一切传统猝然决裂的运动……欧洲五个世纪以来不断努力的目标被公然放弃了。"②这句话用在白银时代的俄国文化上也是恰如其分的。人们发现，现实呈现在面前的表象充满了无序和不可知，根本就不是按照理性化的时间逻辑直线发展的，它不仅没有完整的情节构造，其背后也没有所谓的本质与规律可以捕捉。恰恰相反，生活是支离破碎的，甚至是荒诞的，正所谓"一切都四散了，再也保不住中心，世界到处弥漫着一片混乱。"（叶芝语）因此传统小说那种以时间主宰叙事的构建方式受到了质疑和反叛，所谓对生活现实以及生活本质的反映也被认为是作家以人类为中心而做出的想象和杜撰，罗兰·巴特甚至戏称如此的文学为"用语言来弄虚作假和对语言弄虚作假"。人们可以捕捉到的不过生活中零散的"瞬间"和"片断"。它们与其说是时间上的存在，毋宁说是瞬间的空间截面，因此，以空间性抗衡思维中时间模式的霸权逐渐成为现代小说创作

---

① 格非，《小说叙事研究》，清华大学出版社，2002年，第8页。
② [英]马·布雷德伯里等编，《现代主义》，胡家峦等译，上海外语教育出版社，1997年，第4页。

的一大特征。正如米歇尔·福柯所言:"19世纪人们沉湎于历史……,而我们这个时代也许首先是一个空间的时代。"①事实上,将空间维度作为与时间共同构成叙事力量的诗学特征是具有巨大意义的,它不仅没有抹杀历史,抹杀时间,正相反,它将时空二维更加紧密地联系在一起,更加符合现代人类的思维模式。因为人们终于明白,时间是一切希望与理想的坟墓,正像《喧哗与骚动》当中昆丁父亲所说:"不要把心力全部用在征服时间上面,因为时间反正是征服不了的。根本没有人跟时间较量过,这个战场不过向人显示了他自己的愚蠢和失望,而胜利也仅仅是哲人和傻瓜的一种幻想而已。"②人类最大的不幸正是存在于时间当中,因此,以空间抗衡时间这种模式的结果便是使小说成为包含着历史不同空间的并置,而不再是"包含了空间的历史"。小说正是在这样的空间中穿梭,每一个空间又会激发出不同的时间碎片,作家正是在这样由时空构成的复杂的网络中建构出了自己的世界。

从这个意义上来说,在蒲宁笔下"瞬间""碎片"成为叙事的构成因子显然绝非偶然。正如上文在"艺术与生活的关系"一段中我们已经谈到了当时各流派作家们的困惑,创作形式的程式化也令蒲宁倍感痛苦,他始终希望能够找到恰如其分的方式来表达自己的所见和所感。蒲宁曾说:"狐狸把我带到幽暗的林子深处,带到高山后面——而这林子和高山的后面有什么,我不得而知。"③在蒲宁看来,世界的范畴远超于人类生活的圈子,它威严地存在着,凌驾于人类之上。世界万事万物的和谐统一而又互不关联是人类的理智永远都无法破解的神秘特性,因此蒲宁常常驻足、痛苦于这种特性,甚至转而求助于超现实的梦境、幻觉,希望"梦神能带我来到极乐之国,来到万物明了之所"(《梦神》),也从不对世界的神秘妄加判断,妄下结论。因此传统小说中理性化的因果关系和人为的封闭性特征在作家看来完全是人类中心的不自量力,是蚍蜉撼树

---

① [美]James Phelan, Peter J. Rabinowitz主编:《当代叙事理论指南》,申丹、马海良等译,北京大学出版社,2007年,第204页。
② [美]威廉·福克纳,《喧哗与骚动》,1984年,上海译文出版社,第85页。
③ [俄]蒲宁,《阿尔谢尼耶夫的一生》,靳戈译,译林出版社,2004年,第219页。

的小把戏。"哦,这些可怜的作家!经常是仅仅为了说出不太多的一些他们认为重要的东西,就要编出大段大段无用的故事,反而把那些最重要的东西安插在不易察觉的地方……"①在蒲宁看来,"最重要的东西"就是世界上每一个存在着的事物,它们从不依附于任何人类的经验,更何况是作家们虚构出的情节。它们自在自足,并以自身的"唯一性"赋予了世界以珍贵和美好,同时也见证了令人痛苦、欢乐、甜蜜又无法理解的生活。这也是蒲宁始终对陀思妥耶夫斯基不以为然的一个重要原因。1924年5月7日,蒲宁的妻子维拉·尼古拉耶夫娜在自己的日记中记述了丈夫的话,蒲宁说:"我把《温顺的女性》看完了。现在我终于明白,为什么我不喜欢陀思妥耶夫斯基了。一切都非常美好、准确、聪明,但他只是个讲故事的。尽管是一位天才的故事员,但也不过是个讲故事的。而托尔斯泰却完全是另一回事儿。如果陀氏到了阿尔卑斯山并开始讲述这座山的话,他会讲得很好;而托翁则只会给出这座山的一些特征——而阿尔卑斯山脉就这样意境清晰地浮现在你的面前了。"②这句话清晰地表明了蒲宁的创作原则,即创作从来都不是由故事开始的,而是由外部的印象:"在我这里常常是无缘无故地在脑海中闪过某个面孔、某个风景或某种天气……"③"甚至某个词汇、某个名字都会激起我写作的欲望,……很快你就会听到那个召唤的声音,所有的作品都产生于那个声音。"④正是对这个"声音"的感受使得蒲宁接近了创作行为隐秘的实质,因为蒲宁曾在小品文《音乐》当中说:因为这个声音仿佛源于彼岸,充满了异类的强大力量,正是这个力量成就了蒲宁笔下的一切。

"为什么要虚构呢?为什么要男、女主人公?为何非得长篇、中篇、开端、结局呢? ……永远沉默着不讲真正是你的,而且是唯一实在的东西,最理当要求表达,要求哪怕是在文字中留下痕迹、

---

① Бабореко А. Бунин, М.: Молодая гвардия, 2004. С. 280.
② Устами Буниных: Дневники Ивана Алексеевича и Веры Николаевны и другие архивные материалы: в 2. т. Посев, 2005. Т. 2. С. 102.
③ Бунин И. А. Собр. Соч. в 9 т. М.: Художественная литература, 1966. Т. 9. С. 373.
④ Там же. С. 376.

留下形象、保存下去的东西——会使人永远痛苦!"①而"做一件早就想做的崭新的事情,开始写一本如福楼拜所盼望的'言无物'的、没有任何外在联系的书来宣泄我的心灵,谈自己的生活和自己有幸在这个世界上的所看、所感、所思、所爱、所恨的一切"②成为蒲宁最大的愿望。蒲宁始终企望在自己的笔下复现世界乌托邦的图景,因此他不是在历史中作直线式的穿行,而总是从容地将脚步停留在一个个稍纵即逝的时间点上。在这个看似微观、实则宏观的"点"上,人不过是与世间万物平等比肩的一员,是世界画面中区区一块"马赛克"而已。而对于事件外的事物,作家却不吝笔墨地作详尽的描写,大有欧阳修"欲将两耳目所及,而与造化争豪纤"(《紫石屏歌》)的气势。这里没有核心,没有焦点,有的只是共时平面上细节的并列铺陈,以及纵深的通过记忆等方式传达出的历史。在这个问题上,蒲宁走的是与现代主义作家、现实主义作家都不同的道路,因此也是他遭受诟病最多的地方。有的评论家称其作品简直就是"无聊的拖沓","充斥着垃圾",是"想象的体操"③,甚至从不循规蹈矩的尤·奥廖沙也不免质疑:"真的需要像蒲宁那样用如此大量的色彩吗?是否有必要从叙述中分离出本身就是艺术作品的细节,同时这些细节又可以令读者将注意力停留在小说之外呢?"④著名评论家阿达莫维奇更是坦陈了自己对详尽的"外部描述"的反感,他认为,这不过是早已过时的自然主义的写法。托尔斯泰已经将对外部世界的描述做到了极致,超越托翁是不可能也是不必要的,而"我们的许多作家却依然不仅将外部的描述作为手段,甚至是作为目的"。他号召青年作家应多关注"无边无涯且恒变恒新的内心世界"⑤。就此蒲宁与阿达莫维奇展开了激烈的辩论。1928年蒲宁在《写给青年作家》一文中针锋相对地写道,他无

---

① Бунин И. А. Грамматика любви, Санкт-Петербург, "Лисс", "Бионт", 1994. С. 419.
② Устами Буниных: Дневники Ивана Алексеевича и Веры Николаевны и другие архивные материалы: в 2 т. Посев, 2005. Т. 2. С. 55.
③ Бунин И. А.: [Сб. материалов]: В 2 кн. -М.: Наука, 1973. -(Лит. Наследство; Т. 84). кн. 2. С. 97.
④ Мальцев Ю. Иван Бунин 1870—1953, Посев, 1994. С. 92.
⑤ Бунин И. Публицистика 1918—1953 годов, Москва, "Наследие", 1998. С. 284.

法理解诸如'内心世界'、'外部世界'这样机械的二分法,更无法理解对描写外部世界的如此反感。"你可以不喜欢,尽管不喜欢好了。但是如何可以没有这些描写呢?……就如同音乐中没有声音、绘画中没有色彩、没有对物体的描画(即使是最新潮的、最荒谬的画法),……如果你想展示、讲述内心世界却没有对外物的描述,你该怎样处理内心世界呢? 没有描写又该怎么写呢? 难道仅仅用大声的惊呼、用不切分的声音吗?"①显然,没有对外部世界的描述,心灵就无所依托,因此蒲宁始终我行我素,不改初衷,坚持自己的写作风格。他始终认为:"小说应当多少有些枯燥乏味,真正伟大的小说都是这样的。《安娜·卡列尼娜》里有多少篇章枯燥乏味,《战争与和平》也是如此! 但它们是必不可少的,它们是美好的。……庸俗小说、侦探小说里这样的段落倒是没有。"②蒲宁的如是观点在曼德尔施塔姆那里也得到了回应,后者认为,这不仅不是什么"乏味",而是"一种奇特的枯燥,一种微妙的优雅"③,外部世界的细节不仅勾勒出了世界共时的空间画面,同时它们还跨越了艺术现实和生活现实之间被强加的界限,这样,细节不仅完成了小说的构建,还冲出了文本的限制,走向了无限的存在,最终引导读者探索可见的现象背后的"现实"。注意,这里说的不是背后的所谓"普遍规律"或"本质",而是"现实",因为在蒲宁看来,"在一切可见事物的基础里都存在着不可见的因素,但较之前者,它的现实性并不弱。"④那"高山和林子的后面"有的是更加深刻的存在和秘密,但依然是现实的存在。正因为这是一个充满神秘经纬的世界,所以蒲宁从不把它们归入诸如心理学、社会学以及其他的什么体系来解释,也从不似现代主义作家那样以超验的隐喻来表达。

在蒲宁的小说当中,描写和情节之间的比例关系复杂而多变,

---

① Бунин И. Публицистика 1918—1953 годов, Москва, "Наследие", 1998. С. 284.
② [俄]奥多耶夫采娃,《塞纳河畔》,蓝英年译,百花洲文艺出版社,2005年,第316页。
③ 曼德尔施塔姆在《小说的终结》一文中谈到15世纪意大利文艺复兴早期曾出现过注重外部情景并置、而忽视情节的小说创作时表达了这个观点。// 见[俄]曼德尔施塔姆,《曼德尔施塔姆随笔选》,花城出版社,2010年,第150页。
④ Бунин И. А. Собр. Соч. в 9 т. М.: Художественная литература, 1966. Т. 9 С. 419.

但是描写所具有的令读者超越情节、感受宇宙博大生命的功能却是不变的,这是由作家非人类中心的世界观决定的,因此,描述常常获得了超越情节的美学价值。

让我们以情节在作品中所占比例的多少为标准,将作家的创作分为情节作品、弱化情节作品和无情节作品来分析"外部的描述性"在作品中的功能。

一、情节作品

尽管蒲宁以其一贯的尖刻语气对情节的必要性提出了异议,但我们看到,在蒲宁一生的创作中,他依然留下了大量的情节作品。对于大多数读者来说,蒲宁给他们留下最深刻的印象就是他对爱情和死亡的描写,而这些作品往往是情节最完整的。

英国作家毛姆曾这样说过:"许多人仿佛根本就没有注意到情节的主要作用,事实上,这一作用就在于情节可以引导读者的兴趣,而这可能是文学技法中最重要的一点,因为只有这样,作家才能使读者紧跟自己,并能激发读者应有的情绪。"毛姆的话也许可以用来作为回答蒲宁质疑的答案,因为,作为一名小说作家,他所要达到的目的绝不仅仅是让读者以旁观者的身份欣赏作品中的人物,而是要读者更深入地走进人物的内心,以人物的方式感受生活。在大多数作家的笔下,这个功能恐怕只有情节才能完成了。但蒲宁以其独特的方式看待生活,吸引读者的方式同样与众不同。他也需要把读者带进自己的世界,但要以他"蒲宁式"的方式、从与他同样的视角审视生活,感受生活。这就决定了即使在真正的情节小说中,蒲宁依然表现出了自己的特色。在他的笔下,情节从来就不是关注的中心,他常常将本应成为情节高潮的矛盾冲突推到次要的层面,而将情节之外的东西作为作品的主要部分来书写。也就是说,作家将读者引进了情节的世界,并开始向纵深挺进,但却常常"走远",正如托尔斯泰所说的:"谁写小说,谁就知道,作者很容易迷恋于对某物的描写,并越走越远。但情节就像是一根红线,指挥着对材料的选择,它也像是一个不应该跨越的框架。虽然这也好,那也有趣,并很想将它们写进场景,但如果这样,那就可能走远了。"①但蒲宁的"走远"却是有意而为之的。正如斯莉维茨卡娅所说:"蒲宁看待万物的出发点是它们的永恒性,他描绘的是遵循了内部不变规律的世界喧嚣的表面画面。"因此,"变与不变"永远是作家创作的真正动因。在叙述中作家常常将独立的细节画面突然插入,无情地打断情节发展的进程,使得读者的注意力转向了情节之外,而这独立的画面在蒲宁的笔下几乎永远都是大自然的风光。作家有意无意地跳出情节圈子的目的就是将作品引向更高的超越人类平凡生活的层次,引导读者进入他对"变与不变"的深沉感悟当中,小说《伊格纳特》就是这样的一部作品。

小说的情节非常完整,它讲述的是:地主潘宁家的牧人伊格纳特迷上了风流成性的使女柳勃卡,并在几年后与她结婚。婚后不久,伊格纳特应征入伍,四年后回到了家乡。但就在他回家的当晚,他发现了妻子与一个商人的暧昧关系,怒不可遏的伊格纳特本想将二人一起杀死,情急之下,狡猾的柳勃卡以钱财为诱饵,使伊格纳特仅仅杀死了商人。伊格纳特没有想到,在二人拿走了商人的钱财之后,他自己也被凶残、贪婪的柳勃卡杀死。

小说全文共分为6部分,前5部分的叙述完全是按照时间的前后顺序进行的,并在第五部分——伊格纳特在窗外窥视着屋内妻子与商人所做的一切以及最后的凶杀——达到了高潮。有趣的是,在接下来的第六部分,作家的笔触突然偏离了对情节的叙述,开始了长达三页②的对风景以及商人的伙计费季卡喂马、套马和遛马的极尽翔实的描写。在这里,我们明显地感到了作家本人的存在,他仿佛突然从紧张得让人喘不过气的杀人氛围中解脱出来,立即进入了一个无比闲暇的世界:那里有"在被大雪封住的河谷后面微微发青的天边";有"在浓密的绿油油的针叶丛中聒噪"的寒鸦;也有"躯体粗大、浑身上下长满了鬣毛、由于身上蒙着一层霜而呈灰白色的牝马"和驾着"疾如闪电地 朝旷野,朝绚烂欢快的东方"飞驰的雪橇的小伙计费季卡。然而对于小说的情节来说,这些描

---

① Сливицкая О. Повышенное чувство жизни - мир Ивана Бунина, М: Российский государственный гуманитарный университет, 2004, С. 34.
② 见安徽文艺出版社1999年版《蒲宁文集》(第二卷),戴骢译,第260—262页。

写几乎没有任何意义,充其量就是发现伊格纳特尸体的时间和地点,一笔带过足矣;对于作品的叙述节奏来说,描写恰恰在读者心理最紧张、最希望看到结局的高潮处将叙述打断,紧张而紧凑的节奏猛然慢了下来;而对于作品中的人物来说,费季卡是一个完全没必要出场的小人物,更没有必要将他的所做之事做如此详尽的描写。对此,评论家尤·艾亨瓦尔德指出:《伊格纳特》结尾处的景物描写完全可以没有,"这些极具特色的细节组合完全有权存在,但它们独立存在有时对于叙述的有机整体来说就显得不合适,不沾边了。细节化、显微镜式的描写结果常常使蒲宁的叙述节奏减慢;它们不仅使作家慢了下来,也使读者慢了下来,这一特点在作家的许多景物描写中都存在。对大自然的特征,甚至是很细微的特征以及农村生活中许多活计过分详细的描写最终只能是令人疲倦,令人感到索然无味。"评论家进一步指出:"蒲宁对大自然的描述常常是在他自己需要,而不是他的主人公需要的时候,那时这些主人公的心理状况往往使他们不可能像这位细腻的风景画大师那样将目光停留在周围的一切细节之上",最终评论家以不无讽刺的口吻称这些细节为"弗莱芒画派花哨的小累赘"。①

我们看到,不仅在《伊格纳特》一篇小说中,在其他许多小说中都出现了如此的"小累赘",如在小说《祭文》《扎哈尔·沃罗比耶夫》《末日》《旧金山来的先生》《高加索》《中暑》《娜塔莉》《佐依卡与瓦列莉娅》等作品中,以至于我们不得不承认这已经成为了一种现象,一种蒲宁风格特有的现象。那么作家的真正用意在哪里?对此,笔者无法赞同艾亨瓦尔德的观点。笔者认为,如果我们细致地思考这些段落中的细节,就不难发现这些在叙事上看似别扭的、仿佛硬插入的"小累赘"的真正功能,这也是蒲宁的真正用意所在。

仔细阅读,我们会发现,在插入部分的景物描写中每一个细节,甚至每一个单词、每一个声音都是有意义的,都具有明确的目的,它们总是与时间的变化交织在一起:或昼夜更迭,或季节转换。如在《伊格纳特》中,一切都发生在"赎罪日的前夕",伊格纳特从车

---

① Айхенвальд Ю. Силуэты русских писателей, М: изд-во «Республика», 1998. C. 131. 弗莱芒画派是17世纪欧洲绘画中一个重要画派,代表画家有彼得·鲁本斯、安东尼·凡·戴克、雅各布·约丹斯等。

站回家的时候,"家家户户院子里的公鸡已经在叫头遍了"[Ⅱ,245]此时"皎洁的夜幕笼罩着死气沉沉的白茫茫的山野、久已入睡的村庄、寂静无声的庄园和星空下美丽如画的纹丝不动的果园。夜显得越来越清澈,似乎一碰就会发出铮铮的声响,它已牢牢地驻足世间,达到了美丽和力量的巅峰。"[Ⅱ,249]然而就在这美丽安宁的月夜,他发现了妻子的不贞。他站在雪地里窥视着屋内动静,心慌意乱,不知所措,而屋内的柳勃卡同样惊恐不安;"鸡啼第二遍"的时候[Ⅱ,256],"夜的威力、光亮和美丽开始消退。月亮变得苍白了,正向西沉去。猎户座的三颗横向星好似三枚银色的纽扣,低低地垂在西南方的天边,比刚才离开地面更近,也更亮了。残月移到了下房的上空,使下房投下了一大片阴影,遮住了半个庭院。"[Ⅱ,256]伊格纳特整个人都冻僵了,但"他没有发觉时间在流逝,他的全部心思都用在解开他的疑窦上去了,他渴望自己的猜疑并非捕风捉影。"[Ⅱ,256]当他终于目睹了柳勃卡的淫荡时,他再也无法控制自己,紧握着利斧冲进了屋子,凶杀就这样发生了。

到这里为止,我们已经可以明显地感到两种完全不同的节奏,即自然的节奏和事件的节奏。在小说的前几部分中,事件的节奏是与大自然节奏相吻合的。然而随着事件的发展,这两种节奏越来越清晰地分离开来。大自然依然是按部就班地变化着,时间在平静地流逝;而事件的节奏却越来越强烈,越来越紧张,最终两种节奏在凶杀时分激烈地冲撞到一起。小说的结尾是从"鸡啼第三遍的时候,"开始的。此时人的痛苦、疯狂、一切支离破碎的感受都过去了,两种声音也平息了。"鸡啼第三遍的时候,"厨娘和费季卡起了床,开始忙乎自己的事情。很快"鸡啼声停了",此时"夜已同白昼交织在了一起……在果园凋零的树木后面,天空也泛白了,渐渐变得开阔起来。空气清新、洁净,像乙醚似的富有刺激性……但是在西半天,依然可以感到夜的存在和夜的神秘。"[Ⅱ,260]费季卡平静地喂马、套马,最后驾马欢快地奔驰在大自然中,此时两种节奏又一次融合在了一起。但是当天色大亮,当清晨金色的阳光映照得"村庄内一个个雪白的屋顶分外醒目"[Ⅱ,262]的时候,伊格纳特却仿佛噩梦一般突然出现在了大自然美好的背景之中,人们发现他已被砍碎了脑袋。

比利时剧作家梅特林克曾这样说过：一切真正伟大的作品中，除了外在的寓言，还应有第二个由内心对话组成的情节，它看上去好像很次要，对于不去找它的人，它也不会送上门来。的确，在蒲宁的这篇《伊格纳特》中，就存在着梅氏所说的"第二情节"，它正"隐藏"在时间的悄然流逝和对周围景物细致的描写之中，而梅氏所说的对话的双方则是大自然永不停歇的运动和人生多变并将以悲剧告终的命运。作家在作品完整的情节叙事中插入这一部分绝非偶然，而是由他的世界观决定的，作家需要以此将读者引进他的世界，分享他对人与世界关系的理解。在这里二者构成了激烈的冲突，而正是在这冲突的反作用之下，我们更能体会自然的永恒与人类命运的多舛。作家以此提升了整个作品的层次，它使得情节不是滞留在伊格纳特和柳勃卡之间关系以及最终悲剧这一密闭的系统之中，而是将情节扩展到了人与自然、与世界的关系之中，拓展了读者内心对人的命运和大自然的运转之间关系的感受，即使作品具有了普遍的意义。笔者的结论显而易见，结尾的景物绝非可有可无的"小累赘"，恰恰相反，它正是蒲宁的匠心所在。

另外，应该强调这样一点，即，这段描写与现代主义戏剧的一大特征——"幕后效应"有异曲同工之妙。伊格纳特手起斧落，接下去的情节将怎样发展，尽管作家不仅没有继续叙述，反而用节奏缓慢的描写来替代了叙述，但读者的想象已被充分地调动了起来，借助想象他们能更清晰地"看见"幕后发生的一切——给心灵造成更大冲击的另一起凶杀，柳勃卡的性格也在"幕后"的情节中得到更加完满的体现。

二、弱化情节的作品

弱化情节的作品在蒲宁一生的创作中所占的比例最大，数量最多。在传统现实主义的作品中，关注人物的主观世界是不以牺牲情节为代价的，在既关注内心又淡化情节这一点上，我们看到了蒲宁与现代主义的接近。著名的意识流作家弗吉尼亚·伍尔夫指出："如果作家是个自由人，而不是个奴隶，如果他能按照自己的意志创作,而不是墨守成规,如果他能将自己的作品基于本人的感觉,而不是听凭传统的摆布,那么,作品中就不会有情节。"①伍尔夫的这些话的确为现代主义的这一大特点做了准确的解释。乍看起来,蒲宁的许多作品仿佛都是有情节的,如早期的《隘口》写主人公浓雾之夜独自穿过人迹罕至的山口的经历;《雾》是对主人公浓雾之夜航行的描写;《静》描述了主人公在日内瓦湖畔度过的几天;《一夜霞光》叙述一个姑娘在出嫁的前夜内心痛苦的感受。但是这种情节较之大仲马跌宕起伏环环相扣的《基督山伯爵》、托尔斯泰卷帙浩瀚错综复杂的《战争与和平》几乎可以忽略不计。事实上,这种"情节"根本就没有事件的意义,也起不到组织叙述的作用。正如托马舍夫斯基指出的那样:在这些作品中"行为和事件就如同自然现象一样出场,它们并不构成情节场景。"②

在早期的许多作品中,我们看到,尽管作家总是以叙述人或中心人物的身份出现在作品当中,但他并不是情节的组织者,恰恰相反,作家表达内心强烈的主观情感的倾向完全压倒了对事件本身叙述的兴趣,因此常规的连续性叙述常常被作家对事件的感受所打断,其结果就是传统小说的逻辑关系被并列的片断感受所破坏。作品中不是情节,而是场景的突然转换和时间的骤然变化成为推动叙述的动因。如,在小说《在八月》中,在约2500字中文译文的篇幅中③,与情节有关的部分仅有开篇的一个句子,即"我爱的那个姑娘走了,可我还未向她倾吐过一句我的爱情,那年我仅二十二岁,因此她的离去使我觉得在茫茫人间里就只剩下我孑然一身。"[Ⅰ,207]其余的一切都是对周围事物的描写,场景和时间不断地跳跃变化,每一个段落都是一个新的场景、新的时间,不断出现新的人物,人物之间又仿佛毫无关联。在当时,蒲宁作品的这种并列的

---

① 李维屏,《英美意识流小说》,上海外语教育出版社,1996年,第55页。
② Полякова М. А., Лирическая проза И. А. Бунина и Б. К. Зайцева (Конец 1890-х - 1900-е годы) // Иван Бунин и литературный процесс начала века (до 1917 года): Межвуз. сб. Науч. тр. / Ленингр. гос. пед. ин-т им. А. И. Герцена; Мурм. гос. пед. ин-т. -Л.: ЛГПИ, 1985. С. 106.
③ 见安徽文艺出版社1999年版《蒲宁文集》(第一卷),戴骢译,第207—211页。

结构布局往往使评论家、编辑有零散、不知作家所云的印象①,事实上,这恰恰是作家内心诗性本原作用的结果。

心爱的姑娘走了,留下了忧郁的年轻人,极目四望,周遭的一切无不令他想起那离他而去的姑娘,正如作家在最后写道:"透过泪水,我遥望远方,恍恍惚惚看到在很远的地方有……某个妇人的身姿;她和我所爱的那个姑娘已融合成为一个人,并且以她的神秘,以她那种少女般的忧郁充实了那个姑娘,而这种忧郁正是我在看瓜田的那个小巧妇人的双眸中觉察到的……"[Ⅰ,211]在这里将一段段连成一体的不是理性的逻辑,而是情感逻辑。作家不是无一遗漏地将周围的一切尽收笔下,而是选择了能与自己的内心情感化合为一体的事物罗列。同时,让并列的场景之间的关系处于浮动状态,以充分调动读者的想象,展开积极参与的阅读。

平行或并列不仅表现在场景的时空变换上,而且还表现在作品的各个层面:小到最小的词汇层面、修辞层面,大到整个篇章的布局。如菲古罗夫斯基就曾指出蒲宁的散文在句法层面上的平行特征,即句子多为判断句的结合和以同等成分的并列为主②以及作家早期作品中以传统美学的观点衡量仿佛是多余的细节的"堆砌"(并列)等等,特别是后者在早期作品中表现得异常清晰。如在小说《新路》中,作家仿佛将小说建立在完全不同于主题的另外的目的之上,作家不仅使用准确、丰富的细节描写了火车上无数的、在读者面前一晃而过的乘客,他们的外貌、手势、姿态、语调和面部表情外,还将目光停留在周围生活的任何一处;小说《乡村》在高尔基看来,"如果一定要说这部小说的缺点的话,我看只有一个,就是太密集了!不是色彩密集,而是材料太多。每一个句子里都有三、四

---

① 如1893年,《上帝的世界》杂志社的主编 А. А. 达维多娃在给蒲宁的退稿信中说:"已将您的特写《一个神父的日记》寄回。很遗憾,它对我们不适合,它太零散了,请原谅我的直率,它给我的感觉就是,这是篇还没写完的东西。"//见:Бунин И. А.:[Сб. материалов]:В 2 кн. -М.:Наука, 1973. -(Лит. Наследство; Т. 84). кн. 1. С. 63.

② Фигуровский И. А.. О синтаксисе прозы Бунина. Синтаксическая доминанта «Тёмных аллей». // Русская речь, 1970, № 5. С. 63.

个事物挤在一起,每一页简直就是一座博物馆!"①小说《松林》的开头就是一段并列的称名句②,全篇细节的表现更是达到了炉火纯青的地步,但随之而来的则是评论界的误解和指责,甚至契诃夫也委婉地表达了自己的反对意见:"《松林》很新颖,很新鲜,很好,只是太紧凑,像浓缩的牛肉汤。"③要知道,契诃夫曾经针对细节提出过这样一个传统作家皆应遵守的"金科玉律",即如果作者在开篇说到墙上挂着一把枪,那么这把枪在接下来的章节中就一定要射击。显然,在契诃夫的作品中,细节的功能更加偏重理性,偏重实用;而蒲宁却在惊叹于世界的丰富并因无法将世界所有的色彩、声音、人的手势、表情等的多意性表达出来,特别是无法表达感觉和思想的痛苦之中抹掉了所谓有意义的细节和无目的细节之间的界限,并赋予它们独立的美学价值。在蒲宁的笔下,大千世界的一切都以其原生态的形式存在着,没有任何逻辑关系将它们连在一起,因为对蒲宁来说,目及的"生活中一切都令人感动,一切都充满意义,一切都重要"④,正是它们的并列存在构成了蒲宁眼中的世界。更有甚者,在许多年后,蒲宁甚至将这些细节作为独立的作品发表,这就是下文谈到的无情节作品。

随着时间的推移,蒲宁对笔下的细节进行了严格的筛选,无边的堆砌被简洁所替代,但筛选的标准绝非因果逻辑;同时另一个特征已然显现,情节在作品中的比重逐渐加强,并列结构开始作用于整个篇章的布局,在某些作品中甚至出现了明显的对比蒙太奇特征,最典型的作品是《四海之内皆兄弟》。

小说《四海之内皆兄弟》是由两个部分组成的,两个完全并列的部分,即锡兰年轻的人力车夫因恋人的背叛而自杀的故事和英国人对自己生活的叙述。说到并列,是因为这两部分之间几乎没有任何联系,如果一定要指出联系的话,那就是英国人是年轻车夫

---

① Бунин И. А.:［Сб. материалов］: В 2 кн. -М.: Наука, 1973. -(Лит. Наследство; Т. 84). кн. 2. С. 34.
② 原文是: Вечер, тишина занесённого снегом дома, шумная лесная вьюга наружи...
③ Мальцев Ю. Иван Бунин 1870—1953, Посев,1994. С. 90.
④ Там же.

的顾客,乘过他拉的车,如此而已。两部分完全可以分离,单独成篇。我们看到,第一部分事实上是建立在佛教箴言之上的一篇寓言,它具有与英国人毫无相干的独立的主人公和完整的情节;而第二部分篇幅尽管与前一部分相仿,但再也没有了车夫的影子。作家将"镜头"切换到了茫茫大海上的一条船和船舱中英国人与船长之间的对话上。英国人大段大段的感叹尽管揭示了作家创作的主旨,但并不能说明它与第一部分之间的关系。从小说的叙述来看,在车夫身上发生的一切是以第三人称叙述的,是传统的"全知全能"式的叙述,英国人是不可能知晓的,因此他的感叹绝不是源于车夫的悲惨命运,而是源于锡兰充满了蓬勃生命的大自然。在他病入膏肓、即将走向死亡之际,大自然中充溢着的神秘力量让他猛醒:这里的人们"至今都过着天真淳朴的生活,以整个身心感受着生与死,感受着宇宙神灵的伟大,"[Ⅱ,463]而"在欧洲,上帝和宗教久已不再存在,文明孜孜于功名利禄,贪得无厌,因此文明对待生死就像冰一样冷漠。"[Ⅱ,460]他对机械化文明远离自然和人的"鲜活生命感"的丧失而感到悲哀。可见,两部分之间缺少符合逻辑的关联。

那么作家为何要将这两个仿佛毫无关联的部分放在一起,并题名为《四海之内皆兄弟》呢?殖民者和受奴役者何以称兄道弟?作家没有给予任何回答,而是将思考的空间留给了读者。笔者认为,对这种并列,或称对比结构的选择是由蒲宁一贯的美学思想决定的,那就是呈现在我们面前的生活的表象从来都是错综复杂,充满了矛盾与冲突,也充满了片断与偶然,因此作家不是根据作品中事件时间的连续性或性格发展的连续性来安排素材,而是在生活的洪流中截取了一个片断展示给读者,正是在这个横切面上我们看到了形形色色不同的人。由此,我们发现,在蒲宁的作品中,在总的结构布局层面上,独立因素常常以完全平等的形式出现,作品的推进不是按照逻辑的演变、联系、结论来完成,而是通过直观的观察和展示。对作家来说,较之逻辑的分析与综合而言,直观的观察结果往往具有更深、也更合理的渊源,而前者却往往是被人们的某些意识歪曲了之后的认识。因此情节的逻辑因素常常让位于多意义的对比,可以说,对比碰撞是作家对世界内部多样性、矛盾性深刻思考的结果。英国著名蒲宁学专家詹姆斯·伍特沃德甚至认为,块状的对比结构是蒲宁作品的首要结构原则。[1]

在《四海之内皆兄弟》这部作品中,如果因文前题词"视兄弟相残,吾忧心如焚"而将作品的主旨仅仅看作是对殖民主义的批判就有失偏颇了。笔者认为,不能否定作品的批判性,但批判绝非作家创作的主要目的,因为殖民主义也好,其他代表现代机械化文明的什么主义也好,在作家看来,都是贪欲的直接体现,是对阎罗的屈服。尽管车夫和英国人身份、地位、国籍诸多外在因素不同,但二人在本质上是相同的。他们个人的悲剧,甚至是整个文明的悲剧都源于过度的欲望。蒲宁在这篇充满佛教精髓的作品中展示了对比距离最大的两种人,事实上,如果继续罗列,横切面上所有人的悲剧都将归结为贪欲。因此,如果将第一部分理解为故事,将第二部分理解为对前者实质的揭示就不正确了,作家在小说内容中仅仅完成了罗列,而两部分关联的功能则是作家别具匠心地通过题目和读者的积极参与来完成的。抛弃分析,调动读者的参与度这是现代创作的典型特征之一。只有真正理解了作家罗列的目的,读者才会为何以题名"兄弟"找到答案,那就是将车夫与英国人结成兄弟的不是别的,正是随贪欲而来的不可避免的痛苦与死亡。

对比蒙太奇的特征在小说《老婆子》《王中王》中均有体现,特别是前者。"镜头"不断地在几个画面上闪动、转换:暴风雪纷飞的圣诞节——哭泣的老婆子——一个埋头撰写毫无用处的文学论文的穷教师——一个只知道死记硬背历史材料的孩子——战争中失去四个儿子的可怜的守夜人——寻欢作乐的彼得堡上流社会——艺术"精英"为发狂的观众提供所谓"美的享受"。这种无明确联系的并列手法使观察的角度不断地变化,生活的画面以近乎全景的方式在读者面前展开,生活的实质中蕴含的对比矛盾性和多样性昭然若揭。

---

[1] Woodward J. B., Ivan Bunin: A sdudy of his fiction. -Chapel Hill.: The Univ. of North Carolina Press, 1980. P. 84.

三、无情节作品

在蒲宁的笔下消除情节的极致特征表现在他的微型小说创作中。追求简洁极致的表现就是"无情节"作品,"到现在为止还没有哪一位作家敢于创作只有必须说的几行文字的作品。"①

在蒲宁无情节小说的创作中,最有代表性的、特征最为鲜明的是 1931 年在巴黎出版的小说集《上帝树》,书中收录了创作于 1927 至 1930 年间的 49 篇"微型小说",如《象》《小牛头》《蚁道》《驼背男罗曼史》等,以及创作于 1921 年的《夜半闪光》和收录在 1944 年出版的小说集《幽暗的林荫小道》中的《100 卢比》和《卡马尔克人》两篇。这些作品篇幅一般只有半页,甚至短短几行,文中除了详细到了极致的一些细节描写之外,没有任何情节可言。对于这样的作品,许多评论家都感到很是诧异,往往避之不及,因此在评介蒲宁的许多专著中我们很难找到对此的评论。有趣的是,作家本人也始终缄默不语,任由人们去困惑、猜想。只有当评论家将这些作品与屠格涅夫的散文诗相提并论的时候,蒲宁回应说"简直愚蠢透顶!"②

炎热的正午,塘水浑黄,纹丝不动,水面和黄色的土堤闪着炫目的光。畜群被赶去休息了——奶牛钻进池塘,站在齐腹深的水里。旁边传来快乐的叫喊声和大笑声——姑娘们正脱下衣服向水中跳去。其中一个脱了灰色的套头麻衫,野性十足地扑向水中,这使我不由得想到了尼罗河和努比亚。她头发乌亮,胴体黝黑,乳房像两个暗色的紧致的梨子。③

这就是由 68 个词(包括前置词、连接词)组成的小说《正午》的全文,但它显然缺少小说建构的习惯因素,它仿佛只是电影中的一个定格,画面中的一切均被摄影机一一捕捉。这里的细节没有中心和从属的区别,也没有什么特殊的涵义,既不泛指,也不象征,更

---

① Баборeко А. Бунин, Москва: Молодая Гвардия, 2004. С. 280.
② Там же.
③ Бунин И. А. Тёмные аллеи, Санкт-Петербург: "Бионт", "Лисс", 1994. С. 370.

不比喻,什么也不是,就是生活细节的本真描述。它们独立存在,并并置在一起,共同构成了不可分割的整体。乍看这区区数行的文字,读者首先会想到,这是某个整体中的一个片断,但作家却将它作为一篇完整的小说来发表。显然,在作家的眼中,它是一个完全独立存在的片断,拥有独立的美学价值。

对于如此详尽地描写细节而缺乏情节的作品的美学价值,许多研究者和读者都感到非常困惑。巴赫金却在一次与著名学者杜瓦金的谈话中恰好谈到了这个问题。当巴赫金被问及,"这些细节是否具有独立存在的权利"时,理论家肯定了此类小说的美学意义,他回答:"有,完全有权利。"他认为,此类作品存在的意义就在于对"东西"或"现象"的直接描写上,除此之外别无其他。如果说,作品中的细节是关乎整篇作品的,那么,此类作品存在的价值就是相对于作家的全部创作,它们就像散落在一篇作品四处的细节一样,微型小说则是散落在作家创作的全部空间中,并为作家的艺术世界这部大作品营造气氛。笔者认为,理论家的阐释过于笼统。事实上,蒲宁的微型小说永远都是从生活之流中截取的一个片段,它发生在一个"瞬间",但是每一个瞬间包含的空间却是无限的,可以不断延展的。在叙事中以空间替代时间来克服文学上的假定性手段、还原生活本相是蒲宁美学原则的重要表现。空间形式赋予了读者感受每一个生活瞬间、每一个个体价值的可能,这样时间流逝过程中人所产生的强烈的失落感、恐惧感便在物质性的空间片段中被消解,作家以此挣脱了时间的桎梏,在原生的、自由的宇宙中感受"永恒与美的契合"①。应该说,这样的作品在注解蒲宁的人生观和美学观的功能中不比任何其他类型的作品逊色。

事实上,除了上面所讲的没有什么特殊含义的纯粹的"片段"小说外,还有像《蚁道》这样篇幅虽小却意味深长的微型作品。

夏日傍晚,一辆三套马车,一眼望不到边的空旷大道……俄罗斯空旷的道路和田野多得很,但这样空无一人,万籁俱寂,还真不

---

① Бунин И. А.:[Сб. материалы]:В 2 кн. (Лит. Наследство;Т. 84). М.:Наука, 1973. кн. 1. С.303.

易找。于是车夫对我说:

"先生,这叫蚁道。古时候,数不清的鞑靼人就是走这儿,朝我们进攻。走啊走,像成群的蚂蚁,白天黑夜……走个没完没了……"

我问:

"是多久以前?"

"谁也记不得了",他回答道,"得几千年吧!"①

这里依然是简洁的极致体现:一、两句的对话,三、四行的描述。除此之外,作者没做任何交代,作品开始和结束得都很突兀。尽管作品语言平实,但却实质犀利,字里行间有许多耐人寻味的留白,它能够充分调动起读者的阅读积极性,透过瞬间,善于品味的读者便能感受到作家在这里表达的是字面背后的大空间、大世界、大视野以及对生命深刻的思考:人与空旷的世界、宇宙亘古的缄默以及千年的历史和生命。有评论家认为:蒲宁的"微型小说较之'阿尔谢尼耶夫'之前的小说更加哲理化。"②可以说,蒲宁在微型小说中真正实现了用两三行来书写人生、书写世界的理想,这无疑是艺术的最高境界。难怪蒲宁学学者毕奇林认为,蒲宁在这些微型小说"吝啬的字里行间"所表现出的"诚实和对一切虚伪的痛恨"使作家堪与"俄罗斯最诚实的作家——普希金、托尔斯泰、契诃夫比肩而立。"③

值得注意的是,如此精雕细琢的外部描写并未使蒲宁堕入主客分离的自然主义的窠臼,因为在这里他从来就不是一个纯然局外的静观者,而是一个积极的参与者,其审美知觉的意向不断地投射向世界,而后者的感性特征则折射于作家的心灵。正如现象学美学的代表人物杜夫海纳所说:"审美对象的真实性恰恰只能出现在感性之中,出现在自然的直接定在之中。"④这里没有所谓现象背后的本质,现象就是本质,把握现象就是把握了本质。

---

① [俄]阿格诺索夫,《20世纪俄罗斯文学》,凌建侯等译,中国人民大学出版社,2001年,第123页。
② Бабореко А. Бунин, М.: Молодая Гвардия, 2004. С. 281.
③ Там же.
④ [法]杜夫海纳,《审美经验现象学》,北京文化艺术出版社,1996年,第200页。

第二节　叙事中主观性的强化

正如上文所说："作家对谜底的揭示是通过各种途径,以各种方式来完成的。"在世纪之交,各流派间尽管分歧重重,但有一点是共同的,那就是"主观因素在急剧增长,并以此塑造个人意识折射出来的世界"①。俄罗斯学者阿格诺索夫在评述20世纪初现实主义特点时,充分肯定了该流派在世纪之交的崭新变化,他说:"现实主义一方面依然忠实于从上个世纪继承下来的传统,另一方面又开始与各种新的艺术思潮相互作用。"②由此得出结论:"风格的双重性与艺术上的折中因素,是世纪初现实主义的典型特点。"③而在创作手段上的变化具体表现为"现实主义作家具有比以前大得多的自由,艺术的表现手法极大地丰富了。艺术家必须具有分寸感,而分寸感是靠不断提高内心自省和自我反思来保证的。"④作家的观照对象逐渐摆脱了单纯外部客观世界的束缚,开始向"内宇宙"开拓。

这一特点同样鲜明地表现在蒲宁各个阶段的创作当中,中外评论家对蒲宁的这一特点均关注有加,如斯莉维茨卡娅称蒲宁是"客观世界的主观诗人"⑤,勒热夫斯基称其为"现实主义的教子"⑥,而我国学者周启超认为:"在20世纪第二个十年以新的追求、新的作品面世的'新现实主义'要是没有蒲宁的艺术探索,那简直是不可思议的。"⑦笔者认为,作家将客观主观化的倾向不仅是蒲

---

① 张怀久、蒋慰慧,《追寻心灵的秘密》,学林出版社,2002年,第2页。
② [俄]阿格诺索夫,《20世纪俄罗斯文学》,凌建侯等译,中国人民大学出版社,2001年,第17页。
③ 同上书。
④ 同上书,第13页。
⑤ Сливицкая О. О природе бунинской «внешней изобразительности»// Русская литература. 1994. №1. С. 80.
⑥ Иезуитова Л. А. В поисках выражения «самого главного, самого подлинного, что есть в нас»-«счастья в жизни»: Бунин в работе над рассказами: По материалам рус. Арх. в Лидсе (Великобритания) // Русская литература, 1996. №3. С. 216.
⑦ 周启超,《白银时代俄罗斯文学研究》,北京大学出版社,2003年,第112页。

宁对现实主义创作方法的有益拓展,也为我们探讨蒲宁作品中的现代主义因素提供了可能。

有评论家称,蒲宁创作中主观性的特征正是当时的文学氛围作用的结果,是接踵而至的现代主义创作流派对他影响的结果。就此笔者的观点是蒲宁艺术世界审美特点的主观性首先应该源于他对世界诗意的接受。众所周知,根据文学作品不同体裁的特点,小说旨在描绘客观,记述现实生活;诗歌则主要是抒发主观,吟唱内心的情感。在蒲宁的心目中,他始终认为自己首先是一位诗人。① 每个人对世界接受的方式是不同的,因此,蒲宁将人群分为大部分的普通人和小部分的艺术家。法国当代著名哲学家、文艺理论家和美学家雅克·马利坦在其代表作《艺术与诗中的创造性直觉》中也肯定了这一点,他认为,这是因为艺术家,特别是诗人和作曲家较普通人更关心自我与客观实在的内在交流,而完成交流的基础则是创造性直觉,或称诗性直觉。书中这样写道:"诗性直觉的一个特质就是它的创造性。诗性直觉一旦存在,就是前意识生命的幽渊中一种创作冲动。这种创作冲动可能被长期珍藏在灵魂中(不过永远不会被忘却),直到有么一天,它从沉睡中苏醒过来,不得不进行创造。……因为包含在诗性直觉中的一切都已经存在在那儿,一切都是赋予性的:所有的生命,所有的悟性,所有正处于行动中的创造性力量。可以说,在某种意义上,行将产生的作品的完形已在发展中呈现出。"②那么这"前意识生命的幽渊"中这诗性直觉的源泉在哪里呢? 马利坦认为,"它取决于灵魂的某种天生的自由和想象力",这在蒲宁的身上就表现为与众不同的特质,即对事物强烈的敏感,这正是造就诗人、作家不可缺少的条件。外物本无语,触目是心光。笔者认为,除去天生的特质,外因同样有

---

① Бахрах А. В. Бунин в халате. М.: Согласие, 2000. С. 220;另见 Джулиан В. Коннолли, Иван Бунин и Восток: поэтическая встреча // Иван Бунин: PRO ET CONTRA Личность и творчество Ивана Бунина в оценке русских и зарубежных мыслителей и исследователей, Издательство Русского Христианского гуманитарного института Санкт-Петербург, 2001. С.554.

② [法]雅克·马利坦,《艺术与诗中的创造性直觉》,刘有元、罗选民等译,生活·读书·新知三联书店,1991 年,第 8 页。

助于诗性直觉的产生,对于蒲宁来说,这外因就在于世界许多民族文学中优秀的诗歌传统,来源于普希金、莱蒙托夫、茹科夫斯基、巴拉廷斯基、丘特切夫、费特,也来源于莎士比亚、席勒等等,等等。"普希金的诗歌永远走进了我的生命,成为我在尘世所体验到的最崇高的一种欢乐。"各民族优秀的诗作无疑在他的意识中留下的深深印记,成为蒲宁每每处于创造性状态时信息库中可随时调动的信息。它们和作家自身的直觉、翩飞的遐想紧密融合为一体,使作家的精神活动获得了某种倾向性。1912 年,高尔基在写给斯坦尼斯拉夫斯基的信中写道:"艺术家是这样一个人,他善于提炼自己个人的主观的印象,……并且善于用自己的形式去表现自己的观念。"蒲宁的形式就是源于诗性直觉的对世界诗意的接受。

　　帕斯捷尔纳克曾经说过"诗歌与散文是互不可分的两极。"①,蒲宁也对此非常认同,他常说,他看不出诗歌与散文之间的区别,依据他的看法,无论是诗歌,还是散文,音乐性、节奏感、激情和朴实都应该是它们的特点。他经常将诗歌和散文作品收入同一个集子中发表,以此来强调诗歌与散文的统一。"我不承认文艺作品可分为诗歌和散文,这种观点我认为是不自然的和过时了的。诗歌成分应该是一切语言精致的作品所自然拥有的,无论是诗歌,还是散文作品,散文作品也应该以它的意蕴而与众不同。散文作品对音乐性和语言灵活性的要求绝不比诗歌作品低。……我想,如果我认为诗歌语言应该更趋于朴实、自然和口语化,散文体裁应该具有诗歌的音乐性和灵活性的话,那我将是正确的。"②当然,蒲宁这句话是从诗歌与散文的体裁上、从语言的运用上谈诗歌与散文的统一,仿佛与主观性无关,但要知道统一的结果必定是对主观情感的肯定。抒发主观情感,无论是在诗歌作品,还是在散文作品中成为蒲宁与生俱来并延续终生的渴望。

　　其次,其审美特点之主观性是与作家的人生观紧密联系的。在前几章中,我们不只一次地谈到了蒲宁对世界接受的极其感性

---

① Сливицкая О. О природе бунинской «внешней изобразительности»// Русская литература. 1994. No1. С. 74.
② Мальцев Ю. Иван Бунин 1870—1953, Посев,1994. С. 99.

的态度,也就是说,在蒲宁的笔下,客观世界永远以其最真实的形态体现着自身的价值,而作家永远以最虔诚的心态面对世界中的一切,不允许有丝毫的歪曲。但是探索世界的欲望与世界神秘的、不可知的本质之间重重的矛盾纵横交错于作家的内心,使得作家的主观不仅针对面前的世界,还借助记忆进入到了家族和整个人类历史的深处,也借助梦境等方式渗透到人与世界紧密融合的"彼岸"。1899 年 6 月 18 日,蒲宁在写给好友捷列绍夫的信中这样写道:"得知你尝试了我所尝试的一切很是高兴,就是说,你既在寻找情节,又不屑于这样做。……让情节见鬼去吧! 不要去臆造,只要写你看见的和一切甜蜜地回忆到的东西。"①在这个朴素的建议中却蕴藏着蒲宁创作的核心,即"看见的"和"回忆到的"一切成为蒲宁艺术世界观照的对象。值得注意的是,记忆作为一种心理的、精神本能,同时又是生理的、物质本能在蒲宁的创作中越来越成为创造形象最重要的媒介。

  1887 年春天,契诃夫游历了圣山修道院后,创作了游记《风滚草》。8 年后,蒲宁也走访了这里,并同样写下了游记,题为《圣山》,但两位大师作品的风格却截然不同。契诃夫的《风滚草》以第一人称叙述,开篇便是对修道院的描写:"这座大修道院就坐落在顿涅茨河岸边,圣山脚下,……从它的一头到另一头,只要是你目力所能及的地方,就挤满了各式各样的大车,有带篷的,有没篷的。有牛拉的,也有马拉的。大车周围拥挤着各色的牲畜,有毛色深浅不一的马和长着角的犍牛。人们匆匆忙忙,穿着黑色长襟外衣的见习修士四处跑来跑去。……到处是人们的交谈声、马打鼻响声和咀嚼声、孩子的尖叫声、哭喊声。大门口还不断地有新来的人和大车向里涌进。"②在宗教节日里,圣山修道院更是人声鼎沸,乱得像"一锅粥"(契诃夫语),"那些深夜到来的人们在等着安排一个可过夜的床位的时候,就像秋天的苍蝇一样蜷缩在墙边、井口

---

① Бунин И. А.:[Сб. материалов]: В 2 кн. -М.: Наука, 1973. -(Лит. Наследство; Т. 84). кн. 1. С. 493.
② Чехов А. П. Собр. Соч. в 12 т. М., 1955. Т. 5. С. 275.

或是客栈狭窄的过道里。"①这里是对最平常生活的客观描述,充满了细节。接下去契诃夫将叙述转到了一个朝拜者亚历山大·伊凡诺维奇的身上,对亚历山大·伊凡诺维奇的描述是严格客观的,同样充满了细节,他的不幸经历构成了作品的主要内容。值得注意的是,作品尽管是以第一人称叙述,但叙述的中心却不在他这里,而是亚历山大·伊凡诺维奇的经历和他复杂的性格。事实上,叙述者是被排除在叙述之外的,因为他与作品真正的情节是相分离的,他由外向内地观察和判断周围的人和事,他所具有的不过是引导叙述的辅助功能,完全没有什么主观情感可言。但在蒲宁的游记中,情况却完全不同。和契诃夫的游记一样,叙述同样是以第一人称展开的,但叙述者的作用在这里却是最主要的,他不仅"看见了"眼前的景物,同时赋予了它们以诗意的注解,所有的景物仿佛是经过了作家内心知觉、情感和意识的长廊向我们迎面走来,而读者对作品中人物、事件以及关系的理解和接受也是在作者感受的影响之下完成的。游记以描写春寒料峭的草原开篇,尽管田野空旷无边,"还刮着风","但草原吸引着我,使我着迷,使我充满了欢乐和朝气。"②显然,读者也将满怀欢乐的心情与作家共同感受春日的草原带给他的一切。对于修道院内人们朝圣的情景和宗教仪式等蒲宁只是以只言片语一带而过,没做任何像契诃夫那样详细的描写,这一切在他看来都不重要,而那漫着春水,亮晶晶的田野上的美景、修道院旁的白垩山崖以及通往修道院的古道才是作家的最爱,它们勾起了作家对历史的回忆与遐想。谛听着斜坡上羽茅草的絮絮细语,作家的思绪不禁飘向了远古,飘向了昔日的草原,去感受古人孤寂的心灵。那个曾经在白垩山崖下的山洞居住过的教徒,以其伟大的胸怀、对大自然的挚爱和勤劳虔诚的人生态度令作家感慨不已;通往修道院的古道还将作家带回了真实的历史,带回了伊戈尔大公征战的队伍,带回了抵御金帐汗国围攻的血腥战场。这里描述的一切正所谓"看到的"和"回忆到的",浸透了作家

---

① Чехов А. П. Собр. Соч. в 12 т. М., 1955. Т. 5. С. 276.
② [俄]蒲宁,《耶利哥的玫瑰》,冯玉律译,上海文化出版社,2001年,第22—23页。

的主观情感。

在南方的草原上，每一个土丘似乎都是某一则充满诗意的传说的无言纪念碑。而漫游顿涅茨河一带，探访《伊戈尔远征记》中所歌颂的小塔纳伊斯城则是我的夙愿。顿涅茨河是伊戈尔大公征战的见证。也许，圣山修道院也是一个见证。它有多少次遭到彻底的破坏，有多少次变成断垣残壁，一片废墟！它矗立在鞑靼人进攻的道路上，矗立在荒野的草原上，它的僧人便是战士，抵御着金帐汗国的大军和结伙行劫的强人的长期围攻，经历了多少苦难！①

这诗意的语言中蕴含了生活强大的力量。由此，我们看到，蒲宁的感性绝不仅仅是客观的对外物的观照，而是敏感的直觉、强烈的感受力和深刻的思考紧密结合的产物。在作家内心世界里，外部世界的客观存在经过其情感的渲染，成为被其主观观照了的现实，由此，主客体发生了紧密的融合，或者说，二者之间的关系被重新思考了，曾经被奉为金科玉律的现实主义文学的客观性反而变成了虚构的、不可靠的，而主体对现实的理解却成为了唯一可信和恰当的内容，被蒲宁赋予了应有的价值，后者甚至比前者更加真实，正如蒲宁所说："我从来就不是机械地描写自然，描写生活，我从来就是对它们进行再创造。"②"世界是一面镜子，它反映了照在镜子里的东西，一切都取决于情绪。我有许多阴郁的时候，一切的一切看上去都愚笨、卑鄙、死气沉沉，这也许就是真的。也常常有别样的心情，那时一切的一切又都是那样的美好，令人感到欢愉，充满意义，这也是真实的。"③"现实，什么是现实？只有我所感觉到的才是现实，其余全是胡说。"④"现实和我的想象的界限在哪里呢？事实上它们也是现实的、是毫无疑问存在的事物。"⑤既再现世界本位的美好魅力，同时传达作家本人对本位之美的个人感

---

① ［俄］蒲宁，《耶利哥的玫瑰》，冯玉律译，上海文化出版社，2001年，第24页。
② Бунин И. Публицистика 1918—1953 годов, Москва, "Наследие", 1998. C. 583.
③ Мальцев Ю. Иван Бунин 1870—1953, Посев,1994. C. 112.
④ Устами Буниных: Дневники Ивана Алексеевича и Веры Николаевны и другие архивные материалы: в 3 т. Посев, 1977. Т. 2. С. 116.
⑤ Мальцев Ю. Иван Бунин 1870—1953, Посев,1994. С. 115.

受——欢乐、忧郁、痛苦、狂喜——无疑成为蒲宁创作的最高理想。难怪苏联学者洛特曼感叹:"蒲宁与俄罗斯文学的现实主义传统之间的关系很复杂。"①

我们看到,蒲宁早期的小说创作都具有明显的主观色彩,每篇作品精致隽永,仿佛悠扬的小夜曲。如《雾》《静》《一夜霞光》《深夜》《希望号》等等,小说的主题触及到的都是生存、美、人类心灵中的秘密等永恒的哲学问题,这正是年轻的蒲宁对世界强烈的感受力和自我意识的表现,也是面对生活的秘密生发出无限困惑,同时又试图表达,不吐不快之结果。因此作品中作家几乎都采用了第一人称的抒情形式进行叙述,消除了作者、叙述者(有时甚至是被叙述者)之间的界限,在这类作品中,作家往往将抒情主人公放在一个在时间和空间上都非常狭小的场景内,甚至是一个瞬间,主人公行为的自由被大大地限制了,但作家却"放任"他自己的思想和感情天马行空,作家的主观本原在文中占了绝对的优势。

但应该注意的是,对于主观感受的关注不仅是蒲宁的审美特征之一,也是现代主义各流派的普遍特点,但如果我们将这二者混为一谈,据此来否认蒲宁的现实主义审美原则就不妥了,因为二者有本质的区别。那就是蒲宁确定文学形象的出发点依然是客观现实,而现代主义则不然,正如纪德所说,作品是"由意念使事实受胎"的产物②,安德烈·别雷也说:"形象是意识的模型",再准确一些说,就是"象征主义是与臆想的形象打交道"③笔者认为,可以将这个对形象的理解看作是现代主义关于形象的总的观点:即它观照的对象是意识,而不是现实世界本身。用柏格森形象的言语说就是:"我们并不认识客观事物本身。在大多数情况下,我们都不过读读贴在它们上面的标签而已。"④说到这里,笔者不禁想起了奥

---

① Лотман Ю. М. О русской литературе, "Искусство-СПб", Санкт-Петербург, 1997. С. 739.
② [法]米歇尔·莱蒙,《法国现代小说史》,徐知免、杨剑译,上海译文出版社,1995年,第245页。
③ Колбаева Л. А. Иван Бунин и модернизм // Науч. Докл. Филол. фак. МГУ. -М., 1998. Вып. 3. С. 173.
④ 伍蠡甫主编,《西方文论选》(下卷),上海译文出版社,1979年,第275页。

地利著名物理学家、经验批判主义的鼻祖马赫在《感觉的分析》一书中曾描述了当他躺在沙发上、闭上右眼所看到的世界的画面：画面的上方被他的眉毛挡住，右面被鼻子的一部分挡住，而下面挡住视线的是他那精心修剪的小胡子。其他能够被看到的是他的躯干、长得有点不合比例的双腿，接下去的就是稍远一些的窗户和书架。马赫试图用这个画面来说明，在他的"我"的内部拥有的仅仅是感觉，人的这个"我"不过就是一个"感觉的综合体"。事实上，即使对这个"感觉的综合体"做最详细的描述也无法为人的内心世界提供一个精准的概念。而蒲宁的内心世界不仅有他对这个世界的理解，更有他对这种理解的再理解，因此蒲宁认为，描写人隐秘而多变的内心世界只有通过客观世界。难怪有评论家认为，蒲宁与现代主义最大的区别就在于，蒲宁是从形象到词语，而现代主义作家则是从词语到形象。蒲宁最鲜明的特点就在于其"抒情作品的核心不是外部世界引发的情感，而正是外部世界本身，是进入艺术家心灵的、没有任何变形的外部世界最真实的本身。"[①]

表达独特的主观体验与人生感悟的主观性特征不仅是蒲宁早期的创作特点，也伴随了作家后来的岁月。流亡期间的许多作品以及后期创作的《阿尔谢尼耶夫的一生》中，这一特点更是表现得淋漓尽致，这其中最有效的手段就是记忆。它就像一个功率强大的光源，将光线散射到了作品涉及的所有主题上。

在流亡生活初期的1921年，蒲宁创作了一篇散文诗般优美的短文《割草者》。如果说在《圣山》中所"回忆到的"还不是源于作家的亲身经历，更准确地说仅仅是历史的遐想，还未与主观的"记忆"联系在一起的话，那么在这篇作品中，作家完全沉浸在对故国的回忆中，表达了对俄罗斯祖国最刻骨铭心的深情眷恋，字里行间流露出的对祖国的思念和去国漂泊的哀伤读来不禁令人落泪。

作品描述了一群梁赞的农民在夕阳西下的白桦林中一边割草，一边歌唱的情景。

---

① Сливицкая О., Сюжетное и описательное в новеллистике И. А. Бунина // Русская литературра, 1999, No 1. C. 100-101.

我们的周围是自古就存在的俄罗斯中部的原野和密林。正是六月夏日的傍晚时分,长满茂密嫩草的古老大路上,一道道深深的车辙清晰可见,这是我们父辈们久远的生活留下的痕迹,大路在我们的面前一直伸向俄罗斯遥远的远方。太阳已渐渐西斜,开始游走在美丽、轻盈的云彩之间,它将远方起伏的山坡后天空上的一抹湛蓝调淡,并把它抛上了布满金色晚霞的天边,那些金光灿烂的巨大光柱就像教堂里的壁画中描画的一样绚烂……牧羊老人和他的帮手坐在草地上,手里卷着皮鞭,他们的面前是一片灰突突的羊群……在这个被上帝遗忘的,或者说被他恩泽的国度里,仿佛没有,是的,仿佛从来也不曾有过时间,而且它也从来不曾被划分成一个个的世纪和年代。他们(梁赞农民)在这片原野上永恒的寂静中、在它永恒的质朴和充满了传奇般的自由与忘我的原始气质中歌唱。白桦林接受了他们的歌声,并以同样的自由低声附和着。①

记忆中的祖国是怎样的一幅田园诗般的画面!像宗教画一般闪耀着圣洁的光芒。

在这宁静、安详的俄罗斯大自然中勤劳的人们在劳动,在歌唱。悠扬的歌声回荡在白桦林间:

歌声的魅力在于与白桦林之间动听的相互应和,在于这歌声永不孤独:它与我们以及那些梁赞的割草者们看到的和感到的一切都紧密相连;歌声的魅力在于我们、他们和周围的这一切之间——这富饶的田野、田野上那我们和他们从小就呼吸着的空气、这傍晚的时间、已经泛红了的西天的云彩、这清新的小树林,林中长满了齐腰高的、散发着蜜香的绿草以及无以计数的野花和野果、这条大路、它的宽阔和不容侵犯的远方——那未被意识到的,但却血肉相连的亲情;歌声的魅力在于,我们每一个人都是自己家乡的孩子,我们大家都曾身处一地,我们并不了解自己的情感,但依然快乐、安宁而充满爱意,因为用不着这些感情,而且当拥有它们的时候,也不需要去理解;(我们当时完全没有意识到的)魅力还在于

---

① Бунин И. А. Собр. Соч. в 9 т. М., 1966. Т. 5. С. 68.

这个家乡、我们共有的家就是俄罗斯,只有它的心灵能这样歌唱,就像割草者在这对他们的每一声叹息都给予回应的白桦林中歌唱一样。魅力在于这仿佛并不是歌唱,而恰恰是叹息,是年轻、健康的胸膛的起伏,胸膛在歌唱,就仿佛是只有在俄罗斯才能那样歌唱,那么的直接,那么无比的轻松、自然,这一切只有在俄罗斯的歌声中才有。我不由感到,那些人是那么的自然、健壮,又那么天真,对自己的力量、天才一无所知,他们浑身都洋溢着歌声,以至于只要轻轻呼吸,整个森林就会回应那闪亮、甜美、有时也粗鲁而强大的充满了他们的气息的声响。①

这是一段无法截取、只能全文摘录的文字。作家的笔锋饱蘸着对祖国的深情,他用一连串工整的排比、起伏的节奏宣泄着自己内心的哀伤。相信,每一个阅读这段文字的读者都会在蒲宁质朴的意象、波动的节奏中对作家内心炽热的祖国之恋感同身受。最终,作家借助歌词点明了全文的主题:

人们虽然说:"原谅我,可爱的家乡,永别了!",但是他知道,他从来也没有真正和它,和家乡分离,无论他被命运抛向何方,他的头顶永远是家乡的天空,他的周围永远是无边无际的亲爱的罗斯,……我的幸福陨落了,他不停地叹着气,黑夜带着它的荒僻将我包围,但他依然感觉到:他与这荒僻的密林是那样的亲近,密林对于他们来说充满了生机和神奇的力量,像少女般的纯洁美丽,那里到处都有他的栖身之处和夜宿之所,那里有某种庇护之物,有某种善意的关怀,那里有声音告诉他:"不要忧伤,一日之计在于晨,对于我来说,没有什么是办不到的,安静地睡吧,我的好孩子!"——他相信,林子里的鸟儿、野兽、美丽智慧的公主、甚至童话中凶恶的老妖婆都会将他从任何苦难中救出。……②

祖国的一切在作家的记忆中不仅没有死去,反而变得更加鲜活起来。在这里,大自然的宁静、悠远、它的大路、森林成为了罗斯

---

① Бунин И. А. Собр. Соч. в 9 т. М.,1966. Т. 5. С. 70.
② Там же.

祖国的象征;那林中的鸟儿、野兽、俄罗斯童话中的公主、甚至是丑陋的老巫婆也成了故国亲人的象征。也许当我们对比作家在《乡村》《旱峪》以及《扎哈尔·沃罗比约夫》等小说中描绘的俄罗斯形象的时候很容易发现《割草者》中对俄罗斯形象理想化、诗意化的特征,但也许正是因为内心充满了对这样的俄罗斯祖国的挚爱,作家才没有沉沦于异国的"黑夜"中。蒲宁说:

  我离开现实走进过去的乐土,就仿佛走进了某个梦境,那里闪烁着同样明亮和鲜活的光彩……不,过去我曾经属于的那个世界对我来说不是一个死者的世界,对我来说,它使一切重新富于生命,成为我心灵中唯一的、越来越令人快乐的、而任何人都无法抵达的居所。①

  应该看到,作为俄罗斯民族的儿子,俄罗斯文化是滋养蒲宁成长的源泉。这种深情的"祖国之恋"不仅表现在蒲宁身上,也表现在每一位真正的俄罗斯艺术家以及各民族艺术家的身上。1921年蒲宁在一次流亡巴黎的俄知识分子聚会上朗诵了这篇作品,蒲宁对祖国深沉的爱在人们的心中引起了强烈的共鸣。作家的妻子维拉当晚在日记中这样写道:"在朗诵《割草者》的时候许多人都流下了热泪。"②

  再让我们来看蒲宁的《阿尔谢尼耶夫的一生》。在蒲宁个人看来,诺贝尔文学奖之所以授予他首先就缘于他创作了这部作品。

  长期以来人们一直将这部《阿尔谢尼耶夫的一生》称作长篇小说,对此蒲宁予以了否定。蒲宁自己在手稿中将"长篇小说"一词划了引号,并强调指出,这绝不是传统意义上的长篇小说。帕乌斯托夫斯基称它是一部叹为奇观的作品,他说:在这部作品中"诗歌和散文融为一体,它们有机地、不可分割地融合在一起,创立了一种新颖的、绝妙的体裁。"至于是什么体裁,作家并没有明说,只是继续解释道:"对世界诗意的认识同对世界的散文形式的描绘交融

---

① Мальцев Ю. Иван Бунин 1870—1953, Посев,1994. С. 287-288.
② Устами Буниных: Дневники Ивана Алексеевича и Веры Николаевны и другие архивные материалы: в 3 т. Посев, 1977. Т. 2. С. 68.

在一起,而在这种交融中存在着某种严峻的,有时还往往是森然可畏的洞悉。这部作品的风格本身就有某种圣经的气质。"①有评论家称它为"哲理性长诗"(斯捷篷语),伊里因认为蒲宁创造了一个新的体裁"мечтания"②,而蒲宁自己将这部作品称为"笔记""我的生命之书"。作家是在一个巨大的宇宙坐标中向读者展示他的生活的:"我出生在宇宙中,出生在时间与空间的无限之中。"③作家从多维的宇宙中走来,这里没有起点,当然也谈不上终点。书中的一切不过是漫漫记忆长河中被截取的一个个片断,事件之间不存在时间的连贯性和因果联系,没有理性化之后的情节,也没有主人公目的明确的行动。作家更多展示的是主人公心灵的成长和情感的历程,是他对自然、故乡、亲人、爱情以及周围世界的感受以及回忆自己青年时代的作家对这些感受的再次感受。1933年蒲宁在接受贝尔格莱德《时间报》记者的采访时说:在《阿尔谢尼耶夫的一生》中"我想展示的是一个人在狭窄圈子中的生活。一个人来到这个世界上寻找自己在此的位置,就像成千上万他的同类一样:他工作,痛苦,流血,为自己的幸福而战,最终他或者达到了目的,或者粉身碎骨,跪拜在生活的面前,这就是作品中的一切!阿尔谢尼耶夫、吉鹏、吉兰,您可以随意称呼主人公,但是事情的实质却丝毫不会改变。"④书中作家写到了自己在创作这部作品前痛苦、焦虑的状态:该如何表达自己的生活以及生活中的一切呢?他说:"也许还是简简单单地以讲述自己本人开始吧?可是怎么讲述?就像《童年·少年》⑤那样?但是,上帝啊,这多么枯燥,毫无意义,也不真实!知道吗,我的感觉完全不是那样!"⑥"为什么我非得要完完全全彻底知道一个什么人和一件什么事,而不写现在所知道和感觉到的那样的人和事呢!……于是我出乎意料地想起了斯维亚托戈尔斯克修道院……想起当时顿涅茨河边修道院的一堵墙……一会

---

① [俄]帕乌斯托夫斯基,《金玫瑰》,戴骢译,上海译文出版社,2004年,第211页。
② 意为"幻想,梦幻"。
③ [俄]伊万·布宁,《阿尔谢尼耶夫的一生》,靳戈译,译林出版社,2004年,第291页。
④ Бабореко А. Бунин - жизнеописание, Москва: Молодая гвардия, 2004. С.48.
⑤ 指列·托尔斯泰的三部曲《童年·少年·青年》的前两部。
⑥ [俄]伊万·布宁,《阿尔谢尼耶夫的一生》,靳戈译,译林出版社,2004年,第291页。

儿，我又想起自己怎样从硬座车厢中醒来，发现蒙上水汽后白色的玻璃窗外什么也看不见了——完全不清楚火车是在什么地方行驶。于是我感到，令人赞叹，使人陶醉的正是这种茫然不知……"①正是生活中这一幅幅画面、一个个瞬间以及面对它们的所思、所感令蒲宁常常驻足流连，在无目的的、存在的、怡然自得的生活面前、在它强大的、无所不在的自然力面前，人被动地被生活裹挟着，只能服从于它的运动，所以如果我们问："阿尔谢尼耶夫为什么这样生活？"回答只能是"不为什么。"而正是在对如此过程的描述中完成了令蒲宁终生迷惑又终生迷醉的主题："我—世界""死亡—不朽""时间—永恒""多变—不变""甜蜜的痛苦—痛苦的快乐"的主题。全书既像是一次与读者娓娓道来自己青春岁月的谈话，又像是一篇挥洒自如的哲理抒情独白。正如著名作家帕乌斯托夫斯基所说："在《阿尔谢尼耶夫的一生》中蒲宁成功地把自己的生活容纳在一个水晶魔球中，但这与普希金的水晶球是不同的。"②

《阿尔谢尼耶夫的一生》是蒲宁回眸自己青年时代的一部作品，是一部存在于记忆中的作品。记忆不是物质的，而是属于精神范畴。从人类的心理机制角度看，记忆和回忆是不同的，记忆不仅和回忆一样拥有"反映"功能，更重要的是它还拥有"改变"功能。记忆独特的非逻辑性、无序性的形态特征使它能够超越时空界限，破坏事件直线的因果关系，在琐碎、纷乱的过往生活的信息库中，只选择那些值得去铭记、凝固而永恒不变的东西来反映，并使形象与意识、潜意识，与直觉、本能联系在一起。"我记得这样的日子很多吗？非常非常少，现在我印象里的早晨是断断续续从各个不同时期在我记忆中闪现的情景形成的。"③用英国艺术史家贡布里希的话说就是，画家倾向于画他所要看的东西，而不是画他所看到的东西。正如普鲁斯特所说：记忆不是过去的瞬间，而是过去和现在共有的，但又是比它们二者实质得多的东西。记忆提供的不是照

---

① [俄]伊万·布宁，《阿尔谢尼耶夫的一生》，靳戈译，译林出版社，2004年，第296页。
② Паустовский К.: Блистающие облака, Золотая роза, КАРАВЕЛЛА, Санкт-Петербург, 1995. С. 368.
③ [俄]伊万·布宁，《阿尔谢尼耶夫的一生》，靳戈译，译林出版社，2004年，第21页。

片式的过去的翻版,而是过去的实质,因此它所带有的喜悦和所传达的信心会令人们即使对死亡也无所畏惧。① 对此,蒲宁有着极其相似的表述。1890年9月4日,蒲宁在写给帕申科的信中写了这样一句话,"我是那么热烈地爱着你,但当我看不见你,比如在我离开你之后,你对我来说就会变得珍贵十倍,而我也比先前强烈千倍地爱着你……或者说,当你活着的时候,你并不会如此强烈地感受生命,也就是说,我们更多的是生活在过去的一切之中。"②对于蒲宁来说,同时经历又深刻理解生活中的某一个片刻是不可能的,完成的只能是其中的一半,即现时的经历,这仅仅是半成品,正所谓"不识庐山真面目,只缘身在此山中。"按照法国一位著名心理学家的说法:"真实存在于不能使精神获得满足的方式之上"。因此只有在时间和空间上拉开距离,即回首往事的时候,作家才能摆脱当下直接经验和印象的束缚,摆脱当下环境因素的干扰,最终成就完整的理解和感受。正如马里采夫所评说的:"人的心灵只有在事后借助记忆才能产生出某种配得上人的和在美学上富有价值的东西"。③ 如果生命拥有价值,那它就只能存在于过去与现在。可见,在记忆中再次经历、体验往昔是多么的重要。因此,我们会看到,创作于几乎相同时代的作品,如《乡村》(1909—1910)和《安东诺夫卡苹果》(1900),其调子却是完全不同。前者是对俄罗斯农村现实冷静的描绘,那里肮脏、赤贫,农民懒惰、贪婪、下流、残暴,而后者则是作者对俄罗斯古老的乡村生活深情的回忆,记忆中它充实、恬静而温馨,到处散发着安东诺夫卡苹果那充满诗意的淡淡幽香。正因如此,一切留存在记忆中的事物便获得了真正的、永恒的生命。

《阿尔谢尼耶夫的一生》这部作品同一般的自传体小说一样是以第一人称展开叙述的,按照道理,叙述人应该是成年的"我",而情节中的主体是成长中的"我"。但是在书中我们可以清晰地感觉到叙述人时而是回忆中的蒲宁,时而是成长中的阿辽莎。谁是叙

---

① Мальцев Ю. Иван Бунин 1870—1953, Посев,1994. С.304.
② Там же.
③ Там же.

述人?是此还是彼?作品中大量带有以"我记得……""我至今还清楚地记得……"这样表明是回忆、联想、沉思、片段的叙事开头的段落,年轻的阿尔谢尼耶夫对世界的所见、所感中加入了大量老年蒲宁对世界的理解。正是在这些记忆当中蒲宁完成了对纷繁的"阿尔谢尼耶夫的一生"苦难、困惑、沉思、爱情、欢乐画面的描画。

在写到自己将要被家人送到城里去读书的时候,蒲宁描写了依恋家乡、依恋亲人的少年对未来一切的忐忑不安。看到一匹曾作为礼物送给他的马驹正在耕地,他想到:

> 我想到在翻耕后的地里拉着耙子干活的马驹。……在一个幸福的日子里,家人把这匹马赠送给我,永远归我全权支配。我对它高兴了一段时间,对它抱着幻想,幻想着我和它的前途……可是现在它成了一头三岁的畜牲,它哪里还有原来的意志,原来的自由?瞧它已经套着在翻耕后的地里拉耙干活了……难道我不会遭到和这匹马同样的境遇吗?
>
> ……于是我闭上眼睛,并模模糊糊地感觉到:一切都是梦,不可思议的梦!不论是遥远的田野那边我不可避免地要去的那座城市,还是我在那座城市里的前途,以及我在卡缅卡的往事,无论这夏末秋初这明亮和已近黄昏的天色,还是我本人、我的一些心事、理想、感觉——都是一场梦!它是哀伤的、沉重的?不,它毕竟是幸福的、轻松的……①

---

① [俄]伊万·布宁,《阿尔谢尼耶夫的一生》,靳戈译,译林出版社,2004 年,第 59—60 页。原文:Этого жеребенка мне в один счастливый день подарили, навсегда отдали в мое полное распоряжение, и я радовался на него некоторое время, мечтал о нем, о нашем с ним будущем,... и где он теперь, этот глупый и беспечный жеребенок? Есть трехлеток, стригун - и где его прежняя воля, свобода? Вот он уже ходит в хомуте по пашне, таскает за собой борону... И разве не случилось и со мной того же, что с этим жеребенком? И я закрывал глаза и смутно чувствовал: всё сон, непонятный сон! И город, который где-то там, за далекими полями, и в котором мне быть не миновать, и мое будущее в нем, и мое прошлое в Каменке, и этот светлый, предосенний день, уже склоняющийся к вечеру, и я сам, мои мысли, мечты, чувства - всё сон! Грустный ли, тяжелый ли? Нет, все-таки счастливый, легкий... 从这段文字中动词的时间使用就可以看出作者并不是在客观地回忆过去,而是回忆与感受并存,过去与现在相融合。

由一匹"完全自由,无忧无虑的"小马驹变成一头失去了快乐的耕地畜牲而引发的世事如梦的感慨显然不会是源于一个不谙世事的少年,而是在时空上与那个小小少年相距遥远的成熟睿智的蒲宁。尽管主语都是"我",但这里已不是同一主体。作家既传达了当时年少时"我"的感受,也传达了今天拥有丰富生活经验的作家"我"的再体验。这种时间的混杂就像是一个梦境、幻觉,它打开的不是时间逻辑的流动,而是一个伸展开来的、多维的空间,就如同柏格森所说:经过隔离后的时间变异为异样的空间,诸多复杂的感受打碎了庸俗的时间划分,以并列的方式一个接一个地出现在幻觉中。在这种情况下,"时间中彼此相隔甚远"的感受相互渗透与融合也就是自然而然的了。① 值得注意的是,世界的图像以及对世界的感受在透过少年和老年两层透镜之后紧密融合,尽管已然异样,但却更加真实、直观。读者像摄影师调焦一般可以由模糊到隐约可见,再由隐约可见到极度清晰、完满地感受蒲宁所要传达给读者的一切。在《阿尔谢尼耶夫的一生》出版后,蒲宁写道:"将老年人的弱点补写进去的做法是可行的。这个年龄的人们总是记得遥远的往事,而几乎记不得不久前发生的事情。但这并不是什么弱点,这只能说明不久前发生的事情还不值得记忆——它还没有被改造,还没有获得某种传奇的诗意。对于创作来说需要的只是经过体验的、过去的东西。完全复原是没有必要的,'化腐朽为神奇'需要的根本就不是一切:只要那些值得记忆的东西。"②

在俄罗斯文学中,回忆自己早年生活的作品不胜枚举,如列·托尔斯泰的三部曲《童年·少年·青年》、阿克萨科夫的《巴格罗夫孙子的童年》、帕乌斯托夫斯基的《一生的故事》以及柯罗连科、高尔基的自传体小说等等,身居异国他乡的俄罗斯侨民作家中更是有多位作家撰写了深情回忆祖国、家乡以及自己青春岁月的作品,如阿·托尔斯泰的《尼基塔的童年》、库普林的《士官生》、什梅廖夫的《朝圣》《禧年》以及扎伊采夫的《格列勃的旅行》等,蒲宁的《阿

---

① 尚杰,《归隐之路——20世纪法国哲学的踪迹》,江苏人民出版社,2002年,第39页。
② Антонов С. П. От первого лица // Собрание сочинений: в 3 т. М., 1984. Т. 3. С. 282.

尔谢尼耶夫的一生》也在其中,但却是很独特的一本。一般来说,回忆的目的是复现生活的历程,将过去拉进现在,而蒲宁记忆的路径却正好相反。他之所以回忆并不是仅仅为了想起它们,而是要返回到许多年之前那种与世界的关系之中,为了变回到原来的自己,原来的那个年少的"我"。让我们看下面两例的对比:

我们就这样在夏日令人昏昏沉沉的暑热中乘车走着,被大海的白色闪光晃得眼花,可没有期待会发生任何事情。但总是这样,事情突然发生了。

事件是从渐渐追上我们的细碎的马蹄声开始的。我们回头一看,一个异常俊美的年轻骑手渐渐追上了我们——他肤色黝黑,面容清秀,神情懒洋洋的,好像印度的流浪舞女。①

这段文字选自风格与蒲宁颇有几分相像的作家帕乌斯托夫斯基的自传体纪实小说《一生的故事》。在这里作家回忆了青年时期的自己"跟随着革命向南方推进"到高加索所经历的一幕。我们不难看出,在这部"一切服从事实的真正的自传"②中作家并没有、也无意消除现在的"我"与过去的"我"之间的距离感,叙述完全是在过去的氛围中展开的(原文动词均使用过去时态),作家没有评论,没有感悟,仅仅是对过去这一幕进行了客观的描述。它既不与现在相关联,也不与现在相互影响,它与读者之间横亘着绝对的时间距离,这里的过去用巴赫金的话说就是"绝对的过去"。

再看蒲宁《阿尔谢尼耶夫的一生》中"在路上"的一段:

我又看到,又感觉到原来那个童话般的夜晚!我看到自己是在巴图林诺与瓦西里耶夫斯科之间的半路上,在平坦的茫茫雪原上。双套马车在飞奔,辕马的轭具仿佛老是在原地摇晃似的……一切都在飞奔,都在急匆匆地赶路——而同时又仿佛是停留在一个地方,……而最显得一动不动的是僵坐在时而上蹦时而下落的不断颠簸的马车里的我。我只是听天由命呆呆地等候着,与此同时又

---

① [俄]康·帕乌斯托夫斯基,《一生的故事》(5),河北教育出版社,2001年,第39页。
② 同上书,第2页。

悄悄地沉浸到某种回忆中去：瞧，也是这样一个夜晚，也是这么一条通往瓦西里耶夫斯基的路，只不过那是我在巴图林诺度过的头一个冬天，而且我还纯洁、天真、快快乐乐——一种青年时期刚开始的开心快乐，一种首次在这一卷卷古老的书籍中感到的富有诗意的欣喜陶醉，那是从瓦西里耶夫斯基带回的短诗、书信、哀歌和叙事诗：

> 马儿在飞奔，周围一片空旷。
> 斯维特兰娜眼前是草原茫茫……

"现在这一切在哪里？"我心里这么想，不过仍呆呆地坐着，等待着，一分钟也不曾改变自己这种主要的状态。……我合着马儿奔跑的节奏暗自吟诵，于是感到自己成了古代勇猛的家伙，戴着顶高筒军帽，穿一件熊皮大氅在策马飞奔。只有那个满身是雪的工人使我回到了现实来。①

这是一段奇妙的文字。在这里，记忆实际上覆盖了三个时间层面：叙述时间、回忆时间以及回忆中的回忆时间。一个时间在另一个时间的内部被揭示出来，很显然，作家完全可以将这个序列继续下去，就像在对立的两面镜子中所呈现出的图像一样，以至无

---

① [俄]伊万·布宁，《阿尔谢尼耶夫的一生》，靳戈译，译林出版社，2004年，第257—258页。原文：Как вижу, как чувствую эту сказочно-давнюю ночь! Вижу себя на полпути между Батуриным и Васильевским, в ровном снежном поле. Пара летит, коренник точно на одном месте трясет дугой,... Все летит, спешит-и вместе с тем точно стоит и ждет: неподвижно серебрится вдали,... и всего неподвижней я, застывший в этой скачке и неподвижности, покорившийся ей до поры до времени, оцепеневший в ожидании, а наряду с этим тихо глядящий в какое-то воспоминание: вот такая же ночь и такой-же путь в Васильевское, только это моя первая зима в Батурине, и я еще чист, невинен, радостен-радостью первых дней юности, первыми поэтическими упоениями в мире этих старинных томиков, привозимых из Васильевского, их стансов, посланий, элегий, баллад: Скачут. Пусто все вокруг./Степь в очах Светланы... "Где все это теперь!"думаю я, не теряя, однако, ни на минуту своего главного состояния, -оцепенелого, ждущего. "Скачут, пусто все вокруг", говорю я себе в лад этой скачке и чувствую в себе кого-то лихого, старинного, куда-то скачущего в кивере и медвежьей шубе, и о действительности напоминает только засыпанный снегом работник....//原文见：Бунин И. А. Жизнь Арсеньева, Санкт-Петербург, "Бионт", "Лисс", 1994. С. 197-198.

穷,成为记忆中的记忆……我们看到,在这三个时间层面中,作家竟都使用了动词的现在时形式(见前页注释中的原文)。这个处于不同层次却仿佛发生在同一时刻的"现在时"既是作家的叙述时间,是记忆中阿尔谢尼耶夫为见女友深夜在通往瓦西里耶夫斯科的路上飞奔的时间,也是回忆中多年前从家乡返回瓦西里耶夫斯科的时间。在这里,笔者想起了米兰·昆德拉关于"现在"有过的一段精辟的论述,他说:"看上去,好像没有什么比现在这个时刻更明显、更可感知、更可触及的东西了,其实,我们根本无法抓住现在。生活的所有悲哀就在这一点上。就在那么一秒钟内,我们的视觉、听觉以及嗅觉(有意识或无意识地)记录下一大堆事件,同时有一连串的感觉与想法穿过我们的脑子。每一个瞬间都是一个小小的世界,在接下来的瞬间马上就被遗忘了。"①的确如此,人类留不住时间的脚步,但是它总有痕迹留在我们的心里。事实上,蒲宁笔下的这个"现在"就是时间的痕迹,是作家对时间内在的衡量,是内心的理解,因此它完全可以是记忆长河中的任何一个瞬间。在这个时间形式当中,应该准确地说,是在这个穿越了时空隧道的创造性的时间形式当中,蒲宁一次次沉醉到过去,沉醉到异域巨大的空间里,但却与感受此刻无异,它像黎明的曙光般照亮了垂垂老矣的生命,就像作家自己所说:"这完全不是回忆,不,**我又变成了原来的那个我了,完完全全是原来的那个我**。我又以原来的态度对待这片田野、这田野上的空气,对待俄罗斯的天空,又**像原来那样**去理解整个世界,这想法曾经就是在这里,在这个村子出现在了我的脑海,只是在我的童年、少年时期而已。"②作家感觉不到时间的距离,因为这里时空已融为一体,他感到的只有真实和不由自主的青春再现的欢乐。米兰·昆德拉赞叹"乔伊斯伟大的显微镜将这一转瞬即逝的时间(指现在,笔者注)定住,抓住并让我们看到它"③,蒲宁同样做到了这一点:他既在回忆,又在雪原上驰骋,同时还在回忆的回忆中陶醉于优美的诗句,在期待中凝神静思……

---

① [捷]米兰·昆德拉,《小说的艺术》,董强译,上海译文出版社,2004年,第31—32页。
② Бунин И. А. Собр. Соч. в 9 т. М.,1965. Т. 5. С. 303.
③ [捷]米兰·昆德拉,《小说的艺术》,董强译,上海译文出版社,2004年,第31—32页。

幻象和现实就这样奇怪又明了地交织在一起，并固定下来，以至于这些层层交织的时间画面仿佛失去了个性化的特征，继而拥有了普遍的、永恒的意义，就如马里采夫的精彩表述："记忆就是永恒的现在"①。当时间仅仅是"现在"，它就停下了脚步，接近于零。如果时间为零，我们将会永远感到生命的芬芳宜人，感到它的妙不可言，而永远没有了死亡的恐惧。正如柏格森所说："我们来放松神经，放弃把过去拥挤到现在的努力。如果放松是彻底的，也就不再有什么记忆了。换句话说，我们不再卷入这种绝对的消极性，使自己彻底自由……使真正的时间虚无化。在瞬间之外一无所有，瞬间消失又重新产生，如此往复以至无穷。"②蒲宁正是以这种发生在"时间之外"的可见、可听、可感的瞬间来击退时间，重新感受了生命的魅力。

作品中作家在交错的时间层面中表达自己的主观感受并不仅仅表现在对往昔生活中真实事件的回忆当中，也表现在源于远祖的原始记忆，以及大量的历史记忆和文化记忆当中。

在《阿尔谢尼耶夫的一生》当中，无限的召唤始终在作家的耳边回响，这个声音来自其心灵深处的某种原始的记忆。作品中对阿尔谢尼耶夫童年的描写完全超越了一个孩子所能够拥有的范围，他不在家庭、不在父母兄妹的圈子里，而是在天、地、大自然和宇宙中。主人公童年的形象来自于"空旷的田野"和"孤寂的庄园"，来自于"田野上永恒的宁静和神秘的缄默"，作家表现的不是孩子的天真、他的欢笑，而是他的沉默、敏感、孤独和他"带着忧伤的感情"："为什么在我的记忆中留下的只是那些孤独的时刻呢？"③"世界上完完全全只有我一个人。……瞧，我就躺在庄园后面的田野上，傍晚仿佛依然和以往一样，低低的太阳还在照耀，而我，在这个世界上却还是那么孤独。"④"天哪，这无声和哀伤的美是多么折磨人，令人痛苦呀！夜深了，窗外花园已是一片神秘莫测

---

① Мальцев Ю. Иван Бунин 1870—1953, Посев, 1994. C. 12.
② 尚杰,《归隐之路——20世纪法国哲学的踪迹》，江苏人民出版社，2002年，第30页。
③ [俄]伊凡·布宁,《阿尔谢尼耶夫的一生》，靳戈译，译林出版社，2004年，第6页。
④ 同上书。

的黑暗。这时我躺在暗黝黝卧室里自己的那张小床上,窗外有一颗星星,静悄悄的,总是从高高的天空中在张望着我……它要我干什么?它无言地对我说了什么话,呼唤我到哪里去,向我提示了什么?"①这不是一个幼童的思考,而恰恰是蒲宁一生对生命的思考和创作的定位,即"我与无限的世界"的关系。作品中多次出现的星空正是无限、永恒的象征。从这里,从作品的开篇之处,作家就掀开了用生命诠释原始记忆主题的篇章。"人为什么从童年时起就渴望高远、宽广、深邃、未知甚至是危险的东西呢?为什么会渴望可以为之挥洒生命,甚至为之牺牲生命也在所不惜的东西呢?如果我们只有现有的、上帝所赐予的土地和这仅有的一次生命,那这一切可能吗?显然,上帝恩赐给我们的要多得多。"②这首先就表现在"我们与生俱来的无限丰富的知识和独特的感受"③,正因如此,当蒲宁笔下年幼的阿辽莎见到监狱中的囚徒时他会感受到他"深沉的忧虑、哀伤、麻木的顺从与热烈而阴郁的幻想交织在一起"④的复杂情感;当他在《堂吉诃德》的书中看到那些欧洲古堡的插图时,他就仿佛感觉到"我曾经是属于那个世界的",接下来蒲宁说:"后来当我游历欧洲的许多英名远扬的城堡时,曾不只一次地感到惊讶:当我还是一个小孩子,还是一个与维谢尔卡的任何一个小男孩没有什么区别的时候,怎么会看着书上的一些插图,听着一个疯疯癫癫、抽着莫合烟的流浪者讲述的故事就这么正确地感觉到这些城堡古代的生活,还那么确切地竟自想象出它们来呢?是的,我曾经是属于这个世界的。"⑤在这里前世与今生、此岸与彼岸在"属于那个世界"的感受中融合了,作家完成了对记忆链以及无限形象的诠释,同时也为自己参与了这永恒生命的活动而感到欣喜。他说:"不,这个世界不是玩笑,不是检验并通向更好的、永恒世界的通道,而是许多永恒世界中的一个,一个美好的世界。"⑥

---

① [俄]伊凡·布宁,《阿尔谢尼耶夫的一生》,靳戈译,译林出版社,2004年,第7页。
② Бунин И. А. Собр. Соч. в 9 т. М. : Художественная литература, 1966. Т. 6. С. 21.
③ [俄]伊凡·布宁,《阿尔谢尼耶夫的一生》,靳戈译,译林出版社,2004年,第10页。
④ 同上书,第9页。
⑤ 同上书,第36页。
⑥ Бунин И. А. Собр. Соч. в 9 т. М. : Художественная литература, 1966. Т. 9. С. 38.

  记忆不仅使作家在个人、家族生命链的无限魅力中发现了生命真正的价值所在,去国离乡的流亡生活更使蒲宁给予了记忆以完全特别的地位,他强烈地感受到了自己与俄罗斯祖国、与民族历史、文化的紧密联系,正像帕乌斯托夫斯基所说:"蒲宁的作品之所以出色,就在于它们……和我国人民的往昔血肉相连。"①在《阿尔谢尼耶夫的一生》当中,蒲宁一次次"梦回祖国",在记忆中完成了对俄罗斯民族历史和文化的精神朝圣,表达了和祖国忧喜与共、休戚相关的情感。在书中我们读到:

  契尔纳夫斯基大道对我来说是新的,顺着它送我到中学去的时候,我第一次感觉到那些正在变成俄罗斯古风的被遗忘的大道的诗意。……有一棵老白柳……,那上面停着一只大乌鸦,正伸着个像烧焦的木头似的头部。父亲说乌鸦能活几百年,这只乌鸦也许是鞑靼人占领时期的,这使我在想象中很吃惊……父亲的话里有什么吸引我的呢?我当时感觉到了什么?是因为感觉到了俄罗斯,以及她是我的祖国?是因为感觉到自己与过去遥远的、一直在扩展我心灵和我的个人生存的并提醒我们去参与的那种共同事业?……毫无疑问,正是这天的傍晚,关于我是个俄罗斯人并生长在俄罗斯而不单单是在卡缅卡及那里的某个县、某个省的意识第一次触及到了我。于是我突然感觉到了这个俄罗斯,感觉到了她的过去和现在,她的粗野、可怕和一切令人陶醉的特点以及自己与她的血肉联系……②

  蒲宁曾这样说过,在作品中他一直试图展现的是"与俄罗斯的生活密不可分的俄罗斯风景所有的美和它所有的忧郁。"③有评论家就认为,在二十世纪的俄罗斯艺术家当中没有任何一个人能够像蒲宁那样深刻地感受到这种"密不可分"中所蕴含的诗意,并在自己的作品中全力加以展示。在蒲宁看来,不仅是俄罗斯民族性

---

① [俄]康·帕乌斯托夫斯基,《金玫瑰》,戴骢译,上海译文出版社,2004年,第205页。
② [俄]伊凡·布宁,《阿尔谢尼耶夫的一生》,靳戈译,译林出版社,2004年,第64页。
③ Бунин И. А. Собр. Соч. в 9 т. М.: Художественная литература, 1966. Т. 2. С. 227.

格中那些最根深蒂固的特征孕育在这诗意之中,而且俄罗斯民族的历史也与这诗意保持着剪不断的联系,因此,在《阿尔谢尼耶夫的一生》当中,随处可见被历史充实着的记忆:在去上学的路上,他想起了大路附近有一座俄罗斯最古老的城市,"在苏兹达里公国和梁赞公国时代它位于罗斯最重要的支柱之列,按照编年史家的说法,是它们最先呼吸到暴风雨的气息,最先感受到可怕的亚细亚乌云带来的尘土和寒气,最早看到入侵者日夜焚烧的可怕火光,最先使莫斯科知道将面临灾难并成为最先为俄罗斯捐躯的沙场。"①当他孤独的时候,他幻想"整个南部俄罗斯一望无际春天的广阔空间。……在古代,那里是斯拉夫人的摇篮,曾经有过圣远征军和伊戈尔们,有过佩切涅格人和波罗维茨人——甚至就这些名字就已经令我兴奋,使我陶醉了……"②外出漫游之时,他选择的路线也是到"当年伊戈尔大公当了俘虏又逃出来时经过的顿涅茨河岸",在枯燥乏味、尘土飞扬的普齐夫利城,他想到:"当年在朝霞照耀的草原上那堵插满木桩的泥土墙垣上能听到'雅罗斯拉夫娜的声音'的时候,不也正是在尘土飞扬的荒僻之地吗?"③

这种深沉的"俄罗斯之恋"在《阿尔谢尼耶夫的一生》当中表现得异常强烈,也异常直接。在背井离乡的日子里,"俄罗斯"成为作家内心最深沉的爱和刻骨铭心的痛,他无时不在思念着祖国:"我回想起群山、高加索、蔚蓝色的晶莹的天空,上面也飘浮着一朵云,不过更亮、更白——上帝啊,为什么要剥夺我的青春年华,剥夺我无忧无虑地到南方、到克里米亚去的那段时光,剥夺我的朋友、我的祖国、我的亲人?"④他无数次痛苦地自问:"出生、生活和死亡在同一间故居……可是我一生中变换过多少处住所?难道这个已经取代了我的故乡的异域,就是我最终的栖身之所吗?"⑤远离亲人,远离故土,作家正是在记忆的乐土上才找到了精神上的安慰,才没

---

① [俄]伊凡·布宁,《阿尔谢尼耶夫的一生》,靳戈译,译林出版社,2004年,第66页。
② 同上书,第219页。
③ 同上书,第221页。
④ 冯玉律,《跨越与回归——论伊凡·蒲宁》,上海外语教育出版社,1998年,第127页。
⑤ Бунин И. А. Собр. Соч. в 9 т. М.: Художественная литература, 1966. Т. 6. С. 306.

有沉沦于异国的"黑夜"中,正像他在《耶利哥的玫瑰》中写道的:"世上没有死亡,曾经有过的、曾经全身心投入的一切绝不会毁灭!只要我的心灵、我的爱和记忆还活着,便不会有失落和分离!"①同时记忆中塑造出的令人难忘的"神圣、不朽的罗斯"形象也成为蒲宁永远的创作源泉,滋养着他一生的创作。

第三节 由外而内的心理描写

心理描写是塑造人物形象的重要手段,在蒲宁的笔下,它是与"外部的描述性"紧密相关的。正如上文所说,在蒲宁看来,描写人隐秘而多变的内心世界只有通过客观世界。之所以单列此节旨在清晰地说明问题。

谈到心理描写,我们总会想到俄罗斯19世纪现实主义文学大师托尔斯泰的"心灵辩证法"、屠格涅夫的"神秘心理学",还有冈察洛夫对生活环境、生理感觉描述的高度细节化、高尔基的主观评价等等,它们围绕着情节展开,充分体现了人物心理的条理性和规律性。让我们来看这段话:

我是一个坏女人,一个堕落的女人,但是我不喜欢说谎,我忍受不了虚伪,而他(她的丈夫)的食粮就是虚伪。他明明知道这一切,看到了这一切,假使他能够这么平静地谈话,他还会感觉到什么呢?假使他杀死我,假使他杀死渥伦斯基,我倒还会尊敬他哩。不,他所需要的只是虚伪和体面罢了。②

这是一段逻辑性很强的独白,不仅蒲宁对此提出了异议,与之同时代的许多艺术家都在重新思考心理描写这个问题。在那个先后被尼采和福柯宣布为"上帝死了"和"人终结了"的时代,人们越来越清晰地感受到生活的片断性、偶然性以及前辈笔下"将任何想法都引向合乎逻辑的结局"③的荒谬。在蒲宁看来,一个人从来就

---

① [俄]蒲宁,《耶利哥的玫瑰》,冯玉律、冯春译,上海译文出版社,2004年,第69页。
② [俄]列·托尔斯泰著,《安娜·卡列尼娜》,周扬译,人民文学出版社,1978年,第303页。
③ Есин А. Б. Психологизм русской классической литературы, М.: Просвещение, 1988. С. 68.

不会想得那么连贯,那么因果明确,现实主义小说中的人物心理完全是人为的理性化了的结果,它们只能很有限地表明人类意识活动的过程。事实上,当时各流派的许多作家,包括现实主义作家也认同这样的观点。现实主义大师契诃夫笔下的奥楚蔑洛夫反复无常的"变色龙"行为体现的正是心理的多变和混乱。别雷说:"我们眼中的生活是被打成碎片的生活。我们永远都处在离散生活中,在思想、情感和行为交织在一起的混乱之中。"①在1905年发表的文章《易卜生和陀思妥耶夫斯基》中他指出:"建立在心理描写基础上的所谓深刻常常是虚假的。"②因此他认为"整个欧洲的艺术不过是在心理学的沼泽中摔的一个大跟头。再也没有什么能够像想到心理描写从此不再存在那样令人振奋了。我抑制不住地想高喊,想欢呼:'根本就没有任何心理学'。"因此他号召诗人们"用自由、舒缓的音乐来净化那些死去的作家留给我们继承的心理描写的奥吉亚斯牲口棚。"③勃洛克说:"今后将不再有,也不应该有,我说的首先是没完没了的'心理学'的'汪洋大海'了……艺术就是宇宙——形成了混乱(精神和肉体的世界)的创造的精神。"④在俄国现代派诗人,不仅是象征主义,包括阿克梅派、未来主义在自己的宣言当中都表明了对心理描写的坚决拒绝。与此同时,蒲宁对现代心理学的认识和与西方文化氛围的接触使得蒲宁笔下的心理描写不是绝对化的拒绝,而是更趋复杂化。作家非常清晰地感觉到,明确而理智的思绪在一个人的头脑中占据的只是很小的位置。在《阿尔谢尼耶夫的一生》中蒲宁引用了笛卡尔的一句话,即:在他的内心生活中"明确而理智的思想永远只占最微不足道的地位"⑤,人的头脑中交织着各种思想和感觉:有直接的接受,也有记

---

① Мальцев Ю. Иван Бунин, Посев,1994. С. 123.
② Белый А. Критика. Эстетика. Теория символизма, т. II, М: Искусство, 1994. С. 89.
③ Там же. С. 91。"奥吉亚斯牲口棚"出自希腊神话。据说牲口棚内有3000头牛,30年未打扫,后来由大力士赫尔库勒斯引两条河之水,一日间冲洗干净。"奥吉亚斯牲口棚"喻指"藏污纳垢之地"。
④ Сливицкая О. В. Повышенное чувство-Мир Бунина, М: Изд. центр Российского государственного гуманитарного университета, 2004. С. 199.
⑤ Бунин И. Жизнь Арсеньева, Санкт-Петербург "Лисс", "Бионт", 1994. С. 246.

忆、意识、潜意识和无意识、主题与背景,还有同步的思想与形象以及太多的"不知道"①。这一切显然是以现代心理学理论为支撑的。蒲宁说:"当一个人的生活中发生了重要的或者哪怕有点意义的事情并要求由此得出结论或做出决定的时候,人总是思考得很少,他更乐于听凭内心隐秘的活动。"②"非常奇怪,在自己的思考中我们身不由己。"③因此我们常常读到这样的句子"思想在马蹄的敲击声中消失"(《白马》),"在克拉科维克舞曲的旋律里,脑海里的思绪令人痛苦地打着转,一会儿是童年时的爱情,一会儿又是战争。"(《白马》)"她一会儿想到向谁借了点面粉,至今没有还;一会儿想到昨天邻居家那头小牛犊把挂在篱笆上的衬衫下摆给嚼烂了,一会儿又想到自己快要死去……"(《快活的一家子》)"他经常会在同一时间经受两种思想感情,对此他已经习惯了:一种是平常的、普通的,另一种是令人不安的、病态的。他在心平气和地,甚至是自鸣得意地思考某种偶然所见或者偶然想到的事物的同时,却又在徒劳地构思什么别的东西来。"(《快活的一家子》)"她在睡着,但她那令她自己都感觉怪异的想象却在无法抑制地工作着。"心理活动的这种"自控力的缺失"就从根本上排除了内心独白的可能,因此,我们在蒲宁的作品中找不到哈姆雷特式的内心独白,但蒲宁也没有走向另一个极端,即乔伊斯式的纵横交错、杂乱无章的意识流。在蒲宁看来,人类不可言、不可状之心灵姿态是无法通过语言对其活动的所谓"实录"来完成的。人在自己的最深处就是一个谜,"知人知面不知心,不,自己的心其实更加难懂。"④此,蒲宁拒绝直接描述人物的内心活动,他常常将自己已经写就的心理描述删除⑤,但他却丝毫没有放弃激发读者去理解文中主人公的心理

---

① 在小说《人之初》中,蒲宁写道:"你的不知道同样是秘密。"//见 Бунин И. Маленький роман, Санкт-Петербург "Лисс", "Бионт", 1993. С.272.
② [俄]伊万·布宁,《阿尔谢尼耶夫的一生》,靳戈译,译林出版社,2004年4月,第161页.
③ Устами Буниных: Дневники Ивана Алексеевича и Веры Николаевны и другие архивные материалы: в 3 т. Посев, 1977. Т.1. С.165.
④ Бунин И.А. Собр. Соч. в 9 т. М.: Художественная литература, 1966. Т.5. С.451.
⑤ 如上文提到的《叶拉金骑兵少尉案件》。

状态的努力。在蒲宁的笔下,真正用来表现心理的是由以微见著的方式构建的生活完整的形象来完成的。其独特之处就在于在他摒弃了思辨性心理描写的同时,始终试图用由外而内,即通过以清晰的语言描写众多外部事物构建的环境的暗示性、细节的表现力等方式将思想从混沌而昏暗的内心中提炼出来,并把它们升华为精神的产物,使其成为具有审美价值的事物。

靠描述外部事物来实现的心理分析是与分析型的心理描写、直接的和注解式的心理描写相矛盾的,屠格涅夫不仅长于此类分析,并将这种方法称为"秘密的",他认为:"诗人应该是一位心理学家,但应该是秘密的心理学家:他应该知道和感觉到现象的根源,但是展示出来的只是现象本身——无论它正旺盛地开放还是正在凋谢。"①因此,屠格涅夫笔下人物的心理状态常常是通过他的话语、姿势以及表情等等来表现的。如:在追忆自己青年时期真挚情感的小说《初恋》当中,有一段非常精彩的对人物心理的描述,那就是"我"初次看见扎谢金纳公爵小姐的一场。当时小姑娘正在和几个年轻人嬉戏,姑娘的一颦一笑,一举一动在"我"看来都"洋溢着一种令人销魂、无法抗拒的、妩媚可爱又可笑的"气息。看到了齐娜伊达,"我"感到惊奇、满足得几乎要叫出声来:

  猎枪从我手中落到了地上,我忘记了一切,只是凝视着姑娘优美的身段、脖子、美丽的手、白头巾下有点蓬乱的金黄秀发、微微闭着的眼睛、睫毛和睫毛下那娇嫩的脸蛋……

  当姑娘转过身来面对着"我"时,我面红耳赤,我拾起猎枪,在一阵银铃般的并无恶意的哈哈大笑声中跑回房间,一头扑在床上,用双手掩住脸。我的心狂跳不已,又害臊又快活:我感到从未经历过的激动。②

作家没有直接描写少年心中的所想,只是通过对一连串动作的描写,少年的好奇、羞涩、紧张、慌乱、激动便一览无余,一个情窦初开的少年形象于是栩栩如生地出现在了读者面前。

---

① Тургенев И. С. Собр. Соч. в 30 т. М.: Наука, 1978. Т. 4. С. 135.
② [俄]屠格涅夫,《初恋》,外国文学出版社,1987年,第88页。

相对于屠格涅夫,蒲宁同样"钟情于""秘密心理学",但却表现出了不同于前辈的鲜明的个性特征。蒲宁一生曾创作过两篇题为《初恋》的小说。一篇写于创作初期的1890年,另一篇写于创作的成熟期1930年。两篇在处理心理描写方面完全不同。在早期的这篇作品中我们可以清晰地感觉到蒲宁的心理描写与屠格涅夫的相似。

主人公"我"一直暗恋着萨莎,关于两人初次见面的情景,蒲宁写道:

记得我们是在穿堂里见的面;我红着脸,只觉得像是有人用冰冷的刷子蹭我的头发,把我的头发弄得很蓬松,我甚至都不能说一声"您好"。别看萨莎大我两岁,但面对她时我却总是感到难为情。是她主动把手伸给了我。……我已经听不进她在说些什么,只觉得越发燥热。

很快小姑娘就回到城里的学校去了。"我"茶饭不思地想念萨莎,盼望能够与她见上一面。终于,"我"得到了一个进城的机会。还没到女子中学,"我"便带着一颗狂跳的心,一边弄平自己的短袖褂,弄正衣服领子,一边向女子中学狂奔而去。在门卫那里我照了照镜子,认为自己已经衣冠得体。可能是因为泪水和激动,脸上倒闪现着柔情,面颊上泛起红晕,眼睛闪着光。

看见身着淡雅连衣裙、显得姣好雅致的萨莎向"我"走来时,"我羞喜交加地笑着,向她伸出手",一边和她说话,一边不停地把"腰带上的扣子一会儿解开,一会儿又系上。"

和屠格涅夫一样,年轻的蒲宁也是通过对一系列下意识的细小动作的描写刻画出了这个花季少年紧张、忐忑和对美好爱情的无限向往。但是值得一提的是,在这篇小说中,蒲宁成熟时期的创作特征已然萌芽,即通过塑造世界完整的形象来体现主人公的心理,这表现在和舅舅进城的片段上。在这里蒲宁远离了"我"的内心,代之以对一大堆"毫不相干"事物的描写,包括:酷热难熬的清晨、懒洋洋的骟马、搭车回城的小市民和红胡子老头之间的无聊扯皮、耽误事的小牛犊……在蒲宁的笔下,那天下午发生的一切都缓慢、无趣,拖沓得令人难以忍受。这种拖沓恰好与"我"渴望见萨莎的焦急心情形成了鲜明的对比。为了理解主人公到底发生了什么,读者根本不需要作者对他的心理状态进行详细的描写。在对周围世界细节的详尽描写中,作者就将读者带进了同样的心理状态,后者很容易就感同身受地理解了"我"焦躁的心理。

1930年蒲宁创作了小说《初恋》,它几乎就是为屠格涅夫的同名小说选配的一幅素描插图。小说篇幅短小,全篇仅有325个单词,却有256个是用来描写风景的。一般情况下,大自然所具有的心理功能是由人物对它选择性的接受来实现的,但是在这篇小说中,选择根本不存在,因为大自然的画面是那么的丰富,那么的具体和充满细节,以至于任何人都无法否定它独立于人类存在的价值,它并未在美学上为小说的人物、事件服务,也未带上心理功能。触及人物的文字只有50余个:

  一个年轻的军校学生和一条温顺的大狗在不停地追逐戏耍,互相打闹着。散步的人群里,有一个女孩优雅安详地迈着步子,她胳膊和腿都十分修长,穿着薄薄的格子连衣裙。大家都在偷偷地笑着,因为他们知道那个年轻的军校学生为什么横冲直撞,不停地嬉闹着,假装欢欣雀跃——现在,他快失望得哭出来了。那个女孩也明白这一点,她感到骄傲并且满足。但是,她脸上的表情却冷若冰霜,拒人于千里之外。①

这是一段对微妙的初恋心理含蓄而智慧的描写,作家没有谈及士官生与姑娘的任何背景信息,读者不知他们姓甚名谁,来自何方。题为"初恋",但文中没有任何关于人物内心情感的描述。二人无论是在空间上还是在心理上都存在着差距,作者甚至没有给他们任何相交的机会。但是此时无声胜有声,作家仅仅通过对主人公"外部"特征的描写便足以唤起读者对自己初恋的种种情感的回忆,在生活经验的基础上读者会浮想联翩,继而心领神会,甚至忍俊不禁。正像上文我们谈到的,在任何情况之下,蒲宁对心理几

---

① 原文见 http://ouc.ru/bunin/pervaya-liybov.html.

乎都是只字不提,他看到的永远都是细节。但是我们阅读时却会产生一种无理而妙的感受,真可谓方寸之地尽显天地之宽,片刻画面乃容无穷魅力。

小说《净罪的礼拜一》也是一部由外而内描写主人公心理的范例作品,而且在这里作者将外环境铺陈得非常大,甚至进入了俄罗斯历史的深处。

小说创作于1944年,据作家的妻子称,蒲宁认为它是小说集《幽暗的林间小径》中最好的一篇作品。① 小说讲的是"很有钱,身体健康,而且长得漂亮,以致在餐厅,在音乐会上吸引了众人目光"②的一对情侣,过着众人艳羡的生活,但女主人公最终却"毫无缘由地"抛弃了自己的爱人和自由奢华的生活,突然出走修道院,将自己的生命无怨无悔地奉献给上帝的故事。生活如此急剧的转变为作者提供了进行详细心理分析最好的基础,但是蒲宁在小说中却没有任何对人物心理的展示,主人公的行为成为一个谜。巴巴连科在蒲宁的传记中记载了这样一个情节:在一个无眠的夜晚,作家在一块小纸片上写下了:"感谢上帝让我得以完成了《净罪的礼拜一》的创作。"③作家如此的感叹就要求我们以不寻常的态度来研读这篇作品。

谈到小说的心理描写,20世纪最重要的一个心理描写形式称为时空心理描写,即时间和空间在作品中起到了揭示主人公心理的作用,它是巴赫金时空体理论中的一个重要部分。巴赫金在《长篇小说的时间形式和时空体形式:历史诗学概述》中阐述自己的时空体理论时说:"时空体,即每种文学体裁内部时空两方面的一切特征",它是"文学中被艺术地掌握的时间和空间本质性的相互关系。"④它不仅是组织小说基本情节的中心,而且对于情节外其他叙事元素都具有高度的掌控作用,这其中便包括人物形象的塑造和人物性格、心理和观念的展示等等。《净罪的礼拜一》这篇小说一

---

① Бабореко А. Бунин, М.: Молодая гвардия, 2004, С. 374.
② [俄]蒲宁,《耶利哥的玫瑰》,冯玉律、冯春译,上海译文出版社,2004年,第215页。
③ Бабореко А. Бунин, М.: Молодая гвардия, 2004, С. 374.
④ [俄]巴赫金,《小说理论》,白春仁等译,河北教育出版社,1998年,第274页。

如蒲宁的其他作品,情节非常简单,但在笔者看来,它却是一篇张力异常巨大的作品,貌似的一篇爱情故事实则体现的是俄罗斯民族集体无意识中对精神纯洁的不懈追求,而透过现实的表层向个人心理与民族心理的深渊窥探的过程作家正是通过时间和空间的相互渗透和相互作用,即通过时空体的形式来完成的。

和作家大部分的小说中时间模糊不清的特点不同,《净罪的礼拜一》这部小说中现实时空层面的信息非常精准:故事发生在1912年的冬季,地点是莫斯科。这是一次大战和俄国革命的前夕,是国家政治最动荡不安的时期,同时也是俄罗斯处于纷至沓来的西方文化冲击、国家现代化的起步时期,无论是社会生活还是人们的思想意识中都充斥着西方的时髦玩意。作家在现实时空中通过外部众多的细节展示的正是这样一个物质生活丰盈但却充满了西方诱惑的、"五光十色的"莫斯科。冬日的夜晚,"街头燃起一盏盏煤气灯,商店橱窗里也被灯火照得通明,……莫斯科人开始了热闹的夜生活。"街头马拉雪橇欢快地奔跑着,有轨电车的电线迸溅出绿色的火星,发出悦耳的叮当声穿梭着……"① 匆忙的人们影影绰绰地行走在大街小巷上,他们无暇也无意停下脚步看一看尤里·多尔格鲁基创建的古老的莫斯科。与此同时,俄罗斯文化界也如同整个俄罗斯社会一样埋头于"现代化"。人们蜂拥着前去观看莫斯科艺术剧院的时髦剧目,欣赏演员"大呼小叫,高唱低吟,表现某种似乎是巴黎风格"的演出,去聆听意大利的歌剧、参加庸俗不堪的"白菜会"②;文学上,现代派思潮大行其道,人们不仅踊跃地去参加安德烈·别雷的讲座,还对他怪异的又唱又跳的演讲方式大加赞赏;西欧现代派作家,诸如霍夫曼斯塔尔、施尼茨勒、泰特马耶尔、普日贝谢夫斯基等人的作品以及勃留索夫的《燃烧的天使》牢牢地占据了人们的阅读空间,成为人们最热衷阅读的最具"品位"的作品……尽管小说中除了主人公和马车夫之外,蒲宁均使用了现实中真实存在的人物,但事实上,有关这些人物的信息却并不准

---

① [俄]蒲宁,《耶利哥的玫瑰》,冯玉律、冯春译,上海译文出版社,2004年,第213页。
② 当时盛行的一种诙谐、幽默、讽刺、滑稽的文娱晚会,多为戏剧形式,采用应时题材。

确。1912年别雷早已离开了莫斯科,居住在柏林;男女主人公相识的莫斯科文学艺术小组也早已停止了活动。蒲宁之所以将这些发生在不同时间中的真实事件聚合在小说的时空中,其意图便在于勾勒出大战和革命前俄罗斯纷繁的社会和文化现实,但字里行间却散发出了对俄罗斯文化现代化进程中民族性迷失深深的忧虑和不安。

然而,正像主人公所发出的感慨那样:莫斯科"真是一座奇怪的城市!"在这流光溢彩、觥筹交错的与西方大都会无甚差别的莫斯科还有许多时刻唤醒人们历史记忆的地方,它们静静地矗立或流传在这片土地上,向世世代代的人们无言地诉说着俄罗斯往昔的岁月。它们正是以自身深沉的积淀不可避免地构成了作品的历史时空,并在小说叙事中构成了与现实时空的对立面。它们是莫斯科的心脏克里姆林宫、雄伟的基督教救世主大教堂、为庆祝俄罗斯战胜鞑靼汗国而建的圣瓦西里大教堂、分裂派教徒的墓地罗戈日斯科耶公墓,还有身材高大的俄罗斯壮士、俄罗斯的编年史、神话传说等等,而这一切在小说中又是通过一个名字的语义链串联在一起的。小说中作家援引了俄罗斯古代编年史中的一段话:"久尔吉对北方大公斯维亚托斯拉夫说:'兄弟,到我这里,到莫斯科来吧!'还下令准备了着力的午宴。"①这句引文不仅表明了莫斯科正宗的俄罗斯"出身",还将读者带进了更加遥远的民族历史的深处,而"向导"正是"久尔吉"这个名字。在俄罗斯姓名学中,"久尔吉"是目前常见的名字"尤里"的古称,引文中的"久尔吉"指的就是莫斯科的创建者尤里·多尔戈鲁基大公。事实上,熟知俄罗斯文化的读者自然而然就会联想到"尤里"的另外两个表达,即"格奥尔基"和"叶戈尔",前者是"尤里"的宗教版,后者是民间版。这样小说中就出现了一个语义链:久尔吉—尤里—格奥尔基—叶戈尔,这个语义链将看似平常的爱情小说与俄罗斯的历史紧紧连在了一起。

"格奥尔基"这个名字作为俄罗斯民族文化中的典型符码可以

---

① [俄]蒲宁,《耶利哥的玫瑰》,冯玉律、冯春译,上海译文出版社,2004年,第221页。

将读者一直带到俄罗斯历史的最深处。格奥尔基是基督教早期册封的圣徒之一,对他的崇拜是伴随着罗斯受洗而在这片土地上展开的,罗斯土地上到处遍布的尤里耶夫修道院(教堂)和圣格奥尔基修道院(教堂)就是明证。同时他奋勇斩蛇的形象先后被镌刻在莫斯科公国和俄罗斯国家的国徽上足以证明这个名字在俄罗斯历史上的分量。在古罗斯,他是士兵的庇护神,是保卫领土、奋勇杀敌的象征。据古罗斯文献《库利科沃会战的故事》记载:1380 年,蒙古大军和罗斯军队在库利科沃原野上大战,正是在圣格奥尔基的帮助下,罗斯军队才扭转了败局,取得了最终的胜利。文中记载:"虔诚的信徒们在 8 时许看见了天使如何帮助基督徒们战斗,他们还看见了受难的圣徒团——格奥尔基的战士们,还有荣光的德米特里……"①在《净罪的礼拜一》中,作者并没有直接提到这次战斗,但却提到了这场会战著名的参与者,即佩列斯维特和奥斯利亚比亚。二位均是谢尔吉圣三一修道院的修士。1380 年,当德米特里大公感到战事严峻而前往圣三一修道院为将士们祈福之时,圣谢尔盖·拉多涅日斯基②遂派了二位壮士随大公一同前往前线,参加战斗,后两人均为国捐躯。库利科沃会战的胜利不仅保卫了俄罗斯国土,也捍卫了基督教文化的纯洁。小说中,蒲宁没有描写二位勇士参战的壮举,而是描写了一场葬礼,此笔又将他们与俄罗斯历史上的"教会分裂"紧密地联系到了一起。小说中写道:"昨天早晨,我去了一趟罗戈日斯科耶公墓……那是旧礼教派教徒的墓地。彼得大帝之前的罗斯!……棺材旁边站着几位助祭……是啊,助祭,噢,真是庄重啊!就像佩列斯维特和奥斯利亚比亚!两排唱诗班座位上有两支合唱队,人人都身材高大,体魄健壮,穿着黑色的长袍,唱着,相互应和。……"③如果人们忘却了这些,现实中还有日日顾客盈门的"又潮湿又闷热,简直像一间澡堂"一样的

---

① 见 http://pushkinskijdom.ru/Default.aspx? tabid =4981
② 圣谢尔盖·拉多涅日斯基(1314—1392),俄罗斯历史著名的宗教活动家,俄罗斯东正教中心谢尔盖圣三一大教堂的创始人,1452 年被册封为圣徒。
③ [俄]蒲宁,《耶利哥的玫瑰》,冯玉律、冯春译,上海译文出版社,2004 年,第 219—220 页。

俄罗斯风情小店——叶戈罗夫餐厅。在莫斯科众多的俄式餐厅中,蒲宁之所以选择将这个餐厅写进自己的小说不仅是因为"叶戈尔"与"尤里"和"格奥尔基"相互呼应,更因为它是一家著名的、俄罗斯教会分裂之后留存下来的旧礼教派餐厅。这里恪守着古罗斯的许多传统,比如蒲宁在小说中提到的"我们这儿不能吸烟"①,售卖着最传统的俄式饮食。不仅如此,小说女主人公还经常流连在各地的墓地、修道院中,感受着那里散发出的古罗斯气息。在这里,蒲宁特意强调了"彼得大帝之前的罗斯",因为在作家看来,正是彼得一世"血腥的"②改革向西方文化敞开了俄罗斯的大门,仿佛是打开了"潘多拉的盒子"。在梅列日科夫斯基的小说中彼得更是被塑造成反基督的形象。而这之前的罗斯是没有经过西方文化浸染的最纯真、自然的罗斯,是神秘原始的罗斯,是与神同在的虔诚信仰"上帝啊!我生命的主宰……"③的罗斯,是民族永恒的精神家园。蒲宁用他惯常的优美笔调描述了古罗斯生活的一个片段。

  多妙啊!不过现在只有一些北方的修道院还保留着这个罗斯,还有就是在教堂的赞美诗里。前不久,我去了一次扎恰季耶夫斯基修道院,您简直无法想象,那里的人把赞美诗唱得有多动听!而在神迹修道院里唱得还要好。去年,我在受难周里到那里去。啊,多么美好!处处都有水洼,和风拂面,春意盎然,心里似乎变得又温柔,又忧伤,始终充满着对祖国,对她古老风尚的感情……④

  蒲宁带领读者穿越在时光的隧道中,回溯到俄罗斯历史的深处。就这样,一个简单的爱情故事在民族历史的宏大背景中展开。而所有的这一切又都穿插在对现代的科技成果、现代派的文化氛围以及时尚的生活方式的描述中间,二者紧密交织在一起。而使

---

① [俄]蒲宁,《耶利哥的玫瑰》,冯玉律、冯春译,上海译文出版社,2004年,第222页。
② 蒲宁在小说中描写新圣女修道院的院墙时使用了"кирпично-кровавые стены монастыря",这里的"кровавый"是"鲜血的""血迹斑斑的""血腥的"意思,令人想起彼得一世改革期间血腥的镇压和屠杀。
③ 小说《净罪的礼拜一》中蒲宁选用的这句祷告词是旧礼教派教徒使用的,原文是"Господи владыко живота моего…"。//见[俄]蒲宁,《耶利哥的玫瑰》,冯玉律、冯春译,上海译文出版社,2004年,第215页。
④ [俄]蒲宁,《耶利哥的玫瑰》,冯玉律、冯春译,上海译文出版社,2004年,第222页。

二者更加密不可分的是作品中的第三个时空体,即女主人公的心灵时空。

女主人公的心灵时空始终穿梭在现实和历史之间,其内在尖锐斗争的外在表现便是"她"无处不在的怪异行为。读者始终能够感觉女主人公美丽、聪慧,但却任性、乖戾,很难理解,对于男主人公来说她更是有太多的"不知为什么"。"对我来说,她真是一个谜,不可理解。""她不知为什么要去上进修班,难得听听课,但又不放弃学业";她的生活极尽奢华、时尚,但"沙发上方不知为什么挂着一张光着双脚的托尔斯泰的画像";她参与现实时空中一切狂欢节般的活动,但却难以摆脱潜意识的折磨,时时流露出无奈、矛盾的心境:她每天都阅读时髦的现代派作家的作品,但是却常常"躺在沙发上,手捧一本书,又不时把书搁到一边,神色疑惑地望着远方","老是在想着什么心事,老是像在钻研什么问题";她每天都"上'布拉格',上'艾尔米塔什',上'大都会'饭店进餐,餐后到剧院看戏,听音乐会,然后又去'雅拉'和'斯特列利纳'餐厅……",每天都接受他送来的鲜花,如此令人艳羡的生活却仿佛并非所愿,而是被动地、机械地盲从行为:"似乎她什么都不需要:不需要鲜花,不需要书籍,不需要进午餐,不需要上剧院,不需要到城外去吃晚饭。"①我们不禁要问,她需要的是什么?她在孤独地寻求什么呢?

如果说,小说中女主人公的无奈和矛盾是针对现实时空和历史时空的纠结,那么对她最真实的心境、她的心灵时空的揭示就是作家通过与文学经典构成的文本时空的对话来完成的。

小说中,蒲宁借女主人公之口复述了一个俄罗斯的传说:"俄罗斯的土地上有一座城市,其名叫穆罗姆,那是由一位名叫巴维尔的高贵的大公统治着。一天,魔鬼附身在飞蛇身上,要引诱大公的妻子淫乱。……"②这是基于俄罗斯的一则古老传说,由16世纪著名使徒传记作家叶尔莫莱撰写而成的《彼得和费芙罗妮娅的故

---

① 本自然段引文均出自[俄]蒲宁,《耶利哥的玫瑰》,冯玉律、冯春译,上海译文出版社,2004年,第213—215页。
② 同上书,第222页。

事》。在原文中，受到魔鬼引诱的是巴维尔大公夫人，而彼得是巴维尔大公的弟弟，他奋勇杀蛇护兄的行为促成了与费芙罗妮娅的相识，不仅最终成就了二人的婚姻，并有了"生同衾，死同穴"的千古绝唱。蒲宁显然在自己的小说中改编了这个故事，将拒绝魔鬼引诱的"事迹"安放在了费芙罗妮娅的身上，于是，拒绝诱惑、坚守爱情并献身上帝就合并在了费芙罗妮娅一人身上，塑造了基督教伦理的最高典范形象。实际上这是一个诱惑与抵御诱惑的主题，在作家看来，无论是俄罗斯文化，还是个人都面临着来自各方的诱惑和抵御诱惑的问题。

小说中提到的另一篇作品，即勃留索夫的《燃烧的天使》，也是一部关于诱惑的作品。一个通体鲜红仿佛燃烧着的天使玛蒂埃尔降临在少女蕾娜塔的跟前，但几年后，当少女春心萌动爱上他之时，他却消逝了。自此，蕾娜塔踏上了寻找爱人的道路。一路上她历经千辛万苦，甚至走火入魔，不惜玩弄巫术，诱骗诚实厚道的同伴鲁卜列希特进入魔鬼的狂欢大会去为她寻找。最终蕾娜塔自感罪孽深重，独自出走修道院，但最终还是被宗教裁判官判处了火刑。

三部作品中的女主人公最终都走进了修道院，但情形却完全不同。费芙罗妮娅无论是在平静的童贞时期，还是成为了众人瞩目的女大公，无论是遭遇王公贵胄们的排挤而流落民间，还是后来又重新回到王宫，她的内心始终充满了平静、和谐以及发自内心的对上帝、对大众的爱，"他们按照上帝的意志朴实平和地生活并统治着自己的城市，他们不断地向上帝祈祷，一视同仁地爱着自己的臣民，从不傲慢，压制，不爱财，就像父母爱着自己的孩子。……他们款待云游的朝圣者，让饥饿的人们有食果腹，让褴褛的人们有衣蔽体，让穷苦的人们免于厄运。"①当最后的时刻快要临近的时候，她又是平静地选择了和丈夫一起入修道院侍奉上帝，并最终二人在同一时刻回到了上帝的怀抱。由于二人的修士身份，人们遂将他们分葬在不同的墓地，但第二天清晨，人们惊奇地发现，他们安

---

① 见 http://www.petr-fevronia.ru/category/2

详地并排躺在一个墓穴中。直到今天，每年的俄历6月25日俄罗斯人民依然在纪念着这对虔诚于主又生死相爱的伴侣，他们是俄罗斯民族智慧和以基督教价值观念为核心的民族道德伦理价值的承载人和体现者，是这个民族的圣者。而《燃烧的天使》尽管为俄罗斯作家所创作，但却是一部"没有任何俄罗斯的东西，全部是建立在欧洲中世纪材料之上的"①作品，蒲宁选择它来对比俄罗斯的古老传说绝非偶然。主人公蕾娜塔是一个外表"圣洁"，实则沉潜于情欲深渊的女人。她对上帝的"虔诚"是通过自我折磨、绝食、恪守斋戒、每天去教堂以及祈祷到昏厥等刻意的方式来实现的。对宗教规范严格的遵守与其说证明了她的宗教性，不如说表现了她内心世界愿望与现实之间的鸿沟、肉体与灵魂之间悲剧性的冲突。她在天使的身上首先看到的是男人，是情欲，因而她对上帝的渴望总是出现在渴望玛蒂埃尔和被她当作玛蒂埃尔的海因里希伯爵的时候，也就是说，这种爱是源于外界，而不是发自内心的，连伴随她左右忠实的鲁卜列希特都感到了她的虚伪，认为这一切不过是"某种很不得体的假面舞会"②。而在真心爱着她，保护她的鲁卜列希特身上她看到的却是诱惑，当二人亲热欢爱之时，她不禁声言"为了这种欢爱准备交出未来生存中至上的幸福"，而"激情爆发"之后，她又责怪鲁卜列希特："你喜欢引诱我正是因为我已把整个灵魂和肉体都奉献给了上帝。"③可以说，勃留索夫这部西方风格的小说和古罗斯的传说代表的是爱情相互对立的两张面孔。前者中爱情是"命中注定的残酷的决斗"，是凡尘之爱（肉体）和天堂之爱（精神）之间病态分裂的状态，而在后者中它是心灵和肉体的高度和谐。

从这对立的两面镜子中我们不难照出蒲宁小说中女主人公的心理，也就不难理解她最终的出走行为。

---

① Долгополов Л. На рубеже веков -о русской литературе XIX -начала XX века. изд: Советский писатель. Ленинградское отделение. 1985. С. 328.
② [俄]勃留索夫，《燃烧的天使》，周启超、刘开华译，哈尔滨出版社，1999年，第235页。
③ 同上书，第240页。

> 在我的心中啊，盘踞着两个灵魂，
> 一个想和另一个离分！
> 一个沉溺在强烈的爱欲当中，
> 以固执的官能贴紧凡尘；
> 另一个则强要脱离尘世，
> 飞向崇高的仙人的灵境。①

浮士德内心的痛苦和矛盾也是《净罪的礼拜一》中女主人公内心真实的写照，只是女主人公最终做出了正确的选择，摒弃了世俗纷乱的生活。正如叶夫多基莫夫称："俄罗斯文化，就其渊源而言，是从一种独特的宗教泉源中汲取营养的，这一神秘的基础有机地内在于俄罗斯的灵魂，即表现为对绝对者的永恒而牢固的渴望"②，女主人公在净罪的礼拜一的前夜献身于自己的爱人，然后便决绝地像传说中摆脱了淫荡之蛇的诱惑的大公妻子般接受了上帝的考验，女主人公无疑是一位民族精神的追寻者，正如荷尔德林在《帕特莫斯》中写到的："神近在咫尺又难以把握。/但哪里有危险，/哪里也生拯救。……/让我们以最忠诚的情感/穿行其中，返回故园。"③女人的出走正是对"故园"呼唤的回应，是对心灵中永远渴望的乌托邦的回归。

蒲宁在其他作品当中也体现过类似的观点。1930年他在游记《漫游》当中描述了这样一对夫妻，丈夫是著名的历史学者。他们从城里搬来乡下，在林子里盖了一幢小房子，完全按照俄罗斯的古风旧俗生活。蒲宁写道："丈夫穿着战前式样的灰色的裤子和农夫的衬衫，脚上是一双树皮鞋；妻子也是一身农妇的打扮——脚上是树皮鞋，身上穿着长及脚踝的粗布长衣，袖子和下摆绣着红色的枞树。她这样穿并不仅仅是由于必需，在她看来，这种朴素无疑是自己的责任，甚至是快乐。……她一直在谈论着古时的农民的罗斯，那个我们早就应该回归的罗斯。她认为，俄罗斯的道路是特别的，

---

① [德]歌德,《浮士德》,董问樵译,复旦大学出版社,1983年,第57页。
② [俄]叶夫多基莫夫,《俄罗斯思想中的基督》,杨德友译,学林出版社,1999年,第28页。
③ 周宪,《文化现代性与美学问题》,中国人民大学出版社,2005年,第4页。

难以解释的,上帝赐予我们最大的仁慈就是让我们受苦,并在痛苦中令我们像在烈火中一般获得纯洁。①

第四节　隐喻弱化的语言风格

　　作为享誉世界的语言大师,蒲宁的语言特色得到了各个时代的作家、评论家以及读者的高度评价,同时也深刻地影响了后人。1968—1969 年间,列宁格勒大学的年轻学者谢多娃曾在当时活跃于苏联文坛的著名作家群中进行了一个有趣的调查,内容是"苏联作家谈蒲宁"。在这份调查问卷中,许多作家都谈到了蒲宁的语言对他们以及他们创作的深刻影响。沃罗宁说:"蒲宁是一个极其稀有的现象。在我们的文学中若说到语言,他就是巅峰,无人能出其右。"②特里丰诺夫说:"我第一次接触蒲宁的作品是在大学时代,当时费定是我们进修班的老师。他对我们说:'要向蒲宁学习遣词造句。'……蒲宁对我来说简直就是一个大发现:他笔下那优美而生动的语言的力量是多么巨大呀!蒲宁影响了大多数现代的年轻作家,最主要是在风格和优美的用词方面。"③帕乌斯托夫斯基对蒲宁更是充满了敬仰之情,他说:"在俄罗斯语言领域里,蒲宁是一个尽善尽美的大师。他从浩如烟海的词汇中为每一个短篇小说准确挑选最生动、最有力的词汇,这些词汇之间有一种看不见的、几乎是神秘莫测的联系,而且它们恰好是这篇小说所需要的。蒲宁的每个短篇和每首诗都像一块强大的磁石,能够把这部作品需要的所有质点从四面八方吸引过来。"④邦达列夫在《给我的读者》一文的结尾谈到俄罗斯文学传统时说:"关于蒲宁的方法和语言,苏联文学界存在着各种观点,但有一点是不容置疑的,即这个令人惊异

---

① Бунин И. А.：［Сб. материалов］：В 2 кн. -М.：Наука, 1973. -（Лит. Наследство；Т. 84）. кн. 1. С. 92.

② Бунин И. А.：［Сб. материалы］：В 2 кн. （Лит. Наследство；Т. 84）, М.：Наука, 1973. кн. 2. С. 367.

③ Там же. С. 369.

④ ［俄］帕乌斯托夫斯基,《面向秋野》,张铁夫译,湖南文艺出版社,2008 年,第 222—223 页。

的俄罗斯作家具有高超的选词能力,这个词往往能替代整段、甚至整页的文字。如果契诃夫的风格是隐性的、不易察觉的、朴实的,那么蒲宁就是一个具有外在鲜明表达风格的作家,有时甚至很是讲究,但这并不会贬低他纯粹、浓郁、绘声绘色的语言优势。"①在这里我们看到,作家们在谈到蒲宁传统时都肯定了他驾驭语言的高超技艺。那么让我们看看蒲宁笔下的世界是如何通过各种话语手段表现出来的。

之所以将蒲宁的语言特色以"隐喻弱化"的定语来界定,完全是基于蒲宁世界观和艺术美学中最重要的组成部分——对个体事物价值的珍视,正是这一观点决定了作家对隐喻的疏离态度。二十世纪的语言学,特别是认知语言学的研究成果认定,隐喻作为诗学研究中一个重要论题早已不再囿于亚里士多德以来传统上定位为"辞格"的狭隘范畴,它应该是在更宽广的范畴中所表现出的人类语言风格的倾向,是语言思维和语言组织的深层机制,归根结底,是人类把握、认知世界的一种思维方式。十九世纪末二十世纪初,俄国正经历着文化发展史上的白银时代。在这一时代,作家和诗人在创作上越来越表现出了"朝着深奥微妙和独特风格发展的倾向以及朝着内向性、技巧表现、内心自我怀疑发展的倾向"②,而与此相关,认知方式也随之发生了改变。当人类的认知域是陌生的未知世界的时候,隐喻就成为了最契合这个时代整体语境的话语结构。但在这个"整个世界都在发生独特的隐喻化"③的时代,蒲宁展示世界、建构形象的话语手段之一却是对隐喻的弱化,这是与作家的世界观紧密相关的,正如哈达谢维奇所说:"通往蒲宁哲学思想之路必须经过他的语文学——而且也只能这样。"④

---

① Бондарев Ю. Собр. Соч. в 4 т. М., "Молодая гвардия", 1973. Т. 2. 或见 http://www.odinvopros.ru/lib/bondarev_01.php?mode=0&id=3961
② [美]布雷德伯里、麦克法兰编,《现代主义》,上海外语教育出版社,1997年,第10页。
③ Сливицкая О. В. Повышенное чувство, М.: Изд. центр Рос. гос. гуманитарного университета, 2004. С.40.
④ Там же. С.33.

一、隐喻弱化的语言风格

物的世界本没有意义,是语言使它被指称,得以呈现,从根本上讲,语言是对世界的隐喻。正是通过语言符号这个中介,人类才得以表达思想,也正是通过语言符号人类才得以区别于动物。正如卡西尔的《人论》一书中所写到的"除了在一切动物的种属中都可看到的感受器系统和效应器系统以外,在人那里还可发现称之为符号系统的第三环节,这个新的获得物改变了整个的人类生活。"①最终,卡西尔提出了自己对"人"这一概念的界定,即与动物相比,人是"符号的动物","人不再生活在一个单纯的物理宇宙之中,而是生活在一个符号宇宙之中。语言、神话、艺术和宗教则是这个符号宇宙的各个部分,它们是织就符号之网的不同丝线,是人类经验的交织之网。人类在思想和经验之中取得的一切进步都使这符号之网更为精巧和牢固。"②于是出现这样的问题,即被包围在语言形式、艺术想象、神话符号以及宗教仪式之中的人如何直接地面对直观的实在?卡西尔的回答是否定的,他认为"除非凭借这些人为媒介物的介入,人就不可能看见或认识任何东西了。"③而且随着人类对世界认知的加深,语言的"进步"成为了事实,但同时直面实在却变得越来越困难,正所谓人的符号能力进展多少,物理实在就相应地退却多少。而在这一过程中,人类隐喻的思维方式起到了关键的作用。

按照雅各布森的观点,隐喻的目的就是"在多维度的宇宙中建立相符和相似的关系网。"其关键就"在于用一种东西去替代另一种东西,但并不试图完全掩盖后者。隐喻灵巧地用另一个客体给整个客体戴上了面具。"④显然,隐喻是以存在的相似性为前提的思维方式。诗人雪莱曾说过,隐喻的目的就在于"表明事物之间从前

---

① [德]恩斯特·卡西尔,《人论》,上海译文出版社,1986年,第33页。
② 同上书。
③ 同上书。
④ Сливицкая О. В. Повышенное чувство, М.: Изд. центр Российского государственного гуманитарного университета, 2004. С. 40.

未被理解的关系,并使人们持续不断地理解下去"。但持续下去的结果便是事物的语义蕴含将处于不断增生的状态,事物本来的、物质性的"身体特征"便越来越深地被掩盖在隐喻认知所赋予的多重涵义当中,物被彻底异化了。在相似的基础上人们就很难感受到语言命名的原始力量,也就离存在的本相越来越远。换言之,人类所认识的不是事物的本身,而是自己对事物的认知。在蒲宁生活的时代,现代主义诗人和作家们在求新求异、激活词语本身含蕴机制的宗旨下走向的正是这一"目标",他们在自己的创作实践中不仅将词语的隐喻化作为建构象征形象的起点和必经之路,致力于使词语增生出"多义的、朦胧的、含混的暗示与投射"①,同时还极力摆脱任何反映事物物质特征的质的确定性,使词语完全消隐在"空灵的意象性"中,大有"语不惊人死不休"的味道。

  蒲宁对此甚为反感,在写给托尔斯泰的一封信中他写道:"我生活中有那么多的东西应该去认识,而取而代之的却是可怜的一点点……我痛切地盼望了解事物,从它们的本原、它们的本质开始!"②"回到事物本身"才是认知世界的正确角度,而连篇累牍的隐喻以及华丽辞藻的堆砌只是"缺乏表达重要事物能力的表现"③,是对语言的施暴。1913年蒲宁在评价诗人戈罗杰茨基作品的文章中鲜明地表达了自己的见解,作家指责所谓的新派诗人将俄罗斯的诗歌变成了"玩弄和取笑的对象,变成了暗号的同义词",表面上看,他们的创作仿佛充满了"创新和勇气,构思深刻,文字经过了千锤百炼,精致细腻",但事实上,"他们的语言庸俗,文理不通,甚至根本就不是俄语。"④现代派笔下出现的"白雪的假面"(勃洛克)、"风雪高脚杯"(别雷)、"黑色的独木舟与酒杯无缘"(巴尔蒙特)等这些"从人为的意义之中构筑起的怪异得令人可怕的后期词语的大厦"⑤都是蒲宁讥讽的对象,作家曾借自己作品《净罪的

---

① 周启超,《俄国象征派文学理论建树》,安徽教育出版社,1998年,第216页。
② Бабореко А. Бунин, М.: Молодая гвардия, 2004. С. 55.
③ Бунин И. А.: [Сб. материалы] : В 2 кн. (Лит. Наследство; Т. 84), М.: Наука, 1973. кн. 1. С. 350.
④ Там же. С. 344.
⑤ 周启超,《俄国象征派文学理论建树》,安徽教育出版社,1998年,第230页。

星期一》中女主人公之口评说勃留索夫的小说《燃烧的天使》"辞藻过于华丽,简直看不下去。"①"光与光将脱离,/向黑暗的核心流淌,/而蛋将苏醒。/混沌将对孙儿露出微笑/新生的面容将归于宇宙。"②戈罗杰茨基的如此作品更是作家所不能容忍的。因为如此做法甚至连隐喻最基本的"相似性"原则也被破坏了,诗中的语言与事物之间根本不存在能指与所指的关系,根本无法传达信息。帕乌斯托夫斯基年轻时曾将自己的一些诗歌作品寄给了自己的偶像蒲宁,希望得到"点拨"。后来,在《几多木花》当中,帕氏毫不留情地自我剖析到:"那都是些蹩脚的诗——华丽而又堆砌辞藻,后来我变本加厉,把形形色色华而不实的辞藻都堆进了诗中。……其实为什么愁绪会像'蛋白石一样闪烁',无论创作的当时还是现在我都无法解释。说穿了无非是因为我醉心于音韵,我根本就没有去考虑词义。"③对于现代派诗人的创作,蒲宁始终认为,在他们的作品中俄罗斯文学弥足珍贵的"朴实、严肃、简洁、直接的语言消失了,节奏感、分寸感、智慧、感觉也都消失了,那里充斥着强权愚蠢的调子,滋生着语言的淫乱。"④而他自己则"绝不允许任何失控的隐喻横行,因为他不相信它们,他所珍视的只有由大地和大地的诗意所检验过的东西……"⑤因此他始终坚持使用简单、明晰的语言创作。1908 年《欧洲消息》第 6 期在刊登了蒲宁的诗作后配发了编辑的一段话,称:"他(指蒲宁)的诗歌语言在我们的诗歌创作中是独一无二的……语言准确、朴素的特点达到了极致。我们这里恐怕找不出一位诗人,其语言是如此的平实、毫无雕饰,在长达几十页的篇幅中你会连一个修饰语、一个明喻、一个暗喻都找不到……如此朴实无华又对创作毫无影响的诗歌语言只有真正的天

---

① [俄]蒲宁,《耶利哥的玫瑰》,冯玉律、冯春译,上海译文出版社,2004 年,第 216 页。
② Бунин И. А.:[Сб. материалы]:В 2 кн.(Лит. Наследство;Т. 84). М.:Наука,1973. кн. 1. С. 344.
③ [俄]帕乌斯托夫斯基,《金玫瑰》,戴骢译,百花文艺出版社,2004 年,第 34 页。
④ Бунин И. А.:[Сб. материалы]:В 2 кн.(Лит. Наследство;Т. 84),М.:Наука,1973. кн. 1. С. 344.
⑤ Ничипоров И. Б. Поэзия темна, в словах не выразима... Творчество И. А. Бунина и модернизм, М.:Метафора, 2003. С. 32.

才才能驾驭。"①在他的笔下即使使用隐喻也多充满了现实性,如著名的"耶利哥的玫瑰",作家以此隐喻了永恒的生命。而现实中这种植物的确生命力极强,即使枯萎多年,在浸入水中之后确实可以复活,萌发出叶片,开出粉红色的花朵。可见,蒲宁并不是绝对地排斥隐喻,在他的艺术世界中甚至还存在着一些固定的隐喻,如大海隐喻了宇宙摧枯拉朽的自然力,鸣叫的蝉隐喻无忧无虑的自然生命。但是在世界强烈的物质性、现实性的面前,当现代派作家在隐喻的丛林中高呼:"抹去偶然的特征吧,/你会发现/世界是美好的!"(勃洛克)而将世界整合的时候,蒲宁却"永远以身体来感受世界……总是通过气味、色彩、光线、风、酒、食物等来理解世界",以对审美对象感性、直观和具体准确的分解来展示上帝的神性所创造的一切,力求使他的艺术世界与存在的世界等值,显示出了鲜明的隐喻弱化的特征。

"我就是用俄语在写作,是的,俄语是很好的语言,我是不是有些不合时宜?"②蒲宁当然是合乎时宜的,正如比齐林所指出的:"蒲宁创作了自己的方法,是与象征派的方法直接矛盾的。象征派是从词语到事物,而蒲宁则是从事物到词语。"③他以自己平实而富于生活质感的风格见证了简单、明晰的语言的永恒魅力。

二、隐喻弱化的手段

对隐喻的弱化源于对事物本原接近的愿望,正如现象学美学家杜夫海纳所说:"创造者使自己背离了安全的表象而回到了在,接近了人与世界不可分离的本原。他既为那种与自然的亲近所感召,又用自己的方式表现了那种亲近。"④蒲宁的方式表现在语言的各个层面,作家试图通过各种可能的渠道找寻到真实的物的本身。

比如在词汇层面上,正如我们在上文已经多次提到,正是出于

---

① Мурамцева-Бунина В. Жизнь Бунина. Беседы с памятью, Москва 《Вагриус》, 2007. C. 12.
② 见 http://odinblago.ru/stepoun_vstrechi/5.
③ Мальцев Ю.: Иван Бунин 1870—1953, Посев,1994г. C. 135.
④ 周宪:《超越文学》,上海三联书店,1997年,第147页。

对个体价值的推崇,蒲宁永远是通过多姿多彩的感性感受去理解外部世界的,作家总是在偶然的、短暂的、个体的事物中看到世界之美,而其各种艺术手法也正是为描述这个转瞬即逝的、个别的事物服务。因此蒲宁较少使用类别词汇,而始终力图准确地指称事物,一如福楼拜教导莫泊桑时所说:不论人们所要描写的东西是什么,只有一个词是最能表示它的,只有一个动词能使它最生动,只有一个形容词使它性质最鲜明。因此就得去寻找,直到找到了这个词、这个动词和这个形容词,而决不要满足于'差不多',绝不要利用蒙混的手法,即使是高明的蒙混手法,绝不要借助于语言的戏法来回避困难。"一个字安排得妥当,就需要几千吨语言的矿藏。"因此,我们看到,蒲宁几乎不做文辞的夸张,也杜绝变形,状物言事的过程中多数是语词和语像自身的天然排列。这一特点表现为:

1)名词单数居多。据统计,蒲宁作品的行文当中复数名词与单数名词的比例为1:4—5,而勃留索夫的笔下该比例为1:2.5①,因为蒲宁永远都试图在现象中捕捉到事物区别于其他的特征,试图通过这样的方式留住生活中转瞬即逝的珍贵的画面;而象征派诗人却从他们的精神导师索洛维约夫那里继承了"世界存在的'整一性'"思想,崇尚生命形态的完美正在于其"整一性",主张对生活过程进行完整的把握,因此勃洛克在他的长诗《报应》的前言当中写道:"我习惯于将此时此刻我的视线能够捕捉到的生活各个方面的事实进行对比,我深信,正是它们全体在一起组成了统一的乐章。"②

2)善于使用个性化的组合修饰语以确定事物区别于其他事物的特征。蒲宁对组合修饰语有着特别的爱好,原因依然源于切分现象以突显事物的个性化特征之目的,它们构成了独具蒲宁特色的话语形式。极度的敏感以及善于捕捉事物之间极细微的差别是蒲宁最大的特性。众所周知的例子就是蒲宁与高尔基、安德烈耶夫以及其他的作家在人多的地方玩捕捉行人特征的游戏,谁捕捉

---

① 数字参考了 Петров М. Г. 的文章《Поэтика единого и единичного》。//见 http://www.tverlib.ru/tverbook/petrov-01.htm.
② http://az.lib.ru/b/blok_a_a/text_0040.shtml.

到的多，谁就获胜，最终蒲宁成为了获胜者。他那敏锐的眼睛以及对人的深刻认识令所有富于描写经验的作家都深感吃惊。让我们以蒲宁笔下的色彩为例来说明这个问题。

在蒲宁的笔下，他绝少使用色彩的总称，如"红色的""白色的"，而总是指称出事物最精准、细腻的色彩特征，尽力捕捉中间色。因此以两个、三个甚至四个修饰语来修饰名词的情况是很普遍的。我们看到，蒲宁的笔下以两个修饰语来修饰名词的例子仰俯皆是，如"在闪着金光的松石蓝天宇的深处"（золотисто-бирюзовая глубина небосклона）、"青蓝色的大洋"（лилово-синий океан）、"钻石般幽蓝的露珠"（алмазно-синяя роса）。但是在蒲宁画家般的眼睛里，双重的色彩常常并不能完成圆满的描述，于是有了"对面那个覆着阔叶幼林的小山岗白蒙蒙的，间或泛出青粉色的色调。"（Сизо, с розовым оттенком белел противоположный бугор в мелком чернолесье），"金亮的灰绿色柳枝"（золотисто-зелено-серые прутья），"在一片朦胧的光线中柔和地闪耀着某种金色和紫罗兰色融合而成的光芒，某种肉眼刚刚能捕捉到的欢快得非同凡响的光芒。"（Там, в сумраке, мягко светилось что-то золотисто-лиловое, что-то едва уловимое глазом, но необыкновенно радостное.）更有四个修饰语，如："鲜嫩多汁的铃兰散发着微酸的气息"（влажно-свежий водянистый, кисловатый запах），"阿强晃动着，晃动着，激动地观察着这个没有出路的、黑洞洞的、但是却生机勃勃地、嘶哑地沸腾着的深渊。"（И Чанг качался, качался, возбуждённо возерцая эту слепую и тёмную, но стократ живую, глухо бунтующую Бездну.）

在句法层面上的特征便是倾向于使用并列句，以达到使事物或现象在平等的关系中共同构建世界完整形象的目的。上文谈到，这里不再赘述。

在修辞层面的做法：

1）使用明喻。区别于隐喻强调的相同，明喻强调的是相像。正如著名语言学家黎锦熙在他的《修辞学比兴篇》中所说："显比法者，物非同类，事不相蒙；惟德与情，有酷似者，以此况彼，挈以

'语辞',两端俱明,故为'显比'。"①对于显比的功用,黎锦熙认为:"斯法为用,在增'明晰',含意未伸,观譬斯了;或意已显,得喻益彰。"②其关键就在于,明喻并不遮盖事物本身的特性,它主要的作用是增加明晰,使意未显者明,意已显者更明。蒲宁对明喻有着特别的爱好,而且他的明喻多数建立在相近的生理感受的基础上,体现出了鲜明的物质性特征,勃洛克在《关于抒情诗歌》一文中就将蒲宁的世界定性为"视觉和听觉印象以及与此相连的感受的世界"③。如"正月里暴风雪的那种清新的气息犹如切开的西瓜的气味"(《松林》),是建立在嗅觉联想上的比喻;"松林在呼呼地狂啸,仿佛风在吹奏着千百架风琴"(《松林》)是建立在听觉联想上的比喻。作家笔下的明喻还常常打破单一感觉联想的界限,通过各种感觉的互通、交叉,使得在描述客观事物特征的同时恰如其分地表达了作者的主观感受,这就是我们常说的"通感"。如"一条条长浪沿着船舷两侧缓缓翻滚,弯弯曲曲,犹如青紫色相间的蟒蛇"(《大水》)是视觉中色彩与形状的相近联想;"那一刻也不停息的……声音,时而像亿万条向前流动又不断汇合的小溪,时而像一些奇妙的、犹如螺旋伸展的晶莹的花朵"(《夜》)是听觉和视觉的混合;"果园里那几棵白桦,树干好似白色的缎子,上面斑斑驳驳地洒着黑痕……"(《故园》)是建立在视觉和触觉的相近联想之上。

2) 使用逆喻。隐喻说相同,明喻说相像,而逆喻说的却是相异的统一。蒲宁艺术世界最鲜明的特征就是它的矛盾性,即对世界之美的深深陶醉和对离世的强烈恐惧。在作家的笔下,这两极不是相互对立斗争的,而是不断运动,相互纠合和转化的,正是在它们的共同作用下,人类生存中本位的规律与秘密才能够得以体现,而在这些秘密面前蒲宁认为理性的分析和表达都是无能为力的。正是在如此的心理机制上,建立在对世界矛盾对立感知之上的逆

---

① 宗廷虎,《中国现代修辞学史》,浙江教育出版社,1990年,第179页。
② 同上书,第179页。
③ Апология 《И. А. Бунин: Личность и творчество Ивана Бунина в оценке русских и зарубежных мыслителей и исследователей》, Издательство Русского Христианского гуманитарного института, Санкт-Петербург, 2001, С. 268.

喻成为了蒲宁话语结构最大的特点,它不仅揭示了事物矛盾统一的辩证规律,同时也揭示了人们内心复杂的心理矛盾。这种对事物对立特征共时性的揭示和以意识流揭示各种想法的共时性有着同样的意义。

在蒲宁的笔下,逆喻呈现在文本的各个层面上,大到情节上的生与死,如小说《隘口》《轻盈的气息》《青春》等全文都建立在逆喻之上;文本简短片断中的"立刻我又闻到了那种可怕的、与世界上任何气味都不相像的气味,整整一早晨都让站在棺材旁的我简直发疯。但这种气味又特别令人激动地与因为水而发暗的地板的潮湿以及从四周涌进房子的春天的清新气息混合在一起。"①再到句子"一切之中都是死亡、与永恒、可爱、无目的的生活交织在一起的死亡。"(《阿尔谢尼耶夫的一生》)"格瓦斯酿制工人高兴地被繁忙的生意折磨着。"(《集市的前一天》)"他感到一种病态的、醉态的不幸,而同时又感到一种病态的幸福。"(《米佳的爱情》)"我的欢乐中永远有忧伤,/忧伤中永远有神秘的甜蜜。(《乔尔丹诺·布鲁诺》)小到随处可见的词组,诸如"丑陋的俊女孩""令人深感痛苦的幸福""天堂的深渊""哀伤之歌的美妙"这样的逆喻表达,两极性就这样在艺术有机体各个层面的细胞中得以体现。言简意赅,简单的形式中蕴含了大量的信息。

巴丘什科夫曾说:文学"这门科学的首要原则就是应该像写作的那样去生活,像生活的那样去写作,否则你的缪斯的全部回声就是虚伪的"。蒲宁始终在创作中诚实地实践着自己对生活、世界的理解,在对物与词、人与存在的本源性思考中,隐喻弱化成为他还原生活本相的重要的语言策略。它不仅承载了作家对世界细腻的观察与体验,展示了人类生存中最真实的部分,更表现了作家对世界存在本质的无畏追问。

---

① Бунин И. А. Собр. Соч. в 9 т. М.: Художественная литература, 1966. С. 113.

第五章　蒲宁学的研究状况

我将永远为这短暂生命的
永恒运动而感到欢欣,
为这清晨的阳光,为村庄上空的炊烟,
为公园中缓慢掉落的树叶,
还为你,我熟悉的老长椅。
上帝将把关于我的秘密和纪念

留给未来的诗人们——对我来说默默无闻的人们:
我将是他们的理想,我将是无形的
死亡也无法触及的——神奇幻影,
在这玫瑰园中,在这寂静中。

《无题诗》(1917)

对蒲宁创作的研究一般可分为俄罗斯的蒲宁学研究、西方的蒲宁学研究和中国的蒲宁学研究三部分。

第一节　蒲宁学在俄罗斯

一、十月革命前俄罗斯的蒲宁学研究

对蒲宁最早的研究可以追溯到1892年《北方》杂志第9期第495页上刊登的对1891年奥廖尔出版的《蒲宁诗集:1887—1891》的评论。早期的主要评论人有巴丘什科夫、艾亨瓦尔德、高尔基、勃洛克、勃留索夫、霍达谢维奇、楚科夫斯基等,但由于作家的创作

还在进行,其创作个性正处于发展变化阶段,因此,这一阶段的评论尽管有时不免管中窥豹,难以完成对作家创作个性的完整评价,但也不乏真知灼见。

1901年天蝎出版社出版了蒲宁的诗集《落叶》,同为现实主义阵营的作家库普林就此写下了评论文章。作为职业作家,库普林的评价严肃而诚恳,他认为:"蒲宁诗歌中的大自然充满了神秘的魅力,充满了色彩和气味。这位天才的诗人善于以罕见的细腻、以他个人所特有的手法传达自己的情绪,并使得读者也受到这情绪的感染而与之感同身受。……蒲宁的诗歌精致而富于音韵,句子整齐,意义清晰,文雅精细的修饰语准确而充满了美感。"①对于蒲宁描写的细腻,勃洛克也表达了肯定的意见,他说:"他的世界首先是视觉、听觉印象的世界以及与此相联系的感受的世界,即使蒲宁所特有的东方诗歌中的所谓异国情调也没有跨出这个界限。"②对于蒲宁的长诗《落叶》,勃洛克很是欣赏,他认为,从这首诗中我们可以看出"蒲宁是真正的诗人,……我们应该从他的第一本书、第一首长诗《落叶》开始就承认他在现代俄罗斯诗歌舞台上占有一个重要的位置。"③谈到蒲宁的缺点,勃洛克指出:"蒲宁的缺点就是偏爱道德说教以及过于单调,一口气读他的书会令人厌倦。这说明了蒲宁世界观的苍白,他的内心缺少象征派诗人所共有的那种叛逆的探索,正是这种探索使令人担忧的多样性得以呈现。"④勃留索夫进一步阐释了勃洛克的观点。他认为:"蒲宁的创作更接近于法国远离生活却唯艺术的帕尔纳斯派。蒲宁的诗歌冰冷,缺乏激情,他最好的诗歌是创作于1903—1906年间的作品,最好的画面就是对自然的描写,而出现了人的诗作就相对弱一些,而最弱的作品就是他的说教诗或者哲理诗。"⑤

舒利亚季科夫在《最新抒情诗的几个阶段:纳德松、阿普赫金、

---

① Апология 《И. А. Бунин: Личность и творчество Ивана Бунина в оценке русских и зарубежных мыслителей и исследователей》, Издательство Русского Христианского гуманитарного института, Санкт-Петербург, 2001. С. 249.
② Там же. С. 268.
③ Там же. С. 249.
④ Там же. С. 271.
⑤ Там же. С. 266.

符·索洛维约夫、梅列日科夫斯基、明斯基、戈列尼谢夫—库图佐夫、蒲宁》一文中指出了蒲宁与现代主义流派密不可分的关系。他写道:"蒲宁是谁?'大自然的歌者'这个称呼确定了他的诗人面貌。它不论是在广大的读者中,还是在评论家群当中都相当流行,……但如此的评价是非常表面的,这种试图在蒲宁与他那些同辈诗人之间划分界限的倾向是非常错误的。蒲宁与我们现在一直在津津乐道的诗歌的'新'方向以最微妙的方式紧密地联系着,他的抒情诗是始于纳德松时代的诗歌'进化'链条上的一环,……,他们之间的区别就在于表达现代主题时词语的不同意味。"①

十月革命前对蒲宁的创作做过详细评论的还有当时的大评论家尤·艾亨瓦尔德。在那本著名的《俄罗斯作家剪影》中他详细分析了蒲宁的世界观,评论家认为:蒲宁从个人的痛苦当中得出了美的永恒以及不同时代与不同世界紧密相连的思想,因为"蒲宁相信太阳,……他知道宇宙的源泉是永不枯竭的,人类心灵的明灯也是永远不会熄灭的。"②显然,评论家已经从蒲宁早期的作品中感受到了作家创作中最为实质的东西。整个评论分为"诗歌创作"和"几部小说"两部分。在诗歌部分,作者认为"在俄罗斯现代主义的背景上蒲宁是最好的'老现象'。他继续了永恒的普希金传统,并在自己纯净、严格的勾画中提供了最高尚和朴实的典范。他不需要什么'自由诗',……不关心诗歌的新形式。"③评论家认为蒲宁身上最珍贵的一点就是"他仅仅是个诗人,他不将事物理论化,也不把自己归于任何一个流派,他没有什么语言理论:他只是创作优美的诗歌",尽管他的诗句温柔、宁静,它们"不发热,不燃烧",但诗人自己从不潇洒事外,而是参与其间,付诸情感,"诗中充满了真诚与真理","在他诗行的后面始终能够令读者感受到诗人本人"④。艾

---

① Апология 《И. А. Бунин: Личность и творчество Ивана Бунина в оценке русских и зарубежных мыслителей и исследователей》, Издательство Русского Христианского гуманитарного института, Санкт-Петербург, 2001. С. 317.
② Айхенвальд Ю. Силуэты русских писателей в 2 т. М.: Терра-книжный клуб. Изд. 《Республика》, 1998. Т. 2. С. 121.
③ Там же. С. 115.
④ Там же. С. 116.

亨瓦尔德还指出了蒲宁创作中诗歌与散文融合的特点。在小说部分，评论家与大部分这一时期的评论人一样，将关注的重点投射到了《乡村》。他认为"蒲宁在读者的面前铺开了噩梦一般的俄罗斯乡村的画卷，展示了它令人恐惧的贫穷、肮脏、内心和身体上的龌龊、奴性、极度的残酷、卑鄙、贪婪、闻所未闻的兄弟间的冷漠……但是透过这些被诅咒的、卑鄙的人性依然有人性的善在闪光。"①

对蒲宁的小说创作，特别是《乡村》，许多现代派作家也同样表现出了热情。吉比乌斯以少见的热情称赞："蒲宁的《乡村》是一本多么好的书啊！"，她说：《乡村》"严谨、沉重而又和谐。它不是长篇小说，因为既没有开端，也没有结局，而且几乎没有情节。有人说这书太枯燥，这是对的。它枯燥、沉重、重要而又阴暗，它就是今天我们俄国农村本身。蒲宁的语言是那样平顺，却又那样富于表现力，以至于很难挑出引文，因为这本书就是一篇大引文。"②

革命民主派评论家对蒲宁十月革命前的作品也曾作过许多评价，比如高尔基，我们在上文已经提到过。另一个应该提到的名字是沃洛夫斯基。1911年在《思想》杂志第4期上发表了他评蒲宁《乡村》的文章《文学素描》。文章一开篇，评论家便语词尖刻地写道："《乡村》实属意料外之作品。谁会想到这个细腻的大诗人，最近一段时间他始终对远离我们社会现状的印度的异国情调情有独钟，他愿意在任何地方挖掘自己的灵感，唯独不在我们自家的肥圈里挖掘，他根本就不是此世的诗人，至少不是我们今天这个病痛着的世界的诗人，也许正因如此他才被授予了科学院院士的桂冠。可突然，他转而来写了《乡村》中这些极端现实、粗野、散发着腐臭和树皮鞋霉味的东西，真是太奇怪了。"尽管如此，接下去，评论家还是肯定了蒲宁的文学才能，他说："《乡村》吸引读者的首先是作者的才能。这的确是一部由极富天分的艺术家经内心强烈的感受

---

① Айхенвальд Ю. Силуэты русских писателей в 2 т. М.: Терра-книжный клуб. Изд. «Республика», 1998. Т. 2. С. 128.

② Апология «И. А. Бунин: Личность и творчество Ивана Бунина в оценке русских и зарубежных мыслителей и исследователей», Издательство Русского Христианского гуманитарного института, Санкт-Петербург, 2001. С. 323.

并真诚书写的作品。谈到蒲宁,谈到他的创作、其创作的意义和作用可能存在各种不同的见解,但恐怕没有谁能够否认他是一位具有细腻感受的天赋极高的作家。众所周知,虽然他表面上与高尔基的'进步团体'在一起,但内心他始终站在这个圈子之外,形单影只,孤立无援,无论是因其非政治的世界观还是其贵族老爷的品位他都没有靠近这个圈子。"谈到《乡村》,沃洛夫斯基指责了蒲宁的悲观主义,他说:"黑暗和肮脏——无论是物理的,还是心理的和道德生活中的——这就是作家在现代俄罗斯农村中所看到的全部。"由于蒲宁"退化了的、贵族知识分子的创作心理"使得他"没有看到崭新的,但经常是以荒唐、丑陋的形式成长的新事物。蒲宁在旧事物的覆灭当中只看到了衰败、腐朽,无法接受正在成长、发展的新事物。由于他的心理,他只能接受并在艺术上加工这一过程的部分内容,即第一部分——旧事物的覆灭,同时新事物的诞生,即与第一部分不可分割的过程的第二半却从他的视野中滑开了。"因此,评论家断言,作家将俄罗斯乡村描绘成"一片萧瑟的景象,甚至在社会斗争风起云涌的时刻",指责作家描绘的仅仅是一个"不完整的、片面的画面"①。

二、苏联时期的蒲宁学研究

在苏联,由于蒲宁复杂的世界观和流亡国外的经历,他的作品在长达几十年的时间里一直被检查机构作为"对苏维埃政权和共产主义有敌意性质的作品""与无产阶级思想体系背道而驰的作品"以及"反革命作者的作品……"②而完全定为禁书。尽管包括高尔基、阿·托尔斯泰等作家不断呼吁,后者甚至还上书斯大林,但依然没有改变蒲宁作品被禁的厄运。

苏联国内对蒲宁的研究应始于1953年作家逝世后,此时正逢"解冻时期"。1954年12月23日,苏联著名作家费定在第二次全

---

① 沃洛夫斯基评蒲宁这一部分内容原文见 http://dugward.ru/library/bunin/vorovskiy_bunin.html
② Блюм А. В. За кулисами 《Министерства правды》: Тайная история советской цензуры, 1917—1929. СПБ. Академический Проект, 1994. C. 192—232.

苏作家代表大会的发言中首先肯定了蒲宁在俄罗斯文学发展中的地位,肖洛霍夫随后也发表了赞同意见,后来,帕乌斯托夫斯基在《伊凡·蒲宁》一文中写道:这次大会上作家代表"热烈赞同下列提议,应该让蒲宁回归到俄罗斯文学中来。"①

1956年,苏联终于出版了蒲宁的5卷本选集,但却不包括作家侨居国外36年间创作的作品,仅有为数不多的几篇例外。1961年一本名为《塔鲁索之页》的小册子的出版为蒲宁回归祖国起到了不容忽视的推动作用。该集子中刊登了正直的作家帕乌斯托夫斯基的一篇随笔《伊凡·蒲宁》,其中作者不仅给予了蒲宁以极高的评价,蒲宁第一次在苏联文学中被称为"绝妙的、完全是经典小说"的作者和"一流的诗人",而且有一点是许多人或者没有看到,或者没有勇气承认的,帕乌斯托夫斯基说:"我不想劳而无功地去转述蒲宁的作品,不想用迎合'潮流'的观点去阐述它们。所谓'潮流',换言之就是当代的观点和概念。"②蒲宁学最初阶段的研究主要依据的是过去的档案资料、旧的报刊文章以及回忆录等,尽管许多评论中摒弃了诸如"蒲宁是濒临死亡的贵族阶级的吹鼓手"的传统观点,对蒲宁作为"19世纪末20世纪初杰出的现实主义作家"给予了肯定,并提出了一些客观而不乏新意的观点,但总的评价还是存在片面性,如在1962年版《简明文学百科全书》(第一卷)关于蒲宁的介绍中依然充满了对作家公式化的指责,说他"敌意地迎接十月革命",在侨居国外期间经历了创作的"危机","与祖国的脱离限制了艺术家的创作视野,使之失去了与现代的联系"等等。

60年代中期,经过对蒲宁充满敬爱之情的著名诗人特瓦尔多夫斯基的不懈努力,苏联国内终于出版了9卷集《蒲宁选集》。尽管许多内容被按要求删节,到处可见刺眼的省略号,但作家流亡时期的许多作品终于在祖国与读者见了面,如长篇小说《阿尔谢尼耶夫的一生》、短篇小说集《幽暗的林间小径》,甚至包括他的《回忆录》。9卷集的出版为真诚热爱文学的读者带来了无尽的享受,许

---

① [俄]帕乌斯托夫斯基,《面向秋野》,张铁夫译,湖南文艺出版社,2008年,第215页。
② [俄]帕乌斯托夫斯基,《金玫瑰》,戴骢译,百花文艺出版社,1987年,第292页。

多人如饥似渴地阅读蒲宁的作品。不仅如此,蒲宁作品的评论书籍也一度成为"紧俏商品"。1973 年,"科学"出版社出版了《文学遗产》的第 84 卷——蒲宁卷,分一、二两册,内里收录了关于作家大量极为珍贵的资料。第一册包括蒲宁一些未曾刊出的作品、他的评论文章、采访纪实、与友人及合作伙伴的通信往来;第二册中有对蒲宁的长篇评论文章、回忆录等等,每部分都配有评论和说明文章,工作做得极为细致。这本是一本适于专家研究之用、学术性极高的书籍,但一经上柜,几乎是瞬间告罄。对此,作家尤里·纳吉宾解释说:"今天人们对伊凡·蒲宁越来越浓的兴趣我只能用人们对优秀文学永远的追求来解释。蒲宁是所有时代和民族最伟大的作家之一,在很长的一段时间里我们大部分读者对他都无法企及,人们如饥似渴地扑向他的作品是很自然的。"①瓦西里·别洛夫也说:"人们对蒲宁的兴趣从来就没有减弱过。的确曾经有过很长一段时间的空白,人为地造成了对其创作研究的缺失,致使几代人都不知道蒲宁的名字,因为根本就不出版他的书。但是这种现象不能够无限制地继续下去,因为托尔斯泰之后的蒲宁是俄罗斯文学中最重要的现象,他是最后一个暂时还无人能超越的经典作家。蒲宁和托尔斯泰一样不仅仅属于俄罗斯,也属于整个世界。"②蒲宁在经历了浪迹天涯的一生之后,终于在死后回到了祖国,这就是他期待了一生的来自祖国的评价和肯定。③

1967 年蒲宁 9 卷集出版之后,苏联蒲宁学的研究开始进入了真正意义上的起步阶段。这一阶段最重要的一篇文章当属特瓦尔多夫斯基亲自为 9 卷集撰写的前言《关于蒲宁》。文章对蒲宁的创作进行了全面、详尽的分析,并肯定了蒲宁的艺术经验对当代俄罗

---

① Бунин И. А.：［Сб. материалов］：В 2 кн. -М.：Наука, 1973. -（Лит. Наследство；Т. 84）кн. 2. С. 366.
② Там же. С. 369.
③ 尽管蒲宁得到过国外许多著名作家、评论家真诚的评价,但他并不感到快乐,因为在他看来,这是来自"外人"的评价,甚至诺贝尔文学奖也未令他欣喜若狂。他在得奖后的日记中忧郁地写道:"一批批新的贺电几乎从世界上所有的国家飞来,所有的地方,除了俄罗斯!" // 见 Михайлов О. Жизнь Бунина -Лишь слову жизнь дана..., Москва центрполиграф, 2001. С. 468.

斯的小说及诗歌创作产生的不容忽视的影响。文章中,作者介绍了蒲宁的生平,明确指出了作家在俄罗斯文学中所做出的杰出的艺术功绩就是蒲宁对俄罗斯现实主义文学传统的忠实①,他"使纯俄罗斯式的短篇和短中篇小说体裁得到了发展,令其达到完美的高度,同时使它们得到了世界的承认"②。特瓦尔多夫斯基还强调了蒲宁鲜明而目标明确的创作个性、其散文创作的音乐性、异乎寻常的语言表现力和准确性以及对周围世界细节关注等等创作特点。该文对后来的蒲宁学者产生了很大的影响,成为他们研究工作不可缺少的案头参考资料。

1967年一本题为《伊凡·阿列克谢耶维奇·蒲宁:1870—1917生平资料》的书也在历经磨难之后艰难地出版了,作者是著名的蒲宁学学者巴博连科,"他几乎将自己的一生都献给了该书的主人公"③,为蒲宁的文学遗产回归俄罗斯祖国做出了重大贡献。该书是作者多年潜心工作的成果,至今依然是了解蒲宁生平、研究其创作不可或缺的文献。书中作者收集了大量作家的相关信息,许多都是鲜为人知的珍贵资料,诸如各类文件、未曾面世的信件、日记、同时代人对蒲宁的回忆以及他们对蒲宁创作的评论等等。这些资料的汇集不仅为热爱蒲宁作品的读者以及蒲宁学学者提供了有益的资料,也真实地复现了蒲宁生活和创作的白银时代的特征,为研究白银时代俄罗斯文学生活以及各流派之间的相互关系提供了帮助。由于其巨大的参考价值,该书分别于1983年和2004年由"莫斯科工人"出版社和"青年近卫军"出版社再版,并改名为《蒲宁传》,资料也补充到作家逝世。

在这之后的40多年间,有关蒲宁的评论文章、研究专著不断涌现。但是早期苏联的研究者普遍受制于主流的意识形态,因此苏联国内的蒲宁学研究都呈现出了一个共同特点,就是研究者多将目光集中在蒲宁1917年之前的创作,特别是《乡村》等一系列农村小说,并仿佛是以一种针锋相对于西方研究者的"论战"姿态在

---

① Бунин И. А. Собр. Соч. в 9 т. М.,1966. Т.1. С.10.
② Там же. С.33.
③ Баборeко А. Бунин - жизнеописание, Москва "Молодая Гвардия", 2004. С.5.

进行研究。在对蒲宁的生平、创作思想、美学风格以及其对世界文学、俄罗斯文学产生的影响等几方面的研究常常并未以真正的文学价值为评判依据,而是偏离了客观、全面的原则,有所取舍,因此自然有失公允。如苏联的研究者总是站在社会分析的立场上,通过探讨蒲宁的文学创作与普希金、莱蒙托夫、契诃夫、托尔斯泰等现实主义大师之间的联系,充分肯定了蒲宁"不仅是俄国批判现实主义优秀文学传统的继承者,而且是最天才的终结者之一。"①并指出蒲宁的价值就在于他勇敢地反映了革命前俄国的真实现实,离开了世纪之交俄国的社会—政治环境就无法解读蒲宁作为一个作家的思想历程和创作特征。因此苏联出版的研究专著的内容多强调蒲宁对民主思想的接受以及在此基础上在作品中反映的对俄罗斯民族性格的探究、对俄罗斯农村残酷现实真实的描写、对俄国人民和历史的沉痛忧虑、对俄罗斯祖国的热爱和对其命运的担忧等。60年代苏联国内出版的研究蒲宁创作的专著有尼古林的《契诃夫、蒲宁、库普林:文学肖像》(1960)、斯捷尔琳娜的《伊凡·阿列克谢耶维奇·蒲宁》(1960)、博塔米的《蒲宁1887—1904年的散文创作》(1962)、阿法纳西耶夫的《蒲宁创作概论》(1967)以及沃尔科夫的《伊凡·蒲宁的散文创作》(1969)等。

  70年代,苏联的蒲宁学研究发展迅速,研究者的视野不断拓宽,研究的角度也逐渐从单纯的带有意识形态色彩的社会历史分析转向了较为客观的对作品的风格、情节、结构特征以及作家的创作风格、创作技巧、塑造艺术形象的方法等方方面面进行广泛的探索研究,出版了扎别琳娜的《伊凡·蒲宁最早期小说的情节与风格》、万坚科夫的《蒲宁—叙述者:1890—1916年间的短篇小说》、斯利维茨卡娅的《故事、结构以及细节》等研究成果,1976年和1987年出版了蒲宁学研究领域重量级研究者米哈伊洛夫的两部专著《严格的天才——伊凡·蒲宁:生活、命运和创作》和《伊凡·蒲宁:创作研究》。在宽阔的历史—文学背景之下作者展示了当时鲜为人知的资料、档案、回忆资料等,深入研究了蒲宁作为一个艺术

---

① Афанасьев В. И. А. Бунин: Очерк творчества. М.: Просвещение, 1966. С. 5.

家的变化,揭示了其世界观的基础。

80、90年代,斯米尔诺娃成为苏联蒲宁学研究舞台上一个重要的角色,其研究成果丰硕,刊登出版了几部具有较高学术价值的作品①,1991年又创作了《伊凡·阿列克谢耶维奇·蒲宁:生活与创作:教师用书》。这本"教师用书"具有普遍的指导意义,它将作者的研究成果都融会贯通在这里。书中作者谈到了蒲宁复杂的创作道路,分析了蒲宁的创作与俄罗斯19世纪文学传统的紧密关系。在将蒲宁的诗歌与普希金、莱蒙托夫、费特、涅克拉索夫等大师的诗歌进行了对比后作者指出:"较之同时代的诗人,蒲宁的诗歌非常接近普希金,具体表现在他们都善于在丰富的现实材料:如现象、人物、观察、感受等当中诗意地表达其哲学美学沉思。二者的历史感、对斯拉夫民族过去的兴趣都是非常实质的。"②不仅如此,斯米尔诺娃还探讨了蒲宁与其同时代艺术家,诸如契诃夫、托尔斯泰、库普林、高尔基、安德烈耶夫等之间的私人关系以及创作联系,对蒲宁与象征主义诗人,如勃洛克的创作进行了具有说服力的对比。作者还将注意力集中到蒲宁侨居法国时期的创作,认为《阿尔谢尼耶夫的一生》是"蒲宁散文的全新类型",也阐述了《托尔斯泰的解脱》《关于契诃夫》的创作历史,令人信服地评说了《幽暗的林间小径》中的许多篇作品。最后作者指出,蒲宁笔下的主题、形象等都在许多作家,如邦达列夫、卡扎科夫、别洛夫、阿斯塔菲耶夫、拉斯普京的作品中得到了继承和发展。

三、苏联解体后的蒲宁学研究

苏联解体后,俄罗斯的蒲宁学研究进入了一个崭新的阶段,出现了许多对蒲宁进行重新评价的学术作品,这其中1994年出版的尤里·马里采夫的《伊凡·蒲宁:1870—1953》应该被认为是其中

---

① 主要有:《伊凡·蒲宁的现实主义》(1984)、《蒲宁笔下风景描写的哲学—美学功能》(1984)、《蒲宁诗歌世界中的普希金》(1989)、《契诃夫和蒲宁:关于短篇小说艺术结构的一个特点》(1991)。
② Смирнова Л. А. Иван Алексеевич Бунин: жизнь и творчество, Москва 《Просвещение》, 1991. С. 60.

最具代表性的一部,是"第一本最全面、最系统地研究伟大的俄罗斯作家、诺贝尔文学奖获得者蒲宁生平与创作的专著"①。该书推翻了蒲宁研究中的许多传统论断,全面系统地研究了伟大作家的生平、充满了矛盾的世界观和极富个性的创作特征,揭示了作家世界观中蕴含深刻矛盾的哲学、美学、甚至是生理学根源,评论家还将蒲宁放在19世纪末20世纪初整个俄国文化的背景上进行研究,强调了作家的个性以及艺术风格的连续性和复杂性等等。书中最引人注目的是"原始记忆""现代性"和"现象学小说"三个部分。马里采夫在专著的第一部分就指出蒲宁创作中最重要的部分就是他的"原始记忆",称:"原始记忆和佛教的轮回转世应该是任何一篇关于蒲宁的文章在一开头就认识并提出的,但蒲宁的研究者至今都忽视了这一点。因为正是在这里,在这个不为人知的潜意识和秘密的领域里人类生活的许多看似没有开始和无法解释的特点已经开始了,正是它们紧紧地吸引了蒲宁的注意。蒲宁世界中最基本的二律背反正来源于此:我—世界、生活的丑陋—生活的美好、死亡—不朽、时间—永恒、多变—不变、甜蜜的痛苦—苦涩的快乐,等等"。② 提到《阿尔谢尼耶夫的一生》,马里采夫给予了极高的评价,认为它是"俄罗斯文学中第一部现象学小说"③。作者在参照普鲁斯特的长篇作品《追忆似水年华》的基础上,探讨了蒲宁创作中唯一的这一部长篇作品在体裁特征、主题选择、时空表达等诸多方面的特点。作家往昔的生活始终是以片段、瞬间的形式体现,但它们"在小说中不是以凌乱的瞬间形式出现,而是以超越时间之外的一个整体出现,这一整体逐渐拓宽以至永恒。读者看到的不是封闭于个人传记中的小世界,而是光辉夺目的宇宙,充满和谐、光明、美丽和秘密的宇宙。"④"生活本身在如此统觉和感受之外是不存在的,主客体不可分割地融合在一个统一的上下文中。"⑤

---

① Мальцев Ю. Иван Бунин 1870—1953, Посев,1994. задняя обложка.
② Мальцев Ю. Иван Бунин 1870—1953, Посев,1994. С.9.
③ Там же. С.305.
④ Там же. С.304.
⑤ Там же. С.305.

正是在如此的融合中,蒲宁才能够透过现象捕捉到绝对,找寻到生活的真谛。

新世纪到来之后,俄罗斯的蒲宁学研究成绩斐然。2003年,莫斯科大学语文系20世纪俄罗斯文学史教研室的教师尼奇波洛夫撰写出版了专著《诗意微妙而不可言传:蒲宁的创作与现代主义》。作者将蒲宁的创作放在俄罗斯与欧洲现代主义发展的广阔背景下进行研究,探讨了蒲宁创作中美学及诗学特征与现代主义的关联,具体分析了蒲宁笔下的人物特征和心理描写形式,阐释了蒲宁在与现代主义艺术家的相互影响中笔下出现的新体裁作品的特征,如哲理抒情小说、短小说以及杂文的特点等等。作者指出:"在保持传统艺术思维的明晰、严格的同时,在始终以现实主义的态度敏锐观察个体存在以及民族历史的同时,蒲宁在类型上同样接近现代主义,这表现在他对世界悲剧性的感受,对形象性诗学、心理描写的原则以及文学体裁的革新上。尽管在一些美学问题上蒲宁与现代主义作家有许多共识,但蒲宁往往更进一步,经常在自己的创作实践中实现了现代主义还停留在美学建设上的东西。"①

另一本重要的专著是2004年出版的斯里维茨卡娅的《强烈的生命感——伊凡·蒲宁的世界》。作者从60年代就开始关注蒲宁,并撰写多篇学术价值极高的文章,该专著是作者多年研究成果的汇编。书中作家笔下的世界被看作是拥有共同基础——"强烈的生命感"——的一个整体。通过生命图景中细碎的形象来创造世界完整的形象是作家整个创作的动力、最重要的任务以及最高意义之所在。作者认为,蒲宁所称的这种生命感其实质是柏拉图式的"情欲",它是宇宙和爱的本原,是将世界的所有极点联系在一起的强大力量,也是爱的最高表现。作者认为,正是如此的世界观才造就了蒲宁特立独行的人生,才创造了蒲宁与众不同的作品。

应该说,蒲宁学的研究在俄罗斯已经形成了规模,一批成熟而卓有成效的研究者队伍已经形成,"平静而客观地分析蒲宁丰富的

---

① Ничипоров И. Б. Поэзия темна, в словах не выразима... Творчество И. А. Бунина и модернизм, М. : Метафора, 2003. С. 234.

艺术和精神世界"已日益成为研究者的目标。

第二节 蒲宁学在西方

一、俄国侨民的蒲宁学研究

在西方,蒲宁作品最初的出版和评论都是在俄国侨民的圈子中进行的,有几位著名的俄侨评论家,如采特林、斯捷蓬、哈达谢维奇、阿尔丹诺夫、比齐林以及魏德列等都对蒲宁进行了卓有成果的研究,他们的许多观点深深地影响到了后世的研究者。但当时的评论一般都是紧跟着作品的出版,对作家的创作缺乏全方位的梳理和系统的研究,因此不免显得凌乱。当时关于蒲宁创作的专著只有一本,即1934年在柏林出版的由作家康·扎伊采夫撰写的《伊·阿·蒲宁:生活与创作》,但遗憾的是,资料无从查找。

费多尔·斯捷蓬,著名的哲学家,文艺理论家,评论家。1926年他撰写了《文学札记:关于蒲宁的〈米佳的爱情〉》。在这篇文章中,评论家首先肯定了蒲宁对俄罗斯现实主义文学传统的继承,但也指出了蒲宁笔下与前人不同的特点,他认为蒲宁笔下的自然与人的关系不似传统俄罗斯文学中"大自然为人类的感受伴奏","蒲宁的笔下不是大自然活在人的内里,而是人生活在大自然里。"并认为:"蒲宁的小说给人的感觉仿佛不是一篇篇完整的小品文,而是从很大的一块东西上扯下来的片段。我感觉,蒲宁作品独特的魅力正蕴含与此。"①显然,这个特点令评论家感到耳目一新,但这特点到底是怎样的,斯捷蓬并未说明。30年代蒲宁在自己的小说集《上帝树》中更加突出了这一特点,而书中收录的46篇几乎全无情节的极短小说也再一次强化了斯捷蓬的这种感受。在相应的评论文章中,斯捷蓬重提了这个话题,他说:"蒲宁的小说是对生活本身神圣的书写"。不仅如此,"蒲宁的短小作品不仅是出于记录生活的目的,也是出于对生活深刻的思考。在这些作品中展示了蒲

---

① Апология 《И. А. Бунин: Личность и творчество Ивана Бунина в оценке русских и зарубежных мыслителей и исследователей》, Издательство Русского Христианского гуманитарного института, Санкт-Петербург, 2001. C.367.

宁才能的另一个方面,正是这个方面将他引向了诗歌创作。无论是蒲宁的诗,还是他的短小小说都较之《阿尔谢尼耶夫的一生》之前的其他作品更加哲理化、形而上化,他所有的小小说都充满了思考。一篇一篇地读下去,你会感到,你正在啜饮浓烈的苦酒。浓烈是因为,蒲宁的探寻诚实、严肃,对任何不负责任的臆想很有节制;苦涩是因为,他没有给出任何答案。他生活智慧的最后一个形式就是惊异:或狂喜,或感动,或愤怒,或哀伤,但永远是富于创造力的惊异,所以就永远远离常常与卑鄙相关的心灵的怀疑主义"。在具体分析《米佳的爱情》时,评论家准确地指出了米佳悲剧的实质所在,他说:"《米佳的爱情》的意义根本不在于小说叙述了一个迷失在自己情感中的学生不幸的爱情,而在于米佳不幸的原因在蒲宁看来正是所有人类爱情的悲剧性问题。"而其根源正"源于作为生死两世界之间的人在宇宙中的地位"①。

在《关于蒲宁的〈上帝树〉》一文中,斯捷蓬还谈到了蒲宁在《阿尔谢尼耶夫的一生》中表现出的新的创作特点。他认为,在这部作品中"俄罗斯的画面——贵族农民的、城市小市民的和知识分子革命的——带有立体的浮雕感展示在读者面前,在这方面蒲宁从未遇见过对手。但这一切对于这部作品来说不仅不是最富有特点的,而且也是不重要的。""原来作品中一些最实质的、最主要的和最蒲宁式的东西在这部作品中都退到了第二层面",而它的"声音"却走到了前台。这是一种"言语无法传达的声音,是苍天的声音,精神的声音,在这声音中展开了俄罗斯的命运和阿尔谢尼耶夫的一生。与这'背景音乐'融合的不仅有阿尔谢尼耶夫对自己祖先的回忆、俄罗斯文化伟人普希金、莱蒙托夫、巴拉廷斯基、果戈理等对他的早期影响,同时还有来自于远古的、不知怎样传到男孩耳边的、不知是谁遗教给他的声音,有古代教堂的风琴声,也有中世纪刀剑的拼杀声等等。"并指出,在这部作品中"记忆的主题与死亡的主题紧密相连。读《阿尔谢尼耶夫的一生》,你会全身心地感觉到,

---

① Апология 《И. А. Бунин: Личность и творчество Ивана Бунина в оценке русских и зарубежных мыслителей и исследователей》, Издательство Русского Христианского гуманитарного института, Санкт-Петербург, 2001. C. 383.

蒲宁记忆的改变功能对于某些试图毁坏原型的无记忆具有多么现实的威力，它几乎不仅仅是记忆，而且已经是永恒的祭悼的记忆。"显然，在这里斯捷蓬不仅已经触及了后世评论家所热衷的"记忆"和"原始记忆"的主题，而且明确指出了记忆的选择和改变的美学功能。

自从小说《乡村》问世之后，无论是评论家，还是读者都认为蒲宁首先是一位小说家，但事实上，蒲宁的诗歌创作从未停止，而且直到侨居法国，他依然将自己首先定位在"诗人"①的位置上，并对人们遗忘了他的"诗人"身份感到很是郁闷。1929 年巴黎的《现代笔记》出版社出版了蒲宁的《诗选》，其中包括 200 多首蒲宁认为最好的、能够代表他创作水准的作品。随即著名俄裔小说家、诗人纳博科夫在保加利亚的《声音报》上撰写了评论。在这篇文章中，纳博科夫开宗明义地提出："蒲宁的诗是俄罗斯缪斯在近几十年来创作得最好的作品。曾几何时，在彼得堡那些喧嚣的岁月里，时髦的诗歌之琴发出震耳欲聋的声响，但那一切如今都消失得无影无踪……只有一把里拉琴还在颤动，那是不朽的诗歌才能发出的独特的颤动，它还像过去一样激动着我们，但比过去更加强烈"②，这就是蒲宁的诗歌。纳博科夫认为：在蒲宁的笔下有"人面对世界，听着它的声音、呼吸着它的气息、体验着它的炎热潮湿和寒冷之后所能够感受到的最纯洁、最神性的感情。这是一种强烈到痛苦、能将人折磨成碎片的愿望，期望用语言表达无以言表的、神秘的、和谐的，以走进对美和美好更加宽泛的理解中"③。纳博科夫向来善于从诗人们的诗行中"钓"出"可笑的错误、混乱的重音和愚蠢的节奏"，但却认为蒲宁的笔下"一切都很美好，很得体"，他说："在蒲宁的诗歌中，音乐和思想是融为一体的，完全不可能将主题与节奏分割开来谈论"④。

---

① Бахрах А. В. Бунин в халате, М.：《Согласие》，2000. С. 220.
② Апология 《И. А. Бунин：Личность и творчество Ивана Бунина в оценке русских и зарубежных мыслителей и исследователей》，Издательство Русского Христианского гуманитарного института，Санкт-Петербург，2001. С.386.
③ Там же. С. 387.
④ Там же.

另一位对蒲宁的诗歌创作做出评论的是大评论家弗拉季斯拉夫·哈达谢维奇,俄罗斯诗人,文学评论家。1929年蒲宁的《诗选》出版后,他撰写了《关于蒲宁的诗歌》一文。在这篇文章中,哈达谢维奇主要分析了蒲宁的诗歌创作与象征主义之间的关系,作者简要梳理了蒲宁与象征主义诗人的接近和分裂的经历,并重点分析了双方分裂的原因。作者指出,"蒲宁诗歌创作的起步之时恰逢象征主义运动的开始之日","年轻诗人们的接近是一个不争的事实,它不仅不能被否定,也不能被忽视"①,哈达谢维奇认为,他们接近的原因不过是因为"共同的诗龄"而已。但很快,双方就发生了分裂。在评论家看来,双方的分裂最根本的原因就在于双方对现实态度的不同。哈达谢维奇指出:"对于象征主义诗人来说,外部现实是掩盖内部真实现实的覆盖物和面具,对后者的揭示只能通过创作活动来改变前者,艺术家的个性是这一改变过程中唯一的试剂。"也就是说:"在象征主义诗人的笔下,人是以自己来确定世界并再造世界的"②,因此,象征主义者不承认任何接受外部现实的艺术。哈达谢维奇指出,蒲宁与象征主义的分歧正在于此。评论家认为可以用对大自然的描写这块试金石来说明问题,他说:"对于象征主义诗人来说,大自然是必须被改造的灰色的材料,……而蒲宁却虔敬地走到一旁,希望能够付诸全部的努力来更加客观地复现上帝创造的这个世界。象征主义诗人描述的不是世界,而是他们自己,……而蒲宁笔下的大自然却是真实、准确、鲜活和奇伟的。""在蒲宁的笔下,世界是置于人之上,对人类拥有权威的"③,评论家认为,这就是蒲宁的哲学——"看并感受"。不仅如此,作者指出,蒲宁不是一个简单的描写者,在"更加温和,更加纯洁"地描绘自然的同时,蒲宁"还想成为一位思想者。"除此之外,评论家还指出了蒲宁诗歌的内敛,"蒲宁从自己的诗行中赶走了最强烈的抒

---

① Апология《И. А. Бунин: Личность и творчество Ивана Бунина в оценке русских и зарубежных мыслителей и исследователей》, Издательство Русского Христианского гуманитарного института, Санкт-Петербург, 2001. С. 398.
② Там же.
③ Там же.

情酵素,这也正是蒲宁被认为是冷若冰霜的诗人的原因之所在。"①

二、西方学者的蒲宁学研究

较早的由西方作者撰写的评论文章目前可以找寻到的一篇是1925年10月法国《戏剧报》上刊出的A.列维松的文章《伟大的小说家:蒲宁》,另一篇是1928年刊登在法语版《斯拉夫世界》第4期上的文章《蒲宁在法国的文学活动》,遗憾的是,两篇文章的具体内容均无从查询。事实上,蒲宁多次被提名诺贝尔文学奖,说明他的作品早已闻名欧洲,并引起了瑞典科学院评委们的极大关注。罗曼·罗兰在向该院推荐蒲宁时写道:"我认为,他是我们这个时代最杰出的艺术家之一"②。获得诺贝尔奖之后,当时不仅蒲宁作品的出版经历了一个高潮,而且他引起了西方研究者的注意。1934年法国文学评论家夏尔·勒德雷撰写了专著《三位俄国小说家:伊凡·蒲宁,亚历山大·库普林,马克·阿尔丹诺夫》。在专著的前言,作者援引了普希金创作于1833年的《黑桃皇后》中老伯爵夫人的一句话"难道俄罗斯有小说吗?"对比100年后,即1933年蒲宁作为第一位俄罗斯作家荣获世界文学的最高奖项——诺贝尔文学奖,作者盛赞俄罗斯文学的飞速发展,高度肯定了蒲宁在这一过程中所做出的杰出贡献。专著中,作者在对蒲宁许多作品研读点评的基础上,总结出以下几个观点,即蒲宁是典型的俄罗斯作家,是斯拉夫人性格以及其最隐秘内心最优秀的表达者之一,在他创造的艺术形象中反映了最典型的民族特征,如顺从、和善和基督徒的清心寡欲,对"圣者"的尊崇和对矛盾的偏爱等等。在蒲宁的笔下,矛盾是无法选择的,它们共生共存,相互影响,构成两极,而斯拉夫人的生命就在这两极间摇摆。作者认为,蒲宁是认为生存乃不能承受之重的作家,他永远在描述死亡以及死亡所能够激起的各种

---

① Апология 《И. А. Бунин: Личность и творчество Ивана Бунина в оценке русских и зарубежных мыслителей и исследователей》, Издательство Русского Христианского гуманитарного института, Санкт-Петербург, 2001. С. 399.

② Бунин И. А. : [Сб. материалов]: В 2 кн. -М. : Наука, 1973. -(Лит. Наследство; Т. 84). Т. 2. С. 375.

感情,作家不是对生活进行浮光掠影的描写,而是深入地探讨了生活的复杂性,但生活之谜在蒲宁的笔下并未被破解。评论家详细研究了蒲宁艺术思维的哲理构成,指出蒲宁不仅对人类的命运表达了深切的担忧,同时也指出了命运的前世轮转的特征,这是西方评论家首次谈及作家笔下的佛教主题和记忆主题。除此之外,评论家还高度评价了蒲宁的语言,认为:即使是那些认为蒲宁是冷漠的诗人和残酷的小说家的评论人也不能否认其语言的精彩和艺术水平的高超。他的专著在法国评论界引起了广泛的关注。

但经历了短暂的"热点"之后,由于战争等原因,蒲宁很快淡出了人们的视线。1953年蒲宁去世,对他的研究也随之起步。在西方的蒲宁学学者当中,比较有影响的是美国密歇根大学的托马斯·维涅尔、俄亥俄州欧柏林学院的谢尔盖·克雷日茨基、英国学者Д. И. 理查德和詹姆斯·伍特沃德,几位学者对蒲宁的世界观以及其创作的诗学问题都进行了深入的探讨。他们的文章具有重大意义,对后来蒲宁学的发展产生了巨大的影响,他们的许多观点甚至对包括俄罗斯的蒲宁学学者的研究都产生了不容忽视的影响。①

1968年第六届世界斯拉夫学者大会在捷克首都布拉格召开,会上美国学者托马斯·维涅尔宣读了题为《关于蒲宁早期散文的几个见解》的文章。在这篇文章中,维涅尔教授提出了"蒲宁与象征主义关系"这个问题。事实上,美国评论家爱德华·瓦希奥列克于1954年在自己的博士论文《论伊凡·蒲宁的小说》中最早触及到了该主题,并指出"蒲宁在世纪之交的创作反映出了作家与象征主义作家群和旗帜出版社作家群之间所拥有的友谊中还蕴含着矛盾",这一观点得到了维涅尔的肯定和更加深入的研究。在维涅尔的文章中,作者在肯定蒲宁的创作与现实主义的紧密联系的同时还强调指出了诸如蒲宁作品中表现出的抒情性和情节弱化性、暗

---

① 该部分许多资料来源于洛申斯卡娅 Н. В 的一篇文章《Уникальность》,《традиция》,《модернизм》: Творчество И. А. Бунина в восприятии английских и американских славистов на рубеже 1960—1970-х годов. //见 Апология 《И. А. Бунин: Личность и творчество Ивана Бунина в оценке русских и зарубежных мыслителей и исследователей》, Издательство Русского Христианского гуманитарного института, Санкт-Петербург, 2001. C. 731-749.

示性,社会色彩缺失性以及语言的音乐性、节奏性等特征都是受到了象征主义影响的结果这一观点。但与此同时,维涅尔也论述了蒲宁与象征主义作家之间的不同。他认为,蒲宁笔下的表达清晰明了,没有后者笔下对朦胧模糊含义的追求,没有无处不在的神秘主义,更没有为追求不同凡响而强加的所谓"形象性"。在发言的结尾,维涅尔还指出了世界蒲宁学研究中存在的问题及各国学者的研究多局限在对蒲宁以及其作品本身的研究,但对蒲宁对后世文学发展的影响以及他与白银时代与俄国文学诸流派之间关系的研究是非常不够的。

1971年西方学者撰写的第一部专门研究蒲宁创作的专著《伊凡·蒲宁的创作》面世,作者是美国俄亥俄州欧柏林学院的克雷日茨基。该书在介绍蒲宁生平的基础上对作家各个时期的创作进行了点评,其中的一些观点对后来的研究者具有重要的导引作用。如作者认为,在传统的体裁范围内确定蒲宁许多作品的体裁是一件难事。比如,《乡村》就不是一部传统意义上的长篇小说,准确地说,它是一部"大壁画"。在承认小说叙事性的同时,评论家认为,这部作品的实质实际上是"通过各色人物展示的乡村本身",这部小说应该被认为是蒲宁风格与其前辈风格的分水岭。通过对比屠格涅夫在《贵族之家》与《乡村》,评论家指出,蒲宁小说描写的紧凑性是作家与众不同的艺术风格之一。在探讨蒲宁创作方法的问题上,作者在肯定了俄罗斯现实主义文学对蒲宁的影响的同时还指出,蒲宁的创作方法接近自然主义风格,但同时"也承袭了法国帕尔纳斯派诗人的方法、福楼拜和龚古尔的冷漠"。书中作者还对比了蒲宁与陀思妥耶夫斯基以及斯坦贝格风格间的不同。评论家认为蒲宁的小说是"世界文学当中最好的形象";而蒲宁的诗歌,一方面评论家认为,与象征主义有许多共同点;另一方面,是"以普希金为代表的俄罗斯黄金时代形式和形象的技艺高超的复兴"。

如果说维涅尔和克雷日茨基都试图在俄国白银时代现实主义与现代主义所交叉出的大坐标上确定蒲宁创作的特点的话,那么理查德便试图论证蒲宁是19—20世纪俄罗斯文学中一个独具魅力的作家。

理查德,英国埃克塞特大学教授,1971 年和 1972 年分别发表了题为《伊凡·蒲宁作品中"记忆与过去"的主题》以及《生命意义的蒲宁概念》两篇文章。

理查德是西方学者中第一位详细论述记忆在蒲宁创作中作用的学者。在文章《伊凡·蒲宁作品中"记忆与过去"的主题》中作者指出,记忆是蒲宁创作的中心母题之一,"蒲宁对过去的兴趣不是源于好奇或者是历史的浪漫主义,而是与他的世界观和美学观紧密相关的。"对于蒲宁来说,记忆是理解生命意义的重要媒介,因为记忆使人免受时间和死亡的折磨,人与遗忘永恒的斗争以及对不朽的追求正表现在小说《档案》《阿强的梦》《题词》等小说当中。

在理查德的第二篇文章中,作者探讨的是蒲宁的哲学伦理学观点。在文章的开篇理查德就写道:"就如同托尔斯泰一样,蒲宁始终不懈地在许多范畴中找寻存在的意义,在托尔斯泰主义中,在东正教中,在东方宗教与哲学中,也在爱情和艺术当中。"理查德认为,对这些问题的研究不仅可以揭示作家哲学思想的"总的画面,正确评价蒲宁对于文学事业的贡献,还能展示蒲宁的哲学生命在 19 世纪末 20 世纪初俄罗斯文学中的独特性。"

在探讨蒲宁笔下生命意义的主旨下,理查德还探究了蒲宁创作的其他几个主题,如爱情、艺术、过去等等。

詹姆斯·伍特沃德,英国蒲宁学的重量级学者,著述颇丰,撰写了诸如《蒲宁艺术中的爱情和涅槃》《蒲宁叙述技巧的演变》《蒲宁晚期小说的叙述节奏》等多篇文章,1980 年他将自己多年的研究成果汇编成书,即《伊凡·蒲宁的小说研究》①。在这部书中他推翻了关于蒲宁研究的许多传统论断,如蒲宁的保守性、作品中缺乏哲学思考等等。

在书中,学者既探讨了蒲宁作品中的哲学—美学主题,也展开了对作家创作风格的各个方面问题的探索。作者认为:爱和涅槃构成了蒲宁世界观中的两大矛盾本原。爱对于蒲宁来说就意味着"极度的敏感""非凡的领悟"和"对肯定自我的渴望";涅槃则被理

---

① Woodward James B. Ivan Bunin: A Study of His Fiction. Chapel Hill, N.C. 1980.

解为"子逞智慧"的人们"脱离那链"而对"融化、消失在太极中"的渴求。二者的矛盾不仅决定了作家哲学——美学观点的变化,也决定了他作品风格的发展。

在探讨作家创作风格特征之时,作者强调了蒲宁作为一位作家形成的连续性和复杂性,指出蒲宁叙述技巧的演变分为以下的几个阶段:蒲宁散文创作在第一阶段最显著的特点是无所不在的抒情;第二阶段代表作是《乡村》,它是蒲宁创作中的过渡作品。这篇小说同样缺少情节和心理分析,出现了对俄罗斯社会问题的关注,但"细节密度的问题"并未解决;第三阶段,伍特沃德认为,小说《旧金山来的先生》是蒲宁风格发展分期上的转折点,是向新的、高度有序的风格的过渡。作品变得越来越简洁,越来越富有表现力;伍特沃德将第四阶段界定为30年代末到40年代初,他认为蒲宁的创作风格从这时开始逐渐走向了完善,即细节密集和简洁的综合。如在分析《幽暗的林间小径》中的小说后,研究者得出如是结论,即小说的重点不仅建立在众多的细节上,也建立在由所有的细节共同构成的主调上。在蒲宁的晚期小说创作中,作品的氛围是从属于抽象的思想的,这与早期的抒情小品不同。在《幽暗的林间小径》中几乎每一篇小说都建立在"人对命运命里注定的依从"的思想和"爱情与幸福的悲剧性的短暂"的思想上。

第三节　蒲宁学在中国

一、初入中国:边缘地带的蒲宁

蒲宁的作品最早于1921年传入中国。该年9月,上海商务印书馆发行的《小说月报》特为俄国文学出了一期号外《俄罗斯文学研究》,其中不仅刊登了由沈泽民翻译的蒲宁—当时译为蒲英—的《旧金山来的绅士》①,在由茅盾撰写的《近代俄国文学家三十八人

---

① 见《小说月报》,1921年,第十二卷,号外,译文类147—164页;注:该期页码的编写为每篇文章均从1页开始,因此这里只能用"译文类"标明。以下凡与此"号外"有关的注解均不标注页码。

合传》的文章中还对蒲宁进行了介绍,这是有关蒲宁的最早的介绍文章。在当时,茅盾已看到了蒲宁风格的独特之处,文章开篇茅盾就写道:"蒲英……和巴尔芒(即巴尔蒙特)等的新派不同,和高尔基一派更不同。在现代俄国诸作家中,蒲英真是个特异的人物。他的散文就是诗,诗就是散文。"尽管这是一篇仅约 800 字的简介,但文字几乎涵盖了蒲宁创作的最主要的几个方面,如茅盾指出了蒲宁作品体裁的多样和主题的变化,他说:"蒲英擅长于短篇小说、诗和纪事体的短篇。他的诗多描写自然,他的小说多描写旧日的繁华与现代的寂寞与悲哀。他又曾游历东方、埃及、土耳其小亚细亚各地,看了古代人类的文化遗迹,俞觉得现代人的寂寞。他的那一卷《太阳的宫殿》(现译《太阳神庙》)诗集便是怀古悲今的作品。"① 蒲英也写农民生活的小说,但是他的农民小说和俄国其余作家的农民小说又自不同。他不是农民中人,也不曾在农民队中生活,不曾受过农民所受的痛苦。他只是一个游历者,观览者,把他游历时观览时所得的印象写出来罢了。他的农民生活短篇集《乡村》(1910)便是如此。在这里虽然描写了农民的困苦,一个兵灾过后所受的创痛与虐辱,但是也不过是旅行人所见的印象罢了,绝不是身受者的喊声。"由此,茅盾认为"蒲英的作品不能在俄国思想界发生一点影响,也是千真万确的,他只是一个文学的游戏者罢了。"

和其在俄罗斯国内的文学声望相近似,蒲宁在进入中国的最初几年中并不属于中国文学评论家"热衷"的作家,读者只能在为数不多的刊物上见到他的名字。如在郑振铎编写的《俄国文学史略》(1924 年,商务印书馆)的第十三章中提到了蒲宁,但作者基本上重复了茅盾的诸观点,并未进行深入的挖掘。1926 年《小说月报》第十七卷第 10 期上发表了赵景深翻译的《柴霍甫》,在该期的扉页上首次刊出了蒲宁的肖像。1927 年,在蒋光慈编撰的《俄罗斯文学》(创造社出版社,1927 年)的扉页上也刊出了蒲宁的肖像,名字译为"布林",但在行文中却使用了"蒲宁",译名前后出现了差

---

① 1907 年,蒲宁以《太阳神庙》为题创作了一首诗歌,1909 年,作家又以此题创作了一篇游记。这里评论家指的是 1917 年彼得格勒(现圣彼得堡)出版的蒲宁的诗歌集《太阳神庙》。

异。1929年,在汪倜然撰写的《俄国文学 ABC》(世界书局,1929年)中,作者对蒲宁进行了极其简短的介绍,同样是重复了前人的观点,并没有什么新意。

1929年上海的北新书局出版了蒲宁作品的单行本《张的梦》,这是我国最早发行的蒲宁作品的单行本。书中包括《张的梦》(即《阿强的梦》)、《轻微的欷歔》(即《轻盈的气息》)和《儿子》三部短篇,译者为韦丛芜。在书前的"小引"中,译者谈到:"伊凡·蒲宁是……近代少有的短篇小说大家。……他的作品充满了回忆的魅力与凄凉,他是旧的斯拉夫灵魂的恋慕者,但也是不得已于情的恋慕而已。"①译者还指出了十月革命对蒲宁产生的影响,他说:"一九一七年的十月革命,革掉了他的贵族的地位,革掉了他的田产和乡庄,并革掉了他的版税,甚至还革掉了他的俄国读者,甚至还革掉了他的创作力,因为革命以后,我们就没有看见过他的惹人注意的作品出现。"②译者的观点尽管与事实有出入,但如此认为是情有可原的,因为在蒲宁的创作经历中,1917—1920年的确是他一生创作的最低谷,其原因与其说是十月革命,不如说是由各派力量的争斗所带来的暴力行径。尽管作家在流亡期间,创作力又一次爆发,其代表作《米佳的爱情》《中暑》《骑兵少尉叶拉金案件》等作品均创作于该时期,但由于当时交通、通讯等原因,造成国内对其作品鲜有了解。

但是在这里译者对蒲宁作品的理解显然出现了严重的偏差,在"小引"的后半部,译者对三篇作品的内容分别做了介绍。在介绍《轻微的欷歔》时,译者这样写道:"《轻微的欷歔》叙述一个最美貌最活泼的中学女生,因一旦受诱失身,遂加入了秘密党,伪嫁给一个军官,以至牺牲性命。最后叙她的一个中学教师,并且是她的同志,每礼拜到墓地去哭她,可以看出俄国帝制时代的妇女革命之一般,即使是经过文人渲染以后。"③这样的理解显然与作者的创作意图是完全南辕北辙了。蒲宁对革命的态度是众所周知的,他为

---

① [俄]蒲宁著,《张的梦》,韦丛芜译,北新书局,1929年,第4页。
② 同上书。
③ 同上书。

此还付出了永别祖国的沉重代价,蒲宁的笔下从来就没有所谓的革命者或反革命者,他的主人公永远只是面对生活和世界的人——男人和女人。在这篇作品中作家表达的是青春、美与生活的悖谬之间激烈的冲突,展示了人们对生命战胜死亡的诗意的向往,正如帕乌斯托夫斯基所说:"它不是小说,而是启迪,是充满怕和爱的生活本身,是作家悲哀而又平静的沉思,是对少女美的墓志铭"①。

纵观蒲宁在中国最初的经历,我们不难得出这样的结论,蒲宁的作品显然不是关注的焦点,和当时对屠格涅夫、果戈理、托尔斯泰,甚至是安德列耶夫、柯罗连科等作家作品的译介相比,只能说,蒲宁是个处于边缘地带的作家。因此最初的文章往往只是只言片语,简单介绍而已。介绍也多带有些贬责之意,这是由作品的特点决定的,因为在当时,人们需要的主要是能够推动新民主主义革命进程的俄苏作品,而不是"怀古悲今"的蒲宁。

但可喜的是,在最初阶段的中国蒲宁学研究中,其最大的成果就是揭示了作家创作的多样性,肯定了作家对各流派特点的融会贯通,而没有将其仅仅定位在某某流派上。

二、骤然升温:获诺奖后的蒲宁

1933年蒲宁荣获了诺贝尔文学奖,授奖仪式是在该年12月举行的,但蒲宁获奖的消息早在11月就传遍了世界。中国文学界以极快的速度对此做出了反应。11月和12月,茅盾分别在《申报·自由谈》和《文学》杂志上两次撰文介绍蒲宁,第一篇为《蒲宁与诺贝尔文艺奖》②,另一篇是《一九三三年诺贝尔文艺奖金》③。但在这两篇文章中,时任左翼作家联盟领导人的茅盾丝毫不掩饰自己对此次授奖的不屑以及认为"白色的"蒲宁是"勉强"得奖、是政治因素在起作用的观点,整个行文很有些讽刺小品的味道。他说:

---

① Паустовский К. Золотая роза, изд.:"КАРАВЕЛЛА", Санкт-Петербург 1995. С. 362.
② 本篇发表于1933年11月15日《申报·自由谈》,署名仲芳;又见《茅盾文集》(33卷,外国文论五集),人民文学出版社,2001年,第303页。
③ 本篇发表于1933年12月1日《文学》第一卷第6号;又见《茅盾文集》(33卷,外国文论五集),人民文学出版社,2001年,第305页。

"今年的诺贝尔文艺奖忽然与蒲宁发生关系,可说是一件意外的事。"①"这回诺贝尔文学奖金委员会大概是很痛心于俄苏文学中的'新趋势'而企图挽救,于是'不采用俄国文学中新趋势,能保持旧有作风'的蒲宁就中选了。"②在茅盾看来,瑞典科学院青睐的是那些富有"理想主义"的作家,而他们眼中的"所谓'理想主义'只是粉饰主义或装金主义罢了,"尽管蒲宁在流亡之前创作了许多"颇不理想"的作品,他的《乡村》"并没把旧俄的农奴生活加以美的'理想化',""他的诗大都描写旧俄乡绅阶级的崩溃。即如他那篇最得英美人传诵的《旧金山来的绅士》也写了'文明'的空虚和'无常'之威胁与不可免。"③但茅盾猜想(着重号为笔者所加),"也许一九二五年以后,蒲宁做过些'理想主义'的作品,可惜我们不知道,无从介绍,真是不胜遗憾。"最后茅盾还是下了这样的结论,即正是这些所谓"理想主义"的、"在这破烂的旧世界脸上装金"④的作品成为蒲宁获得诺奖的真正原因。

12月钱歌川在《新中华》杂志上撰文介绍蒲宁,文章题为《本年度诺贝尔文学奖金的得奖者布宁》⑤,文后还刊有桐君翻译的小说《日射病》(即《中暑》)⑥。文章作者在开篇就指出,尽管中国对蒲宁了解甚少,尽管诺奖既未授予众望所归的已故的托尔斯泰,也未授予健在的高尔基,但我们不能认为蒲宁就不该获得,因为"他在俄国的文学史上自然也有他很重要的地位。"⑦在谈及蒲宁的创作风格时,作者认为,"布宁虽被列入十九世纪末及二十世纪初的俄国现代主义作家之中,但现代主义一语极其宽泛,内部又分有无数的派别,而布宁却不属于其中的任何一派。他与当时很有势力的象征派不同,描写社会的世态及其心理,用笔极其细腻,而有写实主义的手腕。他与高尔基一流的社会主义的作家又不同,对于

---

① 《茅盾文集》(33卷,外国文论五集),人民文学出版社,2001年,第303页。
② 同上书,第304页。
③ 同上书,第306页。
④ 同上书。
⑤ 《新中华》,1933年,第一卷,第24期,第53—54页。
⑥ 桐君的这篇译文还刊登在1935年新中华书局出版的同名小说集《日射病》中。
⑦ 《新中华》,1933年,第一卷,第24期,第53页。

所描写的现象是极端的个人主义,对于从现实中所取来的各种形象之解释,则是强烈的唯美主义。由这两个特点结合起来,便成为布宁独有的写实主义,即所谓新写实主义。"他的这一观点的提出对后来的评论人无疑具有很大的引导作用,并在后人的评论中得到了不断地拓展和深化。介绍尽管简略,但较前人更加客观,观点也更加独到。

1934年,《清华周刊》第42卷第1期上发表了一篇《伊凡·蒲宁论》①的长篇文章,作者为郑林宽,文后还附印了郑桂泉翻译的蒲宁的小说《儿子》。这是国内第一篇客观的、不以政治立场为立足点,而完全从文学价值的角度对蒲宁进行评价的文章,作者对蒲宁作品的内容了解透彻,对其创作方法分析精当,文中的许多观点即使对于今天的研究者来说也很有参考价值。可以毫不夸张地说,这篇文章堪称新中国成立前中国蒲宁学研究领域最重要的一篇文章,极具学术价值。

在这篇洋洋洒洒八千字的文章中,作者最鞭辟入里之处就在于揭示了蒲宁艺术风格的复杂性,观点新颖,绝无流俗之嫌,而且每个论点并非泛泛而谈,而是有翔实的论据予以支持。作者认为,从创作的风格来看,尽管蒲宁的艺术"受到了屠格涅夫、阿克萨珂夫、柴霍夫,在某一限度内又相当受过托尔斯泰的影响",并在20世纪初"与高尔基写实主义之群有点近乎,"但"他的艺术是按照他自己的道路发展,并且在二十世纪最初二十五年间他在俄罗斯文坛保持他个人的优越地位。"②从作品的体裁上看,与上述这些作家相比,蒲宁不仅"是一个天才的诗人",其诗风既承普希金诗歌之神韵,又不乏现代主义诗歌创作的韵味。同时也是一位"伟大的"小说家,堪与屠格涅夫、契诃夫、别雷并列。蒲宁总的特色就表现在"他并不创造一个'逸世而独立'的超人生的新世界,他并不像其他作家那样俨然如创造者似的立在外界来说话。蒲宁不将现实变形而成为一种仿佛身外之物,在他的作品中永远可以找到他的。

---

① 本篇发表于《清华周刊》,1934年第42卷(总期590卷)第1期,第61—67页。
② 《清华周刊》,1934年第42卷(总期590卷)第1期,第63页。

在这一意义上,蒲宁不妨被称为'主观'作家。"①在当时做出如此的判断,不禁令人啧啧称赞。主观性与写实性相结合的确是蒲宁区别于同时代作家的最大的特征。

在具体分析作家的"主观性"特征时,作者指出了其三大表现:一、作品中情节的淡化,他说:"情节、描述的意味、动作的展开,<u>姑无论其或有或无</u>(着重号为笔者所加),在大多数蒲宁的作品中都是立于次要地位,尤其在他长篇的作品中更缺乏上述元素。"因此作者认为,有鉴于此,《乡村》《旱峪》以及《阿尔谢尼耶夫的一生》都不能称其为小说。二、写作视角的独特。文章作者认为,蒲宁在作品中从来都不是一个全知全能的叙述者,而是作品中的角色,他常常"将注意力关注在一个人物身上,别的人物都从主角的眼中表现给我们看",因此作者认为,如此写法是与托尔斯泰和陀思妥耶夫斯基那样的直接的、写实的心理描写相悖的,人物往往不是靠直接的"心灵之描述"展示出来,而是"藉外在的事物,周围的空气烘托出来的",作者称之为"衬托法",这种方法在《乡村》《旱峪》,特别是流亡期间创作的爱情小说中表现得更为突出。如作者指出,在小说《中暑》中,"主人公的旅伴仅用淡淡的几笔,给人留下似罩上神秘的黑纱的暗影。注意力的焦点是在主人公和他的情感上,在他迷漫的爱情中。"三、在指出作家现代主义特征的同时,作者也客观地分析了作家的写实主义风格,他指出,"蒲宁又不失为一位写实作家,他的眼光不仅仅只是向内看,……他的眼光还向开阔的世界展望。"这一特点集中体现在蒲宁以变化万千的丰富语言"入细入微,恰到好处"地对大自然所进行的描写,但同时作者针对某些俄国评论家认为蒲宁"是冷漠的、无情的",他的描写也是"过度的写实主义,处处显得累赘"的观点进行了反驳。作者认为,"若把蒲宁视为'流水账'式的写实主义者"那是"大谬不然的",蒲宁的写实主义是含有诗的性质。"②作家罗列事实,看似累赘,实则是诗人气质以及诗歌的创作方法使然。作者说,蒲宁面对世界"表面上

---

① 《清华周刊》,1934 年第 42 卷(总期 590 卷)第 1 期,第 64 页。
② 同上书,第 63 页。

看来丝毫不动情",但他绝不是一位"说实的安然的作家,他实际上是并不安然的,他能够使我们不安静","能够激发我们内心深处的感情,拨动我们的心弦,"而这一切的秘密就在于他描写的"具体与不落虚空"。

作者还精辟地分析了作家主观性创作风格的形成原因,他认为:"蒲宁的这种方法可从他确信人类灵魂的不可侵犯性及神秘性这件事找到相当的解释。""这是蒲宁作品中的哲学以及心理的关键。""他的作品全浸着一种神秘的追求。最令人不可解的是世界上所发生的事物,我们那可怜的人类理智被它们困惑得无以自拔啊!"非常可贵的是,评论家在论述了蒲宁创作的风格等诸多方面后,又回到了主题上来,他指出,蒲宁喜以爱与死为资料,但他的死绝不是一味悲观绝望的死,"蒲宁这种死的感觉为另外一种生之感觉所包,这种感觉是与那对世界魅力神奇的感觉是一样的敏锐。这是生之喜悦及死之恐怖的混合品,诗篇的精神盖过传道书,悲观主义找不到立足的地方。"①如此观点无疑已是触及到了作家心灵的深处。

1935年《世界文学》第一卷第3期特辟了"Pirandello② 与Bunin特辑",其中刊登了蒲宁的著名小说《中暑》③、《一个陌生的朋友》和回忆录《托尔斯泰会晤记》④,译者分别为陶映霞和毕树棠,同时附有一篇对蒲宁的介绍文章——《关于 Ivan Bunin》⑤,没什么新观点。

1935年《世界文库》第6期上发表了茅盾译自英文的《忆契诃夫》⑥,次年该译文收入了生活书店出版的《回忆·书简·杂记》一书中。

---

① 《清华周刊》,1934年第42卷(总期590卷)第1期,第67页。
② 皮兰德娄,意大利剧作家、小说家,代表作有《西西里的柠檬》《六个寻找作者的剧中人》《亨利四世》等,获1934年诺贝尔文学奖。
③ 《世界文学》,1935年,第一卷,第3期,第447—452页。
④ 同上书,第454—460页。
⑤ 同上书,第454—455页。
⑥ 《世界文库》,1935年第6期,生活书店,第2695页。

三、几近消失：40 年代后的蒲宁

40 年代,随着二次大战的爆发,中国的俄罗斯文学译介工作的重心转向了世界的反法西斯文学,蒲宁又一次淡出了人们的视线。我们仅能在不多见的几本书中找到他的名字。如李林从英文转译的小说集《伊达》(李林译,文化生活出版社)中收录了蒲宁的同名小说。在出版于 1947 年米川正夫的《俄国文学思潮》(任钧译,正中书局)和 1948 年季莫菲耶夫著的《苏联文学史》(上册,水夫译,海燕书店)中看到蒲宁的名字。①

50 年代到 70 年代末蒲宁在众所周知的大气候下在中国几乎是销声匿迹了。

四、重新聚焦：70 年代后的蒲宁

尽管从 50 年代初开始,苏联文坛对蒲宁重新评价的呼声日益高涨,并在 60、70 年代有了卓有成效的行动,但在中国文坛,蒲宁却经历了更长久的不公正的待遇,直到 1978 年 12 月,党的十一届三中全会纠正了十年浩劫的错误,中国文坛终于迎来了真正的春天,蒲宁的作品也在这股强劲春风的吹拂下又一次回到了中国读者的案台上。

1978 年 7 月《外国文艺》杂志创刊,当时杂志中辟有一个"外国文艺资料"的专栏,在第一期创刊号上刊登了一篇《诺贝尔文学奖金及获奖者》的文章②,在这里蒲宁的名字在沉寂了近 30 年后又一次出现在了中国读者的视野中。文章简洁、客观地介绍了作家的主要作品,并指出"高尔基称他为'语言的巨匠',授奖是'因为他严谨的艺术才能,使俄罗斯传统观点在散文中得以继承。'"这之后,在全国的许多杂志上,读者陆陆续续地读到了蒲宁创作于各个时期的优秀作品。1979 年 6 月,《外国文艺》该年第三期上发表的蒲宁后期创作的短篇小说六篇:《完了》《中暑》《幽暗的林间小径》

---

① 季莫菲叶夫,《苏联文学史》,水夫译,中苏文化协会研究丛书,海燕书店刊行,1948 年 9 月,第 222—230 页。
② 未标注作者姓名。

《乌鸦》《在巴黎》《三个卢布》,引起了广大读者极大的兴趣。两个月之后的8月,《百花洲》第一期上又刊登了《从旧金山来的先生》。值得注意的是,上述诸篇译作全都出于一人之手,他就是上海译文出版社的戴骢先生。谈到蒲宁作品在中国的译介不谈戴骢先生是不可能的,因为他不仅是新时期最早译介蒲宁作品的翻译家,而且是翻译总量最大的翻译家。1991年,戴骢先生在百花文艺出版社出版的《蒲宁散文选》的"译后漫笔"中这样写道:"屈指算来,我与蒲宁的'文字之交'已有了十八个年头了。十八年前偶得蒲宁短篇小说集《从旧金山来的先生》,是苏联在50年代出版的,虽薄薄的一本,只收了四、五个短篇,可在当时的处境下,读后已大有偷食禁果的喜悦。随后想方设法,借到了9卷本《蒲宁文集》的六卷,不觉技痒,断断续续地开始翻译,……久而久之,翻译蒲宁的作品成了我业余爱好的重要内容之一。"①

80年代,蒲宁作品在中国的译介进入了继作家获得诺贝尔奖后的第二个高潮。1980年当时的《苏联文学》杂志第三期首先刊登了蒲宁的《末日》(陈馥译)和《忧虑》(冯春译)两篇短篇小说。次年的1981年可称得上是中国俄罗斯文学翻译史中的"蒲宁年",这一年的4月上海译文出版社翻译出版了《蒲宁短篇小说集》(戴骢译)、同月外国文学出版社推出了《布宁中短篇小说选》(陈馥译),随后的9月外语教学与研究出版社的《米佳的爱情》(郑海陵译)面世,12月四川人民出版社又出版了蒲宁中短篇小说选《故园》(赵洵译),四本书中共收入蒲宁的作品35篇(不计重复的译作),一年的翻译量远远超过了过去60年翻译的总量。在这之后,两卷本《蒲宁选集》(安徽人民出版社,戴骢和任重译)、蒲宁笔下的著名中篇《乡村》(云南人民出版社,叶冬心译)以及《阿尔谢尼耶夫的一生》(长江文艺出版社,章其译)②都陆续面世,1985年3月四川文艺出版社还推出了蒲宁在中国的第一本诗集《夏夜集:蒲宁抒情诗

---

① 《蒲宁散文选》,百花文艺出版社,1991年,第267页。
② 该译本是根据1961年莫斯科工人出版社出版的《伊·阿·蒲宁中篇小说、短篇小说、回忆录》一书翻译的,苏版就不完整,因此译本较蒲宁的原作少了许多章节,保留部分也有删节。

选》(赵洵译)。另外在许多作品集中,蒲宁的作品也频繁出现,如《外国文艺》1983 年第 4 期上刊有戴骢先生翻译的帕乌斯托夫斯基的名篇《伊凡·蒲宁》,《俄罗斯中篇小说集》(1983 年 4 月,山西人民出版社)中收录了《米佳的爱情》(姜明河译),《飞天》1983 年第 5 期刊登了《轻轻的呼吸》(冯玉律译),《俄国短篇小说选》(1984 年 7 月,中国青年出版社)中收录了《旧金山来的先生》(陈馥译),《苏联文学》1988 年第 6 期刊有亢甫翻译的作家的游记《鸟影》等等。

　　但是相对于翻译界,我国的文学研究界此时对蒲宁的评价还是极其谨慎的。这一阶段的评论文章有一个非常鲜明的特征,那就是研究者多数都充分肯定蒲宁作品的艺术特色和十月革命前创作的作品的社会价值,但却否定作家的世界观和流亡期间作品的思想内容。如评论人在指出作为现实主义作家的蒲宁具有独具一格的创作风格,那就是现实主义的创作原则与平淡的情节、开放式的散文结构、写意的人物描绘、精当的细节描写和极具音乐美的语言①等完美结合的同时,往往不忘以对待"十月革命"的态度为尺度指出蒲宁思想的阶级性和局限性,或站在社会分析的角度否定蒲宁作品的思想内容,但观点多因循苏联评论界的老套路,对蒲宁个人及其创作并未进行新的有价值的再挖掘。如许多文章都强调了蒲宁"没有预见到历史的发展","堕落到反对革命的立场上",但其原因作者仅仅指出是因为作家是"贵族老爷",因"蒲宁头脑中根深蒂固的贵族阶级思想"。对作品的评价也不乏有失公允之处,如有作者认为:蒲宁流亡期间"因断绝了与祖国人民生活的联系,创作源泉日趋枯竭,写出的多是抚今追昔,怀念旧俄的作品,失去了以往的思想艺术的深度和力量。"②甚至有作者认为蒲宁的经典名

---

① 这几个特点在下列文章中均有表述:《"散点"与"透视"——蒲宁中篇小说〈乡村〉思想艺术浅析》(张杰,《外国文学欣赏》,1986 年第 4 期,68—71 页),《一部具有"头等的艺术价值"的中篇小说——评蒲宁的早期代表作〈乡村〉的艺术技巧》(钱善行,《外国文学研究》,1986 年第 3 期,45—53 页),《蒲宁和他的散文体小说》(郑海凌,《苏联文学》,1988 年第 6 期,87—91 页)

② 《俄国短篇小说选》,张羽、陈燊编选,中国青年出版社,1984 年,第 661 页。此观点源于特瓦尔多夫斯基//见 Бунин И. А. Собр. Соч. в 9 т. М., 1966. Т. 1. С. 41.

篇《米佳的爱情》和《阿尔谢尼耶夫的一生》等作品仅仅是"尚有一定的文学价值"①(着重号为笔者所加)。1986 年刊登在《贵州师范大学学报》(哲社版)上的文章《试析布宁小说中的"爱与死"主题》②批判的"火力"则更加猛烈,对蒲宁的爱情题材的小说几乎是进行了彻底的否定。作者认为蒲宁写于不同时期的有代表性的爱情小说"具有不同程度的畸形性质",表现为它们"翻来覆去总跳不出这样一个程式:始则男女艳遇,美色醉人,一见钟情。继则感情勃发,情欲亢进,接着是他所谓的'性的弥撒'。结果不是庸俗平淡,无聊腻味,就是生离死别,自杀惨死之类。这一程式如果用一个简单的公式来表述的话,就是'爱情加死亡'"。作者挖掘这一切的原因,认为都源于作家阶级的局限、视野的偏见和生活圈子的狭窄。作者写道:没有先进的思想作为指导导致了蒲宁"在观察世界、描写爱情,分析生活时,常常带着破落贵族的悲观态度、阴暗心理和没落情绪,使得他面对人心浇薄、物欲横流时代众多的爱情丑剧和悲剧时,不能正确地透视社会现象,把握时代潮流,分析事物本质",因此作家一生虽则"塑造了数以百计的人物形象,特别是妇女形象,竟没有为俄国文学的传统画廊提供一个像普希金笔下的塔吉雅娜、屠格涅夫笔下的叶莲娜、车尔尼雪夫斯基笔下的薇拉和托尔斯泰笔下的娜塔莎等那样具有典型性和时代意义的'俄罗斯文学中最迷人的俄罗斯妇女形象'",也跳不出"爱与死"的俗套。因此,作者认为,如果将蒲宁与俄罗斯其他文学大师,特别是普希金、托尔斯泰、契诃夫进行横向比较的话,那么蒲宁就"显得特别欠缺俄罗斯文学史上经典作家那种博大的胸怀,深刻的思想,敏锐的远见和把握时代潮流的腕力。"若将蒲宁不同时期的作品做纵向比较的话,那么"流亡期间的创作较之这之前的成就,那是不可同日而语的"。作者认为,这不仅是因为"由于脱离了人民与故土,灵感枯竭,再也写不出像《乡村》那样的杰作来,只有搜肠刮肚,发掘记忆",还因为蒲宁在迎合"冥顽下流、不务正业,成天津津乐道往日

---

① 《诺贝尔奖金获得者辞典》,杨茂祥、俎浚编写,1987 年,第 213 页。
② 《试析布宁小说中的"爱与死"主题》,杨通荣,刊登于《贵州师范大学学报》(社科版),1986 年第 3 期,第 43—48 页;另见由中国人民大学书报资料中心编辑的《报刊资料总汇》,J4"外国文学研究"1986 年第 11 期,第 122—127 页。

的欢乐和失去天堂"的白俄读者的低级趣味,也多少是受到了西方颓废文学的影响。

80年代的如此状况显示了中国的蒲宁学研究尚不够成熟。这种状况在90年代得到了极大的改观。

90年代蒲宁作品的翻译取得了新的突破。除了更多的出版社加入了出版蒲宁作品的行列、作家的名篇均不断有新译出现之外,又有更多的作品被译介进中国。译文集主要有1991年漓江出版社的《米佳的爱情》(王庚年等译)、1997年人民日报社出版的《蒲宁散文精选》(戴骢译)以及1997年辽宁教育出版社的《最后一次幽会:伊万·布宁散文集》(陈馥译),而散见于各类报纸杂志上的译文则数量更多。① 1998年三卷本的《蒲宁文集》问世,安徽文艺出版社出版,译者依然是资深的翻译家戴骢先生。② 三卷中共收录了小说84篇、诗歌140首、人物特写6篇以及散记3篇,总字数达到105万字,成为当时国内囊括蒲宁作品数量最多的"重量级"出版物。至此,蒲宁一生中最重要的、最为读者耳熟能详的作品已基本被译介到了中国,正如戴骢先生在文集第一卷的"译后漫笔"中写的:"本卷所收一百四十首诗,虽仅是蒲宁诗海中之一瓢,却多少反映了蒲宁诗歌的总貌。"③这句话尽管是针对诗歌而言的,但笔者认为,它用在整部文集中都是适合的。

相对于80年代中国的蒲宁学研究,90年代应该说是更加深入,研究的视野也拓宽了许多,更重要的是对蒲宁的评价更加客观和公正,以真正的文学价值为标准。这一阶段的研究者已日益意识到了前一时期"某些人揪住布宁对十月革命缺乏认识……不放,只讲布宁在十月革命前的文学活动而对他在国外写的文学作品避而不谈或一笔带过的做法"④的片面性,提出了"对布宁的全部文

---

① 如《白天的星星》(1994年)中收录了《秋》《雾》和《静》,译者为戴骢;《世界文学名著故事集》(1998年,重庆出版社)收录了《三个卢布》(未注明译者);《外国文艺》(1995年第4期)刊登了蒲宁的诗歌,译者为戴骢;《俄罗斯文艺》(1997年第1期)刊登了《一夜霞光》,译者为贾放。
② 第一卷的诗歌是戴骢先生和娄自良教授合译的。
③ 《蒲宁文集》(第一卷,诗歌散文卷),安徽文艺出版社,1998年,第356页。
④ 《米佳的爱情》,王庚年译,1991年,漓江文艺出版社,第3页。

学遗产认真研讨,探索其创作分期和特点,借鉴其表现手法和写作技巧,汲取丰富的营养,以利自己的研究和创作"的说法,无疑,这是在一个新时期开始之际的一个具有重大意义的倡议,也是中国的蒲宁学研究走向成熟的标志。

这个倡议首先得到了许多翻译家的响应,如《蒲宁文集》的第三卷收录的就基本上是蒲宁流亡国外时创作的作品。在该卷的"译后漫笔"中,关于那些曾经被认为是"文思枯竭、搜肠刮肚"之后才创作的作品,戴骢先生这样写道:"甘于清贫的蒲宁,常年寓居法国小镇,潜心写作,对生与死、爱与恨这两对永恒的矛盾作了洞幽烛微的探究,创作了一系列具有强烈艺术感染力的小说,如《中暑》《伊达》《米佳的爱情》《三个卢布》,长篇小说《阿尔谢尼耶夫的一生·青春》及小说集《林荫幽径》等。"[1]同时,译者还特别指出了"《米佳的爱情》是极富独创意义的小说,结构严谨,语言洗练,心理描写细腻传神,景物描写生动如画,处处寓情于景,达到了情景交融的境界。"[2]

1996年《俄罗斯文艺》第二期刊登了孟秀云编写的《俄国的布宁研究综述》一文,文中作者将俄国国内蒲宁学的研究分为由浅入深的四个阶段,即十月革命前、十月革命后到蒲宁逝世、50—80年代中期以及80年代末以后,并详细介绍了各个阶段富有代表性的蒲宁学研究著作。无疑,它为中国的蒲宁学研究学者以及爱好者提供了许多实质性的帮助。

90年代中国蒲宁学研究领域的一件大事是上海外语教育出版社出版了国内第一本系统地研究蒲宁的专著《跨越与回归——论伊凡·蒲宁》,它的作者是上海外国语大学俄语系的冯玉律教授。作者不仅回顾了蒲宁一生的生活经历,更细致地梳理了蒲宁各个不同时期的创作特点,揭示了蒲宁不以流派作茧自缚的复杂且极具特色的美学原则以及其风格特征的演化过程。在这本专著中,笔者认为,最有新意之处就在于作者本着科学的态度矫正了仿佛

---

[1] 《蒲宁文集》(第三卷,中短篇小说散文卷),安徽文艺出版社,1998年,第459—460页。
[2] 同上书,第460页。

已"盖棺定论"了的蒲宁与十月革命之间的关系,深刻挖掘了表面现象背后隐藏着的真实原因,而不是人云亦云地"扣大帽子"。作者认为,蒲宁是站在一个人道主义者的角度看待革命的,作者写道:"蒲宁是个人道主义者。他目睹了资本主义制度的弊病和旧俄社会的黑暗,便想从人性、道德等方面来为种种危机寻找根源。这位作家曾经追随过托尔斯泰,也受到东方哲学,特别是佛教思想的熏陶。他反对暴力,幻想用文化、用精神、用'上帝的法则'、用'美'来拯救俄罗斯,而把阶级斗争视为全民族的灾难。风起云涌的俄国革命使他陷入了极度的苦恼和惶惑之中。面对战乱、破坏和饥荒,他感到绝望。蒲宁离开祖国本出于无奈,结果酿成了他一生中最大的悲剧。"①如此观点对后来的研究者无疑是起到了重要的引导作用,开拓了一条新的思考途径。另外,还应该强调的一点是,在解读作家、揭示其作品真正的人文价值的过程中,专著作者决不泛泛而谈,而是对作品的文本进行了具体而精细的艺术分析,全书仅小说就提到了近百篇,足见作者对蒲宁作品的谙熟程度之深。因此,该专著一经面世就成为许多蒲宁研究者必备的参考书就不足为奇了。

五、蒲宁在新世纪的中国

随着新世纪的到来,无论是俄罗斯,还是中国国内,蒲宁作品的出版和蒲宁学的研究都掀开了崭新的一页。1999 年,在莫斯科大学举办的"俄罗斯文学回顾与展望"国际研讨会上,俄罗斯学术界提出了 21 世纪最具研究价值的五位作家名单,而蒲宁名列榜首。而在我们国内新世纪开始的这几年,作家更多的作品被译成中文,更重要的是,这里的"作品"不仅仅只是蒲宁的诗歌和小说,而是包括更多的内容。早在 1999 年,辽宁教育出版社就出版了蒲宁的专著,《托尔斯泰的解脱》(陈馥译),2001 年上海文化出版社在国内首推以名篇《耶利哥的玫瑰》(冯玉律译)命名的蒲宁创作于各个时期的游记随笔集,2002 年 1 月东方出版社又推出了《蒲宁回

---

① 冯玉律著,《跨越与回归——论伊凡·蒲宁》,上海外语教育出版社,1998 年,第 2 页。

忆录》(李辉凡译)。关于译介这些作品的意义,有译者恰如其分地说:"过去,我国只出版了蒲宁的作品,只看到他创作的一面。这本书出来后,我们可以对他的生平、政见、世界观等诸多方面有所了解。"①。2004年3月,上海译文出版社有出版了蒲宁作品选集,名为《耶利哥的玫瑰》(冯玉律、冯春译),其中相当一部分译文是首次与中国读者见面,如《圆耳朵》《夜航途中》《理性女神》《晚间的时候》等。4月译林出版社出版了由靳戈译的全本《阿尔谢尼耶夫的一生》。2008年5月人民文学出版社出版了"外国散文插图珍藏版"系列丛书,其中包括《布宁散文》,译者为陈馥。集子中共收录了30篇作品,其中相当一部分也是首次译介,包括《盲人》《苍蝇》《夜》等等。这些作品在中国的问世无疑是中国蒲宁学研究事业的幸事,为中国的研究者更全面更客观地了解蒲宁提供了丰富的资料来源。

在新世纪的国内蒲宁学研究领域,我们看到,一批成熟而卓有成效的青年研究者队伍正在国内形成,而平静、客观地分析蒲宁丰富的艺术和精神世界已日益成为他们的准则。在新世纪的各类学术刊物上,我们可以看到《诗意的隐喻 无言的启迪——蒲宁小说〈轻盈的气息〉的叙事方式》《现实主义创作艺术的拓展——重读布宁中篇小说〈乡村〉》《蒲宁与现代主义》《转向主体情感世界的艺术创作——蒲宁小说创作中的现代意识探索》《从归纳走向解构——蒲宁创作艺术的再认识》以及《蒲宁小说文体解析》等文章②,更有数篇大部头的博士论文以蒲宁为研究对象,如北京大学温哲仙的《布宁与张爱玲小说的类型学比较》,北京师范大学刘贵友《伊凡·布宁小说创作研究》以及笔者的《永不枯竭的心灵之泉——论伊凡·蒲宁小说创作中的"永恒主题"及风格特征》,研究者都选取了新的视角,发表了新的见解,努力对蒲宁进行全方位的、更深层

---

① [俄]蒲宁,《蒲宁回忆录》,李辉凡译,东方出版社,2002年,第7页。
② 此处提到的文章的作者和发表刊物分别为:曹而云,《名作欣赏》(2001年第3期,第47—51页);刘炜,《俄罗斯文艺》(2002年第1期,第37—38及70页);叶红,《俄罗斯文艺》(2002年第3期,第26—32页);管海莹,《俄罗斯文艺》(2002年第6期,第82—85页);张祎,《俄罗斯文艺》(2002年第6期,第86—89页);管海莹,《外国文学研究》(2003年第4期,第92—95页)。

次的揭示。

　　时光荏苒,日月穿梭。屈指算来,蒲宁在中国已走过了八十余年的历程,正如上文所说,这一历程并不平坦,而是充满了冷漠、贬谪和误解,但更多的却是真诚的探索和科学的态度。在一代又一代的翻译人和研究者的努力之下,蒲宁作品中所蕴含的客观真理、生活经验、审美价值以及作家对生活的深刻思考不仅没有随着它们产生时代的逝去和作家生命的消逝而失去生命力,相反,它们就像陈年的醇酒,历久弥香,在一代一代的读者心中获得了永久的魅力。

结　语

　　面对苍茫的宇宙,古往今来,无论是人类茹毛饮血的先祖,还是操纵着现代科技的同辈;无论是借助远古天宇下的神话巫术,还是通过深邃的哲学思考,人类从未停止过对宇宙的本原、人的生存及价值、人与大自然的关系等终极问题的思考,因为尽管人的生命充满了活力,但它始终只能是时间和空间的囚徒,人类生命的短暂和自然生命的永恒之间的矛盾是那样清晰地凸现在人们的面前,而人的内心又永远充满了对永恒生命和生命自由境界的幻想、追求和对死亡不屈的抗争,它们构成了永恒的矛盾,渗透在人类的灵魂中,成为人类内心永远不安的需求。它们既是最高的哲学本题,也是最高的美学本题。因此有人说:最高的艺术就应该是面向心灵的思辨,回答内心的疑问,同时以充满诗意的语言和形象向人们打开一个足以抗衡死亡的永生的世界。

　　笔者毫不怀疑,蒲宁的艺术世界就是这"最高艺术"的表现之一。蒲宁一生没有从事过作家之外的任何职业,他说:"我一生都不明白,在公务、生意和政务中,在暴力和家庭中怎么能找到生活的真谛,……"显然,他将文学当做了他生命存在的唯一方式,也是他生命能量消耗的唯一途径,而解开生存的困惑、寻找生活的真谛则成为他生命的唯一目的。正因如此,他的创作从来就不是无动于衷的冷眼旁观,也不是忘却自己的存在单纯去寻求功利或消遣,而是从自己存在的最内在的困境、从自我最真实的生活体验出发来观察和思索人生。"我是谁?我从哪里来?将到哪里去?""人生的终极价值在哪里？"所有这些问题在作家的内心形成了难以释然的心理压力，但它们从来就没有成为作家逃避生活或否定生活的理由，而是驱使作家走上了一条艰难的寻找透视人生底蕴的生活之路，因此蒲宁对世界永远充满了敏锐的感受力和洞察力。尽管他一生的思想都摇摆不定，充满了矛盾，他一次次地否定自己，却又无法彻底释怀，但正是在对重重困惑揭示的过程中，作家一步步向人的本原、向人与自然的原初统一的真谛接近。

因此，在现实生活中，蒲宁始终保持了可贵的精神独立，他从不人云亦云，坚守着独立的自我，反映在作品中，则是他坚决拒绝对生活浮光掠影的描写或简明单一的解释，他始终站在一定的高度俯视人生，穿透了生活的表象而直达充满了冲突和对立的人性与灵魂的深处，寻求永恒与终极的人生意义，找寻"美好与永恒的契合"。可以说，在蒲宁作品的这面镜子中，映照的绝不仅仅是所谓的"人间百态"，而准确地说，是一个个赤裸的灵魂，他们不代表任何一个特定的时代，特定的国家，而代表的是具有普遍意义的人性特征。尽管我们在上文多次强调，蒲宁在创作中永远只是展示丰富而杂陈的物质世界，而从不抽象，不解释意义，但那从内心深处发出的呼喊、呻吟、欢唱和倾诉的背后所蕴含的深刻的哲理思考却渗透在字里行间，体现了他对人、对世界的最真挚的终极关怀。尽管蒲宁作为一个人没有、也不可能最终战胜生理的死亡，但他作为一个艺术家却在自己营造的精神世界中，使自己对生活、对人的审美认知因"共同灵魂"的存在而化为人们的共同财富，它不仅带给读者强烈的艺术感染力，使人于不知不觉中得到审美的感性怡悦，也唤起了人们对真善美事物的热爱、追求和对生活的积极思考。笔者认为，蒲宁的创作所具有的巨大而恒久的艺术价值就在于此，即以终极的精神力量来对抗和超越非精神化的现实世界，使人的精神在战胜死亡的信念中走向新生，获得解放。

蒲宁一生没有孩子，没有万贯家财，他终生流浪，几乎走遍了欧亚的所有地方，却找不到自己的家。与祖国的分离更使蒲宁一生所珍视的与过去、与祖先的联系都断绝了，这种孤独是无所不在的，是空前的，直到他离开了这个世界。但是正如他自己所说，死

结　语

亡并不能夺走一切，一切真正美好的事物必将具有永恒的价值。随着50年代他作品的回归，蒲宁终于以一代文学大师的身份加入到俄罗斯的文学进程中来，他的哲学—美学原则、现实主义的美学取向、对现代主义的借鉴、诗歌和散文融合的艺术创新都在俄罗斯文学中得以继续发扬，并深刻地影响了一代又一代年轻作家的艺术创作。奥·米哈依洛夫认为，蒲宁的创作对那些与自己的故乡、艺术印象的源泉一直保持着不断的联系，并致力于用伟大的文化遗产丰富自己的创作经验、在继承高尚的古典传统中寻找新路的作家产生了巨大的影响。帕乌斯托夫斯基、卡扎科夫、纳吉宾、特瓦尔多夫斯基、利哈诺索夫、卡塔耶夫、60年代的"青年小说派"代表以及拉斯普京、邦达列夫、别洛夫等等都对蒲宁满怀敬意，并从不讳言在许多方面师承了蒲宁。我想，这也是对蒲宁获得诺贝尔奖之时以及之后相当长的时间内人们依然认为其获奖不是因其作品的价值，而更多的是源于政治原因的有力反击。

1898年，蒲宁完成了一篇极富象征意义的作品《隘口》，文中作家这样写道：

> 夜幕已垂下很久，可我仍举步维艰地在崇岭中朝山口走去，朔风扑面而来，四周寒雾弥漫，我对于能否走至山口已失却信心，可我牵在身后的那匹浑身湿淋淋的、疲惫的马，却驯服地跟随着我，亦步亦趋，叮叮当当地碰响着空荡荡的马镫……

> 我咬紧牙关走着，不时嘟嘟囔囔地对马说："走，走，只要咱俩不倒下就豁出命来走。在我的一生中，像这样崎岖荒凉的山口已不知走过多少！灾难、痛苦、疾病、恋人的变心和被痛苦地凌辱的友谊，就像黑夜一样，劈天盖地地压到我身上——于是我不得不同我所亲近的一切分手，无可奈何地重又挂起云游四方的香客的拐杖。可是通向新的幸福的坡道是险峻的，高得如登天梯，而且在山巅迎接我的将是夜、雾和风雪，在山口等待我的将是可怕的孤独……但是咱俩还是走吧，走吧！"[Ⅰ,175]

在笔者的眼中，这就是一生坚忍不拔，上下求索的蒲宁人生的真实写照。

几年来研读蒲宁的作品令我对这样一个道理深信不疑,那就是:一切真正美好的事物必将具有永恒的价值,因此,我在写作本书初稿的时候将题目定为"永不枯竭的心灵之泉"。我相信,蒲宁将像一位淳厚的师长或真诚的朋友一样伴随我走向生命的深处,他的作品也将像一泓永不枯竭的清澈的泉水一般滋润着各国热爱生活的读者的心田,令人们永远感受美好的情感,感悟人生的真谛。

参 考 文 献

1. Айхенвальд Ю. Силуэты русских писателей, М: изд-во 《Республика》, 1998.
2. Афанасьев В. А. И. А. Бунин, изд. Просвещение, Москва, 1966.
3. Апология 《И. А. Бунин: Личность и творчество Ивана Бунина в оценке русских и зарубежных мыслителей и исследователей》, Издательство Русского Христианского гуманитарного института, Санкт-Петербург, 2001..
4. Бабореко А. И. А. Бунин-Материалы для биографии с 1870—1917, Москва, 《Художественная литература》, 1983.
5. Бунин И. А. Избранная проза, Москва, АСТ ОЛИМП, 1996.
6. Бунин И. А. Окаянные дни, Москва, Советский писатель, 1990.
7. Бунин И. А. Публицистика 1918-1953, Москва, 《Наследие》, 1998.
8. Бунин И. А.: [Сб. материалов]: В 2 кн. -М.: Наука, 1973. -(Лит. Наследство; Т. 84).
9. Бунин И. А. Собр. Соч. в 8 т. Издательство 《Московский рабочий》, 2000.
10. Бунин И. А. Собр. Соч. в 9 т. Издательство 《Художественная литература》, М.,1966.
11. Бунин И. А. Собр. Соч. в 6 т. Издательство 《Художественная литература》, 1988.
12. Бунин И. А. Собр. Соч. в 5 т. "Бионт", "Лисс", Санкт-

Петербург, 1993—1994.

13. Гартман Н. Эстетика, М. Издательство инностранной литературы. 1958.

14. Двинятина Т. М. Специфика прозаического в поэзии И. А. Бунина // Рус. Лит. 1996. № 3.

15. И. А. Бунин и русская литература XX века: По материалам Между-нар. науч. конф., посвящ. 125-летию со дня рождения И. А. Бунина, 23-24 окт. 1995. / Ин-т мировой лит. им. А. М. Горького. —М.: Наследие, 1995.

16. Иезуитова Л. А. В поисках выражения 《самого главного, самого подлинного, что есть в нас》-《счастья в жизни》: Бунин в работе над рассказами: По материалам рус. Арх. в Лидсе (Великобритания) // Русская литература, 1996. №3.

17. Колобаева Л. А. Иван Бунин и модернизм, // Науч. докл. Филол. Фак. МГУ. 1998. Вып. 3.

18. Колобаева Л. А. Проза И. А. Бунина, Издательство Московского университета, 1998.

19. Линков В. Я. Мир и человек в творчестве Л. Толстого и И. Бунина, М.: изд-во МГУ, 1989.

20. Лотман Ю. М. О русской литературе, Санкт-Петербург, "Искусство-СПб", 1997.

21. Мальцев Ю. Иван Бунин 1870—1953, Посев,1994.

22. Мир Паустовского, 1992. Вып. Ноябрь.

23. Михайлов О. Н. Жизнь Бунина. Лишь слову жизнь дана... - 《Бессмертные имена》. -М.: ЗАО Изд-во Центрполиграф, 2001.

24. Муромцева-Бунина В. Жизнь Бунина, Беседы с памятью, Москва 《Вагриус》, 2007.

25. Ничипоров И. Поэзия темна, в словах не выразима... Творчество И. А. Бунина и модернизм, М.: Изд.: Метафора, 2003.

26. Одоевцева И. Встреча с Буниным, 《Русская мысль》, 22 октября, 1970.
27. Паустовский К. Блистающие облака, Золотая роза, КАРАВЕЛЛА, Санкт-Петербург, 1995.
28. Полякова М. А. Лирическая проза И. А. Бунина и Б. К. Зайцева (Конец 1890-х – 1900-е годы) /Иван Бунин и литературный процесс начала века (до 1917 года) : Межвуз. сб. Науч. тр. / Ленингр. гос. пед. ин-т им. А. И. Герцена; Мурм. гос. пед. ин-т. -Л. : ЛГПИ, 1985.
29. Романович А. Проблема жизни и смерти в 《Освобождении Толстого》 Бунина // Русская литература. 1996. №4.
30. Русская литература XX век (Справочные материалы), Издательство 《Просвещение》, 1995.
31. Седых А. Далёкие, близкие, 《Издательство Московский рабочий》, 1995.
32. Сливицкая О. О природе бунинской 《внешней изобразительности》 // Русская литература. 1994. №1.
33. Сливицкая О. Сюжетное и описательное в новеллистике И. А. Бунина // Русская литературра. 1999. № 1.
34. Сливицкая О. В. Повышенное чувство -Мир Бунина, М: Изд. центр Российского государственного гуманитарного университета, 2004.
35. Смирнова Л. А. Иван Алексеевич Бунин -жизнь и творчество, Москва, 《Просвещение》, 1991.
36. Смольянинова Е. Б. 《Буддийская тема》 в прозе Бунина: (рассказ 《Чаша жизни》) // Русская литература. 1996. №3.
37. Трефилова Г. К. Паустовский – мастер прозы, Москва, 《Художественная литература》, 1983.
38. Устами Буниных: Дневники Ивана Алексеевича и Веры Николаевны и другие архивные материалы: в 3 т. Посев,

1977. T. 1-3.

39. Чехов А. П. Собр. Соч. в 12 т. М.：Правда,1955.

40. Чуковский К. Раний Бунин,//《Вопросы литературы》,1968. № 5.

41. Эльяшевич Арк. О Лирическом начале в прозе, //《Звезда》. 1961. № 8.

42. Woodward J. B. Ivan Bunin：A study of his fiction. - Chapei Hill.：The Univ. of North Carolina Press, 1980.

43. ［俄］丘特切夫,《丘特切夫诗选》,查良铮译,外国文学出版社,1985年。

44. ［俄］列维茨基,《康·帕乌斯托夫斯基创作论》,莫斯科：作家出版社,1977年。

45. ［俄］别尔嘉耶夫,《陀思妥耶夫斯基的世界观》,耿海英译,广西师范大学出版社,2008年。

46. ［俄］帕乌斯托夫斯基,《一生的故事》(3),非琴译,河北教育出版社,2011年。

47. ［俄］帕乌斯托夫斯基,《金玫瑰》,戴骢译,百花文艺出版社,1987年。

48. ［俄］罗扎诺夫,《落叶集》,郑体武译,云南人民出版社,1998年。

49. ［俄］蒲宁,《耶利哥的玫瑰》,冯玉律译,上海文化出版社,2001年。

50. ［俄］蒲宁,《蒲宁回忆录》,李辉凡译,东方出版社,2002年。

51. ［俄］蒲宁,《蒲宁文集》(1—3卷),戴骢译,安徽文艺出版社,1999年。

52. ［俄］蒲宁,《阿尔谢尼耶夫的一生》,章其译,长江文艺出版社,1984年。

53. ［俄］布宁,《阿尔谢尼耶夫的一生》,靳戈译,译林出版社,2004年。

54. ［俄］赫拉普钦科,《艺术创作·现实·人》,刘逢祺、张捷译,上海译文出版社,1999年。
55. [俄]阿格诺索夫,《20世纪俄罗斯文学》,凌建侯等译,中国人民大学出版社,2001年。
56. [俄]高尔基,《高尔基文集》(十二),人民文学出版社,1984年。
57. [苏]维戈茨基,《艺术心理学》,中国社会科学院外国文学研究所编,周新译,上海文艺出版社,1985年。
58. [德]卡尔·雅斯贝尔斯,《悲剧的超越》,工人出版社,1988年。
59. [德]叔本华,《爱与生的苦恼》,金玲译,华龄出版社,1996年。
60. [意]加林,《意大利人文主义》,李玉成译,生活·读书·新知三联书店,1998年。
61. [日]中村元,《东方民族的思维方法》,林太、马小鹤译,浙江人民出版社,1989年。
62. [比]梅特克林等,《沙漏——外国哲理散文选》,田智等译,生活·读书·新知三联书店,1992年。
63. [法]杜夫海纳,《审美经验现象学》,北京文化艺术出版社,1996年。
64. [法]米歇尔·莱蒙,《法国现代小说史》,徐知免、杨剑译,上海译文出版社。
65. [法]雅克·马利坦,《艺术与诗中的创造性直觉》,刘有元、罗选民等译,生活·读书·新知三联书店,1991年。
66. [美]威廉·巴雷特,《非理性的人》,上海译文出版社,1992年。
67. [美]斯塔夫里阿诺斯,《全球通史——1500年以后的世界》,吴象婴、梁赤民译,上海社会科学院出版社,1997年。
68. [美]斯蒂芬·阿斯马,《佛陀入门》,赵峰、王从方译,东方出版社,1998年。
69. [美]杰里米·里夫金、特德·霍华德,《熵:一种新的世界观》,上海译文出版社,1987年。
70. [美]马克·斯洛宁,《苏维埃俄罗斯文学》,上海译文出版社,1983年。

71. [美]威廉·詹姆士,《多元的宇宙》,商务印书馆,1998年。
72. [英]以赛亚·伯林,《俄国思想家》,彭淮栋译,译林出版社,2003年。
73. 永毅、晓华编,《死亡论》,广州文化出版社,1988年。
74. 《永不枯竭的话题——李尔克艺术随笔集》,史行果译,东方出版社,2002年。
75. 中国社会科学院外国文学研究所编,《现代主义》,上海外语教育出版社,1997年。
76. 《蒲宁中短篇小说选》,外国文学出版社,1981年。
77. 胡经之主编,《西方文艺理论名著教程》(上、下),北京大学出版社,1998年。
78. 伍蠡甫主编,《西方文论选》(上、下),上海译文出版社,1979年。
79. 朱立元、张德兴等,《西方美学通史》第6卷,上海文艺出版社,1999年。
80. 俄罗斯科学院高尔基文学研究所编,《俄罗斯白银时代文学史》(I-IV),谷羽、王亚民等译,敦煌文艺出版社,2006年。
81. 吴中杰,《文艺学导论》,复旦大学出版社,1998年。
82. 周启超,《白银时代俄罗斯文学研究》,北京大学出版社,2003年。
83. 周启超,《俄国象征主义文学理论建树》,安徽教育出版社,1998年。
84. 周国平,《尼采在世纪的转折点上》,上海人民出版社,1999年。
85. 周宪,《超越文学——文学的文化哲学思考》,上海三联书店,1997年。
86. 孙绍振,《审美价值结构与情感逻辑》,华中师范大学出版社,2000年。
87. 宗廷虎,《中国现代修辞学史》,浙江教育出版社,1990年。
88. 尚杰,《归隐之路——20世纪法国哲学的踪迹》,江苏人民出版社,2002年。

89. 张怀久、蒋慰慧,《追寻心灵的秘密》,学林出版社,2002年。
90. 彭克巽,《苏联文艺学学派》,北京大学出版社,1999年。
91. 徐稚芳,《俄罗斯诗歌史》,北京大学出版社,1989年。
92. 李为屏,《英美意识流小说》,上海外语教育出版社,2000年。
93. 李辉凡、张捷,《20世纪俄罗斯文学史》,青岛出版社,1999年。
94. 童庆炳,《文学审美特征论》,华中师范大学出版社,2000年。
95. 袁可嘉,《欧美现代派文学概论》,上海文艺出版社,1993年。
96. 邱运华,《二十世纪文学泰斗——蒲宁》,四川人民出版社,2003年。
97. 陈圣生,《现代诗学》,社会科学文献出版社,1998年。
98. 陈建华,《二十世纪中俄文学关系》,高等教育出版社,2002年。
99. 颜翔林,《死亡美学》,学林出版社,1998年。

后　记

　　今天，我终于完成了《蒲宁创作研究》的写作。

　　金秋十月，丹桂飘香，南方的这个季节还很温暖。我独自在小区里散步，小区空无一人，安静而明亮……阳光在我的发间跳动，我不禁仰起脸，让阳光在我的脸上尽情地跳荡。一阵清风袭来，送来了怒放的晚桂的味道。我发现，这香气怎么会变化，一会浓郁，一会清淡，我想，贴近了去闻它也许会更加醉人。可当你凑近了它，反而感觉不到什么特别的香气。此时，我的内心放松而宁静，在这样的心境之下，人往往会发现许多平日匆忙中发现不了的东西。除了变化的桂香之外，小区的绿化带里还有各种不知名的鸟、虫在鸣唱着不同的曲调，甚至树上还有乌鸦。此时的乌鸦在我眼里已经不是什么不祥的征兆，只是一只安详地享受生命、享受阳光的可爱小鸟……不知为何，周围的一切从未像今天这般令我感到亲切，我不是孤独地行走在这里，周遭的一切都与我血肉相连。我想，研读蒲宁这许多年，这就是他教会给我的最重要的东西。

　　与蒲宁结缘应该从我的大学时代算起。记得大二年级时，精读课本里选了一篇帕乌斯托夫斯基的小说《雪》，其中男女主人公内心细腻奇妙的情感和他们欲言又止的表达方式深深地吸引了我，但总有如鲠在喉的感觉。于是以完成转述课文作业的形式，我"自作聪明"地将他们没有说出的话用俄语都表达了出来，感到很是过瘾，然后欣欣然拿着自己的这篇"创作"去找当时的精读老师。我的老师刘伶仪老师是一位非常优秀的俄语词典编撰专家，也是很有经验的实践课教师。批完了我的这篇作业,她推荐我去阅读帕乌斯托夫斯基的作品,于是那本《金玫瑰》就到手了。《金玫瑰》给我留下了将保留一生的深刻印象,其中的《早就打算写的一本书》更是为我打开了一扇奇妙的俄罗斯文学和世界文学的大门。于是我就像站在一个阳光灿烂四通八达的广场的中心,沿着帕乌斯托夫斯基指引的路,走近了一个个文学大师,蒲宁就是其中之一。

在那篇著名的《伊凡·蒲宁》中,帕乌斯托夫斯基谈到了他心中的蒲宁,谈到蒲宁用朴实无华的语言描绘了缤纷的俄罗斯生活和"一个人从生到死在漫长而美好的旅途上的感受",称其高超的技艺在俄罗斯文学中几乎无出其右;谈到了蒲宁的《阿尔谢尼耶夫的一生》是"对祖国最深沉的最富于诗意的爱恋,是他对祖国忧喜与共的情感的表露。而且是具有另外一种意义的东西。"帕氏在描述蒲宁时使用的无比崇敬的语气令我倍感意外。蒲宁到底是个什么样的人?什么样的作家可以赢得另一位大师如此的爱戴?这一切勾起了我强烈的好奇。但最初的阅读并没有给我留下什么特别的印象,毕竟,蒲宁的东西入门很难,绝非初学者可以领悟深透的。后来随着阅历的加深和阅读的不断深入,我仿佛是找到了一位人生的导师或者说性情相投的朋友,正所谓"读书必以气质相近,而凡人读书必找一位同调的先贤,一位与你相近的作家,作为老师。……找到思想相近之作家,找到文学之情人,必胸中感觉万分痛快,而魂灵上发生猛烈影响,如春雷一鸣,蚕卵孵出,得一新生命,入一新世界。"①如此评说我深有体会,当我读他的《静》《松林》,我感到了他与大自然的血肉相连和对它的哲理思考;读他的《乡村》,我感到的是他面对赤贫祖国的强烈的责任感和为祖国未来的深沉忧虑;当我读他的《轻盈的气息》《幽暗的林间小径》,我感到了他对死亡深深的恐惧。但他最令我感动的是他明知死亡的存在,却毫不讳言自己对生命的极度热爱,这种热爱不是泛泛的,而是细致到人世间的每一个细节,他让我深深地感到了人间的美好,

---

① 林语堂,《生活的艺术》,世界文化出版社,1948年,第385页。

生命的可贵。当读他的《阿尔谢尼耶夫的一生》时，我更是惊叹于他对生活的细腻观察与感受，惊叹于他像磁石一般紧紧地吸引住了我的语言如此朴素无华。我把这本书作为案头书时常翻看，而每次翻阅内心都充满了一种热热的感觉。这是一种感激，感激他展示了如此美丽的世界，感激他用最恰当的语言表达了我胸中久积的感受。我向我的朋友推荐这本书，向我的学生讲解这本书，我希望能做得更多。从最初的并非一见如故到每每跟随他进行着魂灵的神游，感受与另一个时空中的智者的对话……研读蒲宁的过程也正是我的内心由好奇、喜欢、热爱到由衷的崇敬的心理变化过程。这许多年来，蒲宁和他的作品伴随着我成长，见证了我的生活，也教会了我如何面对生活的美好与困境，在任何时候我都记着他的那句："在这个莫名其妙的世界上，无论它怎样让人发愁，它总还是美好的"。我知道，我的生活再也离不开蒲宁了。我欣赏林语堂先生的一句话"读书的主旨在于摆脱俗气"。如果说，当初完成以蒲宁为题的博士论文是为了获得学位，那现在完成本书的书写绝非逢场作戏，不为名利，只因为热爱。

　　本书的完成凝聚了我多年的心血，也是许多师长、朋友帮助鼓励的结果。在此，我要感谢我的导师冯玉律教授的悉心指导。冯老师是国内翻译和研究蒲宁的专家，许多年前是他给远在俄罗斯进修的我写了一封信，指出了蒲宁的学术研究价值不仅仅在于他是第一位获得诺贝尔文学奖的俄罗斯作家，更在于他坚守自我、特立独行的个性特征和文学风范。先生的信坚定了我撰写蒲宁研究论文的决心，于是才有了后面我走遍莫斯科、彼得堡大大小小的书店寻找研究蒲宁各个时期资料的事情，这为我的写作打下了良好的基础。时至今日，先生早已退休，但每当我们见面，他依然会问起该书的写作，问问我最近在搞什么项目，鼓励我拓宽思路，在学术上更上一层楼。感谢郑体武教授，我们读书的时候，郑老师一直是我们眼中的"传奇"。后来我们成了同事，成了朋友。郑老师的帮助很难细数，但它却像涓涓细流，发生在许多大事小事上，发生在许多我们共同探讨的大问题小问题上，与他共事、与他相处使我学到了许多东西，认识他本身就是一件幸事。在这里要感谢的还有大连外国语大学的王丽丹教授,我的师姐。在我撰写本书初稿最纠结的时候,也正是她读博最艰难的时候,但她放弃了许多个人时间,帮我上课。不仅如此,许多年来,我们在工作上互相鼓励,在生活上互相帮助,她是我最贴心的朋友。

还要感谢的是我的家人。尽管我的爱人不善言辞,但许多年来,他始终默默地站在我的前面,为我遮风挡雨,为我解决一切困难,使得我能够安心教学,安心写作,最重要的是使我能够坦然地做我自己;感谢我的儿子,他是生命赐予我最最珍贵的礼物,希望他一生勤勉上进,幸福平安!

在《伊凡·蒲宁》这篇文章中,帕乌斯托夫斯基说了这样一段话:"要论述蒲宁本人是很困难的,几乎是不可能的。他是如此渊深、慷慨、多才多艺,能如此无情和精确地看透每一个人——从旧金山来的先生到木工阿维尔基,能看清每一个最微小的动作和心灵的活动,在讲到与整个人生不可分割的大自然时,他又是如此惊人的清晰,同时又是如此严格而温存,所以要论述他,正如常言所说,无异'隔靴搔痒',不仅徒劳无益,而且几乎是没有意义的。"① 在我完成本书的写作之际,我重又看到了这句话,不免有些沮丧。尽管我收集到了丰富的国内外蒲宁学的研究资料,但在写作的过程中我依然深刻地感到我在文学、哲学、美学、宗教等各方面知识的欠缺。尽管要面对公众,我的内心很是忐忑,但我绝不相信这是一件没有意义的事情,恰恰相反,也许由于我的一些失误引发的学术争论会更加有意义。

最后,感谢北大出版社的张冰老师、李哲老师以及所有为这本书的出版而辛苦的工作人员,谢谢!

叶红

2013年10月于上海

---

① [俄]伊凡·蒲宁,《阿尔谢尼耶夫的一生》,章其译,长江文艺出版社,1984年,第8页。